续红楼梦

敖堃点校

【中国古典名著·红楼梦续书集成】

【清】秦子忱 著

内蒙古出版集团 内蒙古人民出版社

图书在版编目(CIP)数据

续红楼梦/[清]秦子忱著. -呼和浩特:内蒙古人民出版社,2015.8

ISBN 978-7-204-13594-3

Ⅰ.①续… Ⅱ.①秦… Ⅲ.①章回小说-中国-清代 Ⅳ.①I242.4

中国版本图书馆 CIP 数据核字(2015)第215726号

续红楼梦

作　　者　[清]秦子忱
点　　校　敖　堃
选题策划　田建群
责任编辑　马燕茹　王　瑶
责任校对　董丽娟
封面设计　马东源
责任监印　王丽燕
出版发行　内蒙古人民出版社
地　　址　呼和浩特市新城区中山东路8号波士名人国际B座5楼
印　　刷　武汉安捷印刷有限公司
开　　本　710×1000　1/16
印　　张　26
字　　数　340千
版　　次　2016年1月第1版
印　　次　2016年3月第1次印刷
书　　号　ISBN 978-7-204-13594-3/I·2641
定　　价　65.00元

图书营销部联系电话:(0471)3946298　3946267

如发现印装质量问题,请与我社联系,联系电话:(0471)3946120　3946169

出版前言

自从两百年前曹雪芹在一个凛冽的寒冬离开人世，他的巨著《红楼梦》没有终稿，而《红楼梦》的最后结局一直为人所猜测。在乾嘉时代，《红楼梦》因为有了程伟元的木刻本而广为流传，迎来了《红楼梦》的第一个传播高峰。而程伟元本八十回正文后所附之高鹗所续之四十回结局，虽给了《红楼梦》人物一个全面的交代，但在许多人看来，这个结局是差强人意，甚至是不合理的。于是，不少文人骚客拿起他们手中的笔，为这部未完成的巨著添上他们自己认为最理想的结局。这就在乾隆时代后期和嘉庆时代形成了《红楼梦》续书的第一个高潮。

这些续书作者，通过续写《红楼梦》，或是希望按自己的理想，赋予《红楼梦》故事一个更完美的结局，或是发挥自己的写作才能，把这个故事讲得更圆满。于是诸如《红楼圆梦》《补红楼梦》纷纷出版，为《红楼梦》再添一份光彩。遗憾的是，这些续作者们艺术水平、写作才能、思想深度均远不及曹雪芹，且深陷曹雪芹预设的窠臼无法自拔，不仅无法与《红楼梦》相企及，且大多不及高鹗续书，在当时就有“狗尾续貂”之讥。但是这些作者所希望的《红楼梦》人物都有圆满理想的结局，却是符合当时大众审美的，因而有不小的读者群，使得这些续书得以在漫长的岁月里不断再版，不断为读者接受，不断有人评价，且不断有人加入为《红楼梦》写续作的行列中。

到了近代，随着中西文化交流的发展，西方文化不断传入中国。近代出现的《红楼梦》续书和拟作，比乾嘉之时则显得更加多样化。续书作者除了按自己的理解续写《红楼梦》的故事外，有的则是借《红楼梦》的故事框架，抒发自己的社会理想；借《红楼梦》故事，浇自己块垒，如吴趼人的《新石头记》。还有的更是光怪陆离，把西方小说写作技巧运用到中国小说创作中来，如喻血轮的《林黛玉日记》。当代作家亦有续《红楼梦》者，他们把现代小说技巧与现代人对古代社会的理解融入《红楼梦》世界中，别有一番风采。

据统计，《红楼梦》续书大约有近百种，但其大部已经淹没在历史长河中。我们从中选择有可读性者约三十种，逐一点校出版，以飨读者。点校中，得到洛阳白河书斋晁氏藏书楼主晁会元先生大力支持，特此致谢！

敖　堃

2015 年 12 月于南开大学

序

《红楼梦》为记恨书，与《西厢记》等。顾读者不附崔张酸鼻，而咸为宝黛拊心者，续与未续之分也。然离而合之易，死而生之难。

雪坞秦都阃，以陇西世胄，有羊郤风。韬钤之暇，不废铅椠。辗然谓予曰："是不难，吾将爇返魂香补离恨天，作两人再生月老，使有情者尽成眷属，以快阅者心目。"未操笔，他氏已有《后红楼梦》之刻，事同而旨异。

雪坞乃别撰《续红楼梦》三十卷，著为前书衍其绪，非与后刻争短长也。余读之，竟恍若游华胥、登极乐、闯天关、排地户，生生死死，无碍无遮，遂使吞声饮恨之"红楼"，一变而为快心满志之"红楼"，抑亦奇矣！虽然，岂徒为梦中人作撮合哉？夫谢豹伤春、精卫填海，物之愚也而人效之；鲲弦莫续、破镜难圆，天之数也而人昧之。要惟不溺于情者能得其情之正；亦惟不泥于梦者始博夫梦之趣。

雪坞之以梦续梦，直以梦醒梦耳。嗟乎！梦有尽而情无尽，虽犹是游戏笔墨，而无怨无旷之抱负已觇其概。此真十洲连金泥续弦胶也。彼续"西厢"之诮岛胫貂尾者，又乌足并论。书以质之雪坞，以为然否？

秀水弟郑师靖药园拜题

《南柯子》词

将军不好武,更搜今求古。只为那金钗无主,续纂黄粱离恨天堪补。仙缘了孽冤,幻境无愁苦。漫拟猜天曹地府,笔蕊生华原向梦中吐。

易水弟谭滐拜题

《续红楼梦》弁言

《红楼梦》一书，脍炙人口者数十年。予以孤陋寡闻，固未曾见也。丁巳春，余偶染疮疾，乞假调养，伏枕呻吟，不胜苦楚。闻同寅中有此，即为借观，以解烦闷。匝月读竣，而疾亦赖是渐瘳矣！

然余赋性痴愚多愁善病，每有夸父之迂、杞人之谬。疾虽愈而于宝黛之情缘终不能释然于怀。夫以补天之石而仍有此缺陷耶！公暇，过东鲁书院，晤郑药园山长，偶及其故。药园戏谓曰："子盍续之乎？"余第笑而颔之，然亦不过一时之戏谈耳。

迨药园移席于滕，复致书曰："《红楼梦》已有续刻矣，子其观之乎？"余窃幸其先得我心也，因多方购求。得窥全豹，见其文辞浩瀚，诗句新奇，不胜倾慕。然细玩其叙事处，大率于原本相反，而语言声口亦与前书不相吻合，于人心终觉未惬。余不仅故志复萌，戏续数卷，以践前语。不意新正药园来郡，见而异之。一经传说，遂致同寅诸公群然索阅。自惭固陋，未免续貂，俯赐览观，亦堪喷饭，又何敢自匿其丑而不博诸公一拊掌耶！

嘉庆三年九月中浣雪坞子忱氏题于兖郡营署之百甓轩，词曰：堪叹吾生真懵懵，一往情深，每代他人恸。曹子雪芹书可诵，收缘殊恨空洞洞。钗黛菱湘才伯仲，倜傥风流，更有妖韶凤。斧在班门原许弄，无端滥续《红楼梦》。

——调《蝶恋花》

目 录

第一回　绛珠宫黛玉悟天机
太虚境警幻谈因果

话说林黛玉，自那日属纩之后，一点灵魂出壳，亦不知其死，出了潇湘馆，悠悠荡荡而行，四顾茫茫，不知身在何所。心中正然惊疑，忽闻迎面有鼓乐之音，绣幢翠盖，飘飘扬扬而来。只见女童数辈上前稽首，内有一人，明眸皓齿，鬒发垂髫，笑问道："姑娘可好？相别数载，姑娘可还认得我么？"黛玉闻言，细视其人，十分面熟，却一时想不起他的名字，乃问道："你是谁啊？好像在那里见过你似的？"那人笑答道："我是服侍太太的丫环金钏儿，姑娘如何就忘了呢？"黛玉闻言，不胜惊疑道："你不是那年投井死了么？如何又在这里，这是什么地方？"金钏儿答道："此处名为太虚幻境，乃天仙极乐世界。我们奉警幻仙姑之命，伺备彩轿，特来迎接姑娘。"黛玉又道："我并不认得什么警幻仙姑，接取我何缘故？"金钏儿道："此乃天机，见了警幻仙姑自然分晓。"

说着，只见几个女童抬过彩轿，金钏儿搀扶着黛玉坐好，四个女童抬起，行走如飞。前面绣旗引路，翠带飘扬，鼓乐喧阗，十分热闹。黛玉坐在轿中，心下狐疑。低头一看，只见自己华冠绣服，并非家常打扮，悄然惊悟："莫非我身已死？"回想卧病时焚诗烧稿与紫鹃悲恸之事，又不知宝玉果真娶了宝钗，目下是何光景？眼中不觉流下泪来。忽又一转念想道："我生来薄命，父母双亡，依靠外祖母家。虽然老太太十分疼爱，到底不比自己家中。宝玉既然负心，更复何望，死了倒也干净。既有鼓乐接引，自必是天仙福地，且看他们把我抬到那里！”一路行来，远远但见一个石头牌坊，玲珑剔透，上面横书斗大的四个金字“太虚幻境”。又有一副对联云：

假作真时真作假，无为有处有还无。

转过牌坊，便是一座宫门，金碧辉煌，上面一匾，横书四个金字云：“孽海情天”。又有副长对联，写道：

厚地高天堪叹古今情不尽，痴男怨女可怜风月债难酬。

黛玉看罢，心中诧异道：这么一个极好的所在，如何题出这样的话来？正然寻思，只见轿走如飞，转过宫门后面，又有一座牌坊，上面横书着“真如福地”四个大字，两边也有一副对联，写道：

假作真来真胜假，无原是有有非无。

黛玉看毕，又想道：此处匾联的话语，却如何与前面的大不相同？正不知是何意见，但又见转过牌坊，也有一座宫门，上面横书一匾，大书“福善祸淫”四个金字，也有一幅长联，写的是：

过去未来莫谓智贤能打破，前因后果须知亲近不相逢。

黛玉看毕，正在沉吟玩索间，忽见前面别一洞天：宫门高耸，殿阁巍峨，十分都丽。转过两层，便是一垂花门，进了垂花门，只见两旁游廊，层栏曲榭，院中间白石栏内种着一丛仙草，一缕幽香沁人心髓。抬轿的女童落下轿来，只见正房中珠帘响处走出一个丽人来，笑容可掬道：“姑娘到了。姑娘可好么？”黛玉细视其人，长眉秀项，笑语嫣然，不禁惊喜道：“你不是晴雯姐姐么，怎么也在这里？”晴雯答道：“说来话长，请姑娘进宫，慢慢地细禀。”说着，抢步上前，将黛玉搀出轿来。这里黛玉手扶着晴雯，轻移莲步，走进宫门。但见：金碧辉煌耀人眼目，锦裀绣毯翠幕珠屏，迥非人世所有；正中一座榻上放着一张小炕桌，紫檀雕刻，极其精工；桌上放着一个小小金炉，不知焚着什么香，旁有一盘佛手，金色灿烂，异香扑鼻。金钏儿先将引枕靠背挪好了，让黛玉坐定，遂又捧上香茶。只见十数个仙女，俱各丰姿秀曼，羽衣蹁跹，上来参见。方才跪了下去，黛玉立起身来，忙命晴雯搀他们起来。众仙女道："娘娘今日初归，理应叩贺的。"黛玉闻言暗忖：我是个女孩儿家，他们如何把我称起娘娘来了？忙问晴雯道："姐姐，你说此处到底是什么地方，他们都是些什么人，你与金钏儿怎么也在这里？"晴雯笑道："此乃天仙清虚之府，名曰太虚幻境，此宫名为绛珠宫。前殿有一位警幻仙姑，善知过去未来之事，我前日来时，也是蒙他接引的。当时他对我说过，姑娘是什么绛珠仙草，宝二爷是什么神瑛侍者；我们的三位姑娘和琏二奶奶，都是什么薄命司的仙姑；又有什么金陵十二钗的册子，我与金钏儿都是副册上有名儿的，其中的精微详细，我们也参解不透。姑娘今日初到，身上未免劳乏，俟歇息一夜，他明日必来拜贺的，那时姑娘当面问他底里，自然明白的了。"黛玉闻言，点头叹息道："原来如此！"正欲往下问时，只见金钏儿禀道："警幻仙姑差人送仙丹一粒、仙酒一瓶、仙果二盒、肴馔四品。"黛玉向晴雯笑道："我尚未奉谒仙姑，反蒙惠赐先施，真是却之不恭，受之有愧，如何是好？"晴雯道："仙姑的美意，姑娘领受才是。"黛玉听了，点点头儿。于是晴雯率领众仙女将礼物收下，发付来女去讫。金钏儿道："姑娘远路劳乏，只怕也饿了，可将送来的酒果吃些儿，过会子只怕警幻仙姑就来也未可知定。"黛玉笑道："俗云'行客拜坐客'，那有反劳仙姑先来之理。我们吃些点心，先去奉谒仙姑才是正理。"晴雯遂令众仙女将酒果肴馔摆上来，杯盘罗列，真是上界仙品，都不知何名，但觉香美异常。黛玉此刻也觉肚中饥饿，遂将仙丹一粒用酒溶化，吃了下去，又吃些酒果之类，觉得一缕热气自涌泉直达泥丸，精神顿长。乃笑向晴雯道："我往日不大会吃酒，吃一半杯就觉得头晕。今日这酒倒吃了三杯，不但不醉，反觉长起精神来了。"晴雯听说，细将黛玉端详了一回，不禁狂喜道："姑娘的脸色，全然不是当日病弱的样儿了，真真的牡丹、芙蓉也无此娇艳，越显出眉梢眼角的丰韵来了。若能教我们宝二爷看见，还不知乐成个什么样儿的呢。"

黛玉笑道："你这个丫头，怎么要笑起我来了。"晴雯笑道："姑娘不信，等我取镜子来，姑娘自己照一照就知道了。"说着，回身向里间取出一面靶儿镜子，递与黛玉。黛玉接来，自己照了一照，心中也自欢喜。于是，漱口吃茶毕，向院中闲步一回，看了一回绛珠仙草，这才吩咐女童们侍候拜谒仙姑。

只见四个女童抬进轿来，黛玉问道："此处离仙姑的住处有多远？"众仙女回道："就在两座牌坊的中间那个宫便是。"黛玉道："如此说路也没多远，此处又无闲杂人往来，我们正好步行，玩玩仙境岂不有趣。晴雯姐姐，你在家里照应，只叫金钏儿同仙家的几位姐姐跟了我来。"说着，便轻移莲步走出宫门。但见一片青苔白石，毫无半点飞尘，四面玉宇琼楼，高插九霄云汉。迤逦行来，但觉身轻步健，气爽神清，乃笑向金钏儿道："警幻所赠的仙丹大有意思。我往日在家，时常害病，从潇湘馆走到怡红院就喘得受不得了。今日走了这些路，反觉得腿上有劲儿似的。"金钏儿道："可不是呢，那年我跳了井之后，不知怎么就糊里糊涂的到了这里，肚里的水涨得实在受不得了，满地打滚。也亏警幻仙姑给我灌了一粒金丹，没多一会的工夫，那个水，除嘴里吐的不算，底下就像撒尿似的直流出来，可惜将太太赏的装殓（还是宝姑娘穿过的）一条桃红洒花中衣全湿透了，还把我妈给我费着心儿扎的一双满帮子四季花的鞋儿也糟蹋了。后来我就苏醒过来，觉得眼明耳亮，心内清爽，十分感激。只是糟蹋了衣裳，我心疼得什么似的，我反倒埋怨起来说：'仙姑，你老人家既是慈悲救人，如何连个救人的法儿也不知道呢，我往常间听见人家说，有投河跳井的，总是打捞起时将人倒控起来，肚里的水都从嘴里流出来才是，你怎么灌了我一丸子药，水都从底下撒了出来，糟蹋了我的裤子、鞋儿，难道教我在这里光着屁股、精着脚过日子吗？'说得仙姑没了法儿，照样儿赔了我一条小衣、一双鞋儿。我如今现穿的不是吗。"一席话说得黛玉用手帕子捂着嘴，嘻嘻地笑起来道："难为你这个丫头，亏你嘴里说得出这些话来，也太不害臊了。”金钏儿正欲回答，只听迎面有人说道：“那不是林姑娘来了么？”黛玉抬头细看，只见迎面有一个丫头，跟随着一个丽人冉冉而来。忙问金钏儿道：“前面来的就是警幻仙姑么？”金钏儿也仔细一瞧道：“这来的不是仙姑，是咱们东府的小蓉大奶奶。”黛玉道：“原来他也在这里，可谓‘他乡遇故知’了。”说着，只见秦氏等已到面前，笑容可掬地问道：“姑娘可好？几年没见模样儿越发标致了。我今儿听见姑娘驾到了，赶着请安来了。不知姑娘又往那里去呢？”黛玉拉住秦氏的手，笑道：“大奶奶，你这几年可好？我竟不知道你也在这里。我如今要到警幻仙姑处拜见去呢。你且先到我那里等着我，就住下罢，我们晚上也好多说说话儿。”秦氏道：“就是这么着。天也不早了，姑娘请去罢。”二人说毕，分手而去。

这里，黛玉又走了不多时，早到了仙姑的宫门首。只见匾上横书着“离恨天”三个大字。正欲观看其余，只见警幻率领着一班仙女迎接出来。黛玉先将仙姑一看，只见他：仙风道骨，别有一段风流；羽衣蹁跹，另是一番风致。比栊翠庵的妙姑尤觉光艳动人。连忙上前施礼道：“弟子下界凡愚，深闺弱质，偶因一念痴情，遂尔自捐身命，乃蒙不弃，收录门墙，一切痴缘，仍望仙姑指示。”警幻见黛玉容华绝世，举止幽闲，不禁点头暗叹，连忙携手相搀，笑道：“贤妹不必过谦。你我原系姊妹，只因你有一段因果在内，故尔谪降尘寰，了此一番宿债。且请进来坐下慢慢地告诉于你。”

于是，二人携手揽腕步入宫来，就在正中榻上，宾东主西一齐归座。女童捧上茶来。茶罢，黛玉先就欠身问道：“适蒙仙姑见教因果一事，请指迷津以开茅塞。”警幻笑道：“说来话长，这个贾宝玉，他的前身乃是女娲氏补天所剩的一块顽石，未经投胎之先，曾作过赤霞宫的神瑛侍者。那时，贤妹乃西天灵河岸三生石畔的一株仙草，名曰绛珠，因雨露衍期，渐就蔫萎。神瑛侍者日以甘露浇灌，受了日月精华，秉了山川灵气，故能脱化为人。你与宝玉两个人，生前缱绻，死后缠绵，也不过是以情补情而已。”黛玉闻言暗忖道：原来如此，怪不得宝玉那样颠顽，我又这样多病，原来是顽石与草木耳。想罢，又向仙姑道："弟子与宝玉，既是以情补情，他就不该负心，使弟子九原衔恨。"警幻笑道："莫之为而为者，天也；莫之致而致者，命也。你与宝玉之事，天也，亦命也。"黛玉闻言，不禁蹙起双蛾，一声长叹道："易首乾坤，诗首关雎，人伦王化之原，情之所钟，上天弗禁。弟子与宝玉一段情缘，出自至情，并非伤风败化钻穴逾墙之比。天地之大，于人何所不容，奈何苛毒至此？弟子实所不解。"警幻笑道："贤妹，你如何聪明一世，懵懂一时。我且教你看一件东西，你自然明白了。女童呢？过来。"只见一个垂髫仙女答应着走来。警幻道："你去到薄命司橱内，将金陵十二钗的正副册子一总拿来。"女童领命，去不多时，抱着一摞册子笑嘻嘻地走来，放在中间小炕桌上。黛玉便将头一本册子揭开，留神看去。只见头一页上画着两株枯木，挂着一条玉带，下面画着一堆雪，雪里一股金簪，后面一首五言绝句，写道：

堪叹停机德，谁怜咏絮才，
玉带林中挂，金簪雪里埋。

林黛玉生来颖悟，念了两遍，早已明白。笑问警幻道："细玩此诗，不过是我们两个人的名姓，可有什么因果在上头呢？"警幻道："你只细玩这个'叹'字'怜'字，就可以明白了。"黛玉笑道："原来就这两个字上分别。且如弟子，因姻缘不遂，饮恨而亡，这算得薄命，原该可叹可怜！若说宝姐姐，他如今婚姻如意，夫唱妇随，有何可叹可怜的呢？"警幻道："人之薄命，遭际各有不同，未可一概而论。"因将册子又揭了一页，指着道："你看这一页，是你元春姐姐。这一页，是你迎春姐姐。他两个，一个是贵妃娘娘，一个是诰命夫人，怎么算得薄命呢？只因富贵不长，荣华不久，所以也就谓之薄命了。如今你元妃姐姐，现在东边赤霞宫居住。至于其余的姊妹们，也是各人有各人的薄命处，岂能相同呢。你往后边逐页看去，自然知道了。"

黛玉闻言，便将正副册子逐一地留神看了一遍。内中也有一看便知的，也有参详而知的，也有不大明白的。遂将册子合上，欠身笑道："许多册子，一时也不能深究其奥。只是宝姐姐的薄命，弟子到底不能无疑，仍望仙姑明白指示。"警幻笑道："未来的天机，我也不敢泄漏。你与宝玉，不但有人世良缘，兼有天台宿分。也罢，你既疑惑你宝姐姐，我给你个小小的玩意儿，你拿了去，到三更人静之时，独坐中庭，焚香一看便知分晓。"说着，因向伺候的女童们道："把我那个葫芦取来。"女童应声而去。不多时，拿了一个小小的葫芦儿出来，递于黛玉。黛玉接来一看，只见上面雕刻的山水树木、人物花卉、虫鸟禽鱼极其精妙，嘴儿上嵌着个玻璃显微镜，就如市街上卖的西湖景儿一般。看毕，便递于金钏儿收好。立起身来笑道："天也晚了，仙姑请歇息罢，明日再来领教。"警幻道："有劳贤妹玉趾先施，恕愚姊今日不能回拜了。"于是，二人携手送出宫门而别。

这里，黛玉率领众仙女，仍从旧路而回。前面两对宫灯引路，后面金钏儿一手擎着葫芦儿，一手提着个小明角儿灯相随。走不多时，回至绛珠宫内。只见晴雯打起帘子来，笑道："小蓉大奶奶和瑞珠儿来了好半日了。"秦氏也就迎了出来，道："姑娘见过警幻仙姑了么？"黛玉笑答道："见过了。教大奶奶候的工夫久了，我们到东套间里坐去，点起灯来好说话儿。"说着，便拉了他的手走进东套间内。只见一切铺设，光华夺目。二人遂在炕上对面坐下。瑞珠儿便过来与黛玉磕头。黛玉连忙搀起，因其殉主而死，也着实的奖慰了一番。金钏儿送上茶来。秦氏问道："老太太如今可还康健，二位老爷、二位太太都好？"黛玉答道："老太太、舅舅、舅母们俱各康健。"秦氏又道："我们东府里的太爷和我公公、婆婆可好？"黛玉道："大哥哥、大嫂子都好。大老爷不知怎么服了金丹升仙去了。"秦氏道："我们太爷的脾气古怪，放着福不会享呢。不知你蓉大侄儿如今续了弦了没有？"黛玉道："听见说续娶的是胡家的姑娘，模样儿、性格儿也和大奶奶差不多儿。"秦氏又道:"我们珠大婶娘、琏二婶娘可都好?"黛玉道:"他们可有什么不好的呢!"秦氏又问道:"姑娘们可都好?"黛玉道:"他们也都好。二姐姐给了孙家了,听见说二姐夫为人脾气乖张,二姐姐如今很不得意。三妹妹听见说二舅舅在粮道任上许了周统制的公子了,尚未过门。四妹妹还没有人家呢。"秦氏道:"前儿元妃娘娘到来,我去请安的时节,娘娘向我说,迎姑娘不久也要来,现在给他修理住房呢。"黛玉道:"我刚才儿恍恍惚惚听见警幻也这样说来。可怜二姐姐,一辈子老实懦弱,也还如此薄命。"秦氏听了,也点头嗟叹了一回,忽然笑道:"你看我,问了这半天的话,竟把这一个人忘了。宝二叔他可好?今年也有十八九了,不知可曾娶了亲了没有?"黛玉见问出宝玉来,不觉眼圈儿一红,流下泪来,低头不答。晴雯在旁插嘴道:"这个大奶奶,你看你说的这些话,可教姑娘怎么答言儿呢。你难道没有听见前儿警幻仙姑说的那些话吗?"秦氏道:"我没有听见警幻仙姑前儿说的什么话。"晴雯道:"你既不知道,等我夜里睡下慢慢的告诉你。你可也想想,林姑娘为什么到咱们这里来的呢?哎哟哟,你这个人倒像在坛子里过日子呢似的。"这一席话,倒把黛玉招得笑起来了。晴雯道:"姑娘不用伤心,咱们如今到这天仙福地来,无拘无束,自在逍遥,好不舒服受用呢。譬如袭人那个浪蹄子,本来他的命比我好,我也不去恨他,我也不去气他,且看他的收缘结果罢咧!"秦氏也笑道:"可不是呢,譬如我们蓉大爷,如今娶了胡家的姑娘,那里还能够想起我来呢!这也是气不来、恨不来的,有什么法儿呢。"晴雯道:"岂但没法儿,我看小蓉大爷那个年轻的狂样儿,只怕在被窝里把当日和大奶奶怎样长怎样短的故典儿,都要告诉了新娶的大奶奶呢。"秦氏笑着啐道:"呸!你这个蹄子,又要教我撕你的嘴呢。"黛玉用手帕子窝着嘴,笑道:"说正经话罢。大奶奶,你家如今在那里住呢?"秦氏道:"姑娘还不知道呢,我们都是薄命司里的一伙冤家哟。薄命司里边,地方宽敞多着呢,东西两厢都是一院一院的好齐整房子，我来了没多年儿，我们的尤家三姨儿、二姨儿也陆续来了。我们如今大家住的，倒也热热闹闹的。他姐儿俩说，明儿才来给姑娘请安来呢。”黛玉笑道：“你们那个三姨儿的为人，倒教人可敬，你们那个二姨儿真真的是个笑话儿，好好的要给琏二哥哥作个二房。那时，我们和宝姐姐、珠大嫂子都替他捏着一把汗儿，他倒也自己得意洋洋的。后来到底上了凤丫头的当了。”秦氏道：“我们琏二婶娘这个人，你瞧他那个模样儿、说话儿、行事儿，那一件不教人打心里爱呢，可就是他老人家的这个毛病儿总不能改，把个醋坛儿抱得结结实实的，总不肯撒手么。”晴雯笑道：“罢哟，大奶奶也别单怪琏二奶奶吃醋，我看那个二姨儿也就不大正经。你忘了，那一天咱们大家坐着说闲话儿，大奶奶提起小大爷来，你看他那个神情儿，倒像比大奶奶还着急似的。据我看起那个光景儿来，只怕大奶奶去世之后，他和小大爷定有一合儿。”说得秦氏、黛玉都笑起来道：“你这张嘴真要不得了。”黛玉道：“你收拾铺炕去罢，夜深了，请大奶奶也安歇罢。”晴雯道：“教金钏儿在这边服侍姑娘安寝，我和小大奶奶在西边套间里睡去，我们还有好些话儿说。”于是，大家散了，各自归寝。

黛玉先就睡下，金钏儿在下面一个小榻上也就睡下了。黛玉问道：“金钏儿，你好好的服侍太太，太太也很疼你，宝二爷和丫头们玩笑也是常有的事，你也犯不上跳井啊”金钏儿道：“那年夏天，太太睡中觉，我给太太捶腿，也就困得打起盹儿来。不知宝二爷多会儿溜了进来，轻轻的在我脸上摸摸索索的。我醒来看时，太太仍是闭着眼睡，我只当太太还睡熟着呢，我就悄悄向宝二爷说：‘金簪儿掉在井里，有你的总有你的，你这会子忙什么呢？’一句话没说完，谁知道太太才没睡着呢，就听见了，翻过身来‘呸’的一声，先给了我一个嘴巴，我就唬得赶着跪下磕头，央及太太说：‘我再不敢了！’太太那里肯依，就打发人传了我妈来，立刻教人带了出去。姑娘，你想咱们家的丫头们，那一个嘴上的胭脂都没教宝二爷吃过呢，难道都寻了死了吗。只是人有脸，树有皮，太太撵了我，吵嚷的人人都知道了，我还有什么趣儿呢。我只说跳一跳井可以遮遮羞儿，谁知道跳了下去可就上不来了呢。”黛玉道：“太太打你的时候，宝二爷怎么样来？”金钏儿道：“宝二爷看见太太一翻身，他早跑得没了影儿了。”黛玉道：“你跳了井之后，老爷知道了，把宝二爷狠狠地打了一顿呢。”金钏儿此时已经瞌睡得受不得了，连打着哈欠答道：“阿弥陀佛，打的该着。”就沉沉打起鼾来。

黛玉也自好笑，便悄悄地起来，穿好了衣服，将警幻仙姑给的那个葫芦拿了，又一手秉烛走出外间，将葫芦、蜡台放在小炕桌儿上，炉内焚起香来，慢慢的盘膝坐在榻上，将葫芦轻轻地拿起，觑着眼在玻璃镜内一看。不知葫芦里面到底是什么故事，且听下回分解。

第二回　讯鸳鸯凤姐受虚惊
救妙玉香菱认亲父

话说林黛玉候夜深人静之时，独坐绣榻，剔亮灯烛、焚起一炉好香来，意秉虔诚，拿起葫芦，秋波凝睇，觑向玻璃小镜中一看。但见里面十分宽敞，隐隐有楼台殿阁之形，越看越真，宛如大观园的景况。又仔细看去，却又像自己住的潇湘馆。又见宝玉在那里捶胸跺脚，号啕大恸，耳内倒像仿佛听见他哭道：“林妹妹，这是我父母所为，并不是我负心。你在九泉之下不要恨我。”黛玉看着，不觉一阵心酸，眼中流下泪来，忙用手帕拭揩，心中暗忖：这个小小葫芦，如何这般奇妙，真是仙家之物，所谓壶中日月、袖里乾坤了。想罢，复又将葫芦放在眼上看时，却又不见大观园了。又像昨儿拜警幻时所见的太虚幻境的光景，忽见宝玉从迎面远远而来，渐近渐真，一直走到了自己的面前，大嚷道：“妹妹原来在这里，教我好想啊！”黛玉唬了一跳，忙放下葫芦，望迎面一看，宫门关得好好的，微闻外边帘栊一响而已。黛玉怔了半晌，又拿起葫芦来看时，只见宝玉还在面前，并非从前的打扮。头戴僧帽，身穿僧衣，向着他笑道：“妹妹，我可真当了和尚了！”言还未了，只见一个癞头和尚、一个跛足道人一齐上前，挽了宝玉就走，渐走渐远，渐渐的不见了。看得黛玉似醉如痴，正欲放下葫芦时，耳内隐隐似闻哭泣之声。又定神看时，却又似荣国府的光景。只见三个人哭作一团，一个好像王夫人，一个好像宝钗，一个好像袭人。黛玉看了也自伤心。忽见四面黑云布起，将葫芦内罩得漆黑，一无所有了。

黛玉放下葫芦，痴痴呆呆地坐着，思想适才葫芦内看的那些光景，心中七上八下的，一时也参解不透。又恐怕惊醒了众人，少不得又要盘问，只得携了蜡台，拿了葫芦，悄悄的仍旧回至套间里。只见金钏儿仍是鼾然沉睡，便轻轻的收了葫芦，吹了灯，解衣就寝。意欲在枕上寻思，谁知吃了仙丹仙酒，精神满足，头一着枕便栩然睡去了。

次日清晨，梳洗已毕，便先往赤霞宫谒见元妃。元妃独居寂寞，闻黛玉到来，不胜之喜。先行了君臣之礼，后叙些姊妹之情，十分亲热。元妃又说了迎春不久也要归位的话，直留着吃了早膳方回。元妃随即差了些宫娥来问安，又送了许多礼物。接着，警幻仙姑也来回拜，黛玉又将葫芦内所见的光景，再三求教仙姑，仙姑只道："不久自知，天机不可预泄。"黛玉也不好深究。警幻去后，又有尤二姐、尤三姐姊妹来望，不过彼此叙了些别后情况。黛玉也都一一的回拜。这些节目，不须多赘。

这一日早饭后，黛玉在院中闲步。正看这些仙女们用甘露浇灌那绛珠仙草，只见晴雯打扮得齐齐整整笑嘻嘻地走来说道："姑娘，我这好几日也没到外边逛逛去，今日闲暇无事。我到小大奶奶家去，和他们说说话儿，姑娘可肯教我去么？"黛玉道："总是闲着呢，你就逛逛去，见了他们替我问候。"晴雯答应了，笑着喜喜欢欢的去了。

没有十盏茶时，只见他慌慌张张地跑了进来道："你们快瞧来，前边来了一个女人，那个样儿好磕碜怕人啊，好像鸳鸯姐姐似的。"黛玉等闻言，一齐走出宫门看时，只见那个女子披头散发、张目吐舌、踉踉跄跄而来。晴雯见人多了，乍着胆子问道："你可是鸳鸯姐姐么？"只见那女子舌伸唇外，口不能言，惟有点头流泪而已。黛玉见这般光景，心下早已明白，便叫金钏儿：快到仙姑那里去，告诉说鸳鸯姐姐来了，求仙姑快来救一救。金钏儿答应着，飞也似地去了。这里晴雯与众仙女，将鸳鸯搀进房中。不一时，只见金钏儿跑得喘吁吁的进来，道："仙姑给了一粒仙丹，叫用甘露调化，一半儿点在舌上，再将那一半儿吃了下去就好了。"晴雯接来，即忙如法调治。不多一时，果见他目收舌敛，这才睁开眼睛哭了出来，道："我好苦啊！"晴雯忙叫道："姐姐你瞧，我们都在这里呢！"鸳鸯往四下里看了看道："这是什么地方儿，怎么林姑娘也在这里，你们怎么就凑到一块儿了呢？"黛玉未及回答，晴雯又道："这里是太虚幻境，林姑娘前身是这里的潇湘仙子，这就是他的绛珠宫，我们都是薄命司的仙女，所以你如今也到这里来了。"鸳鸯闻言点了点头儿，道："原来如此，你们可曾见老太太来？"黛玉闻听老太太三字，心中惊诧，忙道："你怎么问起老太太来了，莫非老太太也归了天了么？"鸳鸯道："可不是呢，前儿晚上老太太归了天了。我想，我服侍了他老人家一场，将来也没个结果，又恐怕后来落人的圈套，趁着老太太还没有出殡，我就把心一横，恍恍惚惚的像个人把我抽着上了吊了。我模糊记得，好像东府里的小蓉大奶奶似的。后来我心里一糊涂，不知怎么就到了这里了。"黛玉一闻贾母仙逝，不觉恸哭起来。晴雯忙道："姑娘你又糊涂了，老太太归了天，大家正好团圆，你哭的可是那一条儿呢？"黛玉忙拭泪道："我也忘了情了，这也是我平日哭惯了的缘故。"正然说话时，只听见院子里有人说道："鸳鸯姐姐来了么？好快腿啊！我倒奔忙了一夜，他倒走到我头里了。"大家看时，却是秦氏，进门便道："金钏儿，快倒碗茶来喝喝，今儿可把我乏透了。"黛玉迎着笑道："你看你累的这个样儿，你既有这个差使，为什么不告诉我们一声儿呢？"秦氏道："警幻只是催着叫快快去，连我换衣服的空儿还不容呢，那里还有工夫告诉你们！"黛玉道："大奶奶坐下歇歇儿罢。"于是，大家一齐坐下，仙女们捧上茶来。

茶罢，黛玉先问鸳鸯道："老太太好好的，得了什么病归了天了呢？"鸳鸯叹了一口气道："说起来话长。大老爷弄出事来了，家产

也抄了,和东府里的珍大爷一同发往军台效力去了;又搭着二老爷在江西作粮道,也革职回家来了;宝玉又疯得人事不省的。姑娘你想,老太太是上了年纪的人,如何禁得这些懊嘈呢,所以一天一天的老起来了,不过在炕上病倒了不多几日儿,就归了天了。这个老人家既没在这里,却往那里去了呢?”秦氏道:“我想老太太是年尊了的人,未必同我们一样,只怕寿终了要归地府罢。”鸳鸯便着急道:“如此说来,我可不又扑空了吗。小大奶奶,你把我弄到这个地方来,你还得把我送到老太太那里去,我才依你呢。”黛玉闻言,又觉伤心起来,道:“鸳鸯姐姐你不必着急,等我见了警幻仙姑,问准了老太太的下落,咱们再作商量。你且说二位太太和奶奶们、姑娘们的光景,也还都好么?”鸳鸯道:“二位太太的身子都还康健,只是家中遭了许多不幸,也都脸上露了老了。二姑娘怪可怜见儿的,生生的被二姑爷折磨死了,不知可曾到这里来?”秦氏道:“来了好些日子了,现在元妃娘娘那里住着呢。”黛玉道:“我也是前儿才知道的,还没有过去瞧他呢。”鸳鸯又道:“三姑娘也出了嫁了,就是路太远些,四姑娘还是照常不言不语的,似乎心里另有一番高见似的。珍大奶奶也露了老了,珠大奶奶还是照旧,琏二奶奶也病得不成样儿了!谁知抄家的事里头也干连着他呢,把他屋里抄了个干干净净,搭着老太太的事情上,又没钱又受褒贬,已经发了几个昏了,还不知如今是个什么光景儿呢?”秦氏道:“如此说来,只怕他也是我们这一伙儿的罢!好,他来了咱们这里更热闹了。”黛玉笑道:“热闹什么呢,不过是两片子贫嘴,怪讨人嫌的!”秦氏又笑道:“姑娘说的这个话,我倒怪想他的呢。那一日,我还到大观园警教了他一回,只是他这个心总不醒悟么。”大家正说话间,只见众仙女送上晚饭来。黛玉便命将那日仙姑送来的酒烫了来,大家吃了几杯。饭毕,嗽口吃茶,又说了一会闲话儿。秦氏告辞,各自家去了。

当夜,黛玉就留鸳鸯在自己房中睡宿,乃悄悄的问道:“姐姐,你才说宝玉疯了,我来的时候,我只知道他病着呢,是为丢了通灵玉的缘故，不知后来到底为什么疯了呢？”鸳鸯叹道：“姑娘，你还不知道呢，就是姑娘去世的那一天，那边就娶了宝姑娘过来了。谁知宝二爷揭了盖头一看，大嚷起来道：‘给我娶的是林姑娘，怎么又换了宝姑娘了呢？’太太就安慰他道：‘你林妹妹如今病得要死呢，所以才把你宝姐姐娶了过来了。’宝玉听了，就昏了过去。后来苏醒过来，就发起疯来了。”黛玉道：“姐姐，你这个话我不大明白。咱们这样人家，给宝二爷定亲自然要个三媒六证，行茶过礼才是，怎么我连一点声气儿也不知道呢？况且宝姑娘也是一位千金小姐，难道说要娶就立刻娶吗？既是娶了宝姑娘，宝玉又为什么嚷出林姑娘的话来，难道拿我给宝姐姐顶名儿吗，这到底是什么缘故呢？”鸳鸯叹了一口气道：“这都是我们琏二奶奶干的勾当。姑娘记得不？上年老爷把宝玉二次送到家塾里念书去了，老爷就向太太说，宝玉也大了，也该定得亲了。太太就把这个话回了老太太。琏二奶奶就在旁边插嘴道：‘现放着金玉姻缘，再往那里找去呢。’他就一力的怂恿着，悄悄的向薛姨太太说了。姑娘你想，我们这样的人家，宝玉那样的品格，姨太太有什么不肯的呢，一口就应承了。这些事原是瞒着宝玉做的，宝玉全不知道。后来袭人知道了，就将宝玉素日和姑娘你们俩从小儿在一处长大的情分，告诉了太太，并且说，宝二爷因那年紫鹃说了句顽话就病成那个样儿，如今若听见给他定了宝姑娘，他断然是不依的。太太也为难起来，就说这个话为什么不早说呢，如今生米已经做成熟饭了，难道好意思去向姨太太家说着退亲么。琏二奶奶就说不妨事的。他就想出这条妙计来了。后来宝玉病得狠了，老太太要娶过宝姑娘来冲一冲喜，他就说，趁着宝玉如今病得糊涂着呢，姑娘又病得着紧呢，把雪雁叫了过来，搀着宝姑娘拜堂，哄哄宝玉，就说是林姑娘。哄的宝玉果然欢天喜地的拜了天地，进了洞房，揭了盖头一看，是宝姑娘不是姑娘，气得宝玉大叫一声昏倒在床上。众人正在忙乱着救他的时候，那边潇湘馆的人来报说，姑娘也没了气儿了。”黛玉听到这里，不由得哎哟了一声,半晌说不出话来,忽然笑道:"仍旧把宝玉弄疯了,也算不得什么妙计。"鸳鸯看出黛玉的光景,自悔把话说冒失了,连忙解劝道:"这都是过去的事了,姑娘如今位列仙班,何必又寻烦恼。"黛玉笑道:"可不是呢,不必提他了,我们睡觉罢。"于是安寝。

到了次日,清晨起来,梳洗已毕。鸳鸯便先到警幻处,谢了赐药之惠,讲了一会天机,又与秦氏并尤家姊妹叙谈了一会,这才到了赤霞宫。守门的小太监问明了来历,奏了上去。不多一时,元妃升殿,将鸳鸯宣进,先行了大礼,一旁侍立。元妃降旨,询问家中别后的情事,鸳鸯一一的跪奏明白。只见元妃面含怒色道:"这些事体,前日二姑娘已经告诉过我了,虽是家运使然,到底是凤丫头恃才妄作,老太太、太太为其蒙蔽所致。前儿警幻在我这里提及宝玉与林妹妹的一段因果,我心深为凄婉。今儿听你所言,凤丫头真真的不是个好人了。你也没问警幻,老太太如今现在何处?"鸳鸯奏道:"奴才问过警幻了,他说我们这个太虚幻境,在上界之下,下界之上,原是个虚无缥缈的所在,不是这里有名儿的人是不能到的。老太太是寿终的人,必要先归地府,见过阎君,稽查过善恶,然后送往上界去与去世的祖先相会的,岂能到这里来呢。"元妃道:"老太太贵为一品夫人,生平谨慎,乐善好施,并无过恶,就是到阎君那里也无甚可怕处,惟是那些刀山剑树、牛鬼蛇神,老人家未曾见过,不免受些惊恐,且又无人服侍,如何是好?"鸳鸯奏道:"奴才原为老太太来的,奴才的意思要求警幻指引一条明路,亲自到地府里访一访老太太的下落。奴才住在这里,心里如何得安呢!"元妃闻奏,沉吟了半晌,点点头儿道:"你这个丫头真是个好的,可嘉之至。前儿警幻说凤丫头不久也要来的,等他到来,我自有道理,你也歇息几日。你且到二姑娘屋里坐着,说说话儿去罢。"说罢,元妃起身回身去了。

这里宫娥引了鸳鸯到西边一个小小院落,三间正房,却盖得十分别致。只听迎春在内问道:"鸳鸯姐姐来了么?"鸳鸯闻听,连跑了几步，进门先请了安。迎春含泪拉起，问了些别后家中的事情，彼此伤感了一回，就将鸳鸯留下作伴，差人告知了黛玉。黛玉随即也来会了迎春。过了几日，又接迎春到绛珠宫居住，二人闲暇无事，不是下棋就是吟诗，倒也十分快乐。这话暂且不表。

且说王熙凤自从物故之后，一灵真性悠悠荡荡，不知身在何处。但听一片哭声，低头下视，只见自己停在床上，贾琏、平儿、巧姐以及丫环仆妇，绕床恸哭，心中恍然大悟。意欲飞身下去，只觉有两个人两边搀架起来，行走如飞，脚不沾地。走了有顿饭之时，觉得眼界光明，前面显出无数的楼台殿阁。正然心中欢喜，忽听搀他的那两个人骂道：“小蹄子，我当你日头长晌午呢，你也有今儿么？”凤姐唬了一跳。仔细看时，原来是尤二姐、尤三姐姊妹二人。凤姐道：“哎哟！我当是谁，原来才是你们这两个东西，怎么开口就骂起我来了？”尤二姐骂道：“你便怎么！这里又是你们的荣国府？你又是当家奶奶没人敢惹？我今儿个可要报仇呢。凤丫头，我且问你，我好好的在外边住着，又碍不着你的什么事，你为什么把我诓到家里去，千方百计折磨死了我，你这才舒服了。”凤姐道：“好个不识抬举的东西，你既然嫁到我家，难道叫你在外头住一辈子，到底算个什么名色儿呢。我好意收拾了房子，亲自把你接回来，样样让你占个头分儿。你自己命小福薄，消受不起折磨死了，你倒不领我的情，反倒嘴里嘎出这些话来了。”尤二姐道：“你不用和我巧辩，你把我搬到家里来了，姐姐长，姐姐短，那一件事情我不是看你的眉高眼低呢，那一点儿把你敬错了？你不过为的是那个汉子。把我摆布死了，你就该守着汉子过个白头到老啊，怎么也跑到这里来了呢？”凤姐道：“哎哟哟，好个没脸的东西，越发说上样儿来了。什么老婆咧、汉子咧的，你既然正经，为什么二爷回来了几天儿你就怀上孕了呢？你看那些日子，就把你狂的哟，成天家龇牙咧嘴的，又想吃酸的了。”尤二姐道：“生儿养女，原是人所共有的大道理，有什么怕人的呢，难道你的巧姐是你在娘家带来的吗？”尤三姐道：

"姐姐,你这张嘴那里说得过他呢。你只把他揿倒,剥了他的衣裳,等我取出家伙来收拾他。"说着,唰的一声拔出鸳鸯剑来。凤姐一见,吓得魂不附体,只见前边不远有一带红墙,他便两手撩衣,往前就跑！尤三姐随后赶来。只见迎面来了个美人,后面跑着两个人,捧着盒子冉冉而来。凤姐一见,高声嚷道:"快救人啊！尤家三丫头要杀人呢!"原来前面来的正是鸳鸯,奉元妃之命与迎春、黛玉送果子去。鸳鸯留神一看,认得前头跑的是凤姐,后头赶的是尤三姐,连忙跑了几步,将凤姐揽腰抱在怀内,喝道:"三姑娘,不得无理,娘娘闻知,取罪不便。"尤三姐收了宝剑笑道:"我吓唬凤丫头呢,那里就杀了他了呢。"鸳鸯拉着凤姐的手道:"二奶奶,你老人家怎么也来了?"凤姐道:"我倒不愿意来呢,可由得我吗！这是什么地方这样体面,你们如何都在这里?"鸳鸯道:"此乃太虚幻境,有一位警幻仙姑,那中间正殿,便是仙姑的住处。这东边一带红墙,是元妃娘娘的赤霞宫。那西边一带粉墙是林姑娘的绛珠宫。两边的配殿,都是'怨粉'、'愁香'、'朝云'、'暮雨'、'薄命'、'痴情'等司,就是我们这些人的住处了。"凤姐道:"我呢,难道连个宫也没有吗?"鸳鸯道:"有呢,东廊下第一所就是二奶奶的宫。警幻说来,我们都是这些司里的一伙冤家,惟有二奶奶是这些司里的一个总冤家头儿。"凤姐笑道:"这也罢了,我们如今先到那一处去好?"鸳鸯道:"二奶奶跑得头发也松了,裤腿也散了,咱们就近先到赤霞宫二姑娘屋里歇歇,梳洗梳洗,见过了娘娘,再往林姑娘那里去,路也顺便些。"凤姐道:"这都是尤家三丫头,闹的来把我一辈子的脸都丢了。"回头又向尤三姐道:"你提防着点就是了。你二姐姐呢？眼错不见的就没影儿了"尤三姐只不答言,抿着嘴儿笑。于是,鸳鸯先差两个小太监,将果盒送到绛珠宫去,三人同至赤霞宫迎春房里。凤姐道:"怎么二姑娘没在家吗?"鸳鸯送上茶来道:"二姑娘是林姑娘接了住着去了。二奶奶也乏了,吃了茶歇一会儿罢。"遂命宫娥们舀水,取了妆奁来。这里凤姐重新打扮,整理衣裳,鸳鸯便先进

宫启奏元妃去了。约有一顿饭之时，才走出来道："娘娘身上不大爽快了，不肯出来见人。听见二奶奶来了，倒像有些嗔怪的意思，亲笔写了一道懿旨封了，命我发给二奶奶自己开读呢。"凤姐吃了一惊道："这是什么意思呢，我又不认得字，这不是难我吗？"鸳鸯道："不如我们都到绛珠宫，见了林姑娘和二姑娘，叫他们念给二奶奶听好不好？"凤姐道："如此甚好。"只见方才送果子的两个小太监回来道："果子送到了，二位姑娘在娘娘上叩谢。"鸳鸯道："你们来得好，这是娘娘的一道懿旨，你们背起来，头里往绛珠宫去。"

于是，三人出了赤霞宫，慢慢地行来，约有二里之遥，早到绛珠宫门首。只见金钏儿、晴雯笑嘻嘻地迎了出来道："二奶奶可好？尤家二姨奶奶说二奶奶来了，我们在这里等了好半天了。"凤姐笑道："原来你们这两个小蹄子也在这里呢，好热闹啊！"晴雯笑道："二奶奶的这个嘴，总没有改一点儿。"于是，大家进了宫门，只见秦氏、尤二姐在院中，彼此问了好。只听帘栊响处，迎春、黛玉也迎了出来，大家相见，悲喜交集。

叙过寒温，刚要归座，只见鸳鸯走来道："娘娘有旨给二奶奶的，请二位姑娘代为宣读。"迎春道："他才来了就有什么旨意呢？"鸳鸯道："二奶奶才到了赤霞宫，娘娘说今日不大爽快，未曾见面就降了这一道旨意。因二奶奶不识字，所以带过来，请姑娘们宣读着他听。"迎春道："请过旨来，我就替他宣读。"黛玉忙道："这样使不得，娘娘有旨，必须排下香案，令凤姐姐磕了头，跪听宣读才合礼呢。"晴雯听了，忙移了香案过来，供上旨意。凤姐只得恭恭敬敬地磕了头，端端正正地跪在那里。迎春这才打开懿旨，高声念道：

盖闻阃仪闺范，端有赖于贤媛；四德三从，望允孚乎内助。兹尔王氏熙凤，质虽兰蕙，识杂薰莸；利口覆邦，巧言乱德。坚贞自守，幸免帷薄不修；利俗薰心，竟蹈簠簋不饰。家资抄没，子孙无可立锥；骨肉流离，功业都成画饼。况复妄言金玉，使疾情怨女红粉埋香；巧弄机关，致薄倖情郎缁衣托钵。揆厥由来,罪莫大焉!本应除名仙籍,罚处轮回。但念尔赋性聪明,言词婉妙。斑衣戏彩,效老莱子之娱亲;菽水承欢,法子舆氏之养志。功堪补过,罪可从轻。恭惟祖母太夫人,鸾軿未返,鹤驭难逢。魂飘阆苑之风,魄冷瑶台之月。九重泉路,不无牛鬼蛇神;十殿森罗,半是刀山剑树。皤皤白发,难免恐怖之忧;渺渺黄泉,谁是提携之伴?今敕熙凤拟正,遂尔孺慕之初心;鸳鸯拟陪,成彼殉主之素志。并赐云车二乘,内监二名,夙兴夜寐,早抵酆都。事竣功成,速归幻境。于戏,余一人弃其瑕而录其瑜,用观后效;尔熙凤勉其新而革其旧,以赎前愆。曰往钦哉,勿负乃命。

众人听毕,都吃了一惊。鸳鸯道:"我久有此心,适见娘娘亲笔写旨,我就猜着几分是为这件事,如今可遂了我的心了。"只见凤姐还在地下跪着发怔,黛玉笑着拉他道:"念完了,你起来罢。你的差使到了。元妃娘娘派你往地府找老太太去呢。恭喜,恭喜!"凤姐这才起来,道:"我不信这个话。方才念的都是些文话,我一句儿也不懂,你们讲给我听听。"迎春遂又念一句讲一句,逐句讲完。大家俱不言语,都抿着嘴笑。凤姐拍手道:"阿弥陀佛,天在头上呢,冤屈死我了。抄家的事,原是大老爷和珍大哥哥闹出来的乱子,我不过是放了点子零碎账在外头,月间求几个利钱。这就算'簠簋不饰'?把天大的不是都安在我头上了。那一年,东府里的大老爷生日,我在后园里撞着瑞老大那个小短命鬼儿,弄得我脸上很没个意思。大概把这一案,又给我安上'帷薄不修'了。"迎春笑道:"二嫂子,你没听明白。娘娘原写的是'幸免'两个字,并非说你实有其事。"凤姐道:"这也犯不上说到'幸免'的上头啊"晴雯忙插嘴道:"这个二奶奶,怎么不是幸免呢。那一天,要不是二奶奶的智谋高,瑞大爷的胆子小,倘若他是个冒失鬼,情急了不管青红皂白,把你老人家一抱了抱到山子石背后,那可如何能够幸免呢。"凤姐啐了一口道:"放你娘的臭狗屁,小蹄子越发说上样儿来了。"尤二姐笑道:“晴雯姑娘,好孩子,你一说怎么就说到我心坎儿上来了呢。”招得众人都笑起来。凤姐着急道:“你们听正经话罢。前儿我来的时候,宝兄弟好好在家里和宝妹妹小两口儿一盆火儿似的。那一天,到舅老爷家去,巴巴儿的打发焙茗飞马跑回来告诉说,二爷不叫二奶奶在风地里站着。这都是鸳鸯姐姐亲眼见的事,这如今旨意上写的什么‘缁衣托钵’,这不是冬瓜拉到茄子地里去了。这不是,林妹妹现在这里呢,你和宝兄弟两个人肚里的事情,我如何能够知道呢。因为老太太说宝丫头稳重、林丫头多病,我不过是顺着老人家的杆儿爬,就说了句现成的金玉姻缘的话。大主意也还要老太太、老爷、太太作主儿,那里就能由着我呢。我要是你们两个人肚里的蛔虫,能够知道你们两个人的心事,我要肯说金玉姻缘的话,就教我嘴上长个大疔疮,烂了舌头。”黛玉正色道:“凤姐姐,你说的都是些什么话。适才责备你的这些话,乃是元妃娘娘的旨意,与我有什么相干呢。你如果委屈得受不得,就该往赤霞宫喊冤去,这些闲话在这里说给谁听呢!”说着,赌气到里间屋里去了。迎春道:“二嫂子,你也不能没不是。姻缘呢,固然有个天定,你为什么趁着人家病得要死,把人家的雪雁叫过去搀着宝妹妹哄宝兄弟呢?”凤姐道:“已经把事情干错了,可教我再有什么法儿呢!少不得要弄神弄鬼的了。”秦氏道:“二婶娘不必焦躁,也怨不得元妃娘娘嗔怪,也怨不得林姑娘生气,总是二婶娘平日精明强干得过馀了。俗语说的,‘功之首,罪之魁也’。这也不必提了,且和鸳鸯姐姐商量明日如何起身才是正理。”迎春向晴雯道:“你该差人到厨房里去问问,饭得了没有?只怕你二奶奶闹了这大半天也饿了。”晴雯答应,自去料理。这里迎春便拉了凤姐,一同进里间来瞧黛玉。

只见黛玉面朝里躺着,凤姐便歪在炕沿上,搬过黛玉的脸来,搂在怀里笑道:“姑奶奶,你别生气了,都是小的的不是。要打要骂,我情愿领。我明日就往地府里去呢,姊妹们也亲亲热热地说半天话儿罢。明儿我到了外头,打听着宝兄弟,如果出了家时,那怕海角天涯呢，我总把他找了回来，双手儿送到妹妹怀里，将功折罪。”迎春笑道：“林妹妹，你饶了他罢。你听他说得怪可怜见儿的。”黛玉不由得也笑了。回过手来轻轻的打了一下道：“我看你这贫嘴，几时才改呢。”只见晴雯走来回道：“酒席已经摆下了，请吃酒罢。”于是，三人走了出来。只见摆了两席酒，迎春向黛玉道：“我们六个人坐一席，好说话儿。那一席挪下些，让鸳鸯姐姐他们坐罢。”于是，黛玉、迎春、秦氏、凤姐、尤二姐、尤三姐坐了一席，那一席便是鸳鸯、晴雯、金钏儿、瑞珠儿坐了。正然饮酒叙谈，只见警幻差了一个仙女来报说：“你们的亲戚又来了三个，一位奶奶，一位尼姑，还有一位道士呢。”众人都诧异道：“道士是谁呢？”尤三姐道：“莫非就是那年送我来的那个跛道士罢？”仙女道：“这个道士并不跛脚，他说是送他女儿来的。”众人听了，越发测摸不出道人是谁。

列公，你道这个道人是谁？原来就是甄士隐。自从那日草庵别过了贾雨村，来到薛蟠的门首，正值香菱产厄，甄士隐就在空中将袍袖一展，只见香菱的灵魂出壳，随了他来，飘飘荡荡，走了多时。士隐叫道：“英莲，我的儿，你认得为父的么？”香菱正然心中迷迷惑惑，忽听有人叫他，止步留神细看。只见一位道士，鹤氅纶巾，仙风道骨，站在面前。香菱倒退了几步道：“你是何人，把我引到那里去？我们薛家可不是好惹的。”士隐笑道：“我的儿，你那里知道，我就是你生身之父，姓甄名费字士隐，家住姑苏阊门内仁清巷葫芦庙旁。你母亲封氏，膝下无儿，单生你这一女，小名英莲。五岁上，因上元佳节家人霍启抱你到街上去看灯，一时丢失，霍启惧罪潜逃。后来葫芦庙失火，延烧了家产，我与你母亲投奔你外祖家栖住。那年遇见一僧一道，我就弃舍红尘，随他们出家，如今已修成半仙之体。今知你孽债已满，特送你到太虚幻境结案，以完父母之情。”香菱闻言，连忙跪倒，拉住士隐的袍袖，放声大哭道：“女儿长了二十多岁，只知为人拐卖，并不记得家乡住处，父母何人。至今才能认着父亲，不知我母亲现在何处？爹爹可把我领了去见见母亲。”士隐叹道:“我的儿,你母亲如今现在你外祖家,你今并非生人,阴阳路隔,岂能相见。你也不必悲伤,母女后会有期。你今且同我到太虚幻境与你们那些姊妹相逢,亦可稍慰寂寞。”香菱闻言,止哭问道:“姊妹又是何人?”士隐叹道:“到彼自知。”一面说,一面搀了香菱,缓缓而行。

走了多时,转过了一个山弯,只见一个女子披头散发,血迹模糊,号泣踉跄而来。士隐指着,笑向香菱道:“这不是你们的一个姊妹么!”香菱闻言,吓了一跳,抢步上前仔细一看,忙问道:“你不是栊翠庵的妙师父么?”那女子也抬头一看道:“你不是香菱姑娘么?”原来这女子果是妙玉,自从那日被强盗劫去,因各强盗都要抢先,各不相让,争闹起来。内中一个强盗愤极,大吼一声,一刀将妙玉杀死。他的那三魂七魄聚在一处,只因迷了路径,身无所归,正然悲泣。忽见了香菱,真如见了亲人一般,遂将那夜被劫,众盗争风遇害的缘由,细诉了一回。香菱也将自己产厄,认了父亲的话说明。只见甄士隐上前,向妙玉脸上喷了一口仙气,就像戏台上放了一股松香火亮儿似的,两人都吃了一惊。仔细看时,只见妙玉浑身血迹全无,依然是花容月貌,越显得艳丽非常。香菱、妙玉一齐欢喜,拜谢了士隐相救之恩,大家齐奔太虚而来。

又走不多时,只见前面一片光明,真是琉璃世界,层楼耸翠,飞阁流丹。远远来了一位仙姑,向士隐稽首道:“老先生辛苦,了此一段因果。”士隐也稽首笑道:“因果虽了,只怕还不能结局呢。”乃向妙玉、香菱道:“这就是警幻仙姑。”二人一齐上前施礼。警幻笑道:“二位贤妹,你们在红尘中闹了这些年,不知可享了些什么福?”二人齐道:“弟子等愚蒙,全赖仙姑指引。”警幻连忙搀起,笑向士隐道:“老先生请到前殿歇息,我领他们到绛珠宫去,教他们姊妹大家相会。”香菱忙道:“爹爹不要悄悄的走了。”士隐道:“我今日也乏了,且在前殿打坐一宵,明早回山。我尚有嘱咐你的言语,你放心去罢。”说毕,自去前殿打坐去了。于是,警幻先差了一个仙女去报信，自己随后携了他二人的手，并肩缓步而行。这里晴雯等一闻仙女来报，即出席来看，果见他三人来了。喜得金钏儿拍手笑道："我们这里越发热闹了。"大家彼此问了好，进了宫门，黛玉、迎春、凤姐等也都迎了出来。大家相见，悲喜交集，不必细赘。警幻先道："大家仍旧坐了席，方好说话。我与妙姑吃素，就在榻上小炕桌儿上坐罢。"于是，他二人便在榻上对面坐下，香菱便挨着黛玉坐下。遂将宝玉中了乡魁、跟了和尚去出家的话，以及袭人嫁了蒋玉函并夏金桂施毒自害的这些事，一一的告诉出来。众人听了，也有诧异的，也有伤感的，也有叹息的，也有称赞的。惟有林黛玉眼圈儿一红，低头不语，默默若有所思。秦氏道："宝二叔衔玉而生，本就是胎里带来的仙体，日后成了正果，未必无相见之时，何必悲伤。我们今日大家聚会，正该破涕为笑才是。换热酒来，大家且吃几杯。"于是，仙女们斟上酒来，一齐举杯相让。只见凤姐擎杯向妙姑笑道："妙师父，自从那日大观园被盗，后来听见你被贼人劫了去，我就一夜也没合上眼儿。我想你这么个娇娇滴滴的人儿，一个强盗也还支撑不住，何况一伙强盗呢！底下的话我可就不敢说了。"妙玉闻言气得把桌子一拍，道："二奶奶这是什么话！我如今拼着一死，原为的是保全名节，你如何反说出这样的话来。我听见你明日往地府里去，只保佑着你不要撞着一伙恶鬼，才是你的造化呢。若要撞着了恶鬼，那时节，你要求其如我这一死，只怕不能够罢！"迎春笑道："二嫂子说的是顽话，妙师父怎么就着了急了呢。"谁知妙姑这一席话倒提醒了鸳鸯，忙道："二姑娘，妙师父虽然说的是极话，仔细想来倒也很是呢。我想二奶奶和我，两个年轻的妇女，两个小太监也算不得什么，万一路上遇见了歹人，可怎么处呢。"迎春未及回答，尤二姐道："我倒有个主意，和仙姑商量商量，把我们二爷也弄着来，跟了他们去，岂不放心些儿呢。"迎春道："这如何使得呢，这里都是些仙女们，那里有安顿爷们的地方呢？"凤姐道："你可说吗，人家这里商量正经事，他又想到他们二爷身上了。"尤二姐道："我想到二爷身上，原是为保护你，难道是为我吗?”尤三姐笑道：“凤丫头，你也不用和我姐姐斗嘴，他也说不过你，你只当着众人给我磕个头，三姑娘明儿个保了你去，凭着我手中的鸳鸯剑，脚下的手帕云，就有几百个恶鬼，保管你平安无事就是了。”众人听了，都齐声道好。凤姐也点点头儿，笑道：“三妹妹，你也不必要我给你磕头，我就认真的给你磕个头，难道你兜着我这个头不成。你只管保了我去，我刚才已经许下给林妹妹找宝兄弟呢，顺便把柳老二找了回来，双手儿也送到妹妹的怀里，答报你的恩，好不好呢?”迎春笑道：“三姐姐，你听见了没有，你这可再推辞不得了。”说得众人都笑了。黛玉笑道：“你们都收了贫嘴罢，早些儿吃了饭，凤姐姐也歇息歇息，明儿还要辛苦呢。”说着，遂命仙女们端上饭来。大家说完，出席，盥漱毕，随便散坐。只见尤三姐悄悄的拉了香菱的手，笑道：“菱姑娘，你到这里来，我有句话要和你说呢。”说着，便拉了香菱到里间去了。不知尤三姐说出什么话来，且听下回分解。

第三回　黄泉路母女巧相逢
青埂峰朋友奇遇合

话说尤三姐拉了香菱到里间房内，悄悄的笑道："菱妹妹，我有句话对你说，你可千万不要告诉别人。我闻甄老伯已修成半仙之体，凡属同道之人断无不认得之理。你可替我问问柳湘莲的下落。"香菱听了，不由得笑起来。正欲怄他玩笑，只见黛玉笑嘻嘻地进来道："好话不背人，你们有什么私话在这里说来了。"尤三姐见有人来，也没细看是谁，便从后门走了。这里香菱笑着将尤三姐的话，告诉了黛玉。黛玉听了，把脸一红，拉了香菱的手，好像有话说不出口来的意思。香菱是极聪明的人，早已会过意来，笑道："我知道了，明日一总替你们问问我父亲就是了。"黛玉听了，便拉了香菱走出来，笑道："咱们今日人多，晚上都在那个屋里睡，早些说定了，好教他们收拾卧具。"妙玉先道："我还要求警幻仙姑的指教，就住在他那里罢。"秦氏道："我和二婶娘、鸳鸯姐姐就在西套间里睡。我们娘儿们好几年没见面，我们还有话说呢。"迎春道："很好，菱姑娘就跟着我，在林妹妹房里住。尤家二姐姐、三姐姐也别回去，大家晚上热闹热闹罢。"尤三姐道："我已许下同他们往地府里去呢，也要回去收拾收拾才好。"尤二姐道："也罢，我们姊妹俩一块儿回去，明日一早在牌坊那边摆了祖饯，候着你们罢。"说着，仙女们捧上茶来。大家吃了一回茶，警幻、妙玉、尤氏姊妹告辞，各自回家。

这里迎春、黛玉、凤姐、秦氏、香菱、鸳鸯、晴雯、金钏儿、瑞珠儿九人又谈了一会儿别后的事情，这才各自归寝。

次日黎明，香菱起来梳洗毕，先往警幻前殿见他父亲去了。甄士隐未免又劝慰了香菱一番，给了个小小锦匣儿，上写着“仙家妙用，敬谨开看”八个字。香菱知是仙家之宝，不敢细看，遂紧紧收藏起来。又问湘莲、宝玉的下落，士隐只说得“青埂峰”三个字，便走出殿门，忽然不见。香菱怔了半晌，悲伤了一回。正欲回来，只见远远的尤二姐姊妹两个，在那里招手叫他道：“这里来！”香菱闻言，只得跟了，来到牌坊外，早有仙女们摆着围屏、桌椅、酒果伺候着呢。三人叙礼坐下，尤三姐便笑道：“老伯走了么？我的那个话你可问了没有？”香菱笑道：“问了，倒惹得我父亲说我不害羞，怎么替人家问起这个话来了。”尤三姐笑道：“这是你编排的话，老伯口里那里说出这样老没正经的话来呢！”香菱正欲回答，只听尤二姐道：“那边他们一伙子都来了。”

大家看时，果见前边是两个小太监御着云车二乘，后边凤姐是行装打扮，身穿绛色袄儿，外罩三蓝片金镶边的嵌肩褂，戴着貂鼠昭君套，越显得风流出众。随后就是迎春、黛玉、秦氏、鸳鸯、晴雯等一齐到了。众人让凤姐上面坐，两边让尤三姐、鸳鸯也坐了。晴雯执壶、秦氏把盏，迎春、黛玉、尤二姐等，每人亲递了三杯酒，凤姐三人等饮毕，又每人回敬了一杯，这才依序坐下。凤姐叹了一口气，向黛玉道：“林妹妹你知道，我素日在老太太面前，凡事多嘴多舌惯了的，实在我把事情干冒失了，我也后悔不来了。妹妹恨我这是不消说的，宝兄弟好好的为这件事出了家，他也是要恨我的。就是宝妹妹，如今弄得他守了活寡，他又不恨我吗？哎！我真真的成了大观园的反叛罪人头儿了。昨儿晚上教蓉大奶奶把我数落得恨不能钻到地缝里。接着，晴雯这个丫头也数落了我一顿，说太太当日撵他，只怕也是我挑唆的。就只有金钏儿跳井不好意思赖到我身上来。妹妹，你可再别记怀我了，只看我受这一回辛苦，将功折

罪罢！"黛玉道："凤姐姐，你也不必再提这些了。你只路上留神保重，找着了老太太，先差人给我们送个信来，我们就放心了。尤三姐姐、鸳鸯姐姐路上也好生留神照应，见了老太太替我们请安。"二人也答应道："你们只管放心罢。"秦氏道："天也不早了，二婶娘请上车罢。"凤姐站起身来，正欲作别，只见警幻与妙玉笑嘻嘻地走来道："我们来迟了，快拿酒来，我们借花献佛。"晴雯忙送过酒来，每人又递了三杯。各道了谢，彼此洒泪而别。凤姐、鸳鸯坐了车，尤三姐架起手帕云，两个太监御车如飞而去。这里迎春也回赤霞宫去了，香菱因要学诗，便与黛玉同住，尤二姐、秦氏各自回家，妙玉仍与警幻同住。这话暂且不表。

再说贾母，自从那日仙逝之后，一灵真性出了府门，四顾茫茫，不辨路径。正在心中忧惧，忽听后面有人高声叫道："前面走的是老太太么？"贾母回头看时，认得是东府里的焦大。贾母道："你作什么来了？"焦大道："奴才活了这么大的年纪，如今老太太又去世了，奴才在小爷们手里过着还有什么趣儿呢，不如跟了老太太，来见见老太爷们，强如活的猪嫌狗不爱的。所以，昨儿晚上痛痛的喝了些酒，跌拌了几下子，也就赶着来了。"贾母笑道："老孽障，你也活够了。来得很好，我正盼个熟人儿呢。你去给我雇顶轿子，我步行走不动了。"焦大回道："前面就是界牌，乃是阴阳交界，只怕预备老太太的轿子在那里伺候着呢！"贾母听了，抬头一看，果见一座界牌。但见人烟凑杂，车马攘攘。焦大高声嚷道："咦，你们那个是荣国府预备老太太的轿子？"只见一伙人答应道："我们就是的，你老是谁啊？"焦大道："浪王八羔子们，抬过来罢，老太太到了。你们管我是谁呢。"众人听了，连忙抬过轿子，伺候贾母上了轿。焦大又问道："楼库杠箱呢？"有人答应道："在这里呢。"焦大道："好生抬着，紧跟着老太太的轿子走，预备路上好赏人。我的驴子呢？"只见一个小厮，拉过一头驴来道："焦大爷，你这个驴子是林大爷、赖大爷给你预备的。"焦大道："我知道。哦，这是他们哥儿俩可怜我没儿没女的意思。孩子，你把我搁上去。”这小厮将焦大搁上了驴，跟着轿子缓缓而行。但见来来往往，络绎不绝。这边去的，也有幡盖接引的，骑马坐轿的，逍遥步行的，也有披枷带锁的；那边来的，也有欢天喜地的，愁眉泪眼的。贾母在轿中看见这些光景，惟有合掌念佛而已。

走了多时，忽见迎面来了一伙囚犯，身上也有披着牛皮、马皮、猪皮、羊皮的，也有披着驴皮、骡皮、猫皮、狗皮的，后面跟着几个解差，手提闷棍，摇头晃脑而来。忽听囚犯内有个妇人高声叫道：“驴上骑的不是焦大爷么？救一救我罢！”焦大问道：“你是个谁啊？”那妇人道：我是鲍二的女人，你老人家记不得了么？”焦大道：“就是你这个浪东西吗，悄默无声儿的罢，看仔细惊了老太太。”那妇人听了，越发嚷起来道：“轿子里坐的是老太太么？好老祖宗咧，救我一救罢！”贾母闻言，忙令住轿。只见那妇人早已跪在面前哭道：“老祖宗可怜我罢！阎王老爷说我前生引诱主子，犯了淫罪，罚我变个骒骡子，只许受苦，不许下驹。老祖宗可怜我罢，我再不敢浪了！”这里焦大也下了驴，吆喝道：“滚开罢，小东西！成天家搽脂抹粉的，恨不能怎样才好。今日是自作自受，教老太太有什么法儿呢？”贾母道：“焦大，我也想来，你虽是个八九十岁的老头子，伺候我到底不方便。这个鲍二家的虽然平常，到底是家里的个旧人儿。你去和那些解差们商量商量，看他们肯教我们赎不肯？”焦大答应了一个是，忙走上前去，向那些解差拱手道：“众位爷们站一站，我有一件事和众位商量。方才这个媳妇子是我们府里的旧人，我们老太太要他跟了去服侍。众位爷们通点情儿，让我赎了去罢。”只见一个歪戴帽子的人上前喝道：“胡说，你吃了灯草灰儿了，说的这么轻巧。这都是王爷亲点出来的，谁敢通情呢！”焦大笑道：“好兄弟，你别生气，咱们走衙门的人，一点弊儿不敢作，可仗什么吃饭穿衣呢？哥哥总不敢委屈你就是了。”说着，便从杠箱里取出一挂元宝来，笑道：“足足的十个，五百两，敬你们哥儿们喝个茶儿。”那人听

了道："这点子东西你老请收着罢，我们没有身家也有性命呢！"鲍二家的听了，忙跪下磕头，哭道："好爷们咧，开个恩罢，积修得好儿好女的。我给爷们磕头。"那解差便觑着眼一看，高声嚷道："老三、老五你瞧瞧，咱们的眼睛真是吃了蒜了，昨儿晚上瓜里挑瓜，竟把这么个妙人儿白饶过去了。"又笑问鲍二家的道："你多大年纪了？"鲍二家的道："我记不得我的岁数，只听见人说比我们二奶奶大一岁。"那解差听了，不由得哈哈大笑道："我又怎知道你们二奶奶多大岁数了呢？这么个怪俊的模样儿，原来是'金玉其外，败絮其中'的。罢了，我们行个好儿，老爷子，你把他带了去罢。"说着，向焦大手中接了元宝，大家说说唱唱，押解其余囚犯扬长而去！

鲍二家的过来，给贾母磕了头。焦大道："鲍姑娘，你也顾点脸面罢，方才那个样儿，我也替你臊得受不得了。"鲍二家的道："你这个老人家，你才没听见吗，昨儿晚上要是瞧出我俊来，我还不得干净呢。"贾母道："不用说了，我们赶路罢。"鲍二家的道："焦大爷，你到底也给我弄顶轿子来嘛！"焦大怒道："不知足的东西儿，你才刚儿是轿子抬来的吗？乖乖儿给我呀步罢。这样荒郊野外，教我去那里弄轿子去呢。"鲍二家的道："你老人家不用生气，过这个山坡，那边就是酆都城的千里铺，那里轿子多着呢。街头上有个尼姑庵，也让老太太喝碗茶歇歇儿。你看我身上这个样儿，也让我和老太太讨件衣裳换换嘛。"焦大笑道："小东西就有些啰嗦，就是走了罢。"于是，又走了有四五里之遥，绕过山坡，果见人烟辐辏，热闹非常。路南有座小庙，上写"观音庵"三字。鲍二家的忙教住轿，搀了贾母出来，步入庙门。只见一个尼姑迎了出来道："老施主请到禅堂坐坐。哎呀，这一位好面熟啊，你不是在这里住过的鲍二嫂子吗？"鲍二家的笑道："老姑姑好记性啊！这是我们的老太太，是国公爷的一品夫人呢。"老尼姑道："原来是老太太，失敬了。"

于是，搀了贾母到禅堂坐下。小尼姑端上茶来，递与贾母，随跪下请安。贾母伸手拉起，细细将小尼姑一看，向鲍二家的道："你看看这个小尼姑，像馒头庵的智能儿不像？”鲍二家的未及回答，只听老尼姑道：“这是新收的徒弟，他说为找亲戚来的。后来找着了一位姓秦的相公，他二人那样亲热的光景，也难以语言形容了，我的意思要劝他还俗呢。”贾母听了，也并不理会姓秦的是谁，但笑道：“可是呢，年轻的小人儿家，再别轻易出家。”二人说话之间，鲍二家的早偷了个空儿打扮了上来伺候。贾母笑道，“浪猴儿精，多早晚儿可就把我的衣裳诡弄出来穿上了。”老尼姑笑道：“这位嫂子是老太太的管家，我也不敢说，上回在我这里……”鲍二家的听了着急，连忙拿眼瞪他道：“你去罢，把你们的好点心、果子捡些儿来给老太太吃，吃了我们还要赶进城呢，那有工夫和你叙家常呢。”老尼姑会过意来，笑着，忙命智能儿取了八碟果点之类摆上，贾母随便吃了些。吃毕，只见焦大进来叫道：“鲍姑娘，你的轿子雇下了，请老太太走罢。我在外边打听了，城外闹杂住不得。城内城隍大老爷衙门西边有一所大公馆，又雅静又离衙门近，明早先要到大老爷衙门过堂验看呢，迟了怕赶不进城了。”鲍二家的回明了，搀着贾母走了出来，老尼姑看着上了轿方才回去。

这里主仆三人迤逦行来，早望见一座城池，楼堞巍峨。焦大便吩咐轿夫“慢慢的抬着走，小心些儿，我头里看公馆去了。”说毕，颠着驴子如飞而去。这里贾母进了城，在轿内看时，但见：六街三市，热闹非常，楚馆秦楼，都如人世。正然看时，只听焦大叫道：“抬到这里来。”众轿夫听了，便跟了焦大抬进一座公馆，落下轿来。鲍二家的搀了贾母进了上房，只见里面铺设得十分幽雅。贾母也觉得乏倦，伏了引枕，闭目养神。焦大向鲍二家的道：“我已向主人家言明了，酒饭、茶水、灯烛一总包了，明日开发他五两银子，等老太太醒了，你就伺候洗脸吃饭，照应着行李杠箱。我要往大老爷辕门上打听打听，明日过堂是什么规矩，也好预备。”说毕，一径去了。这里，贾母盹睡了片时，起来向鲍二家的道：“你过来，我细细的瞧瞧你。你既是家里的人，我眼中怎么不大见你呢？”鲍二家的道：“奴

才们两口子原是珍大爷那边的人，琏二爷爱奴才的男人好，才要过来的，只在外边当差，那里能够轻易见老太太呢？"贾母笑道："怪道我瞧着眼生呢。那一年，在凤丫头屋里，说他是阎王老婆的就是你吗？"鲍二家的红了脸，笑道："这个老太太，又揭挑起人家的短儿来了。"正说时，只见主人婆子送了脸水上来，贾母盥漱毕，然后端上饭来，乃是八个小碟、八个大碗、一个火锅。贾母饮了两杯酒，吃了碗饭。鲍二家的送上茶来，然后自去吃饭。

贾母下榻闲步，只见焦大走来回道："奴才才到衙门里打听了，见了个年轻的书吏相公，他说这里的规矩，不论阳世的官职，一概上堂要跪听唱名的，若无罪过还好，若有罪过时，立刻就上刑具的。奴才许了给他十个元宝，他才许了个明日见机而作的话。奴才想先把银子给他，往后也就好说话了。"贾母听了这番言语，自念生平虽无大恶，终觉不甚放心，便道："有的是银子，你只管办去罢。你明日可怎样呢？"焦大道："奴才怕什么呢，当日跟着老太爷出兵的时候，什么酸甜苦辣没受过呢。别说大老爷过堂，就是阎王殿上上刀山下油锅也不怕他。"说和贾母也笑了。焦大遂取了十个元宝，一径去了。这里贾母又与鲍二家的说了一回闲话，各自归寝。一宿无话。

次日黎明，焦大便催齐了轿夫，俟贾母梳洗已毕，坐上了轿子，出了公馆。鲍二家的、焦大步行相随。不多一时，早到了辕门。只见一个年轻的书办，生得眉清目秀、齿白唇红，在那里笑嘻嘻地点手儿，教把轿子抬进脚门西边一个小院子内落下。自己走到轿前，恭恭敬敬地作了一个揖道："晚生请老太太的安。"贾母见他人物风流，语言乖巧，就知是十个元宝的力量，忙欠身笑道："相公你可好，我们诸事还要仰仗呢。"那书办道："老太太只管放心，晚生无有不尽力的。"贾母笑道："相公尊姓？"那书办笑道："晚生姓冯名渊，江南常州人氏，父亲也做过官的。只因晚生买妾与金陵一个姓薛的，叫个什么呆霸王，彼此争买，他就倚财仗势将晚生打死。晚生到了这里告了一状，查了查姓薛的与晚生原有夙冤，又且他阳寿未终，难以结案。幸喜城隍大老爷也是南方人，姓林，可怜晚生无故受冤，又是读书的人，就补了这个衙门的六房总经承之缺，如今也好几年了。”贾母又问道：“大老爷是南方那一府的？”冯渊道：“苏州府人，就是当日做过扬州盐运司的。”

刚说到这里，只见从仪门里走出一个长随来，叫道：“冯经承在那里呢？”冯渊急忙答应，跑到跟前赔笑道：“潘二爷有什么吩咐？”那长随道：“老爷今儿身上不大爽快，教你把过堂的花名册子拿进书房里去过目呢，想是委少爷出来点点也未可定。”冯渊听了，忙取出册子，一面打开看着，一面又走到轿前问道：“老太爷的尊讳可是贾代善？老太太娘家可姓史？今年八十三岁了？”贾母未及回答，只听那长随嚷道：“快来罢，老爷在书房坐着等着呢，早作什么来，这会子唠里唠叨，问这个问那个的。”冯渊听了，不敢怠慢，连忙拿上册子，随着长随进去了。

这里，贾母向鲍二家的道：“你们听见了，亏他不知道咱们是薛蟠的亲戚，他才就是为买香菱被薛蟠打死的那个公子。”焦大道：“这倒不相干，他们当书办的人，只知黑眼睛认得白银子，那里管什么仇人的亲戚呢。”贾母又道：“他才说这位大老爷姓林，做过扬州的盐运司，咱们林姑娘老爷不是扬州的盐运司么？可惜没有问他名字。”正说话时，只见冯渊喘吁吁的跑来，到轿前笑嘻嘻的道：“老太太恭喜，方才晚生拿上册子去，老爷看了，低头沉吟了好一会，便吩咐教小少爷过来。小少爷出来看了看册子，他便回了老爷，要亲身来看呢。晚生虽不知其中底细，看那光景，倒像和老太太是什么亲戚似的？老爷如今进了内宅，想是告诉太太去了，所以晚生先来送个信儿。若认了亲戚，求老太太把赏晚生的使费，莫向老爷提起，晚生即刻就缴上来。”贾母笑道：“这有何妨，些小笔资，那个衙门里没有。但只是我原有个女婿姓林，并无子嗣，只有一个女孩儿，去年也死了，如今是那里来的少爷呢？”鲍二家的听了，忙插嘴道："姑老爷在这里为官多年，难道姑太太就再不养个老生子阿哥吗？"招得冯渊也笑了。

正然说话时，只听见堂上吆喝道："闲人都退后些，少爷出来了！"贾母在轿内留神细看，只见两三个小厮拥簇着一位少年公子，生得器宇轩昂，眉目清秀，年约二十余岁。贾母细看，大惊，哭道："来的不是我的珠儿吗？"那公子见了贾母，也就上前抱住腿恸哭。众人不解其故，正在惊疑之际，只听堂上"当"的一声点响，威武三声，大门、仪门一齐洞开，出来七八个小幺儿，将贾母的轿子抬起，那公子扶了轿杆，转身进了仪门。又见一名旗牌跪禀道："请老太太的安堂。"堂上又威武了三声，八个小幺儿抬起，一直的上了大堂，穿暖阁儿进到了二堂，才然落轿。早见一位官员，锦衣绣服，拱立轿旁。贾母下轿，仔细看时，果然就是林如海，不由得大哭起来。林公也自伤感，忙请安问好毕，两边闪出几个仆妇来，搀了贾母往里所走。刚到宅门，早见两个丫环搀着夫人哭了出来。贾母认得是他女儿贾敏，母女二人抱头恸哭。林如海在旁劝道："老太太今日母女相逢，正该欢喜。夫人也不必哭了，让老太太到上房里去。"于是大家止泪，母女携手进了宅门，丫头门早打起帘栊。

进了上房，只见里面陈设得十分精雅，虽系幽冥，无殊人世。林公夫妇让贾母炕上坐了，重新拜叩。贾母还了万福。贾珠也来叩见已毕，一齐归座。贾母问道："姑老爷是从扬州仙逝之后，就补了这里的城隍么？珠儿怎么得到这里的？"林公笑答道："小婿自那年捐馆见了阎王，阎王因查小婿做了一任盐运司，竟不曾弄商人的钱，所以十分敬重，奏闻了上帝，就补了酆都的城隍，帮着阎王办事。大侄儿也是阎王爱他的文墨，就留在案下主文，后来小婿到任认了亲戚，谁知他姑母就在他那里呢。小婿现无子嗣，求了阎王，将大侄儿讨了下来替我管管家务。那年东府里的敬大哥到了这里，定要把他带了去见老太爷们去呢。小婿和他说之再三，他才给我留下了。"贾母听了十分欢喜，道："真是天缘凑巧，也是姑老爷的德行所致。”贾夫人又问贾赦、贾政、邢、王二夫人的好。贾母便将贾赦犯罪抄家的话说了一遍，林公夫妇不胜叹息！贾母又向贾珠道：“你的兰小子亏了你媳妇守着抚养他，如今也十七八岁了，诗也作的好，文章也作的好，也爱读书。”贾珠听了，不觉心内惨然，忙立起来答道：“这都是老太太素日的教养。”

贾夫人遂接口道：“我的黛玉儿丫头今年也有十七八岁了，难为老太太把他接了家去恩养，他不知可比小时壮朗了些儿，还是那样的弱呢？”贾母闻言，呆了半晌道：“怎么的，你们没见黛玉儿丫头吗？他死了有一年多了，这个孩子可往那里去了呢？”贾夫人听了，吓得面目改色，半晌哭道：“怎么的，我的黛玉死了一年多了，我们这里怎么总没见他呢？想来必是老爷公出，衙门里的人疏忽了，不大理论，送到那个地狱里去了，不然就是打发到那里脱生去了。这还了得！我的儿啊，苦了你了！”说着便放声大哭起来。贾母由不得也哭将起来。林公也伤心落泪，便向贾珠道：“大侄儿，你去叫了冯书办来，吩咐教他在上年过堂的号簿上查一查，看有林黛玉的名字没有？再到王府里、崔判官衙门、转轮王府里出入的号簿上都查一查，就知道你妹妹的下落了。教他查明了，立刻回复，”贾珠答应了一个是，即忙去了。林公又劝他母女道：“夫人不必哭了，只管放心，别说地狱是咱们管的，还怕找不出来么？就是脱生了人家，也还容易办的。老太太上了年纪的人，莫叫他老人家只是悲伤。”贾夫人止泪问道：“我想黛玉小孩子家，三灾八难也是常有的，不知得了什么厉害病就死了呢？”贾母欲要照实说出黛玉的病源，又怕贾夫人着恼，自己也觉碍口，便流泪含糊答道：“这个孩子生来的又弱又聪明的很，心眼儿又多，自从到家，三六九的咳嗽，我给他配的人参养荣丸，每日炖些燕窝汤，百般将养，不能见效，后来到底吐血而亡。”说到这里，便又哭道：“我的乖乖儿啊，真真的教我也后悔不来了。”贾夫人不解其意，乃道：“老太太也不必后悔，这是他自己没造化，老太太白疼了他了。”

母女正然说话，只见个管家婆子走来禀道："早饭齐备了，摆在那里？"林公道："老太太才来，身子乏倦，早饭就摆在这里罢。你去告诉你男人，晚上预备酒席，或是小戏儿，或是八角鼓儿，不拘那样，伺候老太太听听。"贾母忙拦道："不用弄戏，等你们找着姑娘的下落，我再听戏。"说着，只见贾珠也进来回道："冯书办已经遵谕查去了。"于是，丫环们摆上饭菜。贾母正坐，林公夫妇旁坐，贾珠下面相陪。饮酒中间，贾夫人便叫："司棋呢？"只见走出一个年轻的妇人来，跪下与贾母磕头。贾母仔细一瞧，问道："你不是二姑娘的丫头吗？"贾夫人道："不是他是谁呢？前儿你女婿坐堂点名，问出他们的来历，是和他姑舅哥哥潘又安婚姻不遂，双双自尽。你女婿怜他们义气，留在家中配为夫妇的。"贾母道："我只知道他有了不是，撵了出去了，并不知道他有这些钩儿麻藤的事情。可惜迎丫头老老实实的，他老子那个糊涂东西许给了孙家，女婿极平常，活活的把迎丫头折磨死了。"贾夫人吃了一惊道："迎丫头也死了么？老爷每日点名，怎么也没有点着他呢？"林公诧异道："莫非世上的女孩儿都不属我们管？怎么过堂的时候，往往的也点着别人家的女孩儿呢？"正说到这里，只听窗外有人禀道："潘又安回老爷的话。"林公道："进来说罢，这里也没有你可回避的人。"只见潘又安进来，给贾母磕了头，到林公耳边悄悄地说了几句。林公默然良久，皱眉道："知道了。"贾夫人道："你们不用鬼鬼祟祟的，找不着姑娘，我是不依的。"林公道："夫人不必着急，我另有道理。大侄儿明早亲自带些人去，到十八层地狱、七十二司查看一回。潘又安改了装，在城里城外、乡村堡寨、庵观寺院各处寻访，断无寻不着之理。再教冯书办写些告示，遍处粘贴，悬赏寻觅，更要周到些。"潘又安答应了一个是，去了。

这里，大家用过了饭，漱口吃茶。只见焦大与鲍二家的走来，与林公夫妇磕头。焦大遂请示林公明日见阎王的规矩，并回明路上赎了鲍二家的话。林公笑道："明日，老太太也不用去，你们也不用去。明日我进府面禀，阎王也不好意思不赏脸。你们放心，都吃饭去罢。”司棋遂将他二人领去款待。林公惟恐他母女伤怀，笑道：“夫人和大侄儿何不引着老太太到花园里走走，闲散散步儿，回来你们娘儿们斗牌，我到书房里催着他们办文书，明早进府禀过阎王，就留老太太在这里住一半年，等我明年转了天曹，一同升天。”说毕，各自起身去了。贾夫人、贾珠搀了贾母到花园各处闲步，又讲些家中之事，不必细赘。

到了次日，林公进府办事，午正方才回来，向贾母道：“小婿今早见了阎王，将老太太之事回明，便稽查册子。老太太一生并无过恶，阎王甚喜，一切允从。焦大呢？”焦大见林公回来，早在门外伺候打听，一闻呼唤，忙上来打扦儿，道：“奴才在这里呢。”林公道：“老孽障，阎王说，你喝醉了酒，不知主仆名分，混唚骂人，该下拔舌地狱。因你跟着老太爷出过死力，又嘴里填过马粪，暂且加恩，予以自新之路。你很要改才好。”焦大忙跪下，磕头谢恩。林公又道：“鲍二的女人不准收赎，我求之再三，阎王不得已，还教我买匹骡子，偿还他托生的主儿，以结此案。”鲍二家的闻言，也过来磕头谢了，合家无不欢喜。贾母也欢欢喜喜地住着，听候找寻黛玉的下落。这也按下不表。

再说贾宝玉，自从那日乡试出场，在稠人广众之中，见了那个癞头和尚和他点手儿，他便趁着人挤的空儿抛下贾兰，跟着那和尚就走。那和尚向他脸上吹了一口，便觉得心中迷迷惑惑，就像脚下生云的一般。不多一时，走的连城池房舍的影儿都不见了。但见一个跛足道人在那里哈哈大笑道：“这里来，这里来，天伦至性，不可以不拜辞。”于是，二人引了宝玉来到河边，只见一只大船湾在那里，便将宝玉扯上船头，令其叩拜。宝玉此时，明明见他父亲坐在船内，心中只觉恍恍惚惚，口里也说不出话来，身子好像由不得自己的一般。叩头已毕，二人便搀了他上岸，脚不沾地，行走如飞。走够多时，只见前面一座高山，万丈嶙峋，直插云汉。进了山口，顿觉眼界光明，别是一番世界。宝玉此时才觉心中清醒，举眼看那和尚、道士时，顿改了形容，那里是什么癞头跛足的形状。但见：这一个头戴毗卢帽，衣穿袈裟，白面长须；那一个头戴纶巾，身披鹤氅，美目修髯。飘飘然有神仙之概。真好似：

取经天竺唐三藏，梦醒黄粱吕洞宾。

宝玉看罢吃了一惊，倒身下拜，道："请问二位师父的法号？"那和尚笑道："我乃茫茫大士，这位道友乃渺渺真人。我二人自开辟以来就在此山居住"宝玉又道："请问师父此山何名，这等嵚崟空翠？"那道人道："此山名为大荒山，那中间最高的一峰就名青埂峰，下面有一洞府，名曰空空洞，就是我二人修真之所。你且随了我们来，这里还有你一个朋友在此。"宝玉听了，不胜欢喜。便随了他二人缓步而行，到了洞门口，只见上面悬着一石匾，凿着四个大字道"为善最乐"，西边一副古对联，凿的是：

栽培心上地，涵养性中天。

宝玉笑道："师父，这样仙境为何不题些惊人之句，怎将一副极熟的匾对凿在这里？"那僧道听了，哈哈大笑道："你道这对联的话语极熟么？口里读去自然很熟，亲身行去只怕就觉很生了。你若能将这十四个字身体力行，便是禅门第一义了。"宝玉听了，就如醍醐灌顶，恍然大悟。只见那和尚将洞门的石环轻轻地击了一下，叫道："松鹤！"只听"哗唧"一声开了洞门，出来了一个垂髫童子，问道："师父回来了么？"却又跑了进去。这里僧、道二人引了宝玉往里边走，一进洞门，但见奇花异卉，古干虬枝，清香扑鼻，并无半点飞尘，窈然而深，蔚然而秀。宝玉正在爱慕之间，忽见里面走出一个少年来，笑容可掬地道："师父辛苦了！宝兄弟来了么？"宝玉仔细一看，不是别人，却是柳湘莲，不禁大喜过望。要知二人相见如何，且听下回分解。

第四回　观音庵凤姐遇秦钟
酆都城鸳鸯见贾母

话说贾宝玉跟随那一僧、一道走进洞门，只见里边走出一个少年来，不是别人，乃是柳湘莲。不禁大喜，笑道："柳二哥原来在这里，别来无恙乎？"湘莲也笑着问好，拉拉手儿。那道人、和尚便笑起来道："你们二人可谓'他乡遇故知'了，且进禅堂再叙罢。"说着，他二人先就进了禅堂，湘莲、宝玉随后跟了进来。先行了师徒之礼，后叙些朋友之情，僧、道二人上坐，湘、宝二人侍坐，松鹤童子捧上茶来。

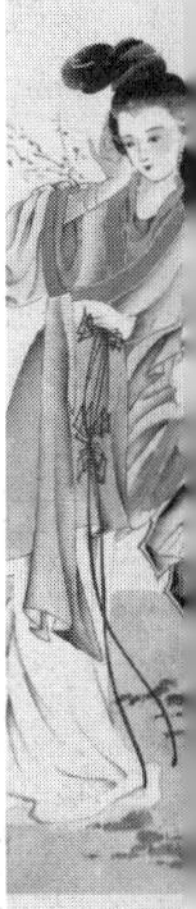

茶罢，宝玉先就站起来，笑道："弟子下界凡愚，蒙二位仙师不弃，度脱来山，愿仙师慈悲，指示些参禅悟道的路径，明心见性的功夫，也不枉弟子负笈千里一场。"僧、道二人大笑道："你原来是个痴人，儒、释、道三教名虽殊而理则一。释、道两家之明心见性，即儒教之克己复礼也；释、道两家之坐静参禅，即儒教之正心诚意也；释、道两家之定慧，即儒教之慎独也。你方才见洞门对联便以为熟，可见你是个舍近而求远的。我们如今索性将你小时读过的熟的说与你罢。譬如：'道也者，不可须臾离也，可离非道也。是故君子戒慎乎其所不睹，恐惧乎其所不闻'，这就是至捷的路径；'非礼勿视，非礼勿听，非礼勿言，非礼勿动'，这就是绝妙的口诀；'人一能之己百之，人十能之己千之'，这就是极尽的功夫。你若必要讲些通关运气、坎离铅汞之事，即就是惑世诬民之言，非我二人所知了。”宝玉闻言，不禁大惊失色道：“依仙师这等讲来，如何能够成仙成佛、白日飞升呢？”那僧、道笑道：“你真是个痴人，所过者化，所存者神，上下与天地同流，岂止白日飞升而已？”宝玉听了，恍然大悟，喜得手舞足蹈起来，道：“原来仙佛之道不用他求。只是正心诚意而已。”那僧、道二人一齐拍手大笑道：“顽石也点了头了，你如今既然醒悟，就在此与湘莲二人同心协力的将我们适才所传的口诀、密授的心法，日新日新日日新起来，到了三月不违的时候，我二人再来指点迷津。如今尚有未了的因果，还要下山走走。”说着，便立起来向松鹤道：“你在此好生伺候你二位师兄。”说着，便走出洞来。湘、宝二人送出洞外，只见他二人将袍袖一甩，早已不见了。

宝玉这里看得出了神，呆呆地发怔。湘莲笑道：“宝兄弟为何发起呆来？”宝玉这才回过头来，拉着湘莲的手，笑道：“柳二哥，你原来也就是跟了这二位仙师来了，你如今修炼多年，想也有半仙之体了？”湘莲道：“你且进来坐下，我细细地告诉你。”于是，二人携手重入禅室，对石坐下。湘莲先就问道：“宝兄弟，你乃是侯门公子、国家的勋戚，为什么舍弃家园、抛离骨肉，跟着他二人来此荒山，受这无限之苦？”宝玉笑道：“柳二哥，你这个话讲得不通了。你也是当代的豪杰宦门世裔，你又为什么来到此处？”湘莲笑道：“我有我的一段情缘，不得不如此。”宝玉道：“你有你的一段情缘，难道我是个草木，就不该有一段情缘的么？”二人说到投机，相视而笑。松鹤童子送上茶来，宝玉手擎茶杯，向着柳湘莲叹了一口气道：“柳二哥，小弟因一念痴情，梦入太虚幻境，因而弃舍红尘，跟随仙师到此。实指望修成正果，重返太虚，必当遂愿。谁知二位仙师反讲了半天的四书，使我大失所望。”湘莲笑道：“宝兄弟，你竟不知二位仙师的来历，虽是出家人，极爱成全人间的好事。前者愚兄到此，也蒙仙师口授了几句四书，专心学去，果有奇妙。那日偶尔闲谈，便中将我的一段隐衷微露一二，他二人听了。一日，先叫出你的名字来，说你不久也要到来。又道：‘只要你们立志真诚，修到功行圆满，包你们随心如意，也教天下之人瞧瞧我们两个的手段，免得你们儒家动不动说我们是虚无寂灭，无用的异端。’宝兄弟，我想他们这话虽说得荒唐，也不可不信。我们既然到此出家，便依他们所传的心法，用起功来，且看他们临时如何作用。”宝玉听了，也欢喜道：“小弟无知，尚望二哥哥指教。”湘莲道：“适才仙师说‘顽石也点了头了’这句话，你懂得他说的是什么？”宝玉道：“这也不过以小弟为顽石，譬如的话罢了。”湘莲笑道：“非也，他们说的这块石头，就是你的化身，乃女娲氏补天所剩，如今现在青埂峰顶，故仙师以此取笑。”

宝玉听了，便立刻要到青埂峰去看，湘莲只得陪他到后院来。但见，青翠参天，一峰屹立。二人遂由盘道而上，直至绝顶。果见一块石头，高约七尺，剔透玲珑，莹然如玉，与那块通灵宝玉的形状，虽有大小之殊，并无参差之别。宝玉见了，不胜惊异，悲叹了一回。忽觉诗兴勃然，拾起一个瓦片，就在石头上面题诗一首，云：

文自玲珑质自坚，几经雕琢色莹然。
幸无精卫衔填海，赖有娲皇炼补天。
一块徒留形磊落，三生空结意缠绵。
归来青埂谁知己？屹立峰头待米颠。

湘莲念了一遍，笑道：“宝兄弟，你真可谓一往情深。这诗词一道我竟不能，也不敢勉强奉和。”正说时，只听松鹤童子在山下叫道：“二位师兄下来用饭罢，吃了饭也是用功夫的时候了。”二人听了，只得曲折下山，回到禅堂归坐。松鹤端上饭来，无非胡麻桃脯、莼羹鲈脍之类。二人饭餐已毕，漱口吃茶，又谈了一回闲话。湘莲便叫松鹤：“将我们的蒲团铺在里间榻上，我们也该打坐了。”松鹤答应着，觑着眼向他二人脸上仔细一看，笑道：“我看二位师兄这两副尊品，你们在一处里打坐，我可不大放心，不要悄悄的二仙传起道来，那可就失了我们仙家的体统了。”湘莲一声大喝道：“放屁，又要讨打了！”松鹤连忙走开，笑着替他们铺设去了。这里，湘、宝二人日夜用功,暂且不表。

再说王熙凤、尤三姐、鸳鸯三人,离了太虚幻境,车走如飞。少时,便见阴风惨淡、黑雾迷漫,不似太虚光明景象。又见往来行人络绎不绝,悲欢苦乐各有不同。三人看了都不胜感叹。鸳鸯向尤三姐道:"三姑娘,你看日色平西,天也不早了,也要早些找个下处。我们比不得男人们,晚上没处住就不成事了。"尤三姐道:"远远望见前面一丛树林,那里必有人家,待我前去寻个下处,你们随后慢来。"说毕,一展云光,顷刻即到。举目看时,但见人烟稠密,热闹非常。路南有一座小庙,上写"观音庵"三字,旁立木牌一面,上写"小庵专寓往来女眷"。尤三姐一见大喜,连忙用手将门环叩了几下,只听里面"哗唧"一声开了庙门,走出个老尼姑来,见了尤三姐,问道:"姑娘是那里来的?"尤三姐答道:"我们是从太虚幻境来的,特借宝刹暂住一宵,后面还有云车二乘,少刻就到。"老尼姑道:"既然如此,请姑娘先到里面坐,待我教徒弟在门外招呼着就是了。"三姐听了,走进庙门。只见里边又走出个小尼姑来,老尼姑便道:"智能儿,你去到门外等着,有两辆车到时引了进来。"说毕,便让尤三姐到禅堂去了。这里,智能儿出了庙门,向东一望,远远果见来了两辆车,不多一时来到跟前。智能儿点手儿叫道:"到这里来,方才来了一位姑娘在这里呢。"小太监听了,一齐将车御进庙门。凤姐、鸳鸯下车,瞧见智能儿站在面前,凤姐便向鸳鸯道:"你看这个小尼姑像谁?"鸳鸯也仔细一瞧,道:"你不是馒头庵的智能儿吗?"智能儿听见了,也将他二人一看,道:"你们是那里来的,好像贾府的琏二奶奶和鸳鸯姑娘似的?"凤姐笑道:"可不是智能儿是谁呢?"鸳鸯道:"好了,有了熟人就好打听老太太的下落了。"智能儿道:"老太太过去了好些日子了,奶奶和姑娘是找老太太来的吗?"凤姐欠身道:"哎哟!我也乏得受不得了,且到你们里头坐下慢慢的说罢。"说着,大家往里所走。小太监将车推到大殿廊下安放,各自歇息去了。

这里尤三姐正与老尼姑叙谈,只听院内有人说话,就知道是他们到了，连忙迎了出来道：“你们的车好慢啊，我到了好一会了。”凤姐道：“你怎么找了下处也不迎了我们上去呢？”尤三姐道：“你越发狂的受不得了，怎么还叫我迎了上去呢。”凤姐道：“你原是我们的护身符儿，方才你前头来了，我们的车正走得好好的，忽然跑出三两个乞丐来，浑身上下精他娘的没一条线儿，把住了车辕只是要钱，小太监吆喝着，那里肯听。幸而我车内还有一吊钱，打开串子拿给一百，不够；再拿给一百，还不够；我着了急，连串子拿了出去，他们才散了，吓得我这会子心还跳呢。我回过头来，从玻璃窗内瞧瞧鸳鸯姐姐，他倒在车里闭着眼坐的，没事人儿似的。”鸳鸯也笑道：“可教我有什么法儿呢？我心里也急得什么似的，只是那些人精的那个样儿，可教人怎么睁得眼睛呢？”老尼姑笑道：“奶奶、姑娘们都是娇养深闺的人，那里见过这些个人呢？这些乞丐是这里常有的，我们是见惯了的，也不为怪。且请到禅堂歇息歇息罢。”

于是，大家进了禅堂，一齐归座。老尼姑便叫智能儿道：“我方才都问过了，这都是贾府上的奶奶、姑娘们，可将行李搬到里边小套间里。说给厨房里收拾上等酒饭，泡了好茶来。”智能儿答应着去了。凤姐道：“这个智能儿，是老师父儿时收下的徒弟，他是我们的个旧人儿。”老尼姑又将智能儿的来历述了一遍。凤姐听了，也不理会这个秦相公是谁。鸳鸯道：“老师父，方才智能儿说我们老太太到你这里过来，如今过去了好些日子了。老师父可知道我们老太太现在那里呢？”老尼姑道：“老太太过去的日子久了，目今的下落，这却难知。我们这里的规矩是进城之后，头一天先在城隍大老爷衙门点名过堂，第二日才带见阎王稽查了善恶，也有送往上界骨肉完聚的，也有打发托生转世的，也有发在各处地狱里受罪的，种种不一。我们如何能知老太太的下落呢！”凤姐听了，着忙道：“这可怎么好呢？我们三个人原是从太虚幻境奉娘娘之命，来访寻老太太的，我想我们老太太一生好善，也断不至有地狱之虞，此时或者送往上界去了，或者托生转世去了，皆不可知，可教我们怎样寻访呢?”尤三姐道:“你不用着急,咱们明日到了城隍衙门,也就好寻访了。”凤姐道:“我们原是太虚幻境的人,本不属城隍所辖,为什么出头露面、不顾羞耻,自己寻上门去教人家点名过堂呢?”鸳鸯道:“二奶奶,咱们千辛万苦,原为老太太而来,也讲不起出头露面的话了。”凤姐道:“你更糊涂了,就是咱们明日出头露面见了城隍,难道敢问城隍要老太太不成。”老尼姑劝道:“奶奶、姑娘们不必发急,一路辛苦,此时也饿了,且摆饭罢,吃了饭我替你们想个主意。”于是,吩咐智能儿摆上酒饭来。

大家吃毕,送上茶来,凤姐擎了茶杯,笑道:“老师父,你方才说替我们想个主意,我倒要领教领教,你到底有个什么主意呢?”老尼姑道:依我的愚见,奶奶、姑娘们且不必进城,就住在这里。我这个徒弟智能儿,他有个姑表兄弟秦相公,不时的瞧他妹子来呢。奶奶给他几两银子,托他到各处里打听老太太的下落,如果得个准信儿,你们再做商量,岂不妥当么?凤姐听了,点点头儿道:“如此甚好,就依着老师父罢。”大家俱各欢喜,惟有智能儿捏着一把汗儿,恐怕露出他的破绽来,却也无可如何,只得将行李搬到小套间里,替他们铺了炕,收拾点上灯来。大家又闲谈了一回。将要归寝,只见尤三姐问老尼姑道:“你们这里可有方便的去处么?”老尼姑道:“我这禅堂西边,有一小后院,极其僻静,奶奶、姑娘们就在那里走动走动罢。”尤三姐向凤姐、鸳鸯道:“你们不去走走么?”凤姐道:“你和鸳鸯姐姐先去,我随后就来。”于是,尤三姐、鸳鸯头里去了。凤姐这里慢慢的口里吐净了槟榔渣儿,装了一袋玉兰香吃着,缓步出了禅堂,向西而去。

谁知秦钟因与智能儿生前绸缪过度,一病而亡。后因智能儿找了来,二人虽然情好甚密,却不敢在老尼姑面前露出形迹。每晚黄昏,乘人乱的空儿,他便钻在智能儿屋里,只等上头老尼姑睡了,智能儿回房,两个便赴巫山。今晚,正在智能儿房里潜等了良久,不见智能儿下来,只得伏在窗下,舐破窗棂望外偷看。忽见一个妇人向西而去。此时月色朦胧,看不真切是谁,但见一个白生生的脸儿晃了过去。秦钟自思,必是老尼姑睡了,智能儿到后院子小解了。他便大了胆子,蹑手蹑脚地溜到后院门首推了推,门扇儿插得紧紧的,不觉心中暗笑道:“这个作怪的蹄子,今儿可又轻浪的插上门了。”正然寻思,只听“吱喽”的一声开了门,走出一个妇人来。秦钟也并不细看是谁,一把拉了他的手,笑道:“你师父睡了么?”吓得凤姐魂不附体,大声嚷道:“不好了,有了贼了!”尤三姐生来的矫捷便利,上前一步,一把遂将秦钟揿倒。鸳鸯便嚷道:“老师父快拿灯来,捉住贼了!”禅堂内老尼姑听见外面喊叫有贼,也就慌了手脚,忙命智能儿提了灯,师徒二人走上前来一看,只见尤三姐揿着一个人,只叫快拿绳子来捆了他。智能儿一看,认得是秦钟,吓得呆了,连忙跪下央告道:“二奶奶、三姑娘不必生气,他就是宝二爷的朋友、小蓉大奶奶的兄弟。”凤姐道:“怎么是秦钟这个小子么?好小子,干起这样没脸的勾当来了。”秦钟在地下哼哼道:“原来是琏二婶娘!我该死,认错了人了,当是智能儿呢。二婶娘饶了我罢!”凤姐道:“三妹妹,放起他来罢!”尤三姐一松手,秦钟羞羞惭惭地爬了起来给凤姐请安。只见老尼姑照着智能儿脸上,下死劲儿的啐了一口道:“没脸的东西,成日家闹姑表兄弟,今儿可不闹了!奶奶、姑娘既然认得这个秦相公,且请到禅堂坐下,慢慢的讲罢。”

于是,大家进了禅堂坐下。凤姐道:秦钟小子呢?秦钟只得讪讪地走到跟前。凤姐笑道:“好孩子,几年没见,你竟干出这些把戏来了。”秦钟也笑道:“这都是二婶娘的过失。”凤姐道:“哎哟哟,你们听听,他们两人干下不才的事,怎么都是我的过失呢?”秦钟道:“那年给我姐姐送殡,二婶娘若不带了我们住在馒头庵,那里有这一件勾当呢?”凤姐笑道:“这么说起来,宝玉一定也被你们引诱坏了。我只说你们多大点子小崽子,竟会成起精来了。老师父,你方才说秦相公,我也再猜不到就是他。他是我侄儿的小舅子呢。老师父,你可将智能儿让我们赎了去,成就了他们两个的生死姻缘,也是你出家人的好事，我们好差他寻访老太太去。”老尼姑道：“很好，奶奶说得很剪绝，我早就要教他还俗呢。”秦钟道：“前者我听见智能儿说，老太太过去了好些日子了，二婶娘怎么又来寻找呢？”凤姐道：“我们如今都在太虚幻境，你姐姐也在那里呢。我们是奉了元妃娘娘之命，来访寻老太太的。他们两人你可认得么？”秦钟细将尤三姐、鸳鸯看了一看，笑道：“这一位好像鸳鸯姐姐，我在老太太屋里见过的。这一位姐姐也面熟，只是想不起来是谁。”尤三姐笑道：“好个小猴儿，我是你姐夫的三姨儿，你如今和我翻了辈儿，叫起我姐姐来了。我不看你这个小模样儿长得怪可怜见儿的，我打你几个好耳光子呢。”秦钟听了，笑着连忙给尤三姐请安，又给鸳鸯作揖，道：“二婶娘、三姨儿放心罢，侄儿明日起个黑早进城，到城隍衙门里，有个冯书办，我们两个人最相好的，找着他，必然知道老太太的下落。”凤姐道：“很好，相公用点心儿罢，我好替你成全好事。智能儿呢？怎么羞的躲着去了？这里来，我和你师父说明白了，你如今放心大胆的把你这个小女婿子带了房里去罢。我们和你师父也要安歇呢。”他二人听了，只得老着脸儿双双的去了。这里凤姐等三人进了套间，各自就寝。老尼姑也在外间睡了。

次日，天才黎明，凤姐等尚未起来，只听门外人喊马嘶，打得庙门山响。鸳鸯忙起来穿上了衣服，推他二人道：“二奶奶、三姑娘快穿上衣裳罢。你们听，外面嚷闹得了不得，不知是什么事情？”说着，忙下炕走出外间，将老尼姑推醒。老尼姑连忙起来，走出外边，开了庙门看时，只见一群衙役进来嚷道：“昨晚这里的乡约地保报了大老爷，说你庵里窝藏下了美人儿似的三个姑娘，你们可没要放他们走了。大老爷少刻差管家奶奶们来相看呢。”老尼姑听了吓了一跳，飞也似地跑了进来，道：“奶奶、姑娘们，不好了，你们昨晚住在这里，城里的大老爷知道了，差了许多衙役把守庙门，说少刻差人来相看你们呢。”凤姐听了大惊失色道：“这还了得，那里有这样的混账大老爷呢，我们又不属他辖管，相看我们干什么？况且我也是五品的官人、有夫之妇，相看了他又敢怎么样呢？只是他们两个人倒有些费手。”鸳鸯道：“二奶奶说的是什么话呢，不如趁早儿商量着大家逃出去，倒还妥当些。”老尼姑道：“这也说不起了，现官不如现管，又有许多衙役如狼似虎的把守着庙门，你们飞也飞不出去，只好等他们相看了，再作商量罢了。”尤三姐大怒道：“拿我的鸳鸯剑来，等我杀了出去。”

正忙乱之间，只听院内有个妇人的声音，问道：“老姑姑起来了没有？”老尼姑听了，连忙出来一看，只见是两个妇人，一个是鲍二家的，那一个不大认识。老尼姑大喜道：“奶奶、姑娘们不用怕了，前儿跟老太太的鲍二嫂子来了，你们问问他就知道老太太了。”凤姐等听了，连忙出来一看，大喜道：“你们两人从那里来？这一个不是司棋么？”原来这两个妇人果是司棋和鲍二家的，两人一齐进来，笑道：“原来还是二奶奶，林姑娘没有来吗？”凤姐道：“你们两个从那里来的，如何问起林姑娘来了？”鲍二家的道：“二奶奶原来不知，这里的城隍就是我们的林姑老爷，前儿老太太认了亲了。姑太太因为林姑娘去世了，没到这里来，怕是走迷了路，如今现在四城门贴了告示，遍处寻访。昨儿晚上，有这里的乡约地保报说，观音庵住下了美人儿似的三位姑娘。姑太太听了恐怕内中有林姑娘，所以五更天催齐了人役，打发我们两个来看来了。”凤姐等三人听了，真是喜出望外。凤姐道：“方才老师父来说，城隍老爷要差人来相看我们呢，把我们都吓糊涂了。”老尼姑笑道：“这个话想是外头衙役们把话说错了，倒叫奶奶、姑娘们受惊。”鸳鸯笑道：“这都是我们鲍二嫂子的过失，他当日说我们二奶奶是阎王老婆，今日几乎儿教城隍老爷相看了去。”说得众人都笑了。凤姐又道：“你们两人怎么得到姑老爷衙门里的？”司棋、鲍二家的各将自己的始末述了一遍。凤姐道：“你们这两个蹄子倒有造化，都得了好处了，我们倒替你们受了多少委屈。鲍二家的我也不恨他了，是我们那个爷自己平常。司棋，你和你姑舅哥哥偷情，就该机密着些儿，为什么又弄你娘的个香袋儿，扔在山子石背后，教傻大姐儿拾了去递给大太太，好教我受太太的数落！”说得司棋红了脸，低头不答。鲍二家的笑道：“二奶奶，我们如今都改了，求你老人家当着老姑姑给我们留点脸儿罢！司姑娘，你也出去告诉你们那一个，快回去给老太太、姑太太报个信儿，再抬几顶轿子来伺候。”司棋听了，连忙自去。

这里老尼姑欢喜非常，忙叫智能儿收拾早饭来。不多一时，只见秦钟上来与凤姐道喜。凤姐笑道：“老太太有了下落了，这里的城隍就是我们林姑老爷。你和智能儿也跟了我们去罢。”秦钟道：“承二婶娘见爱，我也正没个托足的地方。”老尼姑道：“如此甚好，我们智能儿终身也有了依靠了。”凤姐道：“你白折了个徒弟，我心里又觉不安。”老尼姑道：“这倒不相干，我的徒弟多着呢，只要奶奶在大老爷面前将我提拔提拔，多赏点布施就有了。”正说时，智能儿端上早饭来。大家欢欢喜喜的吃毕。喝茶时，只见潘又安进来，先给凤姐等请了安，禀道：“小的适才回去禀知了老太太、姑太太都欢喜得了不得，立刻抬了轿子来接奶奶、姑娘们进府呢。外边已经伺候妥当了。”凤姐等三人立起身来，向老尼姑道谢，又出了十两布施。老尼姑千恩万谢地道了简慢，直送至大殿前头，服侍他们一一的上了轿，方才回去。

这里，凤姐等三人坐了轿，但见旗锣伞扇，前呼后拥，热闹非常，十分得意，也无心看那六街三市的风光。不多一时，转弯抹角到了城隍辕门。但见看热闹的闲人如千佛头一般，军牢用棍打开。只听一声点响，重门洞开，一直抬进二堂方才落轿。两边闪出许多仆妇来，搀了他们三人进了宅门，早望见贾母与贾夫人在上房倚门而待，见他三人进来又悲又喜。贾母道：“我的凤丫头、鸳鸯都来了，这一位姑娘是谁呢？瞎！我只说你们年轻的小人儿家，往后来还有几年的福享呢，怎么就都走了这条路了呢！”凤姐、鸳鸯见了贾母，便跪下痛哭，贾夫人忙搀起他们来，劝道：“请老太太进来罢，娘儿们相逢，本该欢喜才是。”

于是，大家进房，一一的行过了礼。贾母问道：“这位姑娘好面熟啊，怎么再也想不起是谁呢？”凤姐道：“他是我珍大嫂子的第三个妹子，那年为柳湘莲退亲，抹了脖子的就是他哟！”尤三姐不好言语，恨得狠狠地瞅了他一眼。贾母道：“尤三姑娘来的年代久了，你们如何会在一处了呢？”凤姐道：“我们好些人都在太虚幻境呢，不属这里管，元妃娘娘、林妹妹、迎妹妹都给老太太请安。”贾母听了惊喜道：“你说真些，你林妹妹，你元妃姐姐都在那里呢？”凤姐又高声道：“太虚幻境！”贾母道：“什么叫个太虚幻境？这个地方离咱们这里有多远？”凤姐道：“太虚幻境在上界之下，下界之上，原是个虚无缥缈的所在，都是些仙人的住处。”贾夫人听了，也欢喜道：“如此说来，你们姊妹们如今都是些仙人了？你林妹妹既在那里，为什么不和你们一块儿来呢？”鸳鸯道：“我们并不知道姑老爷、姑太太在这里。我原因老太太去了世没人服侍，我就自缢找了来了。后来到了太虚幻境，才知道元妃娘娘、林姑娘都是那里的仙子，因他二人不放心老太太，所以才差了我们三个人来访寻的。林姑娘是那里有名儿的潇湘仙子，如何能够私自来呢？”贾母听了愈加欢喜，道：“我这个鸳鸯丫头，真真的不枉我疼了他一场”贾夫人又问凤姐道：“你黛玉妹妹在那里可有人伺候他么？”凤姐笑道：“姑太太放心，那里除了元妃娘娘，他就是第二位龙王爷了，少了漱口水，那个敢不伺候他呢？况且贴身服侍的还有晴雯、金钏儿，外头还有薛姨太太家的香菱，东府里的蓉儿媳妇，尤家他们姊妹两个，栊翠庵的妙玉，元妃娘娘那边又有迎妹妹，比这里还热闹多着呢。”贾母道：“前儿没把你姑妈急坏了，把七十二司、十八层地狱都翻了个过儿，也没找着你林妹妹。今儿你妹妹有了下落，你姑妈也放了心了。”贾夫人流泪道：“我如今虽然放了心，但不知我们娘儿们几时才能见面呢？”贾母道：“这也不必着急，等姑老爷回了衙门商量就是了。”贾夫人只得点点头儿，拭了眼泪。回头瞧见司棋站在旁边，便道：“你这个丫头，怎么听着热闹了，也不倒茶去呢，也该告诉厨房里预备早饭。司棋听了,忙去斟茶。鲍二家的便到厨房告诉去了。凤姐忙道:“我们在观音庵吃过饭了。只预备老太太、姑太太的饭罢。”

贾母问凤姐道:“家里你两个公公、两个婆婆、你宝玉兄弟他们都好么?”凤姐道:“二位老爷、二位太太都好,只有宝兄弟,我听见香菱说,中了第七名举人后,来跟着个什么癞头和尚出了家了。”贾母闻言大惊失色道:“怎么的?宝玉出了家,当了和尚了?这还了得!这个傻小子,媳妇也娶了,举人也中了,放着福不享,好好儿的为什么出家呢?”凤姐尚未及时回答,鸳鸯道:“总为的是林姑娘么!”凤姐急得忙把鸳鸯瞪了一眼,贾母也回过意来,叹了一口气道:“罢了,都是我的业障,教我也后悔不来了。”贾夫人听见话语蹊跷,又见凤姐瞪了鸳鸯一眼,不好往下追问,便也叹道:“这个孩子怎么干出这样糊涂事来了,这把他娘活要想坏了呢。不知他娶的是谁家的姑娘?这可不把人家的女孩耽搁了么?”贾母叹道:“就是薛姨太太的女儿。”贾夫人道:“不是小名儿叫个宝钗的么?”凤姐道:“就是他,姑太太倒还记得。”

正说时,只见贾珠进来,站在上房门口问妹妹们的好。凤姐吃了一惊,立起身来道:“怎么的大哥哥也在这里么?”贾夫人便将贾珠的原委告诉了凤姐一遍。凤姐道:“鸳鸯姐姐,你去替我给大哥哥请安,就说家里大嫂子很好,兰哥儿也中了举人了。”贾珠也很欢喜,道:“这都是二婶娘的疼爱所致。”贾母道:“你宝玉兄弟也中了举人了,这个下流种子,放着福不享,跟了和尚出家去了。珠儿,你在外边打听着,如若知他在那个庙里出家,把他给我活活的捉来。”贾夫人笑道:“这个老太太想是气糊涂了,阴阳路隔,寿夭各有定数,岂能活捉呢。若都由着人的性儿活捉起来,凤丫头早把琏儿活捉来了。”凤姐也笑道:“好姑太太,才见了侄儿媳妇就说起趣话儿来了。为什么不说教我大哥哥把我大嫂子活捉了来呢?”说得贾珠也笑了。正然说笑,只听外面“当”的一声点响,威武开门。贾珠忙退了出来道:“姑老爷回来了。”未知如何,下回分解。

第五回　庆生辰元妃开寿宴
得家报黛玉慰芳心

话说凤姐等听见林如海回来，一齐站了起来，整理衣裳，预备叩见。只见林公笑吟吟地走进来道："姑娘们都到了，咱们都是至亲，不必多礼，请到里间坐罢。"这里凤姐、尤三姐、鸳鸯三人早已拜了下去，林公答了三揖。丫头们将里间的帘子打起来，让他三人内室暂坐，司棋便随了进去。林公先与贾母道了喜，然后归座。贾夫人便将凤姐所言黛玉在太虚幻境的光景，告诉了林公一遍。林公也自欢喜道："我前日在崔判官衙门里赴席，提起黛玉的话来，崔判官也说有个太虚幻境，当日白乐天的《长恨歌》上有句云：'忽闻海上有仙山，山在虚无缥缈间，楼阁玲珑五云起，其中绰约多仙子'，就是那个地方。如今令爱姑娘不到地府，必是登了太虚了。我还谦说那里能够呢。谁知果然应了他的话了。"贾夫人道："老爷也要想个主意，教我们娘儿们也见一见。"林公听了，沉吟了一会，叹了一口气道："夫人不用性急，我想女儿位列仙班，自不能私离职守，我们也有官守在任，不敢擅离此地。我到任已满九年，明年必转天曹，那时同到太虚，母女相见，也不过转瞬光景。如今只好写封家书，烦来的人带去，以慰女儿之心，也就如同见了他的一样。"贾夫人流泪道："如此说来，还有一年的光景，教我如何熬耐呢！"林公道："夫人不必伤心，多的日子都熬过了，何在乎这一年呢？待我写了家书，就打发两个小太监明早先回去，且留下三位姑娘住着陪伴老太太，明年同我们一块儿去也不为晚。”

说到这里，只见鸳鸯走了出来道：“适才我们三人也商量来，我与二奶奶好容易见了老太太，也不忍遽离。尤三姑娘却不能久住，他要先回去呢。”林公道：“既然如此，且留三姑娘与两个太监多住几日，让我们稍尽地主之谊。”贾夫人道：“这个自然。今日可吩咐外头，叫一班小戏儿来，预备在后花厅上，请老太太和他们姊妹们听听。再打点孝敬元妃娘娘的并送别位姊妹们的礼物，也给女儿带些衣物去。早些办妥了，免得临时周章。”林公道：“这个自然。依我的主意，这些事你竟托大侄儿替咱们办一办，免得外头弄来的不合你的意思。”林公说罢，便站起来道：“把我的早饭摆在书房里去，这里让老太太和姑娘们多说说话儿。”说毕，自往书房里去了。这里贾夫人便催着叫人打扫花厅，安排唱戏，与他们姊妹接风。又告诉了林公，将秦钟、智能儿搬进衙门居住。智能儿从此留发还俗。这些节目不须多赘。

再说林黛玉自从凤姐等去后，每日与香菱讲究诗词，倒也快乐。这一日偶坐闲谈，提起旧事。香菱向黛玉道：“前儿我父亲归山，十分忙迫，我替你们问了宝二爷、柳二爷的下落，我父亲只说得‘青埂峰’三个字便不见了。但不知青埂峰是什么地方？姑娘何不在《一统地舆志》上查一查，到底是那一省，属那一州县所管呢？”黛玉听了，沉吟了一会道：“是了，我记得那年丢了通灵玉时，求妙姑扶乩，上面有‘青埂峰”三字，又有什么‘入我门来一笑逢’的话。想来那和尚、道士必非凡人，既然度了他们两人去出家，自必他们两个夙有仙根，方能有此奇遇。我想这个青埂峰也不过是个山名，也同太虚幻境一般。一般《地舆志》上那里找得出来呢？前儿是尤三姐姐他的痴情不断，故有此问。我如今把那些尘世的俗缘也都看淡了。倒不如咱们姊妹们在一处。长长的聚守，无拘无束，自在逍遥的倒觉得爽快。”香菱笑道：“你说得倒好，只怕临时又由不得你

了。前儿我父亲去时，给我留下了一个小小的锦匣儿，上写‘仙家妙用，敬谨开看’八个字，今儿趁晴雯、金钏儿都不在家，我们打开悄悄的看看，不知里边到底是些什么？”黛玉笑道：“难为你那一日拿回匣儿来，这些日子我总没瞧见你到底藏在那里了？”香菱道：“姑娘不留心，就在书橱子上，和你那个葫芦在一处放着呢。”黛玉道：“你就取来，咱们看看，顺便将葫芦也带了来，我也教你瞧个稀罕的玩意儿，那也是警幻仙姑送我的。”香菱遂走至橱边，伸手将小锦匣儿并葫芦取了下来递与黛玉。黛玉接来，看了匣面上的八个字，便仍递与香菱，笑道：“这是甄老伯给你的，我如何敢拆封呢？你且打开看了，如果我也看得，那时再看也不迟。”香菱笑道：“姑娘总是这样多心。”说着，便打开锦匣，一看原来是两种名香，各五十支。一名返魂香，一名寻梦香，俱有七寸长短，各有金字引单，上写：

返魂香出自天竺国，焚之能返亡人之魂，与生者相会。寻梦香出自西番，焚之能送生人之梦，与亡人相聚。一是汉武帝所制，一是楚襄王所制。意秉虔诚，无不神效，切忌孕娠。

香菱看毕，笑道：“原来是两种名香。姑娘你瞧瞧，这张引单上写的倒也有趣。”黛玉接来看了一遍，笑道：“这是甄老伯疼你的意思，教你焚起返魂香来，就可以回家去看看你们大爷，再教薛大哥焚起寻梦香来，就可以到这里看看你；李夫人见了汉武帝，楚襄王也就会了神女了，果然有趣。”香菱笑道：“你怎么跟着琏二奶奶学的，说起这样话来，可不要招出我的话来，你又该着了急啐人家了。”黛玉道：“随你怎样编排着说去，我的心早已定了，一尘不染，各人干各人的正路是真的。”香菱笑道：“既是这样，前儿尤三姑娘人家打听人家的柳二爷，你为什么听见又那个样儿了？”黛玉正然手里摩弄葫芦，听了便笑着啐了他一口道：“你不信了罢，你只瞧瞧这个葫芦里头是什么你就知道了。”香菱接来一看道：“好个西湖景儿，里头是什么故事？”说着，便将玻璃小镜对在眼上看了好一会儿，忽然放下葫芦骂道："好个没脸的娼妇！"黛玉听了，吓得怔了，问道："你骂那一个呢？"香菱道："我们那个死鬼奶奶。"黛玉忙道："你瞧见什么故事了？"香菱道："里头很好的一院房子，只见我们死鬼奶奶和一个少年的相公在一处坐着，两个人只用一个酒杯，一替一口儿喝酒，那个样儿真真的难看，我也不好往下说了。"黛玉不信，拿起葫芦来，在小镜中仔细一望，乃是漆黑的一无所有。知是天机奇妙，便问道："你看见的那个少年到底是谁呢？"香菱道："那个人的模样儿也像在那里见过的似的，只是说不出是谁来呢。"黛玉说得顺了嘴，便道："你看像宝玉不像？"香菱不觉大笑起来道："这可不是我赖你，自家可把吃醋的话都顺嘴儿说出来了。"黛玉自觉把话说冒失了，红了脸笑着就要撕香菱的嘴。二人正然嬉笑，只听外面有走的脚步响，就知是晴雯、金钏儿回来了，连忙将锦匣并葫芦依旧收起。

只见他二人走进来，晴雯先笑道："我今儿偏了二位姑娘了，适才在蓉大奶奶家和尤二姨儿、妙师父，我们四家子斗了半日的牌，赢了他们好些瓜子儿、干果子。"说着，便向袖子里拿出个手帕包儿来，打开都是些松瓤、杏仁、葡萄干、蜜枣儿之类，便抓了一把放在黛玉的面前，又抓了一把递与香菱，又抓了一把递与金钏儿。金钏儿接来笑道："你今儿不过是彩头好，赢了些嘴头子吃，你可没得看见个稀罕的事儿。你们四家子刚上了场，我就缚了个鸡毛毽儿到警幻仙姑那里，和那些仙女们踢起毽儿来，倒也好玩。"晴雯道："踢毽儿就算个稀罕的事儿吗？"金钏儿道："你听罢，人家还没有说完呢，你就拦人家的话把儿。我们正踢到热闹中间，只见正南上远远的轿马人夫、么锣伞扇，过了一队又是一队，都是向正南上去了。我只当是拜咱们来的什么客呢，问了问警幻，他才说今儿是腊月二十三了，过去的都是各州府县的灶王爷。我就问他，咱们怎么也不祭送灶王呢？他说灶王爷不敢当咱们的祭，他明日反倒要把收下人家的灶糖，差人送些来给咱们吃呢。你说这事儿稀罕不稀罕

呢?"晴雯道:"这也没有什么稀罕处,咱们在家里的时候,那一年腊月二十三又不祭灶呢。"金钏儿便使性子道:"不稀罕也罢,明儿灶王爷送了糖来,你就不用吃!"黛玉笑道:"你这个丫头,大家不过白说闲话,也值得闹脸急了吗,快给我们倒茶去罢。这个枣儿吃得嗓子里怪甜的。"金钏儿这才咕嘟着嘴倒茶去了。黛玉又向晴雯道:"我们如今住在这里,连四时八节也都不知道了,才听金钏儿说起祭灶的话来,不是离年近了么。元妃娘娘的生日也到了,咱们可打点些什么礼物送送呢?"晴雯答道:"据我看来,咱们这边所有的东西,娘娘那边都是有的,纵然多送几件也不为奇特。依我的主意,前儿娘娘到这里来逛的时候,瞧见姑娘的那株绛珠仙草,爱的什么似的,他那里正少这个。如今趁着还有好几天的空儿,何不将仙草四边发的嫩芽儿移了出来,栽在白石花盆内,照着原样儿做成朱红架子,这么一色儿的八盆送过去,作为祝敬,又新鲜又合娘娘的意思,岂不比别的强呢?"黛玉听了,点点头儿道:"也罢了,你成天家也是白闲着呢,只当解闷儿似的,你就布置起来,每日多浇些甘露,不过七八天的工夫,就可以长成盆景儿了。"晴雯答应了,便去布置,不必多赘。

过了些时,乃是除夕,太虚境况并不似人世繁闹,惟有烛烟香篆,氤氲芬馥而已。次日元旦,乃是元妃诞辰。自黛玉、警幻以下,都有祝敬,毋庸细述。元妃见了这八盆仙草,喜不自胜,即安放在正院。大排筵宴以待。少顷,黛玉、香菱、尤二姐、秦氏可卿、妙玉、警幻等一齐来到,迎春替元妃迎客。大家进宫,先行朝贺之礼,然后谢恩,依次坐下。元妃先向黛玉笑道:"前日在妹妹处偶见仙草香艳异常,十分爱慕,今承概赠,足见多情。"黛玉立起身来道:"娘娘千秋,臣妹无以为敬,葑菲小草,何敢自私。"元妃又和妙玉等诸人叙了一回闲话,乃命摆上酒筵,大家畅饮。命众仙女们奏起钧天乐来,又歌了一回"霓裳羽衣曲",音响节奏非人世所有。须臾乐止,元妃笑道:"这些歌舞,实在也听厌了。依我的意思,今日姊妹们聚会，不必拘泥常礼，倒不如大家猜拳行令，倒觉有趣。”黛玉等诸人俱各立起身来，答道：“今日乃娘娘千秋，又是元旦令节，体制攸关，臣妹等何敢放肆。”元妃笑道：“这些年，我在宫里实在教这礼数把我拘得受不得了，今日好容易离尘超世，你们仍然还要拘礼，教我也难了。也罢，拿笔砚过来。这绛珠仙草，我十分喜爱，我就以此为题，做七律一首，你们能诗者步韵作起来，岂不雅趣呢。”众人听了又道：“娘娘聪明天纵，学问渊深，臣妹等学识浅陋，焉敢续貂。”元妃笑道：“不必过谦。”只见宫娥送上文房四宝来。元妃提笔，一挥而就，递与黛玉。黛玉接来，仔细读道：

自是灵河不朽身，偶因一念谪红尘。
分来兰蕙瑶池品，占断风花上苑春。
青甫入帘香彻骨，苔初绕砌翠迎人。
芳姿别有销魂处，未许凡葩强效颦。

黛玉读罢，连声赞颂，又逊谢：“奖赏太过，实不敢当。”遂又递与香菱、妙玉、迎春等。大家看了一遍，都称赞不已。元妃笑道：“换热酒来，大家吃一杯，助助诗兴。”宫娥斟上热酒来，众人皆饮了一巡。香菱便拈起笔来，笑嘻嘻地也写了一首，躬身呈与元妃道：“婢子初学，俚句不足以辱娘娘凤盼。”元妃接来一看，上写道：

不羡盈盈掌上身，幽芳一缕静无尘。
康成书带留佳话，茂叔芸窗占早春。
号绛果堪餐秀色，名珠未许近鲛人。
东皇有意怜仙骨，白玉雕栏护翠颦。

元妃看了，惊喜道：“我倒不知菱姑娘有此诗才，可敬可羡。”黛玉笑道：“他的天分本高，又且专心致志，所以学了莫多几年，如今竟居然老手了。”元妃笑道：“如此说来，一定是你的徒弟了。”黛玉笑了一笑。只见妙玉也提起笔来，道：“小尼也要献丑。”遂也写毕，呈与元妃。元妃接来看道：

三生石畔旧时身，留得芳徽接后尘。

拾翠每羞仙侣玩，踏青宁羡陌头春。
饶卿袅娜风前影，动我逍遥槛外人。
若使怡红公子见，绕栏几度唤颦颦。

元妃看毕，笑道：“妙师父的诗作得真妙，香艳之中仍带烟霞之气，只是结句词近于谑，只怕林妹妹要罚你一大杯酒呢。”黛玉听了，忙接过诗来看了一遍，笑道：“娘娘不知，妙师父在先原是个好人来着，如今是跟着强盗学坏了。因为他高自期许，自称槛外人，所以才教强盗把他拉到槛内来了。”众人听了，一齐笑道：“妙师父，你也不必等他罚你，自己先吃了这一杯罢。”说得妙玉红云满面，只得吃了一杯。这里黛玉趁着妙玉饮酒的空儿，提起笔来也就和了一首，躬身送上元妃。元妃接来念道：

仙机识破愧前身，珠竟沉渊绛委尘。
为报当时甘露泽，酿成今日太虚春。
灵河辜负三生愿，湘馆凄凉再世人。
一自东风吹恨去，青山展却旧眉颦。

元妃念毕，众人都道：“到底是潇湘仙子与众不同。”元妃笑道：“我们警幻大师自然不屑与我们唱和的，我们小大奶奶我是知道的，诗上原本有限。二妹妹，你为什么也不作一首呢？”迎春笑道：“臣妹平日原不会作诗，方才也正高高兴兴的在肚里打稿儿，也要诌几句的。如今见了这四首诗，把我的诗兴早唬到九霄云外去了！可惜宝丫头、云丫头、探丫头他们三人不能在座，若有他们三个人，今儿又成了诗社了。”元妃叹了一口气，道：“幽明异路，我们如何能与他们唱和呢。我仔细想来，我们的字迹，他们除了扶乩，万不能够见到的。倒是他们的字迹，我们倒能够见的。”黛玉忙问道：“幽明路隔，他们既不能见我们的字迹，我们又如何能见他们的字迹呢？”元妃道：“你们原来不知。譬如昨日是除夕，今日是元旦，朝廷家皆有祭祀的定例，礼部撰的祭文，一经宣读焚化，我这里就得了即是庶民百姓家，所有逢时偶节焚化的金银币帛，以及悼挽的诗文，只要填具姓名，亦无不得之理。”秦可卿接口道：“林姑娘来此未久，或者不知。侄妇来此多年，每逢年节时令，总有家中焚化的金银币帛，都在牌场外边堆着呢。今日五鼓伺候朝贺，尚未暇差人收取”黛玉、迎春二人听了这番言语，眼圈儿一齐红了。你道为何？迎春心里想的是：孙绍祖那个没天良的，如何尚有夫妇之情，那里还想着年节的祭祀呢！黛玉心里想的是：自己并无父母兄弟，寄居外祖母家，此时也未必有人想着了。元妃瞧出他二人的光景来，正欲用言解释，只见一名宫娥进来跪奏道：“尤三姑娘回来了，在宫门候旨。”众人听了，一齐大喜。元妃笑道：“我算着日子，他们也该有信儿了。怎么他一个人独自回来，凤丫头、鸳鸯呢，不知访着老太太没有？请三姑娘进来罢。”宫娥答应而去。

不多一时，只见尤三姐全身的行装，走了进来，先与元妃行了大礼，然后与众姊妹们叙了寒暄。元妃因尤三姐远行劳苦，即令移坐了首席。尤三姐谢了坐，遂将他三人同往地府，先在观音庵遇了秦钟，后来到了林府会见了贾母的话，从头至尾细述了一遍。元妃与众人听了，俱各大喜。黛玉听见他的父母现作酆都城的城隍，又与贾母认了亲戚，真是喜出望外，忙问道：“三姐姐，你瞧我父母可还康健么？”尤三姐道：“你放心罢，姑老爷、姑太太两个老人家身子很好。虽系地府官员，也与人世无异，衙门里一天家热闹得什么似的。贾府上的珠大爷和司棋家两口子都在姑老爷衙门里呢。”黛玉听了，又是欢喜又是伤心，道：“三姐姐，你歇息几天，我可也要求你把我也送往地府走走，看看老太太和我母亲。”元妃笑道：“林妹妹，你想是喜欢糊涂了，你如何比得他们，你是这里有名儿的人，如何能私离职守呢？你若是应入地府去的，前日早已去了。”尤三姐道：“姑太太在那里想你，也急得什么似的。姑老爷说，必待明年任满，转了天曹，方能相见呢。据我想来，如今已是正月初一了，大约今年里头总可以见面的，你又何必忙在这一会儿呢。”元妃道：“凤丫头，鸳鸯他们怎么不回来？想是被老太太留住了。”尤三姐道：“老

太太见了他们，喜欢得什么似的，舍不得教他们回来，所以林姑老爷就留下他们，等转了天曹时，和老太太一同来呢。”元妃道：“这却去得好，我倒放了心了。”迎春道：“我倒不承望司棋这个蹄子，他倒得了好处了。”尤三姐道：“现在他们两口子都送我来了，一则是林姑太太不放心，差他们来看看林妹妹，路上又给我作了伴儿；二则他也说要来看看你的。”迎春道：“他如今现在那里呢？”尤三姐道：“他如今现在林妹妹那里，同着晴雯看着收拾带来的东西呢。林姑太太疼女孩儿的心胜，穿的、戴的、吃的、用的驮了两三个驮子来了。”元妃笑道：“你这可不用伤心了，方才听见人家年节都有家中焚化的金银币帛，早把眼圈儿红了，你如今有了两三驮了，可要拣好的分给我们众人些儿呢。”黛玉忙立起身来，笑道：“我母亲那里自必专另有娘娘的孝敬，就是众姊妹们自必也是有的，且待看了家书，即差人分送，只怕没有什么稀奇之物可备娘娘御用的，只好留着赏人罢了。”元妃笑道：“我是怄你玩呢，你自己留着用罢。我们如今位列仙班，这些衣物器具，使也使不了的，姑妈又给你带来好些来，可见天下作父母的心也就说不尽了。宫娥们换热酒来，尤三姑娘也劳苦了，我们大家恭敬三杯。我们也再吃几杯。今日早些儿吃饭，让林妹妹早些回去看看家书，他的心也就安稳了。”于是，宫娥们斟上热酒来，尤三姐连饮了三杯。然后大家又畅饮了一回，方才吃了饭。盥漱毕，散坐吃茶。元妃向黛玉笑道：“林妹妹，你先回去瞧瞧家书，别的姊妹们没事，索性在我这里热闹一天，等晚上再都回去罢。”众人听了，一齐站了起来道：“蒙娘娘赐宴，俱已醉酒饱德，娘娘劳了半日，凤体也乏倦了，请回后宫歇歇罢。”说着，一齐走来叩谢。元妃立起身来，笑道：“既然如此，我也不敢强留了。二妹妹，替我送送客罢。”说毕，自回后宫去了。

这里，秦可卿拉了尤三姐的手，问道：“三姨儿，你见我兄弟来，你瞧他可比从前出息了么？”尤三姐道：“也没见怎么出息，越发学坏了。”尤二姐道：“怎么学坏了，想是你吃了他的亏了？”尤三姐道：

"什么话呢！你们都听，我姐姐近来说话越发没人样了。我倒没吃他的亏，你们这个主儿希乎希儿。"秦氏道："三姨儿的这个话，我越发不信了，这明是糟蹋我兄弟呢。他多大点子年纪，二婶娘虽然养不下他这么大的个儿子，当日也就很疼过他，我不信他就敢在二婶娘面前无礼！"尤三姐笑道："你不必着急，不是他有意，是认错了人了。说起来话长，等咱们到了家里，慢慢的告诉你们。"迎春送至宫门。向黛玉笑道："林妹妹，你回去料理妥当了，教司棋晚上到我这里来。"黛玉道："我知道了，二姐姐请回去罢。"又向尤三姐道："三姐姐今儿也劳乏了，暂请回家与二姐姐说说话儿。明日我亲身过去给你磕头道谢。"尤三姐与众人齐道："你请回去罢，我们明日会齐了，还要给你道喜去呢。"于是，大家作别，分路各自回家不提。

且说林黛玉领了金钏儿同几个仙女们回到绛珠宫，早有晴雯同了司棋迎接出来，笑道："姑娘回来了，今日酒席如何散得这样早？"黛玉道："娘娘因为他们来了，所以教早些散了。"说毕，进了套间，先向上给贾母并自己的父母请了安，司棋这才走来与黛玉磕头。黛玉忙拉他起来道："老太太和我父亲母亲可还康健？"司棋道："老太太、姑老爷、姑太太都很好，恐怕姑娘想念，所以差了我来瞧瞧姑娘，大约年内姑老爷必然高升的，那时骨肉完聚，姑娘不要发急，耐着些儿罢。所有给姑娘带来的衣物，才和晴雯姐姐照数查点清楚，一一的收好了。小炕桌上放的是姑老爷的书子。"黛玉听了，便伸手从桌上取了家书，只见笺上大书"爱女玉儿手拆"六个大字，由不得落下泪来。拆去护封，留神细看，上写道：

汝父母不德，中年相继殒谢，幸邀天眷，补授酆都城隍，亦无所苦。惟念遗汝，茕茕弱息，靡所依恃。幸赖汝外祖母慈庇，移取京师，寄食十年，伤心千里。方幸抚育成人，年已及笄。秦楼弄玉，何愁引凤之箫；瑶岛飞琼，不少钿车之驾。何期修短随化，忽罹夭亡。前因外祖母归泉，始悉颠末。因而大索幽冥，殊无影响。正在痛悼间，熙凤侄妇来辕，始知汝名列

> 仙班，荣登紫府，神游缥缈之乡，雅得潇湘之号。儿女之情虽殷，父母之心稍慰。今我幽冥职任已满十年，待转天曹，相逢有日。嘱汝慎勿悲伤，时加珍重。
>
> 兹因尤氏闺秀回车，特差司棋夫妇同来看视。并寄汝衣饰若干、尺头若干、玩具若干、食品若干。外进元妃娘娘并致众姊妹不腆之仪，统即照数查收可也。

黛玉看毕，扑簌簌眼中流下泪来。晴雯在旁劝道："姑娘，我才听见司棋说，姑老爷、姑太太现做地府城隍，又和老太太认了亲，姑娘听见很该喜欢才是。况且姑老爷不久的高升了就要见面的，何苦来大年初一的尽自只是伤心呢！"黛玉听了，便也拭了眼泪，向司棋道："二姑娘教你晚上过去呢，依我说，你吃了饭就早些去。晴雯姐姐，把方才给娘娘和二姑娘的礼物查了出来，就交给司棋姑娘送了过去。别位姊妹的，也按名查了出来，明日再送罢。"晴雯、司棋二人答应而去。只见金钏儿端上茶来放在桌上道："潘又安在院子里给姑娘磕头呢。"黛玉道："教他在外头歇着罢，等我写了回书，仍旧差他们夫妇回去呢。这里是仙人所在，教他在外边住着不可多事。"金钏儿听了，便自告诉潘又安去了。黛玉这里端起茶来正然吃茶，只见香菱手内提着两个包袱，笑嘻嘻地走了进来。黛玉道："咱们一块儿走着，怎么眼错不见的你往那里去了？"香菱笑道："方才大家分路的时候，小大奶奶点手儿叫我，我就跟了他去了。到了牌坊那边，果然有些衣箱包袱，都是各人家中寄来的，我就将我的一个拿了出来，还有你的一个，我也带来了。"说着，便将一个包袱递与黛玉。黛玉接来一看，上写着"林颦卿妹妹收拆"，下写"愚姊薛宝钗封寄"。黛玉看了眼圈儿一红道："原来宝姐姐他还想着我呢。"遂将包袱轻轻地打开，只见里面无非绸缎金银之类。又有一封书子，面上写着"颦卿妹妹玉展"。黛玉见了，心中越发感激，便教金钏儿点上灯来，拆开留神细看。未知宝钗书内是何言辞，且听下回分解。

第六回　试真诚果明心见性
施手段许起死回生

话说林黛玉见了宝钗的书子，不胜伤感，乃命金钏儿点上灯来，拆去封皮，留神细看，乃是一首五言排律诗。仔细读道：

久结金兰契，相怜绝世姿。
花前肩每并，月下步同移。
午倦停针早，宵长罢绣迟。
清谈消俗障，雅谑解人颐。
酒向怡红品，茶凭栊翠遗。
海棠争频韵，芦雪戏联诗。
再建桃花社，重填柳絮词。
韶华惊半改，气运叹中衰。
雁序伤兄劣，萱堂赖母慈。
望希家有凤，误娶嫂为狮。
苦口咈吾谏，甘心受被欺。
兼葭欣倚玉，月老许牵丝。
青鸟传佳信，红鸾近吉期。
结缡矜得偶，梁疾忽生悲。
瞥见金莺恼，频窥雪雁疑。
绛轩虚好梦，湘馆痛相思。

况我于归日，当卿属纩时。
焚巾怜妹苦，托钵痛郎痴。
红叶句休赋，白头吟敢辞。
悠悠生死恨，只我两人知。

俚句书呈
颦卿贤妹妆次
愚姊薛宝钗敛衽

黛玉读毕，不禁一阵伤心，眼中流下泪来。此时，香菱已将自己的包袱看过收好了，走来见黛玉手持诗笺，眼中流泪，忙伸手接来，仔细也读了一遍。读到“误娶嫂为狮”之句，不觉触起他的旧恨，也就眼泪汪汪地伤起心来。晴雯走了进来道：“你们两个人又是怎么了？对头儿哭成红眼妈儿似的。”香菱道：“这是我们宝姑娘给林姑娘寄来的一封书子，所以林姑娘看了在这里伤心呢。”晴雯道：“你念给我听一听。”香菱道：“这是一首五言排律诗。”晴雯听了把头一扭道：“好容易盼他们来一个字儿来，再不肯明明白白地说几句话儿，总是闹什么湿咧干咧的，教人家连一句儿也不懂得。我就来了这几年，也总没个亲人儿给我焚化些什么，只记得那一年秋天，又不是年，又不是节，忽然小大奶奶他们在牌楼那边得了一副冰鲛縠，上头长篇大论的不知写的都是些什么，说是宝二爷给我寄来的。我又不认得字，求他们念给我听听，谁知小大奶奶也认不多字，幸亏尤家二姨儿、三姨儿他们两人，大伙儿凑着，这才结结巴巴地念了一遍，我也不懂说的都是些什么，只记得有什么芙蓉花儿朵儿的。”黛玉听了忙道：“是了，那就是宝二爷祭你的《芙蓉女儿诔》。那一年祭你的时候，我还瞧见了，那里头还有我替他改下的呢。这张字你还收着了么？”晴雯道：“那时他们念了，我一句也不懂，求他三个给我讲讲，他们也不懂得。我就赌气子叠了一叠夹在我的样本儿里头了，不知如今还有没有，等我找一找去。”

说毕，便去拿了个针线笸箩来，取出样本，翻了几页，果见有叠的一副冰鲛縠，取了出来递与黛玉。黛玉接来打开一看，果然就是《芙蓉诔》，遂从头至尾朗诵了一遍。晴雯听了，欢喜道："姑娘念得怪好听的，他们那会子结结巴巴的，那里念得成个句头儿呢。我再央求姑娘替我讲一讲，这么长篇大论的到底说的都是些什么？"黛玉听了，遂又念一句讲一句，逐句讲完。只见晴雯早已抽抽噎噎地哭成个泪人一般。香菱在旁用指头儿在脸上划着羞他道："你这个呢，明儿个再敢笑话人不了？"晴雯着急，推他道："人家心里难过的什么似的，你还好意思拿话怄人家来了。"黛玉讲完，便依旧叠好，揭开样本儿夹时，只见又有一副泥金粉红笺，拿来一看，只见上面题着《双调望江南》词一首，细细的读了一遍，递与香菱道："你看填的这首词何如？"香菱接来，遂也朗朗的读了一遍。晴雯道："这又是第二次冬天得的，你也讲给我听听。"香菱也就与他讲了一遍。晴雯听到"添衣还见翠云裘，脉脉使人愁"，又复伤心起来。黛玉劝道："晴雯姐姐你不用哭了，你仔细想去，你这就比我强多着呢。"晴雯拭泪道："姑娘何苦来又说这样话呢？宝二爷为什么出了家，连宝姑娘、袭人一齐都撇下了，到底是为谁呢？"

正然说到这里，只见司棋走了进来。晴雯眼尖，忙将文词夹在样本内，早连笸箩端着走了。司棋笑道："姑娘还没有睡觉吗？元妃娘娘和二姑娘教给姑娘道谢。"黛玉笑道："你怎么不住在那里和二姐姐多说说话儿？"司棋道："我原要住在二姑娘那里的，只是娘娘吩咐说，此处乃是仙家清虚之府，原不容男人们到此的，所以教我回来约束潘又安。又教我告诉姑娘，明日写了回书早些打发我们回去，也是娘娘谨慎的意思。我想潘又安虽是个男人，他头上长着几个脑袋瓜子，敢在仙女们跟前无礼呢！"黛玉听了笑道："这也不过是避嫌疑的意思，我方才也教金钏儿吩咐他这个话来。我明天就写了家书，打发你们回去也是正理。"司棋正欲回答，只见晴雯收了笸箩，怒容满面道："司棋妹妹，我有句话要问你呢。你儿时和你表弟鬼鬼祟祟的弄出事来，害得我好苦啊！今儿你们两口子倒都得了好处，投到姑老爷衙门里了。方才娘娘还怕潘又安那个小杂种子多事，他敢多一点事儿，我把他的筋还都抽了呢！”说得司棋红了脸低了头，不敢哼一声儿。香菱听了笑道：“晴雯姐姐你何苦来，姊妹们好些年没见面，况且他又是姑老爷、姑太太远路风尘打发来的，你何如当着人就给人家个脸上下不来呢？”晴雯道：“菱姑娘你那里知道呢，那一年太太撵了我，全是他们闹出来的。姑娘，你问问他，他可教鸳鸯姐姐在太湖石背后捉住过没有？那时，鸳鸯姐姐若简直的回了老太太，早就水落石出了，那有后来这一场是非呢！谁知道鸳鸯姐姐又在他们面前发了慈悲，忍在肚里了。偏偏儿的冤家路儿窄，傻大姐儿又在太湖石背后拾了个香袋儿，上头还绣着他们两个不害臊的行乐图儿，不知怎么到了太太手里，把太太气了个发昏，好好的在二奶奶房里特特的把我叫了去，大骂了一顿，说我长的容长脸儿、水蛇腰儿，妖精狐狸似的把宝玉都引诱坏了。这些话都是他老娘王善保家的嚼下的舌根，若不是前儿鸳鸯姐姐告诉了我，我一辈子再也不能知道太太撵我到底是为那一件事呢。幸亏老天爷有眼珠，后来二奶奶在他屋里搜出真藏实犯来了。要不然，我就跳进黄河洗不清呢么。”司棋听了，无奈只得含羞央他道：“好姐姐，你当着姑娘们给我留点脸儿罢，这也是我一时走错了路，我也后悔不来了。好姐姐，我给你磕头。”说着，便跪了下去。招得黛玉、香菱一齐笑起来道：“晴雯姐姐，你们这也是前因、前世的缘故，他也不是有意害你。过去的事了，不用尽子提了。他知道他的不是也就罢了。”晴雯听了，也由不得扑哧地笑了，忙一手拉他起来，道：“我竟不知道你这个小蹄子闹这么大的鬼，真是‘红萝卜拌辣子’，看不出来呢！罢了，我也不说了，只叫你老娘那个老娼妇提防着我就是了。”

正说时，只见金钏儿进来道：“天也不早了，姑娘们还没有吃晚饭呢。我预备了几样茶果，大家吃些罢。”说着，便搬那小炕桌儿。黛玉道：“就在地下桌子上罢，咱们五个人一块儿吃着热闹些儿。”

于是，摆上茶果，大家随意吃了些，又说了一会闲话，黛玉方向司棋道："夜深了，你也安歇去罢，我们也要睡了。"司棋答应了，便告辞了出去。晴雯送出房门，笑道："司棋妹妹，你可要好好的约束你们那一个，这是天仙福地，你们老老实实地睡，忌讳着些儿，莫要不干不净的。"司棋也笑着答应道："你嘴里也积点阴骘罢。"说着，各自去了。这里晴雯笑着进来，铺陈了卧具，大家归寝。到了次日，黛玉写了禀启，又备了几样异样的礼物，打发司棋夫妇回转酆都，以及与尤三姐诸人，彼此往来贺谢，这些节目暂且不表。

再说贾宝玉与柳湘莲二人在青埂峰下空空洞内，每日将仙师传授的口诀心法用起功来，倒也十分快乐。韶光荏苒，不觉三月有余。这一日清晨起来，但见天朗气清，惠风和畅。湘莲向宝玉笑道："你我自从用功以来，虽觉太苦，然颇觉效验，我只觉得近来气爽神清，骨轻体健，飘飘然似有凌空之意。我瞧你如今的容貌，也有个粹面盎背的光景了。你本来生得面如美玉，只因从前为富贵荣华所扰，缺少一段温润之色。如今看去真是羊脂白玉中透出一番宝色来了。名之曰宝玉，可谓名副其实之至了。"宝玉听了，不禁大笑道："柳二哥，你我弟兄素无戏言，今儿可该罚你了。"湘莲道："并非相戏，你不信，你去照照镜子，可像你先前的样儿不像。"宝玉听了，果然取出镜子来自己照了一照，也不觉喜形于色道："柳二哥，我今日始信'吾儒云道，即仙佛之道。'总因世上的人为气秉所拘、人欲所蔽，习然而不察，终日迷于声色货利。及至迷得要死，又妄想仙佛的长生，岂不可笑呢！"湘莲道："到底宝兄弟是个极聪明的人，一悟就悟彻了。我想今日天气晴和，咱们何不下山去逛逛。一则可以流通血脉，发舒精神；二则可以纵观花柳，怡情悦性。这些日子咱们也太苦了。"宝玉听了欢喜道："正合我的意思，你何不把鸳鸯剑带上，到了宽阔敞亮之处试舞一回，小弟也领教领教。"湘莲听说，遂系了鸳鸯剑，将松鹤童子唤来嘱咐道："你在家小心门户，我们下山走走就回来的。"松鹤答应着笑道："二位师兄，逛呢只管逛去，且莫要学那刘晨、阮肇误入了天台，可就不能回来了。”二人闻言，一齐吆喝道：“胡说！等师父回来，告诉了打你。”

说着，湘莲便拉了宝玉的手，步出洞门，曲折下山，但见苍松翠柏青碧接天，异卉奇花幽香扑鼻。二人下山，走了约十余里，方见地平路坦。四顷一片桃花，仿佛武陵景况。宝玉大喜道：“柳二哥，我幼读陶渊明的《桃花源记》，意为是文人的曲笔，皆假设之词。今日亲历其境，始信古人不我欺也。这里宽敞，你就请舞起剑来，也可使桃花壮色。”湘莲见说，便解下鸳鸯剑来，先走了个架势，便斜行拗步地舞了起来。只见一片寒光浑身盘绕，喜得个宝玉拍手叫好不绝。湘莲舞毕，收了剑笑道：“有武事者必有文备，但我幼而失学，诗词上我却不能，只好唱一只《寄生草》与你听听。”宝玉越发欢喜道：“如此更好了。”只见湘莲手弹剑铗，高声唱道：

舞罢鸳鸯剑，凄凉泪欲流！大荒山猛参得红尘透。

没来由死别生离骤，好姻缘何日方成就？

空对着青天碧海两茫茫，怎当他春花秋月年年旧。

湘莲唱毕，宝玉听了笑道：“唱得好，声韵铿锵，惜无金石丝竹以应之耳。但只是曲中太觉感慨淋漓，恐不似我们出家人的口气。”湘莲大笑道：“宝兄弟，你这个话可又是凿起四方眼儿来了，这是怎么说呢？”宝玉也不禁大笑起来道：“咱们何不再往前去，一直把桃花的踪迹追尽，看那里到底有什么人家没有？我们也寻个酒肆沽饮三杯以助清兴，岂不更有趣呢？”湘莲道：“也好。”二人遂又顺着桃花又走了有数里之遥，隐隐的望见前面桃花影里露出些楼台殿阁来。宝玉大喜道：“此乃荒山，怎么又有这么个所在呢？真真的我们今日可胜过当日的陶渊明了。”湘莲道：“我来此多年也不下山，走过几次，怎么总没有见过这个地方呢？”二人一面说话一面走到了跟前。

忽见一条长河阻路，白涌碧翻。又寻至河湾窄处，恰一石桥，两边白石栏杆，直接到那边缥缈飞楼之下。二人缓步上桥，迤逦行

来，只见那边垂杨影里露出一带粉墙，内有几层飞楼，直插云汉，盖得十分华丽。及到粉墙角下，忽见一垂花门，朱扉半启，曲径通幽。二人止步，正在徘徊瞻顾间，忽见从里面走出一个二八女郎来，风环雾髻，环佩珊珊。见了他二人，并无羞涩之态，笑问道："二位仙郎尊姓大名，来此何干？"二人听了，只得正色答道："小僧、小道乃茫茫大士、渺渺真人的徒弟，现在空空洞内修行。今因春光明媚，下山闲步，偶尔到此。不知此处何名，这等富丽，望祈神仙姐姐明示。"只见那女郎笑道："此处乃天台山，楼上乃玉真仙子姊妹二人的住处。当日有个刘晨、阮肇采药误入此山，与我家仙姑姊妹二人绸缪燕好。自从他二人返棹之后，至今千有馀年，再无人能够到此。今日二位仙郎忽然光降，真是三生有幸了，快请到里边奉茶。"湘、宝二人听毕，吓得呆了半晌，答道："神仙姐姐，我二人因被痴情所缚，所以斩断尘缘，来此悟道。虽蒙神仙姐姐雅爱，我二人断然不敢从命。"那女郎又笑道："二位仙郎如何聪明一世，懵懂一时，既然能够到此，这就是真仙了，尚何道之可悟呢？况且你们斩断的原是尘缘，此乃天缘，岂尘缘之可比。只怕你们错过了机会，打着灯笼还没处寻呢。"湘、宝二人听了，只是再三的逊谢。忽见那女子怒道："你们这两个没福的东西，真正不识抬举。你们既然来到此处，只怕也由不得你们了。"说着，便向头上拔下一股金钗，向他二人迎面掷来，忽然化作一条五色彩绳，将他二人的脖项套住。那女郎拉了就走。湘莲着了急，便欲抽出鸳鸯剑来割断他的彩绳，只觉身不由己，手不能动。宝玉更不必说了，但觉两脚前奔，收留不住。二人无可奈何，只得随他拉到楼下，登梯而上。那女郎唤道："二位仙姑，仙郎到了。"但闻一阵环珮咚叮，香风扑面，引得他二人不由得心荡神摇，便连忙定性宁神，以理制欲。定睛一看，只见迎面站着两位仙子，生得美艳异常，光华夺目，笑容可掬的道："二位仙郎请坐。"只见那女郎将彩绳一提，他二人早已坐在椅上了，那彩绳仍旧化作金钗插在鬓旁，将手向窗外一招，早又飞进一个茶盘，托着四

盏香茶，接了来，先宾后主分送毕，又向两位仙子笑道："二位仙姑，你看他两个的模样儿，长的可比当日的刘郎、阮郎何如？"只见那两位仙子秋波斜睨，笑了一笑，低声骂道："痴丫头，快去整备酒筵上来，别误了千金一刻。"那女郎答应了一声，笑着接了茶杯，个自去了。这里二位仙子问道："二位仙郎尊姓大名，仙乡何处？"湘、宝二人正在宁心定神之际，忽承垂问，吓得他二人不敢仰视，但躬身敬谨，答道："弟子二人乃下界凡愚，一名贾宝玉，一名柳湘莲，都因一念痴情不遂，故而弃舍红尘，入山访道。幸蒙茫茫大士、渺渺真人不弃，收录门墙，原许下我们功行圆满，包我们遂心如意的。此时虽蒙仙姑垂爱，我二人实实的不敢从命。乞二位仙姑慈悲，放我们回去，我们就焚顶无既了。"二位仙子听了，笑道："你二人的心事，我们作仙人的早已知道了，难道我们姊妹二人反不如林黛玉、尤三姐两个么？你们若肯依从了我们，成就了好事，包管你们眼下立刻就与林黛玉、尤三姐相见，也不用等什么功行圆满。"湘、宝二人听了，吃一大惊。心下暗想道："若非真正的神仙，如何连他两个的姓名都叫出来了呢？"二人忙立起身来道："二位仙姑如果能使我们立刻就与林、尤二人相见，那时仙姑再有所命，无有不遵的。"二位仙子听了，笑道："这有何难呢，远在千里，近在眼前，你们瞧瞧里间屋里坐的，那不是他们两个么？"哄的湘、宝二人回头一看。只听二位仙子笑道："在这里呢！"二人忙回过头来看时，那里是两位仙子了，果然就是林黛玉、尤三姐二人，端然坐在椅上。喜得个宝玉刚叫出"妹妹"的两个字来，湘莲忙喝道："宝兄弟，你忘了仙师传授的口诀了么？所谓'致知在格物'者，言欲致吾之知，在格物而穷其理也。"宝玉听了，恍然大悟。暗想："林妹妹素日为人，就算他死后的灵魂，也断不肯当着柳二哥与我相见，定是那个仙子的什么障眼法儿。"心中一急，便将通灵宝玉摘了下来，望着林黛玉脸上打来。湘莲也拔出鸳鸯剑来，望着尤三姐砍来。只听得"哗唧"的一声，犹如地裂山崩之状，震得湘、宝二人一齐栽倒。正在迷惑之间，只听旁边有人叫道："二位师兄起来罢，师父回来了。你们快去告诉了好打我。"湘、宝二人醒了，一会睁开眼看时，不是别人，却是松鹤童子。连忙爬起来，问道："你从那里来的？"松鹤童子笑道："你们看看这是那里？"二人便往四下里仔细一看，原来就是空空洞的院子。宝玉看了发起怔来，只见松鹤轻轻地在他脸上弹了一下，笑道："不害臊的，连妹妹都叫出来了。"二人这才明白，是仙师的幻术试探他们呢。羞得宝玉将松鹤啐了一口，忙将通灵宝玉拾了起来挂在项上，湘莲也收了宝剑，只得跟了童子走进禅堂。

只见那一僧、一道对面坐在榻上，见他二人进来，一齐点头赞道："孺子可教也！孺子可教也！"二人忙向上叩见已毕，坐在两旁椅上。那和尚向宝玉笑道："我适才从青埂峰瞧见你所作的石头诗甚嘉，你既知道你的来历，我如今索性与你说明。你原是女娲氏补天所剩的一块顽石，当日原是我将你携到昌明隆盛之邦、富贵荣华之地托化为人的。指望你建功立业，裕后光前，像画丹青、名垂竹帛。谁知你迷了本性，恃才任意所为，才有这番魔障。你与绛珠仙草原有夙缘，只因你二人性情皆倚于一偏哀乐，失正害和，故遭此一番颠沛。即柳贤契之事，亦皆类此。谚云：'来说是非者，便是是非人'。如今我二人反倒不能辞其责了。所以，前日下山，会见了四大部洲的众仙，将太虚幻境内所有《红楼梦》中应行释放回生之鬼魂，俱已缮写花名、事实册联，咸奏闻了上帝。奉批，尚须会同人间帝主面议后，另行降旨。俟圣旨一下，那时就是你们团圆之日了。"

湘、宝二人听了不胜大喜，连忙拜谢。宝玉又道："请问仙师，适才所说的绛珠仙草，莫非就是林黛玉的前身么？弟子前蒙仙师从梦中引入太虚，也曾见过这株仙草，但不知林黛玉的灵魂尚在太虚否？"那僧笑道："他是那里的仙子，岂有不在那里之理？"宝玉又道："蒙仙师不弃，收录门墙，已用过三月的苦功，不知此时肉身亦可重登太虚否？"那僧、道二人听了，一齐大笑起来道："人心不足，得陇望蜀，你二人的功夫不过才入正途，能够正心诚意了，尚未到过化存神的地位，如何就想上登太虚呢！”宝玉听了，正欲请问，只见松鹤走来禀道：“后元洞的甄老先生来拜谒。”僧、道二人听了，忙起身出迎。

但见甄士隐笑嘻嘻地走进来，大家相见，揖毕就座，松鹤献茶。茶罢，士隐笑道：“二位仙师恭喜，前日众仙合奏之事，蒙上帝已经允准，大约定期于本年七月十五日盂兰胜会，释放大众回生，届期只怕仙师们又有一番劳苦了。”那僧、道二人笑道：“出家人以慈悲为本，正当竭力，以广皇仁，岂可惮劳。”乃向湘、宝二人道：“这位甄老先生你二人可认得吗？”二人躬身答道：“久闻仙范，未获瞻颜。”士隐笑道：“小弟姓甄名费字士隐，苏州人氏，因小女丢失，家遭回禄，所以跟随仙师到此，业已修成正果。前送小女魂返太虚，今闻上帝垂悯，赐令还生，所以特来谒见仙师，并与二位报个喜信。”那僧笑道：“方才他二人正然求着要往太虚一游，可巧儿的尊驾就到了，你何不将他们成全成全，将来也好讨个封号。”士隐答道：“此事不须二位仙师费心，小道自有方术将他二人的真魂摄去，送至太虚，以完夙愿。但他两个的肉身，尚须仙师照应。”那僧、道一齐笑道：“这事你也放心，临期我们也自有照应的妙法。”湘、宝二人听了，俱各喜出望外。不知甄士隐有何方术能将他二人送往太虚，且听下回分解。

第七回　碧落黄泉寻踪觅迹
红颜白发涌子思夫

话说湘、宝二人听了甄士隐的一番言语，喜不自胜，忙问道："方才老先生所言，送令爱魂返太虚，不知令爱是谁，难道也在金陵十二钗数内么?"士隐笑道："二位原来不知，小女英莲，因上元佳节家人抱去看灯丢失，后来被拐子卖与薛家，改名香菱的即小女也。"湘、宝二人听了，忙又重新施礼道："晚生辈不知老伯的大驾，多有得罪。香菱即晚生辈之嫂也。"士隐亦忙答礼道："我们原是老亲，应嘉甄公与弟是同宗。"宝玉听了，愈加欢喜道："适蒙老伯慨许晚生辈魂登太虚，不知用何仙术？尚祈明示。"士隐笑道："二位不必疑惧。"说着，回手向直袋内取出个小匣儿来，打开抽出两支名香来递与湘、宝二人各一支道："你们二位今晚临睡时，可将此香点着插在枕旁，自有奇验。"二人接来，又拜谢了一番。只见那僧、道二人吩咐松鹤摆上酒果来，与士隐、湘、宝三人畅饮了一回，又谈了一会天机，僧、道遂留士隐在后洞同歇。湘、宝二人仍在禅堂安宿。

当下，他二人送了僧、道、士隐，便回至卧室点起灯来，将名香取出来仔细看了一番，亦不见有甚奇处，遂在灯上点着，但闻一缕清香自鼻入脑，令人心魂俱醉。二人只觉困倦思眠，禁不住打起哈欠来了。宝玉笑道："有些意思。"便先打开了卧具。将欲解衣，湘莲笑道："宝兄弟，脱衣服不得的，难道我们赤身露体的去登太虚么?"一句话提醒了宝玉也就笑起来道:"柳二哥,你真是个精细人儿,若都像我这样粗心,只怕到了太虚还把尤三姐姐吓得跑个没影儿呢!"湘莲也笑道:"悄默声儿的睡罢,我让你是个小兄弟,人家不肯说你什么玩话罢了,你也别太逞脸了。"二人笑着俱各和衣儿就寝。头一着枕,早已入了梦乡了。

起初,但觉耳畔呼呼的风响,停了一会,便觉眼界光明,真是琉璃世界。早望见甄士隐在那里招手儿,湘、宝二人的真魂一见俱各欢喜,一直的扑了甄士隐来。宝玉道:"甄老伯,你如何来得这样快呢?"士隐道:"我在此久等多时了。你们顺着我的手瞧,前面隐隐绰绰的那不是太虚幻境的牌坊?宝公是来过两次的,顺着牌坊走去,万勿一失。我却不便相陪。"说着,遂从怀中取出一封书信来递与宝玉,道:"这封书烦二位带去,转给我女儿便了。"宝玉接来揣在怀内,三人拱手而别。

不言士隐自回仙洞,且说湘、宝二人欢天喜地的一直顺着牌坊走去,约有三里之遥,早望见石头牌坊上写着"离恨天"斗大的三个金字。宝玉见了,不胜大喜,又将对联看了一遍,与前次的话丝毫不爽,乃笑向湘莲道:"柳二哥,这个所在,我虽然来过两回,心里也觉恍惚。我只记得正中的那座殿是警幻仙姑所居,却不记得别人的住处。"湘莲道:"依我说,咱们先去求见警幻仙姑,说明了来历,央求仙姑导引才觉妥当。若冒冒失失地造次了,反为不美。"宝玉心中虽是急于要见黛玉,但自己与柳湘莲同来,也生怕弄出岔儿来。连忙答应了一个是。一齐扑了正中的殿来。只见宫门外有五六个仙女在那里扫花,一见他俩来了,便都诧异道:"那里来的野僧、野道,少往前走,仔细黄巾力士来打你们。"湘、宝二人连忙赔笑道:"神仙姐姐们,我两个是仙姑的旧门生,特来奉谒的,恳烦神仙姐姐们代为通禀一声,说贾宝玉、柳湘莲求见。"只见仙女中有一垂髫女郎,将他二人凝眸端详了一会,悄向那几个仙女笑道:"姐姐们,你们仔细瞧瞧这个小和尚,很像那一年来的那个戴紫金冠的小淘气儿,如今长大了好些,怎么又出了家了呢?”内中又有一个仙女笑道:“可不是他是谁呢?我记得那一年仙姑带了他来,摆酒作乐的乐了一天,到了晚上还把你兼美姐姐配了他了。想是他吃了甜头儿了,如今又来了。这一回只怕可就该轮着你了。”只见那垂髫女郎向他啐了一口,笑着进宫去了。宝玉听了这些话,直乐得心花儿都开了。湘莲将他捏了一把,低低的问道:“宝兄弟,你的悄悄事儿可都叫我听见了。当真的有这样事么?”宝玉红了脸笑道:“你信他们的话呢!”正说着,只见那垂髫女郎走出宫来笑道:“仙姑有请。”

湘、宝二人整理了衣冠,恭恭敬敬地走进宫来。只见警幻笑嘻嘻的迎了出来道:“恭喜二位,你们的功行圆满了。只因你们这些痴情孽债,倒闹得我们出家人不得安静,倒成了你们的撮合山了。”湘、宝二人连忙抢步进宫,双双叩拜毕,分宾主坐定,仙女献茶。茶罢,宝玉先就立起身来,笑道:“弟子二人的来历,仙姑既已明白,毋庸再渎。但‘所谓伊人’俱在仙姑门下,求仙姑慈悲导引,俯赐矜全,弟子等感恩匪浅。”警幻答道:“柳公之事倒还容易,有他亲姐姐作主儿,也就可以成全了。尊驾之事我可不能包圆儿,我们那位潇湘妃子的脾气,你是素日领教过的。虽说你二人的情分生死缠绵,只怕没有父母之命,媒妁之言,竟有些儿费力呢!”宝玉听了,沉吟了半晌,答道:“弟子此来,只求相见一面,诉一诉苦心。至于成全一事,弟子另行设法。”警幻听了,笑道:“既然如此,我先差人去替你们通知一声儿。仙女们呢?过来一个。”只见那垂髫女郎走来,警幻道:“你去到绛珠宫、薄命司两处通知一声,就说宝二爷、柳二爷到了,看他们是何光景,即速转来。”女郎答应了一声,笑着去了。

不言湘、宝二人与警幻闲叙。再说林黛玉自从打发司棋夫妇去后,连日与尤三姐等往来贺谢,热闹了几天,因留迎春同住。这一日清晨起来,闲暇无事,正与迎春、香菱三人谈及宝钗寄书的话来,黛玉心中十分感念,意欲向香菱求借寻梦香点了,要与宝钗梦中相会。香菱也要回家去看看薛姨妈并自己遗下的小孩子儿。惟有迎春，心无挂碍，听见他二人如此计议，反倒笑道："你们的牵连也太多了，知道点起香来灵验不灵验呢？"黛玉笑道："二姐姐，你不要管我们的闲事，谁都像你呢，提起二姐夫来恨得牙都痒痒了。"

正说着，只见晴雯满脸绯红地跑了进来，道："林姑娘，宝二爷找到这里来了！"黛玉听了，吓得心头突突地乱跳起来，忙道："这是谁说的话呢？"晴雯答道："适才警幻仙姑差仙女们来说的，他说宝二爷、柳二爷两个人，都随了那癞僧、跛道在大荒山出家来，如今都修得功行圆满了，他师父特意将他二人送到这里来，与姑娘、尤三姑娘相会来了。"迎春、香菱听了，倒也十分欢喜，只见林黛玉听了，眼中流下泪来，忙用手帕捂了脸儿，说道："罢了！道我不见他。"迎春忙劝道："林妹妹，你这又是何苦呢！可怜见儿的宝兄弟千辛万苦、抛家离业的，不知跟着那僧、道在那里受了一回罪，也亏他一片的真诚，方能够熬到这里来，你如何反倒说出这样话来！你的意思我也猜着了，必是为我和香菱都在这里呢，你脸上不好意思，是这个缘故不是呢？你要是为这个缘故，真真的可就俗极了。难道你们两个人的事情，我们两个人还有个不知道的吗？"

黛玉听了，推了迎春一把道："这个二姐姐，你想是听见你兄弟来了，把你喜欢糊涂了。你想想，此处又没有我的父母，又没有老太太和舅舅、舅母，难道你叫我们相会，想是叫我们作个淫奔下贱么？"迎春听了笑道："原来是为这个缘故，这也没有什么难处的，宝兄弟也是读书明理的人，等我见了他，先把这些话告诉了他，你们两人只管好好儿的见见面儿，再叫宝兄弟辛苦一回，到地府里去见见老太太、姑爹、姑妈，还有什么不妥当处呢！"黛玉听了低头拭泪，便不言语了。迎春便拉了香菱道："菱姑娘，咱们先到院子里等着宝兄弟去，可怜见儿的，他到底熬的到了这里了！"香菱也赞叹道："像宝二爷那样的人，世上再也找不出第二个来了。就拿二姑老爷和我们那一个比，真是天渊相隔了。林姑娘还不肯相见，难道你自己心里也过得去吗?”说着,便和迎春手拉手儿到院子里等着宝玉去了。

这里,黛玉见他二人去了,一面拭着眼泪、一面点手儿把晴雯叫到跟前,附耳低声道:“你也快出去迎迎去罢。你悄悄地告诉他,就说他的苦处、他的委屈我都知道了,当着二姐姐、菱姑娘,见了面儿不用说得那么样样般般的,仔细人家听见了背地里当个笑话儿谈论。再者,说话、举动总要规规矩矩的,莫要高兴了忘了情,像小时候在家里的那个涎脸的样儿,可就不成事了。你就去罢,记着些儿。唉!小祖宗真真的是我命里的魔星!”晴雯听了笑道:“姑娘的心也太细了,这有什么怕人笑话的呢。他们也犯不上笑话咱们,我就没这些心眼儿。”黛玉使性子道:“你是个好的,谁有你好呢,今儿晚上你就服侍他去。”晴雯扭着头笑道:“人家说的是正经话,又给人家这个话吃来了,把我算个什么呢,就敢占姑娘的先儿。”黛玉越发着急道:“是了,姑奶奶快去罢,再挨磨一会人家到了!”晴雯这才笑着跑了,如飞地赶到迎春、香菱的前头,口里一面说道:“二位姑娘慢慢地走,看仔细绊倒了,让我在宫门外望一望,看来了没有?”香菱笑道:“晴雯姐姐,我看宝二爷来了,你比林姑娘喜欢得还要紧些儿。”晴雯跑着笑道:“你还用拿这话打趣我,我已经是‘老虎不吃人,恶名儿在外’的了。我的脸早已就是城墙了,还怕什么呢!一会儿你可不用和林姑娘嗽着玩儿,饶是他已经哭得怪可怜见儿的了。”迎春笑道:“你去你的罢,我们不用你嘱咐。”晴雯听了,笑着一直的跑到宫门外。向南一望,果见远远的宝玉拉着金钏儿的手,说说笑笑地来了。晴雯一见,又是喜欢又是伤心又恨道:“金钏儿这个小蹄子,多早晚儿可就溜着接去了,他倒抢了先儿了。”

正说着,只见宝玉已到了宫门,蓦然见了晴雯,不由得一阵伤心,忙松了金钏儿的手跑上来,一捏手便将晴雯的脖子搂住,流泪道:“我的亲姐姐,你这几年可好?活活儿的想坏了我了!”晴雯心中虽有十分的亲爱,见宝玉当着金钏儿搂住了他,也觉不好意思,连忙把宝玉的手推下来，哭道："我的小爷，你怎么还是这个毛病儿，怨不得林姑娘哭着不肯与你见面儿！"宝玉听了，吓了一跳，忙问道："好姐姐，你告诉我，林妹妹为什么哭着不肯与我见面？想是他心里还恨我呢么！"晴雯拭着眼泪拉了宝玉到垂花门的旁边，低低地说道："二爷，林姑娘打发我出来迎接二爷来的，教我悄悄地告诉你，说你的委屈你的苦况他都知道了。如今二姑娘、菱姑娘都在这里呢，一会儿见了面，说起话来，不教你当着人说的坑儿卡儿的，仔细人家在背地里谈论。再者还要规规矩矩的，莫要涎脸，教你留点神儿。"宝玉听了晴雯的一番嘱咐，就知道黛玉心中并无恨他之意，又且素日深知黛玉的脾性是要强的，在人面前是伤不得一点脸儿的。乃笑道："妹妹也太多心了，何用差姐姐来嘱咐我呢。难道我就是个糊涂虫，连个人都不知道避讳了。就是当日在家咱们一块儿玩笑，尚然知道避讳着人，何况如今在他跟前呢！"晴雯笑道："敢是你嘴里说得倒好听，才刚儿见了我可是怎么了呢？"宝玉笑道："我的好姐姐，咱们分离了好几年，我今儿好容易见了姐姐的面儿，只觉情不自禁，那里还由得我了呢。"晴雯笑道："却又来了，你见了我就情不自禁的由不得你了，一会儿见了林姑娘，少不得越发情不自禁的更由不得你了，还怪人家嘱咐你呢。"

二人正说时，只见金钏儿到宫门内张了一眼，笑道："二爷快进去罢，二姑娘和香菱姑娘都在院子里等着二爷呢。"宝玉听了，便一手拉了晴雯、一手拉了金钏儿往里所走，二人甩手笑道："才嘱咐你的是什么话来，怎么连窝儿也没挪可就忘了呢。"金钏儿又道："我看二爷好似狗改不了吃屎了，才刚儿在街上，就恨不得把人家怎么样了才好。"晴雯笑道："小蹄子多早晚得了信儿就溜着跑了，我连个气息儿还不知道呢。"宝玉笑着忙松了他二人的手，一直走进垂花门来。一见了迎春由不得满眼垂泪，先请了个安。迎春忙拉了他起来，止不住也就哭了。香菱忍泪劝道："二姑娘，请宝二爷到里边坐罢，不用伤心了，仔细招得林姑娘越发要哭坏了呢。"迎春听了，便止了泪，将宝玉拉到房中。宝玉重新又与迎春、香菱行过了礼，问好已毕，三人就在对面的四张杌子上坐下，金钏儿随即送上茶来。宝玉接茶时，望四下里一看，但见珠帘绣幕，粉墙纱窗，陈设得幽幽雅雅，心中十分喜慰。茶罢，只听迎春问道："宝兄弟，前者香菱到此，说你中了第七名举人，我们就很喜欢。后来又说你跟着一个癞头和尚出家去了，那和尚到底是个什么活神仙，你跟他到那里出家去来？你也不想一想，老爷、太太都是上了年纪的人了，后来可都依靠着谁呢？"宝玉听了，泪流满面道："二姐姐的话，虽然说的是一番大道理，但只是我心里想着，我和林妹妹自小儿在一处长大，情深义重，如今一旦间弄得他九泉衔恨，我心里怎么过得去呢？所以，我心里一痛，就连老爷、太太也顾不得了。幸而遇着了茫茫大士、渺渺真人，将我携到大荒山空空洞内，与柳湘莲在一处焚修。如今修炼得虽不能肉体飞升，也算得了些儿道行了。前日幸亏甄老伯赐香引路，所以我同柳二哥才能够到这里来了。"香菱忙问道："宝二爷见我父亲来么？前日我父亲说你们都在青埂峰，怎么又是大荒山呢？"宝玉答道："青埂峰就是大荒山的一个山峰的名儿。甄老伯有给姐姐带来的一封家书在此。"

说着，便从怀内取出书子来，递与香菱。香菱接来，拆开看了一遍，连忙笼在袖内道："二姑娘，据我父亲书上的话看起来，只怕我们这些人竟有个回生的信儿。却也好笑，一个人死了，怎么又能活转过来呢？"宝玉道："前日甄老伯也曾对二位仙师说来，但只是未来的天机，仙师也不肯说破，也只含糊说了几句。我们宁可信其有，不可信其无。况且还有好几个月的光阴呢。你们听着就是了。"迎春听了，长出了一口气道："你们都是些有情有义的，都回生去罢，我只住在警幻仙姑那里就是了。"宝玉道："二姐姐，你不过所怕的是二姐夫那个混账东西，你只管放心，我那师父的手段高多着呢，等到回生的时节，只用将孙绍祖捉了来开了他的膛，替另给他换上一副肚肠，还怕他怎的呢？"迎春听了笑道："疯话又上来了。"

香菱忍不住也笑了。

宝玉因见说了半天话，总不见林黛玉出来，心里就急得受不得了，乃悄悄地问迎春道：“林妹妹到底在那里呢？”迎春笑着向里间屋里努嘴儿道：“他自己不肯出来的，等我们两人把你带进去，你好好的见一见他。他才刚儿原是哭着不肯见你的，我们好容易才劝的好了。前者，元妃姐姐打发琏二嫂子和鸳鸯姐姐到地府里寻老太太去来，才知道林姑老爷现作酆都的城隍，和老太太认了亲了，如今凤姐姐、鸳鸯姐姐、珠大哥哥都在姑老爷衙门里住着呢。前儿姑妈给林妹妹带来了书子来了，说今年里头姑老爷转升了天曹，一同到这里来相会呢。林妹妹的意思要叫你明日往地府里走一回，见见老太太、姑爹、姑妈，把你们两人的这一段因果回明了。林妹妹总要等姑爹、姑妈的口话儿，他才肯与你成婚呢。但是地府里走这一回，你到底肯去不肯去呢？”宝玉听了笑道：“只要林妹妹不恨我、不恼我，见了面叙叙话，我别说到地府去见老太太、姑爹、姑妈，就教我往阎王殿上上刀山、下油锅，我也是愿意去的。”迎春听了笑道：“哎哟哟！你们两个人到底结了几十辈子的缘法，怎么就情义到这步田地了。哎！可怜我们不知把绿豆儿撒到那里去了。林妹妹，你也该隔着窗棂听见了，还哭呢没有？我们带了宝兄弟瞧你来了。”

晴雯早把桃红绫子软帘揭了起来，迎春拉了宝玉，同了香菱一齐走了进来。只见南边一个小炕儿放着一张四方小桌儿，两边摆列着坐褥，靠枕下面放着两个脚踏儿。黛玉在西边坐褥上倚着靠枕用手帕捂着脸坐着，见了宝玉进来，又扭过身去哭起来了。宝玉见了，心中一恸，那眼泪就像雨点儿一般滚了下来，抽抽噎噎的连一句话也说不出来，两个人倒哭了有半个时辰。迎春无奈，只得将宝玉扶到东边座椅上坐下，自己也坐在宝玉的身旁，用手帕替他擦拭。香菱便在西边挨着黛玉坐下，也用手帕替黛玉擦泪。晴雯便一盘儿托了四盅茶来放在桌上。迎春、香菱每人端了一盅放在他两个的唇边，劝着每人喝了几口，这才止了哭。宝玉说"妹妹，我的这个心恨不能掏出来搁在这桌儿上"，黛玉听了，哽噎道："你不用说了，我都知道了。我不怨你的心，我只怨我的命。"迎春听了笑道："好了，两个人说了话了，我们也放了心了。菱姑娘，我们到外间屋里下盘棋去罢，让他们好好的坐一会儿。林妹妹再要哭，我们也别理他了。金钏儿，到厨房里吩咐给宝二爷预备早饭。"说毕，便同香菱到外间坐着去了。

这里，黛玉见他二人去了，便低了头一言不发。宝玉这才偷眼将黛玉仔细一看，那里像从前病弱的样儿了，那个脸儿上真真是红是红白是白的，眼内的神光真是一汪秋水。宝玉此时，喜得心花儿都开了，要想搭讪着说话，又不知从那一句上说起才好。呆了半晌，只得搭讪道："妹妹，我记得我发了疯病之后，你还到我房里看过我一回，可是有的么？"黛玉听了，点点头儿。宝玉又道："那时我心里总觉迷迷糊糊的，听见袭人说咱们两人对厮脸儿笑了半天。后来你说，'宝玉你为什么疯了？'我说，'我为林姑娘疯了。'这可也是有的话么？"黛玉听了，扭过头去道："你还说呢，都是你闹的，把我的脸都丢尽了。你再不用提这些旧事了，提了起来我心里就受不得了！"宝玉忙道："妹妹不爱听这些旧事，咱们立刻就说新鲜的。才刚儿二姐姐说老太太和姑爹、姑妈在地府里认了亲了，姑爹、姑妈给妹妹带了书子来，这可是有的么？"黛玉点点头儿，向晴雯道："你把前日的书子找了来给二爷瞧瞧。"晴雯便从书橱抽屉内找了出来，递与宝玉。宝玉接来，细细地看了一遍，笑道："你看这个天缘奇巧也就算巧到极处了，想来总是上天可怜咱们两人的意思。"黛玉道："我想你明日就去一回罢，尽着住在这里也不雅相。"

宝玉正欲回答，只见金钏儿舀了洗脸水，拿过铜盆架来。宝玉见了，忙将僧帽摘下，露出一个尖葫芦来，招得黛玉、晴雯、金钏儿一齐笑起来，宝玉不解，问道："你们笑我什么呢？"黛玉道："你看你这个秃样儿，还不招人笑么？"宝玉听了，笑着索性把僧衣也脱了，只穿件月白色绫袄儿，弯腰洗了脸。晴雯递过手巾来擦脸，乃向晴雯道："元妃姐姐在那里住着呢？我也得去请请安。"晴雯道："东边一带红墙，那就是娘娘的赤霞宫。"黛玉道："只怕娘娘见了你这个秃秃光还要生气呢。晴雯姐姐，我记得你新做的小毛皮袄，长短只怕他也穿得。前儿姑太太给我做来的小毛儿漳绒、有排穗子的褂子，我穿着大的，只怕也将就得，就只少一双靴子、一顶帽子。"晴雯想了一想道："金钏儿妹妹，你到赤霞宫去，把他们小太监的靴子借一双来，等我拿纸褙子金箔给他做一顶紫金冠，暂且戴了去见一见娘娘。等到下半天回来，再把咱们梳下来的头发给他扎个网巾。这一身都齐全了，可就脱了和尚壳儿了。"说得宝玉也笑了。金钏儿便去借靴子。

这里，晴雯收拾了脸盆，便将杯箸放在桌儿上，遂又摆上肴馔。黛玉道："晴雯姐姐，可把仙姑送来的仙酒烫些儿来给二爷喝，我到外间去陪着二姑娘、菱姑娘吃饭去。"只听迎春在外间说道："我们早已在这里吃完了，喝茶呢。你就在屋里吃罢。"宝玉听了，巴不得这一声儿。晴雯斟上酒来，宝玉忙将头一杯接来，恭恭敬敬地放在黛玉的面前，自己方吃第二杯。黛玉也并不言语，指使晴雯将肴馔内可吃者都挪到宝玉的面前。二人并不交言，以心相照而已。饭毕撤去。正然吃茶，只见金钏儿笑着拿进一双靴子来。宝玉接来一看，倒也时样，忙脱了僧靴登在脚上，也觉合适。晴雯遂至套间内取了些袼褙、金箔之类，先剪成个样儿，然后用浆子糊起来。黛玉也下了炕，进套间里取了些青缎子来与他做个衬帽儿。宝玉穿了靴子，便走出外间来，与迎春、香菱说了一回闲话，又同到院内看了一回绛珠仙草。只见金钏儿走来道："二爷的衣裳、帽子都齐备了，早些儿到娘娘那边去罢。"宝玉、迎春、香菱三人一齐走了进来，只见黛玉、晴雯早已将紫金冠、衬帽做成了，替他戴在头上，又拿出小毛袍褂来替他穿上，长短宽窄倒也将就去得。迎春看了笑道："这不像个人儿了么？才刚儿从门里进来，我瞧他打扮的那个样儿，又是伤心又招人笑。林妹妹，我们两人把他带了去罢。方才菱姑娘说，宝兄弟来了，他在这里住着不方便，暂且在我那里住两天，等宝兄弟去了他再来罢。”黛玉听他说得有理，遂也不肯苦留，乃将他三人送至宫门外，瞧着他们去了，这才回来。

金钏儿便重新擦桌扫地，收拾起来。黛玉悄悄地向晴雯笑道：“晴雯姐姐，我有句话和你商量。我想宝二爷此来，并无住处，娘娘那里是国家的制度，并无留住外戚之理。二姐姐那里也不大方便，别处是更不用说了。想来想去，若说腾出一间屋子来，教他一个人儿自睡去，咱们也不大放心；二来外人不知其中的底细，依旧是好说不好听的；三来他那个涎脸的病儿你也是知道的，教我实在也没了法儿了。好姐姐，我的意思今儿晚上你受点委屈罢。”晴雯笑道：“姑娘认真的和我玩儿起来了。姑娘是千金贵体，本该要守一番大礼的，难道我们做奴才的就不是十个月养的么？姑娘也是知道的，当日太太为什么撵我出来，我如今自己再不尊重些儿，将来拿什么脸儿见人呢。不过，我如今伺候了姑娘一场，想着后来秃子跟着月亮走，借姑娘的光儿，那就沾了大恩了。今儿晚上可再也不敢遵姑娘的主派。”黛玉又发急道：“好姐姐，我也是没了法儿了才央及你的，你若是执意不肯，这不是安着心儿要坏我的名声呢么？”晴雯望着黛玉笑了一笑，向金钏儿身上努嘴儿。黛玉会了意，笑着点点头儿道：“也罢了，一会儿宝二爷回来了，你就把这些话悄悄地告诉他。他要肯了，咱们就摆一桌酒席，大家热热闹闹地坐着说说话儿；他若不肯，还要有别的想头，我就插上房门，再也不理他了。”二人的这番计议，金钏儿只顾擦桌扫地，也并不理会。晴雯又一面取出梳下的头发来，扎个网巾。黛玉又用青缎子替他做个瓜皮便帽，钉上一颗大珍珠。金钏儿扫完了地，遂又整理了一桌果碟儿，伺候停妥。

约有掌灯时分，只见宝玉摇摇摆摆地回来，一进门就嚷“好热！”就解钮子。晴雯忙拦道：“春天毛孔眼儿是开着的，看仔细冒了风，消停一会儿再说。”黛玉见晴雯和宝玉说话，便叫了金钏儿同到西套间内，推故做别的去了。晴雯遂将宝玉拉到椅子上坐下，把黛玉方才的一番话，尽情地都告诉了宝玉。宝玉便将晴雯搂在怀里，笑道：“妹妹不肯罢了，你怎么也不肯呢？你们也太狠了！”晴雯用指头在宝玉额上戳了一下，笑道：“狗揽八堆屎，有个人陪着也就罢了，强如你在大荒山跟着和尚受罪呢！”宝玉笑道：“不用着急，我都遵命就是了。”晴雯听了，将欲挣脱要走，宝玉又道：“好姐姐，你瞧瞧这是什么？”遂将自己的袍襟子撩开，露出贴身穿的红绫袄儿来。晴雯见是自己当日脱给他的，心中一动，便用手翻弄着，仔细看玩。冷不防宝玉将他的脖子勾住一嗅，晴雯“呸”的啐了一口，连忙挣开跑了。只见黛玉、金钏儿从西套间内走了出来，手里拿着一对玻璃灯罩儿。宝玉连忙站了起来，笑道：“元妃姐姐问妹妹的好。”黛玉也笑道：“元妃姐姐见了你可说了些什么？”宝玉道：“元妃姐姐一见面，先就申饬了一顿，说我为什么撇下老爷、太太跟着和尚去了呢！”黛玉点头笑道：“这个申饬的很是。还说什么来？”宝玉笑道：“还说，‘你林妹妹是读书明礼的人，他怎么样说，你就怎么样听，强不得一句嘴儿的。’”黛玉听了，抿着嘴笑道：“这也是该的。”

正说时，只见金钏儿走来道：“灯都点上了，请二爷、姑娘里间坐去罢。”宝、黛二人听了，走了进来。只见桌上摆着一桌果碟，当中铺着两个大坐褥，两边一边一个小坐褥。黛玉道：“这又是晴雯姐姐干的故典儿。”晴雯笑道：“姑娘才说大家热闹热闹，若不这样铺设，我们两人可怎么坐呢？”黛玉听了便不言语了。因天气和暖，遂脱了小毛皮袄，只穿着桃红绫子棉袄，片金镶边的坎肩褂。宝玉穿着月白色绫袄，绛色领衣，换上瓜皮便帽。二人只得上炕并排儿坐下。晴雯、金钏儿斟了酒，也就坐在两边。宝玉吃着酒，有一答儿没一答儿的只是追问黛玉临死之事。黛玉皱眉道：“说过不许提旧事了，难道你口里说着心里也不害烦么？我教你看个新鲜事儿。晴雯姐姐，把前儿宝姐姐寄来的诗找来。”宝玉听了惊讶道：“宝姐姐的诗怎么能寄到这里来了?”黛玉笑道:“你的《芙蓉诔》怎么就能来呢?”宝玉听了,正欲细问《芙蓉诔》的话,只见晴雯找了诗来递与宝玉。宝玉接来看了一遍,不觉泪流满面道:“林妹妹,你瞧这诗是宝姐姐替我辩了冤了。只是‘红叶句休赋,白头吟敢辞’,令我读之酸鼻罢了。我只顾得了妹妹,也就顾不得宝姐姐了!”黛玉道:“你前日这件事也行得太孟浪了。我自从得诗之后,心中十分感念,正要到家与宝姐姐梦中相会,偏你又来了。依我说,你竟把你的这些原委给宝姐姐写封书启,我替你带去,也叫他放心,就是日后回去,也好见面。若说只顾了我不顾宝姐姐了,那成个什么人儿呢?”宝玉听了点点头道:“明日我就写书子,但不知妹妹有何仙术可与宝姐姐梦中相会呢?”黛玉便将和香菱借返魂香的话述了一遍,宝玉惊喜道:“我们昨晚也是蒙甄老伯赐香点了,才能够到这里来的。妹妹,他既有这香,你为什么不早借了来点上,和我梦中相会呢?”黛玉道:“你这又是胡说了,我梦中会你做什么呢?”宝玉道:“这么说,妹妹还是恨我呢。我听见大嫂子说,你临终之时大叫一声,说‘宝玉你好’四个字就不说了,直到如今我总猜不着底下的话是什么,好妹妹,你告诉我底下的话罢!”黛玉听了,把头一扭,总不言语。宝玉见他不理了,又自己笑道:“哦!我猜着了,必定说的是‘宝玉你好没良心!’是不是呢?”说得晴雯、金钏儿一齐都笑起来。招的黛玉也不由得笑道:“罢罢罢!你饶了我罢,你也和他们两人叙叙旧,让我闭闭眼睛养养神儿。”说着,便挪过靠枕来,歪倒身子,一手支颐,合目而盹。兼之带了三分酒意,两颊红晕,真是一副美人春睡图。这里,宝玉不错眼珠瞅的发起呆来。晴雯在灯背后向宝玉笑着,先丢眼色,后打手势,作搂抱接唇之状,又指指黛玉。宝玉只是摇头伸舌儿的笑,不敢造次。只听黛玉从鼻子里笑了一声,道:“晴雯姐姐,你做什么呢?你也不问问你们那个二爷,他到底敢不敢呢?”宝玉忙笑道:“这个我真可不敢,我怕妹妹恼了不理我了。”黛玉笑着坐了起来道:“晴雯姐姐,你听见了没有?”晴雯觉得不好意思，乃扯绺子道："夜深了，酒也够了，请二爷安歇罢。我先到西套间里替他们铺炕去。"

于是，大家起了席，撤去杯盘，正在漱口吃茶。只见晴雯走来笑道："铺设好了，金钏儿妹妹，姑娘叫你跟了二爷服侍去呢。"金钏儿红了脸道："我没有服侍惯，二爷是你从小儿服侍惯了的。"晴雯道："只怕由不得你了。"说着，便将金钏儿一抱，抱了出去。金钏儿急了嚷道："晴雯姐姐，你要这么硬来，我可又要跳井呢。"晴雯那有工夫理他，将他推到西套间里，又将宝玉也送了过去，将门扇儿倒扣起来。侧耳向内细听。只听里面二人嘻嘻地笑了一阵，并不听见别的说话。正待转身要走，忽听宝玉笑道："我把你亲亲的搂住，叫你一声林妹妹，你可答应好不好呢？"只听金钏儿笑道："我不敢，我怕林姑娘知道了又要生气呢！"宝玉又笑道："不然，我把你搂住，叫一声晴雯姐姐你答应，这可好应？"又听金钏儿笑道："我不，我也犯不上借人家的光儿！"宝玉又笑道："你就都不肯，我就把你搂住叫个亲亲儿的金钏儿妹妹，这可该你答应了罢？"只听金钏儿"呸"的啐了一口，道："你看你这个涎脸的样儿，恨也恨死我了！"晴雯听到这里，由不得笑的握着嘴走来告诉了黛玉。黛玉听了也笑道："尽他们去罢，听他做什么！我们也睡罢。"于是，晴雯服侍黛玉安寝。一宿晚景不提。

原来尤氏姊妹听见柳湘莲到了，十分欢喜。秦氏又从旁怂恿，使二姐主婚，警幻为媒，即将他二人即日合卺，成就了百年之好，毋庸琐述。到了次日，便先差人到绛珠宫致贺。这里，宝玉起来洗了脸，也便亲身至湘莲处道喜。二人相见，宝玉便将黛玉的一段守礼之处，告诉了湘莲一遍，湘莲也深加敬服，遂自己慨然愿随宝玉同赴酆都。宝玉大喜，议定过了三朝，一同前往。又请出尤氏姊妹并秦氏来，大家相见，叙了些当日的旧话，遂在厢处吃了早饭方回。黛玉此时已将与贾母，并自己的父母请安的禀启写完封好了。听见柳湘莲愿随同往，更加欢喜。便叫晴雯取出些尺头来，与宝玉、湘莲二人制作行衣，又催着宝玉与宝钗写了一封书子，诸事停妥。到了第三日也大排筵宴，请了众人来。宝玉陪着湘莲在外，黛玉陪着迎春、香菱、尤二姐、尤三姐、秦氏、妙玉、警幻在内室，热闹了一天。到了第四日，宝玉先到赤霞宫叩辞了元妃，元妃又赏了许多衣物并两名小太监服役，这才回来。又与黛玉、晴雯、金钏儿闹了一出长亭饯别，然后到薄命司邀了柳湘莲，带着两名内监，起身赴地府去了。这话暂且不表。

再说贾政，自奉了慈柩安厝回来，居官谨慎，圣眷日隆。过了些时，便升了工部侍郎。这一日下朝回来，刚至院中，听得上房内一片哭声。进来看时，只见王夫人在炕上哭得两鬓蓬松，捶床捣枕地只叫："宝玉我的儿啊，你到底到那里出家去了，叫我那一会儿不想你哟！"又见宝钗、李纨、惜春并丫头、老婆子们站了一地，都在那里陪哭。贾政见了这般光景，也不禁伤心落泪，乃劝道："夫人也不必尽自哭了，俗语说得好，'是儿不死，是财不散'，这也是个一定的道理。若只管的时常哭起来，不惟无益，而且白糟蹋了身子。"王夫人哭道："老爷说得虽然有理，但只是他果然死了，我倒也死心塌地的不想他了。昨儿晚上我做了一梦，梦到一个荒山旷野的地方，只见宝玉同着一年少年的道士，笑嘻嘻地从一个石头洞里走了出来，我就哭着叫他：'宝玉，你怎么不回家来呢！'只听宝玉答道：'我们要到天上找林妹妹去呢！'我就赶了去，要拉他回来。又见前面站着个老道士，将袍袖子一甩，我就像从半虚空里掉下来的似的，吓了我一身冷汗。醒来听了听正是三更天。我想林姑娘已是死了，他如今要到天上找去，这也就是不祥之兆了。可怜我们娘儿们今辈子再也不能见面了。"贾政听了，正要解说梦境无凭的话，只见贾琏同着平儿也来了。见了王夫人的光景，就知道是想起宝玉来了。贾琏料着不能直劝，乃扯谎道："太太不必哭了。侄儿昨儿在外头得了个荒信儿，有人说离这里有三百多路有个宏恩寺，那里和尚最多，内中有个新出家的小和尚，人人都说生得清俊，像似个大家儿的公子,侄儿明日骑上快马到那里查一查,保不住宝兄弟年轻,叫和尚迷了去也不可知。”王夫人听了,信以为真,这才不哭了,便追根究底地问起贾琏来。贾琏又编排着说了会子。贾政明知贾琏是谎,只图王夫人喜欢,也就跟着说了几句,便同贾琏到书房里去了。这里,李纨也将宝钗劝住,大家服侍王夫人吃了早饭,这才各自散去。

宝钗回到房中,坐在榻上思前想后,不觉又伤起心来。自己想着:若说与宝玉无缘,怎么又有金玉相配之验;若说与宝玉有缘,怎么又有个林妹妹在中间搅和着呢?又细想宝玉和黛玉他两个那一番情分,所有在大观园的人,那一个不知道呢,怎么老太太、老爷、太太却不把林妹妹配他,偏又舍近而求远的把我娶了来?如今弄得死的死了,走的走了,嫁的嫁了,闪得我有始无终的脸上也见不得人了。昨儿晚上,太太又梦见他要上天去找林妹妹,这也就奇怪极了。就是我除夕寄林妹妹的诗,也不过是一时感怀,作无聊之极思罢了,难道林妹妹认真的成了仙了?哎!颦儿,你若认真的成了仙,也该把我做姐姐的携带携带,也不枉咱们姊妹们和好一场。我也时常肯做梦,怎么就总梦不见你们两个人呢?想到此处,不觉又滚下泪来。莺儿在旁劝道:“姑娘,太太刚刚儿的不哭了,姑娘又怎么伤起心来了。倘或叫太太过来看见了,又要招的尽自哭了。”正说到这里,只见秋纹和麝月进来说道:“史大姑娘来了。”未知湘云与宝钗相见说些什么,且听下回分解。

第八回　梦相逢钗黛两无嫌
叙幽情鹃莺各为主

话说薛宝钗正然伤心落泪，莺儿在旁解劝，忽见秋纹、麝月进来，报说史大姑娘来了。宝钗立起身来将欲出迎，只见史湘云领了翠缕已经进来。彼此叙过寒温，对面坐在榻上。湘云道："咱们姊妹们有好几个月没见面了，怎么我听人说太太和你成日家只是哭呢。我想，宝哥哥他不过是为的林姐姐的缘故一时想不开，冒冒失失的跟了和尚去了，他到了外头受起罪来，不怕他不想家的，只怕日后追悔，仍旧找了回来也未可定。再者，你们也再差些个干练的人，到四处里查访查访。若成日家只是哭，这样也不是常法儿。今儿我好容易偷了个空儿瞧瞧你们，一进门就看见太太的哭脸蛋儿蜡渣黄的，眼泡儿肿得桃儿似的，我也狠狠地劝了一场。到这边来你又哭得红眼妈儿似的，叫我看着心里怎么过得呢？况且姐姐素日是明理的人，老人家时常的哭，还要姐姐劝解才是呢，你怎么倒跟着尽自哭起来了！"宝钗拉了湘云的手，流泪道："妹妹，你那里知道我心里的苦处呢！我早就想着要接了妹妹来，大家说说话儿，也替我解解愁烦，又听见说你在家里也不得闲空儿，再搭着我们家里也事事故故的，所以耽搁到如今。偏偏儿的昨儿晚上太太又梦见你宝哥哥，要到天上找你林姐姐去。今儿一早，我刚梳完了头，那边彩云就来叫，说太太哭得了不得，我同大嫂子、四姑娘一齐过去，那里劝得住呢。后来还是琏二哥哥来了，说离这里四百多路，有一个宏恩寺，那里和尚最多，他明日亲自找一回去，也不知是真是谎，哄得太太这才不哭了。”湘云劝道：“姐姐也别尽自只是哭了，琏二哥哥既然许下亲自去找，自然有点影儿他才敢承揽呢，或者宝哥哥就在那里也未可知。”宝钗又流泪道：“妹妹，你也说起糊涂话来了。你想，他是中过举的人，皇上家四路里贴了告示访查，尚且寻访不着，何况琏二哥哥呢！我瞧他那个光景，像是哄太太呢。再者，我心里也不是专为这件事难过，我只叹我的命苦，咱们姊妹们从小儿在一块儿长大的，谁还不知道谁呢。就是宝玉和颦儿他们俩人的那一番光景，你还有个不知道的么?”湘云忙道：“我怎么不知道呢?你记得那年紫鹃哄了他一句玩话，他就会立刻疯了，这还有什么难知道的呢?”宝钗道：“你可说吗，人人都知道，偏偏儿的就是老太太、太太不知道，去年差人和我妈妈议婚，我妈妈还倒和我商量。妹妹，你想那会子我是个女孩儿家，可叫我自己说个什么儿呢?自然是要遵父母之命了。你看后来娶进门来的那个样儿，我脸上实在的很没意思。这会子到底弄得上不上下不下的，说是个寡妇又不是个寡妇，说不是个寡妇又是个寡妇，这不弄成了个活人妻子么!”说着，又流下泪来。

湘云未及回答，只听翠缕在旁插嘴道：“二奶奶说错了，二奶奶也没有嫁人，怎么说是个活人妻?像袭人姐姐，那才算个活人妻呢!”湘云听了忙喝道：“小蹄子又混插嘴来了。”翠缕便不言语了。湘云道：“姐姐，你也熬煎不了许多，这也总是各人的个命定。就像我呢，我叔叔、婶娘也就为我操了多少心，挑的人家也好，才貌也好，这也就算我们作女孩儿的终身有靠了。谁知道这会子也还是这个样儿的下场头。这也只好怨自己的命罢了，可有什么法儿呢?”说着，也就流下泪来。又低声说道：“况且姐姐已经是有了身孕的，将来生下一男半女，也就算是终身有靠，你这就比我强多着呢。”宝钗正欲回答，翠缕又道：“二奶奶你不知道，我们姑娘一辈子总是吃了聪明太过的亏了。你们看，他连蛇蚤、蚊子、苍蝇、蚂蚁、蝴蝶儿、蜜蜂儿、树叶儿、花瓣儿、砖头儿、瓦片儿的阴阳，他都能够辨得出来的，归根落叶轮到自己身上，倒成了个孤阴寡阳了。”说得众人都笑起来。湘云笑照着脸啐了一口骂道：“小蹄子，怎么又混唚你娘的来了！”翠缕扭着头道：“人家长这么大，从来不知道什么是个阴阳。姑娘那一天忽喇巴儿的叫人家去服侍姑爷，人家从那一天才知道阴阳了。谁知道姑娘的命不好，又把姑爷妨了，这会子连人家都带累的又不知道什么是个阴阳了。”这一席话，索性招得宝钗也撑不住笑起来了。湘云笑的捂着嘴骂道：“好个没脸的小蹄子，快给我夹着嘴滚出去罢，越说越说出好的来了。”翠缕笑道：“姑娘还怪人家说得不好了，人家要总不说话，你们俩人这会子还淌眼抹泪的呢。”湘云笑道：“说得好，亏了你说，你还有你娘的什么话，你也索性顺着嘴儿都说出来，省得收在肚里，看仔细憋死了。”

正说时，只见李纨走了进来，笑道：“史大妹妹儿时来了，怎么丫头们也不告诉我一声儿。”湘云道：“大嫂子可好。我在这里正劝宝姐姐，还未能到你那里请安去呢。”李纨笑道：“岂敢。你们说什么来？我听见大家笑得好热闹呢。”宝钗道：“他们的翠姑娘啊，我们姊妹俩正说话，他在旁边闹笑话儿听，所以招得我们都笑起来了。”李纨也笑道：“到底是个什么笑话儿，招的你们哄堂大笑起来了？我也听听。”湘云笑道：“大嫂子，你问他这些话做什么，你估量着他嘴里还有什么正经话呢，不过是那些没溜道儿的话罢咧！我们喝了茶，都到上房里去和太太斗斗牌，替他老人家解解闷儿。”正说时，惜春、平儿也都来了。彼此问了好，又坐着说了一回闲话，这才一齐都到王夫人上房里来。只见王夫人歪在榻上，玉钏儿在旁边捶腿。见湘云众人进来，连忙起身让湘云到炕上去坐。又道：“这些日子想要接接大姑娘，总因家里事事故故的。你今儿来得很好，你宝姐姐、惜妹妹也都想你了，你就在这里多住些日子罢。我的儿，你们姊妹们年轻轻儿的，怎么都是这样没造化呢！”说着，又流下泪来。湘云道:“怎么这些日子姨太太也没有来吗?”王夫人道:“他姨妈自从搬了家去,蝌儿刚娶了亲,香菱就死了,又留下个孩子,虽说有奶子,也还要他姨妈亲自照应。蟠儿自从赦罪回来,总还不大十分知好歹。所以,他姨妈如今也不能常来了。”李纨笑道:“史大妹妹要和太太斗牌呢,太太何不打发人套上车接姨太太一声儿。”宝钗忙道:“太太不用差人去罢,昨儿听见说小侄儿这两日身上又懒懒的,横竖史大妹妹是住着的,大约我妈妈明儿不来后儿一准来的。”王夫人道:“既是这样也就罢了,我们收拾,就斗起牌来。自从老太太去世之后,我也就不爱这个玩意儿了。本来武艺儿就有限,如今眼睛也花了,精神也短了,那里是你们年轻儿家的敌手呢,不过是瞎闹罢了。”玉钏儿听了,便放上炕桌儿,铺了红毡,王夫人、李纨、湘云、宝钗、惜春、平儿六家子飞鹰儿。玩了一天,到吃晚饭时方罢。算算输赢,只有湘云一个赢家,别人都输了。于是,大家吃了晚饭,又坐着说了一会子闲话。将欲散时,王夫人问道:“史大奶娘你晚上在那个屋里住好,你自己挑拣罢。”湘云道:“我在宝姐姐屋里住,我们姊妹们晚上也好说说话儿。”王夫人道:“很好。如今春天,天气尚寒,新房子里也还暖和些。将来到了夏天,我还要叫你宝姐姐搬到怡红院去住呢,那里也凉爽僻静,将来就是分娩了,小孩儿也没人吵闹。”湘云道:“你老人家想的很是,那么大的个园子,只有大嫂子和四妹妹住着,也觉太冷清些儿。”说着,王夫人已将他们姊妹们送到房门口,大家告辞了,各自散去。

不说王夫人、李纨、惜春、平儿各自回家。只说湘云、宝钗回到房中坐下,莺儿点上灯来。湘云道:“我今儿原要到园子里去逛逛,却又斗了一日牌。明儿咱们大家过去,一来看看大嫂子和四妹妹,二来我还要到潇湘馆祭一祭林姐姐,看看那些竹子。只怕自从林姐姐去世之后,无人居住,也就糟蹋得不像样儿了罢。”宝钗道:“你可说呢,再也瞧不出紫鹃这个丫头来,真算得个赤胆忠心的。如今虽是服侍四姑娘,每日偷着空儿到潇湘馆去打扫收拾,焚香供茶,就像林妹妹在生的一般,你说难得不难得呢!”湘云听了也赞叹道:“真是难得,不知林姐姐怎么修积来,就得了他这么个好丫头。你瞧我们这个傻东西,只会信着嘴儿胡唚罢了。”翠缕笑道:“人家不过是嘴快点子,爱接舌罢了,姑娘就把人家说得一个钱儿也不值了。人家心里待姑娘的分儿,也就如紫鹃姐姐待林姑娘的分儿是一样的。”湘云道:“你不用说了,你这不是也要咒我死么! 你是个好的,天下谁再有你好呢。罢了,快给我倒茶去罢。”翠缕这才咕嘟着嘴倒茶去了。湘云又道:“提起林姐姐来,也怪可怜见儿的,听见大嫂子、紫鹃说,他临危的时候把诗稿都烧了,还叫着宝哥哥的名字,说‘你好’底下就咽了气了。这会子想起来,叫人心里实在怪难过的。”宝钗道:“可不是呢,我前儿大年三十晚上想起他来,倒伤了半夜的心。我给他作了一首诗,装在包袱里烧了,不知他的魂灵儿在的九泉之下知道不知道呢?”湘云听了,便索诗稿来看。宝钗即命莺儿取出来,递与湘云。湘云接来,细细地读了一遍,也就伤心,弹了几点眼泪道:“宝姐姐,你这也就算情义兼尽了。林姐姐在九泉有知,他一定要感念你呢。”宝钗也点点头儿,两个人灯前相对,倒又淌了一会子眼泪。莺儿、翠缕倒了茶来,二人吃茶、漱口毕,吩咐铺陈了卧具,卸去残妆,一齐归寝。湘云平日血旺气足,头一着枕,便睡熟了。宝钗只觉情绪恹恹,在被内翻来覆去约有一个更次,这才渐渐的蒙蒙睡去,他的那一灵真性早已出壳。

只听耳畔有人低声唤道:“宝姐姐,你可别害怕,我瞧你来了。”宝钗梦中听去,仿佛是林黛玉的声音,猛然吓了一跳,心中只觉恍恍惚惚的,又像是黛玉已死、又像是黛玉依旧在生的光景,忙问道:“颦儿,你在那里藏着呢,怎么不正明公道的进来呢?”一恍惚间,只见林黛玉笑着早已到他面前了。原来林黛玉的真魂,是送了宝玉去后,点了返魂香从太虚幻境来的。他本是一团的神光,并无半点阴森鬼气,是以宝钗并不害怕。仔细将他细看,只见他身穿桃红绫棉袄,片金镶边的嵌肩小褂,脸上全无半点病容,但觉香艳迎人。

遂不禁欢喜，忙拉了他的手笑问道："林妹妹，你这些日子到底在那里来？我们倒像总没看见你似的。"只见黛玉长出了一口气，道："我也乏透了。姐姐，咱们且坐下再说罢。"于是，二人在炕沿上盘膝坐下。黛玉道："宝姐姐，我是从太虚幻境来的。只因除夕见了姐姐惠赐的新诗，心中着实的感念，所以今儿特特的回来瞧你来了。"宝钗听了，心中恍然醒悟：黛玉前来显魂！虽有些害怕，但见黛玉那一段温柔和蔼，大有仙风，转不觉亲热起来，往前凑了一凑，将黛玉揽在怀内，摸着他的脸道："颦儿，我且问你，你为什么自己作践了身子？这如今害得我好苦啊！"黛玉也用手摸着宝钗的脸笑道："万般皆有个定数，妹妹不肯埋怨姐姐，姐姐反倒埋怨起妹妹来了。"宝钗道："'城门失火，殃及池鱼。'我怎么不该埋怨你呢？"黛玉笑道："宝姐姐，你这个话我不懂得，到底谁是城门，谁是池鱼呢？"宝钗也笑道："你是城门，我是池鱼。有什么难懂呢？"黛玉笑道："你这个话只怕是说颠倒了罢！"宝钗笑道："我的话并不颠倒，你再细细的想去。"黛玉笑道："我也不用细细的想，你不过欺负我是个女孩儿家，嘴里说不出别的话来，由着你赖去罢了！我也不和你分辨了，我且问你，你前儿给我的诗上有'托钵恸郎痴'之句，你知道你的那一个当了和尚的如今现在那里呢？"宝钗笑道："哎哟，你怎么说他是我们那一个来了！我可知道他如今现在那里呢？昨儿太太还梦见他，说他要到天上找你去呢。我看他明儿到了天上找着了你，那会子你可又说他是谁们的那一个呢。"黛玉听了，又笑道："姐姐，你也不必和我说这样的话。我且问你，譬如他如今果然要到了我那里，我一定要劝他早些回家来，你可喜欢不喜欢呢？"宝钗笑道："那也只看妹妹待姐姐的情分罢了。"黛玉又笑道："设若他不到天上去，就从这里回家，只怕那时姐姐也就未必肯想起妹妹来了。"宝钗听了发急道："颦儿，你怎么又说起这样狡诈话来了！我前儿的诗，难道还说得不恳切么？"黛玉嘻嘻的笑道："我说的是玩话，宝丫头又着了急了。我也不和你说了，我给你个字儿，你自己

看去罢。"说毕,便将宝玉的书启从笼袖里取了出来递与宝钗。宝钗接来拆去封皮,仔细看去,只见上写道:

怡红院浊玉,谨奉书蘅芜君姐姐妆次:

窃玉迂迷成性,一往情痴。五内私衷,谅蒙矜恕。自来青埂之峰,遂悟黄庭之秘。幸得半年砥砺,竟能三月不违。片帆宝筏,早渡孽海迷津;一瓣心香,重入太虚幻境。

潇湘仙子悲联再世之缘;芙蓉女儿喜践三生之约。缔旧盟于碧落,愧无月老牵丝;奉新使于黄泉,再觅冰人执斧。惟愿六礼早成,虽千里而何惮;但使一生愿遂,纵万死其奚辞。第念遄征既久,岁月云遥。高堂有倚闾之愁,闺中有白头之叹。揆义难安,扪心弗忍。

知孟光之贤淑,灯前快读佳篇;借倩女之离魂,月下代呈雁字。况赖仙师慈庇,许我玉返蓝田;更蒙上帝鸿慈,并使珠还合浦。敬陈颠末,封上阁端。此后尚祈问寒问暖,奉彼堂上二人;将来更望鼓瑟鼓琴,联我一床三好。书不尽言,余容面晤。

宝钗看毕,不觉惊喜异常。乃先将黛玉按在怀内,笑问道:"你这个呢,你可得给我说说,他到底是谁们的那一个?"黛玉笑央道:"我再不敢说这个话了。好姐姐,饶了我罢。"宝钗笑道:"央及不中用,你总得给我说了,我才饶你呢。"说着,便要膈肢他。弄得黛玉无可奈何,满脸绯红的只得拿手把宝钗指了一指,又把自己也指了一指。宝钗这才笑着松了手饶了他了。复又拿起书子来,指着问道:"这两句我怎么不大懂得呢?'奉新使于黄泉,再觅冰人执斧',这是怎么讲呢?"黛玉笑着附在宝钗耳边,将宝玉的来去行踪,并自己的父母现在做酆都城隍,与贾母认了亲的话,细述了一遍。宝钗听了不胜大喜过望,忙问道:"如今说来,这回生的一节却是千真万真的了?"黛玉道:"这也是香菱姐姐他父亲给的书子上如此写的,大约定期在七月十五日。又说未来的天机不敢十分泄漏。我们也参解不透,只好听着罢了。才刚儿我和香菱姐姐一同来的,他在你们家里看姨妈去了。”宝钗听了惊喜道:“原来这个太虚幻境内,也不止单是你一个人了!”黛玉又将太虚幻境自元妃以下诸人,并凤姐、鸳鸯前往地府的话说了一遍。宝钗笑道:“这样说起来,你们那里倒比家里还热闹些儿。好妹妹,你有什么法儿把我也引到太虚幻境去瞧瞧他们,这可能不能呢?”黛玉听了沉思了一会道:“这也容易,前儿香菱姐姐他父亲给了他两种名香,一名返魂香,一名寻梦香,方才我们俩人就是点了返魂香才能到家来的。等我回去向他讨几支寻梦香,差晴雯姐姐给你送了来,凭你随时点用,但须意秉虔诚,便可梦入太虚。只是切忌孕娠之人。”宝钗听了切忌孕娠的话,由不得脸就绯红起来。黛玉瞧出他的光景来,便顺手在宝钗的怀里摸了一摸,笑道:“宝姐姐,你不要瞒我,你实告诉我,我也好算着日子差晴雯来,一则道喜,二则送香。大约总要满了月,才可点得香的。”宝钗听了,料难隐瞒,只得又附在黛玉耳边告诉他,已经怀孕有七八个月了。黛玉听了十分欢喜,便也附在宝钗的耳边笑道:“姐姐你到了分娩之时也留点心儿,只怕小孩儿口中也衔着一块玉似的。”宝钗听了,啐的啐了他一口,自己也笑起来。

只见黛玉忽然立起身来道:“宝姐姐,你好生将养着罢,心里也不用烦恼了,舅舅、舅母上替我请安,姊妹们都替我问好罢。时光也不早了,我还要瞧瞧紫鹃去呢,难为他服侍了我一场。你只把我方才说的话记着些儿就是了。”宝钗听了连忙一把拉住道:“妹妹,我还有话问你。你才说香菱的父亲,他原是从小儿买来的,如今他父亲到底是谁呢?”黛玉道:“明日你见了姨妈,姨妈自然要告诉你呢。”说毕,将宝钗使劲儿推了一把!宝钗忽从梦中惊醒,尚觉心头突突地乱跳。定了一定神,细将黛玉的面貌,并梦中所言之事,模拟着想了一番,心中甚是惊异。又在枕边摸了一摸,像有个纸片儿似的。连忙坐了起来,披上衣裳,在四下里望了一望,但见满屋昏黑,窗纸微明,便叫莺儿。此时,莺儿正在板壁外榻上睡醒,刚伸懒腰，一闻呼唤，快答应了一声，只听宝钗叫道："快点灯来！"莺儿揉了揉眼，披上衣裳，下床找了火煤，在熏笼内点着，点起灯来，问道："姑娘这会子要灯做什么？敢是你肚里痛了么？"宝钗道："胡说，拿灯来罢。"莺儿忙将灯台执到宝钗的面前，宝钗便将字帖儿拿在灯下一看，果然是一张泥金桃红花纸，上面的笔迹果是宝玉写的。又细细地读了一遍，与方才梦中的一字儿不差，心中愈加惊异。莺儿问道："姑娘，你怎么半夜三更的又看起字帖儿来了，想是前儿王太医给的那个保产无忧散的药方儿？"宝钗使性子道："你别管他，把灯放在桌子上，你睡你的觉去罢！"莺儿不敢再问，只得轻轻地放下灯台，个自睡去了。

这里宝钗又将书启拿来，迎着灯亮儿翻覆看了一回，心下暗忖："莫非黛玉真是成了仙了，宝玉真是修的得了道了？若说梦境迷离，怎么又有这一封书子呢？"又摸了摸自己的脸道："莫非我还在梦中未醒？怎么又有莺儿点灯呢？"正然呆想，只听史湘云在旁边伸懒腰打哈欠。忙回过头看时，只见史湘云正在将醒未醒之时，手足并伸，几乎把被儿都蹬开了。宝钗心下猛醒，忙推他道："云妹妹，你醒醒儿！"湘云惊醒，睁眼一看，只见宝钗披衣拥被而坐，又见点着灯烛，忙问道："宝姐姐，你怎么了，莫非有个恭喜的信儿了么？"宝钗笑道："你怎么也和莺儿他们一般的见识呢？你也披上衣服坐起来，我教你瞧个东西。"湘云听了，也便披衣坐起。宝钗将书启递与湘云，又伸手将桌上的灯台移近了些。湘云接来，迎着灯光仔细看了一遍，不禁大惊道："半府三更的，这个字儿是那里来的呢？"

宝钗便将黛玉的灵魂托梦寄书的始末，细细地述了一遍。湘云听了也就大喜过望道："姐姐，你明儿一早就差人接了姨妈来问问，如果是姨妈也梦见香菱来，这件事可就千真万确了。怎么林丫头给你托梦，说了这半夜的话儿，你们怎么也不叫我一声儿？"宝钗笑道："你这个话说的又招人笑了，他一个人的魂如何能入两个人的梦呢?”湘云听了,又拿起书子来看了一遍道:“你明儿何不把这个书子送到上头去看看,也教他们两个老人家欢喜欢喜!”宝钗道:“我的意思,这个书子倒不必教老爷、太太看见。你瞧他这上头的话,全说的是我们的些私情,恐怕老爷看了反要生气。我明儿只把梦见林妹妹的话告知太太就是了。再者,我妈妈来了,说他也梦见了香菱,这也就有几分儿可信了,何必在乎这封书子呢?”说着,又将书子看了一遍,叠了个方胜儿,伸手在窗棂上拔了一条带线的针来,将自己贴身穿的红绫小袄襟子拆开,将书子放在里头仍旧缝好。又与湘云说了会子话儿,不觉鸡唱天明,一齐穿了衣服起来。梳洗已毕,莺儿、翠缕刚然收拾了卧具。只见惜春忙忙地走了进来,急问道:“宝姐姐,你昨儿晚上梦见林姐姐来没有?”宝钗听了,吃一大惊道:“四姑娘,你怎么知道的?”惜春道:“才刚儿紫鹃告诉我说,他昨晚梦见林姑娘来了,和他说了好一会的话,说的那些话还都是有来有去的。他说原是给你托梦来的。我听着奇怪得很,所以我才梳了头洗了脸,先到这里来问问,你到底也做梦来没有?”宝钗和湘云听了都大加惊异。宝钗便将梦见黛玉的话告诉了惜春一遍,惜春不禁狂喜起来道:“这样说来,林姐姐一定是成了仙了,宝哥哥也一定是得了道了。大约回生的事也是真的了,这也实在是人人意想不到之事。我们喝了茶,同到上房去告诉了太太,也教他老人家听着喜欢喜欢。且等到七月间再看罢!”

　　大家正然吃茶议论,只听外边房里,紫鹃、莺儿拌起嘴来。莺儿嚷道:“我就说了这么一句话,你也不该就骂我呀!难道你比林姑娘还难缠些吗?”又听紫鹃道:“我骂你什么来?你为什么说林姑娘不害臊,死里活里的缠住了宝二爷的话呢!别说你这样的陪房丫头,就是二奶奶,这如今也不好意思说出林姑娘这样的话来。”又听莺儿道:“你不用和我厉害,你有本事能把林姑娘从棺材里揪了起来,我才服你呢!”又听紫鹃道:“你有本事能把宝二爷留住,不叫他当和尚去我才服你呢!”宝钗、惜春听了,正待要发作他们,只见湘云笑嘻嘻地走出去,将他二人拧着耳朵拉了进来,笑道:“你们两个小蹄子,为什么好好的作起怪来了?你们也想想,你们的两个主儿平日是怎样和气的,如今一个死的,一个活的,仍然是你疼我我爱你的!怎么你们这两个蹄子,倒替他们两个吃起瞎醋来了。”说得莺儿、紫鹃俱各低头无语。湘云又笑道:“宝姐姐,你们这两个丫头真是一对儿好的,一个是莺弄巧簧,一个是鹃啼碧血,真正难得。等我把宝哥哥的书子改一改,‘联我一床三好’把三字再添两笔,改成五字好不好呢?”宝钗听了,恐怕惜春追问书子的话,忙与湘云递了个眼色,笑道:“云丫头,你收了你的贫嘴罢。”正然说笑时,忽有人来报道:“姨太太来了。”未知后事如何,且听下回分解。

第九回　小宁馨喜降荣禧堂　母蝗虫再醉怡红院

话说宝钗、湘云、惜春三人正然说笑，只见老婆子们报道：“姨太太来了！”三人听了，更加惊异，连忙一齐奔至上房。只见薛姨妈刚和王夫人叙过了寒温，才甫坐定。一见他三人进来，薛姨妈便问宝钗道：“姑娘，你昨晚梦见你林妹妹来没有？”宝钗听了，笑道：“我猜妈妈昨晚必是梦见香菱来。”王夫人听了，诧异道：“怎么你们娘儿俩今儿才见面，可就彼此都知道昨儿晚上做的梦了呢？”薛姨妈道：“姐姐，你说真真的奇怪极了。昨儿晚上，我梦见香菱来家了，他告诉我说，他自从死后就认着了他父亲。他父亲已经修成半仙了，名字叫个什么甄士隐，引他同妙玉的灵魂，都送到警幻仙姑处，那个地名叫个什么境来？”宝钗忙道：“敢是太虚幻境？”薛姨妈点头道：“就是的，我也学不上这个字儿来了。他还说元妃娘娘、迎姑娘、林姑娘、东府里的小蓉大奶奶、尤家姊妹两个、栊翠庵的妙师父，还有晴雯、金钏儿、瑞珠儿诸人都在那里，一块儿住的怪热闹的。”王夫人听了不胜惊讶道：“从来没有听见这样的奇事。他们这些人已经死了，怎么亲戚主仆的魂灵儿还能够聚在一块儿住着，这竟是死了和活着是一样的了。”薛姨妈道：“还有奇异的事呢。他还说你们林家姑老爷、姑太太如今现做酆都的城隍，和老太太认了亲了。如今连凤丫头、鸳鸯、珠大外甥都在姑老爷衙门里住着呢。”王夫人听了，更为诧异道：“常听见人说，人间和阴间是一样的，谁又看见了呢？

依这么说起来,果然也是真有的事了。"薛姨妈又道:"还有比这个更奇的事呢。他又说,前日宝玉同柳湘莲也到了太虚幻境了。"王夫人听了大惊道:"这又怪极了,我前儿晚上就梦见宝玉同一个年轻的小道士,要到天上找林姑娘去呢,那个小道士莫非就是柳湘莲。不知这个柳湘莲又是一个什么人呢。"薛姨妈道:"姐姐你怎么忘了呢? 这个柳湘莲就是蟠儿的好朋友。先前蟠儿挨过他的打,后来蟠儿贸易回来,路上遇见了贼,他又救了,从此两个人便结拜了。到家里琏二爷又替他聘了尤家三姑娘,后来他又不知为什么要退亲,所以尤三姑娘才抹了脖子了。怎么这件事姐姐就记不得了呢?"王夫人道:"可不是呢,我如今的记性也平常了,不知宝玉又怎么和他到了一块儿了呢?"薛姨妈道:"听见说那会子尤三姐死后,这个柳湘莲就跟着疯道士出家去了。我们蟠儿因找不着他,还哭了几天呢。想来僧、道同门,外甥和他有什么遇不见的呢!"王夫人道:"不知他们到了太虚幻境又怎么样呢?"薛姨妈道:"香菱道,他们到了太虚幻境之后,尤二姑娘主婚,警幻仙姑为媒,就将他妹子与柳湘莲结了亲了。林姑娘因没有他父母之命,所以又打发宝玉往地府里去求姑老爷、姑太太去了。"王夫人听了发急道:"这样说起来,我的宝玉这不是也死了么? 不然如何能到地府里去呢!"薛姨妈道:"姐姐你且不必着急,我也是这么问香菱来,香菱说外甥和柳湘莲已经修炼的得了道了,还有他们的师父是什么茫茫大士、渺渺真人,在暗里施展神通,替他们成全这一段因果。所以他们才能升天入地,来去自由,并不是死后的灵魂。他还说,将来只怕太虚幻境的这些灵魂,都还要回生的。"说着,又向宝钗道:"姑娘,你昨晚梦见你林妹妹,他和你怎么说来?"宝钗忙答道:"昨晚林妹妹说的,和妈妈才说的香菱的话是一字不差的。真也奇怪极了,林妹妹也告诉我说香菱到家里看妈妈去了,他还要看看紫鹃去呢。今儿一黑早,四姑娘就到我屋里来,说紫鹃昨晚也梦见林妹妹了,说的话也和方才的话是一样的。我们三个正在惊异,要同上来告诉了太太,接了妈来对一对这个梦,谁知道妈妈不用接去就来了呢。"薛姨妈道:"可不是呢,我想这个梦做得奇怪,就像活眼儿见的似的，所以我今儿一黑早起来，瞧了瞧你侄儿比昨儿大好了，我就赶着梳了头、洗了脸，教他们套上车，先到这里来问问你做梦来没有？果然你也梦见你林妹妹了。这可真也是人意想不到的一件奇事儿。”

王夫人听了他母女之言，这才放了心，乃长叹了一声道：“姨太太，你看他们闹的这些故故点儿，真应了老太太的话了，‘不是冤家不聚头’。你看我们宝玉生成的脾性，小小儿就与别的小孩子不同，偏他就和林丫头情分到这步田地，我们做大人的那里留心到这上头呢。后来大家都说是宝丫头稳稳重重的，林丫头多病多灾的，所以才给他们完全了大事，也并不是偏着心，厚一个薄一个的。谁就知道闹的后来一个死了，一个出家去了，如今到底闹到上天入地的分儿，这不反倒苦了宝丫头了么。虽说是他们日后还要回生，这样渺渺冥冥的事情教人怎么信得过呢。况且他们将来果真的回了生，宝丫头和林丫头可分个什么次序儿呢？”宝钗忙道：“太太也不必焦愁这许多，如今三梦相符，这回生的事也就不为无据。况且他们说定期在七月间，这也还有好几个月的工夫呢，且再听信儿罢了。至于我和林妹妹，原是从小儿在一块儿长大的，彼此也最情投意合，太太也不必虑当什么次序儿。当日尧王把两个女儿，娥皇、女英都配了舜王，难道他们亲姊妹两个，谁又是大，谁又是小呢？”王夫人听了，又悲又喜道：“我的儿，你真真的是个好的，就在这上头怎么不叫人心疼呢？”薛姨妈道：“我们宝丫头从小儿就是这样脾气，所以不拘什么人他都合得来的，况且林姑娘我瞧着他也怪心疼的。这也是他姊妹俩前世里结的缘法深，所以今世里才能会到一块儿。我想你们这样的人家，就是三妻四妾也不为过的，只要他们夫妻姊妹们和气，这就好极了。什么是个大，什么是个小呢！”王夫人也点点头儿道：“像姨太太这样存心体贴人情，实在就是难得的，将来如果能够这样的，这就是你们娘儿俩成全了我们娘儿两个了。”

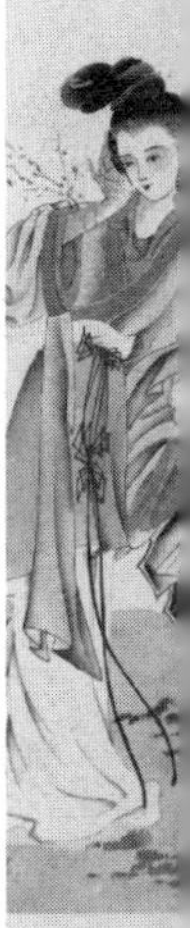

正说时，只见李纨、平儿一齐进来，向薛姨妈请安问好毕，也就挨着次序儿坐下。惜春遂将薛姨妈、宝钗、紫鹃三梦相符的话，告

诉了李纨、平儿一遍。二人听了也都惊喜倍常。薛姨妈又将香菱曾说贾珠也在林公衙内代管家务的话,告知了李纨,招得王夫人、李纨又淌了许多眼泪。大家坐着,又谈了好一会子的闲话,这才摆上了早饭。大家吃完,盥漱,吃茶。史湘云便邀薛姨妈到大观园逛逛,于是,老婆子、小丫头们前行引路,薛姨妈、史湘云、王夫人等一齐缓步进园。现值暮春天气,煦日和风,花明柳媚。迤逦行来,早望见潇湘馆翠竹参天,绿荫匝地,湘云便要到潇湘馆看看。只见紫鹃忙向胸坎纽上解下钥匙来开了房门。这里薛姨妈、史湘云、王夫人等一齐进来。但见窗明几净,炉鼎依然,宛如黛玉在生时一般。大家俱皆叹异,宝钗遂将紫鹃平日时常打扫收拾的话说了一遍。薛姨妈听了不觉伤感,乃将紫鹃唤至面前,拍着他的肩膀道:“我倒不知道你是这样一个忠心的丫头。你记得那年我和你姑娘嗽着玩儿,你就信真了,忙忙的撺掇来了。等明儿你姑娘回了生,我和你太太说,把你也收在房里,免得我又费心替另给你找小女婿子了。”说得紫鹃满脸绯红的道:“姨太太老人家又老没正经了。”湘云便叫紫鹃找了香来,亲手焚在炉内,不觉眼中流泪,口里默祷了一番,招得众人又淌了会子眼泪。徘徊了半晌,这才一同出了潇湘馆,往怡红院来。又见花木萧疏,昼长人静,只有几个老婆子在那里看守。众人瞧见这般凄凉的景况,不免触物思人,想起宝玉在家何等的华丽,不觉又都伤起心来。王夫人便向薛姨妈商议,要将宝钗仍旧搬来怡红院居住,将来分娩了小孩儿,取其幽静之意,薛姨妈也十分愿意。王夫人便吩咐平儿教说给林之孝,传人收拾、裱糊,以备择日搬来。大家又说了一回闲话,又到紫菱洲、藕香榭、蘅芜院、秋爽斋、暖香坞看了一回,然后到稻香村李纨处来,就在稻香村吃了晚饭。湘云又撺掇王夫人,要把探春也接了来住些日子,王夫人也应许了。至晚,各自散去。王夫人遂将薛姨妈、宝钗、紫鹃三梦相同的话告诉了贾政。贾政乃是读书之人,那里肯信这些荒诞渺茫之说,又见王夫人说得凿凿有据,又怕王夫人思念宝玉想出病来,只得答道："鬼神之道，变化无穷，只要我们积功累仁的行了去，或者上天怜悯，转祸为福也未可知。但只是事涉荒唐，切不可逢人乱讲，只好听着罢了。"王夫人也点点头儿。

一宿晚景。到了次日，王夫人便差人把探春也接了来，与史湘云在秋爽斋同住。择日又将宝钗搬在怡红院，就留下薛姨妈与宝钗作伴儿。

光阴荏苒，不觉过了月余，将近端阳的时候。这一日，清晨起来，宝钗便觉有些腹痛的光景，悄悄地告知他母亲。薛姨妈也算着该是分娩之时了，便到上房向王夫人商议，要接个老成妥当收生的姥姥。王夫人低头想了一想，道："我记得当日养宝玉的时候，那一位收生的姥姥就很妥当，又老成又谙练，可惜他如今死了。后来赵姨娘养环儿，收生的就是冯道婆，别说如今他已经死了，就是现在活着，断乎也要不得那个老娼妇。凤丫头养巧姐儿，我可就记不得是谁了，等我问一下平姑娘就知道了。"说着，便差玉钏儿请平儿。不多一时，平儿到来。王夫人便低声问道："你可记得，那一年你奶奶养巧姐，接的老太太是谁来呢？"平儿寻思了一会道："我也记不清了，再别就是巧姐的干妈刘姥姥罢？"薛姨妈听了忙道："你可说呢，我瞧刘姥姥那个人，虽说是个乡下人，倒也朴朴实实的，况且上了年纪，经见的也多，倒是请了他来也罢了。"平儿道："刘姥姥素日倒也常干这些事，人是很妥当的，就只是说话行事的那个样儿，有点了招人笑罢了。倒还不眼皮子浅，见什么爱什么的。"王夫人道："既如此，你们就打发人告诉林之孝，派人套了车去接刘姥姥立刻来就是了。"平儿答应了，自去料理不提。

这里，薛姨妈回来，便将接刘姥姥的话告知宝钗。宝钗此时正与探春、湘云三人悄悄地讲究《达生篇》上所载的生产之理，听见差人去接刘姥姥，便皱眉道："有妈妈在跟前也就是了，何必弄了他们来胡闹，怪厌气的。"薛姨妈听了，笑道："大姑娘、三姑娘你们都听听，我就养了一辈子的孩子，从不敢说不用接姥姥的话，你听你宝姐姐说得好不好,养头生儿孩子就厌烦姥姥了,这不成了个人精了么!"说得众人都笑了。探春道:"姐姐,姨妈说的也是,到底也要个经练人儿才好,诸事我们个人自己拿主意,那里由得他们胡闹呢?"正然议论,有人来报说:"刘姥姥来了。"

薛姨妈便留下探春与宝钗作伴,自己同史湘云过上房里来看。一进门,早见刘姥姥和王夫人对坐吃茶。一见他们进来,连忙站了起来。薛姨妈笑问道:"姥姥你可好?我们有一年多没会面了,你怎么越老越精神了呢。"刘姥姥笑道:"姑太太纳福,恭喜你老人家要抱外孙儿了。我自从老太太归天之后,好容易巴结着来了一回。后来自从送了巧姐姐回来,我家里可就接二连三的穷饥荒打不开了,总也没空儿来走走,想起老太太、姑太太们待我的恩典来,叫我那一会儿忘得了呢。才刚儿听见说二奶奶要恭喜,姑太太差人接我去了,我正在吃饭,忙扔下筷子就来了。这一位是史大姑奶奶不是?"湘云笑道:"姥姥你好?你怎么不把你外孙子、外孙女都带了来呢?"刘姥姥道:"哎哟,我的姑奶奶!他们如今都大了,又不知道规矩,野头野脑的,身上又没个好穿戴儿,没的带了来打嘴现世的。"

正说时,只见莺儿慌慌张张地跑了来道:"太太,三姑娘打发我来,叫请姥姥快些儿过去呢。"王夫人、薛姨妈听了慌了手脚,就请湘云、平儿搀了刘姥姥的胁窝,抽得脚不沾地如飞地向怡红院来,王夫人、薛姨妈在后督催。刚进了什锦槅子的门槛儿,就听见小孩儿的哭声了。原来刘姥姥是久经大敌的老手,连忙进去,抱起了小孩儿,剪断脐带用褯子裹好,安顿在炕上睡好,又服侍宝钗上了炕,坐在被内。这才叫进老婆子们来打扫洁净,舀了水来洗手毕,这才向王夫人、薛姨妈笑道:"二位姑太太恭喜大喜,是一位公子哥儿。"王夫人、薛姨妈听了,俱各大喜,忙命人到书房里告知了贾政,贾政也十分喜慰。想起宝玉来,不觉伤感了一回。忙传了王太医来,与宝钗诊诊脉,也看看小孩儿。王太医只说大人小孩都无疾病,不过吃两剂芎归汤,小儿给些一捏金吃吃,也不必胡乱服药,惟以饮食

调养就是了。王太医去后，贾政又到宗祠里拜谢了天地祖先，遂与小孩儿取名贾桂，取兰桂齐芳之意。那边贾赦、邢夫人并宁府贾珍、尤氏等也都一齐过来，大家欢悦，不必细述。

到了三朝，贾政乃差人与南安太妃、西平郡王、北静郡王暨公、侯、伯凡有亲谊以及交好人家，俱送喜蛋一盒，各处也都馈送粥米以及添盆的礼物。这一日，并不请亲友外客，只算自己家宴。外面书房里，贾赦、贾政、贾珍、贾琏、兰哥儿并族中的几个子弟坐了几席；内眷们因看着洗儿，都在怡红院。什锦槅子外间，薛姨妈、邢夫人、王夫人、尤氏、李纨、平儿六个人坐了两席；什锦槅子里间就是宝钗的卧室，刘姥姥、史湘云、邢岫烟、薛宝琴、探春、巧姐儿，连宝钗共是七个人坐了一席。因惜春悟道心诚，不肯身临产室，只在王夫人上房吃素，兼看照料门户。

且说刘姥姥饮酒中间，忽然瞧见穿衣镜的门儿，乃指着笑道："众位姑奶奶，我记得那一年老太太在日，留我在园子里逛过一天。那时我因吃多了酒，到山后中厕里走了一回，过来我就迷了路了。不知怎么，绕了几个弯子，就到了这个屋里了。谁知鸦没雀静儿的一个人儿也没有，只有这个大镜子里头照出我自己的影儿来了。我心里一恍惚，只当是我们亲家母也来了呢，我就和他说了好一会的话。后来，怎么我说什么他也说什么，我笑了他也笑了呢？"说到这里，宝钗、湘云等五人都大笑起来。刘姥姥又道："后来我摸到跟前，碰了我的头，这才'哔唧'的一声，门儿开了。我走进来一看，好鲜明齐整的床帐，也不知道是谁的，倒下身去就睡着了。后来有个容长脸儿、高挑个儿身量的一位姑娘来了，这才把我叫醒了，仍旧送到席上去了。如今我来了这两三天留心看着，这些姑娘们里头怎么总不见那一位姑娘了呢？"探春听了，就知道他说的是袭人，乃答道："姥姥你不知道，那个丫头就是我二哥哥房里的人，因为我二哥哥出了家，所以太太把他打发着出了嫁了。"刘姥姥点头叹息道："说起宝二爷来，也难怪太太想起来就淌眼抹泪的。你们记得，那年他拉住我尽自追问抽柴火的女孩儿，把我勒掯得没了法儿，只得顺着嘴胡诌罢了。直到如今，我想起他那个怪撩人爱的小模样儿来，心里也觉怪酸的。”说着，便取手帕擦泪。

湘云听见刘姥姥提起旧事，忽想起当日鸳鸯说的牙牌令来，又见刘姥姥说起宝玉淌眼泪，忙拦道：“今儿大喜事，你不用提这个话，仔细看招得太太们又要伤心呢。我的意思，咱们今儿也还像那年，行个酒令儿玩玩罢。”刘姥姥听了笑道：“好姑奶奶，你们饶了我罢，难道我的丑还没有丢够么？”探春、宝钗听了一齐笑道：“姥姥，你那年说的就很好不过，大家说说笑笑，免得吃点子酒闷在心里。史大妹妹，你有个什么新鲜酒令儿要行呢？”湘云道：“我倒有个酒令儿，是你妹夫在衙门里得的，虽不算什么新鲜，倒也有点趣儿。”说着，便向翠缕道：“你把那个酒令儿拿来。”翠缕答应，去不多时，取来递与湘云。众人看时，只见是四颗骨角骰子，上面镌的并非红绿点数，乃是一面镌着两个字，每骰六面，共十二个字。第一颗骰上镌的是：公子、老僧、少妇、屠沽、妓女、乞儿十二个字；第二颗骰上镌的是：章台、方丈、闺阁、市井、花街、古墓十二个字；第三颗骰上镌的是：走马、参禅、刺绣、挥拳、卖俏、酣眠十二个字。掷下去合成六句成语，乃是：

公子章台走马。老僧方丈参禅。
少妇闺阁刺绣。屠沽市井挥拳。
妓女花街卖俏。乞儿古墓酣眠。

行此令时，若掷出本色成语者，合席各饮一杯公贺；若掷出参差综错名目时，即酌量其人、其地、其事之轻重，以定罚酒杯数之多寡。第四颗骰乃是令底，也是六面，一面也是两个字，镌的是：拇战、觅句、飞觞、雅谜、笑语、泥塑十二个字。与三颗色骰一齐掷下，如色样参差，应罚酒若干杯，再看令底是何名色。如遇拇战，受罚者将罚酒与同席一人拇战，猜拳负者饮酒；如遇觅句，受罚者将罚酒放在面前，自己席上生风，或诗或文或成语说一句，恰当的免罚，通顺的减半，不通的加倍罚；如遇飞觞，受罚者将罚酒随意飞与同席之人代饮；如遇雅谜，受罚者将所罚之酒放在面前，自己说一个雅谜，着同席人猜，猜不着者代饮，如皆猜着或不能谜者，本人加倍罚；如遇笑语，受罚者将罚酒放在面前，自己说一笑话，同席人皆笑免罚，皆不笑加倍受罚；如遇泥塑，受罚者将罚酒慢慢自饮，随意指同席一人令其泥塑，其人即就当下的情形，凡眼耳口鼻手足一如泥塑之状，不许稍动，俟酒饮完才罢，如笑而动者代罚。设此六样，不过为受罚之人酒多易醉，取其活泼变通热闹的意思。湘云将酒令讲明，大家俱各欢喜愿行，惟有刘姥姥攒眉蹙鼻道："姑奶奶这个酒令儿有些啰唆，我又认不得字，越发闹不清楚了，别算我罢！"湘云道："姥姥你只管放心，没人赖你。教巧姑娘替你看着这些就是了。"巧姐也笑道："干娘你只管放心玩罢，我替你老人家看着呢。"

于是，湘云命莺儿取出骰盆，放在桌上，又将桌上七个人的筷子各取一只比齐了，在桌上一掼，以筷子出进之长短定掷投先后之次序，乃是邢岫烟第一，宝琴第二，巧姐第三，湘云第四，宝钗第五，探春第六，刘姥姥第七。于是，翠缕、莺儿等换上热酒来。只见邢岫烟抓起骰子来，笑道："我这也不知道掷出什么笑声儿来呢？"说毕，便掷了下去。大家看时，乃是"屠沽方丈走马"，一齐都笑起来。湘云道："屠沽非走马之人，方丈亦非走马之地，该罚三大杯。"又看令底，是拇战，又笑道："邢姐姐你和谁猜拳才好？"说着，又丢了个眼色。岫烟会意道："如今我们要高声叫拳，一来怕外间太太们听见不雅，二来也怕吵着小哥儿，莫若猜哑拳出指头，大管小最妙。我就就近和姥姥猜罢。"刘姥姥笑道："我这个如今老的手指头都僵巴巴的不听使了，姑奶奶可要让着我些才好。"说着，二人一齐伸出指头来。众人看去，只见刘姥姥出的是无名指，邢岫烟出的是中指。众人都笑道："姥姥输了。"岫烟便将应罚的三大杯酒送到刘姥姥的面前。刘姥姥笑道："我只估量着姑奶奶一定要出小指，所以我才出了个无名指，谁知道反倒上了当了。"说着，端起酒来，一饮而尽,底下就该宝琴掷了。宝琴抓起骰子来,笑着掷了下去道:“掷个好的罢。”众人一齐看时,乃是“少妇市井酣眠”,又都笑起来。湘云笑道:“好个没脸的少妇,怎么跑到市井上酣眠去了,该罚五大杯。”又看令底,乃是觅句,又道:“亏了这个令底还好,你快觅句罢,觅的不通了可要加倍罚呢!”丫头们斟上酒来。宝琴用筷子指着果碟内的桃杏说道:“天上碧桃和露种,日边红杏依云栽。”湘云道:“这是烂熟的两句旧诗,人人都能说的。这个不算,你还得喝酒。”宝琴道:“这个酒就该罚你吃才是。你才说的原是旧诗文成语,怎么这会子你又嫌熟了。这又不是出题限韵,要什么生的呢!”宝钗说道:“我说个公道话罢。琴儿说的也不惊人,云儿挑饰的也没有道理,这五杯酒你们俩人平分了罢。”宝琴听了,便将酒端了三杯放在湘云面前,湘云只端了两杯,那一杯尚在纷争。只听探春道:“老太太在日原说过,我们都大了,不许提名道姓的称呼,怎么宝姐姐又提名道姓的叫起来了。这一杯酒该罚宝姐姐才是呢。”宝钗笑道:“你叫我宝姐姐,难道又不是提名道姓么?这杯酒咱们两人也分了。”众人一齐都道:“很是,很是!”于是,大家饮毕,就轮到巧姐了。只见巧姐抓起骰子来,先笑道:“我掷的不好了,你们可没要笑。”唰唰的扔了下去,大家看时,乃是“公子花街参禅”。湘云笑道:“果然掷得好,虽然不是本色,这却免罚的。公子到了花街还想去参禅,这样的好公子如何还罚酒呢!”再看令底,乃是拇战,又道:“既不罚酒,也就不必和人猜拳了。到底是我们巧姑娘,真掷得巧极了。”巧姐也欢喜道:“我掷的这个名色,很该让二婶娘掷出来才是呢。”说得大家又笑了。湘云道:“这可该着我了,我可莫要学了商鞅,为法自弊可就了不得了。”说着,便使劲儿掷了下去,连忙一看,先自笑的动不得了。众人看时,乃是“老僧闺阁卖俏”,大家都笑起来。湘云道:“我这个手真该打了,怎么掷出这个大罚来了。”再一看令底,又笑道:“阿弥陀佛,有这个救命呢!”众人一看,却是泥塑。大家都捏着一把汗儿,不知他要塑谁?只听湘云道:“翠缕,斟十杯酒来。”翠缕听了，忙去一盘托了十杯酒来放在他面前。湘云挽了挽袖子，端起一杯来慢慢的放在唇边，留神把众人一瞟。只见刘姥姥正然用筷子夹了个虾肉圆子，张着嘴才要吃时，湘云忙指道：“姥姥塑住罢！”原来刘姥姥虽是乡下人，时常在城内亲友处吃酒，也懂得这些玩笑的意思，他便张着嘴、瞪着眼，拿筷子夹着虾肉圆子离嘴不远，纹丝儿不动。招得合席并伺候的丫头们都哈哈大笑起来。谁知虾圆子是滑的，从筷子上轱辘下来，刘姥姥忙用筷子赶着去夹。湘云笑道：“塑不住了，快把这九杯酒都给姥姥送过去。”刘姥姥这才笑起来道：“罢了，姑奶奶，我怕圆子掉下去油了我的新裙子，这不算违令的。”湘云那里肯依，还是探春从中排解，每人吃了五杯方罢。宝钗笑道：“又轮着我了，可又不知掷出个什么好的来呢？”岫烟笑道：“姐姐恭喜添了外甥，自然要掷出好的来呢。”湘云道：“罢哟，你这又是溜奉大姑子的话了，掷骰子与添外甥什么相干，骰子是凭手掷呢，难道外甥也是手添的吗？”宝钗呸的啐了湘云一口，招得大家又都笑了。只见宝钗掷下去，自己先欢喜道：“这个呢！可叫我刚刚儿掷出本色来了。快拿酒来，每人我先敬一杯。”众人看时，正是“老僧方丈参禅”。大家齐声喝彩道：“真掷得好，我们这杯酒是要领的。”巧姐也笑道：“我说我二婶娘要掷出和尚来呢，果然就掷出和尚来了。”湘云笑道：“只是还差一点儿，‘老’字改成‘小’字这才恰当呢。”宝钗笑道：“云儿你少狂，我这会子且饶了你，等你晚上睡下我才和你算账呢。”众人又都笑着每人饮了一杯，也就不必再看令底了。第六便轮到探春。探春道：“我这是凭天赐罢了。”掷了下去看时，却是“乞儿章台刺绣”，乃笑道：“你们瞧，我掷的这也没有什么可罚之处。章台虽系游赏之地，岂无一二乞儿，他穿的那鹑衣百结，难道不许自己用针线缝缝么？”湘云笑道：“三姐姐你快别强词夺理了，章台刺绣独有妓女方可，别人都是要罚的。若依你说，乞儿可以使得，推而至于老僧、屠沽，谁又使不得呢？”探春笑道：“依你说罚多少呢？”湘云道：“不过三杯罢

了。"探春道:"就这样罢,我且看令底是什么?"一看,乃是雅谜,遂又笑道:"斟酒来罢,我说谜你们猜罢,猜不着的怕不替我喝吗!"湘云道:"咱们先说过,不要市井俗谈,要文雅的才算呢。"探春道:"你放心,这也短不住我。我先说一个邢妹妹猜罢:'苔痕上阶绿,草色入帘青',曲牌名,三字解。"岫烟想了一想道:"敢是《满庭芳》?"探春笑着点点头儿道:"我再说一个琴妹妹猜罢:'九天阊阖开宫殿,万国衣冠拜冕旒',也是曲牌名,三字。"宝琴笑道:"这一个更好猜了,不是《朝天子》可是什么呢。"探春道:"好啊,都厉害得狠。我给我们巧姑娘说一个:'或曰放焉,人皆掩鼻而过之',你猜是个什么?"巧姐笑道:"这是我奶妈子常干的勾当,有什么难猜的呢。"说得众人又都笑起来。探春道:"姥姥我也给你说一个罢:'一湾西子臂,七窍比干心',猜一果名。"刘姥姥听了,沉思了一会,乃夹起一片藕来道:"姑奶奶,是这个不是?"探春笑道:"我这三杯酒只怕推不出去了,连姥姥都猜着了呢。宝姐姐我给你说个骨牌名你猜罢:'子路愠见曰:曾皙后'?"宝钗笑道:"不过是《恨点不到头》罢了。"探春笑道:"今儿可输定了。云儿你猜我两句四书罢。"湘云道:"你只管说罢,不拘什么我都猜就是了。"探春乃用筷子在桌上蘸着酒写了个"令"字,四书二句解。湘云仔细端详了一会,笑道:"这也没什么难处,'既不能令,又不受命'是不是呢?"探春笑道:"刚刚儿的短住你了。快把这三杯酒喝了罢。"湘云笑道:"探丫头着了急了,人家猜着了,怎么赖着说不是呢?你说不是这两句,又是那两句呢?你且说说你说的。如果比我猜的恰当,我情愿替你喝酒。"探春道:"当真的?不许反悔。我的这两句是'嬖人有臧仓者阻君,君是以不果来也'。"湘云与众人听了,一齐想了一想,果真探春说的比湘云猜的恰当,俱各叹服。湘云只得将这三杯酒与探春分着吃了。然后将骰盆推在刘姥姥面前,笑道:"姥姥,该你掷了。"刘姥姥笑道:"我已经醉了,还掷什么呢!"湘云道:"酒令大于军令,姥姥怎么不掷呢?"刘姥姥只得抓起骰子来,向巧姐道:"姑娘,你可替我看

着些儿。”唰的扔了下去，笑道：“是个什么？”巧姐道：“是个‘妓女古墓挥拳’。”刘姥姥笑道：“好个浪蹄子，想是受了老鸨子的气，跑到坟院里打鬼去了。这可罚酒不罚酒呢？”湘云笑道：“怎么不罚，掷出妓女来还要多多的罚酒呢。”刘姥姥听了，笑道：“令底是什么？”巧姐道：“是笑语。该你老人家说个笑话了。”刘姥姥听了笑道：“罢哟，我就是个笑话儿，怎么还要替另说个笑话儿呢？”巧姐道：“你老人家不说笑话儿，这罚的酒就都要自己喝了呢！”刘姥姥笑道：“这么样，我就说一个罢。”说着，便先咳嗽了一声，打扫净了嗓子。这里众人都止了说笑，鸦没雀静儿的听刘姥姥说笑话。只听刘姥姥说道：“一家子，三个女孩儿寻了三个女婿。这一日是丈人的生日，三个女婿、女儿都来上寿。乡下人房屋不多，只得同坐一席。堂屋里放了个八仙桌儿，丈人、丈母面南坐，大姑爷、大姑娘面西坐，二姑爷、二姑娘面东坐，三姑爷、三姑娘面北坐，大家喝起酒来。谁知他丈人偏要试试三位姑爷的才学，便说道：‘咱们今日至亲会饮，必得行个酒令才好。我的意思要说两句四书上的话，还要两头有人字，不知三位姑爷可肯赐教否？’只见大姑爷沉思了一会，连忙站起来说道：‘人能宏道，非道宏人。’丈人、丈母听了，喜了个了不得，大姑娘这一喜欢也就难以言语形容了。又见二姑爷也站了起来，说道：‘仁者安仁，智者利仁。’丈人、丈母听了，越发拍手赞好不绝，二姑娘也就乐到云眼儿里去了。只有这位三姑爷，急得满脸绯红，头上的汗就像蒸笼一般，总说不出来。把这位三姑娘气得脸儿煞白的，恨得悄悄地在他大腿上拧了一把。忽见三姑爷把头一扭，站起来把三姑娘瞅了一眼道：‘人家越不会，越来拧人。’”说得众人都哈哈大笑起来。只听湘云向探春笑道：“三姐姐，你听姥姥他说的才是编排你呢。”未知探春如何回答，且听下回分解。

第十回　艰子嗣平儿祷神明
滞婚姻贾环怼父母

话说刘姥姥将笑话讲完，招得满席上并伺候的丫头们都哈哈大笑起来，湘云向探春笑道："三姐姐，你听姥姥的笑话儿，他竟是编排你的呢。"探春听了也就笑道："姥姥的笑话说得妙啊，你自己说罢，该罚多少酒？侍书，拿个大杯来。"只听侍书答应而去。刘姥姥着了忙，笑央道："姑奶奶，我这说的原是一个旧有现成的笑话儿，并不是我肚里新编出来的，那里我就敢编排姑奶奶呢？"探春笑道："俗语说得好，当着矬子不说短话，姥姥为什么尽自只说三姑娘呢？"刘姥姥笑道："姑奶奶，人家现成的笑话儿上原是三位姑爷、三位姑娘，你可叫我怎么私自加减呢？"探春又笑道："说现成的笑话儿原也不必加减，只是姥姥也该变通变通，或是说大姑爷说不上来，或是说二姑爷说不上来皆都使得，怎么单单的就该说是三姑爷说不上来呢？"这一席话分明是探春的强词，无如刘姥姥是个乡下人，一时摆布不开，只得答道："姑奶奶，这就难了，我要说大姑爷说不上来，难道不怕邢大姑奶奶疑心？若要说二姑爷说不上来，难道又不怕薛二姑奶奶嗔怪么？"岫烟、宝琴二人听了，一齐笑道："怪道的，姥姥的笑话儿才都是要笑我们的么！这越发该罚了。"探春笑道："你们听听，说了大姑爷、二姑爷怕你们俩人疑心嗔怪，这可不是单单儿的糟蹋我呢么！"刘姥姥听了无可对答，着了急，用手将自

己的嘴打了一下子，笑道：“姑奶奶们，我只顾说笑话，惟恐说得众人不笑了要加倍罚我酒，那里还有什么别的心眼儿想起这些忌讳来呢？好姑奶奶们，你们也不用罚我，就把我掷出来的罚杯，我自己吃了也就是了。”湘云听了忙向探春丢了个眼色，笑道：“三姐姐，就是这样罢。姥姥你才掷的是‘妓女古墓挥拳’，妓女虽属下贱，到底也是女流，那有挥拳之理，况且在古墓犹属不通，本就该罚五大杯。况且说的笑话又伤了人，再加一倍也就是了。翠缕，倒十杯酒来。”翠缕答应了一声，转身用一个茶盘托了十杯酒来放在席上。湘云便端起一杯来，放在刘姥姥的唇边，刘姥姥只得一扬脖儿喝了。湘云忙又端起一杯来，刘姥姥笑道：“好姑奶奶，让我歇歇，慢慢的吃罢。”探春便用筷子夹了一块糟鱼，喂到刘姥姥嘴里。刘姥姥只得嚼了一嚼咽了下去。湘云端着酒，又放在刘姥姥的唇边，刘姥姥推辞不过，只得又喝了。宝琴也夹了一块鹅掌来喂他。话休烦絮，湘云一鼓气儿端着酒来喂，闹的刘姥姥一来推辞不开，二来也喝顺了嘴，不知不觉竟将十杯酒全数吃了。只因吃得紧了，呛得咳嗽起来。巧姐便在他脊背上替他捶打。翠缕撤去了杯盘，刘姥姥这才觉得有些儿醉上来了。忽见侍书取了个玛瑙海子来，刘姥姥见了，忙接在手中看了一看，笑道：“这个杯子很像当日在栊翠庵喝茶的那个杯子的样儿，姑娘你拿这个给我斟一杯茶来罢。”探春笑道：“姥姥，我也不敢说罚你的话了，如今侍书取了海子来，我到底要敬你一杯才是。你瞧你刚才儿说的笑话，幸亏我出了嫁一年多了，脸皮儿也闯下来了，若像从前在家做女孩儿，教你方才这一路三姑爷怎样丢脸、三姑娘怎样发急，可叫我还在这里坐得住么？”说得众人又都大笑起来。

忽见尤氏、李纨二人走了进来，笑道：“你们做什么玩呢？一会儿嘻嘻哈哈的一阵子，笑的这样热闹，太太们说怕吵着小哥儿，打发我们俩人来申饬你们来了。”宝钗听了信以为真，便道：“我说你们别太闹的没样儿了，如今到底教外间太太们都听见了！”湘云道：

"宝姐姐,你信他们的话呢,太太打发这边的大嫂子来看,或者还在情理之中,怎么好意思使唤起那边的大嫂子来了呢?"尤氏笑道:"你真是个玻璃人儿,透极了。你却不知道太太怕你这个大嫂子年轻脸软,管不下你们来,说我老练些儿,所以才教我来管教你们来了。还说谁要不服我管,就教我把他揿倒打一顿巴掌呢。"探春笑道:"你们听听,把他就俊的！太太还打发他来管教我们来了。你管不成我们,只怕我们要把罚姥姥的这一大海子酒,倒要罚了你呢!"说着,便叫侍书斟一海子酒来。尤氏忙又笑道:"罢了,姑奶奶别胡闹,我在外间吃的也不少了。你看我的脸红的这个样儿。我实告诉你们罢,二位太太和姨太太都吃多了酒,这会子害热,都到抱厦底下散坐着风凉去了。我们俩人听见你们里间笑得很热闹,所以我们也进来听一听儿,你们到底一阵一阵笑的是什么?"巧姐笑道:"大娘,我告诉你,我干妈说了个笑话儿,我姑妈说他不该说三姑娘来,所以要罚我干妈酒呢。"李纨笑道:"哎哟,到底什么笑话上有个三姑娘呢?"刘姥姥便拉了他二人的手笑道:"二位奶奶坐下,我告诉你们这个笑话儿,求二位奶奶替我评一评这个理,看该罚不该罚呢?"尤氏、李纨听了,便坐在刘姥姥的身旁。刘姥姥遂将方才的笑话儿又述说了一遍。尤氏、李纨也都大笑起来。李纨笑道:"姥姥,据我公道说来,罚姥姥一海子酒也不为多。"刘姥姥道:"哎哟,我的大奶奶,才刚儿史大姑奶奶已经灌了我十杯了,这会子又罚我这一大海子,那我就实在要醉死了呢!"尤氏笑道:"姥姥你听我说个公道话罢,我们三姑娘的性脾儿姥姥也是知道的,小小儿在家就好强脸热,如今这一位三姑爷又是个文武全才的人儿,你把人家比成笑话上的那个傻女婿了,怨得他要罚你呢。依我调停,这一海子酒你吃一半儿,我们妯娌俩替你吃一半儿好不好呢?"刘姥姥又无言可对,只得应允。探春遂命侍书满斟了一大海子,送到刘姥姥面前。刘姥姥笑道:"这一家伙可要追了我的命呢!"李纨听了,忙取个杯子舀出了一杯递与尤氏,自己又取了个杯子,也舀出一杯来。原来这个玛瑙酒海子是一块整玛瑙子石根子雕出来的，外面明处盛酒有限，里面暗处藏酒最多。刘姥姥见他二人舀出两杯来，海子里所剩的酒不过只有两杯了，遂也不再分竞。只见尤氏、李纨拿起杯来一饮而尽，向刘姥姥照杯告干。刘姥姥只得端起海子来，喝了一气子，瞧着干了，放下来，酒又上来了。刘姥姥诧异道："怎么这个海子成了聚宝盆了，做的这样有趣儿。我再喝你一气子，看你还有没有了？"此刻也不用人让，端起来喝了一气子，才在桌子上一放，酒又冒上来了。喜的刘姥姥拍手打掌的笑道："真有趣儿极了！"湘云便又怂恿道："姥姥你再喝一气子，比这个好看的玩意儿还在后头呢。"刘姥姥不知是计，果真的端起来又喝了一气子。放下海子，只觉头晕目眩，扎挣不住，顺跨儿就倒在炕上。宝钗忙把枕头推了过来，湘云便搁起刘姥姥的头来，替他枕上。宝钗埋怨道："都是三妹妹闹的，人家说笑话儿你又在里头胡挑眼儿，一阵子把姥姥灌醉了，过会子太太知道了还要说呢。"探春笑道："都是云儿撺掇的来，我也本来没有留这些心。"湘云笑道："怎么赖起我来了，难道玛瑙酒海子也是我教人拿来的么？我想太太知道了也没有什么可说的，他个人嘴馋，要往醉里喝罢了，难道牛不吃水强按得头么？"巧姐笑道："不相干的，我干妈那一遭儿来了没有醉过呢，不过睡一会子也就好了。咱们何不也把残席撤了去，大家都到抱厦底下和太太们说一回话儿去，这里也让我二婶娘躺着歇一歇儿，给我兄弟一口咂咂吃。"尤氏笑道："我的儿，你比我们还想得周到。明儿出了嫁，真赶得上你妈妈的脚踪儿。"说得大家都笑了。

于是，丫头们撤去了残席。岫烟、宝琴、湘云、探春四人往外边去了，这里宝钗也随便躺下。巧姐向李纨道："大娘，你们都进来了，我平姨妈在那里去了？"李纨笑道："姑娘，你那个平姨妈当日不知怎么跟着你妈妈学来，就学的一模一样的毛鬼神似的，很怕家里丢了什么东西。太太们刚下了席，他就早溜到家里去了。"尤氏笑

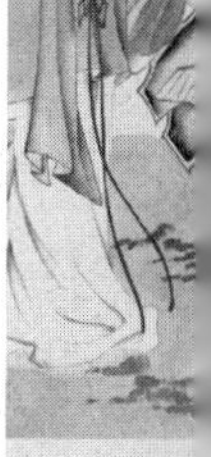

道:“未必是怕屋里丢了东西,只怕是提防他老子趁这个空儿,又弄了什么鲍二家的来在屋里喝酒,所以忙忙的捉去了。”巧姐笑道:“这是没有的事,我父亲陪着爷爷们在书房里吃酒呢。我平姨妈只怕是到上房里看我四姑娘去了。”正然说着,只见平儿笑嘻嘻地进来道:“姥姥又醉了,这是怎么说呢,来一遭儿醉一遭儿的。才刚儿太太吩咐了,叫把两席都摆在外间,请姑娘们出去一块儿吃饭罢。这里让姥姥和他婶娘躺一躺儿,留下几碗烂些的菜,等姥姥睡醒了,晚上同月子里的人一块儿喝粥罢。外间已经摆停当了,二位大奶奶请出去罢,太太们都等着呢。我们姑娘也来罢。”巧姐笑道:“姨妈,我这会子也不饿了,等着晚上同他们喝点儿粥罢。我还要在这里等二婶娘醒来,给兄弟吃奶时,我还要看他的小咂咂儿呢。”说得尤氏、李纨、平儿都笑了。遂各自到外间吃饭不提。

这里巧姐到套间里,叫奶妈子将桂哥用小被儿裹了,抱在宝钗的面前,巧姐便推宝钗道:“二婶娘醒一醒儿罢,兄弟饿得哭呢。”宝钗惊醒,翻身坐了起来,笑道:“姑娘,你怎么不吃饭去?”巧姐道:“我这会子也不饿了,我才听见兄弟哭呢,我叫奶妈子抱了来,你给他吃一吃咂咂儿。”宝钗听了,便将桂哥接来放在怀里,解开衣钮,轻轻的奶上奶,将衣衽一扒,把胸前盖住。巧姐笑道:“我特意要看你的咂咂儿,你怎么又盖上了呢?”说着,便伸手将宝钗的胸襟儿揭过了。宝钗笑道:“这么大的个姑娘,眼看出嫁的人了,还是这样淘气。”巧姐笑道:“二婶娘,你看我平姨妈,他倒比你岁数大,他的咂咂儿怎么倒比你的还小呢?也不像你这么样涨腾腾的呢!”宝钗听了笑道:“去罢,女孩儿家管的闲事太宽了。”

正说话时,只听刘姥姥打了个哈欠,一伸懒腰,放了个山响的大屁出来,把个巧姐只乐得哈哈大笑起来。宝钗笑的奶也惊了,把桂哥也呛得咳嗽起来,奶妈子、莺儿也跑到套间里笑去了。忽见刘姥姥一轱辘爬起来,趔里趔趄地往外就跑。慌得宝钗忙叫莺儿:“快跟了姥姥去,看仔细跌倒了!”莺儿在里间正和奶妈子对笑,一闻呼唤，连忙走出来就往外赶。原来此时薛姨妈、邢夫人等已经用完了饭，散坐吃茶。忽见刘姥姥龇牙咧嘴地跑了出来，莺儿在后搀架着。平儿一见就知是他要找中厕，连忙也就跟了来。刘姥姥哼哼道："姑娘，快把我的裙子替我解下来，我也弯不下腰了。"平儿伸手忙替他解了裙子，刚刚到太湖石背后，早已走不动了，便退下小衣蹲了下去，莺儿、平儿二人也无可奈何，又不敢松了手，怕他跌在屎窝里，只得一只手捏着鼻子，一只手拉着他。少时，他解毕，二人这才将他慢慢地搀了回来。

此时已有掌灯时分，邢夫人、尤氏已经各自回家去了，宝琴、岫烟、湘云、探春四人也都回秋爽斋去了。这里只剩下薛姨妈、王夫人、李纨、巧姐四人，都在宝钗里间，看着安顿桂哥儿睡觉呢。一见刘姥姥来了，都站了起来。刘姥姥笑道："二位姑太太别笑话，我叫姑奶奶们闹得又丢了底了。"王夫人笑道："姥姥，这两日把你也很累着了，没有什么好吃的，多吃两杯酒也是我们主人家的一点儿敬意。"刘姥姥道："阿弥陀佛，姑太太快别这样说，我真可当不起了。"薛姨妈笑道："姥姥如今上年纪了，你看今儿，我们的这几位姑娘也没一个儿善静好缠的，姥姥如何搅得过他们呢！平姑娘，这会子让姥姥喝点粥罢。"平儿听了，忙吩咐了丫头们重新放上炕桌，端上几碟精致的小菜，并留下的两碗蒸肘子、酿鸭子来。刘姥姥、宝钗、巧姐每人吃了两碗糯米粥，随便用了些小菜，即命撤去。又坐着吃茶，说了会子闲话，薛姨妈便留刘姥姥在怡红院同住，恐怕夜间睡不着好说说话儿。里间仍是宝钗带着莺儿和奶妈子照料着桂哥儿。王夫人、李纨、巧姐、平儿遂也各自散去。

不说王夫人、李纨各自回家。且说平儿一手拉了巧姐，一手提着个手帕包儿，一同缓缓而行。巧姐问道："姨妈，你那只手里拿的什么东西？"平儿道："是今儿盆里的喜蛋，太太给了我五个。今儿如何还能吃这个东西呢，我所以包在手帕里，带回家去给你奶妈子吃去罢。"巧姐又道："太太给你喜蛋，原是教你吃了也给我养个兄弟，又给我奶妈子吃笑什么呢？”平儿笑道：“女孩儿家懂得的太多了。”巧姐笑道：“我今儿瞧见我二婶娘养的那个小兄弟，我就怪爱的。我记得那一年，我妈妈小月了一个兄弟，要不然这如今也好大的了。”平儿听了，心里有些伤感，早把眼圈儿红了。刚到自己院内，早有丰儿、小红迎了出来。平儿道：“你们这两个东西，怎么也不来一个人儿拿灯笼接一接我们，叫我们黑影里摸瞎儿回来了。幸亏是晴天，若是阴天，路都看不见了，姑娘怎么走呢？”小红笑道：“姨奶奶你别生气，我告诉你缘故。今儿太太知道咱们屋里没人，晌午差人赏了一大壶酒、四碗菜、两盘饽饽、一鼓子大米饭，我们就放在姑娘屋里。谁知道老奶奶子眼错不见的把一大壶酒一个人儿都灌丧了，这会子醉得人事儿不省，叫着总不起来，两三间屋子就剩下我们俩人，又怪害怕的，又找不着灯笼放在那里了，心里也急得什么似的。”巧姐道：“这都是姨妈素日慈善太过了，一个一个的都惯得不成样儿了。要是我妈妈活着，他们再不敢的。”说着，便自己到屋里换衣裳去了。丰儿也就跟了进去。平儿问小红道：“二爷怎么还没回来？”小红道：“听见外头说，大老爷、二老爷早就散了，剩下一伙小爷们，又把姨太太家薛大爷也邀了来了，这会子只怕正喝到热闹中间了。”平儿道：“既然如此，你就和丰儿陪着姑娘玩一玩儿去，他才吃了饭没多大时候儿，睡下怕停了食。我这会子也不用你们作什么了。茶儿水儿都预备着些儿，仔细二爷回来要用。你就去罢。”小红答应着，个自去了。

平儿这里放下手帕，洗了洗手，取出一支藏香，又取了些檀香点着，焚在炉内，恭恭敬敬磕了三个头，起来又福了两福，意秉虔诚，暗暗地祷告天地神明菩萨，并去世的老太太的灵魂，惟念贾琏年届三旬，荒于酒色，妻妾相继而亡，仅存一女，尚无子嗣。只求神明保佑，早赐继续香烟是祷。祝赞已毕，这才换了衣裳，独对银灯，想起当日凤姐在时那一番势焰繁华的光景，如今虽说复了产业，所入不抵所出，那里够贾琏的浪费。正在伤感，只听院内走的靴子响，就知是贾琏回来了，平儿素知贾琏的脾气，故意假装盹睡。只见贾琏趔里趔趄地走了进来，口中只嚷好热，一面摘帽子、脱衣裳道：“怎么屋里连一个人儿也没有，这早晚还在那里浪去了。”一回头，见平儿在炕沿上盘膝打盹，忙在靴桶内取了些纸，拈了个纸捻儿，悄悄来探平儿的鼻孔。刚到跟前，平儿猛然一笑，倒把贾琏唬了一哆嗦，笑道：“昨儿晚上又没有累着你，今儿这早晚就困得这个样儿了？”平儿笑道：“你悄默声儿的罢，那边姑娘还没有睡着呢，仔细听见了是个什么意思呢。”贾琏笑道：“哦，就说低声些。你瞧这个薛大傻子傻不傻，因为我没儿子，把他倒急坏了。才刚儿把他配的什么种子丹，打发小厮取了一服来，立刻逼着我用黄酒吃了。他说这个药万灵万应，百发百中的。管他娘的，我借着酒劲儿也就糊里糊涂地两口吃了，咱们今儿且试试，就知道药灵不灵了。”平儿笑道：“你又胡闹了，知道是什么药，吃得吃不得的就混吃起来了。况且养儿子一来要自己的修积，你只把你那个下作毛病儿改一改，也就有了儿子了。二来也要自己保养身子。你看你，当日和奶奶不是大天白日关上门，就是什么改个新样儿、旧样儿的胡闹起来，如何能够养儿子呢？”贾琏听了，嘻嘻地笑道：“这些事情你又怎么都知道了呢？”平儿笑道：“哎哟，岂但知道，那一遭儿我又没看见过呢？别说奶奶我们在一块儿，就是尤二姨儿、秋桐你们的那些故典儿，你又当我不知道吗？”贾琏笑道：“这么说起来，你竟是我的一个总掌柜的了。好得很，妙极了，咱们一会儿睡下，你就把你奶奶、尤二姨儿、秋桐和你四个人的妙处，细细地评论评论我听，我看你说的公道不公道。”平儿听了，鼻子里笑了一笑道：“也不用我评论，依我看来，我们四个人也没一个儿中你的意的，那里赶得上什么多姑娘、鲍二家的好呢，又轻又浪又会教你喜欢。”贾琏道：“罢哟，这又该你揭挑得了。你也想想，当日有他们三个在的时候，你也就很受了委屈了。这如今你独霸为王的也就够快活极了，还揭挑这些馊包子烂粉汤做什么呢？”平儿道：“我也不稀罕什么独霸为王，只求

爷明儿立一点丈夫的志气，诸凡事要点儿强，不要日后落到搭拉嘴子的分儿，那我就沾了爷的大恩了，也再没有什么别的痴心妄想了！"贾琏把手一拍，笑道："罢了，不用说了，我也不喝茶了，睡觉罢。"说毕，便脱了靴袜，自己先睡下了。这里平儿慢慢地收拾了器皿，卸了残妆，关上房门，独自坐在檀香炉旁边闻香儿。贾琏道："你到底也睡呀！这会子三更天了，还点灯熬油的做什么呢？"平儿笑道："咱们可要预先讲下，睡下你可要给我老老实实的，不许像那一回喝醉了勒掯奶奶的那个样儿。"贾琏笑道："哦，是了，寡人愿安承教好不好呢？"说得平儿也笑了，只得吹灯就寝。一宿晚景不提。

再说贾环，自从书房散席之后，也就喝得半酣了，他便悄悄地先到上房睡了一头。打听贾政、王夫人都睡下了，他便找着了彩云，悄悄的拉到他屋里关上房门，开了抽屉取出两个喜蛋来递与彩云，笑道："好姐姐，你瞧瞧，这是我和太太早上要下的，我自己舍不得吃，特特的留下给你吃的。"彩云接来看了一看，仍旧放在桌子上，鼻子里笑了一笑道："今儿家里有喜事，我大酒大肉的吃喝了一天，这会子你叫我冰凉的、震腾腾的吃起这个来了。你倒会疼我，多谢罢，收着你明儿早起吃罢。"贾环笑道："好个蠢材，连吃喜蛋的道理也不明白。这是吃了要养儿子的，我这会子盼着有人也把我叫爹爹，我才舒服呢。"彩云听了，照脸啐了一口道："糊涂东西，我问你，咱们两人是在老爷、太太跟前过了明路的么？我不过为的是当初和你好了一场，如今一旦断绝了，我心里不忍。你也想想，咱们如今一年大似一年了，万一弄出个孩子来，你可教我死啊还是教我活着呢？你这会子反倒教我吃起喜蛋来了。真真的你就和死鬼姨奶奶是一样的糊涂！"贾环听了发起急来，借着酒劲儿便嚷道："你只管放心，我虽然不是太太养的，难道也不是老爷养的吗？你算算宝玉房里多少丫头，又娶了宝姑娘，他心里还不足意。昨儿你没听太太说，他如今又到天上找林姑娘去了。他是十个月养的，难道我就不是十个月养的么？老爷、太太也别太偏心了！又不给我屋里放丫头，又不张罗给我定亲，难道教我打一辈子光棍不成！我想，我如今就和你好出孩子来，也没有什么砍头的罪名儿。再要不张罗着给我定亲，再不给我屋里放人，我急了也不管他娘的三七二十一，什么丫头老婆我一概混来，那时我可看老爷、太太就把我杀了！”急得彩云忙来捂他的嘴，道：“小祖宗，你悄着些儿罢，这里离老爷、太太只隔一堵板墙，仔细听见了，你就要吃不了的兜着走呢！好祖宗咧，你只当是疼我罢了。”

贾环未及回答，只听那边周姨娘问道：“三哥儿你怎么了？这边老爷问呢。”未知如何，下回分解。

第十一回　酆都城贾母玩新春
望乡台凤姐泼旧醋

话说贾环正与彩云吵嚷，忽听隔壁周姨娘问道："三哥儿，你怎么了？老爷这里问呢！"贾环听了，这才不敢嚷了，遂与彩云悄悄地绸缪了一番，各自归寝。原来，周姨娘就在王夫人的卧室炕旁板壁后睡，因先服侍贾政、王夫人睡下，他自己才要解衣就寝，就听见贾环在那边吵嚷之声，仔细侧耳听了一听，全是些恨上无礼之言，惟恐贾政听见，贾环定然要吃大苦。因念和赵姨娘同事了一场，就动了个兔死狐悲之意，遂隔着板壁警教他一声儿，叫他害怕的意思。谁知这一问反被贾政听见了，忙问道："环儿在那边做什么呢？"周姨娘听了，反倒唬了一跳，忙替他遮掩道："没有做什么，和丫头们说话呢。"贾政叹了一口气道："这个下流东西，怎么好呢！成日家一点正经事儿不务，就这样游心放荡的，将来不知成个什么材料儿！"王夫人虽然睡下，早就听见贾环吵嚷，但听不明白说的都是些什么，又怕贾政听见生气，所以只装听不见。今见贾政发气怨恨，乃劝道："老爷也不必为环儿尽自生气。如今珠儿已是死了，宝玉又出了家了，咱们只剩下他这一个儿子，他妈又死了。好也罢，歹也罢，老爷慢慢地教训他就是了。我想，他如今岁数也不小了，或者给他娶房媳妇，或者先给他房里放一个丫头，也好收拢收拢他的心。"贾政叹息道："我也久有此心，但是这个小子，模样儿长的又不打眼，脾气又乖张，学问又平常，又是个庶出的，谁家有好女孩儿肯给他呢！别说和大阀阅人家去议亲，就是自己的亲友家，有好女孩儿，咱们也难启齿。”王夫人道：“老爷虑的也太宽了。像咱们这样人家的子弟，就是才貌平常些儿，只要将高就低的说了去，也再没有定不出媳妇来的理，只要将就着娶个媳妇，完了大事，他也就不心野了。”贾政听了笑道：“太太，你真是妇人之见。你却不知，世上的男人们，目之于色也有同美焉。你看咱们家的这些老辈子小辈子的媳妇们，那一个不是出类拔萃的人才，如今独给他娶个平常的，在妯娌们里头再一比较，不但不能拴住他的，反倒要生出别的枝叶来呢。”王夫人道：“我说的并不是模样儿要平常的，是家道儿平常的。难道庶民庄农人家就没有个好女孩儿，必定要在高官显宦人家去求么？”贾政听了，冷笑道：“依我看来，就是庄农人家有好女孩儿，咱们倚仗着势力聘了来，也是白糟蹋了人家的好儿好女的。”王夫人听了笑道：“依老爷这么说来，我们环哥儿难道就打一辈子的光棍子不成！依我的主意，明日乘着桂哥儿十二天，薛姨太太家必然要送摇车礼物的，我们也要请亲戚吃酒的，就趁了势儿挑一个好些儿的丫头先给他放在屋里圆着房，免得他成日家流荡，和丫头们打牙撩嘴儿的。他如今已是没娘的孩子了，尽自耽延着，倘或弄出个别的缘故来，旁人倒要说我老不贤惠呢。”贾政道：“这也使得。罢了，明儿你就挑一个丫头给他放在房里！我也嘱咐琏儿在外头打听，有那庄农人家有好女儿的，只要模样儿比得上妯娌们的，我们就烦人去说。人家肯与不肯，也只看他的造化罢了。”老夫妻商量已就。到了次日，送刘姥姥去后，王夫人久已看出贾环素日和彩云鬼鬼祟祟的，只是当着贾政不肯说出口来，故意的将府里所有的丫头传齐了，挑拣了一番，这才挑出彩云来。回明了贾政，即择于桂哥十二天上摇车亲戚聚会之日，与他二人圆房。贾环、彩云二人也都喜出望外，这才明目张胆、无所不至的乐起来，不似从前偷偷摸摸的了。按下荣府之事不表。

按下荣府之事不表，再说潘又安、司棋夫妇，送了尤三姐回至太虚幻境，与黛玉相见后，便打发他二人仍回地府。沐雨栉风，晓行夜住，这一日，到了酆都。进了衙门，叩见了贾母并林公夫妇，呈上了黛玉的禀启并寄来的衣物。贾母并林公夫妇俱各大喜。林如海便将黛玉的禀启拆开观看，上写道：

女玉，自睽违膝下，迄今十有余载。孤弱茕茕，形影相吊。幸赖外祖母慈庇，移取来京，衣食药饵，抚养成立。方幸一介余生，稍慰九原慈念；不意时命不辰，横遭夭折。偶因一念之痴，遂抱百年之恨。幽魂一缕，幸返太虚，明月清风，都无所苦。昨因司棋夫妇护送尤姊来境，跪读慈谕，始悉父母大人荣任酆城，与外祖母完聚，女私衷窃慰。但思慈帏不远，咫尺天涯，音问虽通，相逢无日。言念及此，肝肠断绝。惟愿早升上界，速转天曹。此女所日夜引领而望之者也。兹遣司棋夫妇回辕具禀，恭请慈安。临禀泣涕，不知所云。

林如海看毕，不觉伤心落泪，招得贾母并贾夫人也都流下泪来。贾母道："姑老爷念与我们听听。"林公遂又念了一遍，贾母、贾夫人又都哭起来。林公劝道："老太太不必伤心了，外甥女儿既有了安身之处，将来相逢有日。我算着日子也差不多了。"说着，正要问司棋盘究黛玉在太虚幻境的光景，只见凤姐、鸳鸯在里间掀着帘子向外张望。林公瞧见，忙立起身来道："我暂到书房坐坐，让姑娘们出来，也看看他妹妹的书子。"说罢，各自去了。凤姐见林公出去，连忙走了出来，向司棋问道："林妹妹身子可好？他们近来的光景何如？"司棋答道："姑娘身上很好，就只是想念老太太、姑老爷和姑太太，心里十分着急。那里的光景儿比我们这里还强呢。元妃娘娘和二姑娘诸人俱问二奶奶的好。"凤姐道："元妃娘娘和二姑娘都好么？二姑娘怎么不留你多住些日子呢？"司棋道："二姑娘倒也要留来，只是我和潘又安一同去的，那里都是些仙女们，出入不大方便，所以姑娘打发我们早些儿回来的。"凤姐点点头儿，又向贾夫人道：

“姑太太这可放了心了。我早就说，我妹妹在那里很好，姑太太还不肯信，如今司棋回来，得了回书儿，才知道我的话不是撒谎呢。”贾夫人道：“姑娘，你才没听见你妹妹书子上写的，只盼着娘儿们早些儿见面，又不知你姑爹儿时才能转升，叫我心里急得如何受得呢？”说着又流下泪来。贾母听了，劝道：“姑奶奶，你也不必着急，你才没听见姑老爷说，算着日子也差不多了。”贾夫人擦了眼泪，又向司棋问道：“你看姑娘的脸面儿何如？弱不弱呢？”司棋道：“姑娘的模样儿，那里像从前的弱样儿呢。那个脸儿上红是红白是白的，那一种幽娴体度，画儿上也画不出来的。姑太太只管放心罢，那里吃的、穿的、用的都尽够，贴身服侍的又有晴雯、金钏儿两个丫头，还没那么逍遥自在的呢！姑太太也不用操一点心儿。”贾夫人道：“晴雯、金钏儿这两个名字，我倒听得很熟，就只是记不得他们的模样儿了。这两个丫头年轻轻儿的，怎么也都死了呢？”司棋听见问到这句，他便红了脸不能答应。凤姐忙道：“晴雯是我宝兄弟屋里的丫头，就是为司棋和潘又安他们鬼鬼祟祟地在园子里太湖石背后丢下了个香袋儿，被傻大姐儿捡着了，太太知道了，就疑心丫头们里头有平常的，恐怕把宝兄弟引诱坏了，偏他老娘王善保家的和晴雯有碴儿，他就在太太跟前说了晴雯的多少不好处，太太便生了气，把这个丫头带着病儿撵出去了，就这么生生儿的把个丫头气死了。金钏儿是我太太屋里的丫头。那年夏天，太太睡中觉，他就和宝玉鬼鬼祟祟的说话，被太太醒了听见了，打了一个嘴巴子，也撵了出去。这个丫头他就自己羞愤跳井死了。”贾夫人听了，点点头儿道：“这两个丫头既是这样行为不端，怎么你林妹妹还要他们贴身服侍呢？”凤姐笑道：“姑太太没听明白。这两个丫头原是好的，这都是受了委屈死的。”贾夫人道：“晴雯这个丫头算他委屈罢了，怎么金钏儿也算委屈呢？”凤姐笑道：“你老人家不知道，原来是我宝兄弟先招了他来，他不过说了句‘金簪儿掉在井里，你急什么呢？’这句话，就叫太太听见了，就打就撵的，究竟并没有什么苟且

的事情。”贾夫人笑道：“这就是了。这样看起来，你宝兄弟也是一个小淘气精儿了，怎么这样一个淘气的人，如今倒又出了家了？可叫人真不懂了。”凤姐道：“这都是小时候干的事，后来为什么出家，我们可也就不知道了。”贾母叹了一口气道：“姑奶奶，我也老得不中用了，又搭着诸事他们都瞒着，不肯告诉我，我只知道一个跳了井，一个撵出去了，那里知道他们有这些钩儿麻藤的勾当呢！”凤姐道：“这些事谁敢教老祖宗知道呢！你老人家记不得了，宝兄弟挨了老爷一顿好打，是为什么呢？”贾母道：“猴儿精，都是你们的过失，像这样的事情，也有该瞒着我的，也有该教我知道的，你们一概瞒得风雨不透的，如今闹的死的死了，出家的出家去了。这会子你才样样般般的说出来了。”凤姐听了，把头一扭，忙取过贾夫人的烟袋，推故装烟去了。这里贾夫人便教丫头、婆子们来，将黛玉寄来的衣物打开，查点清楚，按着份儿，该分的分了，该收的收了，这才收拾摆饭。摆完了饭，各自随便散散。到了晚上，各自归房安寝。

林公进了卧室，在灯下复将黛玉的禀启展开，又细阅看了一遍，乃问贾夫人道：“我细看女儿书子上的话，竟有些缘故在里头。你听，他说‘偶因一念之痴，遂抱百年之恨’，倒像有什么心愿不遂，抱恨而死的意思。”贾夫人听了，吃了一惊，忙道：“你再念一遍我听。”林公遂又念了一遍。贾夫人听毕，沉思了半晌道：“是了，怪道呢，我只追问到他到底怎么病死的，老太太他们就含含糊糊答应起来。那一日，我记得我问宝玉为什么疯了，鸳鸯就说了句‘总是为林姑娘来么’，凤丫头就忙忙地瞪了他一眼，我就再没敢往下问。今儿说起晴雯、金钏儿两个丫头来，里头也有宝玉，老太太又说凤丫头，都是他们瞒的风雨不透的，‘如今闹的死的死了，出家的出家去了’。仔细推详起来，莫非宝玉也和我们黛玉有什么……”说到这里，又咽住了。林公听了，便将书子一摔道：“若果如此，这个丫头还成了我们的女孩儿了么？”贾夫人道：“老爷也不用着急，我想我的丫头断然不至于此，只怕内中还有别的缘故也不可知。”林公道:“这个宝玉侄儿,我却没见过,不知人材生的何如?”贾夫人道:“我见他的时候,他也不过三四岁,长的原得人意儿。前儿听见他们说,如今竟是第一等的人物儿。”林公又道:“不知他的学问何如?”贾夫人道:“既能中举,学问自然是好的了。”林公听了,沉思了一会,忽将桌子一拍道:“是了。夫人,我想宝玉侄儿又有才,又有貌,我们黛玉女儿也是有才有貌的,又是从小儿在一处长大的,只怕他们彼此都有个爱慕的意思。后来宝玉侄儿又娶了薛家的女孩儿,这不是彼此都不遂心么?”贾夫人听了,连忙点头道:“是了,老爷猜的真不错。前儿鸳鸯说宝玉出家‘为的是林姑娘’。才刚儿老太太又埋怨说‘死的死了,出家的出家去了’,都是凤丫头瞒着的过失,凤丫头见说到这里,他就推故着给我装烟去了。由此看来,可不是这个缘故是什么呢?”林公嗐了一声道:“夫人,我想才子佳人之事,从古有之,后世相传为美谈。若像《西厢记》上的故事,可就不通之至了。我常和崔判官玩笑,说他治家不严,不想如今竟轮到我头上来了。”贾夫人道:“老爷不必胡思乱想的,只管放心,我们再也养不出那样的女儿来。你想,黛玉如果像了崔莺莺,他又如何会能死呢!我久已有心要在背地里问问鸳鸯,只是成日家鼻子脸子的在一块儿,又不好意思的当着人盘根究底地问他。怎么得一个空闲没人的地方儿,等我细细地把鸳鸯丫头盘问他一番,这件事可就水落石出了。”林公听了,想了一想,道:“有了,后日是清明佳节,阳间的人都要祭扫坟墓,我们这里也要大开鬼门关,放亡魂出入收取金银币帛。我们预备下轿子,请老太太临期在城外游玩游玩,看看热闹,回来再到七十二司、十八层地狱看看那些受罪的人,这就得一整天的工夫。你想个方儿把鸳鸯留在家中,细细地问他缘故岂不好呢。”贾夫人听了欢喜道:“如此甚好。”夫妻二人计议已定,又说了一会子闲话,这才双双归寝。

到了次日,贾夫人便将林公欲请贾母、凤姐出城游玩的话说了一遍。贾母、凤姐素日最喜游玩,听了俱各不胜欢喜。到了清明这

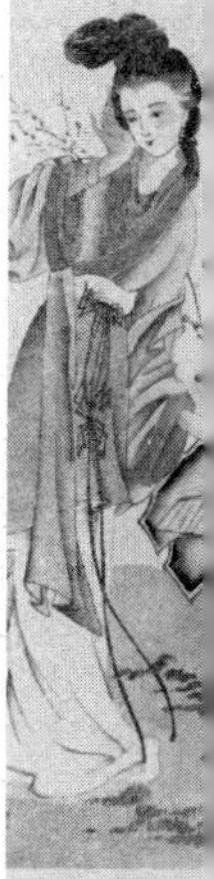

一日,林公便吩咐伺备轿马人夫、旗锣伞扇,预备停妥。贾夫人只推身上不大爽快,不能奉陪,又留下鸳鸯打荷包穗子。这里贾母、凤姐俱坐了大轿,贾珠骑马在前引道,司棋、鲍二家的并几个家人媳妇、丫头们也坐了小轿,潘又安、焦大也骑了马,众星捧月,出府而去。一路上好不威武。

不言贾母等出城游玩,且说贾夫人送了贾母去后,回到卧房,遂将鸳鸯叫到跟前,搬了个小杌子,命他坐下。鸳鸯笑问道:"不知姑太太有什么荷包穗子打的,只管拿来,姑太太交给我打就是了。只怕我的手段儿平常,打的未必能中姑太太的意。"贾夫人笑道:"我那里有什么荷包穗子打的。你且坐下,我有一句要紧的话要问你呢。"鸳鸯听了便侧着身子坐在杌子上笑道:"不知姑太太要问我什么话,这样机密?"贾夫人道:"前儿那一天,我问你们宝玉为什么出了家,我听见你说了句'总是为林姑娘来',你二奶奶就连忙瞪了你一眼,你也就不敢再往下说。我瞧出他那个神情来,我也就不好往下再问了。到底宝玉出家怎么为的是林姑娘?这里头难道另有什么缘故么?我的儿,你可要实告诉我,不可撒谎。"鸳鸯听了忙站起来,道:"姑太太不问到这里,我们做下人的也不敢乱说;姑太太既问,我也不敢撒谎。这件事都是我们二奶奶把事情干冒失了。当日老太太接了姑娘到家,那时姑娘才五岁,宝玉才六岁,兄妹两个一见面儿就亲热得很,又都跟着老太太在一张桌儿上吃饭,一张床儿上睡觉,比别的姊妹们分外的不同些。"贾夫人听到这里,便点点头儿道:"后来呢?"鸳鸯道:"后来大了,因元妃娘娘省亲,府里又盖了一所大观园。省亲之后,娘娘又命他们姊妹们都搬进园里去住。我们家的三位姑娘,还有薛姨太太家的宝姑娘,时常结社作诗,十分亲热。忽有一日,姑娘的丫头紫鹃和宝玉玩笑,哄他说苏州姑太太家有人要接姑娘回南去呢,宝玉听了这句话,心里一急,立刻就疯得连人事都不省了。"贾夫人笑道:"这么说起来,宝玉竟成了个傻小子了。后来怎么治好了的?"鸳鸯道:"把老太太真吓坏了，请了王太医来，吃了好儿服药，总不见效。后来还是叫了紫鹃来对出谎来，说是哄他玩呢，这才渐渐的好了。”贾夫人道：“傻小子！这是什么缘故呢？”鸳鸯道：“姑太太想，这是他心里想着将来必定要和林姑娘结亲的意思，只是小人儿家，自己说不出口来。那时，我们众人都瞧出他的心事来，谁知老太太和太太只说他兄妹二人是从小儿在一块儿长大的，不忍分离的意思，并没有想到这件事上头。”贾夫人道：“宝玉为了句玩笑话就会急疯了，这是他心里有我们姑娘了，不知我们姑娘心里也有宝玉没有呢？”鸳鸯笑道：“姑太太问的这个话，姑娘心里怎么没有宝玉呢？如果姑娘没有宝玉，如何听见娶了宝姑娘就会病的死了呢？”贾夫人听了变色道：“我的儿，据你这样说来，难道姑娘和宝玉有什么苟且的事情么？”鸳鸯忙又站起来答道：“姑太太怎么疑心说起这样的话来了，别说姑娘是读书好强的性格儿，就是我们宝二爷，他也是大家子的公子，府里又有那么些丫头、老婆们成日家跟着，那里能够做出没道理的事来呢？总是他们两人素日彼此都存了个爱慕之心，原指望着将来老太太替他们成全此事，不承望中间又有了宝姑娘的一段阻隔，所以他们两人各不遂心，才闹的死的死了，出家的出家去了。如今老太太提起来，后悔得什么似的。”贾夫人听了，这才放了心，笑道：“这位宝姑娘的模样儿长得比我们姑娘何如？”鸳鸯道：“论模样儿，也和姑娘差不多儿，都是长得怪俊的。”贾夫人道：“到底比我们姑娘强不强呢？”鸳鸯道：“据我看来，也不能强过姑娘。”贾夫人道：“宝姑娘既没有强过姑娘的去处，老太太为什么又舍近而求远呢？”鸳鸯笑道：“姑太太，我才刚儿没说呢，这也是我们二奶奶的一点儿私心，说宝玉有胎里带来的一块玉，宝姑娘也有和尚给的金锁，这是天配的姻缘，所以，一力撺掇着定下了。”贾夫人道：“这就是了。据你说宝姑娘也是怪俊的模样儿，怎么宝玉还不如意呢？难道当日给他定的时候儿，他自己不知道么？”鸳鸯道：“原来是恐怕宝玉不依，所以瞒着他，总没叫他知道。就是姑娘也并不知道定宝姑娘的事。后来丢了通灵玉，又疯病发了，老太太要娶过宝姑娘来冲一冲喜。临娶时，又怕宝玉不依，只得哄着他说，给你娶的林妹妹呢。那时，姑娘在潇湘馆正病得着紧儿，二奶奶就说把姑娘的丫头雪雁叫了过来，搀着宝姑娘拜堂，哄哄宝玉。谁知后来娶了过来，宝玉果然喜欢得了不得。拜了天地，揭了盖头，一看见是宝姑娘，宝玉就栽倒昏迷过去了。这边正忙乱之时，那边就有人来说姑娘也去了世了。”贾夫人听了大惊道：“如此说来，我们姑娘这不是自己寻了死了么？”鸳鸯道：“姑娘头几天就病了的，后来大约也是听见娶宝姑娘的风声儿了，未免事不遂心，病如何还能够想好呢！”贾夫人道：“姑娘死后，宝玉也就没想望了，为什么又出家呢？”鸳鸯道：“姑娘死后，宝玉就成日家疯疯癫癫的，不时的痛哭。后来老太太去了世，我也就自缢了。他后来到底为什么出家，我也就不知道了。我前儿所说的，也是估量着他大约总为的是这一条儿。”

贾夫人听毕，冷笑了一声道：“这就是了。我这才明白了。我想，这件事虽是凤丫头的私心，也是老太太和你太太希图薛家是财主的意思。我想也不过是得一副好陪送罢了，难道还能够得薛家的家当么？”鸳鸯听了，连忙赔笑道：“姑太太不必多这个心，凡事总是个定数。况且姑娘如今已经成了仙了，老太太也后悔得什么似的，姑太太还提这个做什么呢？”贾夫人道：“我并不是多心，我惟恐怕我的女孩儿不长进，给我打了嘴。他既然没有什么伤风败俗的事情，我就放了心了。宝玉出家也好，不出家也好，与我什么相干呢？我问你的这些话，老太太和你二奶奶回来，你可千万莫对他们说。姑娘已是死了，还提这些做什么呢？”鸳鸯道：“姑太太见的很是。我也不敢对他们说，我说了，这不是我在姑太太跟前翻了老婆舌了么？”

按下贾夫人与鸳鸯闲话，再说贾母等出城游玩。贾珠在前骑马引道，全副执事出了酆都城东门。但见来往的行人，也有手里拿着金银的，也有背着包袱的，也有两人抬着箱子的，闹闹哄哄，络绎不绝，一见执事到来，俱向两旁回避。不多一时，走到城外宽敞之处，只见坐北面南搭着一架大凉棚。到了凉棚，贾珠便先下马吩咐落轿，搀了贾母走进凉棚，只见里面结彩悬灯，铺设得十分华丽。司棋也搀了凤姐下轿。贾母便坐在正中罗汉榻上，凤姐遂命司棋搬了椅子来，坐在贾母的身后，司棋、鲍二家的侍立两旁，贾珠就坐在凉棚门口。看那些男妇老幼，往来收取金银，十分热闹。潘又安送上茶来，司棋连忙接了进去。凤姐眼尖，早望见前面搭着一溜席棚，好像茶馆一般，门外站着个赤足蓬头、相貌狰狞的恶鬼。又见有一群人，状类囚犯，来至棚前，那恶鬼便端出一盘茶来，每人分给一碗，令其饮毕，押解向东而去。凤姐手擎茶杯，向司棋道："你去问问大爷，那个卖茶的恶鬼，怎么只卖与出去的人喝，不卖与进来的人喝，这是什么缘故呢？"司棋遂走来询问贾珠，贾珠道："那棚里并不是卖茶的，乃是迷魂汤。这些出去的人，都是打发托生转世的，每人给他一碗迷魂汤喝，他转世为人，就不能知道他前生的事了。你去请老太太和你二奶奶再往外边些坐，就看见前头的六道轮回了，也瞧见后边的望乡台了。"司棋听了，忙走来告知。贾母和凤姐都把座位向外挪了几步，果见南边立着六个大车轮，上面站着个赤发红须的鬼王，将那些托生转世的人推上车轮，转了下去便不见了。北边有一座高台，约高百余尺，四面俱有阶梯，只见有许多的老少男妇争闹着四面攀援而上。凤姐见了便也高兴起来，也动了个望乡之念，忙向贾母道："老太太，为什么不上望乡台去望望家乡呢？"贾母道："我也老天巴地的了，手脚也不灵便了，没的白受奔波；望见他们，心里倒又难过，不如不上去的好。"凤姐道："老太太懒怠上去，我要上去走走，不知可使得不使得呢？"贾母道："你既然高兴，要上去走走，等我问问你大哥哥，看使得使不得？"乃向贾珠道："你妹妹要上望乡台去逛逛，这可使得么？"贾珠道："既是他婶娘要上台去走走，等我吩咐把闲人撵净了再去不迟。"于是，贾珠便叫过潘又安来："吩咐皂班上的人，把台下的闲人撵净，就是应上台的人,也叫他们等一会儿。”潘又安答应了,带了些皂役,不多一时,将望乡台上下的人撵得干干净净的。这里凤姐留下司棋伺候贾母,自己带了鲍二家的,坐上轿径自去了。贾珠又打发潘又安也跟了去,只在台底下照应。原来这座望乡台,只离凉棚有一里多远。贾母和贾珠仍坐在棚内,看着他们上台。

却说凤姐坐上轿,来至台下落轿,鲍二家的忙搀了他,两手搂衣,攀梯而上。一级一级的慢慢踏来,上上歇歇,不多一时,上了巅顶。只见台上并无房屋,竟是青石镶就的四四方方的一块平地,约有半亩大,四面白石栏杆。凤姐扶了栏杆喘息了片刻,往下一看,但见烟雾弥漫,不辨东西南北。定了一定神,仔细望去,忽见一带楼台房舍,果是荣国府的景况。顺着房子的形势望去,只见自己的屋内纱窗半启,平儿和巧姐都在炕上坐着做针线活计。凤姐见了,由不得一阵心酸,眼中流下泪来,忙用手帕擦泪。再细看时,忽见贾琏和一个年轻的妇人,在后院春凳上搂抱着无所不至地玩要。仔细望去,却是多浑虫的老婆新嫁了鲍二的。于是,凤姐见了这般光景,心中一气,两眼发黑,哎哟了一声,栽倒在地。未知如何,下回分解。

第十二回　张金哥拦舆投控状
夏金桂假馆诉风情

话说凤姐在望乡台上望见贾琏和多浑虫的老婆在后院春凳上恣情地淫乐，不由得怒气攻心，两眼发黑，栽倒在地。吓得鲍二家的魂不附体，连忙扶起，揽在怀内。叫够多时，只见凤姐苏醒过来骂道："没脸的浪娼妇！"鲍二家的问道："二奶奶你怎么了？"凤姐这才明白自己跌倒了，听见鲍二家的问他，越发生起气来。待要直说出来，又觉碍口，又怕鲍二家的暗里笑话他吃醋。但道："你扶我起来罢，望什么家乡呢，倒望了他娘的一肚子闷气来了。"鲍二家的道："二奶奶，你老人家望见什么了，怎么就跌倒了呢？"凤姐道："你别管他，咱们下台去罢。你可要好生搀着我，我的两条腿发了软了。"鲍二家的不敢再问，只得小小心心地搀着他慢慢的下台。刚下了两三级，凤姐往下一看，心中害怕，腿上越发没了劲儿了。正然没了主意，只见秦钟在台下叫道："二婶娘别害怕，只管把脚步放朗些，我上来扶你来了。"说着便两手撩衣，一会儿跑了上来。凤姐道："你这个小子，早上怎么总没见你呢？你调过脸去，我扶着你的肩膀下罢。"秦钟笑道："我一早先就来了，这个凉棚就是我看着他们搭的。"说着，便将脊背调了过来，凤姐一只手抓住他的肩头，一步一步的慢慢踏了下来。凤姐道："我们来了这半日，怎么总没瞧见你呢？"秦钟道："我只说老太太来还早呢，我先到前面找我的金银去来。”凤姐道:“如今你们家里还有你的什么人呢? 谁给你烧化金银呢?”秦钟道:“我们家那里还有什么亲人,不过有素日相好的几个朋友,即如你们家的宝二爷,还有我们相好的柳二哥,逢时遇节的烧些钱纸。谁知今儿连他们的也没有了,倒教我瞎跑了一回。”凤姐道:“听见他们两人如今都出了家了,你还想望他们的钱纸呢! 你如若没钱使用,到家里我给你就是了。”一面说着,早已下了高台。轿夫抬过轿来,凤姐上了轿,众人拥簇着回到凉棚。贾母笑问道:“你巴巴结结地上了一回望乡台,到底望见了家里的些什么人?”凤姐道:“望什么呢,倒望了一肚子的好气。”

正要往下说时,忽见贾珠站在棚口,连忙改口说道:“我望见我们屋里炕上坐着两个人,好像平儿、巧姐做针线呢。再没有瞧见别人。”贾母听了,也自伤感。鲍二家的道:“二奶奶到底望见什么了? 忽然栽了一跤。”凤姐故意骂道:“浪蹄子,你不好生搀着我,怎么不栽跤呢! 亏了台上再没有外人,你还敢说来了。”贾母信以为实,反将鲍二家的骂了一顿。凤姐刚坐下要茶吃,只见焦大带了许多人,抬着楼库杠箱上来回话。贾珠忙拦住道:“焦大,你就带了他们都抬到衙门里去罢,等我回去,按着份儿分就是了。”焦大答应了,连忙退出,领了抬箱的人径自去了。贾母乃向贾珠道:“我们出来了大半天了,也该回去罢。”贾珠道:“这里给老太太预备下点心了,请老太太和他二婶娘吃些儿,进了城,就往七十二司去看看再回衙门,免得出出进进的。”贾母道:“既然如此,就把点心拿来罢。天气也不早了。”于是,贾珠催着潘又安,端了点心上来,司棋忙接了进去摆在桌上。贾母与凤姐每人吃了些点心,喝了一碗燕窝汤。贾母便吩咐司棋端了去,分给众人。吃毕,伺候贾母、凤姐上轿。凤姐又命秦钟随在自己的轿旁,便于问话。贾珠仍骑顶马引道,一齐进城,顺着大街,但见六街三市,热闹非常。转了几个弯子,早望见王府的正门,气象巍峨。由东角门绕向东夹道,一直绕到府后,忽见一座虎头门,冯渊正在那里,手持钥匙,等候开门。见他们到了,便将虎头门开了，个自一边回避去了。贾珠下了马，命轿夫落轿，司棋、鲍二家的搀了贾母、凤姐在前，贾珠、秦钟在后相随，其余都在外边伺候。

进了虎头门，但觉一团阴森之气侵入肌骨。又见两边廊下，一带房屋绵亘百余间，每一门外，立着一个相貌狰狞的恶鬼。贾母见了这般光景，不觉心中害怕，乃向贾珠道："这个地方有什么可逛之处，看着怪怕人的。"贾珠笑道："这都是圣人垂教后世，勉人为善的意思。譬如，世上的人显然有恶的，国有常刑；惟有恶在隐微，国法所不及者，死后必入地狱。所以，这头一层地狱就是王莽、曹操、秦桧这一干人。第二层就是李林甫、杨国忠、王安石、蔡京这一干人。这些人都是永世千年不得脱生的。其余的罪犯，具是有年限的，年限一满，就放去托生，或人或畜，或兽或禽，皆视其罪之轻重，临时分别酌定。这东边一带，都是男狱；西边一带，都是女狱。老太太既然看着害怕，也不必尽行开看，只拣爱看的看一两处也就是了。"贾母道："古来的人，我们也不必看他，我们也做不出他们的那样事来。只检如今世上常有的罪孽看一两处，触目警心，不但警醒自己，兼可劝化他人。"贾珠听了，便吩咐鬼卒把现在的速报司的狱门打开。只见守门的恶鬼，手持狼牙槊，当的一声将狱门打开。贾母等进去一看，但觉冷气逼人，里面嚎天动地，哭声震耳。也有上刀山的，也有下油锅的，也有剖腹挖心的，也有凌迟肢解的，也有舂碓磨磨的，种种凄惨，不一而足。贾母见了，惟有合掌念佛，悲怜嗟叹而已。凤姐在贾母背后，唬得粉面焦黄，浑身打战，忙将贾母拉了一把道："老太太，我们不看这个了。你瞧那些男人们，赤身露体，血迹淋漓的，又害怕又磕碜，咱们到西边女狱里看看去罢。"贾母听了点点头儿。正要命贾珠锁门，只听里面有人一声大叫道："来的不是老太太么？救我一救罢！二嫂子我再不敢了！"贾母闻言，留神一看，只见阴山背后跳出一个后生来，赤条精光，面黄肌瘦地跪在面前。凤姐眼尖，早已瞧见，认得是贾瑞。又见他上下精光，不

由得满脸绯红，连忙躲了出去。贾母老眼昏花，看不出是谁，忙问道："你是谁家的孩子？年轻轻儿的犯了什么罪了？"贾瑞哭道："老太太不认得孙子么？我的名字叫贾瑞，家塾里的先生就是我爷爷。"贾母听了，又仔细一看，这才认出他来了，忙问道："你是瑞儿么？你犯了什么罪了？你告诉我，等我替你求求你姑老爷，再看你的造化罢。哎！小人儿家活着总不肯学好，这会子才后悔了。"贾瑞叩头道："老太太你只叫我二嫂子开了恩，他说一声儿，我的罪孽就满了。二嫂子我再不敢了，你怎么躲着走了呢！"贾母听了不解其意，忙回头向凤姐道："你听，这个瑞儿小子，怎么要你开恩说一声儿？我也不明白他的话，你到底知道他犯了什么罪了？你可记得他当日是怎么病死的？"凤姐红了脸，道："这个老太太说的话，我可知道他犯了什么罪了呢！我也不知道他是怎么病死的。老太太只问他，教他自己说就是了。"贾母道："你才没听见，他说教你开恩说一声呢么？"凤姐把头一扭道："他可教我开个什么恩呢，可又教我说一声儿什么呢？"只听贾瑞在内哭喊道："二嫂子，你饶了我罢，我再不敢了！你可教我把那些话当着老太太说得出口来么？"凤姐道："罢了，老太太也不必追究他的罪过，只问他改了没有？"贾母未及回答，又听贾瑞在内喊道："二嫂子，我改了，我改了，我全改了！"贾珠原是极聪明的人，听见他们的这些话，忙道："老太太请出来罢，等我问问他。"于是，贾母、凤姐都走了出来。贾珠刚然进去，只见贾瑞忙拉住哭道："大哥哥，你救我罢，我冻得受不得了。"贾珠道："瑞老大，你几时来的？我怎么不知道你在这里呢？亏你是大家子的子弟！我才听见你和你二嫂子说的那些话，你还是个人吗？怎么把渎伦的事都干出来了！"贾瑞哭道："大哥哥，我并没有干渎伦的事。那年，东府里的大老爷生日，我在花园里遇见二嫂子，我原年轻不懂事，和二嫂子说了两句不知好歹的话，并没有做别的事。我就是从那一天得了相思病，再没得好，就死了的。大哥要不信，只问我二嫂子就知道了。"贾珠听了，冷笑道："这是你自作自受,我也管不了许多。”贾瑞又跪下,百般的哀告。贾珠沉思了半晌,道:“你到底是真改了还是假改呢?”贾瑞道:“如今把我罚在阴山背后,冻得我真真的受不得了,怎么还不是真改呢!”贾珠道:“苦海无边,回头是岸。你既能真改,这也就好说了。等我回去求求姑老爷,看你的福分罢了。”说着,便又吩咐鬼卒们:“好生看待贾瑞,先给他两件衣服暂且遮体。”说毕,走了出来。命人将狱门封锁妥当,便将贾瑞的话,回明了贾母,又吩咐鬼卒将西边的显报司的狱门打开。贾母、凤姐一齐走进来观看。但见里面阴风惨惨,刀山油锅之类,一如男狱。忽见中间有大磨一盘,将一个妇人倒悬入磨,磨得只剩下下半截子雪白的两只光腿,一双小脚儿。凤姐见了,由不得心胆俱裂,低声向司棋道:“你看,这也不知是谁家的媳妇儿,不知犯了什么罪了,磨得这样可怜。你看他这两条腿,这样雪白细嫩的,一定是个年轻的俊人物儿。”司棋未及回答,鲍二家的插嘴道:“前儿晚上二奶奶洗脚,我看你那个腿比他这个腿还白些儿。”凤姐照脸啐了一口,骂道:“浑账老婆,不管说得说不得,就信着嘴儿混唚你娘的来了。亏了大爷和秦相公都没进来。”贾母听了也笑道:“浪蹄子,这么嘴尖舌快的。你跟了我到东边看去。”骂的鲍二家的咕嘟着嘴跟了贾母东边去了。

这里,凤姐带了司棋向西转了一个弯子。只见西北犄角上放着一个大缸,满满的盛着一缸酽醋,里面泡着一个赤条精光的妇人。仔细一看,模样儿与凤姐一般,吓得司棋面面相觑,不敢言语。凤姐自己也吓呆了,定了一定神,问道:“你是谁家的媳妇?”只听那妇人也道:“你是谁家的媳妇?”凤姐道:“你姓什么?”那妇人也道:“你姓什么?”凤姐心中一急,便拉了那妇人的膀臂往上一拉,只见那妇人“噗”的一声蹿了出来,赤条条地站在面前,恰似白羊一般。凤姐细看他浑身上下,无一不酷肖自己,不觉羞得满脸绯红,忙揭起自己的衣襟来替他遮盖。只见那妇人上来将凤姐一抱,忽然间踪影全无,唬得凤姐和司棋目瞪口呆,半晌说不出话来。凤姐定了一定神，不觉心下恍然大悟，将平日吃醋的心肠立刻冰消雪化矣。司棋也猜着几分儿，只是不敢言语，只得搀着凤姐过东边来。只见一座刀山，万锋攒立。贾母在那里手指一人骂道："没良心的老猪狗，这是你自作自受，谁能救你呢！"凤姐仔细看时，却是马道婆，四脚拉叉地插在刀山之上，只叫："老太太开恩救命罢，我再不敢镇魇人了。"凤姐听了，忙拉了贾母道："老太太，别理他这个老娼妇，这才使得，该着呢！"贾母道："阿弥陀佛，这里果然报应不爽。你们小人儿家可该害怕不害怕呢？"凤姐道："怎么不害怕呢！吓得我腿肚子都转了筋了。逛什么呢，怪怕人的。老太太，咱们早些回去罢！"贾母道："也罢了，再往后看也不过总是些受罪的人，没的瞧着心里怪不忍的。"凤姐听了，忙搀了贾母。将一转身，忽见里面跑出一个披枷带锁、蓬头垢面的人来，拉住贾母的衣襟大哭道："老太太救我一救罢，我再不敢黑心烂肝花的了！"贾母倒退了几步，仔细瞧他，遭挠的竟不像个人形，那里还认得出是谁来呢。只听凤姐在后叫道："你不是赵姨娘么？"那妇人道："二奶奶，你救救我罢！大人不记小人过，我再也不敢在你们跟前使黑心子。"贾母听了，又仔细一看，不是赵姨娘是谁呢。贾母骂道："混账老婆，你也想想，你在家里，我和你老爷、太太那一个待你不好呢。你不过养了个不成拉器的小子罢咧，你就成精作怪的安起坏心来了。你自己说，如今受罪还是不该的么？"赵姨娘听了，不住地磕头哀告道："老太太，我再不敢胡言乱道了。从今以后，我全改了。老太太也别看我和环儿，只看三姑娘的分上，开一点儿恩罢！"贾母虽恼他行为不端，到底终有慈念，听见他说出探春来，也不由得伤心落泪道："也罢，你且去罢，等我回去求求姑老爷，你听信儿就是了。"赵姨娘磕头叩谢而去。凤姐搀了贾母走出狱门，贾珠即命人关门上锁毕，又请问老太太："还逛不逛？"贾母笑道："这没把人吓坏了，还逛什么呢，回到衙门去罢。"贾珠乃命人抬进轿来。

贾母、凤姐一齐上轿。出了虎头门，仍由旧路而回。凤姐在轿

内，只见秦钟扶着他的轿杆子，乃问道："秦钟，怎么眼错不见的你又跑到那里去了？"秦钟笑道："那里一开狱门，我早溜进去了，各处里看了一个够。听见老太太要回衙门我才跑了来的。"凤姐道："你都看了些什么？"秦钟道："男狱里我看见刀山上叉着一个人，他还认得我，他说他是周瑞的干儿子，只叫我救救他的命。唬的我连忙跑出来了。哎哟，那个女狱里才有趣儿呢。赤条精光的女人们不知有多少，都瞧着不成拉器的。惟有西北犄角上醋缸里泡着的那个女人，长得十分美貌，见我来了羞得钻到缸底去了。我就把膀子伸到醋缸里，要摸摸他的光屁股，他就把我的手抓住，狠狠地咬了一口，这会子我的指头还痛呢。"凤姐听了，啐道："你这个下作小东西儿，人家一个妇人家，你去摸人家干什么！咬得好，很该！"二人只顾说话，不知不觉地走到大街之上。忽见人丛里跑出一个女子，在贾母轿前喊冤叫屈，投递纸状。凤姐忙命秦钟前去打听告的是什么事？秦钟如飞地跑上前去，只见贾珠下马接了状子，细看了一遍，连忙揣在怀内，命将女子着人带去交付冯渊押管。秦钟便跟了那女子去，细将原委问了一遍，吓得喘吁吁地跑到凤姐的轿前，低声说道："二婶娘，那个女孩儿告的才是你。"凤姐道："胡说，我又不认得他是谁，他告我什么呢？"秦钟道："那年咱们给我姐姐送殡，我记得你带了我和宝二叔在馒头庵住着，你和老尼姑商量了一件什么事来？如今告的就是这件事。告状的女孩子叫个什么张金哥。"凤姐听了只觉一股凉气从顶梁骨上冒了出来，忙问道："你见他的状子来没有？"秦钟道："珠大爷揣在怀里了，把那女孩子交给冯书办去了。"凤姐听了，因恐轿夫听着不雅，便不好再往下问，坐在轿里也无心观看路景，心里好像十五个吊桶打水，七上八下的。

不多一时，回到衙门。军卒鸣锣响道，重门洞开，一直抬到二堂落轿。贾母、凤姐刚然下轿，只见贾夫人、鸳鸯迎了出来。贾夫人笑道："老太太来了将近半年，总也没得出去逛逛。本来此处也没有什么可逛之处，大半都是些凶神恶鬼的。"贾母也笑道："逛什么呢，没的叫人怪害怕的。”贾夫人见凤姐面如金纸，忙问道：“二奶奶你怎么了？脸上的颜色很不好，想是在外受了风寒了罢？”凤姐道：“我只觉得心口里怪痛的。”贾母听了，也将凤姐一看，便道：“今日天气和暖，未必是受了风寒，想是瞧见那些地狱里受罪的人惊唬着了。快到你屋里，别脱衣裳，躺一会子去罢。盖得暖暖儿的。”说着，大家进了上房，换了新衣。贾母与贾夫人讲些地狱里的故事，并贾瑞、赵姨娘哀怜之事。凤姐早已拉了鸳鸯到自己的卧室，换了衣服，拉了鸳鸯的手流泪道：“鸳鸯姐姐，你想个法儿救我一救罢！”鸳鸯大惊道：“二奶奶你怎么了？怎么说起这个话来了？”凤姐低声说道：“好姐姐，你悄着些儿，等我告诉你。那一年，我给小蓉大奶奶送殡之时，不是带着宝玉、秦钟在馒头庵住过两天么，那时，老尼姑子和我商量着干了一件没天良的事儿。有一个张乡宦，他有个女孩儿名叫金哥，原许聘了一个守备的儿子。后来长安府知府的小舅子李衙内看见金哥美貌，也要聘了为妻，这个守备家不依，打了官司。因我们家和云节度家是亲戚，老尼姑子求我和云节度处说了，硬压迫着守备家退了亲。谁知道这个女孩子守志不从，自缢而死，守备的儿子也是个情种，听见金哥儿寻了死，他也寻了死。我自从作了这件事，活一日悬着一日的心。如今刚才放了心，谁又知道才刚儿大街上有一个女孩子拉住老太太的轿子喊冤告状，我听见秦钟说就是张家的女孩子，告的就是我。我想，这件事若叫姑老爷知道了，我这个脸可放在那里呢？方才秦钟说状子大爷揣在怀里了，把那女孩子交给冯书办带了去了。好姐姐，你趁着这个空儿，快到大爷房里去，就说我求大哥哥，好歹想个法儿，把这人事私下了结了才好，千万莫叫姑老爷知道。就是要用银子，我这里也有。若是能够保全了我的脸面，这就是保全了咱们贾家的脸面了。好姐姐，你就快去罢！仔细大爷外头去了，可又找着费力了。”鸳鸯听了大惊道：“我的奶奶，你怎么连这些事都包揽起来了？亏了姑老爷是咱们的亲戚，若是别的衙门，告了这还了得！也还算是二奶奶的福气大，若是这件事在阳间犯了出来，只怕连二爷还带理在里头呢！”凤姐听了发急道：“好姐姐，这会子你还说这些个做什么呢！快些去罢，过会子大爷出去了就难办了。”鸳鸯道：“二奶奶，你且莫要着急，我想大爷他也是极聪明的人，他难道就不顾咱们家的脸面么？再者，这件事也先得告诉老太太一声儿，别要先对姑太太说出有人拦轿喊冤的话来才好。等我先把老太太请进来说明了缘故，我再去找大爷方为妥当。不然，你是个小婶子，我是个大丫头，不回明了老太太，私自往大爷房里去做什么呢！”凤姐道：“你说得也很是，就这样，快着些儿罢！我心里这会子就像猫抓的似的。”鸳鸯答应着连忙出来，看时只见贾母独自坐在椅上吃茶，贾夫人在那边炕上开箱子，像找什么东西的似的。鸳鸯忙向贾母使了个眼色。贾母会了意，便立起身来，道：“凤丫头这会子可好些了没有？我也瞧瞧他去。”说毕便扶了鸳鸯走进凤姐的卧室来。凤姐见了贾母，虽觉害羞却也无可奈何，只得老着脸儿，连哭带诉地将告状之事原原委委地说了一遍，贾母也吓得呆了半晌道：“猴儿精，你就是个乱儿答，前儿家里抄家的事里头也有你，今儿这里又被人家告了。唉，小人儿家聪明过余了也不是好事。鸳鸯，你快去找着你大爷，就说我的话，贾家的脸面要紧，教他把这件事私下了结了罢，要用银子，我这里也有，只别教姑老爷知道就是了。亏了这件事我还没有告诉你姑太太呢！”鸳鸯答应一声，个自去了。这里，凤姐被贾母说了几句，低了头，无言可对，那眼泪珠儿一双一双地往下乱滚。贾母看着，反又过意不去，心疼起来道：“我的乖乖心肝儿，你别害怕，你大哥哥也是个极能干的人，这点子小事，断没有办不来的。况且就当姑老爷知道了，也是稀松的事，难道把你拉到堂上打一顿板子不成？”凤姐听了，把头一扭，哭道：“人家这就是臊得受不得了，还禁得起那样么？”正说时，只见贾夫人进来笑道：“凤姑娘，你这会子可好些儿么？我给你找了一丸子药，烫了些黄酒，你吃了可就好了。”后面司棋果然提着一壶暖酒来。凤姐不敢推辞，只得接

来吃了，暂且不提。

且说鸳鸯一直来到贾珠房内，只见贾珠正然换了衣服，盘膝坐在榻上，手拿着一张状子反复观看。见鸳鸯来了，忙放下，欠起身来笑道："鸳鸯姐姐稀客呀，有什么事情来了？"鸳鸯说："老太太差了我来，叫我告诉大爷说，才刚儿告状的那女孩子，告的是琏二奶奶。如今二奶奶吓得什么似的，老太太叫大爷费点心儿替他们私下撕罗开了罢，莫叫姑老爷知道了。不但关乎二奶奶一个人的脸，连咱们贾家的脸面就全丢了。"贾珠听了，将桌子一拍道："我在这里正看状子，心里尚在疑惑这件事情。如今听你这样说，这件事竟是真的了。怎么你二奶奶一个年轻的少妇就这样胆大？难道当日给蓉哥儿媳妇送殡，再没有咱们家的一个正经人，就由着你二奶奶胡行乱做的么？"鸳鸯道："那年蓉大奶奶死了，是珍大爷求了太太们，把二奶奶请过去协理家务的，所以送殡时，老辈子的太太奶奶们都到铁槛寺就都各自回家去了，只有二奶奶带着宝玉、秦钟两个人在馒头庵住了两三天。谁知道就弄出这件事来了！想来二奶奶也断不是替人家白效劳的，自必里头图了人家的什么便宜了。"贾珠道："可不是呢，人家状子上写得明白，受了人家三千两银子，逼死了两条人命。难道你二奶奶做这些事，你二爷也不管一管儿？"鸳鸯笑道："二爷还能够管二奶奶？他连他自己的摊子还收掇不过来呢！只要有了银子，由着性儿乱花罢了。"贾珠听了，叹了一口气道："这是怎么说呢！也罢，你告诉老太太和你二奶奶，叫他们放心罢。我就亲自去找冯书办，我们商量个计策，办着瞧罢了。大约总要花几两银子才能妥当呢。"鸳鸯道："老太太也说来，银子任凭大爷酌量着用就是了，只要不丢脸就好。老太太还等回信儿呢，我就去了。"说毕，个自去了。

这里贾珠又将状子看了一遍，仍复揣在怀内，登上靴子，戴了个便帽儿，走上大堂，叫过潘又安来嘱咐道："我到外边走走，老爷要问我，你就说老太太差我买绸缎去了。"潘又安问道："大爷坐车去还是骑马去呢?”贾珠道:“车马一概不用,步行逛逛也好,也不用小厮们跟随。再者,老爷面前不必说才刚儿老太太回来路上有人告状的话。”潘又安忙答应了一个是。贾珠遂从角门步行走出。原来冯渊的寓所即在衙门后街,时常冯渊请贾珠到寓所小饮闲谈,所以贾珠也不用旗牌引路,一直走到冯渊的门首,将门扇铁环敲了两下。只听里面出来了一个小厮开了门,一见是贾珠,飞也似地跑了进去,高声嚷道:“大少爷来了!”贾珠见如此动作,心下疑惑起来,连忙跟了进去。刚至院门,只见冯渊春风满面地从房中迎了出来,笑道:“大爷今日劳乏了半天,还是这样高兴。”贾珠道:“我有件要紧的事,特意找你来了。”冯渊笑道:“大爷的事我猜着了,必是为拦舆告状的事。”贾珠道:“你既然猜着了,这件事更好办了。”正说时,只见秦钟也从房里笑着跑了出来道:“妙呀,大叔也道喜来了。”贾珠进了房,问秦钟道:“小东西,你多早晚儿跑来了的,老冯有什么喜事?”冯渊道:“大爷别听他的瞎话。”秦钟道:“罢哟,大叔也不是外人,你何必瞒他老人家作什么呢!”说着,便向贾珠努嘴儿。贾珠向炕上一看,只见摆着一桌酒席。秦钟笑着又向书橱子背后努嘴。贾珠果然走到书橱之后一看,只见一个美貌青年的妇人在那里含羞而坐。见了贾珠连忙站了起来,以衣袖遮面。贾珠见了哈哈大笑道:“老冯,你怎么干起这个勾当来了。”冯渊笑着拉了贾珠的手道:“大爷,你先过来,咱们且把正经事商量妥了,等我慢慢地告诉你这件喜事的缘故。小弟既蒙大爷厚爱,断没有瞒着你做事的理。”贾珠听说,也就走了过来。大家分宾主坐定,小厮献上茶来。贾珠接杯笑向冯渊道:“方才喊冤的女孩子押在那里去了?”冯渊道:“发给女禁子押到班房里去了。我只略问了他几句,他说被人打破婚姻,夫妻双亡的事。”贾珠道:“状子在我这里。他告的就是我们舍弟妇。当日,我们这位弟妇原和云节度家是老亲,所以张家才求我们弟妇向云老爷处合和着迫压着这位守备家退亲。那时我们弟妇年幼无知,就应承了他家的情面,其实并无受贿包揽情弊。

但只是禀明了老爷当堂审断，必致舍弟妇要当堂对词，有碍寒舍的脸面。所以我特来与你商量，私下和息了，大家都有光彩。不知你有何高见？”冯渊道：“这件事却也容易办。我的意思先将那女孩子带来，我们和他讲讲，给他几两银子安家。他若依了就罢，倘若他不依，我们再另设法儿好不好呢？”贾珠道：“如此甚妙。”冯渊便叫小厮过来，传唤女禁子将张金哥立刻带来。小厮领命而去，不多一时，只见女禁子将张金哥拉了进来。冯渊忙取了一个坐褥铺在台阶上，命他坐下。这里，贾珠方问他家乡籍贯并告状的原委，张金哥一一地哭诉了一遍。贾珠听了，与状子上写的丝毫不爽，乃笑道：“我如今要替你们和解此案，所以请了你来，和你商量。如今你所告之人，情愿将当日所得过人家的三千两银子拿出来替你安家，两下里和息了好不好呢？我想，你也是乡宦人家的小姐，出头露面的当堂审问口供，也觉不雅。万一说错了话，王法无情，不是拶手指头，就是打屁股，你这样娇娇嫩嫩的如何受得起呢！”秦钟在旁插嘴道：“张姑娘，我告诉你罢，堂上打起板子来还要脱掉了裤子的，你自己想想去罢。”冯渊道：“你莫在里头胡搅。张小姐，我和你说正经话，这一位就是贾府里的珠大爷，你告的就是他的弟妇，都是我们老爷的至亲。俗语说得好，是亲三分向，你必欲要到堂上去，只怕不能打上风官司。依我说，私和了，又得银子，又不吃亏，岂不好呢。”张金哥道：“这位就是贾府里的大爷么？你们家原是国家的勋戚，还希图人家的银子，害得我好苦啊！如今虽说还我三千两银子，替我安家，我又找不着我丈夫在那里，我一个女孩儿家自己怎么过日子呢？”秦钟听了笑道：“你原来是找不到你丈夫的，你看我是不是？”贾珠忙喝道：“又胡说了！”秦钟笑而不言。贾珠道：“你既然这样说，也容易办的。你丈夫可叫什么名字？”张金哥道：“我不知他的名字叫什么。”贾珠道：“可姓什么？”金哥沉思了一会道：“大概姓崔。”贾珠听了笑道：“怎么连自己丈夫的姓都不知道呢？还说大概姓崔。如此看来，你这张状子多半也是谎的了。”金哥发急道：

“人家一个女孩儿家，给了婆家，怎么好意思打听丈夫的名姓呢?”贾珠笑道：“既不好意思打听，怎么又知道大概姓崔呢?”金哥道：“这也有一个缘故，当日他家下聘之时，我哥哥就和我嗽着玩儿，我就急了，很很地啐了他一口。我哥哥说：‘呸，你婆婆家姓崔。’所以我才知道了。”说得众人一齐都笑起来。冯渊道：“如此说来更容易了，但凡姓崔的，他父亲做过守备的就是你的丈夫了。”金哥道：“你们不用混我，我认得他的模样儿。”秦钟听了拍手笑道：“姓名都不知道，可又认得模样儿了！这必是你们俩人早已那个话儿了。”金哥道：“你少混唚，仔细我骂你。当日我母亲要相看他，所以把他请进卧房里来坐，我是从窗户眼儿里看见的。”说得众人又笑了。冯渊道：“既如此说，我们明日就替你访查此人，若真是你丈夫了，你不许可反悔的。”金哥道：“你们如果找出他来，我都依你们就是了。”冯渊道：“既如此，女禁子过来，把这位小姐的锁子开了，不必押着了，送到官媒王妈妈家住去。教他三茶六饭好生供给，不可怠慢，用了几两银子，叫他到我这里来领。你们就去罢。”女禁子忙替他开了锁，手拉手儿个自去了。暂且不提。

这里，贾珠向冯渊笑道：“公事毕了，该你说你的私事了。”冯渊也笑道：“前日我偶到青楼一逛，遇见了这个女子。他前生本是良家的子女，因素性好淫，所以死后罚入青楼为妓。因到馆未久，琵琶弦索尚未习熟，是以尚未接客。小弟因爱他美貌，所以接他来家，欲买作妾，他倒也愿意。只是他乃官妓，也须得回明老爷，册上除名，方才妥当。我正和秦鲸卿商议要求求大爷，不承望大爷来得如此凑巧，真小弟之幸也。小厮过来，把酒席换了，请新娘子出来与大爷手捧一杯。”小厮答应，忙将残席撤去，换上新鲜肴果。冯渊便让贾珠上坐，自己和秦钟对面相陪。斟上酒来，饮了一巡。秦钟便高声叫道：“夏姑娘，快出来罢，不用装腔了，大爷不是外人。”正说时，只闻一阵香风，早见一位美人自橱后走了出来。冯渊指着贾珠道：“这位是大老爷的少爷，快些过来拜见。”那妇人听了，向上轻轻地福了两福。刚要下跪，贾珠站了起来拦道：“只行常礼罢。”那妇人听了，只得又福了两福，便拿起酒壶来，每人斟了一巡，这才挨着冯渊坐下。小厮点上烛来，贾珠在灯下细将那妇人一看，果有八九分姿色。乃笑问道：“姑娘贵姓？”那妇人低声说道：“姓夏。”贾珠又问：“芳名？”那妇人又道：“贱名金桂。”贾珠又笑问道：“生前可有丈夫没有？”那妇人听了，早已面红过耳，低声道：“没有。”秦钟道：“怪道说你生前好淫，原来是没有丈夫的，只好打野食吃罢了。可惜咱俩人生前怎么没有会过呢！”

列公，你道这妇人是谁？原来就是薛蟠的妻子夏金桂，因他施毒暗害香菱，误戕了自己的性命。阎王因他生前好淫，罚他在青楼为妓。因未学熟弹唱，尚未接客。一日，偶与冯渊相遇，彼此都动了个爱慕之情。冯渊因青楼往来不便，所以接到家中，欲买来作妾。只听见冯渊说贾珠是本官的少爷，并不知他就是薛蟠的表兄。今见贾珠问他丈夫，不好意思说出口来，只得含糊答应说没有。贾珠见他风情流荡，眉目动人，也觉情不自禁，乃笑问道：“你可会唱吗？”夏金桂听了，不觉红了脸道：“初到青楼未久，尚未学唱。”贾珠笑道：“岂有此理！你这样一个聪明人儿，难道就连一两个曲儿都没学会？”夏金桂笑道：“学了一个多月，才会了两个曲儿，只是在人面前臊得唱不出来呢。”贾珠拉了他的手笑道：“妙啊，你会那两个曲儿，唱给我听听。”夏金桂道：“一个是《解不开的连环扣》，一个是《好难熬的春三月》。”贾珠听了，也斜着眼儿摇摇头道：“不好，不好。这两个曲儿我都不爱听，我只爱听的是《风儿刮》，你会不会？”夏金桂听了，把脸一红，低下头去拈弄衣带。秦钟拍手笑道：“冯大哥，你听，大爷叫你们那口子唱个《风儿刮》呢。我且听他会叫阿妈不会，还要娇声嫩气的，叫得亲亲儿的才好听呢。”冯渊见他二人更番戏谑，忙拦着笑道：“今儿天也晚了，小寓就在衙门身后，若弹起琵琶弦索来，恐怕老爷里头听见了，问出来难以回答。大爷既然高兴赏脸，我明儿备个小车，在城外望湖亭上，再叫几个会弹的，索性

热闹上一天。明儿衙门里也没有什么公事，就请秦兄弟作陪。将来还要仰仗大爷的鼎力，替小弟成全此事。拿酒壶来，敬大爷一杯。”贾珠听了哈哈大笑道：“老冯急了，吃起醋来了。我那里就肯夺人之所爱呢！既然你明日请我，我今日也还有事，暂且告别，让你们好好儿的乐一夜罢。秦鲸卿，你也跟了我回去罢。”秦钟笑道：“今日不是我的班儿，姑老爷也叫不着我。你老人家让我在这里多吃几杯酒，我还要看着把他们俩送入洞房，看着他们脱了衣裳，进了被窝，我才回去呢。”贾珠也笑道：“小猴儿精，你怎么这样涎脸，定要看个活春宫儿你才依呢。”说毕，又向夏金桂笑道：“你听见了没有？好生招架着他罢。”说得夏金桂红了脸，低头不语。众人一齐又大笑了一阵，贾珠这才走出房门，秦钟、冯渊二人一直送出大门，拱手而别。未知贾珠回到衙门又有何事，且听下回分解。

第十三回　胞兄弟相逢不相识 亲姑侄完聚许完姻

话说贾珠从冯渊的寓所回到衙门，事又凑巧，林公适值崔判官招饮尚未回衙。贾珠一直走进上房，只见贾夫人因等林公在炕上和衣假寐。贾珠向丫头们摆摆手儿，便一直走到后面贾母房中。贾母尚在未寝，正和鸳鸯谈论张家女孩子告状之事，见贾珠走了进来，不胜欢喜，忙问："事情办妥了么？"贾珠便挨在贾母的身旁，屈膝坐下，低声道："妥是妥当了的，只是这位守备的儿子没有下落，又不知他的名字叫什么。若找着了他，张家的女孩子一概全依，若找不出这个人来，倒有些儿磨嘴。他说，他是个女孩儿家，没有丈夫，孤身如何过日子呢。"贾母听了笑道："这个小蹄子倒有这些啰唆，定然要个小女婿子，这可就难了。"贾珠正欲回答，只听凤姐在里间掀着帘子向外叫道："鸳鸯姐姐，你问问大哥哥，把秦钟打扮起来，装作守备的儿子哄哄他，可使得使不得？"贾珠听了，笑道："这如何使得呢，不但秦钟已是娶了智能儿，况且张家的女孩子又认得他丈夫的模样儿，如何哄得过他去呢？"凤姐在帘内骂道："没脸的小蹄子，既然认得模样儿，为什么不自己慢慢地找呢？这会子挤住讹头混勒措人来了。又不知他娘的个名儿姓儿，教人怎么替他找呢！"贾珠在外间听了，笑回道："他二婶娘不用着急，我们明日和冯书办商量，另想法儿办就是了。"贾母也笑道："凤丫头不用着急，咱们如今只把这件事交给你大哥哥就完了。你只把咱们两人今儿分来的杠箱打开，打算出三千两银子来，明儿打发鸳鸯给你大哥哥送过去，别的事情咱们娘儿们一概不管了。你大哥哥要办不妥当，你看我骂他不骂他呢！”贾珠听了，连忙笑着站了起来道：“老太太只管放心罢。银子原是重头儿，既是你老人家肯拿出银子来，别的事也就好办了。天下也没有过不去的河，我们明日只应许下替他找人也就完了。”贾母听了，满心欢喜，正欲开言，忽听前边打点开门，就知是林公回来了。贾珠连忙告辞，迎了出去。刚至上房门，林公已是走了进来。贾珠遂又与林公说了一会子的闲话，这才回到自己的房中，有贴身服侍的小厮伺候着脱了衣裳，上床安歇。在枕上翻覆寻思，不能成寐，直至五更方才睡去，直睡到次日日上三竿方醒。起来穿衣逋毕，只见秦钟笑嘻嘻地跑了进来道：“大叔，恭喜，恭喜！张家女孩子的丈夫有了下落了。”贾珠听了，惊喜道：“你在那里得的信儿？”秦钟笑道：“昨儿晚上我并莫回家，就在老冯家闹了他一夜。我们送了大叔回家之后，就大碗家闹起酒来了，把老冯灌了个烂醉，进了洞房趴在枕头上动也动弹不得了。我正要替他们那一口子解钮子，谁知道老冯才是个老奸巨猾，他扶着枕头叫道：‘秦兄弟，外间屋里书槅上有一部什锦春宫册页，你替我取来，待我拣一出子好的好照个样儿。’我就信以为真，刚跨出他的门槛儿，只听里头‘咯噔’的一声把门插了个结实。”贾珠听了哈哈大笑道：“小猴儿，你也太涎脸了。”秦钟笑道：“他们把我诓了出来，我那里就肯饶他们呢。我就把他们外间放的一张小竹床儿，挪在挨他们床帐的板壁背后，躺在上头，听见他们在里头唧哝，我在外头就咳嗽。直闹到鸡都叫了，我这才打了个盹儿。今儿一黑早，老冯起来，一开房门就找我。我只当他要撕打我呢，把我吓得就要跑，他反倒把我叫住，教我快回来告诉大叔，说张金哥的丈夫，他们那一口子才知道，也认得。”贾珠听了欢喜道：“这也奇怪了，他怎么又能知道呢？”秦钟道：“老冯说，昨日晚上，他们在被窝里提起咱们审问

的张家女孩子的事来，他们那一口子说，他当日在青楼的时候，曾遇见过一个年轻的公子，名叫崔文瑞。他父亲做过守备的，给他定的媳妇是张乡宦家的四姑娘，因有人打破了他们的婚姻，他媳妇未过门自缢而死，他也就义不独生的也寻了死了。以此看来，不是张金哥的丈夫可是谁呢！”贾珠忙问道：“他可知道这个人的住处么？”秦钟道：“我也问过他来，老冯说他知道，就离青楼不远，有一座关帝庙，这位崔相公就在庙里住着呢。”贾珠听了，把手一拍，笑道：“妙极了，妙极了！我为这件事踌躇了一夜，谁知道又有这么凑巧呢。你说说，老冯他昨儿晚上还夸他们那一口子总没接过客，是个原封货儿；今儿才头一夜，可就招承出认得崔相公来了。”秦钟笑道：“我看他那个样儿，就让他不认得崔相公，也未必就是原封货儿。”贾珠笑道：“是也罢，不是也罢，俗语说得好，‘香油调苦菜，各人心上爱’，只要老冯个人爱罢咧，与咱们什么相干呢！他昨儿高兴，说今儿请咱们到城外望湖亭乐一天，到底是顺嘴儿说的谎啊，还是当真呢？”秦钟道：“是当真的请呢。过会子打了二鼓，他还到衙门里来，伺候着姑老爷签押了文书，约会上咱们爷儿俩一同出城去呢。今儿一早就雇了轿子，把他们那一口子送到望湖亭候着，又差了家人备办酒席去了。”贾珠笑道：“罢了，既是他真心实意的请咱们，咱们也别辜负了他的美意。你一会儿出去告诉潘又安，教他把咱们家的轿车子套上预备着，等老冯来了，咱们一同坐上车出城好不好呢？”秦钟答应了，又坐着说了会子别的话，这才去了。

这里，贾珠叫过小厮来打开箱子，取了一套新衣穿戴起来，又取了一封苏元锞子，命小厮带上以便放赏。不多一时，林公签押回了后堂，贾珠便禀知了林公，出城闲玩。林公不好拦阻，只说“早去早回，不可多事”。于是，贾珠带了秦钟，走出仪门，早望见冯渊在那里等候。三人一齐上车，车夫赶起，出辕门而去。贾珠在车上问冯渊道：“老冯，你昨儿说，你们那一口子总没接过客，他可又是从那里认得崔守备的儿子来呢？这不是你替他混充正经人呢么？”冯

渊笑道:“大爷,你何必只是打趣我这个话呢!阎王爷说他生前好淫,所以才罚入青楼的,你也想想,天下有个好淫的黄花女儿么?不过是他自己害臊,不肯说出他丈夫的名姓,以及他好淫的实迹来罢了,你当我不知道他是个旧货儿么?我不过是爱他的风流美貌,所以要买来做妾,无非是取乐儿的意思。圣人云:‘人洁己以进,与其洁也,不保其往也’。”正说到这里,只听秦钟大笑道:“冯大哥,你这句话真说得有理极了。明儿日后他又看上了我,我们俩人也那话儿起来,你可又该说得:‘与其进也,不与其退也’了,你真是个君子咧。”只见冯渊未及回答,贾珠早喝道:“你又混插嘴了!老冯你别理他,你说你的罢!他到底和姓崔的有缘故没有呢?”冯渊笑道:“昨儿晚上,我也是这样追问他来。谁知道他说这位崔公子,乃是个正人君子。他说他原是为义愤而死的,断不肯妄贪花柳,只因找不着他的妻子,所以才到青楼来访求。他只与我们那一个见过一面,叙了叙家乡住处以及他寻妻的原委,并没有别的勾当。你们若不信,找着崔公子一问便知道了。”贾珠道:“这样说起来,这位崔公子竟是个可交的朋友了。咱们务必替他成全了好事才是。依我的主意,咱们到了望湖亭,先吃了早饭,秦鲸卿就去辛苦一回,你到关帝庙找找这位崔公子,我们慢慢儿的喝着酒等你。若找着了这个人,一来成全了人家的好事,二来早结了我们的冤案,一举而两得,你们说好不好呢?”冯、秦二人齐声道好。他三人一路同车,共话出城,向望湖亭而去,暂且按下不表。

再说贾宝玉和柳湘莲,他二人自从离了太虚幻境,便雇了长行的走骡,带了两名小太监,晓行夜住,饥餐渴饮,这一日到了酆都的二十里铺,住在旅邸。湘莲向宝玉道:“方今暮春天气,花明柳媚,咱们只顾一路奔驰,总也未能观玩。今日业已到了二十里铺,离城不远了,依我的主意,莫若先打发小太监们押了骡子行李先进城去找个下处,你我二人换了新衣,缓步游行,也看看他们幽冥的景致可与阳世同与不同,不知你的意下如何?”宝玉听了欢喜道:“如此甚妙,我们何不把店小二唤了过来,问问他们这里可有什么热闹有景致的去处没有,问明白了再去,也免得咱们跑了腿子。”湘莲点点头道:“是极了。”于是叫过店小二来,问他道:“你们这里可有什么热闹有景致的去处么?”店小二笑道:“二位爷,我们这二十里铺原是个小地方儿,那里有什么景致呢!惟有离城三里多远,向南有一条岔道岔了过去,那里有一个望湖亭,前临大湖,后通街市,楚馆秦楼,样样俱全,算我们酆都第一胜境。二位爷横竖要进城去的,不过多绕点子路,也就可以游玩了。”湘、宝二人听了大喜,遂命两名小太监押了骡子行李先进城去,找了个体面公馆,以便赴城隍衙门认亲。他二人换上了新衣,算还了店账,一路上说说笑笑,缓步而行。不多一时,早望见城阙巍然,向南果有一条岔道,二人遂由岔道而进。走了约有三里许,果见一亭,匾上横书“望湖亭”三个大字。前面一道长湖,碧水澄清,荷擎翠盖。二人见了,十分欢喜。又见亭边茶坊酒肆,碧幌青帘,亭上设着几席桌椅。也有吃茶的,也有饮酒的。湘、宝二人上了亭子,也就拣了一张干净桌儿对面坐下。走堂的见了,忙送了两碗茶来,面前又放了四碟果子,无非瓜子、松瓤、花生、杏仁之类。二人正然吃茶间,忽闻一阵琵琶弦索之声悠扬入耳。宝玉手擎茶杯侧耳听去,不觉听得出了神。湘莲笑道:“宝兄弟,你怎么又动了凡心了?”宝玉笑道:“非也,我常念白乐天的《琵琶行》,常恨不能身到九江的亭子上一看,今日不想此亭前临大湖,仿佛相似,又听见琵琶之声,不觉有感。”湘莲听了正欲答言,忽又闻歌声婉转,迎着顺风,字句真切。但听道:

小耗子,上灯台,偷油吃,下不来,碰的银灯当啷啷的响,惊醒了奴家的梦赴阳台。

那一种清脆柔腻之声,动人魂魄。湘、宝二人听了,不觉相视而笑,正不知琵琶歌曲声自何方来。方欲寻究,忽见走堂的端了一碗热腾腾的酿鸭子上来,转过屏风而去。宝玉见了,便从屏风缝儿里往后一张,但见后面还有三间正房,里面走出一个小厮来,将走堂的端的接了进去，依旧退了出来。宝玉便点手将走堂的叫到跟前问道："这后面的房也是你们的吗？"走堂的答道："正是。这亭子原是官的，我们不过借着卖茶，后面的房子乃是小店自己盖的，以备安寓来往客商的。今日是我们这里的一位冯先生在这里包整酒筵请客呢。"宝玉又问道："才刚儿听见琵琶响，就是后面房里弹的吗？"走堂的道："正是呢。"宝玉又道："可是什么人弹呢？"走堂的笑道："我的老爷，我看你老的年纪也有十八九了，怎么还是这么怯呢？弹琵琶的无非是媳妇儿罢了，还有什么人呢！"湘莲听了笑道："你莫笑话他怯，他本来是大家子的公子哥儿，他可知道什么叫个媳妇儿呢。"走堂的笑道："既是如此，你老何不叫他老见识见识呢？我们小店这正房之后还有三间小敞厅儿，又雅静，酒席也是现成的，叫两个媳妇儿来，唱一唱，乐一乐，花不多几个钱儿罢了。"湘莲听了点头笑道："你既然说的这样热闹，你就去打扫厅儿去罢，收拾妥了，你再来领我们进去。"走堂的听着，喜得眉开眼笑的，连忙答应着去了。

这里，宝玉埋怨道："柳二哥，咱们千辛万苦的到此是做什么来了，你怎么又高兴闹起嫖来了呢？"湘莲听了笑道："怪不得走堂的说你怯，果然怯极了。难道听听曲儿就算是嫖了吗？"宝玉笑道："虽如此说，我只怕尤三姐姐知道了有些儿不妥。"湘莲听了大笑道："罢哟！你很不用替我操心，我那里有你那么怕得要紧呢！"宝玉正欲回言，只见走堂的笑嘻嘻地走来道："收拾妥当了，请二位老爷进来罢。"于是，二人跟了走堂的转过了屏风，但见院内车轿俱有，上面三间正房，两边六间厢房，旁有一月洞门。走堂的将他二人引进月门，绕到正房的背后，果有三间小敞厅，十分精雅。二人便在正中的桌儿上对面坐下，吩咐走堂的先送上果碟儿，煨了暖酒来。二人先对饮着，候叫了弹唱的人来，再随便上菜。走堂的一一答应，送上酒果，个自叫媳妇去了。

这里，湘、宝二人斟酒对饮。原来这敞厅正对着正房的后窗，相离不远。忽闻管弦顿歇，内中有一人哈哈大笑道："老冯，妙极了！你昨儿还哄我说他是初到青楼，尚未学唱，你听方才的'小耗子上灯台'唱的何如？就是久经大敌的唱手，也不过如此罢了。"又听一人笑道："今日原是诚心诚意敬大爷的，大爷既然听着好，这就是小弟的福气到了，总望你替我们成全了这件事，日后叫你乐的日子多着呢。"宝玉听了，悄悄地向湘莲笑道："你听见了没有？这两个冤桶到底不知是个什么样儿的人，这个唱的人又不知是怎样的个玉天仙儿，待我去在窗户眼儿里偷着看他们一看。"湘莲笑道："罢哟，看仔细惹出事来。"宝玉摇手道："不相干，不过是个妓女罢了，难道是谁家的内眷怕人看不成！"说着，他便蹑手蹑脚地走至窗根底下，舐破窗纸，朝里偷着一看。只见正中桌儿上对面坐着两个少年，衣冠齐楚；两旁分坐着三个妓女，俱皆衣裙华丽，香艳可观；东边的一个面貌有些相熟，一时也想不起是谁来。心上正然惊疑，只见上面坐的少年笑道："老冯，将来我替你们成全了好事，你可叫他怎么谢我呢？"又见下面坐的少年笑答道："那也看大爷罢了，要叫他怎么谢，他敢不怎么谢么？"又见上面的少年笑道："我想将来我替你们成全了好事之后，那就有个名分在内，我也就不好意思的了，不若趁着此时尚未定局，你叫他坐在你怀内，喂你一个皮杯儿让我看着，这么一乐，就算他谢了我了，好不好呢？"又见下面的少年笑道："大爷说的倒好，只是太寒碜了些儿，只怕他未必肯呢！"又见东边的面貌相熟的妓女笑道："我不，那是个什么样儿呢。"又见那上面的少年笑道："罢哟！你们不用撇清了，依我说，你趁着小秦儿不在这里，乖乖儿喂他个皮杯儿，这还是你的造化，过会子小秦儿回来了，只怕比这个更甚的玩意儿还要闹出来呢，可看你依不依？"又见下面的少年笑道："是了，大爷不用说了，想来他自己也断然不肯的，不如我喂他一个皮杯儿你看，也是一样罢了。"说着，便噙了一口酒走过东边来，将那面貌相熟的妓女抱在怀里，不容分说，搬过脸来嘴对嘴儿喂了下去。宝玉在窗外看得忘了情，不觉大叫一声道："好啊！"哈哈地大笑起来，只听里面有人喝道："什么人大胆，在这里偷看呢？""吱喽"一声，窗儿早已推开了。两个少年一齐大怒道："你们是两个做什么的人？在这里混笑的是什么？"湘莲正在独酌，忽听有人开窗叱问，便有些儿不悦，忙答道："你们自吃你们的酒，我们自吃我们的酒，我们笑我们的，与你们什么相干呢？难道你们还管住我们的笑不成？"只见那两个少年齐道："胡说，你们既然笑你们的，为什么笑到我们窗根底下来了？你瞧瞧这窗纸上的窟窿，不是他戳的吗？你瞧他的胆子比天还大，还在那里没事人儿似的笑呢么。"湘莲仔细看时，只见宝玉还在那里搂着肚子笑道："哎哟，乐死我了，我今儿才见了世面了。"那少年大怒道："你们听听，说的好听不好听？那里来的野黄子，也不打听打听就在太岁头上动土来了！"湘莲听了大怒道："你们这俩东西，满嘴里混唚的是什么？你们不过是叫了两个婊子在这里弹唱罢了，就是我们这位小兄弟人家，在窗下偷着看了一看也不为过，怎么你们就骂起来了，难道是偷看了你们家的内眷了吗？"两个少年听了，一齐大怒道："好个野黄子，越发信嘴儿胡唚起来了。小厮们过去，快把这两个野黄子拿绳子拴了，带到衙门里去！"湘莲听了大怒，噗的蹿到窗下，揎拳捋袖，势将用武。

忽见从门内走进一个少年来，忙问道："大叔怎么了？什么人这样胆大？等我瞧瞧他头上有几个脑袋！"湘莲一见，认得是秦钟，忙叫道："来的不是秦鲸卿兄弟么？"秦钟仔细把湘莲看了一看，乃大叫道："你不是柳二哥么？"宝玉刚然止了笑，见湘莲和两个少年闹起来，正待也要发话，忽见秦钟进来和湘莲厮认，忙也高声叫道："秦鲸卿，你在那里来，叫我好想啊！"秦钟听了，仔细一看，认得是宝玉，不禁大叫道："珠大叔，不用骂了，大水冲了龙王庙了！他就是你们家的宝二叔。"贾珠、冯渊二人听了，一齐发起怔来。宝玉便问秦钟道："这位到底是谁？"秦钟道："他就是令兄珠大爷，你怎么就认不得了？"宝玉听了，便一手拉了秦钟的手，从窗台上跳了进

来，便给贾珠请安。贾珠也便将宝玉揽在怀内，兄弟二人大哭起来。这里柳湘莲也从窗台上跳了进来，忙与冯渊作揖赔礼，各叙姓名。又将珠、宝兄弟劝住，冯渊忙吩咐小厮另整酒席，回头一看，早见那三个妓女躲得连影儿也不见了。你道为何？原来夏金桂眼尖，自从贾珠开了窗子叱问之时，他就早已瞧见了宝玉，心中正然惊疑，又听秦钟叫出口来，羞得他无地自容，忙拉了他同伴的二人，跑到厢房，把门插上了。

这里贾珠搀起宝玉来，又与湘莲叙过了礼，便问他二人的来历。湘莲、宝玉二人，遂将跟随僧、道出家，以及到了太虚幻境之后复来地府求亲的话，从头至尾说了一遍。贾珠听了大喜，也将自己并冯渊、秦钟的原委一一的告诉了宝玉。遂唤从人套车，大家早些回府。冯渊忙拦道："宝二爷、柳二爷今日初到，小弟本不成敬意，不敢攀留。但只是车少人多，难以乘坐，不如先差人回去，替老太太叩喜，先送个信儿，再备几匹马来，进城也觉观瞻些。求大爷宽坐一会儿，索性终了席再回去何如？"贾珠听他说得有理，便先差小厮回去报信。

这里冯渊又命人换了酒席，大家叙礼就座。冯渊挨次送酒已毕，便问小厮道："他们三人那里去了？"小厮向厢房丢了个眼色，向跟前凑了一凑，低声道："夏姑娘请爷说话。"冯渊听了笑道："宝二爷、柳二爷都不是外人，怎么又作起怪来了呢？"宝玉笑道："他们既不肯见外客，冯大哥也就不必张罗。方才小弟已经在窗外领教过了。"说得冯渊哈哈大笑起来，道："二爷你可说说，令兄淘气不淘气呢！"贾珠听了也笑起来，道："不说你自己不尊重，怎么倒赖到我身上来了。我劝你乖乖儿的把他们叫出来罢，这会子又害起羞来了！"冯渊听说，便笑着向厢房走去了。这里贾珠又问秦钟道："你找的那个崔公子可找到了没有？"秦钟答道："已经找着了，他说他身上的衣帽褴褛，不好来见，明日叫我把衣服借与他几件，他穿了，亲到衙门里去叩见去呢。我想，宝二叔此来求亲，姑老爷、姑太太断无不允之理，大叔可就趁着这个机会回明了姑老爷，将冯大哥、崔公子之事一并替他们成全了，三喜临门，岂不更热闹呢！”贾珠点点头儿。宝玉忙问什么事？贾珠遂又将夏金桂、张金哥的原委述了一遍。宝玉听了，吃了一惊，乃悄向贾珠道：“我适才瞥见彼妇面庞十分可疑，令听其名，果然就是他。这可怎么处呢？”贾珠听了，也吃了一惊，道：“你认得他么，你说他到底是谁呢？”宝玉道：“他就是表兄薛蟠之妻，生前本不正道，因暗害香菱，自己误服毒药而死的。”贾珠听毕，也就呆了半晌，忽然把腿一拍道：“天网恢恢，我们这个老冯就是为买香菱被薛蟠倚财仗势白打死的。后来告到阎王案下，稽查册籍，因薛蟠阳禄未尽，暂将此案悬搁。如今已是生米做成熟饭了，势难挽回，不如明日将错就错的回明了姑老爷，就将夏金桂配了冯渊，以当薛蟠抵命之罪，了结此案。我想薛蟠表弟既有了香菱，何必要此不贞之妇为妻呢？”宝玉、湘莲、秦钟三人听了，齐声说：“好。”

正在谈论之间，只见冯渊面有愧色，讪讪地进来道：“小弟的敬意不诚，我们的那一个忽然受了风寒，心口里疼得狠了，我只得拿轿子把他们都送回去了。”贾珠听了，也讪讪地答道：“这里也不用他们了，尽他们去罢。”正说之间，只见走堂的带了两个妓女进来。湘莲一见，忙道：“也不用了，叫他们也回去罢，一会儿开发你的赏钱就是了。”众人不解其故，问明了缘由，大家又笑了一阵。冯渊便欲留下这两个妓女弹唱陪酒，贾珠忙拦道：“不必了，我们早些儿吃饭罢，只怕老太太听见了这个信儿，心里必定是盼望着急的。”冯渊听了，便吩咐走堂的：“连后面所用的酒席都一齐开在我的账上。”走堂的听了，只得打发两个妓女去了。

于是，贾珠催着端上饭来，大家吃毕。正在嗽口吃茶，只见潘又安跑得浑身汗津津的进来。先与宝玉请了安，便道：“老太太听见二爷到了，喜欢的什么似的，偏偏的王府里又差人请姑老爷商议公事，衙役里的各行人役都伺候去了。老太太十分着急，叫小的备了几匹马来,请爷们早些儿回去呢。”宝玉听了,忙立起身来与冯渊作揖道谢。于是,大家坐车的坐车,骑马的骑马,一齐进城。穿街过巷,也无心观看路景,一直到了辕门,下了车马,步行而进。刚到了二堂,只见鸳鸯搀着贾母,颤哆嗦的迎了出来。宝玉一见,忙跪了下去。贾母也不问长短,一把搂住,儿啊肉啊哭做一团儿。贾珠见了,忙命秦钟先将柳湘莲让进书房里坐。这里,贾夫人也迎了出来,拉住宝玉也哭了会子。大家劝解了一回,这才搀了贾母,仍到上房。宝玉重新与贾母、贾夫人、贾珠磕了头,这才依次坐下。贾母恨道:“好小子,你在那里出家去了?如今你到底还是个人是个鬼呢?”宝玉听了,满眼垂泪,便将跟随僧、道在大荒山和柳湘莲一同修道,以及甄士隐赐香到太虚幻境,见过了黛玉,又来地府求亲的话,从头至尾说了一遍。贾母听了,这才欢喜起来。正待要问黛玉的光景,只见凤姐从后面走了进来。宝玉一见,忙与凤姐请安,大家又淌了会子眼泪。贾珠见凤姐来了,也就到书房与湘莲攀话去了。

且说贾夫人自从私问了鸳鸯,已知宝玉与黛玉二人并无苟且之行,晚间告知了林公,夫妇二人十分感叹。今见宝玉竟从大荒山修的得了道,找到太虚幻境,又来地府求亲,可谓情义兼尽之至。又见宝玉生得仪容秀美,风致嫣然,心下早已欢喜,只是恼恨凤姐不该多事,贾母也有些偏处,所以故意的脸上放的淡淡的,并不追问黛玉在太虚幻境的光景,也不承揽黛玉的婚事。贾母忍不住,乃向凤姐笑道:“好了,我一辈子放不下的心,这如今都放下来了。难为你宝兄弟千辛万苦的跟着和尚去出家;又难为他云天雾地的找到太虚幻境,见了你妹妹;又难为他千山万水的奔到这里来。将来你林妹妹和你宝兄弟成了亲,双双的回生到家,不但你老爷、太太有了依靠,就是我和你姑太太在九泉之下,也是舒心舒意的了。”凤姐听了笑道:“可不是呢,前儿我到了太虚幻境,林妹妹还有些儿恼我的意思,我就连玩带怄地央及他说:‘好妹妹,你不用恨我了,这都是我做姐姐的嘴尖舌快的不是了。我明儿到了地府,替你打听着宝兄弟的下落,那怕海角天涯呢,我总把他找了回来,将功折罪。'谁知道,我这个嘴果然千灵万应,竟把宝兄弟盼到这里来了。这也是我的福气大,造化高,虔心虔意的缘故。如今我也没有别的话说了,只求姑太太金口玉言,说这么一句话,一天的云雾都散了。"贾夫人听了,故意地冷笑道:"罢哟,姑娘你说的都是些什么话呢!你宝兄弟现放着金玉姻缘,又是你一力撮成的,今儿你怎么又说起这个话来了?难道叫你黛玉妹妹给你宝兄弟做二房不成!况且他没造化,已经死了。我们娘儿们正好将来骨肉完聚,又回的是什么生呢!又没金,又没玉,又多病多灾的,又跟不上什么宝姑娘,可是为什么来呢?我也断然不肯放他回生的。"凤姐听了,满面羞惭,正欲支吾说话,忽见宝玉站起来,一头滚在贾夫人的怀内,大哭一声,早已没气儿了。未知宝玉的性命如何,且听下回分解。

第十四回　林如海任满转天曹
贾夫人幻境逢娇女

话说贾宝玉听了贾夫人的一番言语,只当认真的不允黛玉的亲事,心中一急,也就顾不得别的了。一头滚在贾夫人的怀里,大哭一声,直挺挺地没了气儿了。吓得贾夫人、贾母、凤姐三人一齐揽住。掐人中的掐人中,盘腿的盘腿,叫的叫,闹了有顿饭之时,这才渐渐地苏醒过来,仍是哭得抽抽噎噎的。贾夫人这才放了心,由不得心中疼爱起来,用手摸索着他的脖子道:"我的儿,你这不成了个傻小子了么!我且问你,你林妹妹有什么好处,你们就情义到这步田地儿了?你也不等我把话说完,你就怎成这个样儿了。这个性格儿,想来也都是你妈妈素日惯的来。"宝玉听了,总不言语,只是低着头儿呜呜地哭。贾母也劝道:"宝玉,我的乖乖,你不用哭了,你姑妈适才已是应许了咱们的,明儿只管办理下聘就是了。"凤姐在旁也笑道:"宝兄弟,你不用着急,才刚儿姑太太老人家说的那些话,原是恼我的意思。千不是,万不是,总是我平日嘴尖舌快的不是了。这如今我情愿替你央求姑太太,他老人家又怎么好意思不赏我一个小脸儿呢?你瞧,我替你跪下了。"说着,便咕咚一声的跪的直橛儿似的。招得贾母、贾夫人都笑起来。贾夫人笑道:"姑娘,快起来罢,你不用和我闹嘴了。就是这件事也要等你姑爹回来商量定夺才是正理,难道我一个人就能够做得主儿么?"凤姐在地下跪着笑道："宝兄弟，你听见了没有？姑太太才说的，这就是应许的话了。姑太太应许了，姑老爷还有什么说呢？我先替你谢谢姑太太，磕个准头罢。"说着，便又磕了下去。贾夫人忙拉住笑道："姑娘，你起来罢，别闹笑声儿了。"贾母也笑道："到底是我的凤丫头嘴儿乖，一会儿可就把他姑太太说住了。"宝玉正在呜呜咽咽，听见方才的这些言语，也不由得要笑，只得将脸儿背了过去。凤姐见了，一轱辘爬了起来，指着宝玉笑道："你这个呢？行哭，行笑，两眼儿挤尿。"说得众人又都笑起来。只见鸳鸯端了一碗桂圆儿汤来递与了宝玉。喝毕，贾夫人又命人取出枕头来，就命宝玉顺跨儿躺在炕上养养神儿，给他盖上了被窝，便命司棋去厨下吩咐备办酒席。

正在说话之间，只见潘又安领了进两小太监来与贾母、贾夫人请安。宝玉见了，便坐起来问道："行李都来了么？"潘又安答道："方才柳二爷教小的到外面将他们找了来的。"宝玉道："你把衣箱搬进来，交给鸳鸯姐姐。被套里有个拜匣儿，拿了来这里。"贾夫人便问小太监，问了元妃娘娘的起居，命令领到外边房内款待。只见潘又安搬进两口箱子，交与了鸳鸯，又将拜匣递与宝玉。宝玉接来打开，取出黛玉的禀启递与贾夫人道："这是妹妹给姑爹、姑妈请安的禀启。"贾夫人接来拆开护封看了一遍，才要收起，只听凤姐笑道："姑太太念给我听听，上面都写的是些什么？"贾夫人笑道："没有什么别的话，不过是请安的几个字儿。"凤姐笑道："怎么也没写宝兄弟来的话呢？"贾母啐道："猴儿，又混说来了。你妹妹怎么好意思自己写上这些话呢！"凤姐用手帕捂着嘴笑道："哎哟哟！我就知道，林妹妹他必定有这些细心。要是我，我早已自己都写上了。"说得众人又都笑了。

正在欢笑之际，忽听外面一片吵嚷之声，只听焦大在院子内嚷道："把这一起没脸面的杂种们都给我锁了枷，号在辕门外面狮子上！"贾夫人听见了，吃了一大惊，忙问道："这个老孽障又混骂谁呢？"又听焦大在院内嚷道："姑老爷高升了，外头来了他娘的几个贴报单的,我叫账房儿里一个人赏他们一两银子,他们反倒嫌少,说他们都是从天上来的,都是费了本钱的,非离了每人赏他一个大元宝,他们断不依的。我在旁看不过,说了他们两句,浪血分的们,一个一个的和我睁起硬眼儿来了。好一起不知好歹的王八羔子,若不把他们一个一个的枷号起来,他们也不知道我们这个衙门里的厉害。"贾夫人听了,忙命潘又安出去打听。潘又安听了,飞也似地去了。焦大便也趔里趔趄地跟了出去。不多一时,只见潘又安跑了进来,先与贾夫人请安叩喜,道:"姑老爷转升了天曹了。阎王爷方才接着了玉帝的敕旨,现在留姑老爷在王府吃便饭呢,只怕晚上才得回来。报喜的人,小的又叫账房儿里每人给他们添了二两银子,共是五个人,一总赏了他们十五两银子,已经去了。"贾夫人、贾母、凤姐一齐欢喜。凤姐笑道:"姑太太真是大喜,姑老爷高升了,宝兄弟又来了,将来你老人家与我妹妹见面儿的日子也近了,双喜临门,真是天从人愿。宝兄弟,你快下炕来,咱们先给姑太太叩喜。"贾夫人笑道:"罢哟!姑娘,你兄弟才好些儿了,你叫他多躺一会子养养神儿罢,又闹什么叩喜呢!"凤姐听了,忙笑向宝玉道:"你听见了没有?你看姑太太心疼你的这个样,比世上别的丈母娘疼女婿更有不同些儿。"说得贾夫人、贾母、宝玉都笑了。宝玉笑着挨到炕沿,脚才落地,只见贾珠带了柳湘莲、秦钟进来,都在房门口,与贾夫人叩喜。宝玉见了,忙也随在里头跪下。请安已毕,遂也跟了贾珠到书房里,与秦钟攀话去了。这里,贾夫人便吩咐司棋伺备酒筵。贾母道:"酒席且慢些儿,我们此时尚不觉饿,索性等一会儿姑老爷回来,大家在一处吃酒也热闹些儿。"贾夫人听了,便依言。命人先办些点心来,送到书房里去给爷们吃吃。

话休絮烦,约有定更以后,林公这才鸣锣响道,回到府中。宝玉、湘莲诸人忙迎出二堂,请安叩见。林公瞧见湘、宝二人俱各仪表堂堂,丰姿秀美,心中大喜。便一手拉了宝玉,一手拉了湘莲,直往里走。凤姐见了,忙到后边贾母房中回避去了。这里,贾母一见

林公拉了宝玉、湘莲进来，忙起身迎着，笑道：“姑老爷大喜，高升了，你二侄儿也来了，他是从大荒山修道，得了他仙师的指引先到了太虚幻境，如今又不远千里来求姑爹、姑妈来了。姑老爷你留神看看，你这个侄儿可好不好呢？宝玉，你们给你姑爹磕过头了没有？”林公听说尚未及回答，宝玉、湘莲早又跪了下去。刚要磕头，林公忙又拉了起来，即命各按次序归座。林公笑向贾母道：“二侄儿器宇轩昂，吐属风雅，真乃克家大器。这都是老太太的福泽家传所致。”贾母笑道：“哎，我的姑老爷，什么福泽家传，直是个傻小子罢了。他自从五六岁儿上接了他黛玉妹妹到家，两个人都是跟着我一张桌儿上吃饭，一张床儿上睡觉，可就情义到万分上了。我们做大人的，只说他们兄妹俩原是从小儿在一处长大的，自然比别的姊妹不同些，那里想到他们后来的婚姻呢！到后来，偏偏儿的冤家路儿窄，你二嫂子的妹子薛姨太太带着家眷也来了，他跟前也有个女孩儿，你二嫂子偏又爱得很，所以就给他聘下了。谁知，我那外孙女儿就因这上头，一病再没能好，又弄得这一个傻小子闹到出家访道、上天入地的份儿上。我这副老脸可也见不得姑老爷、姑奶奶了。如今只是可怜他千山万水、云天雾地的奔到这里来，姑老爷、姑奶奶成全成全他，就是成全我的老脸了。”

林公本是聪明人，又听了贾夫人告诉过鸳鸯的一番言语，就知道宝玉此来为的是黛玉的亲事，一闻贾母之言，就也笑道：“老太太的这些话，小婿也明白了，只是女孩儿的终身大事，原该由着他娘做主儿才是。老太太只和你女儿商量就是了。”贾母听了笑道：“这可就难了。才刚儿姑奶奶说等姑老爷回来作主儿，这会子姑老爷又说应该姑奶奶做主儿，这可怎么好呢！凤丫头呢，躲到那里去了？叫他出来这里跪着来。”说得众人一齐都笑了。贾夫人笑道：“老太太不用着急，二侄儿今儿才来，连我们家的碗还未端呢。事情的大局已经定了，何必忙在这一会儿呢！柳相公、大侄儿都在这里坐着，怎么叫人家凤丫头出来跪着来呢！老人家真是老背晦了。”说得众人又都笑了。

贾母笑道：“可怎么样呢，你们夫妇两个推活络船儿，可叫我再有个什么法儿呢。我这副老脸也不要了，任凭你们编排着说去罢。”柳湘莲听了，忙笑着站了起来，向林公又将大荒山僧、道所言的因果，并甄士隐所言的回生之事细述了一遍。林公听了，更加喜形于色。刚要说话，只听贾母问道：“柳相公，你的亲事妥当了吗？”湘莲答道：“太虚幻境那里，有他亲姐姐做主儿，所以一到就妥当了。”贾母听了，点点头儿。刚要往下再问，只听贾夫人道：“定了更好一会了，老太太和爷们还没有摆饭，候着老爷回来呢。这会子只怕也饿透了。”林公听了道：“怎么这么早晚儿还不摆饭，倒等起我来了。”贾母笑道：“这是我的主意。今儿大喜事，等姑老爷回来，大家坐着热闹些儿。我们才刚儿吃了点心，也不大饿呢。”贾夫人道：“天不早了，就摆桌子罢。这里，就把那张大团圆桌子摆上，老爷就陪着老太太、爷们大家说说话儿，也热闹些儿。我看着给爷们斟了酒，到后边房里陪凤姑娘去。”湘、宝诸人闻言，一齐起身逊谢，道：“侄辈敬当不起，姑太太请便罢。”林公道：“既然如此，夫人到后边去罢，这里有我递酒也就是了。”贾夫人听了，这才向后边去了。

这里林公吩咐丫环、仆妇们抬过团圆桌子来摆在正中，陈上果碟，丫环斟上酒来。林公一一的递过了酒。贾母上坐，其余各按长幼宾主次序就座。秦钟虽在衙门当差，林公并不肯轻视，仍以亲戚相待，故也坐在下首。饮酒中间，林公急于要试宝玉的才学，即命人取过笔砚来，命将去岁乡试闱中三艺摹写出来。林公看了，点头称赏不已。贾母见了，更加欢喜道：“姑老爷，你看你侄儿的文章还好么？”林公笑道：“少年奇才，可敬可敬。”贾母道：“他在家时，时常和他姊妹们作诗，我听见说集的有好厚的一本子了呢。”林公听了，又向宝玉索诗词故作看。宝玉不得已，只得又将海棠、菊花诗以及姽婳词等篇录了出来。林公看了，更又欢喜，大加称赞。贾母笑道：“姑老爷，你这可放了心了。我们明日择吉就行聘罢。”林公笑道："老太太可以不必多这一番心的。外甥女儿原是在老太太处长大的，老太太不和我们要饭钱也就是了，我们怎么还敢和老太太要聘礼呢？"贾母听了更加欢喜，忙向宝玉笑道："你听见你姑爹的话了么？还不下来磕头呢！"宝玉听了红了脸，才要起身，林公连忙按住道："老太太，咱们是至亲骨肉，比不得外人，只要他们孩子们彼此情投意合，我们做父母的也就放了心了，那里在这些俗套子礼上讲究呢！"贾母笑道："姑老爷也太撇脱了。虽如此说，聘礼无非是个信行儿。我想，别的东西你们也未必稀罕，只有他的那块通灵玉，是在他娘胎里带来的宝贝。宝玉，快把你的通灵玉摘下来，叫丫头们送给你姑太太去。"宝玉听了，忙解开衣钮，从内里摘下通灵玉来，递与贾母。贾母接来，忙命丫环送到后边贾夫人去了不提。

这里，贾母又道："姑老爷高升了，不知几时才起身赴任呢？"林公笑道："目下酆都城隍尚未补放有人，小婿意欲求求阎王，先着崔判官暂行署理。小婿交代了才能择日起身呢。"贾母听了笑道："我还有一件事要求姑老爷呢。昨儿我们到地狱里去游玩。男狱里有我们本家子的一个孙子，名叫贾瑞；女狱里有你二哥哥房里的一个妾，他娘家姓赵，他们两个人求姑老爷施恩，求求阎王放他们托生去罢。"林公听了诧异道："这两个人，小婿竟没见过。等我明日查查册子，如果不是什么十奸大恶，也可以通融办得来的。"贾珠听了，便也立起身来，向林公笑道："侄儿昨日也查出一宗公案。此女名唤张金哥，原许聘了崔守备的儿子为妻，因他父母逼他改字别人，此女不从，自缢而死；他丈夫崔文瑞，闻知他妻子守节而亡，他也就循义而死。如今这一男一女俱在冥司，侄儿求姑老爷施恩，赐给花红，判为夫妇，以彰风化。"贾母听了，就知是昨日告状的女孩子之事已经办妥了，不禁大喜，道："姑老爷，这样好事，是我们做官的人应该做的，你大侄儿说的很是。"林公笑道："这些好事原是该做的，只是我这几天那有这个闲工夫。有大侄儿和冯书办商量着办也就是了。"贾珠笑道："冯书办他自家也有事要求姑老爷施恩呢。”

林公冷笑道：“他又有什么事求我呢？”贾珠道：“姑老爷记得不，冯书办生前是为买妾被人打死的么？”林公道：“是啊，这件事，我到任后他还告过的，因查这凶手阳禄未尽，暂将此案悬搁。他如今求我，意思要怎么样呢？”贾珠躬身笑道：“打死冯书办的凶手，就是侄儿的表弟，名叫薛蟠，是我姨妈的大儿子。”林公听了笑道：“哦，这个薛蟠就是薛姨太太的儿子么？嗐，听见你姑妈说薛姨太太是一个很好的人儿，怎么养了这样不肖的一个儿子呢？可惜，可惜！冯渊这如今到底要怎么样呢？”贾珠刚要说出夏金桂的话来，又觉碍口，只得悄悄地将秦钟推了一下。秦锺站起来笑道：“冯书办如今又要买妾呢。”林公听了，拈须笑道：“他要买妾，只管尽他买罢了，难道又害怕有人来打死他么？”秦钟也笑道：“不是怕人打死，只因前次发生在青楼为妓的那个妇人，原来就是薛蟠的妻子。冯书办意欲买来做妾，求姑老爷册上除了他的名字。”林公道：“这样说起来，冯书办就该打了。阎王已经许下，将来替他结案，他怎么又图谋人家的妻子呢？”贾珠听了忙站起来笑道：“冯书办在先原不知道是薛蟠的妻子，今日在望湖亭请侄儿去游玩，将此妇唤来弹唱，也多不认得。后来还是侄儿的兄弟他们到了，才认得他本是薛蟠的媳妇。侄儿想，他生前为妇不贞，薛家还要他做什么呢？况且他与冯渊已经是生米做成熟饭的了。莫若求姑老爷施恩，就将此妇配了冯渊，禀明了阎王，以抵薛蟠偿命之罪，倒也两全其美。不知姑老爷意下如何？”林公听了，沉思半晌，“嗐”了一声道：“倒也罢了，只是可惜你们薛姨太太，既没养着好儿子，怎么又没娶着好媳妇呢？老太太可知道他生前怎么不好来？”贾母听了，笑道：“我老了，在家也不大理会这些事。只听见他们说，这个媳妇子不大老成。蟠儿犯了官司押在监里，也就受不过冷清，不知多早晚儿又看上了他小叔子了。亏了他兄弟蝌儿是个好的，不然早闹出事来了。姑老爷这一办理很好，不但蟠儿减了罪名，冯书办也感激姑老爷的恩典呢。前儿我瞧见那个冯书办，也是个年轻的俊人物儿，也和蝌儿差不多儿。倒便宜了那个小蹄子了。”

正说到这里，只见贾夫人笑嘻嘻地走了出来，道：“老太太好性急啊，怎么把二侄儿的通灵玉都摘下来了呢？”贾母笑道：“我怕你们三心二意的，送过玉去我就放了心了。”贾夫人笑道：“我才听凤姑娘说，这块玉乃是二侄儿的命根子，离了这块玉他就要害病的。只要外孙女儿你老人家不嫌弃他就是了，那里必定在乎聘礼呢！这块玉仍旧叫二侄儿带上。我们也没有什么回的礼，这是当日老太爷给他姑爹的一副碧霞玺的带钩儿，也给二侄儿带上，算我们的回礼罢。”贾母听了，不胜之喜，忙命宝玉一齐接了来，带在腰间。贾夫人道：“拿酒来，我到底敬你们一杯。”众人一齐站起来道：“酒够了，姑太太赐饭罢。”于是，丫环们斟上酒来，大家饮了一巡，这才端上饭来。大家用毕，盥漱。大家又散坐着说了一会子话，各自散去。湘、宝二人就在贾珠的房内安寝。

到了次日，林公进了王府，将上项事一一的禀求阎王。阎王因林公进了天曹，不好意思驳回，一一的都允准了。林公回府，一面将城隍敕印送交崔判官署里；一面吩咐冯渊将贾瑞、赵姨娘二人放去托生；又传了张金哥、崔文瑞来，赐予金花羊酒，判为夫妇。贾珠暗向贾母讨了三千两银子，与张金哥安家。又将夏金桂青楼册上除名，择吉与冯渊合卺。这些节目，不须多赘。林公将任内经手事件，一切查办交代清楚。因署内乏人，又求了阎王将贾母、贾珠携带同往。阎王因林公居官清慎，临别无以为情，并令冯渊、秦钟、崔文瑞三人一同携眷随往。林公叩谢回府，择吉备了驼轿车仗，收拾行李，起身赴任。这一日，合城的官僚绅士，俱在城外望湖亭作饯，好不热闹。林公一路行程，暂且不表。

再说林黛玉自从与宝钗梦中相会之后，回转太虚。清晨起来，刚然梳洗完毕，只听金钏儿在外间屋子里笑道：“菱姑娘，你怎么这么早的就来了，只怕我们姑娘还没有梳洗完呢。”黛玉听了，连忙出迎。早见香菱笑嘻嘻地走了进来。黛玉笑道:“姐姐你回来的好快啊!姨妈和小哥儿可都好吗?”香菱笑道:“托庇姑娘的福,我们太太很康健,小孩儿也很出息了。姑娘你可见过宝姑娘了没有?”黛玉道:“见过了。谁知道云儿也在那里住着呢。”香菱道:“你也见云姑娘来么”黛玉道:“时候儿有限,那里还有见他的空儿呢。我只和宝姐姐说了会子话儿,就去找着紫鹃,刚说了几句话儿,鸡就叫了,急的我赶紧的回来了。”香菱道:“宝姑娘可还好?只怕心里懊糟的模样儿也未必像先前了。”黛玉道:“宝姐姐素日为人原是旷达的,我看他那个样儿倒也罢了,照旧还是白白胖胖的。”香菱道:“所以,我们姑娘一辈子没病,就在这个上头呢。你可将宝二爷、柳二爷到了这里,并我父亲书子上所言回生之事,可都告诉了他么?”黛玉红了脸,低声道:“我都告诉了他了。宝姐姐的意思,也要到咱们这里来逛逛。只是他如今现在有喜,我说等他恭喜了之后,再差人给他送香去。你想这件事可使得使不得呢?”

香菱听了,正欲答话,只见晴雯忙忙地走了进来,笑道:“好姑娘们,你们俩人的梯己我都听见了。你们两个人悄没声儿的回家去,怎么就瞒得我风雨不透的?难道我们就不是人儿,就不肯把我们带到家里去走走儿呢?”黛玉听了笑道:“你那个脾性儿,谁还不知道呢,若是早告诉了你,你早急得受不得了。如今你也不用着急,再过些日子,我自然也要差你去走一回呢。”晴雯笑道:“我才听见姑娘说宝姑娘有了喜,不知可是大喜呀小喜呢?”黛玉听了,笑着啐道:“你这又是胡问了,人家还没生产,我可怎么知道是大喜小喜呢!”晴雯听了也笑道:“也别管他是大喜小喜,我只一听见,我就喜欢得受不得了。”香菱听了,不禁发笑道:“这个晴雯姐姐,你倒是个有趣的人儿。人家宝姑娘恭了喜,可与你什么相干,你可喜欢的是那一条儿呢?”晴雯笑道:“我也没有什么别的喜欢,只喜欢我们宝二爷小时那样的淘气,如今眼看又有人把他叫爹爹了。”一句话说得黛玉、香菱一齐用手帕捂着嘴嘻嘻地笑起来。黛玉忙拉住了香

菱的手道："咱到里间坐着说正经话去罢，不用听他信嘴儿说的招人笑了。"说着，二人一齐进去里间，对面坐下。晴雯、金钏儿送过了茶，也都坐在下边小杌子上。黛玉向香菱道："宝姐姐和我说，要借你的寻梦香，到咱们这里来逛逛，不知你可肯么？"香菱道："我也怪想他的，巴不得他来了见一见才好，有什么不肯的呢！只是，这种香原见不得孕娠生产的，若被秽气冲了，可就不灵应了。你可知道他的身孕到底如今有几个月了？"黛玉道："他悄悄地告诉我说，已经有七八个月了。"香菱听了，沉思了半晌道："依我的主意，索性再迟些日子，等他生产过了满月，才可以使得呢。"晴雯道："怎么你越说越远了，叫人家怎么等得呢！"香菱笑道："姐姐，你不必着急，横竖这一回差使总是你的，何必忙在这一会儿呢。"晴雯听了，扭着头道："敢自你们又有什么返魂香咧、寻梦香咧，爱到那里逛逛去就由着性儿去了，可怜把人家成年家圈在屋里，闷得人家心里可受得吗！"金钏儿听了，笑道："罢哟，咱们家里除了宝二爷，还有你的什么娘亲爷故呢，你到底牵挂着谁这样着急？你也想想我，我家里还有我妈和我妹妹，我也没有急成你这个样儿。"晴雯听了发气道："小蹄子，你管我呢！家里虽没我的什么娘亲爷故，难道外头也没有吗？我现放着姑表哥哥、嫂子，难道就不该看看他们去么？"金钏儿笑道："哎哟哟！你还提你那个姑表嫂子呢，你看他那个浪样儿，我觑着半个眼儿也不待见他。"晴雯听了正要变脸，只见黛玉笑道："你们俩人不用瞎吵闹了，横竖不过了宝姑娘的满月，菱姑娘也断然不肯给香的。依我，劝你们俩人撩开手罢，再不必提这一条儿了。金钏儿到赤霞宫请二姐姐去，晴雯姐姐到薄命司请尤家的二位姐姐和小大奶奶去，就说香菱姐姐已经来了。我们今日斗一天牌解解闷儿，省得你们两个人闲得只是要想拌嘴。"晴雯、金钏儿二人听见斗牌二字，这才变怒为喜，各自分头请客去了。

话休烦絮，不多一时，迎春、尤二姐、尤三姐、秦氏一齐到来。叙过寒温，便吃早饭。饭罢，八个人分作两场子，斗起牌来。黛玉、迎春、尤三姐、金钏儿斗的是纸牌。香菱、尤二姐、秦氏、晴雯斗的是骨牌。热闹了一天，至晚方散。黛玉留下迎春、香菱二人在绛珠宫作伴，以备朝夕下棋作诗，倒也快乐。

光阴荏苒，不觉过了月余。这一日闲暇无事，黛玉蓦然想起宝钗，便将那日与宝钗梦中相会之事告诉了迎春。迎春也不胜欢喜道："宝兄弟去了好些日子了，算着也该有个回信儿了。将来你们的大事成了，一同回生，真是双喜临门。我叔叔、婶娘真是喜欢极了呢。我算着，宝妹妹此时也该分娩满得月了，你何不差了晴雯去给他送香，就把他的真魂带了来，我们大家会一会，岂不有趣儿呢。"黛玉听了才要开口，只见晴雯早向香菱笑道："菱姑娘，你听见二姑娘的话了没有？把你那个什么宝贝香赏出两支儿来罢，别要尽自只是舍不得了，就让你自己天天晚上家去会薛大爷也没个意思罢。"说得众人都笑了。香菱笑道："你别信着嘴儿说了，仔细看我撕你的嘴。"黛玉道："前儿他就急得受不得了。好容易熬了这些日子，如今可也是该去的时候了。香菱姑娘你给他几支香罢。"香菱听了，便伸手从书橱子顶儿上取下一个小锦匣儿来，打开取出一支返魂香、一支寻梦香来，连引单一并递与迎春观看。晴雯见了笑道："这个锦匣儿我早就瞧见了，我只当是我们林姑娘的首饰匣儿呢。早知道这里头装的就是香，我瞅空儿偷也偷他几根子，也不用这样求爷爷告奶奶的了。"香菱道："你不用闹你的嘴了，我这是神香，非离了我亲手自取，别人再也打不开匣儿的。你既然要去，就收拾早些儿吃饭，吃了饭，我们大家把你送到牌坊外边。我替你点起香来，自有奇验。"晴雯听了，果然欢天喜地的命人摆上饭来。大家吃毕，他便重新梳洗，换了一套新衣，将一支寻梦香带在身边。黛玉、香菱、迎春、金钏儿四个人一齐将他送出绛珠宫来。

时当仲夏，榴火绯红，荷青凝碧，但觉日长昼永。五个人说说笑笑，早到了牌坊外边。香菱用火将一支返魂香燃着，插在晴雯的鬓边，用手在他肩上一拍，说声："去罢！"只见晴雯双足离地，御风而行。霎时间去得连影也不见了。喜得金钏儿拍手哈哈大笑道："这倒有趣的很。菱姑娘，等晴雯姐姐回来，你也给我一支香点了，我也到家去瞧瞧我妈。"香菱听了笑道："是了，我就知道你瞧见必定要眼热呢。"金钏儿未及回答，只听黛玉道："金钏儿，你先回去照应门户。二姐姐，咱们趁此出来，何不到警幻仙姑处找妙师父下盘棋去呢？"

金钏儿听了，才要说话，忽见正西上尘埃滚滚，远远望见一匹引马，后面一乘驼轿，又有一个骑马的后面相随；再往后看时，隐隐绰绰还有无数的轿马人夫，蜂拥而来。黛玉等四人俱各吃一大惊。迎春忙道："林妹妹，咱们快走罢，你看这都是些什么人来了，那骑马的不像是些男人们么！"黛玉也着忙道："金钏儿，你快去请警幻仙姑，叫他出来看看就知道是什么人了。"金钏儿听了就往回里飞跑。忽见引马的人颠着马如飞而来，高声叫道："姑娘们不要害怕，我是跟了宝二爷去的小太监。后面驼轿里坐的是琏二奶奶。"黛玉等四人听了，又惊又喜。迎春道："金钏儿，不用跑了。既是二嫂子回来了，咱们就在这里等着他，就说我们特意出来迎接他的。"黛玉、香菱、金钏儿一齐止步。不多一时，到了跟前，人夫上前落了轿。后面骑马的也下了马，原来是个清俊的后生，都不认得是谁。只见他上前推开了轿门，禀道："二婶娘，快下轿罢，姑娘们多在这里等着迎接你呢。"果见凤姐从轿内下来，一见了众人，悲喜交集，忙道："妹妹们可都好么！你们怎么知道我们来了？"迎春未及开口，只听黛玉问道："姐姐你回来了，老太太和我父亲、母亲都在那里呢？"凤姐听了，忙一把拉了黛玉的手笑道："妹妹恭喜大喜，姑老爷高升了，老太太，姑太太都来了。你看，前面来的那些轿子就是的。宝兄弟也来了。我为你们俩人的事，在姑太太跟前把孛罗盖儿都跪折了。咱们如今是妯娌们了，你怎么还把我叫姐姐呢？"黛玉听了，这才知道他的父母都来了。由不得一阵伤心，痛哭起来。众人正在解劝，只见又到了一乘大轿、一乘小轿，正是贾夫人和司棋。贾夫人耳内听见哭声,忙命住轿。司棋先下了小轿,搀了贾夫人出来,忙告诉道:"那哭的就是姑娘了。"贾夫人听了,连忙上前,将黛玉搂在怀内,也就大哭起来。要知端的,且听下回分解。

第十五回　绛珠宫宝黛缔良缘
丹霄殿僧道陈因果

话说贾夫人、林黛玉母女二人抱头痛哭，凤姐、迎春、香菱三人在旁解劝了好一会，贾夫人这才止了泪，黛玉仍是抽抽噎噎地哭个不住。迎春忙拉了他的手劝道："林妹妹，你不用哭了，姑妈是远路风尘受了辛苦的人，那里经得住尽自哭呢！"贾夫人听了，留神将迎春一看，也便拉了他的手问道："这是二姑娘么？我的儿，你姑妈不承望在这里见了你们姊妹们了。"又指着香菱、金钏儿问道："这两位是谁啊？"凤姐忙答道："这一个是薛姨太太的儿媳妇，名叫香菱。那一个就是伺候我妹妹的丫头金钏儿。"贾夫人听了点点头儿道："我们并没有前头打发人们送信儿来，姑娘们怎么知道信儿，这么远的接我们来了？"迎春笑道："我们这个太虚幻境，乃是人迹罕到之处，那里能够知道姑妈来的信儿呢。才刚儿我们姊妹原是为送晴雯，大家出来逛来的，远远的望见了一批轿马，把我们吓了一大跳，正要请警幻仙姑来看，就听见小太监大嗓子嚷着说我二嫂子来了，所以我们在此等着他的。及至见了我二嫂子，才知道老太太、姑爹、姑妈都来了。我们众人听见，喜欢得什么似的，谁知道林妹妹他倒哭得总下不了场儿了。"

贾夫人听了，才要说话，只听凤姐道："林妹妹，你不用尽自伤心了，我们先请姑太太到绛珠宫去罢。老太太的轿子走得慢，只怕离这里还有一二十里路呢。这里又没个坐处，难道大家都站着不成?”黛玉听了，这才拭干了眼泪，忙命金钏儿先回去打扫铺设，这才走到贾夫人的跟前，跪下磕头。贾夫人忙用手拉了起来，便拉了他的手，又一手拉了迎春的手，款步而行。

这里，凤姐又吩咐秦钟：“将轿马人夫一概打发出去，境内不许容留。你再骑了马去迎迎老太太。”秦钟答应了，自去料理。贾夫人一同走着，细将黛玉的面庞一看，真是出水芙蓉，未足喻其香艳。又将迎春、香菱诸人看了一遍，不觉喜形于色。刚过了牌坊，早见警幻、妙玉、尤二姐、尤三姐、秦氏迎面而来。见了贾夫人一齐问讯。贾夫人逐一问了姓名，答礼毕，一同缓步而行。不多一时，到了绛珠宫。迎春、香菱、秦氏、尤二姐、尤三姐、金钏儿等挨着次儿重新与贾夫人行礼。警幻、妙玉也重新稽首。贾夫人一一答拜毕，各按次序儿归坐。金钏儿献上茶来，茶罢，贾夫人先向警幻谢道：“小女横遭夭折，蒙仙师不弃，收录门墙，诸承照拂，愚夫妇焚顶靡涯，铭感不尽”警幻笑道：“此乃小仙分内之事，些小微劳，何足挂齿。”贾夫人又向妙姑道：“久闻吾师道法宏深，且又高才绝学，可敬可羡。”妙玉答道：“小尼毫无知识，有玷法门，惭愧惭愧。”

贾夫人又向尤二姐道：“这位可是我们新二奶奶么？好个风流人物儿，真和我们凤姑娘可以并驾齐驱。”尤二姐红了脸，无言可对，只谦言：“不敢当!”贾夫人笑着又向尤三姐道：“三姑娘，你可大喜。前儿有劳你送你凤姐姐去，我们那个小衙门一切简亵，姑娘可要包涵着些儿。”尤三姐也站了起来答道：“前儿在姑太太处打扰，临来又赏赐好些东西，实在心里不安。”贾夫人又向秦氏笑道：“这位是小蓉大奶奶么？你兄弟也跟了我们来了，你瞧见他了没有?”秦氏也忙站起来笑答道：“我们正在警幻仙姑那里坐着说闲话儿，忽见金钏儿慌慌张张地告诉了一声，说姑太太来了，我们就一同迎出来的，并没有瞧见我兄弟。前儿我们三姨儿回来告诉我，说我兄弟也在姑老爷衙门里呢。蒙姑老爷、姑太太疼爱照应他，我听见心里实在感激不尽了。”凤姐道：“你兄弟是我差了他迎接老太太去了。老太太的轿子走得很慢，只怕下半晌儿才能到呢。”秦氏听了点点头儿。贾夫人又向香菱道：“这位可就是薛大奶奶了？”香菱红了脸，也站起来答道：“不敢，婢子从小儿被人拐卖，乃是偏房，不敢当姑太太这样称呼。”贾夫人笑道：“我的儿，你坐下，你们家的事情我都知道了。如今，你们的这个主儿已经嫁了我们冯书办了。”众人听了，俱各惊异不解。凤姐嘴快，不等贾夫人开口，他便一五一十地将夏金桂的原委告诉了众人一遍。众人听了，无不掩口而笑。贾夫人又向迎春笑道：“二姑娘，我听见说你女婿很不成个脾性儿，到底是怎么一个乖张法儿呢？”迎春叹道：“姑妈，一言难尽。总是侄女的命该如此，也没有什么怨天尤人的了。”贾夫人听了，不禁点头叹息了一会。正要回头和黛玉说话，只听黛玉悄悄地向香菱笑道：“你可记得我那个葫芦儿么？”香菱也笑道：“真是仙家之宝，妙极了。”贾夫人听了忙问道：“姑娘，你们说的是什么仙家之宝？”黛玉见贾夫人问他，就知和众人说完了话，要和他说话的意思，忙站起来答道：“当日警幻仙姑给了一个小葫芦儿，菱姑娘说是仙家之宝。太太要看，请到里间屋里看看去。”贾夫人也会了意，便也立起身来，笑道：“二位仙姑和姑娘们，我暂且失陪，到你妹妹房里看看去。”说着，便向东套间里去了，黛玉随即跟了进去。

这里凤姐才也要往里间走去，秦氏忙赶上一把拉住，低声道：“二婶娘，你怎么没眼色了，人家娘儿们离别了多少年，好容易盼的见了面儿，难道就没有几句私话说说么！你忙着进去作什么呢？”凤姐笑道：“可也是呢，亏了你提醒了我。你看，我真成了个冒失鬼了。”秦氏听了才待回言，只听妙玉向警幻道：“方才夫人的驾到了，我们原不知道，失于迎接。如今老太太还在后面，与其我们在这里闲坐，莫若在牌坊那边摆个接风酒儿热闹热闹，这里让林太太和林姑娘说说话儿。”众人听了，齐声道好。香菱向迎春道：“二姑娘，你不用去了罢，你就在这里陪着琏二奶奶，也张罗着教金钏儿姑娘吩咐厨下备办酒席，过会子老太太到了，只怕就要用饭呢。”迎春听他说得有理，便同凤姐将众人送了出去后，遂叫过金钏儿来，吩咐命厨下置备酒筵。金钏儿答应，自去料理。这里迎春便和凤姐对面坐下，又命司棋也坐在小杌子上，三人彼此讲了些别后的事情，以及地府的光景。

约有顿饭之时，忽听黛玉在里间又哭得抽抽噎噎的。迎春笑道："这个犟儿真是爱哭，已经见了姑妈了，尽自哭什么呢！我们这会子进去瞧瞧他们去罢。”说着，便拉了凤姐的手走进里间来。只见黛玉坐在贾夫人的怀里，一只手搂着贾夫人的脖子，贾夫人用手在他鬓角儿上替他抹撒头发。凤姐一见，由不得大笑道："哎哟哟，这是谁家的个小妞儿，今年几岁了，怎么才会撒娇儿了呢！”说得贾夫人也笑了。黛玉“呸”的啐了他一口，连忙站了起来。贾夫人笑道："姑娘们坐下来罢。我才问你妹妹，当日老太太把他接了家去，是怎样的操心抚养他来。他告诉我说，老太太、舅舅、舅母们着实的疼他，就是姊妹们也着实的怜爱他，总是他自己多病多灾的没造化，辜负了老太太、舅舅、舅母的恩了。”凤姐听了笑道："这个话我不信，说老太太、舅舅、舅母们疼他这还是有的，若说到姊妹们里头，别人倒也罢了，惟有凤姐姐嘴尖舌快的最讨人嫌。是这个话不是呢?”贾夫人笑道："姑娘你不要冤屈了你妹妹，人家说你比别人更疼他的很呢。”凤姐听了笑道："我只不信，如果是说这个话，为什么又哭成红眼妈儿了呢?”贾夫人道："这是才刚儿你妹妹问你姑爹几时到呢，我说，你姑爹说他在这里住着不大方便，先带了你大哥哥和冯书办、潘又安、焦大他们，先进了南天门朝见玉皇去了。他听了这个话，又抽抽搭搭地哭起来了。”凤姐笑道："这就是了，我只当他在姑太太跟前作弄我呢。”黛玉听了也笑道："你不用贼人胆虚了，权当我就说了你最讨人嫌的话，也没有什么害怕你的。”凤姐听了，便拉了黛玉的手笑道："姑奶奶，你不用和我厉害了，今儿咱们两人还是姑嫂，我自然要尽让你些儿；明儿咱们就是妯娌了，那会子我尽和你算账呢!"说得黛玉红了脸,又啐了他一口。迎春笑道:"姑妈,你看我二嫂子,他这张嘴真是天生的巧,爱玩爱笑的,成日家就和戏台上耍丑的差不多儿。"说得众人都笑了。

只见金钏儿托进一盘茶来。贾夫人就他一看,便向凤姐道:"这个丫头就是你说的那个跳了井的金钏儿么?"金钏儿听了,不敢答言,只是抿着嘴儿笑。贾夫人道:"怪不得你宝兄弟淘气,原来也长得鬼灵精儿似的。你前儿说还有个大些儿的,叫个什么晴雯的,怎么不见他呢"凤姐未及回答,迎春忙道:"才刚儿我们在牌坊那边,就是送他来。"贾夫人又问道:"他如今往那里去了?"迎春便又将黛玉和香菱借香与宝钗梦中相会,以及差了晴雯前去送香的话说了一遍。贾夫人、凤姐听了,一齐欢喜。贾夫人道:"到底你们这里是仙家的所在,才有这般的妙用,来去自由。若像我们地府里,只有进去的人,可就没有出来的人了。"

正然说到这里,忽听外面传话说:"元妃娘娘的驾到了。"众人听了,一齐忙乱,整理衣裙,出外迎接。刚然走出宫门,早望见东边一带,翠华招展,绣盖飘扬,对对宫扇前导。元妃坐了凤辇,渐次到了跟前。贾夫人率众跪接,元妃降辇,忙将贾夫人搀起,彼此伤感了一回。凤姐忙也过来叩见谢罪,元妃拉了起来,也安慰了几句。才待要进宫门,只见正南大路上,也来了一群人。仔细看时,正是贾母。一手拄着拐杖,一手扶着鸳鸯的肩头,颤哆嗦唆地缓步而来。后面跟的是秦可卿、香菱、尤二姐、尤三姐。元妃见了,便领了迎春、黛玉上前迎了几步。贾母见了,一阵伤心。才然要行国礼,元妃速忙抱住,娘儿四个又哭了会子,众人解劝方止。仍让元妃前行,众人搀了贾母,步入绛珠宫。行过了礼,便让元妃在榻上居中正坐,贾母、贾夫人两旁佥坐,其余的姊妹们,各按次序俱在下首一字儿侍坐。三道茶献毕,元妃笑道:"老太太和姑太太到来,我们怎么连一点信儿也不知道。方才小太监回宫销差,我才知道了。"贾夫人道:"外臣远来,理宜先进宫请安,何敢反劳娘娘的凤驾!"元妃道："我与姑太太相别年久了，心里也着实的牵挂。况且老太太也来了，这里又非朝廷禁地，原也不必拘泥的。"贾母听了叹道："自从娘娘升遐之后，家里连遭不幸，弄了个家败人亡，老的小的，死了好几口子。亏了我到了地府遇着了亲戚，不然，那里还能够团圆呢！"元妃道："我也听见鸳鸯说来，这里头就有凤丫头的多一半子不是，所以我才罚他到地府找老太太去了。"凤姐听了忙站了起来。元妃笑道："也还算他有本事，竟把老太太找了来了。"凤姐笑道："这都是娘娘的虔心所感，我有什么本事呢？若不是姑老爷做酆都的城隍，不但找不来老太太，只怕连我还都叫饿鬼分着吃了呢。"说得众人都笑了。元妃问道："宝玉来了没有？"只见秦氏站起来答道："来了，是跟着老太太的轿子一块儿来的，因为还有几家子的家眷没处安置，如今宝二叔和我兄弟，都在两廊配房里找地方儿安置他们去了。"元妃又问："谁的家眷？"贾夫人便将冯渊、秦钟、崔文瑞携眷随任的话说了一遍。元妃点点头儿，乃向贾夫人笑道："姑太太，宝玉和林妹妹的这一段因果，你老人家想来也是知道的了。我今儿的来意，一则为接风，二则还要作媒的。"贾夫人尚未及回答，只听贾母笑道："娘娘不用操这一番心了，我们两家儿的亲事已经当面说成了。昨儿晚上，林姑老爷同我们分路之时，我已经和他说得牙白口清的了，不等他回来，我们就要择日子替他们完婚呢。"元妃听了笑道："既是如此，明日乃是六月十五，又是望日，又是天恩月德不将上好的吉日，老太太主婚，我就为媒，替他们完了大事。不知姑太太的意下如何？"贾夫人听了笑道："既是娘娘和老太太愿意，我也不敢推辞。但不知二侄儿所说的回生一事，到底是真是假呢？"元妃道："这件事除非问问警幻仙姑，他自然是知道的了。"贾夫人道："警幻仙姑和妙师父都在这里来着，后来他们都迎接老太太去了，怎么这会子他们两人都没来呢？"贾母道："方才我在牌坊那边也见这位警幻仙姑来，我们说了好一会子的话儿。后来他和妙师父说这里人多，他们两人在这里不大方便，明日另来道喜罢。所以各自都回去了。”贾夫人听了，才待开口，只听凤姐在旁插嘴道：“姑太太只管放心，完全了这件大事罢，也别管他回生不回生、是真是假。如果是真呢，他们小两口儿回家去享荣华受富贵，姑太太难道还不喜欢么？即或是假，你老人家只用把女婿、女儿都带到姑老爷任上去也就是了。还有什么三心二意的呢！”元妃听了笑道：“你们都听，凤丫头这个嘴，真要把死老鹳说不树来呢。姑太太赏他个小脸儿吧！”贾夫人听了忙道：“既是娘娘如此操心，遵旨办理就是了。”

正然说到这里，只见两名宫娥进来跪禀道：“禀娘娘，酒筵齐备，都抬了来了。”元妃听了，便立起身来笑道：“我想来，今儿林妹妹这里也备办不及酒席，我那里替他办了几席送来了。我本该在这里作陪，娘儿们坐着多说说话儿。但只是我在这里，大家又要拘礼，不能舒舒服服的，我心里倒觉不安，不如我暂且告别，明日我再来接老太太、姑太太到我宫里去，娘儿们再说说话儿罢。”贾母、贾夫人等听了，谅也难留，只得拜谢了酒席，一齐送出绛珠宫来。元妃上辇而去不提。

这里，贾母等重新进来，香菱便引了贾母、贾夫人到院内白石栏杆观玩那一株绛珠仙草。鸳鸯便和迎春商议将元妃送来的酒筵分了两席，差人送到廊下各司，与宝玉、秦钟、湘莲一席，夏金桂、张金哥、鲍二家的、智能儿一席。上房摆了三席，迎春帮着黛玉定席送酒。正中一席是贾母，两边陪的是香菱、尤三姐；东边一席是贾夫人，两边陪的是迎春、尤二姐；西边一席是凤姐，两边陪的是秦可卿、林黛玉；下面也放了一席，乃是鸳鸯、司棋，陪的是金钏儿、瑞珠儿。大家开怀畅饮，无非谈讲些别后的情事，毋庸琐述。

直至上灯，方才饭毕盥漱，大家散坐吃茶。贾母向迎春道：“这里只有一进房子，晚上如何住得下许多的人呢？”迎春道：“这后边还有一进房子呢，已经着人打扫收拾去了，晚上就请老太太、姑太太后边住罢。”贾夫人道：“今儿晚上，我暂且在你妹妹房里住，且等明儿与你兄弟合了沓，我再搬在后边去，今儿且叫你二嫂子陪着老太太住罢。”凤姐道：“前儿鸳鸯姐姐说我也有一个宫，可怜我也没得住一天儿，就往地府去了。我今儿也要到我宫里瞧瞧去呢。”鸳鸯听了笑道：“二奶奶，你不用张罗你的宫了，我才听见人说，宝二爷已经占下了。”凤姐笑道：“既是他占下了，我只得让他住罢了，我就跟着老太太住去。但不知众位奶奶、姑娘们都在那里住呢？”迎春道：“我和香菱姑娘就在西套间里住罢。”秦氏道：“我今儿也不回去，陪着二婶娘伺候老太太。”尤二姐道：“我也该当在这里伺候老太太才是呢。”凤姐道：“你也住下了，可叫人家三姨儿一个怎么回去呢？”尤三姐道：“我也住下就是了。”凤姐笑道：“罢哟，你不用撇清了。你想是不知道柳湘莲今儿也来了么？”尤三姐红了脸，啐了他一口，招得众人都笑了。贾母笑道：“我也老的没记性了，柳相公也来了，早就该打发他们姊妹俩回去才是道理，凤丫头为什么不早说呢？二姑娘，三姑娘，你们就早些儿回去罢。”尤氏姊妹听了，只得告辞。凤姐、秦氏、香菱三人送了出去。刚至院门，凤姐在尤二姐肩上一拍，尤二姐回头道：“姐姐，你有什么说的？”凤姐笑道：“我告诉你，你妹夫虽然长得俊，二爷的脸面到底也要紧，拿出点儿良心来就是了。”尤二姐啐道：“放你的屁罢！”秦氏笑道：“二婶娘放心，不相干的，我们三姨儿也不是让人的人。”说得众人又都笑了。

凤姐等送了尤氏姊妹回来，刚要坐下，只见司棋进来道：“宝二爷送老太太、姑太太的行李、衣箱来了。鸳鸯姐姐，来！咱们大家往里搬罢。”黛玉听见宝玉来了，连忙起身到自己房里躲着去了。凤姐见了笑道：“快把他给我拉住，哎哟，从小儿在一块儿长大的，把哥哥妹妹叫得都不爱叫了，谁还认不得谁呢！这会子又闹躲起来了。”说得贾母、贾夫人都笑了。只见宝玉摇摇摆摆地走了进来，先给贾母、贾夫人请了安，又与迎春相见，行过了礼。秦氏也给宝玉行了礼，自往西套间里帮着鸳鸯、司棋安顿行李去了。

这里，宝玉便坐在椅子上，贾夫人问道：“我的儿，他们三家子的眷口，可都安置妥当了么？”宝玉答道：“妥当了，都安置在薄命司两廊配房里了。”贾夫人道：“你可吃了饭了没有？”宝玉道：“吃过了，侄儿是同柳湘莲、秦钟一块儿吃的。也是这里送了去的酒席。”贾母道：“你今儿晚上在那里住呢？”宝玉答道：“那里我见有一座怪体面的宫，问了问，说是凤姐姐的，我就在那里住罢。”贾母道：“要是你一个人儿住着害怕，只管搬到这里来，跟着我睡也使得。”宝玉笑道：“不害怕的，那里还有秦钟给我作伴儿呢。”

正然说到这里，只见金钏儿送了茶来。宝玉一面接茶，一面低声问道：“林妹妹怎么不见呢？”金钏儿向里间努了个嘴儿，不觉“扑哧”的笑了出来。贾母骂道：“小蹄子，好好儿的送茶笑什么呢？怨不得你太太打你，难道跳过一回井你还不害怕吗？”唬的金钏儿红了脸道：“二爷悄悄地问我林姑娘呢，我才敢笑的。”凤姐听了笑道：“宝兄弟，人家正经在这里好好的坐着，因为你来了，才把人家吓跑了的。你这会子又悄悄地问人家，可怨得金钏儿笑你么！”贾母听了也笑道：“姑奶奶，我想他们姊妹俩原是从小儿在一块儿长大的，况且明儿就要圆房，又躲的是什么呢？不如把外孙女儿叫出来，教他们见一见罢。”贾夫人也笑道：“这个老太太，我并没有教他躲的，是他自己听见二侄儿来了躲进去的。如今教他出来，他如何肯自己出来呢！既是老太太心疼他们，就教二侄儿进他妹妹房间里去见一见也不妨的。”凤姐听了笑道：“宝兄弟，你听见姑太太的话了没有？还不快老着脸儿进去呢？”宝玉听了，遂借着凤姐的口气，果然老着脸儿站了起来，慢慢地走了进去。刚一跨门槛儿，早瞧见黛玉在椅子上坐着，手里拿着手帕上拴的耳挖牙签，在灯下玩弄。一见宝玉进来，忙将手帕往外一摆，原是教他不要进来的意思。宝玉不解，又往里走了一步，黛玉便使性子把身子一扭，脸儿背了过去。宝玉见了，只得笑着伸了伸舌头退了出来。凤姐在外哈哈大笑道：“碰了钉子出来了。”众人一齐都笑起来。宝玉也觉没个意思，只得脸上讪讪的推故道：“老太太和姑妈一路辛苦，也乏透了，早些安歇罢。我也回去睡觉去了。”说毕，便告辞，各自去了。这里，鸳鸯、司棋、金钏儿七手八脚将贾母、贾夫人的行李、衣箱都搬到后边房内铺设妥当，大家又在黛玉房里说了会子话儿，这才各自归寝。一宿晚景不提。

到了次日黎明起来，梳洗完毕。贾母、贾夫人便领了宝玉到赤霞宫叩见元妃。元妃即留早宴，又赐了金莲玉烛，冠袍带履，命宝、黛二人即日完婚。贾母、贾夫人叩谢已毕，回到绛珠宫。这里凤姐、迎春、香菱、秦氏早命人悬灯结彩，铺设得焕然一新。贾母向元妃处讨了八个能动乐器的宫娥，两名赞礼的小太监。登时鼓乐喧天，宝玉换了吉服，凤姐、迎春搀了黛玉出来，双双拜了天地，送入洞房，合卺交杯，诸事已毕。早见警幻、妙玉、尤氏姊妹都来道喜，各有馈赠。元妃又差太监送了许多上用之物。因柳湘莲、尤三姐都往地府去过，也照样赏赐了一份。贾夫人也差人与元妃送礼，又与尤三姐也送了一份贺礼。这一日，都在绛珠宫大排筵宴。宝玉也请了湘莲、秦钟在外庭宴会。至晚席散，宾客各自归家。这里，迎春、凤姐连玩带嗽的将宝玉送入洞房，各自归去。只留金钏儿在这里照应灯烛。

时当夏夜，皓月横空。金钏儿将各处灯烛俱皆吹熄，思欲就枕，恐难成寐，辗转徘徊，忽想道：何不到新房窗根底下听一听去。想罢，他便轻轻地走出了来，蹑足潜踪地走到黛玉的窗下，仔细侧耳听了有顿饭之时。自己笑着才要转身，只觉有人用扇子在他的肩头上打了一下，猛然吓了一跳。回头一看，却是晴雯，连忙摆摆手儿，不叫晴雯声张，便拉了他的手，回到院内白石栏边一齐坐下，乃悄悄地问道：“姐姐，你几时回来的？”晴雯道：“我回来了没多会儿。宝姑娘养了一个小哥儿，昨儿刚满月，所以今儿我才把他带了来了。我们刚走到牌坊这边，就遇见了妙师父。他告诉我们说，昨儿我刚走了之后，老太太、姑太太就都到了。奉元妃娘娘之命，今儿就与宝二爷、林姑娘成婚呢。宝姑娘听见老太太也在这里，他就急着要见见老太太。我们才进来的时候,屋里鸦没雀静儿的,一个人儿也没有。我们一直的走到后边,姑太太带着司棋在西屋里已经关门睡了觉了。亏了老太太在东屋里还没睡着,如今宝姑娘在老太太屋里,和老太太、二奶奶、鸳鸯姐姐坐着说话儿呢。那里也没有我插嘴的地方儿,我仍旧到前边来,找了找总不见你的影儿,我就猜着你必定在人家窗根底下溜着听来了。"金钏儿听了笑道:"既是宝姑娘来了,依我的主意,把二爷和林姑娘请了起来罢。"晴雯道:"你且慢些儿,今儿是他们的好日子,让他们多睡一会子。宝姑娘和老太太说话,自然也还有一会子工夫呢,等我过会子再看一看去。如果是时候儿了,再叫他们也不迟。好妹妹,你才在窗根底下窃听了些什么故典儿?你可要据实告诉我,你要撒一句谎儿,我明儿告诉林姑娘,就说你在窗根底下听来,叫我抓住了。"金钏儿笑道:"好姐姐,你千万莫告诉林姑娘,这个话我据实告诉你就是了。我刚到窗根底下,就听见二爷好像念了两句书似的。"晴雯笑道:"你这就是胡说了,二爷这个当儿上还有工夫念书么?"金钏儿啐道:"你不会罢了,我明明的听见的,念的是什么多愁多病咧,又是什么倾国倾城咧的,我也不大懂得。"晴雯听了点点头儿笑道:"你可听见林姑娘说什么来?"金钏儿道:"我只听见林姑娘说,'你怎么越发学得涎脸了呢'。二爷就说,'你这会子又使性子红了脸,要告诉舅舅、舅母去,勒掯的我给你起誓发咒'。我听到这里,只当林姑娘听了必然要恼的,我就替二爷捏着一把汗儿。谁知道竟没恼,反倒笑起来了,说'难为你把这些千年古代的话总记着呢'。二爷听了这一句话,上了脸儿了。后来我听着他只是叫,'好妹妹,亲妹妹,你把你身上的香再叫我大大方方地闻一闻罢'。招得林姑娘又使起性子来了。我只听他说,'难道你这一会的工夫还没有闻够么?这还闻的不大方,要怎么才算大方呢'?撴摔的二爷好一会没敢哼一声儿。后来也不知怎么,又大乐起来了。笑着说,'阿弥陀佛,好了好了,可怜可怜我在林子洞当了一辈子的小耗子,偷了一辈子的东西,今儿刚刚儿的才摸着香芋儿了’。林姑娘就笑,‘呸’的啐了他一口。我正听到这里,你就拿扇子打了我一下子,把我的魂没吓掉了。”晴雯听了笑道:“你看人家,到底是千金小姐。你听说的这几句话儿,也教人听着爱听。那里像你前儿那个浪样儿,说的那些话,我听着怪生气的。”金钏儿听了,忙站起来要撕晴雯的嘴,骂道:“明儿轮着了你这个蹄子,你就把牙关咬得紧紧的,总不许哼出一声儿来。”晴雯忙拿扇子又打了他一下子,笑道:“我也不和你这个小蹄子说了。我上去瞧瞧宝姑娘去,你趁着这个当儿上,就把他们两个人请起来罢。”金钏儿听了,点点头儿笑着,各自去了。

这里晴雯迈步一直往后房而来,刚至院中,只见凤姐、鸳鸯正将宝钗梦中的阴魂送了出来,才下台阶儿。凤姐道:“晴雯快来,你搀着宝姑娘些儿,他这里路生,老太太教他瞧瞧宝兄弟、林妹妹去呢。”晴雯听了,忙上前搀了宝钗,刚下了台阶儿,只听贾母在屋里叫道:“宝丫头,你见了宝玉,可要狠狠地数落他一顿,出一出你的气。”宝钗听了笑道:“我知道了,老太太请安歇罢。”说毕便扶了晴雯的肩头,慢慢地走到前边来。只见点的灯烛辉煌,不似从前黢黑的了。又见锦屏秀幕,宝鼎金炉,陈设地十分华丽。心下暗暗称奇,暗想:林妹妹死后,竟有这样一个所在,真可谓“维死之日,犹生之年”。

正在赞叹,只见金钏儿从黛玉房中走了出来,与宝钗请安,道:“姑娘可好。林姑娘请姑娘到里间坐呢。”宝钗听了笑道:“你是金钏儿么?越发长得出息了。”说着便往里所走。只见黛玉穿着件玉色百蝶掐金的夹纱袄儿,一面扣着钮子,一面笑嘻嘻地迎了出来,道:“姐姐,你可好么!晴雯是昨儿去的,你怎么今儿才来了呢?”宝钗也拉了黛玉的手笑道:“妹妹,我今儿偏来得不巧了,打搅了你们的好事呢。”黛玉听了也笑道:“怎么姐姐说起这样话来了。我觉得姐姐今儿来的才巧极了呢。你坐下罢。”便拉了宝钗到炕上,对面

坐下。金钏儿送上茶来，茶罢，黛玉先道："姐姐恭喜，我才听见金钏儿说，你生了一个小哥儿，昨儿才满月的。"宝钗答道："可不是呢，不是为了这件事，昨儿我就来了。"黛玉道："你可见了老太太了么？"宝钗道："我见了老太太，问了问家里近来的事，又告诉了我地府里的些事。说了好一会子的话儿，后来老太太就叫凤姐姐送我过来，说，'既是你妹妹差了晴雯接了你来，你也早些过去瞧瞧他们罢。'所以我才过来了。姑太太老人家已经睡了，我也没敢惊动。"黛玉道："姐姐你不必忙，横竖我们这里的人，到了明儿早上你都要见面的。"宝钗听了点了点头儿。在四下里一望，并不见宝玉，忍不住的问道："妹妹，怎么出家访道的人那里去了？"黛玉未及回答，只听宝玉在对面帐子背后笑道："我在这里给姐姐跪着请罪呢！"晴雯、金钏儿听了，都大笑起来。宝钗冷笑道："好个出家访道的人儿，你给我请的什么罪呢？可怜太太成日家为你哭得连茶饭都减了，你也不想想回去请请罪，又给我请罪来了，难道你还不知道我和林妹妹姊妹两个的情分么？"黛玉听了忙道："姐姐，你不用说了，这总是妹妹命里带来的魔星，被他死活的缠住了。如今闹到这步田地，教太太悬心、姐姐受累，我竟是个罪魁了。"宝钗听了笑道："这与妹妹什么相干呢，那不是他么！才刚儿老太太还教我狠狠的数落他一顿，出一出我的气。如今妹妹又替他认不是，可叫我还说什么呢？罢了，我也不说他了。"金钏儿听了忙道："二爷，你快老着脸儿出来罢，二奶奶饶了你了。"只见宝玉穿着一件白纱衫儿，撒拉着一双大红鞋儿，从帐子背后走了出来。一见宝钗，先深深地作了一揖，然后把脸递了过去，道："姐姐，你请打，打着问他，问他还敢去当和尚不敢了。"招得众人都笑了。宝钗向黛玉笑道："你瞧瞧，刚说饶了他，他就来涎脸来了。"黛玉笑道："这总是姐姐平日的恩宠惯的来。"说得众人又笑了，笑得宝玉脸上发了讪的向晴雯、金钏儿道："原来你们两个人是在这里看我的笑声儿的，都给我山字落山字，请出去罢。"一面又悄向他二人丢了个眼色。晴雯、金钏儿会了意，忙一齐走了出去。这里宝玉便“哗啷”的一声把门关上了。

晴雯、金钏儿见宝玉插了门，由不得都嘻嘻地笑着走到院子里。晴雯笑道：“我们二爷今儿真是哈巴狗儿掉在粪坑里——没嘴儿的吃了。”金钏儿道：“这都是才刚儿林姑娘和二爷商量下的。咱们两人何不悄悄地听听去呢！”晴雯听了，便笑着拉了金钏儿的手，轻轻地走到窗下，侧耳静听。只听宝钗在内道：“你们将来到底还是回生啊不回生呢？到底开言吐语的说个明了，我回去也好告诉太太，教他老人家放心。放着正经话不说，可又嘻皮笑脸地关上门做什么呢？”又听宝玉笑道：“姐姐，你别性急，回生的事，大约眼前也该有信儿了。你明儿回去之时，先把我的通灵玉带了回去，教太太看一看，请太太放心就是了。才刚儿是林妹妹恐怕姐姐走了这些路也乏透了，教我关上门，请姐姐脱脱衣裳躺着歇一歇儿。”又听见宝钗道：“可不是呢，我也觉着身上乏乏的。颦儿，咱们可要先说开，只许咱们躺着说说话儿，你要叫宝玉上来胡闹，我可不依。”又听黛玉笑道：“姐姐你只管放心，有我呢。难道你们俩人离别了多日，就没两句话儿说说么？”又听宝玉笑道：“一个姐姐，一个妹妹，我就有多大的胆子敢放肆呢？你们俩人放心只管躺着，怪热的天气，我在旁边替你们打扇子好不好？”晴雯听了向金钏儿悄悄地笑道：“这倒有趣儿的很呢！”金钏儿忙笑着摆了摆手儿。隔了会子，就听见里面手触动的响声儿，扇子扇的风声儿。不多一时，忽听宝玉笑道：“林妹妹，你记得咱们小时，宝姐姐才来的时候，咱们都在姨妈家喝酒吃糟鹅掌那会子。宝姐姐把姨妈妈妈长妈妈短地叫。回想起来，好像不多几天儿，怎么这会子他也有了孩子了，也有人把他叫妈妈了。我真喜欢得受不得了呢。”又听宝钗道：“颦儿，你听听，这个人给不得脸儿不是，才扇了几扇子，混话可就上来了。”又听黛玉在炕上笑得喘不过气儿来。晴雯、金钏儿在窗外听的也几乎笑出声来，只得忍了又忍。忽听宝钗笑道：“宝玉，你敢和我涎脸！颦儿，这都是你的诡，你看我饶你不饶你！”金钏儿听到这里，望着晴雯伸了伸舌儿。又听黛玉笑道:“宝玉,你敢和我没人样!”晴雯听到这里,也望着金钏儿伸了伸舌儿。

又听宝玉笑道:“罢哟！我今儿可胆大豁出来了,索性得罪了姐姐、妹妹罢!”只听三个人嘻嘻哈哈地笑作一团儿。金钏儿听了,在窗外拉了晴雯悄悄的笑道:“哎哟！姐姐,咱们走罢,不用再往下听了,看仔细把咱们听的不好了。”晴雯悄悄的啐了他一口,便仍旧把他拉到院内白石栏边坐下。正欲讲说他们房中之事,只听有人在外边拍得大门山响。

二人吃了一惊,瞧了瞧天色,但见东方微明,金鸡乱唱。二人乍着胆子走到宫门问道:“什么人？这早晚儿就来打门!”只听外面答应,乃是个妇人的声音道:“姑娘们开门罢,我是鲍二家的。才刚儿林姑老爷差了冯书办来给宝二爷送要紧的书子来了。冯书办自己不好来的。转差我送了来了。”晴雯、金钏儿听了,忙将大门开了。只见鲍二家的手里拿着一封书子,递与晴雯道:“姑娘们拿进去,送与宝二爷看,就说冯书办在薄命司等回信儿呢。”晴雯道:“你怎么不进来歇歇呢?”鲍二家的道:“这里人多,琏二奶奶的嘴又不给人留分儿,没的进去教他当着人说的脸上怪没意思的。我就回去罢。”说毕,径自去了。

晴雯、金钏儿仍旧关好了门,一直往上房儿来。金钏儿问道:“这个女人是谁？我怎么不认得他呢?”晴雯道:“谁又认得他呢!我也是听见琏二奶奶说,那年二奶奶生日,都在老太太房里吃酒,他就和琏二爷勾搭上了。后来琏二奶奶大闹了一场,他就臊的上了吊了。”金钏儿听了笑道:“怪道他不进来,怕琏二奶奶当着人揭他的短儿。”二人一路说笑,来到了东套间的门首,便将铜环儿叩了几下。只听宝玉在内里问道:“做什么?”金钏儿叫道:“二爷起来罢,姑老爷差人送要紧的书子来了。”只听“哗唧”的一声,门早开了。宝玉只穿着件短汗衫儿,趿拉着鞋儿走了出来。不问青红皂白,先摸了晴雯一个脸蛋儿,又打了金钏儿一个下颏儿。二人不敢

声张,一齐瞪了他一眼。宝玉笑着接了书子,重新走了进来,叫道:“晴雯姐姐,点支蜡烛来,屋里黑得还看不见字呢。”晴雯、金钏儿听了,忙点了蜡烛送了进来。只见黛玉、宝钗二人俱穿着短衫儿在炕沿儿上坐着。见宝玉拿进书子来,站在灯下拆封,他二人便也走出来,一边一个,扶着宝玉的肩头。只见皮面上大书“二贤侄开拆”五个大字。拆去封皮,大家一齐观看。只见上写:

日前分手,驰赴彤庭,叩觐天颜,厚蒙赏赉。命下部曹,即行查缺补授。正在守候间,忽有茫茫大士、渺渺真人面陈一本,表奏贤侄与小女前生一段因果。蒙上帝垂悯,许令回生完聚,并将太虚幻境所有入册之一切痴魂,普行释放回生,俾得各遂所愿。又悯愚一生缺嗣,仅存一女,不忍令其再离,即着与现任京师之都城隍两相对调,所有酆都随任之亲戚幕友、长随家人,概准其带赴新任。[今]将大士、真人原奏本章并奉到,上帝御批抄录送览,并希转呈老太太,以慰慈廑。专此布候近祉。不宣。

侍生林如海顿首拜

宝玉、宝钗、黛玉三人看毕,不胜大喜。遂又将抄录奏稿打开观看。只见上写道:

茫茫大士、渺渺真人臣某某谨奏,为仰恳天恩俯鉴隐曲事:窃维紫微垂象,独秉造化之权衡;青锁随班,分司激扬之责任。伏查酆都城隍林如海之女黛玉,生本灵河仙草,谪为人世名姝;学迈班姬,才超谢女。髫龄失恃,早见背于椿萱;弱息依人,竟托身于衿舅。年才及笄,欣逢阆苑仙郎;缘在前生,曾做神瑛侍者。情出于性,本人伦王化之原;礼守乎经,岂濮上桑间之事?倘终身之事托焉,则一生之愿遂矣!讵意红颜薄命,忽遭僵李代桃;可奈白发昏耄,遂致移花接木。绛云轩里,曾无一梦之缘;潇湘馆中,遽抱百年之恨。魂归幻境,荡游缥缈之乡;名注太虚,永注氤氲之册。事最堪伤,情殊可悯。伏维上帝陛下，居高听卑，作真宰于十方；静专动直，赐福祥于三界。有求必应，无感不灵。愿昭阴阳不测之神明，以示彰瘅无私之至意。宏施法力，大发慈悲。凡属《红楼梦》有情之物，俾使普返幽魂；所有太虚境注册之人，概令咸臻寿域。郎才女貌，都成伉俪之缘；孽海情天，永绝相思之鬼。将见恩洋，天上庆高明悠久之无疆；德溢人间，作盛世升平之祥瑞。臣等临表，无任瞻天仰圣、激切屏营之至。

奉上帝御批：

据奏，贾宝玉、林黛玉一事，情殊可悯。朕已示梦于人间帝主，择于七月十五日盂兰胜会，俾使太虚幻境所有注册之人，普令回生，以彰盛世升平之瑞。

大士、真人等届期遵谕行。钦此。

宝玉看毕，回过头来左边望望宝钗，右边又瞧瞧黛玉，不禁哈哈大笑道："宝姐姐，林妹妹，这可真乐死我了。"未知二人如何回答，且听下回分解。

第十六回　史太君示梦绛云轩
贾存老遇儿铁槛寺

话说宝玉、宝钗、黛玉三人看罢林公的书启，并抄录大士、真人的奏稿，俱各欢喜不尽。宝钗道："金钏儿，快拿笔砚过来，待我抄录一张带回家去，也叫太太听着喜欢喜欢。"金钏儿听了，忙将笔砚送了过来。宝钗道："林妹妹，你替我抄姑老爷的书子，我自己抄奏稿。"宝玉听了，便挽起袖子来替他们研墨，钗、黛二人各取花笺一张，就在灯下一挥而就。宝钗遂又看了一遍，叠了一叠，掖在袖挽儿里。

这里晴雯便送进脸水来，大家梳洗穿衣。刚洗梳完毕，只见鸳鸯走来问道："姑娘们起来了没有？"晴雯忙道："早就起来了。"鸳鸯道："姑太太早就梳洗完了，听见宝姑娘来了，要过来看看呢。"宝钗忙道："我们就要过去请姑太太的安去呢，因为姑老爷的书子来了，所以耽搁了会子。"正然说着，早见凤姐搀着贾母，司棋搀了贾夫人走了进来。宝钗见了忙迎了上去，与贾夫人行礼。贾夫人忙拉了起来，贾母道："姑奶奶，你看这个女孩儿可好不好呢，和他妹妹真是天生地就的一对儿。"贾夫人听了，也将宝钗仔细一看，忙拉了他的手笑道："我的儿，难为你，这个模样儿到底怎么长来！真像画儿上画的人了。我听见老太太说，你就很疼你妹妹，将来你们姊妹俩到了一块儿，我也是放心的了。从今以后，不许你叫我姑妈，你也把我叫妈妈就是了。”贾母听了笑道：“很好，这才是呢。当日薛姨太太也叫林丫头把他叫妈妈来着。这如今宝丫头也把你叫妈妈，这才情通理顺，妥当极了。昨儿我还听见说得了曾孙儿了，姑奶奶，你知道不知道？”贾夫人听了，忙向宝钗笑道：“姑娘你可恭喜。是几时生的小哥儿？”宝钗正欲回答，只听宝玉道：“你们也让老太太、姑妈坐下，让我把姑老爷带来的书子念与两位老人家听听，冯书办还待回信呢！”贾夫人听了忙问道：“你姑爹有书子来么？”宝玉道：“有的，差了冯书办五更天来的。”贾夫人道：“既是如此，二侄儿就念与老太太听听。”

于是，贾母、贾夫人、凤姐、宝钗、黛玉各挨序次坐下，宝玉便取出书子并奏稿来，从头至尾，高声朗诵地念了一遍。众人听了，无不欢喜，惟有林黛玉坐在椅上思前想后，又流下泪来。凤姐道：“林妹妹，你也太爱哭了。人家听见这个信儿，人人都是欢喜的，偏你又伤起心来了。想是你舍不得你这个绛珠宫？”黛玉道：“你好糊涂，你仔细想想，我们太虚幻境的人普令回生，老太太和爹爹、妈妈又不能回生，这可不是又要离别么，我怎么不该哭呢？”凤姐道：“我不糊涂，你才是糊涂了呢。你才没听见，姑老爷书子上明明白白写着，说不忍叫骨肉再离，所以才补了姑老爷京师里都城隍了。这句话你想是没听见么。”黛玉道：“虽然如此，到底有阴阳之隔，岂能常常见面呢！”贾夫人忙道：“我的儿，你不用伤心，横竖我们得了都城隍，老太太也随了我们任上去，娘儿们要见面也没有什么难处，比不得当日在地府了。你也想想，你父亲和我也都是半百过外的人了，就让如今也放我们回生，又能在人世过多少日子呢？老太太是更不用说的了。况且，你父亲当日在扬州作盐运司，又不要商人们的钱，尚且每日提心吊胆的，那里有做城隍逍遥自在呢！”正然说到这里，只见迎春走了进来，先与宝钗相见，彼此叙了会子寒温。便向宝玉道：“宝兄弟，你先到外边坐坐去罢，菱姑娘、小大奶奶都要进来瞧瞧宝妹妹呢。”宝玉听了，便立起身来向贾夫人道：“我就去

见见冯书办，给姑老爷写个回字儿去罢。”贾夫人道：“你就去写上，说书子上的话我们都知道了，以后再有什么信儿，即速再差人来就是了。”宝玉听毕，个自去了。只见香菱、秦氏也走了进来与宝钗相见，各道别后情事。大家坐定，贾夫人向宝钗笑道：“姑娘，我才问你小哥儿是几时生的，你还未曾开口，二侄儿就要念书子，把咱们娘儿俩的话把打掉了。”宝钗道：“是上月十五生的。昨儿才过的满月。”贾夫人又道：“如今你婆婆和你妈妈身子可还壮朗？”宝钗道：“如今家里事不遂心，我太太和我妈妈也都露了老了。”贾夫人听了叹息了良久，又向香菱道：“姑娘，你到底有种什么香，这等奇妙？又能送你妹妹到家，又能把宝姑娘接了来呢？”香菱道：“这种香是我父亲给的，原是仙家之宝，一名返魂，一名寻梦。点起香来，彼此往来相会，也无非魂梦而已。”贾夫人道：“依你这等说来，你们姑娘到这里来，竟是作梦了么。”香菱笑道：“姑太太这个话说得好笑。不是作梦，难道是他的肉身自来了么？”贾夫人听了沉吟了半晌道：“他既是做梦，咱们也该早些送他回去才是，恐怕留的时间长了，他太太在家必定要受惊怪呢。”贾母也道：“可也是呢，我们这里的饭，可也不好留他吃的。宝丫头，你也就回去罢，仔细你太太担心。你回去就把你姑老爷的书子和那僧、道的奏稿上头写的那些话，先告诉你老爷、太太，叫他们放心。”宝钗道：“才刚儿我也把姑老爷的书子并奏章的底儿都抄下了，他还说叫把通灵玉带了回去做个凭据。不然，太太还罢了，老爷素日最是不信神鬼荒诞的话的。”贾母听了沉思了一会道：“你那爷那个脾性儿，我也是知道的。那块玉也是你女婿离不得的东西。也罢，你先回去，等明儿我也和香菱姑娘借一支香点了，亲自到家给你老爷托托梦，当面告诉他这些因果，他也就不能不信了。我的儿，你就早些儿回去罢！”宝钗听了，便起身告辞。黛玉道：“姐姐你且慢着，我这里有警幻仙姑送的仙酒，喝了百病消除。你喝些儿，回去省得吃王大夫的药。”金钏儿听了，忙烫了酒来，宝钗立饮了三杯。黛玉仍命晴雯送去。金钏儿道：“我送二奶奶去，我也要带着看看我妈和我妹妹呢！”贾母道：“小蹄子，你不用混争，晴雯岁数比你大点子，他送宝姑娘去我们放心些儿。你要回家看看你妈，明儿跟了我回去就是了。”金钏儿听了，便不敢言语。

这里，宝钗告辞了贾母，众人一齐送出绛珠宫。黛玉、迎春、香菱、金钏儿四人仍将宝钗、晴雯送至牌坊外边。忽见宝玉从薄命司飞跑着赶来叫道：“宝姐姐，你等一等儿，我还有话告诉你呢！”众人听了，只得止步等候。宝玉到了跟前，向宝钗道：“才刚儿我又接到两位仙师的一封书子，说我与柳湘莲的肉体，都在大荒山空空洞内，他们目下要差松鹤童子送到铁槛寺去呢。你到家可告诉老爷、太太，差人不时的打听着些儿。如果有人将我们的肉身送到，就将我抬在家中，安置在潇湘馆。把柳二哥的肉身就交给你们家薛大哥。再差人到苏州，把林妹妹的灵柩搬来，等到七月十五日，我师父自有妙用。你就把我这块玉带了回去，请太太看看也好放心。”宝钗道：“才刚儿老太太说来，这块玉是你带惯了离不得的，不用带了回去。明儿老太太亲自到家给老爷托梦去呢。你可将方才的这些话也告诉老太太一声儿。我一个人的话，恐怕老爷未必肯信。”说话之间，早来到了牌坊外边。宝玉、宝钗、黛玉三人，六目相视，大有不忍分离之状。只见香菱点起香来，与宝钗、晴雯插在鬓边，说声“去罢！”只见二人双脚离地，如电掣星驰一般，须臾不见了。

这里宝玉、迎春等五个人由旧路而回。香菱向宝玉问道：“宝二爷，来的那个冯书办走了没有？”宝玉道：“走了好一会了。”香菱听了，向黛玉笑道：“姑娘，我听见我们的这个主儿嫁了冯书办，如今现在薄命司里住着呢，我们何不去看他一看，臊他一臊呢！”黛玉笑道：“什么好有脸的人，看他做什么？他又知道什么是个臊呢。我先不去看。”香菱见黛玉不肯去，便又向迎春道：“二姑娘，你同我一块儿逛逛去罢。”迎春不好意思驳回儿，便问宝玉道：“只怕柳湘莲、秦钟都在那里，我们去了不大方便罢！”宝玉道：“不相干的，他们俩家相离好远的呢。况且他们两人我已经嘱咐过了,说这里乃是女仙之所,不许他们无故出来乱走的。”迎春听了,乃向黛玉笑道:“林妹妹,你既然不去,你就和金钏儿先回去罢,我陪着菱姑娘去走一回。宝兄弟,你把我们俩人送了去罢。”宝玉听了,不好违拗,只得随了迎春、香菱往薄命司而来。黛玉带了金钏儿自回绛珠宫而去。彼此分路走了有一箭多远,忽听宝玉回头叫道:“金钏儿,你好生搀着妹妹走,看仔细跌倒了。”说得众人都笑了。迎春笑道:“罢哟,你不用虑了!这是我们来来往往走熟了的一条路,比咱们大观园的路还好走呢,你就单怕跌倒了你妹妹,难道别人就不是个人儿!”说得宝玉无言可对,自己也笑了。按下太虚幻境之事,暂且不表。

再说宝钗的阴魂随了晴雯的阴魂出了太虚幻境,耳内只听呼呼的风响。转瞬之间,早望见怡红院自己的卧室。正要和晴雯说话,只觉晴雯在旁将他猛力一推,早已魂归了本壳,不觉“哎哟”了一声。只听莺儿在旁叫道:“史大姑娘,快回来罢,不用告诉太太们了!我们姑娘醒来了。”宝钗在梦中惊醒,听见莺儿叫喊,忙揉了揉眼看时,但见日色横窗,约有巳牌时分,不觉吃一大惊,连忙坐了起来道:“莺儿,你嚷什么呢?”莺儿道:“姑娘,你从来没有失睡过,今儿怎么了?大家都起来梳洗完了,你还睡得不醒,任凭我怎么推着叫,你总不答应一声儿。后来史大姑娘来了,他把手伸到你被窝里百样的膈肢,你连动也不动一动。他才看着着了急,怕你得了什么怪病儿。他教我好生看着你,他亲自告诉太太们去了。”宝钗听了,点点头儿。又将梦中的景况想了一想,忙在袖挽儿里摸了一摸,果然有个字帜儿。取出来看了一遍,忙又掖起,即便穿好了衣服下地来,在四下里望了一望,问道:“莺儿,你可瞧见晴雯来没有?”莺儿听了吃惊道:“姑娘,你怎么说起鬼话来了。”

正然说到这里,只见薛姨妈和王夫人、史湘云一起走了进来。一见宝钗,都发起怔来。薛姨妈道:“我的儿,你怎么了?才刚儿你

史大妹妹说你睡得总不能醒来了，任凭怎么膈肢总不动一动儿。吓得你太太一面着人找你琏二哥哥，教他快请王大夫去，一面我们就往这里瞧你来了。怎么你这会子倒好好的起来了呢！你到底自己觉着是怎么了？”宝钗笑道：“我并不觉怎么样。有个缘故，太太和妈妈、史大妹妹都坐下，等我慢慢儿的告诉你们。”薛姨妈听了，便和王夫人、史湘云一齐坐在炕上，莺儿忙着叠了铺盖，端了脸水来。宝钗一面洗脸，一面将晴雯昨夜来家，点起寻梦香将他带到太虚幻境，与贾母、贾夫人、宝玉、黛玉等诸人相见，并林公带了书子来，抄了僧、道奏稿的话，从头至尾细说了一遍。又将抄下的书子、奏稿取了出来递与湘云。湘云接来瞧了一瞧，便朗朗的念了一遍。王夫人、薛姨妈听了，俱各大喜过望。宝钗又将贾母要亲来托梦，以及僧、道差松鹤童子送宝玉、柳湘莲的肉身到铁槛寺的话说了一遍。王夫人听了更加欢喜，忙命人传知林之孝，教他飞行到铁槛寺，告诉主持们一声儿，一有什么信儿，飞来禀报。

正在吩咐间，只见王善保家的笑嘻嘻地走了进来，先与王夫人、薛姨妈请了安，又与湘云、宝钗问了好，道：“那边大太太听见说找琏二爷请王太医给宝姑娘看病，大太太说，昨儿还是好好的过了满月，今儿怎么忽然又病了呢？大太太很不放心，打发我过来打听打听。”王夫人笑道：“没有什么大病，你且坐下，等我告诉你缘故。”王善保家的听了，才然要谢坐，忽然“哎哟”了一声，两只眼睛直勾勾地瞪了起来，大嚷道：“晴姑娘饶了我罢，我再不敢在太太面前给你垫舌根了！”说着，但见他如疯魔了一般，把自己浑身的衣钮儿都解开，连裤带儿都揪断了，两只手只是在腿班里乱采乱挦。吓得王夫人、薛姨妈一齐问道：“这是怎么了，这是怎么了？”湘云在炕上瞧见这般光景，早已笑得动不得了。宝钗一见，就知道是晴雯作祟，忙命莺儿：“快叫柳家的拿儿张黄表纸钱来，在院子里焚化。”口里暗暗的祝赞了几句。只见王善保家的这才不闹了，“咕咚”一声栽倒在地，口里的白沫子漾了出来，手里还攥着一撮子黑毛。招得众人又是害怕又是好笑，一时轰动了家下。只见李纨、平儿、惜春、巧姐、紫鹃、麝月一齐都来了。柳家的和莺儿、麝月、紫鹃四人一齐动手，将王善保家的抬到下房里去，灌了些汤水，这才苏醒过来。满面羞惭，无言可说，惟有暗恨晴雯而已。将息了半晌，王夫人便差柳家的将他送过那边去，并接邢夫人和东府尤氏，晌午过来大家说说话儿。

这里，薛姨妈、王夫人等就在怡红院，大家吃了早饭。王夫人便又差人接了探春来。不多一时，邢夫人、尤氏也都来了。王夫人遂将宝钗作梦的话告诉了众人一遍，彼此又盘问了会子太虚幻境的光景，宝钗又备细地述了一遍，大家听了无不欢悦。邢夫人笑道："我倒不知晴雯这个小蹄子厉害多着呢。才刚儿王善保家的回到家里，他又附下来了，嘴里只嚷叫要叫他姑舅哥哥吴贵，教把他的灵柩快寻了出来，预备着好回生。闹得我没了法儿，只得央告他说，'好孩子，你只管放心，我一会儿过去告诉你太太，找你的尸首就是了。'勒掯了我个到地儿，他才走了呢。"尤氏听了笑道："若是这么说起来，凤丫头和我们媳妇、我们的两个妹子，也都要搬回他们的灵柩来才是呢。"王夫人道："这个自然的。等明儿我和你叔叔商量了，仍旧打发蓉哥儿到苏州搬你林妹妹的灵柩去呢。就带着把你们媳妇和凤丫头的灵柩也搬了回来。你两个妹子都在这里城外埋着呢，那是更容易的了。"尤氏道："我想，林妹妹和凤丫头是去年死的，我们二姨儿、三姨儿是前年死的，年代还不多儿也还罢了。只怕我们媳妇死的年代太多了，想来尸首也未必能够囫囵罢。"宝钗道："昨儿我梦中在太虚幻境，听见你兄弟说，他师父临时自有妙用。想来，他师父既是神仙，临期自然有个什么妙法儿也不可知。据我想来，别人的灵柩，无论年代的远近，到底还有个埋葬的地方儿，都还容易。惟有妙师父，可教人在那里寻找他的尸首去呢？"众人听了，齐声叹息道："这可真难了。"

正在彼此谈论，只见玉钏儿走来禀道："老爷回来了，请太太过去说话呢。”王夫人听了，便起身领了玉钏儿，出了怡红院，一直回到自己的上房。只见贾政正和贾琏坐着说话，一见王夫人进来，贾琏忙站了起来道：“太太才刚儿教我请王太医，回来的人说，今儿是他在太医院的正班儿，恐怕内廷一时传唤，不敢擅离。他说明儿早起来罢。”王夫人尚未及回答，贾政忙问道：“谁又病了？”王夫人笑道：“说来又是好笑的事，老爷又该不信的了。二媳妇昨儿才过了满月，今儿早起睡得总不能醒来，把我吓得只当他又得了什么怪病了呢，所以才教琏儿差人请王太医去了。后来谁知道才不是病，却是梦见晴雯把他引到太虚幻境去了。”刚说到这里，只听贾政笑道：“真奇怪了，早起，我今儿在衙门里也听了个笑话儿，外头的人都嚷着说，这两天夜里，城隍庙有人听见人喊马嘶的，说旧城隍现在办理交代，新城隍眼下就要到任呢。又有人说，新城隍就是当日在扬州作盐运司的林老爷。你说这个话荒唐不荒唐呢？”王夫人听了笑道：“依老爷这样说起来，这件事竟是千真万真了。昨儿宝丫头梦中到了太虚幻境，连老太太、姑太太都看见了，还抄了林姑老爷的书子并大士、真人的奏稿来了。老爷看一看也就知道了。玉钏儿，去和你二奶奶把那个稿儿要来。”玉钏儿听了，如飞而去。不多一时，将两个稿儿拿来递与贾政。贾政接来看了一遍，望着贾琏笑道：“我不信，天地间竟有这等的奇事。我想，林姑老爷素日为人骨鲠方正，或者死后为神，也是有的。宝玉到了太虚幻境，或者他修道的心诚，得了他仙师的什么指引，这也在情理之中。从来没听见死人回生之说。这一节到底教我不能无疑。你瞧瞧这个稿儿。”贾琏接来看了一遍，忙站起来笑道：“侄儿读的书不多，也不能深究其奥，然而常听见俗语说的‘圣天子百神相助，大将军八面威风’。侄儿想，如今圣天子在位，恩德加于四海，神灵感应也是该当的。至于老爷居官清正，为国为民，上天加护，降之福祥，这也是有的。依侄儿的愚见，宁可信其有，不可信其无。我们如今只把应该预备的事早早儿的预备下就是了。”贾政听了，沉吟了多会道：“我想，这件事虽说似属可信，终是渺渺茫茫的。万一吵嚷出来，外头都知道了，不但叫亲戚朋友们笑话，上头要是知道了，只怕还要问不是呢！"王夫人道："才刚儿二媳妇还说，老太太惟恐你不信这些荒诞之事，老人家还要亲自来家给你托梦来呢。"贾政听了，不觉凄然叹道："自从老太太去世之后，我也梦见过几次，总是模模糊糊的。既是老人家要来家托梦，今儿可将老太太的上房打扫洁净，预备下一桌子好的供献，等我晚上祭奠了，就在老太太的房里睡觉。且看有什么动静儿，咱们明儿再作道理。明儿是南安太妃的寿诞，我请你们过来，咱们商量。如今别的礼物都有了，只少一只如意，只怕老太太楼上还有，你去找一找瞧，把我的饭送到书房里，我就和琏儿一块儿吃罢。"说毕，便和贾琏起身向书房而去。这里王夫人便将琥珀叫来，教他先开了贾母的房门。王夫人遂到里边看了一遍，但见屏帐依然，人亡物在，不胜凄婉。悲伤了多会，吩咐老婆子们收拾打扫，重新铺设了一番。一面上楼取了一只玉镶的如意，命人送与贾政。一切完毕，这才过来，又与邢夫人、尤氏、探春、湘云诸人计议了会子搬取众人灵柩的话，又不知谁是回生的，谁是不回生的，纷纷讲说，俱各猜疑不定。闹了一天，到了晚上始各散去。

这一晚，贾政便斋戒沐浴，就在贾母房中摆了供献，悬起贾母的影像来。奠了酒，叩说了一番，便独自一人在贾母平日住的暖阁内安寝。王夫人一来为贾政年迈，一人又在空的房内独睡，不甚放心；二来也要悄悄地窥听，到底有什么影响，乃悄悄地命人将自己的卧具搬来，就在板壁后琥珀睡的房内，带着琥珀、玉钏儿同宿。翻来覆去一夜不曾合眼，不时的伏枕静听，似乎板壁那边微有声息，并不听见贾政言语。瞧了瞧残灯明灭，玉钏儿、琥珀二人鼾然沉睡。将至五更时分，忽听玉钏儿在梦中惊醒嚷道："姐姐站一站儿，我还有话要问你，你怎么就走了呢！"王夫人听了骂道："小蹄子，你怎么撒起呓怔来了？"只见玉钏儿揉了揉眼睛爬了起来，道："太太，我姐姐跟了老太太来了。我们才说了几句话儿，老太太在那边就叫他，他就赶着过去了呢。”王夫人听了，不胜惊异，正要往下盘问，忽听贾政在板壁那边“哎哟”了一声，似有悲咽之状。王夫人听了吃了一惊，隔着板壁先咳嗽了一声，然后问道：“老爷睡醒了么?”只听贾政哽咽道：“快点灯来!”王夫人听了，连忙起来，穿好了衣服，叫起琥珀、玉钏儿来，点了一支蜡烛，三人一同走了过来。猛见了贾母的影像与平日大不相同，真如活人一般，眉目俱动，唬了一哆唆。只见贾政披着衣服坐在榻上，面带泪痕。一见王夫人进来，忙道：“真奇怪极了，我只觉刚然睡着，就瞧见老太太一手拄着拐杖，一手扶着金钏儿走了进来，声音笑貌宛若生前，和我足足的坐着说了有两个时辰的话，老人家告诉我说，林姑老爷升了京都的城隍，也是七月十五到任。老太太和珠儿、鸳鸯等俱都随任享受人间的香火。又与我商量要将鸳鸯与珠儿作妾，我就答应说，诸事任凭老太太尊裁。其余的话，都和二媳妇梦醒后所说的相同。我就向老人家说：‘太虚幻境册上注名的究系何人?祈老太太明示，以便好搬取他们的灵柩。’老太太便说：‘金陵十二钗，你难道不知道么?’这句话把我说怔了，我只得答应说：‘实在不知，求老太太明示。’老太太又说：‘我告诉你，你可要记清白些儿。元妃、贾迎春、林黛玉、王熙凤、秦可卿、甄香菱、尤二姐、尤三姐、晴雯、金钏儿、瑞珠儿和尼姑妙玉，共十二个人。如今除过妙玉他自行陈请，情愿陪侍警幻不愿回生外，其余的十一个人，都是该回生的。这是已死的十二钗了。如今现在的薛宝钗、史湘云、李纨、平儿、探春、惜春、巧姐、薛宝琴、邢岫烟、莺儿、紫鹃、花袭人，这又是现在活着的十二钗了。目下，是若有人将宝玉的肉身送来，你可要好生将息他，不可难为他一点儿。时光有限，我也要回去了。’我听见他老人家要去，我就拉住哭着问如今的家运，并子孙后来之事。老太太站起来只说了个‘但行好事，莫问前程’，便叫金钏儿：‘咱们回去罢!’刚见金钏儿走了过来，老太太就将拐杖在地下一撴，就像打了个闷雷一般，把我就吓醒了。”

王夫人听了，也由不得一阵心酸，悲咽了半晌，道："既是老太太有灵有神的来家托梦，这件事可就千真万真，老爷也不用再疑惑了。我想，别人的灵柩虽然路途遥远，不过多花几两脚费，早些儿差人赶着搬去也还好办，惟有元妃的凤柩，非离了奏明请旨，如何敢私自动得呢？莫若老爷上朝去，回了宰相大人们，求着替我们奏一奏才好。"贾政听了，摇头道："不妥不妥。此等荒诞不经之事，谁有多大的胆子敢在万岁爷跟前乱奏呢？"王夫人道："不然这可怎么处呢？"贾政沉思了一会，忽然道："我记得昨儿我看过媳妇从梦中抄来的奏稿，后面有上帝的御批，我好像记得有'朕已示梦于人间帝主'的这一句话。如果真有示梦之事，再不过几天儿，外头也就知道信儿了。即或并无托梦之事，且等临期别人如果真都回了生，那时再求大人们代奏也还不迟。倒是外甥女儿和琏儿媳妇、蓉儿媳妇的灵柩，我明儿和大老爷、珍大侄儿商量，仍旧打发蓉儿回南搬取，叫他赶紧些儿，总赶七月初十日到京才好。再者说，有人送宝玉的肉身到铁槛寺之事，我想，我今儿下了衙门，亲自到铁槛寺拈香，吩咐主持们扫打了经室，先替老太太念三天经。吩咐主持们留心打听着也就是了。"王夫人听了点点头儿道："老爷想的很是。"老夫妻一面说话，一面服侍贾政穿衣梳洗毕，重新到贾母的影像前泣拜了一番。便命琥珀、玉钏儿收了影像，撤了供献。喝了茶，吃了点心，这才上衙门去了。

这里王夫人督率着琥珀打扫干净，仍然关好了门，遂带着玉钏儿仍到怡红院来，便将贾母昨夜果真来家托梦的话告诉了薛姨妈、史湘云、探春、宝钗一遍，合家无不欢悦。薛姨妈便命人叫了薛蟠、薛蝌弟兄两个来，告诉他们，教薛蝌差人回南，搬取香菱的灵柩。又教薛蟠打听着，有人将柳湘莲的肉身送到铁槛寺时，可抬到家中，打扫一间避风的密室，用心将养，以报朋友拯救之德。薛蟠、薛蝌二人听了，都一一的答应了，自去料理不提。

再说贾政下了衙门，吃了早饭，坐了车，带了贾琏、赖大、李贵、林之孝、焙茗出城，一直来到铁槛寺。本寺的主持闻知大檀越亲来拈香，早传齐了合寺的僧人出来迎候。贾政下车，先进禅堂更衣。这里贾琏便吩咐林之孝催人搭盖经棚。勋戚大家并不费事，吹口之力搭起棚来。登时悬灯结彩，法鼓金铙，请贾政出来拈香礼忏。贾政素性刚直，并不信神鬼渺冥之事。只因贾母托梦，所以来此念经，也无非是尊敬神明，思念父母的意思。拈香已毕，就在寺里吃了些素斋。约有未末申初时分，才要进城回府，忽然间大风陡起，拔木扔尘，将棚内的灯火俱皆吹灭；尘沙迷目，对面看不见人。忽闻空中有鹤唳之声，众人俱各惊疑，敛神屏息，不敢少动。只听戛然一声，坠落在棚内。须臾大风顿息，众人看时，只见一只仙鹤，元裳缟衣，翅如车轮，背上驮着两个人，俱各闭目敛息，如痴似醉，仔细看时，正是宝玉和柳湘莲。贾政、贾琏见了，又悲又喜，忙命李贵、焙茗、林之孝、赖大等一齐动手，将他二人抬了下来。但觉身体夯重，瘫软如绵，不能站立。贾琏忙拉了宝玉的手叫道："宝兄弟，老爷在这里呢。"但见宝玉目垂息敛，并不答应。再看湘莲，也是如此。贾政见了这般光景，也觉凄惨落泪。正在伤感之际，忽见那只仙鹤收了双翅，就地一滚，化做清俊的一个道童，向贾政稽首道："恭喜老大人，小道奉仙师之命，特送公子来此。"贾政见了不胜惊异，知是仙童，不敢怠慢，忙答礼道："有劳仙童下降，下官何以克当！但不知小儿浑身瘫软，口不能言，是何缘故？"列公，你道这只仙鹤是谁？原来就是松鹤童子所化。见贾政问他，忙笑道："他二人的真魂现在太虚幻境，未曾入壳，是以如此。且请大人将他二人抬到府中，安置在静室，用心将养。俟七月十五日，家师到来，亲自施展法力，令他二人真魂入壳，自然耳目聪明，手足灵动了。"贾政听了，这才放了心，忙命焙茗飞马进城报信，并着抬两顶软轿来。一面命人将湘、宝二人抬进禅堂，一面命主持让松鹤仙童子到客房待茶。只见那仙童就地一滚，依旧化做仙鹤，戛然一声，腾空而出。贾政这才知道僧、道二人果是真仙，不胜感激，连忙向空拜谢。进

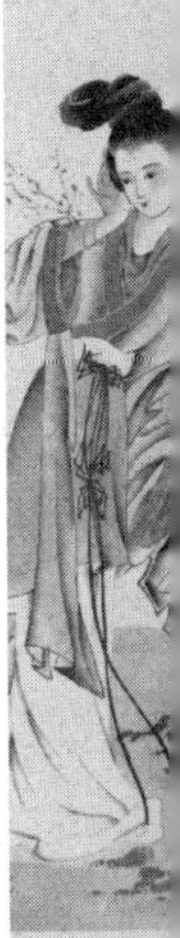

了禅堂，又将宝玉、湘莲仔细一看，宝玉是僧家打扮，湘莲是道家装束，直挺挺地睡在榻上，就和死人一般。摸了摸手脸，却都是温暖的，鼻中亦似有出入微息。每人腰里拴着一个包袱，解下来打开观看，原来是他二人当日出家时穿了去的衣服。贾政见了，点头叹息了多会。只见焙茗飞马跑来，并命人抬了两乘软轿。薛蟠得了信儿，也飞马而来。贾政便命贾琏坐一乘软轿，搂了宝玉，李贵、焙茗帮助。薛蟠坐一乘软轿，搂了湘莲，赖大、林之孝帮着，自己仍坐了车，一齐进城。约有掌灯时分，早到了荣国府。刚到了宅门，就听见王夫人儿啊，肉啊地从里面哭了出来。未知如何，且听下回分解。

第十七回　天上人间双颁恩诏
痴男怨女大返幽魂

话说贾政，从铁槛寺将宝玉、湘莲二人，用软轿抬了进城，走至荣府街口，薛蟠便吩咐轿夫，岔道将柳湘莲抬了家去。这里，贾琏在轿内搂了宝玉，刚到了宅门，就有小厮上前接住了轿杆，喝退了轿夫，一直的抬到荣禧堂的院内，这才落下轿来，早见王夫人从里面哭了出来。贾琏在轿内忙道："此乃大喜之事，太太不必悲伤。快教老婆子们抬了藤屉子来。"此时，李纨、平儿等都在上房门首站立，听了，忙命老婆子们抬了个藤屉子过来。只见贾琏从轿内搂着宝玉的腰，焙茗抬了宝玉的腿，轻轻地抬出轿来放在藤屉子上，就将包袱做了枕头。老婆子们抬了，便向大观园而来。王夫人见了，便哭着跟了进来。

再说宝钗一闻焙茗报信，早命紫鹃将潇湘馆收拾打扫妥当，安设了床帐。一见老婆子们抬了宝玉进来，瞧见他那个样儿，就像那年挨了打抬进来的一般，又像抬进一个小和尚子来了，也由不得一阵心酸，扑簌簌流下泪来。正欲上前来看，只见贾政、贾琏都跟在后面，他便暂且回避了。王夫人一面哭着，一面吩咐老婆子们将宝玉安放在床帐之内，仍将藤屉子抬了出去，便坐在床沿儿上，拉了宝玉的手，就如哭亡人的一般，数数落落地哭将起来。贾政也坐在椅子上叹气。贾琏忙劝道："太太不必尽自伤心了。虽说他这个样儿教人瞧着心里难过,究竟并不相干的,不过再过几天儿,他师父就来救他来了。太太若是尽自哭,只怕他的魂灵儿在太虚幻境也是不安的。"劝了多会,王夫人这才止了泪。贾政见王夫人不哭了,乃向贾琏道:"我们到外边坐去罢,这里也让他们姊妹们过来看看。"说毕,便同贾琏各自去了。

宝钗见贾政、贾琏去了,这才走到宝玉的床前,仔细看了一看,用手在他额上摸了一摸,乃向王夫人道:"太太放心,不用尽自哭了。这是他魂未归壳,所以如此。他师父既然差人送了来,想来再也不至另有他虞的。"王夫人听了点点头儿道:"我的儿,我想怪热的天气,你把他这和尚的衣服都替他脱下来。盖上夹被,把窗户上的竹帘子都放下来。虽不可受暑,亦不可受寒。"宝钗听了,便挨上床去,将宝玉扶了起来,揽在怀内,只觉他身软如绵。王夫人忙替他解钮脱衣,拉去了鞋袜,便盖上了夹被。王夫人又伸手在被内替他退了小衣,只留下贴身穿的兜肚儿,便命宝钗轻轻将他放倒,侧身而卧。取过了包袱,换上了绣枕,仔细一看,宛如睡觉一般,脸儿上仍旧红是红白是白的。王夫人看了,这才欢喜起来了。刚然安置妥当,只见薛姨妈、史湘云、探春、惜春、李纨、平儿、巧姐等都来了。大家齐到床头仔细看了一看,也有欢喜的,也有伤心的,满屋里纷纷谈讲,十分热闹。这一晚,宝钗安置了桂哥儿,便带了莺儿、紫鹃、麝月、秋纹等,就在潇湘馆守宿。

到了次日,贾政刚下了衙门,就有贾赦、贾珍、贾环、贾蓉、贾兰、贾芸、贾芹、贾蔷等一齐过来看视宝玉。正在热闹之际,忽见林之孝慌慌张张地跑来禀道:"太监夏老爷背着旨意来了,请老爷快出去接旨。"贾赦、贾政听了,俱各吃一大惊,连忙换了朝服,趋出门外跪接。只见夏太监骑着马,背了旨意,直至大堂滴水檐前下马,将旨供在香案。贾赦、贾政等俱行三跪九叩,礼毕,伏俯听候宣读。夏太监打开圣旨,读曰:

朕前于机暇批阅古今史鉴,偶觉神倦,隐几假寐,梦见一僧、一道，衣冠太古，相貌清奇，将朕引入天宫。蒙上帝降阶延入。升瑶碧之宫，登丹霄之殿；筵开王母之桃，乐奏钧天之曲；问答良久，酬酢甚欢。

座间出示大士、真人所奏贾宝玉、林黛玉因果一本，读之殊堪悯恻。业蒙批示，定期于七月十五日命大士、真人降世，宏施法力，将所有太虚境注册之人，概令回生，以昭盛世升平之瑞。朕敬聆之下，深为感悦。

又蒙议及已故原任扬州盐运司林如海，生前忠正，宜补京都城隍之职等语。既而酒阑送出，即见林如海伏谒道旁叩谢，朕复与彼温谕片时，始觉蘧然而寤。朕以梦境迷离，不肯遽信。不意昨日早朝，竟有一僧、一道在午门求觐，朕即宣入，观其形貌，果与梦中所见相同；听其奏对，亦与梦中所闻无异。是以暂将二人安置皇觉寺古刹。除将贤淑贵妃梓宫另降谕旨，令内廷自行敬谨办理外，其自林黛玉以下诸人之柩，自应着照僧、道所请，在铁槛寺先期聚齐，俟届盂兰会日，听候僧、道作法，以观成效。再已故盐运司林如海，着敕授京都城隍，赏发帑银三千两，增修庙宇，并赐祭田百亩，日供香火之费。查工部侍郎贾政，乃贾宝玉之父，又系林如海妻兄。着贾政即遵谕行。钦此。

贾赦、贾政等跪听宣读毕，又行了三跪九叩礼谢恩，将圣旨供在中庭，这才与夏太监见礼，便向里让。夏太监笑道："恭喜老爷们，此乃亘古未闻之奇事，今竟出自贵府，可敬可贺。我今日事忙，另日再来喝老爷们的喜酒罢。"说毕，便命拉过马来，仍在滴水檐前上马，径自去了。

这里贾赦、贾政接了这道圣旨，真是喜从天降，将从前满腹疑猜，一时尽解。便向贾珍、贾琏等商量，仍命贾蓉带了林之孝，回南搬取黛玉、凤姐、秦氏的灵柩，贾赦差王善保搬取迎春的灵柩，贾珍着赖升搬取尤二姐、尤三姐的灵柩，贾琏又差来旺儿寻访晴雯、金钏儿、瑞珠儿的灵柩，俱限七月初十日在铁槛寺聚齐。这个信儿早传到内里，王夫人、薛姨妈暨合家人等无不欢悦。薛姨妈便命老婆子叫了焙茗进来，教他速到家中告诉薛蟠，立刻打点路费，命薛蝌星夜回南搬取香菱的灵柩。焙茗答应而去。

再说薛蟠，于昨晚将柳湘莲抬到家内，安置在书房小套间内，派了两个小厮在内看守，自己仍回到宝蟾的房里睡觉。宝蟾见薛蟠进来，他便轻声浪气地问道："大爷，你想是疯了怎么，把个死人抬到家里来了呢?"薛蟠道："胡说，那是我的盟弟柳老二，是他师父从大荒山差人送到铁槛寺。太太吩咐教我把他抬到家里来。等到七月十五才还魂呢。"宝蟾听了，把眉头子一攒，嘴儿一撇，笑道："太太也老背晦了，非亲非故的，把个死人弄了来，也不害个蜃气。"薛蟠道："这更胡说了，你难道不知道，我在江南回来路上遇着了歹人，不亏人家救咱们的命吗!"宝蟾听了又从鼻子里笑道："罢哟，我倒不知你的命是人家救下的，我只知道你教人家愣了个扁饱，还撳在苇塘里喝了一口臭水呢。"薛蟠被宝蟾说得满脸通红，无言可对，不去理他，各自睡了。

到了次日饭后，这才走到书房来看湘莲。天气炎热，只见湘莲枕着包袱，和衣仰卧，推之不动，问之不答，那脸儿上有红似白的，嫩的真要捣出水来。薛蟠见了，不觉想起昨夜宝蟾之言，触起前情，不觉淫心顿炽，暗笑道："我把你这个小东西儿，那会子哥哥和你玩一玩儿，你就那样的厉害，打了我还不算，还教我喝那苇塘里的臭水。这会子我可看你往那里跑，这可该由着我了罢。"说着，便将两个小厮撵了出去，将湘莲轻轻地抱了起来，先替他脱了上身的衣服，仍旧放倒，又替他拉了鞋袜。但见他浑身的肌肉如冰雪一般，愈觉淫兴勃然，连忙替他解开衣带。只觉有人在他背后"啪"的一声，重重地打了一个脖子拐，打得薛蟠头晕眼花，金星儿乱冒。正在昏迷之际，只听焙茗自外走来叫道："薛大爷，姨太太差我给大爷说话来了。"薛蟠正在神魂昏乱之际，一见焙茗进来，也不暇思前想后,便劈脸打了他一巴掌,骂道:“小杂种,你怎么打起我来了。”焙茗正然说得兴兴头头的,被薛蟠劈脸一掌,打得摸不着头脑儿,便撒泼哭道:“姨太太差我来说话来了,你好好的为什么打我?我又没吃着你们薛家的饭,你打我还早呢!”一头撞在薛蟠的怀里,嚷道:“今儿你就把我打死在你们家里!有钱的财主爷罢咧,还能够给人家偿命吗!”气得薛蟠扎撒着两手,嚷道:“好个野杂种,反了天了,反了天了!”焙茗那里肯服,愈加肆闹。早惊动了里面的薛蝌和邢岫烟,听见书房一片吵嚷,薛蝌连忙就往外跑,岫烟也走出房门,在院内侧耳细听。只见宝蟾从他房里跑了出来,向岫烟笑道:“二奶奶,你不出去看看热闹儿。”岫烟笑道:“你这个人想是疯了。你知道大爷在书房里和谁吵闹,咱们如何出去看得呢?”宝蟾把头一扭,道:“你不去了罢,等我个人看去。”说着他便跑了出来。刚到了书房小套间内,就瞧见薛蝌在北边站着和焙茗两个人说话,薛蟠一个人在东边椅子上撅着嘴坐着生气。只见南边床帐内躺着个年轻赤身的后生,只穿条白绸单裤儿,肌肤如玉一般,不觉吃了一惊。暗想道:“世上竟有这样的美男子!这个模样儿又在我们二爷的上一层了。”想得出了神,恨不能一口凉水将湘莲咽在肚里,只恨人多,不能走到跟前摸他一摸。正想到欲火上攻之际,忽觉有人在他额颅上“当”的一声,狠狠地弹了个脑弹儿,痛的宝蟾立刻抱着脑袋“哎哟”起来。薛蟠抬头往套间里一看,这才恍然大悟,方才的脖子拐不是焙茗打的。正要嗔骂宝蟾,说他不该出来,忽听戛然一声,一只白鹤从窗户里飞了出去。众人都吃了一惊。焙茗道:“二爷,这只仙鹤就是送柳二爷、宝二爷来的童子,他还会变人形说话呢。”薛蟠听了,这才明白方才的脖子拐、脑弹儿自有其来。这才死心塌地的把湘莲当作自己的亲兄弟,不敢再萌他念了。一面喝退了宝蟾,一面令人进去取了一床夹被,一个绣枕来。自己不敢上前,命薛蝌将湘莲安置着睡得妥妥当当的,仍命两个小厮看守。又向焙茗跟前认了个不是。弟兄二人都随了焙茗到荣府来见薛姨妈,谁知焙茗见了薛姨妈，便将方才的缘故，一五一十的都告诉出来。薛姨妈听了大怒，便将薛蟠痛痛的数骂了一顿，这才命薛蟠到当铺里暂挪三百银子，即日起身回南，搬取香菱的灵柩去了。诸事已毕，薛姨妈也回家住了几天，终觉湘莲在家不妥，不但不放心薛蟠，抑且不放心宝蟾，便将这些缘故告诉了王夫人。王夫人又告诉了贾琏，贾琏便和贾珍商议，仍将那年为娶尤二姐买的新房子收拾出来，接了尤老娘来居住，将湘莲挪了过来。等到七月十五日还魂之后，就与尤三姐在此合卺。贾珍听了，自是欢喜乐从。

话休烦絮。书要剪绝。光阴荏苒，不觉到了七月初间。陆陆续续的就有王善保将迎春的灵柩搬来，赖升将尤氏姊妹的灵柩搬来，来旺儿将晴雯、金钏儿、瑞珠儿的灵柩搬来。果然，到了初十、十一两日，贾蓉、薛蝌二人也将黛玉、凤姐、秦氏、香菱的灵柩搬到了。贾政便差赖大先在铁槛寺搭盖棚厂，悬挂灯彩，收拾得十分华丽，将这十副灵柩各按名分、年齿的次序儿都停放在棚内，就命本寺的众僧人先念了三日的真经。轰动了满城的军民百姓，每日扶老携幼、挈男抱女就如看会的一般。

到了十五日黎明，贾政刚要上朝请旨，就有太监夏秉忠飞马而来，传谕口旨说："昨夜三更时分，僧、道二人在皇觉寺设坛作法，又进了一粒仙丹，用甘露调化，命宫娥灌入娘娘的口中，少顷就觉娘娘鼻中微有出入的声息。又命灌了些人乳，即觉眉目活动。伊等又奏话，到了午时三刻真魂附体，自然回生。万岁龙颜甚喜，赏了僧、道每人八轿一乘，一品执事，全副五品龙禁尉四员跟随，令其速赴铁槛寺作法，并着我来传喻。老爷们速为遵照办理。我的差事甚忙，恕我不下马了。"说毕，仍飞马而去。

贾政听了夏太监之言，便请了贾赦过来商量。荣宁两府，外边只留下贾赦，内里只留下宝钗、李纨、惜春、巧姐、贾蓉之妻胡氏，每人只留下贴身服侍的丫环，其余主仆男妇，都到铁槛寺去。于是，坐车的坐车，骑马的骑马，一齐出了府门，将一条胡同拥满；更有跟着看热闹的闲人，就如千佛头一般，不知不觉地便到了铁槛寺。王夫人、邢夫人、薛姨妈、尤氏、平儿率领着丫头、老婆子们都到寺内禅院里去了。贾政、贾珍、贾琏等都在棚内列坐。

不多一时，只见那僧、道坐着八人大轿，全副执事，前呼后拥而来。贾政率领着子弟连忙迎接。僧、道二人下了轿，彼此见过了礼，分宾主坐定。贾政将那僧、道仔细一看，那里像从前癞头、跛足的形容，都是丰颐隆准、美目修髯、飘飘然神仙之慨，心下暗暗称奇，不敢怠慢，忙躬身笑道："小儿蒙二位仙师大德，收录门墙，成全了他们的生死因果。下官感激难名，惟有朝夕焚香以酬高厚。"僧、道二人笑答道："贫僧等出家人，原该以慈悲为本，些小微劳，何敢劳大人齿及！"贾政又道："下官敬遵法谕，将太虚幻境诸人灵柩，俱已伺备停妥，不知二位仙师作何施为，尚祈赐教。"僧、道二人笑道："我二人是奉上帝敕旨而来，系用混元一气真法回生起死，并非世上僧道，上法台、登讲座、法鼓金铙，诵经礼忏者可比。大人只用预备下健仆数十人，先将棺盖打开后，预备下老练妇女十数人，以便灌药。其余一概不用。"贾政听了，便吩咐贾琏派拨健仆，又差人告知王夫人派拨老练妇女。诸事完毕，只见僧、道二人吃完了茶，立起身来，披上袈裟，各执七星宝剑，走到他十人的柩前，口里不知念的是些什么。每至一人柩，绕柩三匝，便喝声："即速开棺！"就有林之孝、赖大、李贵、焙茗、来旺儿、兴儿、赖升、周瑞、吴新登、金文翔等一齐答应上前，七手八脚，斧凿并施。不多一时，将十副棺材的盖儿一齐揭了下来。只见僧、道又取出一个瓷瓶，一枝杨柳来，用柳枝蘸了瓶中甘露，向各棺中洒了一遍。又取出了个葫芦来，倒出十粒仙丹。又命取十个小茶杯来，将瓶中甘露各倾了半杯，命贾琏端了进去，命妇女将金丹用甘露调化，灌入死者口中。贾琏听了，忙取了个大茶盘来，连仙丹放在盘内，合盘儿托了进去。就有周瑞家的、林之孝家的、赖大家的、柳家的、旺儿媳妇、金文翔媳妇并叶妈、田妈、祝妈、宋妈一齐上前接来，乍着胆子走到这十副棺前。揭去盖单，但见他十人颜色如生，面庞依旧，便将仙丹用甘露调化，灌入他们的口中。约有顿饭之时，贾琏便走到凤姐的棺前一看，只见他鼻有微息，眉目流动，不胜惊喜，忙点手儿招呼贾蓉。贾蓉便也走来看了一看，急忙跑到秦氏的棺前一看，但见他丹唇忽启，星眼微开，大有生意，不禁惊喜欲狂，忙走来禀知了贾政。只听僧、道二人道："诸公不须惊怪。须要哑静些儿。如今可命妇女们将他们抬出棺来，用软轿抬到府中，灌些人乳，以培生气。等到午正三刻，真魂归壳，自然起矣。大事完毕，贫僧等告辞去了。"贾政极力挽留，吩咐伺备斋供。僧、道二人笑道："贫僧等不食人间烟火者千有余年，大人不必费心。只求奏闻圣上，替贫僧等讨一封号，建一祠堂，其愿足矣！"回头又向随来的四员龙禁尉谢道："有劳众位大人，请将轿马执事领回缴旨，转代贫僧等叩谢圣慈。"说毕，二人一甩袍袖，忽然不见。

此时，邢、王二位夫人听见说僧、道二人去了，大家一齐出来，在十副棺前挨次儿看了一遍，俱各大喜，忙命周瑞家的诸人一齐动手，将他们抬出棺来。贾琏见了，忙命人抬过软轿，一溜儿摆了十顶。王夫人坐了一顶，搂了黛玉；邢夫人坐了一顶，搂了迎春；薛姨妈坐了一顶，搂了香菱；尤氏坐了一顶，搂了秦可卿；平儿坐了一顶，搂了凤姐；尤老娘坐了一顶，搂了尤三姐；旺儿媳妇坐了一顶，搂了尤二姐；柳家的坐了一顶，搂了晴雯；白老婆子坐了一顶，搂了金钏儿；赖升家的坐了一顶，搂了瑞珠儿。其余的主仆男妇，仍是坐车的坐车，骑马的骑马，一齐进城到府。

且说王夫人在轿内搂着黛玉，只觉他身软如绵，因搬过他的脸来仔细一看，真是芙蓉出水，光艳异常。用手摸了一摸，竟是温热的，又拉过他的手来看了一看，仍是葱枝儿一般细软的，只觉一股香气从袖中发出，温腻非常，心下暗暗惊异道："怪不得宝玉小子死里活里的舍不得，果然别的姑娘们比不过他。"

不言王夫人在轿内暗想，再说宝钗、李纨等在家，送了邢、王二位夫人去后，李纨便照应着巧姐，将凤姐、尤二姐的卧房打扫收拾出来，安设了床帐被褥。又到紫菱洲将迎春的住房也打扫收拾出来，安设了床帐被褥。宝钗也同莺儿、紫鹃在潇湘馆宝玉的床帐对面，替黛玉安设了床帐被褥；又在当日紫鹃住的房内，替晴雯、金钏儿安设下床帐被褥。

不多一时，王夫人、邢夫人都到了荣禧堂，落下轿来，喝退轿夫。这里老婆子们早预备下了藤屉儿，将他六个人挨着次儿都抬到各人的房内。宝钗和紫鹃见抬了黛玉进来，又悲又喜，亲自动手将黛玉从藤屉儿上抱了下来，放在床帐之内，替他脱去了装殓衣裳，盖上夹被，又取了一套新衣放在旁边，以备还魂后好穿。诸事妥协，只见玉钏儿走来道："二位太太教告诉二奶奶，房里不许闲杂人进来看视，太太们也不过来了。等过了午时三刻还魂后，再许别人进来。如今太太打发人在外头寻人乳去了，过会子拿来时，教二奶奶给二爷、林姑娘都灌些儿。"说毕，个自看他姐姐去了。

这里，宝钗忙命紫鹃将门上的藤帘儿放了下来，笑道："太太教人在外头寻人乳去了，我想外头寻来的也未必好，我这会子觉得奶胀胀的，桂哥儿又睡着了，你去取个茶杯来，等我挤出半杯来给你姑娘灌灌，岂不比外头寻来的强呢！"紫鹃听了笑道："挤到茶杯里，不但冷了，而且也难灌。依我说，不如二奶奶扣在林姑娘身上，就和奶小哥儿一般替他挤在嘴里，岂不省便呢。"宝钗听了，笑了一笑，果真扣在黛玉的身边，解开衣钮，将乳头儿送在他嘴里，轻轻地挤出乳来。只觉黛玉咽得咽咽有声。紫鹃在旁大喜道："二奶奶，这个法儿果然好，何不也给二爷挤上些儿。"宝钗听了，不觉红了脸笑道："你这个丫头，又信嘴儿胡说来了。你去罢，看看外头寻的人乳拿来了没有？"紫鹃听了，忙走出来，在院子里一张，只见莺儿笑嘻嘻地端了半杯人乳走来。紫鹃忙接过来往里便走，刚一跨门槛儿，就瞧见宝钗面朝里在宝玉身上扣着挤奶。紫鹃本是聪明人，就知道宝钗将他支出来，原是怕他们看见笑，脸上不好意思的，忙回头和莺儿笑着摇了摇手儿，轻轻地退了出来。悄向莺儿笑道："这里不用人乳了，你才瞧见了没有？"莺儿笑道："我怎么没瞧见呢，咱们不进去的好。这半杯人乳，这里既然不用了，咱们何不拿去灌灌晴雯和金钏儿呢！"紫鹃笑道："很好。"便拉了莺儿一同去了。书要剪绝，至凤姐、迎春、香菱、尤三姐等各抬到家中，都有着自己的亲人如法料理，毋庸琐述。

再说林黛玉诸人的灵魂在太虚幻境，自从送了宝钗回家，贾母托梦之后，一同回至绛珠宫，大家彼此又宴会往还了好些日子，十分热闹。光阴迅速，不觉到了七月十四日。这一日早饭后，宝玉正从湘莲处闲话回来，忽见正南上有人飞马而来，渐至临近，看时，却是贾珠，宝玉忙迎了上去。贾珠下马与宝玉相见，彼此请安问好毕，一同进了绛珠宫，见了贾母、贾夫人，禀道："姑老爷少刻就到了。奉上帝的恩诏，着将太虚幻境应放回生之人，俱限明日午时三刻还阳。又派新升授的散爵大仙甄士隐亲来作法送魂。俟将公事办完，姑老爷就随后携眷上任。"贾母、贾夫人俱各大喜，忙叫了迎春、黛玉出来，也见了见贾珠，又问了会子林公朝见上帝的话，贾珠便到赤霞宫叩见元妃去了。

这里，贾母便催着迎春、黛玉，教他们收拾预备停当，省得临时忙迫。迎春笑道："我们也没有什么可收拾的，难道这里的东西还能够带到家去用么？我们早就和林妹妹说来，将我们的这些东西都交给警幻仙姑收下，等姑妈到了任，缺少什么，就差司棋他们来取就是了。"贾夫人听了笑道："这都是些小事。我们想，你们姊妹到此将近一年，也亏了警幻仙姑照应。你们姊妹们，何不今儿都会在一块儿，也到警幻仙姑处谢一谢去，再求指教指教，岂不好呢！"迎春、黛玉听了，便知会了凤姐、香菱、晴雯、金钏儿，又差金钏儿知会了秦氏和尤氏姊妹，大家一齐到警幻仙姑的宫里来。警幻听见众人到了，忙迎了出来，笑道："众位姊妹恭喜，你们的功行也圆满了。"黛玉等道："弟子等蒙仙姑大德，照应了将近一年，明日就要拜别，特来奉谢。”说毕，一齐跪了下去。警幻忙命仙女们都拉了起来，让到宫里，各按次序坐定。妙玉也出来与他们道喜。凤姐道：“妙师父，你为什么求着不回去呢？咱们在一块儿混惯了，丢下你在这里，我们怪舍不得的。”妙玉笑道：“二奶奶，我原比不得你们。今若再染红尘，岂不被人耻笑！”说着，便命仙女捧上茶来。茶罢，凤姐向警幻笑道：“我们今日此来，一则叩谢仙姑的大德，二则还要求仙姑的指教。”警幻笑道：“贤妹，你的为人儿没有什么可指教的，只是从今以后，把那红尘中之事看淡着些儿就是了。我们颦卿贤妹更无可指教处，只是聪明太过，须要放浑厚着些。迎二贤妹情性过于太懦，须放刚直些。其余姊妹们的性情，都有一偏，我也说不了许多。我有秘制的中和丸，你们每人吃一丸，各因其病而药之。”说毕，便从葫芦内倒出十丸药来，命人取了些甘露来，每人吃了一丸。黛玉便将警幻当日给的葫芦带来，仍旧交与警幻。警幻接来，又命人取出个小匣儿来递与黛玉，命他贴身带着，便可带到人世。黛玉接来一看，但见匣上写着八个蝇头小字道：“有求必应，无感不灵”。知是仙家之物，连忙拜谢，贴身收起。警幻又向香菱道：“尊翁给你的那个香匣儿，你也可以带了回去，还有用处。”香菱听了正欲回答，只听凤姐道：“仙姑，你怎么也不给我个什么呢？”警幻笑道：“贤妹，你这一回去，夫荣妻贵，福寿双全，还缺少什么呢！”晴雯笑道：“仙姑，你只把你那个点石成金的法儿教给我们二奶奶，省得他老人家回家去又该放账了。”说得众人都笑了。凤姐啐道：“小蹄子，才吃了中和丸，可就嘴尖舌快的来了。”说的众人又笑了。

正在说笑之间，就有仙女们来报说：“城隍林大老爷和甄仙人都到了。”警幻忙命人打扫出前殿来，伺备与林公和甄士隐下榻。众姊妹听了，连忙都告辞了警幻，大家回去。早有宝玉、湘莲、秦钟都接了出去。不多一时，林公已到，先到绛珠宫见了贾母。黛玉便与林公相见，父女痛哭了一场。香菱也与士隐在前殿叙过别情。当晚，贾母又命人在薄命司将凤姐空闲的宫打扫出来，将鸳鸯与贾珠做妾，成了合卺之礼。林公和甄士隐就在前殿暂住一宵。

到了次日，便是七月十五日，林公、贾珠并秦钟等在牌坊南边摆了香案，等候宣读上帝的敕旨。甄士隐便作起法来。只见就地生出金莲花十三朵，大如车轮，以备送魂之用。警幻、妙玉二人在牌坊北边摆了祖饯。不多一时，只见宝玉、湘莲二人先到了，随后就是元妃、黛玉等十一人款款而来，再后便是贾母、贾夫人、鸳鸯等诸人来送。到了牌坊北边，警幻、妙玉每人斟过了别酒，又到牌坊南边跪听宣读了敕旨。其中的言语亦如僧、道所奏，不过大同小异。宣读已毕，警幻、妙玉亲自搀了元妃坐在第一朵金莲花上。甄士隐口中念念有词，喝声"起去!"只见那朵莲花离地丈余，悠悠荡荡，飘然而去。众人见了，不胜惊异。甄士隐又作起法来，其后乃是尤三姐和柳湘莲，坐了两朵莲花，也冉冉而去。再其次，便是迎春、香菱、凤姐、尤二姐、秦氏、瑞珠儿六个人坐了六朵莲花，也就腾空而去。收后才是宝玉、黛玉、晴雯、金钏儿四人，坐了四朵莲花，也就飘飘荡荡的去了。甄士隐作法已毕，也就纵起云头，赶来相送，以便指示门户。这里林公、贾母、贾夫人都看得呆了。早见秦钟来禀说："冯渊将轿马人夫俱各办齐，在境外伺候着呢。"贾母、贾夫人又与警幻、妙玉道谢告辞，率领着鸳鸯、司棋、智能儿、张金哥、夏金桂、鲍二家的一齐坐轿，林公率领着贾珠、秦钟、潘又安、崔文瑞、冯渊、焦大都骑了马，上任而去。这里，警幻、妙玉二人太息了良久，率领众仙女各自回宫，暂且不表。且说甄士隐脚架云光，赶上了这十三朵莲花，直向长安大道而来。未知如何，且听下回分解。

第十八回　贾宝玉初登翰林院
林如海再授都城隍

话说甄士隐脚架云光，赶上那十三朵莲花，渐渐来至京师，便将手中麈尾，按照各家门户路径，四处指挥。只见那十三朵莲花忽然散开，各照所指处悠悠荡荡而去。

且说宝玉、黛玉、晴雯、金钏儿坐的这四朵金莲，飘至大观园潇湘馆的院前，“唰”的一声落下地来，四个灵魂都吃了一惊。四朵金莲悠然不见。宝玉的阳魂定了定神，往四下里一望，果然就是潇湘馆。回头看了看黛玉、晴雯、金钏儿的阴魂，都在那里喘息，正欲向黛玉的阴魂说话，忽听竹帘动响，紫鹃从房内走出，在院子里张望，又见莺儿从一边端了个茶杯儿来。宝玉的阳魂见了，不胜欢喜，忙叫道：“紫鹃、莺儿姐姐，你看我们都回家来了。”只见紫鹃、莺儿两个人就像一无所见，一无所闻的似的，并不理他，各自去了。宝玉的阳魂向黛玉的阴魂道：“妹妹，你看紫鹃、莺儿这两个丫头，怎么也不理咱们了呢！”黛玉的阴魂道：“是了，想来咱们这如今还都是些鬼魂，他们自然是看不见、听不闻的。且别管他，咱们且进去看看咱们的肉身到底在这里呢没有？”又向晴雯、金钏儿的阴魂道：“你们也各自找一找你们的肉身去罢。”说毕，便同宝玉的阳魂进了潇湘馆。仔细看时，只见对面放着两副床帐，东边睡的是宝玉的肉身，西边睡的是黛玉的肉身。又见宝钗在黛玉的身上趴着挤奶喂他。宝玉的阳魂笑道："林妹妹，你看宝姐姐疼你不疼你。"黛玉的阴魂见了，也十分感激。正在伤感，只见宝钗立起身来，将他盖的夹被儿向他肩头上掖了一掖，便走过来望四下里瞧了一瞧，自己笑着上了宝玉的床帐，解开衣钮，躺在旁边，照样儿挤乳喂他。黛玉的阴魂见了，忙笑着把宝玉的阳魂向床上一推，早已归了本壳。

却说宝钗正与宝玉挤奶，起初尚觉挤着费力，后来便觉宝玉自己噙了乳头会咂起来，心下正然惊异，忽听那边床上黛玉"哎哟"了一声，唬了宝钗一跳，连忙爬了起来。回头一看，只见黛玉在床上睁开了眼睛，手足都能动转了，不胜欢喜。忙走了过来，歪在他床边，轻轻地问道："妹妹，你的真魂从太虚幻境回来了么？"只见黛玉点了点头儿。宝钗正欲再问，又听宝玉在那边床上叫道："宝姐姐，人家才尝着甜头儿，你怎么又走了呢！"宝钗听见宝玉说出话来，就知道他的魂也归了壳了，忙回过头来道："你悄没声儿的养着罢，等我安顿了林妹妹就过去了。才刚儿是你师父说，教给你们每人灌些人乳，培培元气，太太就教人在外头寻去了。我怕外头寻来的不大干净，所以我才悄悄地给你们两个人嘴里都挤着喂了些儿。这也不过是一时之权宜，你一会儿嚷嚷的人家都知道了，可是个什么意思呢。"正然说到这里，只见紫鹃、莺儿一齐进来叫道："二奶奶，这个人乳果然妙得很，我们刚给晴雯、金钏儿俩人灌了半杯，谁知道立刻就都活过来了。这会子也都会说话了。"两个人一面说一面走了进来。仔细看时，只见宝钗歪在这边床上向黛玉说话，那边床上宝玉已经披衣拥被坐了起来。紫鹃见了，不胜惊喜道："二爷和林姑娘也都活过来了。莺儿妹妹，你快告诉太太们去罢。"莺儿听了，便如飞地跑了。

这里，紫鹃也歪在黛玉的旁边问道："姑娘，你这会子可觉得心里明白些儿了么？"黛玉又点点头儿道："紫鹃姐姐，我的衣裳是谁给我脱的？"紫鹃道："没有别人，就是我和二奶奶。"黛玉听了，向宝钗道："姐姐你上床来，把我搂着坐了起来。紫鹃姐姐，把我贴身的

衣裳替我穿上，拿枕头把我靠的坐着罢。就是这个样儿，过会子太太们来了瞧着不雅相。”宝钗道：“妹妹，我想你是才还了魂的人，身子还是弱的，恐怕坐起来心慌气短，不如躺着到底爽快些儿。横竖盖着被窝，又怕什么呢！”黛玉道：“姐姐放心，不相干的，我心里并不发慌，气也不短，倒觉气爽神清；不过觉着浑身一丝劲儿也没有的。”宝钗听了，忙上床来，将黛玉扶了起来，揽在怀内，顺手取了件葱绿夹纱小袄儿替他披在身上。紫鹃便替他伸袖扣钮，又取了件桃红夹纱小衣，将手伸在被里替他轻轻地穿好。又取过两个靠背来，将他倚着坐好，又命紫鹃坐在旁边，拿蝇拂子给他赶苍蝇。安置妥当，宝钗这才下来。刚要去瞧宝玉，只听黛玉又叫道：“姐姐！”宝钗听了，忙转过身来。黛玉道：“姐姐，你怎么把他和我安置在一块儿了呢？过会子太太们来了瞧着，我脸上怪不好意思的。”宝钗听了笑道：“前儿老太太来家托梦，都明明白白地告诉了老爷了，说你们在太虚幻境，老太太和姑太太作了主儿，将你们已经成过了缘，日后回了生，也就不用另举动了。所以今儿是太太吩咐的，教把你们俩人安置在一块儿，我一个人也好照应。你怎么倒又发起虚来了呢？”黛玉听了又道：“既是太太吩咐的也就罢了。姐姐，你过去告诉他，千万莫教他当着人和我说话。”宝钗听了笑道：“罢哟！你也太啰唆了。前儿在太虚幻境的那一晚上，你怎么没有这些啰唆，样样儿也都依了人家了呢？”黛玉听了笑着啐了他一口道：“你去罢，看我仔细当着紫鹃说出你那天晚上的那个样儿来。”宝钗听了笑着也啐了他一口。刚一转身，只见宝玉只穿了白纺丝单裤儿、玉色纱衫儿撒拉着鞋儿走了过来。向宝钗深深地作了一揖道：“姐姐的贤德，姐姐的好处，我也一言难尽了。”宝钗听了，也觉伤心，忙道：“你也躺着养养神儿罢，怎么才还了魂可就穿上衣裳下了地了呢？”宝玉才要答言，只听莺儿在院子里嚷道：“太太来了！”又听王夫人在院子里走着说道：“三四下里都来告诉，把我的腿都走疼了。”宝玉听了忙迎到门口，一见王夫人进来，便跪了下去请安。王夫人一见，吃了一大惊道："这还了得，怎么才还了魂可就下地走来了。"说着，便拉了宝玉的手，流泪道："我的儿，快到你床上躺着去罢，看仔细着了风。等我瞧瞧你林妹妹，咱们再说话儿。"宝玉道："太太放心，不相干的。我原比林妹妹不得，林妹妹他们仍乃是死后还魂，必要小心将养。我原是在大荒山睡觉，这会子只算一觉睡醒了，身子原是无病无灾的，又不发软，可怕什么呢！过会子穿了衣裳还要到书房里见老爷去呢。"王夫人忙道："你今儿暂且将养一天，明儿早起再去见你老爷也还不迟。我的儿，你听我的话我就喜欢了。"说着，便拉了宝玉到他的床边，硬揿着教他躺下，这才过黛玉这边来。一见了黛玉，也就伤起心来，流泪道："我的儿，你这会子心里不觉怎么发慌么？怎么才还了魂可就坐起来了呢！"黛玉拉了王夫人的手，哭道："为我一个人，教老爷、太太受了多少的委屈，担了多少惊怕。外甥女儿真是世上的一个罪人了。"王夫人听了拭泪道："我的儿，你快别说这样话了。你是才还了魂的人，身子是弱的，那里禁得住哭呢！"又向宝钗道："姑娘，你和紫鹃把你妹妹扶着躺下，静养一会子才好。"

说毕，自己便坐在宝玉的身旁，又仔细地盘问当日如何出了场跟了僧、道出家，以及毘陵驿叩见贾政，又到了太虚幻境、地府的这些缘故。宝玉就在床上躺着，一五一十地告诉了一遍。王夫人听了，这才喜欢起来了。乃向宝钗道："姑娘，你也没有张罗着给他们预备下些儿吃的么？我想他们才还了魂的人，少进些饮食，到底又精神些儿。"宝钗道："早起我就告诉过柳家的了，教他熬下些儿鸭汤燕窝粥预备着，不知这会子得了没有。莺儿你去瞧瞧去，若是得了，你就教柳嫂子端了来罢。"莺儿答应，才一转身，只听宝玉叫道："莺儿姐姐，你问柳嫂子有什么烧煮的大肉，给我片一盘子来，我肚里只觉饿得要紧，只怕稀粥未必中用。"王夫人听了，伤心道："我的儿，你从来不要吃这些油腻东西，可怜见儿的，这都是在大荒山靠的馋透了。莺儿，你去告诉柳家的，把预备老爷晚上吃的烧鹿尾、

烧鸭子、锅烧羊肉片一盘子来。我的儿，你可要酌量着吃，可莫要一顿吃多了，那可不是玩的。”又向宝钗道：“我才刚儿是从凤丫头那里来的，我见平儿和巧姐都只张罗了凤丫头，把个尤二姐撂的怪可怜见儿的。我才教你三妹妹和你史大妹妹在他屋里照应着些儿。迎丫头那里，也只有大太太和你大嫂子两个人，我到那里也瞧瞧去，等莺儿拿了粥来，你就照应着他们两人吃罢。瞧着宝玉，莫由着他的性儿吃得多了。”说毕，便自往紫菱洲去了。

宝钗送走了王夫人去后，仍回到黛玉床前，只见黛玉靠着靠背，闭目养神。宝钗便坐在旁边，正要和紫鹃悄悄地说话，只见宝玉在那边床上，面朝里躺着嚷着：“饿死人了，这个饭怎么这样难呢！”宝钗听了，笑着才要差紫鹃去催，只见黛玉睁开眼睛笑道：“姐姐你听，怎么把个人饿得嚷起来了呢！”宝钗笑道：“你想想，他这有多少日子没吃饭了，怎么怪得他饿呢！”黛玉听了点点头道：“姐姐说的倒也是，我这会子也觉心里空起来了。”紫鹃听了，也不等宝钗吩咐，便走出去催饭。刚到了院子里，就见莺儿和柳家的端了两个捧盒来了。紫鹃见了，忙进来在宝玉、黛玉的面前，每人各放了一张小炕桌儿。莺儿和柳家的打开捧盒，在黛玉的面前放了四碟精巧的南小菜，一鼓子燕窝鸭汤粥。宝玉的面前放了一盘烧鹿尾、烧羊肉、烧鸭子，三攒一碗燕窝鸡皮汤，两中碗大米饭。宝玉一见，忙坐了起来，拿起筷子，也不挑拣，大口家的乱吃起来。顷刻吃完了两碗饭，还在那里夹肉吃。宝钗见了笑道：“够了罢，看仔细吃多了。你倒喝半碗粥罢。”宝玉听了，这才放下筷子，摸着肚子笑道：“这才舒服了，我也不喝粥了。林妹妹吃的是什么？”宝钗道：“林妹妹喝了一碗燕窝粥，吃了两片笋干儿。”宝玉又道：“姐姐，你怎么不吃饭？”宝钗道：“我才陪着林妹妹喝了些儿粥，已经饱了。”宝玉听了，便跳下床来，拿筷子夹了一块烧鹿尾，走过这边，送到黛玉的唇边，笑道：“妹妹，你吃一块儿这个罢。”黛玉见了，摇头皱眉道：“我是才回了生的人，脏腑虚弱，那里吃得这个东西呢！”宝玉道：“这是鹿尾巴，吃了是暖下元的，和鹿茸的功用差不多儿。吃不得的东西我也肯给你么？”宝钗也笑道：“妹妹，这原是好东西，比不得什么别的肉，你就吃这一块儿也不相干的。”说得黛玉无奈，只得张开嘴接去吃了。宝玉笑着过来，又夹了一大箸子，又到宝钗的嘴边去喂。宝钗见了忙笑着躲道：“我才和林妹妹一块儿吃的饱饱儿的了，又吃这个作什么呢？”宝玉笑道：“这是我的一点敬心儿，难道姐姐的下元是不该暖的。”招得众人都笑了。宝钗笑道：“你们瞧瞧，这又不是涎脸来了么！”柳家的在旁笑道：“二奶奶，你老人家吃了罢，别臊了二爷的手。人家世上的夫妻们，和和气气原该是这样的。”宝玉听了向莺儿、紫鹃笑道：“你们俩人听听，可见你们两位姑娘连柳嫂子也不如了。”说得众人又笑了。宝钗教宝玉闹得没了法儿，只得也张开嘴接着吃了。柳家的这才收拾撤去了杯盘。只见莺儿端了漱盂来，向紫鹃道：“紫鹃姐姐，咱们也张罗着给晴雯、金钏儿姐姐送点吃的去呢。”宝玉听了，忙道：“柳嫂子，你就把我们才吃的这个，连盒儿送给他们两人去罢！”柳家的听了，笑着端了捧盒个自去了。宝钗向莺儿、紫鹃道：“你们俩人照料着他们两个吃了，你们也就偷着空儿吃饭罢。过会子只怕大奶奶和姑奶奶们都要来的，那会子可又不得闲了；况且我过会子也得到他们各处看看去。”鹃、莺二人答应，也就去了。

这里宝玉见房中无人，便也坐在黛玉的床上，一手拉了宝钗的手，一手拉了黛玉的手，放在自己鼻子上，闻闻这个，又闻闻那个。二人笑着，一齐把手夺了回去。宝钗道：“我看这个屋里总也离不得人了。但自没了人，就该你涎得脸了。”黛玉道：“你安安静静儿的坐着，趁这会子没有人，我教你们瞧一个东西。”说着，便从被窝里摸出一个小匣儿来，递与宝钗道：“这是昨儿警幻仙姑给的，我只说带不来呢，谁知道才刚儿我一伸腿，倒教他把我垫了一下子，这也就奇怪极了。”宝钗接来一看，只见匣盖儿上写着：“有求必应，无感不灵”的八个字。揭去盖儿，大家仔细一看，只见装着许多黄表

纸条儿，上面画着朱砂篆字，形如蝌蚪。大家细细地辨认，似乎像是四句话语，乃是“万应神符，各宜佩带，阴阳相逢，两无阻碍”。宝钗看了不解，乃向黛玉道：“你看这符上的咒语，令人不解，到底要他作何使用呢？”黛玉接来仔细看了一遍，忽然猛省道：“是了，据我想来，必是我父亲做了京都的城隍，将来大家相见，必然要用这个符的。”宝钗听了笑道：“可也是呢，你说的果然不错。”又向宝玉道：“你明儿见了老爷，也打听打听姑老爷到了任了没有。昨儿我听见太太说，奉了皇上的旨意，领出国帑给姑老爷修庙，也不知如今动了工了没有。”宝玉道：“这事不劳你们费心，我明儿自然要打听的。你们瞧，那匣儿里还有一副小小的册页，何不也拿出来看看。”宝钗听了，伸手取了出来，果是一副册页。打开看时，也都是些蝌蚪篆文，仔细辨认，却都一个字儿也辨别不出，知是仙机，不敢深究。忽听窗外有人走的脚步响，连忙合上，并灵符一总仍旧收在匣内。只见紫鹃走了进来，笑道：“晴雯、金钏儿两人也都喝了些儿燕窝粥，这会子都睡着了。才刚儿太太差人来教告诉二奶奶说，老爷吩咐的，说他们都是才还了魂的人，身子是虚弱的，不许众人来往的瞧看。等到明儿早起，才教奶奶、姑娘们过来呢。太太说教二奶奶好生照应着二爷和林姑娘，也不必到别处去了。”宝钗听了，忙将匣儿递与紫鹃，道：“这是你姑娘要紧的东西，你拿去替他收在好处，小心着些儿。”紫鹃接来看了一看，知是慎重之物，便自收藏去了。

这里黛玉向宝钗笑道：“姐姐，听起紫鹃说来，这会子也未必有人来了，你何不着人把小哥儿抱来我看一看。”宝钗听了才要开口，早见宝玉站了起来就往外跑。宝钗连忙上前一把拉住问道：“你往那里去？”宝玉道：“林妹妹要看小哥儿，等我叫个人来好抱去。”宝钗道：“你这又是胡闹来了，那里要你亲自去叫人呢！快给我好好地坐下，看仔细太太知道了，又该说得了……”正说时，只见莺儿点了灯来放在桌上，宝钗便命莺儿往怡红院教奶妈子把桂哥儿抱来。莺儿答应，去不多时，只见麝月打着个明脚灯儿，奶妈子抱着桂哥儿,用锦绷包裹,莺儿在后相随,一齐走了进来。宝玉见了,连忙接过来,抱在怀内仔细瞧了一瞧,但见眉目面庞,仿佛与自己差不多儿,不由得心中大喜,忙放在黛玉的怀内,向宝钗深深的作了一个揖,笑道:“有劳,有劳!多谢,多谢!”宝钗红了脸使性子道:“你看,你有点样儿吗?这是怎么说呢,也不怕奶妈子们瞧着笑话。到底也拿出那个做爷的体统来吗!”宝玉听了回头一看,只见奶妈子、莺儿、麝月都在那里抿着嘴儿笑,也觉不好意思,乃向莺儿、麝月道:“你们两人把这位嫂子让到外间喝茶去,过会子等我叫你们,你们再来。”奶妈子和莺儿、麝月听了,只得笑着都向外间去了。

这里宝玉便趴在床沿上看黛玉引桂哥儿耍笑。果见桂哥儿眉目流动,似有知识一般。喜欢得宝玉忙来解黛玉的衣钮,笑道:“妹妹,你给他奶吃,看他肯吃不肯吃。”黛玉着了急,两手揽着桂哥儿又不能动弹,早被宝玉解开了衣钮,将一个新剥的鸡头肉露了出来。急得黛玉叫道:“宝姐姐,你看他这个闹法,你也不管一管儿,仔细唬着小哥儿。怎么总是这样涎脸呢!”招得宝钗也笑了,忙将宝玉推过,道:“林妹妹是才回了生的人,那里禁得小孩儿尽自揉搓呢!等我给他吃吃奶,仍旧教奶妈子抱了去睡罢。”于是,从黛玉的怀里将桂哥儿抱了过来,吃了会子奶,这才叫过奶妈子、麝月来,仍旧抱了回去。此时紫鹃也来了,宝钗便命莺儿、紫鹃铺陈了卧具,大家安寝。一宿晚景不提。

到了次日黎明,宝玉便起来。梳洗已毕,先到贾政、王夫人处来请安。此时贾政要上朝,早已起来了。宝玉走到房中,见了他的父母,连忙跪倒,伏地大哭,招得王夫人又哭起来。贾政见了,便也伤心流泪,忙拉了宝玉起来,道:“我的儿,你这如今仰赖上天的福佑,仙师的慈悲,诸事遂心如意了。从今以后,你可要洗心涤虑,痛改前非,奋志潜修,力图上进,也不枉了你父母生你一场”宝玉哭着,忙答应了几个是。贾政拭泪,才要命宝玉坐在旁边,只见贾琏、贾环、兰哥儿叔侄三人听见宝玉来见贾政,也都一齐过来相见。彼此请安慰问，又大家伤感了会子，这才各按次序列坐两旁椅上。只听贾琏躬身禀道："侄儿今早起来，听见旺儿进来回说，宫里有信出来，说娘娘昨日回了生，身体康健如常，万岁爷甚喜，御驾亲临慰问，贵妃之上又加封了'皇'字。不知老爷、太太几时进宫请安去呢？"贾政听了，沉吟了一会道："这件事并未奉旨，未可造次。等我到朝里讨讨宰相大人们的训示，或求他们代为口奏，此事方可举行。倒是与林姑老爷修庙一事，我倒要和你商量商量。昨儿户部里已经发下帑银来了，我昨儿也到城隍庙相度了形势，无非添新补旧，毋庸另事更张。派了工部司官一员董理其事。过会子你也带了林之孝到那里照料照料。"贾琏听了，忙答应了一个是。只见宝玉站起来禀道："前儿我们在太虚幻境，老太太当面吩咐，教告诉老爷，在姑老爷庙旁替另建盖一所房子，以备老太太和我大哥哥居住。庙内四犄角儿上，再盖四院小房，给冯渊、秦钟、潘又安、崔文瑞四人安置家眷。前儿姑老爷也说，十五日到了任，办完了公事就到咱们家来拜会老爷来呢！"贾政听了诧异道："阴阳路隔，如何能够相见呢？"宝玉道："昨儿我们来的时候，警幻仙姑给了有百余张灵符，佩在身边就可以阴阳相见了。"贾政听了，半信半疑，只得说道："既是如此，你过会子将灵符取来，分给家下诸人伺候着就是了。"正然说到这里，只见丫头们端了莲子桂圆汤来，每人面前放了一碗。贾政、王夫人与贾琏、宝玉、贾环、贾兰每人喝了一碗莲子汤，贾政这才穿了公服上朝去了不提。

这里宝玉又和贾琏、环哥儿、兰哥儿叙了一会，又和王夫人撒了一会的娇儿，这才大家散去。宝玉回到潇湘馆，刚一进门，早见史湘云、探春、惜春、李纨四人都围在黛玉的旁边列坐，彼此都哭得红眼妈儿似的。一见宝玉进来，大家都站起来，彼此慰问，又淌了会子眼泪。宝玉道："史大妹妹，我只说你们昨儿必要过来看我们的，我们昨儿就等了你一天。"湘云道："你还说我呢，昨儿我们心里也急得什么似的，二婶娘又教我们照应照应尤二姐姐，直闹到下傍晚儿。后来二婶娘又吩咐说，索性明儿再往别处看他们去罢，今儿让他们好生将养将养。所以我和三姐姐晚上到秋爽斋去的时候，还从你们门前过去的。问了问老婆子们，说你们已经都睡了，我们两人倒在晴雯、金钏儿屋里坐了好一会才回去的。”宝钗听了忙道：“怎么你们俩人昨儿就在尤二姐姐房里整闹了一天么？”探春笑道：“可不是呢。说来还是个大笑话儿，尤二姐姐昨儿午时还魂之后，我们只问了他两三句话的工夫上，他就龇牙咧嘴地嚷肚里疼起来了，就要往后去蹲一蹲。我想他是才还了魂的人，如何下得地呢，叫了丫头们拿过尿盆子来，垫了灰，大家扶着他蹲在上头，闹了足有两个时辰，挣得脖子脸通红，总撒不下来。史大妹妹就说想是凝滞住了，给他熬上些大黄芒硝汤来喝了行动行动。我说他是才还了魂的，身子虚弱极了，那里用得狼虎药呢。我们俩人正较量，忽听他猛然放了个山响的大屁，打得尿盆子‘当’的响了一声，招得云儿就笑得不得活了，他才说觉得肚里松快了好些。拿出盆子来看时，连一点儿粪也没有，竟是黄澄澄的一块金子。我们正都诧异，他才告诉我们说，他当日原是吞了金子死的。”众人听毕都笑起来。李纨笑道：“这都是凤丫头的过失。你们俩人昨儿看见凤丫头来没有？”探春道：“我们昨日原也想瞧他去呢，因为太太差人告诉说，教他们静静的将养一天，不必彼此来往，吵吵闹闹的，所以我们昨儿也都不曾过去瞧他。”宝钗忙道：“既是如此，过会子我也和你们一块儿看看他们去。”湘云道：“既是宝姐姐也要去，咱们大家也就去罢。先到紫菱洲看看二姐姐，再过那边瞧凤姐姐去。这里也让林姐姐静静的养养神儿。”众人听了，一齐起身告辞。宝钗也随了众人，都往紫菱洲去了。

这里宝玉送了众人去后，向黛玉笑道：“妹妹，你昨日从太虚幻境带来的小匣儿呢？才刚儿我告诉了老爷，说恐怕姑老爷晚上来拜，早些儿拿出灵符来分给家下的众人佩戴上，免得临时周章。”黛玉道：“你也没打听打听修庙的事动了工了没有？我父亲到底到了

任了没有？”宝玉道：“修庙的事我才也照着老太太的吩咐，也都告诉老爷了。如今已经差了琏二哥哥照料去了。至于上任的事，阴阳相隔，如何能够知道呢？只看晚上姑老爷来不来可就知道了。”黛玉听了忙向紫鹃道：“你去把昨儿宝姑娘交给你的那个小匣儿取了来。”紫鹃答应，自去取匣不提。

且说宝玉见紫鹃去了，房内无人，便拉了黛玉的手低声笑道：“妹妹，我昨儿夜里给宝姐姐请罪，你听见了没有？”黛玉听了，用指头在他脸上划着，悄悄地笑道：“亏你也不害个臊，还敢腆着脸告诉人来了，我怎么没有听见呢。”宝玉又笑道：“我们后来的事情你可听见了没有？”黛玉又低声笑道：“好有人样的事，我怎么没听见。等我过会子没人的时候，我还要问问宝丫头呢，看他还敢说嘴不说了。”宝玉笑道：“罢哟，你何必又惹得他揭挑你呢？依我说，你只好好地将养你的身子，等养得壮朗了，咱们也要请个罪。”黛玉听了忙笑着啐了他一口。只见紫鹃拿了匣儿进来，递与黛玉，黛玉接来，揭开匣盖，取出灵符来递与宝玉。数了一数，共是一百八十四张。算了算，荣宁两府主仆男妇、亲戚人等恰符其数。宝玉欢天喜地的拿了灵符，重新到王夫人上房里，和王夫人按着两府主仆上下各房的人数儿，都分妥当了，命丫头按头分送。刚然完毕，只见焙茗跑得喘吁吁的在院子里叫道：“姑娘们快请二爷去，老爷在朝房里差了人来，说万岁爷在御书房立等召见二爷呢！”宝玉听了，跑出来问道：“什么事？我在太太这里呢。”焙茗道：“二爷快穿衣裳去罢，万岁爷立等召见呢！马已经都备停当了，老爷在朝房立等着呢。”宝玉听了，忙进去告知了王夫人。王夫人忙命丫头们如飞地到稻香村，将兰哥儿举人的公服取了两件，扶侍宝玉穿了。走出大堂，早见李贵把马伺候妥当了，宝玉飞身上马，出了府门，顿辔加鞭，不多一时便到了朝门。步行而入，只见北静王和他父亲在朝房里坐着说话，别位官员都散朝回去了。宝玉见了北静王连忙跪下，叩头请安。北静王忙拉了起来，笑道：“昨儿贵妃娘娘还魂后，万岁爷御驾幸临看视。娘娘面奏了你们在太虚幻境之事,所以今早办完了国政,万岁爷下了御书房,立刻召见。你来得很快,很好。整理整理衣冠,跟了我进去罢。”说着,便立起身来,拉了宝玉的手,从龙禁门角门进去了。

这里贾政一人在朝房独坐,心下局促不安,正不知召见有何旨意。约有两个时辰,只见北静王笑吟吟地带了宝玉出来,向贾政笑道:“政老爷,恭喜,恭喜!令郎奏对详明,万岁龙心甚喜,又下旨令他讲了几章四书,也讲得深合上意,即传口旨,将令郎补授了翰林院侍讲,并赐金莲玉烛,着与令甥女完姻。俟在翰林上行走有功,另加恩赉。”贾政听了,连忙向上叩谢了圣慈,又谢北静王推引之恩,这才一同散朝回府。

一到府门,就见有许多报喜的人,在门外吵着讨赏,贾政下了车,便吩咐从重赏了报子。进了书房,早见贾赦、贾珍、贾琏、贾环、贾蓉、贾兰喜气盈盈地都在那里等候。宝玉见了贾赦、贾珍连忙跪下请安。贾赦、贾珍忙拉了起来。贾蓉也过来与宝玉请安。大家欢喜交集,叙了会子别后的情事。贾政又带了宝玉,到宗祠里祭拜了一番,便吩咐厨下伺备家宴。父子、叔侄、兄弟就在荣禧堂吃起喜酒来,共叙天伦之乐。坐间,贾赦、贾政又勉励了宝玉一番忠君报国的大道理。直吃到红轮西坠,明月东升,方才散了残席。点起灯来,大家都在院内吃茶乘凉。

忽见林之孝慌慌张张地跑了进来,禀道:“才刚儿外面来了一个人,手持名帖,说新任城隍大老爷俟人静之后亲来拜会。刚把名帖儿递到奴才手中里,那个人就不见了。”贾赦听了,忙接过名帖来,在灯下一看,只见上写:“愚妹丈林如海顿首拜”,不胜惊喜,忙递与贾政。贾政接来看了,忙命宝玉进去告知了王夫人,并着合家男妇,先行佩上神符,重新将荣禧堂打扫收拾。里里外外,悬灯结彩,铺设得焕然一新。

约有二更时分,街上人烟寂静,鸦雀无声。忽听远远的鸣锣响道，就知是林公来了。贾赦、贾政率领子侄都换了公服。不多一时，果见林公来了，到了荣禧堂下轿。贾赦、贾政忙迎了上去，抱腰拉手，彼此伤悲了多会，这才携手挽腕，往里相让。重门洞开，直至贾母的上房里面，点得灯烛辉煌。果然众人佩了神符，细视林公，果与生人无异，就在贾母的正中榻上，分宾主坐定。贾珍又领着宝玉、贾琏、贾环、贾蓉、贾兰等一齐过来，与林公请安拜见。林公一一的答礼，叙了会子寒温。邢夫人、王夫人也过来相见，喜悲交集，各按次序就坐。丫环献上茶来，茶罢，林公便将自那年扬州捐馆以及地府作城隍，认了贾珠、贾母之事，逐一的告诉了贾赦、贾政。二人听了，忙问贾母现在何处，林公笑道："老太太现在随任来了，因你们盖的新宅子尚未落成，暂且与令妹同住。候房子盖完了再搬过去。"贾赦、贾政听了，忙吩咐套车备马伺候，过会子同姑老爷一块儿到庙里去回见老太太。丫头们听了，忙去传话。这里邢夫人、王夫人又问贾母、贾夫人在地府的光景。林公正要回答，只见焙茗飞也似地跑了进来，禀道："太太，大爷回来了。"宝玉、贾兰二人听了，连忙迎了出去。王夫人便也立起身来。走到房门口等候。只见贾珠一手拉着宝玉，一手拉着贾兰，从荣禧堂的屏风外眼泪汪汪地转了进来。未知母子相见如何，且听下回分解。

第十九回　荣国府张灯开鬼宴
城隍庙月夜会新郎

话说王夫人听见焙茗来禀,说:“大爷回来了。”心中一痛,亦就顾不得林公在座,连忙走到房门口站着等候。只见贾珠一手拉着宝玉,一手拉着贾兰,眼泪汪汪的走了进来。王夫人一见,便放声大哭起来。贾珠见了,忙抢行了几步,跪在王夫人面前,伏地大哭。这里贾赦、贾政、贾珍、贾琏、宝玉、贾环、贾蓉、贾兰,并邢夫人等,齐大哭起来。林公在旁解劝了良久,大家这才止了泪,重新各按尊卑长幼,彼此行过了礼。大家又坐着叙了会子别后的事情,王夫人乃向林公流泪道:“姑老爷,我们家如今托赖上天的福佑,多少人都回了生了。姑老爷何不可怜我们娘儿们,也教你大侄儿回生呢?”林公听了答道:“凡天下事,都有个一定之数的。大侄儿一来他的阳禄已尽,不能再享人世之福。二来他去世的年久,肉身已坏,岂能再履人世呢。如今他跟着我们受享清福,这也是人生难得之事。舅太太只管放心。我们现作这里的城隍,总保你们母子们常常见面,也就和回了生是一样的了。”王夫人听了,眼中又流下泪来。贾珠遂又婉言安慰了一番,王夫人这才不伤心了。只见林公站起身来,要到潇湘馆去看看黛玉。贾政忙命宝玉在前引路,又命贾兰引了贾珠,往稻香村与李纨相会。贾赦也命贾环引着,往紫菱洲去看迎春。这些节目,可想而知,毋庸琐述。

这里贾政、贾珍等不便相陪，都到荣禧堂和邢、王二夫人商议。荣府留下宝玉、贾环、贾兰小叔侄三人看家，宁府留下贾蓉看家，贾赦、贾政、贾珍、贾琏、邢夫人、王夫人六个人，都将车马预备停当，等候随了林公到城隍庙叩见贾母。约有一个时辰，只见宝玉、贾环、贾兰引了林公，贾珠、贾赦从大观园走了出来。众人尚欲挽留，林公道："天也不早了，二位兄嫂既然要到庙里去见老太太，这也很是时候了。"贾赦、贾政听了，不好再留，遂让林公坐轿先行。大家坐车的坐车，骑马的骑马，带了几名得力的家人，走不多时，早到了城隍庙门前。但见鬼卒数辈，相貌狰狞，伺候打点开门。一直到了丹墀，早有女仆数人，将邢、王二夫人搀下车来。贾政等一齐下了马，早见林公在堂上恭候。先让邢、王二夫人前行，众人随后进了宅门，早望见贾母和贾夫人在卧房廊檐下站立等候，邢、王二夫人见了，忙紧行了几步，拉了贾母痛哭起来。贾赦、贾政、贾珍、贾琏也都跪下，伏地大哭。贾夫人也哭得似醉如痴的。林公忙将他叔侄四人拉了起来，贾母擦泪道："你们都不用哭了，我活了八十多岁，也把世上的福都享尽了。这会子又跟着姑老爷来受享清福，你们听见该喜欢该乐才是呢。怎么反倒哭起来了！都进来罢，咱们娘儿们坐下，好说说话儿。"邢、王二夫人并贾赦、贾政等听了，一齐止了泪，都到房中，重新各按尊卑次序行过了礼。贾夫人便拉了邢、王二夫人并贾母，都到南边炕上坐下，林公便让赦、政二公坐在北边罗汉榻上，珍、琏兄弟坐在旁边椅子上，自己主位相陪。司棋、鲍二家的端上茶来。鲍二家的眼尖，瞧见贾琏，脸上觉得讪讪的，忙将司棋支到北边送茶，他自己踱到南边炕上送茶来了。众人也都不大理会。

茶罢，贾母向邢、王二夫人道："宝玉和林丫头、凤丫头他们都还了魂了没有？"王夫人忙答道："昨儿午时已经都还了魂了。别人是死后还魂的，身体还弱，还得将养将养。唯有宝玉，刚还了魂就嚷肚里饿，吵吃吵喝的。今儿早上已蒙皇上召见了，因元妃还了魂，面奏了他们的事，所以又加恩赏了翰林侍读的职衔，又钦赐金莲玉烛与外甥女儿成婚。老太太听了，更该喜欢了。”贾母听了果然欢喜，笑道：“前儿我们在太虚幻境和你妹妹商量着，已经给他们成过亲了。这如今尽可以不必多此一事。也罢了，既是万岁爷施恩赐了金莲玉烛，少不得也要举动举动，惊动惊动亲友们总像一件事呢。”贾政听了，忙站起来道：“老太太想的很是。早上宝玉说，老太太要在庙旁另盖一所房子居住，依儿子的愚见，仍要请老太太到家里去住，以便朝夕焚香供奉。等外甥女儿身子养得壮朗了，请请亲友们也热闹几天。”贾母道：“罢了，你们不用请我到家里去了。一来我原是奉旨随了姑老爷来的，二来我这如今也是清净惯了的，没的到家里去人鬼混杂，倒觉闹得慌。外甥女儿，昨儿姑老爷听见甄士隐说，七日之后精气复原，百无禁忌。那时我的房子也盖起来了，你们到第八天上，把亲戚们都下帖请下，到了夜里我和姑老爷、姑奶奶都到家里去，看着他们拜拜堂也就是了。”贾赦听了，向林公道：“依老太太这样说起来，莫若把外甥女儿送到姑老爷这里来，我们另用鼓乐彩轿来迎娶，岂不更觉体制呢！”林公笑道：“大兄之言虽合情理，但只是你我人鬼殊途，若在这里迎娶，这些无知的百姓们张扬起来，未免妖言惑众，招惹是非。况且，外甥女儿原是从小儿在府上长大的，可以不必多此一事罢。”贾夫人也道：“女婿女儿都是在太虚幻境成过缘的了，这不过是为受了万岁爷的赏赐，请了亲友们来拜拜堂，应应典儿的意思。二位哥哥嫂子，你们也不用过于费事了。再者我们也吃不得你们人世的酒席，等到那一天，我们这里办几席抬了去也就是了。”

正然说到这里，只见贾珠从外面走了进来。林公笑问道：“大侄儿，咱们一块儿出来的，你怎么落在后头了呢？”贾珠道：“宝玉和兰哥儿不放侄儿回来，又和他们小叔侄俩说了好一会子话儿才来的。”贾政、王夫人等听了，又都伤起心来。贾母道：“你们不用伤心了。寿夭各有定数，你们只管把珠儿交给我，我们娘儿们还没那么逍遥自在呢。前儿我已经把鸳鸯丫头给了他做了妾了。鲍二家的呢，去把你鸳鸯姑娘请出来，给你两位老爷、两位太太磕头。”鲍二家的答应，去不多时，领了鸳鸯进来。贾母吩咐给老爷、太太们挨着次儿磕了头，在一旁侍立。众人看时，只见他烟环雾髻，环佩珊珊，开了脸，上了头，比当日在家中作女孩更觉丰韵。贾赦见了，又是爱，又是恨。贾琏见了鲍二家的，心里也觉七上八下的。父子两个正在心痒难挠之际，忽听贾母道：“天不早了，差不多儿鸡要鸣了，你们也都早些儿回去罢。我也没有什么别的话嘱咐你们的，我们大太太是个老实头儿，从今以后，你也把那个迎丫头疼着些儿。琏儿和凤丫头他们，虽不是你养的，将来到底是给你们接续香烟的人，也别专靠着那边儿。我们大老爷也老了，须要保养身子为重，再别左一个右一个地买小老婆了。我们二老爷、二太太是没有什么别的说的，但只是儿孙自有儿孙福，也别虑的后事太宽了，也别把宝玉拘的太紧了。家里过日子，也不过是‘勤俭’的两个字也就是了。珍哥儿也是年近半百的人了，去年又和你叔叔同在军台上受过苦的，也很该知道点好歹了，以后须当务点正事，给你兄弟们、侄儿们作个表率，再别成日家弄些混账人在家里要钱吃酒无所不至的了。琏儿呢，这如今凤丫头和尤二姐都还了魂了，连平儿算上，你们屋里就是花朵儿似的三个美人儿了，以后总要干些正经事业，再不许活下作爱人家的老婆了。你也想想，如今你老子和你叔叔也都老了，兄弟、侄儿们都还小，家里再靠谁呢。”说得他叔侄四个面面相觑，无言可对，只得说：“谢老太太的教训。”招得贾夫人、邢夫人、王夫人都笑了。林公笑道：“二位兄嫂、二位贤侄都请回去罢。天也不早了，若晨光一现，你们就瞧不见我们了。”贾赦、贾政等听了，只得同邢、王二夫人起身，含泪告辞。林公仍送至大堂，瞧着他们坐车上马而去。

按下城隍庙不提，且说贾赦、贾政回到家中，早已东方微明，晨光熹现，各自回房盹睡了片时，便早红日东升起来。梳洗已毕，贾

政自去上衙门去了。王夫人正和贾琏、宝玉商量过了七日请亲戚、接贾母、贾夫人之事，只见李纨也进来问安。王夫人见他眼睛哭得肿肿的，又觉伤心流泪起来。宝玉见了忙劝道："太太和大嫂子都不用尽自伤心了，我哥哥虽没有回生，现在为神，享受香烟，咱们又能时常见面，也就和回了生是一样的。大嫂子你不用哭了，等到今儿晚上，你坐上车，我同兰哥儿骑上马，都到庙里见见老太太、姑妈、大哥哥和鸳鸯姐姐。你若是舍不得大哥哥，就住在那里也使得的。"王夫人听了忙道："又信嘴儿乱说来了。你老子先没吩咐过，不许你们在嫂子跟前没大没小地混说玩话，你可就记不得了。"说得宝玉伸了伸舌头儿。贾琏听了笑道："宝兄弟说的虽是玩话，论理，我大嫂子他们也该到庙里见见老太太、姑妈去才是呢。我想晚上叫平儿也随了大嫂子去走走儿。"李纨道："他二婶娘是才还了魂的人，跟前如何离得他平姨娘呢！"贾琏笑道："不相干的，早就精神得什么似的了。昨儿吃了一天的燕窝粥，可就喝着嫌稀了，今儿一早，醒来就吵着说想吃莲叶羹了。"王夫人听了忙问宝玉道："你林妹妹的光景儿如何？"宝玉笑道："瞧那个光景儿，也倒像是要吃似的。"王夫人听了笑道："既是这样，就吩咐柳家的，今儿就作莲叶羹就是了。"又向李纨道："既是他们都精神些儿了，今儿晚上索性教宝丫头也随了你们，一块儿去见见老太太、姑妈去。"李纨道："我想也打发人知会我珍大嫂子一声儿。"王夫人道："我和大太太说来，我们过会子还到那边去看看蓉哥儿媳妇去呢，我替你问他一声儿就是了。"

正然说到这里，只见焙茗进来，禀道："薛大爷、薛二爷带着柳二爷来拜来了。"贾琏、宝玉听了，刚迎到院子里，就见薛蟠、薛蝌、柳湘莲走了进来。李纨忙自回避去了。他三人到了上房，与王夫人请安叩喜。王夫人又与湘莲道喜，谢他在大荒山照应宝玉。又问了会子尤三姐、香菱回生后的光景，将贾母所言七日后请亲戚们来拜堂的话，告诉了他三人一遍，并言临期再下帖去请。湘莲等去了,王夫人又差了贾琏、宝玉看望香菱和尤三姐。又约会了邢夫人同过宁府去看望秦氏。那边尤氏也过这边来看视黛玉。诸人彼此往来,热闹了一天。

到了晚上,贾政回来告诉说,本日蒙皇上召见,面奉口旨,准其亲属人等进宫与娘娘请安。王夫人听了,不胜之喜,晚上忙乱着将一切预备停妥。次日黎明,贾赦、贾政并邢、王二夫人一齐进宫与元妃请安,不免又是一番伤感。王夫人也将贾母所言,七日后请亲戚拜堂的话,奏知了元妃。元妃甚喜,又赏赐了许多礼物。回到家中,贾政便差了贾琏到了城隍庙督工,定限七日内完竣。到了晚上,宝玉、贾环、贾兰三人送尤氏、李纨、平儿、宝钗都到城隍庙与贾母请安相会,这些节目也不须多赘。

果然,到了第七日,黛玉、迎春、凤姐、尤二姐、晴雯、金钏儿六个人精神复旧,都下地来到王夫人上房叩见,把个王夫人喜得眉开眼笑,忙请了贾政进来。受礼已毕,便商量差人与各亲戚家下帖。到了次日早饭后,就有史侯的夫人、王子腾的夫人、邢大舅的奶奶,薛姨妈带了香菱、岫烟、宝琴、甄应嘉的夫人、李婶娘,尤老娘带了尤三姐,又有周统制的夫人、巧姐的婆婆周安人并刘姥姥诸人都到了。但见宾主一堂,花攒锦簇,珠围翠绕,屏开翡翠,帐设芙蓉,十分热闹。到了晚上黄昏人静之时,宝玉亲自骑了马,到城隍庙迎请林公并贾母、贾夫人来家。不多一时,都坐了大轿,一路旗锣伞扇,前呼后拥地直至荣禧堂下轿。贾赦、贾政率领子侄等迎接。林公向书房而去。这里诸位亲戚家的太太、奶奶、姑娘们都走出房门来迎接,黑压压的站了一院子的人。司棋、鲍二家的搀了贾母、贾夫人走了进来。大家相见,也有见了伤心流泪的,也有见了喜欢含笑的。一一的叙过了寒温,大家一同都到贾母旧日住的上房里,各按宾主长幼的次序儿就座。贾母、贾夫人便和这些太太们先叙了会子别后的事情。

茶罢,王夫人便命了丫头们将御赐的金莲玉烛供在正中一儿

上点了起来，但见香烟缭绕，烛焰辉煌，地下铺了洋毯，引了宝玉、黛玉二人出来，先向上叩谢了圣恩，然后按着亲戚主人尊卑长幼的次序儿，逐一的磕起头来。众人见他两人打扮得天仙一般，真是玉琢成粉捏就的一对儿，大家齐声赞不绝口。喜得个贾母眉开眼笑地向众人道："各家太太们，这可是我的一件老不歇心的事儿，这如今仰赖上天的福佑，生生死死的都成全了。你们大家瞧瞧，我这个外孙女儿和我这个小孙子儿，可都好不好呢？"众夫人们听了齐声赞道："这都是老太太素日积功累仁的，感格了上天，所以才有这样亘古未闻的奇事。我们瞧着这一对小夫妻，真就和天上的金童玉女一般，谁家能有这样的大福呢！"说得贾母愈加欢悦起来。

少顷拜毕，贾母问王夫人道："这个房里摆席，坐不开这些人么。"王夫人答道："这里坐不开，已经把酒席都摆在大观园省亲的正殿上了，那里预备的有戏，地方还宽展些儿。"贾母道："既是这样，你们就把周亲家太太、小周亲家母，甄、李、尤三位亲家太太、邢、王二位舅太太和我们家的小侯太太，都让到大观园上席听戏去罢。天也不早了，我和林姑奶奶又都不吃你们人世的东西，这里另有抬来的呢。我们把戏也听俗了，而且也嫌锣鼓聒的慌，可就不陪过去了。这里再摆两席，留下薛姨太太、刘姥姥俩人，带着他们小辈子的这些姑娘们，挤着些儿坐罢，我们就近好说说话儿。你们老妯娌两个和珍哥儿媳妇、珠儿媳妇，都到那边陪客照应去罢。我们这里有凤丫头、宝丫头也就很够照应了。"邢、王二夫人听了，便将众夫人们都让到大观园去坐席。贾母送至房门口，笑道："众位亲家太太们，论理我该陪过去才是呢，但只是如今咱们人鬼殊途，有多少不便当处，你们可要恕我的罪罢。"众人听了一齐谢道："老太太如今是神人了，我们那里禁当得起呢。"说毕，便都往大观园去了。

这里贾母拉了薛姨妈的手笑道："姨太太，咱们都是至亲，为我们宝玉的这件事情，教你们娘儿俩倒操了多少的心，受了多少的委屈，我心里很过意不去的。"薛姨妈笑道："老太太说那里话，咱们自己亲戚还是外人吗！自从前儿林姑娘给他姐姐托梦之后，我们就知道老太太到了姑太太家了。后来又听见有个回生的信儿，我们那一天又不盼望呢。这如今好容易盼得娘儿们见了面，怎么老太太倒说起生分话来了呢？这不是当着姑太太说嘴，我素日待林姑娘，就和我们宝丫头是一样的，从没有一点外心儿。"贾夫人听了笑道："亲家太太，我早就听见说你很疼你外甥女儿，才刚儿我们老太太说的，也是实在心里过不去的话，并不是生分外道。论起理来，作妹妹的很该给老姐姐磕个头，谢一谢才是呢！"薛姨妈道："哎哟哟！姑太太，你的言太重了，我那里禁当得起！咱们这会子，只要他们夫妻和美、姊妹投缘，这就是你我的一件大歇心处。咱们老姊妹们还有什么说的呢。"

正然说到这里，只见司棋、琥珀、鲍二家的走来禀道："两边酒席都齐备了。"贾母听了点点头儿，便叫过凤姐、宝钗来吩咐道："东边把你们的席摆上两桌，首席中间让姨太太坐。迎丫头、凤丫头、林丫头，你们三人是刚回了生的人，就陪首一席，恐怕姨太太要和你们说说话儿。二席中间让刘姥姥坐，菱姑娘、尤三姑娘、尤二姑娘，他们三人也是才回了生的人，陪第二席，教他们把太虚幻境的光景告诉告诉刘姥姥，教他听了好到乡里去说说古经儿。西边把我们抬来的两席摆上，也把你们吃的果菜摆几样儿。首一席中间，让你姑妈坐，宝丫头你就带着你兄弟媳妇和你四妹妹、平儿作陪，你姑妈也要和你们说说话儿呢。第二席中间我就坐了，教你琴妹妹、云妹妹、探妹妹和你侄女巧姐儿，都跟着我坐，我也要和他们说说话儿呢。你们俩人就按照我说的这么摆罢，不用再论什么别的亲疏长幼了。我同你姨妈、姑妈、刘姥姥暂且到碧纱橱里坐坐去，也看看我当日的那些古玩东西，不知你老爷、太太还是给我照旧摆着，还是给我送到当铺里去了呢！"说得众人都笑了。刘姥姥笑道："阿弥陀佛，老太太虑得也太宽了。咱们这样人家若是当起当来，我们这些乡下人可都怎么过日子呢!”贾母听了笑道:“姥姥你快别说这个话,俗语说得好,蛇大窟窿大。有时儿揹住了,也不能不当的。我只恐怕他们自己不肯当他们自己屋里的东西,自然都瞅视住我这个死鬼了。”说得众人又笑了。于是,贾母拉了刘姥姥,都到碧纱橱里。看时,但见铺排陈设的俨如贾母生时景象,自是心中欢喜,便指点床帐向贾夫人道:“姑奶奶你看,这付有架子的床帐就是我当日睡的,这个槅子里边就是黛玉的睡处,这个槅子外边就是宝玉的睡处。他们两人从小儿就都跟着我睡的。”贾夫人笑道:“老太太当日疼他们也疼得太过余了。”正然说到这里,只见凤姐、宝钗进来禀道:“酒席都摆停当了,请姑太太、姨太太都上席罢。”贾母听了,仍拉了刘姥姥和贾夫人走了出来。座次是贾母在先说定的,众人不敢违拗,也不必再行谦让,俱都照着贾母指定的地方大家一齐就座。凤姐、宝钗递过了酒,便命琥珀、玛瑙二人伺候。东边两席,斟酒上菜:司棋、鲍二家的伺候西边西席,斟酒上菜。话休烦絮,酒席宴前,无非说些别后的情事,也有说到赏心处欢笑的,也有说到伤心处流泪的,纷纷不一。直吃到天交五鼓,忽听外面鸣锣响道,就知是林公散席回庙去了。

这里薛姨妈、刘姥姥、贾母、贾夫人遂也起了席,散了坐吃茶。贾夫人便点手儿叫了宝钗、黛玉二人到碧纱橱里间,娘儿们说私话儿去了。这里贾母和薛姨妈、刘姥姥、湘云、探春等又说了会子地府以及太虚幻境的话。只见周瑞家的进来禀道:“那边大观园的席也散了,众位亲家太太们都各自找地方打盹儿去了。”贾母听了,看时只见薛姨妈、刘姥姥都困得打起哈欠来了,忙笑道:“姑奶奶,咱们也回去罢,天不早了。”只见贾夫人一手拉了宝钗,一手拉了黛玉,走了出来。薛姨妈见黛玉又哭得眼圈儿红红的,便拉了他的手笑道:“我的儿,你这又是为什么哭呢?你们如今都回了生,姑老爷、姑太太又做了本处的城隍,老太太也随任来了,你很该喜欢才是,为什么尽自只是哭呢?你明儿总跟着你宝姐姐学,诸事总把心放得开开的，你的身子就不能再弱了。”贾夫人道：“他们姐儿俩要留我和老太太住在这里呢。我说我们如今并非生人，住下诸事不便，他就又哭起来了呢。”贾母道：“我的儿，你不用哭，我们过两日再来瞧你们来。我们的房子昨儿才盖完了，里头的诸事还都不齐备，且等你到了九天上，你妈妈自然要接你回九，那时我们也请些亲友在庙里热闹一天，横竖娘儿们常常见面，那里在乎住不住呢！”刘姥姥道：“阿弥陀拂，我的老太太，别说姑娘们舍不得老太太和姑太太回去，就是我也舍不得你老祖宗回去哟。我们乡下人，成年家那里有闲工夫进城上庙呢，只好等到明年四月八做会的时候，我再到庙里给老祖宗烧香去罢。”说得众人都笑了。

正笑时，只见邢夫人、王夫人、尤氏、李纨婆媳四个走了进来。王夫人道：“怎么老太太和姑太太都要回庙去么？”贾夫人道：“我们这里住着不大方便，过两日再来看你们来罢。我们庙里诸事尚未齐全，等到了九天上，我接你外甥女儿回门，那时再请二位舅太太和奶奶们、姑娘们都到我们庙里逛逛去。舅太太，我还有句话，外甥女儿是从小儿舅舅、舅母疼大了的。未免疼养得太娇了，凡有不到的地方儿，还望舅舅、舅母担待他些才好。”王夫人笑道：“哎哟哟！姑太太怎么说起客套来了，这是儿时学下的这个话。”贾母笑道：“这算什么客套呢，你没看见前儿晚上，和姑老爷吵着教办一副很体面的嫁妆，再做四季的几套衣裳。姑老爷说如今女儿是回了生的人了，比不得原先在太虚幻境同是鬼神了，我们所用的东西，人世如何用得呢？姑奶奶就说，你为什么不办人世所用的东西呢？姑老爷说，你好糊涂，如今咱们所用的银钱都是人世焚化来的，拿去买人世的东西谁家肯要呢？姑奶奶听了就埋怨起来了，说我一辈子就只养了这一个女孩儿，别的没有罢了，难道连一副嫁妆也不能赔送吗？当日活着，在扬州作盐院不和商人们要钱，作了一辈子的穷官，这会子死后盼得升了都城隍，谁知道又是一个穷城隍呢！闹得姑老爷没了法儿了，笑道：你不用着急，等我想个法儿办就是了。你们想想,外孙女儿到了咱们家,难道还能够缺少了他使用的东西么？又要什么嫁妆呢!”薛姨妈听了向贾夫人笑道:“亲家太太,你也不用多操这一番心,如今他宝姐姐的东西也不少,暂且姊妹俩大伙儿将就用着,等我们当铺里明儿算清了账,我教他蟠儿哥哥也给他照样儿办一副送来就是了。”贾母道:“姨太太你也不必费这个心,才刚儿我只当我的东西都教你姐夫、姐姐他们鼓荡净了呢,谁知还是照旧都摆得好好的。明儿教林丫头搬到他屋里去,也很够用了。”贾夫人笑道:“罢哟,老太太咱们也走罢,差不多儿鸡要叫了。再不用提这一条儿了,我不过是为我们的脸面,教亲友们瞧着好看些儿,那里是为咱们家没有女孩儿使用的东西呢!”贾母听了,向王夫人笑道:“我听见那边亲戚都睡了,我们可也不惊动他们了,你们吩咐教外头伺候。认真的,天可也不早了。”邢、王二夫人知不可留,只得吩咐外面伺候。鲍二家的搀了贾母,司棋搀了贾夫人,众人一齐送至荣禧堂,看着贾母、贾夫人上轿而去。众人仍至上房,看着丫头、老婆子们收拾了家具,吹熄了灯火,这才大家散去,各自归房。不过各睡了片时,东方大亮。众亲戚们起来,梳洗毕,又留着吃了点心,这才各自回家去了。

连日无话,到宝、黛成缘的第七天上,这一日贾政下朝,吃毕了早饭,正然唤了宝玉来,吩咐教他晚上到庙里去给贾母、贾夫人请请安。只见贾琏笑嘻嘻地走了进来,禀道:“有一件稀奇的事儿回老爷知道。”贾政道:“什么事？你这样喜欢,你坐下说罢。”贾琏便顺跨儿坐在椅子上,笑道:“才刚儿刑部堂官赵全亲自到门上投手本,求见老爷。林之孝知道他的行为不端,老爷素日不待见他,况且他又不是本部的官儿,不敢来回老爷,先告诉了侄儿。侄儿出去见了见他,问了问他的来历,他说得倒很有个趣儿。他说他有个女孩儿,今年十八岁了,生得也很像个人儿。半年前头被一个什么鬼魂缠住了,百般的医治,总不见效,堪堪待死了。他心疼女儿,急得没了法儿了,亲自到城隍庙烧香许愿,说但要保佑着他的女孩儿病好了，他情愿出三千两银子的布施，修盖庙宇。晚上就梦见姑老爷差了一个姓冯的相公，在他女儿房里拿住了一个青脸红发的恶鬼，救下他女儿的命了。那个姓冯的就吩咐他说：‘你的女儿好了，并不要你出布施修庙，尽你许下的这三千两银子，办一副上好的嫁妆送到工部侍郎贾大人府上收了，就算你还了愿了。’如今他女儿的病果然好了，他不敢违背神语，现在办了一副上好嫁妆，都抬到门上来了，唯恐老爷不肯赏脸，所以他亲自求见面禀缘故的。老爷听听，这件事真真有趣儿极了。”贾政听了，心中甚是诧异。只听王夫人笑道：“老爷只管收下他的，这是老太太前儿说来，姑太太为没有赔送，叨叨了会子，闹得姑老爷没了法儿，说等我想着法儿办就是了。这如今姑老爷救了他女儿的命，他亲自送上门来，又为什么不收呢！”贾政笑道：“虽是如此，也该差宝玉到庙里问问姑老爷去才是呢。”贾琏笑道：“老爷太过于谨慎了，事情若不是真的，赵堂官那个业障可是刀子扎得出血来的人？他不想占别人的便宜就够了，他肯自己化了银子还登门来求赏脸么？”贾政听了，沉吟了一会道：“也罢，你就这样回复他，说我家叔不管这些闲事，看他怎么样。他如若不依，你就自己做主儿收了他的就是了，赏抬的人，也不用给他领谢的名帖儿。”贾琏听了忙出来，到书房向赵堂官笑道：“适才将尊驾的来意禀知了家叔，家叔因偶染微寒，不能出陪。说尊驾既是还愿的东西，他不敢管这个闲事。”赵堂官笑道：“小弟深知令叔大人的秉性，但我此举乃是我自己还愿，并不是给令叔大人送情。二爷，你只管吩咐着人抬进去就是了。”贾琏见说，便吩咐林之孝派人往里搬送，赏了抬的人五两银子。赵堂官吃了茶，亲自站在仪门上，看看一件一件的都搬完了，这才和贾琏作别，上马而去。

贾琏仍旧进来，回明了贾政。贾政便命宝玉晚上到庙里给贾母请安去，带着问问送嫁妆的缘故。起更之后，宝玉带了焙茗，骑马而去。约有两个时辰，宝玉、焙茗依旧回来，禀贾政、王夫人道：“老太太这两日很好，问了问送嫁妆的事，谁知道姑老爷还不知道，叫了冯渊来问，才知道送嫁妆的事都是冯渊闹的诡事。已作成，难以挽回，姑老爷只得笑道：‘这个赵堂官，原是个没材料儿的东西，况且又救了他的女儿，教他花几个钱儿也罢了。’”贾政听了正要往下再问，只见焙茗手里拿着个拜匣儿往桌子上一放。王夫人便问道：“这又是什么？”焙茗禀道：“姑太太那里下来的请帖，因为后日是新二奶奶回门的日子，教奴才替转请一请呢。姑老爷、姑太太说，来庙里地方窄小，摆不开多的酒席，老辈子老爷们、太太们和珍大爷、珍大奶奶，另日再请罢。这如今请的男客是从琏二爷起，都是小辈子的爷们。女客是从珠大奶奶起，都是小辈子的奶奶、姑娘们。并教多带些丫头、老婆子们，伺备斟酒上菜呢。”王夫人听了笑了一笑，便命令宝玉打开拜匣，取出请帖来念着听听，看后日请的些小辈子都是谁。宝玉取出请帖，念了一遍。男客乃是贾琏、宝玉、贾环、贾兰、贾蓉、柳湘莲、薛蟠、薛蝌八个人；女客乃是李纨、凤姐、平儿、尤二姐、薛宝钗、林黛玉、秦可卿、胡氏、迎春、探春、惜春、巧姐、史湘云、甄香菱、邢岫烟、薛宝琴、尤三姐共十七人。贾政、王夫人听了点点头儿，仍命连匣儿交与焙茗，明儿一早就照帖儿去请。老夫妇又和宝玉说了会子闲话儿，这才各自归房就寝。

话休烦絮，到了第三日，宝玉差人约会这些应请的人，无论男女都于午后到荣府会齐。吃了点心，候至定更时分，坐车的坐车，骑马的骑马，灯笼火把，一路辉煌，都到城隍庙的前殿。刚下了车马，早有林公、贾珠二人迎了出来，将他弟兄、叔侄八人迎到书房去了，这里贾夫人、鸳鸯也迎了出来，将李纨、凤姐等十七人引到贾母新盖的房子里。只见贾母手拄拐杖，倚门而待。一见他姊妹们进来，拍手笑道：“哎哟，我的儿们，你看一个赛如一个的，花攒锦簇的都来了。前儿我到家的时候，只顾和你婆婆们说话，也没工夫和你们谈谈，今儿是你林妹妹回门的日子，所以也没请你太太们，只接了你们姊妹们来，也让你们姊妹们风光风光。”未知李纨等如何回答，且听下回分解。

第二十回　贾迎春摆布薄情郎
史湘云搜求短命鬼

话说李纨、凤姐、平儿、尤二姐、宝钗、黛玉、秦可卿、胡氏、迎春、探春、惜春、巧姐、史湘云、甄香菱、薛宝琴、邢岫烟、尤三姐十七个人随了贾夫人、鸳鸯进了西边的偏院，只见贾母倚门而待，众人见了忙紧行了几步到了跟前，一齐请安问好。贾母笑道："姑娘们都进来罢，你们瞧瞧，这是给我盖下的新房子，都是照着家里的样儿盖的。也是一边儿是大万字炕，一边儿是碧纱橱。屋里的陈设也是我自己亲自布置着摆的，你们看看好不好？"李纨等众人看了，齐声道："老太太是全福全寿的人，眼见耳闻的多了，不拘调度个什么儿，总比别人异样些儿。"贾母笑道："你们姊妹们都上万字炕去坐，咱们今儿也要闹个新样儿。每人面前放个小炕桌儿，桌儿上摆一个攒盒儿，一把自斟壶，一双筷子，一个酒杯儿。上菜的时候儿都用小碟子小碗儿，各人吃各人的。尤三姑娘、薛二姑娘、邢大姑娘、史大姑娘、菱姑娘你们五个人是客，就先上去顺着领儿先坐罢；其次，就是我们家的老小四位姑娘坐；再其次，就该我们家的老小八位奶奶了。我们就把炕桌儿也都放上罢，时光儿有限，我们喝着酒说话儿也是一样的。"贾夫人笑道："你们都听听，老太太事情想得又周到，话儿说得又捷脆，次序儿分得又清楚，咱们再赶不上老人家的。姑娘们也再不用谦让了，就都照着老太太说的次序儿上去坐罢。”

尤三姐、史湘云等众人听了，也就不必再让，大家一齐上炕，各按次序儿坐下。这里鸳鸯走来要给李纨磕头。李纨见了，忙又站了起来，拉了鸳鸯的手，那个眼泪就像珍珠一般地滚下来。贾母道：“我的儿啊，你不用尽自伤心了，过会子吃了饭，教鸳鸯把你领到他们房里，你们夫妻两个也只管亲热亲热去，这难道还怕谁笑话吗？”说得众人都笑了。只见众丫头们七手八脚地挨着次儿放了二十张小炕桌儿。每一个桌上放了一个攒盒儿，一把自斟壶，一副杯筷。贾母、贾夫人、鸳鸯也都坐下，斟起酒来。

贾母擎杯笑道：“亏了我嚷着教打了个万字炕，若是个顺山炕，还不够你们这些人坐呢。你们都看看，花攒锦簇地坐了一大炕，教我瞧着怎么不喜欢呢？我的儿，你们也喝一盅儿酒，也吃几个果子儿，这都是你们自己抬来的东西。”众人听了齐道：“我们好容易又见了老太太、姑太太的金面，今儿这个酒菜都是尽量儿的吃喝，没人敢作假的。”贾母又向黛玉道：“昨儿有人给你送嫁妆去了，你瞧那些东西可也还好不好，总共也值得几个钱儿？”黛玉听了正欲回答，只听宝钗道：“好极了，样样儿都做得精巧，比我的嫁妆强多了。里头绫罗纱缎，簪环首饰都是全的，也值个两三千银子。潇湘馆地方儿窄小，那里摆得开这些东西呢？我和林妹妹商量着，我们姊妹俩住在一块儿，怡红院那里又宽阔，又敞亮，所以昨儿把那些东西都摆在怡红院了。”贾母听了欢喜道：“很好，这才是呢。你们姊妹俩住在一块儿，诸事都便当多了，也省得宝玉小子今儿要在这个屋里来，明儿又要往那个屋里去，教人家外人瞧着怪厌弃的。你们姊妹俩可都是读过书的人，把宝玉交给你们两个人，我也是放心的。可别跟着凤丫头学得醋罐罐儿似的，成日家鸡嗔鹅斗的。”

凤姐笑道：“哎哟哟！这个老太太说谁自说谁，又拉扯到人家身上来了。这不是他们两人都在这里，老太太尽管问。自从回生之后，这些日子，我总是撵着二爷到尤二姐房里去。平儿现在怀着身孕,眼看要占房的人了,也该避讳着些儿。所以,他如今倒是跟着我睡呢。”贾夫人听了笑道:“姑娘,你这个嘴真要不得了,老太太不过说的是句玩话,你怎么弄起清账来了,也不怕巧姑娘笑话!”说得众人都笑了。贾母笑道:“怪道平儿进来的时候,我看他走路累累坠坠的,原来我又要得重孙儿了。”秦氏笑道:“老太太不但要得重孙儿,还要得累孙儿呢。我们胡氏妹子也有六七个月的身孕了。”贾母听了愈加欢喜道:“这更好了,我这可当真的是个老祖宗了。我也忘了问问你们姊妹俩和气不和气,吃醋不吃醋呢?”秦氏听了,用手帕子捂着嘴嘻嘻地笑道:“老太太问的这个话,真教我们也答不上言儿来了。我们这个胡氏妹子也是一个怪老实的人,我们姊妹俩也是一个屋子两副床帐,我们并没有什么争论的。不过往者不追,来者不拒也就是了。”众人听了又都笑起来。贾母笑着向席上望了一望,乃向香菱道:“姑娘,你那个小孩儿,如今只怕也很出息了,只怕见了你倒要认生呢罢?”香菱笑道:“可不是呢,出息倒很出息了,总和家里的人生,只认得他奶妈子一个人儿,连我、太太都不要抱。我但招呼招呼他,他倒哭了。”贾母笑道:“这么说起来,姑娘你可别忌较,真是蟠儿的种子了。”说得众人又笑了。

贾夫人笑道:“据我看来,菱姑娘倒是个有福的,我听见他们这个主儿当日活着的时候就很作践他,他这如今倒夫妻儿女团团圆圆的。他们这个主儿嫁了我们冯书办,教男人制得伏伏在地的,如今见了冯书办,就像避猫鼠儿似的。”宝钗听了忙道:“没脸的东西,过会子求姑太太把他叫出来,等我数落着骂他一顿,出一出我的气。”贾夫人笑道:“罢哟姑娘,他如今已经不是你们家的人了,你又骂他做什么呢!”黛玉也劝道:“姐姐你何必见他呢。我想他平日虽不顾脸,这会子要叫他出来见咱们,他断然也是不肯出来的。”宝钗听了,这才不言语了。

只见贾母又觑着眼睛向各席上望了一望,看到尤三姐的跟前,乃笑问道:“三姑娘,怪热的天气,你脖子上缠上一条儿丝线做什么呢?”尤三姐听了,红了脸笑道:“这个老太太,怎么只是和我们取笑儿呢! 这那是丝线儿,是个痕迹儿。”贾母听了点头笑道:“哦,这就是了。这也就难为他们二位仙师的法力,竟能把割断的肉联了起来。”又向贾夫人道:“当日我们小的时候,只知道跟着父母过日子,及至长大了,父母要给到谁家,就是谁家,那里知道自己挑小女婿子呢! 你看这位三姑娘,眼睛里真是有水儿,挑了个柳相公,真是世上数一数二的人才,到底生生死死地闹成了,你说这不是世上的一个姑娘精了么!”说得尤三姐红了脸,低了头,不敢哼一声儿。贾母又向宝琴、岫烟二人笑道:“你们二位姑娘可也都出了嫁了,薛二相公我是见过的,不用说是个才貌双全的人儿。不知梅翰林的公子人品学问何如?”岫烟笑道:“我们二姑爷长得也怪清秀的,去年也拔了贡了。”贾母听了欢喜道:“你们俩人是我素日最心疼的,如今都得了好女婿,我听见心里就欢喜极了。”

说毕,又往下首一看,坐的乃是史湘云,由不得叹了一口气道:“哎! 我的云丫头倒怪可怜见儿的,我从小儿瞧他,我只说他是一个有福气的,长的模样儿纯纯厚厚的,说个话儿豁豁绰绰的,那知道他的命倒比别人不及呢!”说得史湘云眼圈儿一红,早流下眼泪来。贾夫人见了,忙用别话打岔。贾母也会过意来,乃向探春笑道:“你女婿人儿怎么样? 今年多大年纪了?”探春笑道:“今年二十一岁了,书也读了好些,字儿写的也好,只是打心里不爱念书,爱的是拉弓跑马的这些事。”贾母听了笑道:“是哦,武将家的公子,多一半儿都不爱念书,老鹳窝里原没有凤凰,只要认得几个字儿,不是个白眼窝也就罢了。四丫头又打扮成个道姑了,我听见说你一心儿的要出家,小人儿家真是胡闹极了。你宝玉哥哥出家,原为的是你黛玉姐姐,你出家可又是为那一条儿呢?”惜春红了脸,笑道:“这个老太太,老人家又说起背晦话来了。各人有各人的志愿,难道说世上出家的都是有为头儿的吗?”贾夫人听了笑道:“我的儿,你不用着急,老太太是心疼你。这么个年轻的人儿,入了空门,就怪可惜的了。只要你悟道的心坚，只怕将来也定有一个好处的。”

贾母又道：“我昨儿听见刘姥姥说，巧姐也有了婆婆家了。说是个乡下的财主家，女婿也长得怪好的，也爱念书，昨儿我见那个小亲家母，也是怪伶俐的个人儿，倒没有什么可挑剔处。只是我们这样人家的女儿，给到乡里，到底听着怪不好的。”凤姐听了叫道：“老祖宗还不知道呢，要不是给到乡里，这会子早给人家当了小老婆了。”贾母听了大惊道：“你这个话从那里说起呢？”凤姐道：“自从老太太归天之后，老爷扶柩回南去了，我又死了，二爷又是大老爷带了书子来叫到军台上去了。宝兄弟又疯着呢，家里一个正经人儿也没有。环儿这个东西，成日家招了那些个无赖的人到家里来要钱，这里头也有我哥哥王仁那个不得好死的。两个人输得没马儿卖了，就都想到侄女、外甥女儿身上来了，哄着大太太把巧姐卖给一个什么藩王家作妾，亏了还没有兑银子。后来平儿知道了，和太太商量着把巧姐带到刘姥姥家躲了些日子，这才脱过这一场是非了。所以太太说不如早些儿给个人家，免得他们又安坏心。刘姥姥这才做的媒，给了周家了。”贾母听了大怒道：“这还了得了，我们大太太真是个死木头，你们打发人到书房里，把环儿这个坏种子给我叫出来，等我问问他，他娘在阴司里受罪，他还敢作孽么！”贾夫人笑道：“罢哟，老太太！事情已经是早过去了的，况且三侄儿今儿是我们请来的，老太太给他留点分儿罢。”贾母叹道：“养下这样的下流种子，这就是家门的不幸。且放着他就是了，如若他再不改过，等我把他活捉了来，送到地狱里去。”说得众人又都笑了。

贾母又向迎春道：“二姑娘，你自从回生之后，孙家到底也差了个人儿来没有？”迎春听了流泪说：“可教谁来呢？我前儿在太虚幻境早就说了，我情愿和妙玉都跟着警幻仙姑他们，大家又都不依，硬把我撺掇着回生来了。这会子我也想来，也再没有别的路儿了，只好将来给四妹妹做个徒弟罢。”贾夫人听了叹道：“这件事可怎么处呢？才刚儿我瞧见史大姑娘，我心里就很不好。然而姑爷的命短，这也是件没法儿的事了。这个孙家二姑爷可又是现在活着的，你们也没打听打听。他如今到底续了弦了没有。”平儿答道：“这个话我们也问过的。二爷说他还想续弦？谁家有姑娘肯往火坑里送呢？以此看来，这会子没有续弦罢。”贾夫人听了，沉吟不语，默默如有所思。

忽见宝玉从外面笑嘻嘻地走了进来道：“够了我的了，刚刚儿盼了个救命的人来了。”贾母忙问道：“怎么，你们外头的酒席可就散了？”宝玉笑道：“早呢，早呢。才上完了小碟子还没上点心呢。”贾夫人笑道：“怎么你可就下了席了？”宝玉笑道：“刚只一安了席，姑老爷就盘问我‘四书五经’、‘史记’、‘纲鉴’以及古文诗词。考过这样又问那样，讲过这条又问那条，盼着他老人家也和别人说说话儿，才总没有。刚刚儿的甄老伯来拜会来了，我这才脱了身了。”贾母听了笑道：“好，这才合了我的心了。家里有个催着念书的老子，外头又有个催着念书的丈人，看你明儿念书可用心不用心。”说得众人又笑了。只见宝玉一面侧耳听着贾母说话，一面将贾夫人面前放的一杯酒伸手端了起来，一口气喝了。贾夫人笑道：“我看你这个样儿，必是在外头你姑爹没有让你喝酒。”宝玉笑道：“姑爹倒让来，只是我这个嘴，书还讲不过来，那里有喝酒的工夫呢。”贾夫人笑道：“既是这样，你就坐在我这里罢。司棋，另取个杯子给你二爷斟盅酒来。”宝玉听了，便坐在贾夫人的旁边。司棋斟上酒来，又给他面前抓了些松瓤、杏仁儿。贾夫人道：“我的儿，我有件事和你商量商量。我想你二姐姐回了生好些日子了，你二姐夫那个猴儿崽子竟装没事人儿，这也不成个事体。你到外头和你姑爹商量商量，怎么想个法儿把你二姐夫吓唬吓唬，只怕他也就回了心了。”宝玉听了笑道：“这件事倒也容易办，趁着甄老伯在这里，我就出去商量商量，只怕甄老伯有个什么法儿也不可知。”说着，便立起身来往外就走。香菱忙叫道：“宝二爷，你替我问候我父亲，教他明儿到我们家去，我还有话说呢。”宝玉听了笑道：“姐姐，我只顾说别的话,竟忘了给你道喜。才刚儿甄老伯说他已经把甄老伯母送到这里来了,现在城外公馆里居住,教薛大哥明儿一早套了轿车子接去呢。薛大哥已经答应下了。”说毕,径自去了。香菱听了大喜过望,这里众人又一齐都与香菱道喜。大家又欢笑了会子。贾夫人擎杯让道:“姑娘们到底也都吃一杯酒,怎么尽自说话,连筷儿都不动了。”众人齐声道:“姑太太,我们的酒都够了,菜也吃得不少了,早些儿赐饭罢,吃了大家下炕散一散,也到各处看看去。”贾母道:“也罢了,想来他们也没有装假的了。”贾夫人听了,便吩咐上饭。于是,丫头们端了饭来,大家用毕,盥漱了,下炕散坐吃茶。

只见鸳鸯请李纨到他们房里去坐,李纨乃向凤姐诸人道:“你们大家都不逛逛去么?”凤姐笑道:“才刚儿老太太原是教你去和大哥哥亲热亲热,你这会子又混约我们作什么呢?”李纨笑道:“你悄没声的罢,看仔细我撕你的嘴。”贾母听了,便向司棋道:“告诉你男人,教他到书房里请你大爷,就说我请他说话呢。”李纨听了笑道:“这个老太太,外头陪客呢。我如今也是三十多岁的人了,儿子也中了举人了,老祖宗总还把我也当成他们小姊妹们看待呢。这不成了个笑话儿了么!”贾母听了笑道:“我的儿,你不用说嘴了。俗语说得好,‘铺稻草,盖稻草,到底有个老头儿好’。别说你如今三十多岁了,我如今倒八十多岁了呢,只是你老太爷没在这里,要在这里的时节,我们老两口子也要亲热亲热呢。”说得众人都哄堂的大笑起来。林黛玉笑着把李纨推了一把道:“大嫂子,怪不得老太太说你,你本来住的是稻香村,可不是铺的盖的都是稻草是什么呢?”李纨笑道:“哎哟,你也和我动起嘴儿来了!当着姑太太我也不好说你别的话,我只问你‘宝玉你好’四个字,可是我亲耳朵听见的,不是瞎说的。”黛玉红了脸,“呸”的啐了他一口。正然说笑时,只见贾珠在房门口问道:“老太太叫我吩咐话呢么?”众人见了贾珠,又都瞅着李纨笑起来。只听贾母向贾珠道:“你先到你屋里等着去,我们随后就来了。”贾珠不知其所以,只得答应了一声,径自回房去了。贾母向鸳鸯努了个嘴儿，鸳鸯笑着拉了李纨的手径自去了。贾夫人向众人笑道："老太太真是高兴，老人家不拘说个什么话儿，行个什么事儿，总教人瞧着有趣儿。"探春笑道："可不是呢，据我们看来，家里这一点福气也还是老太太一个人积下的。自从老人家去世之后，不但家里过的没个什么趣儿，那怕就是来个亲戚呢，也总觉得冰井似的，没一点热闹气儿。"

正然说到这里，只见宝玉喜得手舞足蹈地跑了进来，笑道："老太太，姑妈，你们都不出去看看热闹去么?"贾夫人道："这早晚儿可有什么热闹可看呢?"宝玉道："才刚儿我出去把二姐夫的那些坏处都告诉了，姑老爷听了也很生气。后来甄老伯说这件事容易办。他就从纸袋内取出一支香来，就在灯上点着，约有一盏茶的工夫，竟把我二位仙师请了来了。这会子，现在二堂上陈设了公案，发了一张牌票，差了一个青脸红发的恶鬼，竟把我二姐夫捉了来了。如今现在二堂丹墀下跪着呢，也不知是怎样发落他。我见二堂背后窗槅子上嵌的都是玻璃，你们若要看热闹儿，大家都到二堂背后隔着玻璃可就都看见了。"众人听了，都不胜惊异。只见迎春吓得粉脸焦黄，眼中流下泪来。凤姐笑道："二妹妹，你这可是怎么了呢?他把你折磨到这步田地，今儿刚刚儿的有人替你出气，你怎么又心疼起他来了？你想是又不愿意给四妹妹当徒弟了。"迎春笑道："我胆子小，听见这些事我怪害怕的。"宝玉笑道："二姐姐放心，不相干的，这不过是警戒警戒他，断然不肯伤他的命的。"贾母笑道："你们都不用害怕，拿我的拐棍来，等我把你们带到二堂背后去，到底看看他们怎么收拾这个没人心的小杂种子呢。"

于是，贾母挪了拐杖前行，贾夫人领了众人，随后探春、湘云二人搀了迎春，一齐来至二堂背后。隔着玻璃一望，但见堂上点的灯烛辉煌，看得十分真切。上面设着四个公案，正中坐着一僧、一道，东边坐的是甄士隐，西边坐的是林公，下边一溜椅子坐的是贾琏、薛蟠、柳湘莲、薛蝌、贾环、贾蓉、贾兰七个人。丹墀下站着两个相貌狰狞的恶鬼，手提铁锁，锁着一个垂头丧气的人跪在丹墀，仔细一认，不是孙绍祖是谁。

众人正在惊异，忽听上面坐的僧、道向林公笑道：“这个人生得外秀而内浊，其病在脏腑，非针灸药饵所能疗，非剖腹挖心不能治也。”林公道：“愿求仙师的法力。”僧、道听了，点点头儿，忽然把惊堂木一拍，大喝道：“鬼卒们，把这个狗才的衣服给我剥了！”只听下面伺候的鬼卒大吼了一声，将孙绍祖揪了起来，一齐动手，早把上身衣服脱剥净了。吓得二堂背后的众人面面相觑，不知何事。又听僧、道二人喝道：“鬼卒们，快把这狗才的心肝五脏挖了出来！”只见上来了一个猪嘴獠牙的恶鬼，手持一把明晃晃的牛耳尖刀，走至孙绍祖的面前，晃了一晃，吓得孙绍祖忙哀告道：“二位仙师，我再也不敢任性了。”只见那恶鬼不容分说，哧的一刀将孙绍祖的肚子划开，伸进手去，将一副血淋淋的五脏掏了出来。吓得二堂背后的众人面目失色，也有浑身打战的，也有说不出话来的，也有叫爹爹妈妈的，也有说吓死我了的。

正在忙乱，又听僧、道在座上喝道：“快取一大盆清水来，把他这副黑心乱肝拿去给我淘洗干净，将我这种药末儿撒在他心孔之内，仍旧整理妥当装在他腔子里。”说着，便扔下一包药末儿来。一鬼卒上前连忙拾起，端过一盆清水来，将那副心肝肠肚一齐放在水里，用力反复搓洗。一连洗了三盆黑水，这才干净了。掰开心窍，撒上了药末，整理了一番，仍旧装在他腔子里，忙用两手将刀口合上，又撒了些药末儿，揉了会子。忽听孙绍祖“哎哟”了一声，道：“我好苦啊！”二堂背后看的众人这才都放了心，迎春脸上的气色这才转过红来。忽听僧、道二人向林公笑道：“大功成了，明日自有奇验，如今放他回去罢。”只见林公欠身致谢。那僧、道便取了个油纸捻儿点了，立起身来往孙绍祖脸上掷了去。但见金光一闪，就如打了一个闪电一般，孙绍祖忽然不见了。只听林公向僧、道二人笑道：“二位仙长的法力果然深奥，济世救人，其功不小。小弟求仙师把我们这几位后辈也端详端详,倘其中也有性情倚于一偏的,尚求施仁,造就造就。"僧、道二人听了,便觑着眼从贾琏看起,挨着次儿看到贾兰为止,看毕,乃向林公笑道:"圣人云:惟上智与下愚不移,才刚儿孙令侄婿即所谓下愚是也,非剖腹煎肠不能疗治。"乃指着湘莲、薛蝌、贾兰三人道:"老先生请看他们这三位,虽非上智,然而秉受的清气为多,毋庸疗治。"又指着贾琏、薛蟠、贾环、贾蓉四人道:"即如他们这四位,虽非下愚,然而承受的浊气为多。四人之中,我们甄公他令婿,和贾府的三公子殆有甚焉。若不即早匡救,将来也就到了'下愚不移'的地步了。"甄士隐、林公听了,便求仙师的方略。吓得薛蟠、贾琏、贾环、贾蓉四个人面如土色,不知又是怎样的治法,面面相觑,不敢作声。二堂背后的凤姐、平儿、尤二姐、香菱、秦可卿、胡氏听了也都唬得改变朱颜,心头突突的乱跳起来。林黛玉忙回过头去往四边一望,只见宝玉站在宝钗的身后伸舌头儿。他便从人空里挤了过去,将宝钗的衣襟一拉,附耳低声道:"姐姐,你就近悄悄的告诉他一声儿,叫他躲着些儿,再别冒冒失失地出去了。"宝钗听了,也回头看了看宝玉,便向黛玉笑着摇了摇手儿,以示宝玉必不至于如此,教他不必害怕之意。二人正然捣鬼,只听僧、道二人向林公道:"他们四人虽然秉受的浊气为多,不过其心为物欲所蔽,然其本体之明,则有未尝息者。这也毋庸以刀锯治之。我有一种孔圣枕中丹,乃宣圣在大成宫秘制的。迥非人世龟板、鹿胶之类,只须一丸吃了下去,清升浊降,定志生慧,虽不能明善复初,亦断不致再流入下愚。"说毕,从腰间解下个葫芦来,取了丹药四丸,每人给了一丸,令其到家临睡时,用无根水服之。贾琏、薛蟠、贾环、贾蓉四人这才放了心,一齐上来拜谢。二堂背后凤姐、香菱、秦氏诸人也都放下心来。宝玉见办完了公事,便也走了出来。只见僧、道、甄士隐三人起身告辞。林公不敢强留,致谢了一番,率领贾琏、宝玉等送出庙门,飘然而去。

这里,贾母听得远远有鸡叫之声,忙吩咐外面套车伺候。只见鸳鸯领了李纨也来了，同凤姐诸人一齐拜谢告辞。贾母、贾夫人送至大堂，只见林公正在丹墀上让贾琏、宝玉等骑马，贾琏、宝玉等再三不肯，都把马拉到仪门外，这才上马而去。李纨、凤姐等又拜谢了林公，林公也站着说了几句客套，看着他们上车去了，这才和贾母、贾夫人回后去了不提。

且说荣宁两府的男女并亲戚诸人，出了城隍庙，一路车马辚辚，灯笼火把，及至各自到家已有丑末寅初的时候。贾琏、贾环、贾蓉、薛蟠四人到家后，各将孔圣枕中丹如法服吃。因夜间劳苦，一觉直睡到巳牌时分。醒来只觉心境光明，神清气爽，回思一往所行所为，殊甚愧恨，真如蘧伯玉行年五十而知四十九年之非矣！

再说宝钗、黛玉同住怡红院，也因昨夜劳倦，一觉睡醒，早已日上三竿。二人连忙梳洗，才完正欲到王夫人处请安，只见莺儿慌慌张张地走来禀道："二位姑娘快梳洗罢，才刚儿侍书从这里过，说史大姑娘自从庙里回来，刚然睡下，就发起烧来，这会子病得人事儿不省了。三姑娘害了怕，打发侍书告诉太太去了。"钗、黛二人听了，都吃了一惊，正欲追问情由，只听贾宝玉在帐子里问道："怎么的，史大妹妹病了么？宝姐姐、林妹妹你们俩人先到秋爽斋看看他去，我穿了衣裳随后就来。"钗、黛二人听了，便留下紫鹃服侍宝玉穿衣，带了莺儿刚走出怡红院的月门，就瞧见侍书、玉钏儿搀了王夫人从那边来了，钗、黛二人见了，便止步等候着。王夫人到了跟前，一齐问安。王夫人笑道："你史大妹妹平日生得本就壮实，从来轻易没听见他害个病儿灾儿的。昨儿从庙里回来还是好好的，怎么一会儿的工夫就病得人事儿不省了呢？"宝钗道："我们也是才听见的，也不知道他是怎么了，正要瞧他去呢。"黛玉道："太太该把王太医传来给他诊诊脉，就知道他是什么病了。"王夫人道："我已经差人告诉你琏二哥哥去了，咱们先过去瞧瞧他。"说着婆媳三人一齐来到秋爽斋。

只见湘云睡在帐子里，脸上烧得就和胭脂瓣儿一般，口不能言，惟有两眼直瞪而已。探春坐在旁边流泪。王夫人见了也觉伤心，用手在他额上摸了一摸，烧得火炭儿似的。忙问道："大姑娘，你到底觉着是怎么了？"探春道："我问了他一早起，连一声儿也答应不出来，已经不能说话了。"宝钗道："三妹妹，你同他昨儿回来，到底知道他是什么病呢？"探春道："昨儿我们回来还坐着喝了会子茶才睡的。我见他无精打采的那个样儿，我就问他说你怎么了？他就淌眼抹泪的，总不肯说，后来见我问得紧了，越发哭起来了。我也不敢尽自再问，只得劝着，大家睡了。今儿早起，我已经起来梳完了头了，还不见他起来，我教翠缕叫了他一遍。谁知道那个糊涂虫竟没看出他姑娘的病，倒说姑娘昨儿熬了眼了，让他今儿多睡一会子罢。后来还是我不放心，亲自揭开他的帐子看时，已经病得就是这个样儿了。"王夫人听了才要说话，只见侍书进来禀道："宝二爷带了王太医来了。"探春、宝钗、黛玉三人忙自回避去了。王夫人命人放下帐帘，将湘云的两手用枕头托在帐外，吩咐请王老爷进来。宝玉听了，忙拉了王太医一同进来。先给王夫人请了安。王夫人答礼毕，便请王太医坐在杌子上诊脉。王太医不敢正视，偷眼将湘云的玉腕端详了一回，就知是着己的内眷。轻轻地诊了两手的脉，便起身走出。到了书房，悄悄向宝玉道："大凡医家看病，望、闻、问、切缺一不可。今病者在帐内，自必是要紧的内眷。望、闻二字是毋庸议的了，若再不问，则是独凭切字治病了。请问病者究系何人，尚望明示，以便开方立药。"宝玉笑道："这就是史侯爷的侄女，我们老太太娘家的孙女儿。"王太医道："这位姑奶奶不是去年孀居了的么？"宝玉道："正是。"王太医点点头儿道："据我所诊的脉上看起来，并非风寒外感，乃是情欲内伤，心有郁结，急火上攻，以致痰迷了关窍。所以身不能动、口不能言，治宜以开郁顺气为要。"说毕，提笔立了一方，递与宝玉道："吃了这剂药能够说出话来，那就无碍了。"说毕，告辞而去。

宝玉送了回来，拿了药方仍到秋爽斋来。刚一进门，早见有探春家差了个老婆子来，说因家中有事，要接探春回去。王夫人因湘云病势沉重，晚上无人照料，正在踌躇，见宝玉进来，忙问道："你史大妹妹的病，王太医说什么来，可有妨碍没有？"宝玉道："他说并非感冒，乃是心有郁结。他开了个开郁顺气的方子，说吃了这服药说出话来就好了。"说着，便将药方儿递与王夫人看了。王夫人便命宝玉速差人去取药，宝玉接了方子，揭起帐子来把湘云又看了一看，这才去了。王夫人叹道："这个孩子，素日豁豁达达的，怎么心里又有了郁结了呢？这会子偏偏儿的三姑娘家又差人接他来了，又不能不教他回去。今儿晚上可教谁在这里照应他呢？若说连史大姑娘也送回家去，你们看看病成这个样儿，可怎么往人家家里送呢？况且他们家也没他的个着己的人儿，怎么都是这些挠头的事儿呢？"宝钗道："太太不必焦心，晚上我搬过来就是了。"黛玉道："宝姐姐，你有小哥儿，夜里吃奶不大方便，不如我搬过来省便些儿。"王夫人笑道："不拘你们俩人谁过来一个，我就放了心了。"说着，只见探春穿了衣服走来，又把湘云看了一看，向王夫人道："云妹妹吃了药，若好些儿，太太可差人给我个信儿，我好放心。既是家里有事来接我，我也早些儿回去才是呢。"于是，王夫人送探春到大堂外，看其坐车而去。

王夫人回到上房刚吃了早饭，又要过来看视湘云。只见宝玉从外面笑嘻嘻地跑了进来禀道："太太，那边大娘带了我二姐夫来了。一来负荆请罪，二来亲自坐了车接我二姐姐来了。"王夫人听了不胜惊异。宝玉遂将昨夜僧、道作法，将孙绍祖剖腹洗肠之事说了一遍，王夫人听了不胜之喜，连忙迎了出来。只见邢夫人领了孙绍祖进来，彼此请安问好毕，让进上房归坐。邢夫人不等孙绍祖开口，先替他将昨晚梦中被城隍捉到庙里，被一僧两道剖腹挖心，更换了肠肚，如今负荆请罪，接迎春回去的话说了一遍。王夫人听了不胜欢喜，更复婉言解慰了一番。于是，邢、王二夫人同宝玉引了孙绍祖到紫菱洲来见迎春。真也奇怪，孙绍祖一见了迎春，那一番和蔼缠绵的光景，就如宝玉见了黛玉一般，倒弄得个迎春反觉害起臊来。宝玉和邢、王二夫人都暗暗称奇。便命宝玉陪着他吃了饭，命绣橘服侍迎春换了新衣，送他夫妇两个双双地回家去了。

再说林黛玉，在秋爽斋送了探春回后，便催着紫鹃、翠缕二人把药煎好，命翠缕抱了湘云起来揽在怀内，摸了摸牙关尚未甚紧，忙命紫鹃用手帕子接着湘云的嘴，自己用匙子将药慢慢地替他灌了下去，仍旧轻轻地放倒，盖好了被儿。约有申末酉初的时分，只见湘云脸上的颜色转过来了，烧气也减了些儿，正欲差人告知王夫人，只见宝玉笑嘻嘻地走了进来，道："妹妹，太太教我来瞧史大妹妹来了，不知这会子好些儿了没有？"黛玉道："烧气退了些儿了，脸上的颜色也好看些儿了。"宝玉听了，便走到跟前，将湘云的面色细细地端详了一回，因看得忘了情，便顺手来揭湘云的被窝。黛玉见了，忙一把将宝玉的手推开，低声道："你怎么越发学得没道理了，你还当这是小时候儿么？亏了翠缕没在这里，倘若明儿云儿好了，知道了，不说你没道理，还要说我没人样呢。"宝玉笑道："这是我偶然看得忘了情，只当做你和宝姐姐，那里是有心呢！才刚儿宝姐姐原也要来的，因为桂哥儿撒了泼，所以不能来了。"黛玉道："你回去告诉宝姐姐，说这里有我呢，教他不用来了。这会子也不用给我送铺盖，这里有三姑娘的呢，只教紫鹃把我的绛色小泥儿的领衣带来，怕晚上凉。你就早些儿过去告诉太太去罢，也就不用再来了。"宝玉听了，把眉头一皱，道："早起，正经人家宝姐姐要来，你偏要抢着来，当着太太可教人家怎么说呢？"黛玉听了低声啐道："你这是个什么话呢？宝姐姐现有桂哥儿，我来也是一样罢了，难道你就一天儿也离不得吗？"说得宝玉无言可对，咕嘟着嘴坐了会子，也就讪讪地回去了。晚上紫鹃拿了领衣来，黛玉便命将探春所用的被褥就铺在湘云的身旁，以备夜间便于照料。又命紫鹃、翠缕二人就在下边榻上睡，便于呼唤。当下无事，也就大家关门睡了。

约有二更时分，史湘云忽然醒转过来，觉得身旁睡着一人，只当还是探春，“哎哟”了一声，叫道：“三姐姐。”黛玉方在朦胧之际，耳内忽听湘云叫了一声“三姐姐”，不胜惊喜，就知道是他把自己误认作探春了，也就故意的含糊问道：“妹妹，你这会子心里明白些儿了么？你素日是个最旷达的人，怎么就得了这样一个怪病儿呢？”湘云听了流泪道：“三姐姐，你那里知道我心里的苦楚呢。昨儿咱们在林姑老爷庙里，你看宝哥哥和林姐姐他们两人，生生死死的闹了一场，到底成就了良缘，托赖着他们的福气回生了多少人。这如今也都是成双作对的，连珠大嫂子守了这些年的寡，昨儿老太太还教他和大哥哥的魂灵儿亲热亲热，想来他们都是前世里烧了高香的，难道我就烧了几十辈子的断头香不成？如今落到这个下场头的结果，你教我心里怎么不难过呢？昨儿晚上回来，我越想越活得没个趣儿了，不知怎么心里一糊涂，就再连人事儿也不省了。咱们姊俩一块儿住了这些日子，我也知道你的为人，我才肯把告诉不得人的话对你说了，你可明儿千万莫要告诉别人。宝姐姐呢，还老实稳重；那个颦儿和凤丫头，都是嘴尖舌快的人，没的教他们听见了，又该当个笑话儿打趣得我了。”黛玉听了，忍不住的大笑起来，道：“云儿，你看我是谁？这可不是我嘴尖舌快的打趣你，可是你嘴尖舌快的自己供出来了。”未知湘云如何回答，且听下回分解。

第二十一回　六礼告成巧姐出闺
十月孕足平儿生子

话说史湘云在病中误将黛玉认作探春，说了好一会的私语。今听黛玉连说带玩的笑了出来，这才心中有省悟，自己错认了人，把话说冒失了。已经说出口来，悔又悔不得，只得扯绺子伸过手来，把黛玉的脖子抱住，笑道："三姐姐那里去了，怎么把新二嫂子的驾劳动过来了，宝哥哥怎么舍得放你出来，不知他这会子怎样恨我呢。"黛玉见湘云搂了他的脖子，也便顺手儿搬过湘云的脸来，脸偎着脸儿笑道："三姐姐回家去了。我好意来服侍你，给你做伴儿，你倒说出这样话来了。宝哥哥心里难过，还有个宝姐姐替他解呢，云妹妹心里的难过，这可教人就没了法儿了。"湘云笑着啐了一口道："罢哟，你不用打趣我了，老鸦也别笑话猪黑，你为什么因婚姻不遂作践了自己的身子？'宝玉你好'的四个字，闹得普天下的人都知道了，这会子还敢笑话人来了。你也想想，咱们姊妹俩，从小儿耳鬓厮磨的这些年，如今我的命不好，落到这个下场头，你就很该可怜我，替我分点忧儿才是，怎么你倒打趣起我来了，这可还怪得我有句私话儿不肯对你说么？"黛玉听了，摸着湘云的脸笑道："云儿又急了，你放心罢，你这件事，姐姐替你出点力儿就是了。等我明儿亲自到庙里去见见我父亲，求他转求二位仙师发个慈悲，也教妹夫回了生，你愿意不愿意？"湘云听了笑道："你这个话是当真

的么，还是哄我玩呢？你若把我这件事替我办成了，我情愿答报你一辈子的恩。”黛玉笑道：“别的事哄你玩罢了，这个事是如何哄得人的呢，只是妹夫隐瞒姓名，将来找魂只怕费点力儿。”湘云道：“我想这也没什么难处。姓名虽隐，容貌可认。况且你妹夫灵柩尚未安葬，只用请了仙师打开棺木看看模样儿，也就容易找魂了。倘或怕死后容颜难辨，他还有遗下的一个影像图儿呢。”黛玉笑道：“你这个话说得倒也近理，我明儿就照着你的这个话说就是了，只是你才刚儿说，要报我一辈子的恩，姐姐也当不起你这一句话。如今咱们现在一张床儿上睡着，你就把我暂且当作妹夫，把你平日侍奉妹夫的那个样儿，全个儿拿出来侍奉侍奉我，也就算你答报了我一辈子好不好？”湘云听了笑着啐道：“呸！放狗屁的话。我不该是宝哥哥，你不该把你那个样儿拿出来？”二人嘻嘻哈哈地笑起来。

下边榻上，早惊醒了紫鹃、翠缕。二人听见嬉笑之声，就知道湘云的病好些儿了。二人忙披了衣裳走至床边，紫鹃问道：“史大姑娘，你好些儿了么？你们半夜三更的笑什么呢？”湘云笑道：“我这会子好些儿了。你看，你们姑娘睡的糊里糊涂的，竟把我当成你们宝二爷了，你说该笑不该笑？”紫鹃听了，笑着摇头不信。翠缕听了笑道：“这也怪不得林姑娘，把姑娘认成宝二爷，本来姑娘长的身段儿、眉眼儿和宝二爷差不仿佛儿，就只是少……”湘云听了，不等说完，忙喝道：“小蹄子，又混嘈你娘的来了，少什么？你说！”招得紫鹃早已笑倒在床上了。黛玉翻身坐了起来，用手帕子捂着嘴笑，向翠缕道：“糊涂东西，你坐下，我告诉你罢。才刚儿你姑娘教我替他求求姑老爷，请了二位仙师来救一救你姑爷，我就和你姑娘嗽着玩儿说，教他把我暂且当成你姑爷侍奉侍奉，我们就是为这个话笑的。你就不问青红皂白，信着嘴儿混说来了。”翠缕听了，向湘云道：“姑娘你也太古板了，人家林姑娘替咱们成全这一件天大的喜事，姑娘就把林姑娘当成咱们姑爷，也没有什么难为着你的地方儿，难道林姑娘长得还不俊么？”湘云听了笑骂道：“你们都听听，这个小蹄子越发说上样儿来了不是，你快给我爽着睡去罢。”翠缕听了，又向黛玉笑道：“姑娘，我和你商量，你明儿只管求姑老爷去，我们姑娘他既不肯，我当日也是侍奉过我们姑爷的人，我就替我们姑娘侍奉你老人家也是一样罢了。”黛玉听了，笑着啐道：“睡觉去罢，小蹄子，你倒愿意，我可不呢。”招得众人又都大笑起来。紫鹃是个心细的人，知道湘云一天没进饮食，忙去扇着风炉，冲了两碗藕粉桂圆儿汤来。湘云、黛玉每人喝了半碗，分给紫鹃、翠缕每人半碗。大家喝毕，重新归寝。

到了次日，清晨起来，湘云原无大病，不过一时不能遂心，急火上攻所致。此时起来，依旧精神照常了。黛玉见了，不胜欢喜。忙差紫鹃告诉王夫人去。湘云嘱咐道：“紫鹃姐姐，昨儿晚上我和你们姑娘说的话，众人面前露不得一个字儿。众人要知道了，我可不依你。”黛玉笑道：“你只管放心，我们紫鹃的嘴是最稳的。倒是你们翠姑娘，你倒要嘱咐他一声儿。”湘云道：“那个小蹄子，他敢说出一个字儿来，你看我拔他的舌头不拔。”翠缕笑道：“罢哟，人家就连这么一点好歹儿也不知道，舌头就教你轻容易拔了去的？人家还要留下伺候姑爷呢。”招得众人又都笑起来。怄的紫鹃推了他一把，自去告诉王夫人去了。黛玉笑得搂住腰道：“这个翠姑娘真有趣极了。”湘云笑道：“教他把我怄的也没了法儿了，尽他混唚去罢。我也没那个闲嘴骂他了。”黛玉道：“妹妹，你说妹夫当日有个行乐图儿，还是在家里收着呢，还是带了来了呢？”湘云道：“带了来了。”黛玉道：“既是你带了来了，乘着这会子没人，你就取来交给我，省得过会子他们来了，又该问得了。”湘云听了，便从衣箱里取出一个轴子来，递与黛玉。黛玉接来展开一看，只见上面画着一个少年，眉清目秀，齿白唇红，就是瘦弱些儿。黛玉见了不觉点头叹息，招得湘云哭得抽抽噎噎的。

正在伤感之际，忽听紫鹃在院子里说道：“太太、奶奶、姑娘们都来了！”湘、黛二人听了，忙将行乐图儿卷起，暂且放在一边。只见王夫人、李纨、凤姐、宝钗、惜春五个人，一齐走了进来。王夫人问道："大姑娘你到底是怎么了？昨儿没把我们的魂都吓掉了。今儿我想再把王大夫请来，多吃几服药调理调理。"湘云道："我大概是前儿在林姑老爷庙里受了点子风寒，昨儿夜里吃了药之后，已经出了汗了。今儿觉得精神还是照常，不用请王大夫了。我素日也最怕吃那个苦水儿的。"黛玉道："云妹妹，依我说，昨儿这剂药吃得就很见效，你今儿倒是再照原方子吃一服，另改了方子，只怕未必像这个方子灵应了。"湘云笑着点点头儿，便让王夫人、李纨等五人一齐坐下。紫鹃、翠缕送上茶来，大家吃着茶。李纨、凤姐、惜春三人告诉湘云，昨儿孙绍祖来的那个样儿。黛玉便趁着空儿，悄悄地拉了王夫人、宝钗到一边，将湘云的心事，并自己要晚上亲身到庙里替湘云求仙的话说了一遍。王夫人、宝钗听了，都十分欢喜。

正在谈讲之间，只见薛姨妈家差了个老婆子，手里拿着个拜匣儿进来，先与王夫人请了安，又向李纨等问了好，禀道："我们太太差了我，来请这里太太、奶奶、姑娘们来了。昨儿我们那个神仙亲家老爷，把我们亲家太太送到我们家来了。我们太太和我们大奶奶都喜欢得什么似的，商量着请请亲戚们，家里热闹热闹。因为请下老太太和姑太太，白日里又不便当，所以改成夜酒了。"王夫人听了，不胜欢喜，向李纨笑道："你们看这个菱姑娘，他倒是个有福的人儿。从小儿被人拐了去，卖到姨太太家作婢女，因为模样儿长得好，后来大了，蟠儿就收在房里，受了多少的委屈，到底熬得扶了正，养了儿子。月子里得了病，又死了。死了又活了，这会子索性连爹爹、妈妈都认着了。真是千奇百怪的事儿世上都有的。你打开拜匣看看，请的都是些谁？"宝钗听了，忙打开拜匣，取出请帖来看了一看道："咱们家的是满有的，还有东府的大嫂子和两个小大奶奶，亲戚家就是云妹妹和二姐姐、三妹妹。"湘云听了笑道："我不去罢。昨儿病成那个样儿，闹大夫的、药的，今儿可就又去赴席，叫人家瞧着是个什么样儿呢。"王夫人笑道："我的儿，你快别这样。

昨儿你得了病的话，外头人并不知道，只管逛逛去。”湘云听了，只得应允。凤姐道：“太太，我想平儿已是临月的人了，大肚累赘的，他可以不必去罢。巧姐呢，昨儿刘姥姥打发人来告诉我说，他这两三天儿里头就要进城来呢，大概周家要择日子娶巧姐过门。因为昨儿史大妹妹病了，太太心里懊糟，所以我也没敢告诉。我想，巧姐既是人家眼看要娶，我也得在家里替他料理料理。今儿姨太太那里请，我们屋里只教他尤家二姨儿去罢。”王夫人听了道：“也使得。罢了，我想这会子差人问问你二姐姐、三妹妹去，看他们能来不能来。我的意思，咱们今儿晌午就去，也和你姨妈新亲家母先多说说话。留下你林妹妹和宝玉，晚上先到庙里见见老太太和你姑妈，会到一块儿再去，你们说好不好？”湘云、宝钗、黛玉会了意，齐声道：“好！”于是，大家又坐着说了会子闲话，这才散去。

到了晌午，迎春、探春两家都差人来告诉说，家中有事，姑娘们俱不能来。于是，邢夫人、王夫人带了湘云、惜春、李纨、尤二姐、宝钗会上东府的尤氏、秦可卿二人。胡氏也是将近临月的人了，也就不肯出门。当下大家坐了六七辆轿车子，一齐来到薛姨妈家来。刚进了大门，早见薛姨妈、封氏奶奶，率领着香菱、宝蟾、岫烟一齐迎了出来。大家相见，欢喜非常。叙过了寒温，便往里让，进了宅门，又见宝琴、尤三姐、刘姥姥三人在院子里迎接。彼此问好毕，王夫人向刘姥姥道：“姥姥，你是几时进城来的？”刘姥姥笑道：“我是今儿一早进城来的。本是要到姑太太那里去的，谁知道走到半路上，这里的姑太太又拿车接我来了，我所以才先到这里的。”说着，便同走至上房。

邢、王二夫人先与封氏奶奶见过了礼，又与薛姨妈、香菱道了喜。李纨、宝钗等挨次儿都行过了礼，大家依序就座。丫环捧上茶来。茶罢，邢、王二夫人先将黛玉到庙，以及平儿等不能来的缘故，告诉了薛姨妈，便和封氏奶奶彼此叙了一会子一往的事情。香菱又抱上小孩儿来，大家轮流抱了，逗着玩笑了会子。薛姨妈便吩咐

先摆几样果子，烫了酒来喝着。一面将打八角鼓儿的女档子，并说书的女先儿都叫上来。请安已毕，安排桌椅，铺了红毡，便琵琶弦索笛管笙箫的热闹起来，直唱到定更时分方罢。

大家散坐吃茶。只听有人进来禀道："贾老太太、林姑太太来了！"这里大家听了，一齐起身迎了出来。早见鲍二家的搀了贾母、司棋搀了贾夫人下轿走了进来，后面乃是宝玉搀着黛玉，二人紧紧相随。一见众人迎了出来，黛玉忙向宝玉丢了个眼色，宝玉会了意，忙松了手，低声道："你好生走，看仔细绊倒了，我到书房里去罢。"说毕，遂向书房去了。

这里贾母见了薛姨妈，笑道："我道喜来迟了。那一位是我们的神仙新亲家母？"只见封氏奶奶走了过来，笑道："老太太可好，你老人家才是真正的老神仙呢！我那里敢当你老人家这样称呼。"于是，拉了贾母的手，同进了上房。大家彼此对面行礼，谦让了会子。只见上面炕上的酒席，早已摆停当了。正中的炕上是首席，便让贾母、贾夫人坐。东边一席，便让邢、王二夫人坐。西边一席，便对封氏奶奶和刘姥姥坐，薛姨妈下边相陪。横炕上也摆了三席：首席是惜春和尤氏、尤三姐坐，陪的是宝琴。二席是李纨、尤二姐、秦可卿坐，陪的是香菱。三席是湘云、宝钗、黛玉，陪的是岫烟。丫环们先送上茶来，然后斟上酒来。贾母擎杯向封氏奶奶道："亲家太太，你这些年在那里住着来，怎么认着我们亲家公了？"封氏奶奶笑道："我的老太太，说起来教你老人家笑话。我们当日，原是在苏州阊门内仁清巷居住着来。女儿五岁上，因上元看灯，被人拐去。后来隔壁葫芦庙失火，延烧了我们的家产。我们夫妇无奈，只得投奔到常州我娘家，住了几年。后来因为过不来日子，我们当家的就跟着和尚、道士出家去了。今年我父亲又死了，剩下我一个，孤鬼儿似的，又没一个大钱的过活儿，弄得我没了法儿，罢了，寻了死罢。把心一横，才要上吊呢，我们当家的就回来了。告诉我说：他如今已修的成了仙了，女孩儿也到了好处了，我把你送到女儿家去罢。说着就把蒲团铺在院子里,我们两口子坐在上头,他教我把眼睛闭下,我只觉得耳内呼呼的风响,不过有一顿饭的工夫,就到了这里城外公馆里了。第二日,女婿就拿车把我接进来了。如今虽然见了女孩儿,只是我在这里打搅我们亲家太太,我心里觉着怪不安的。"贾母道:"亲家太太快别说这样外道话,自己女孩儿家,比得别处吗?我们薛姨太太也是最爱亲戚的。你昨儿见了你女孩儿,你还认得他的模样儿么?"封氏奶奶笑道:"五岁上就丢了的,模样儿那里还记得呢。这两天,我留心看他说话、行事的光景儿,还有点子像他小时候的那个样儿。"贾母笑道:"这会子他竟是满腹的文章了,诗也作得很好。都是我那外孙女儿教的。"封氏奶奶笑道:"我昨儿就听见我女儿说,这位大姑娘是当代第一个才女。我听见说他们这一段死生因果,真是千古风流佳话。才刚儿我只顾和老太太、姑太太说话,竟把这位大姑娘没得细细地瞻仰瞻仰。"贾母听了,指着横炕上道:"那第三席上第二位不是他么!"薛姨妈道:"我也疏忽了,林姑娘是跟了老太太来的,怎么也没给他摆点心呢。"忙回过头去问道:"姑娘你是后来的,只怕也饿了。"

谁知湘云、宝钗、黛玉三人,正把脸儿凑在一处,低言悄语地告诉林公已经应了转求僧、道替湘云成全好事的话。薛姨妈一连问了三遍,黛玉只顾和湘云说话,并未听见。薛姨妈笑道:"哎哟,你们姊妹们成日家耳鬓厮磨的在一块儿,难道总没把话说够,这会子到底交头接耳叽咕的都是些什么哟!"贾母见了笑道:"哦,是了,我把这件事也忘了。你把他们那一席挪了过来,放在我们的这一席前头,不但说话儿就近,而且也教甄亲家太太瞧瞧他姊妹们。"薛姨妈听了,忙命丫头们过去告诉了宝钗。即刻把这一席连桌子抬了过来,放在正中首席的前头。湘云、黛玉、宝钗、岫烟四人分两面坐下。贾母用手指着向封氏道:"亲家太太,你瞧瞧他们姊妹们。这一个,是我娘家的孙女儿。这一个是我的外孙女儿。这一个是我们薛姨太太的女儿,也是我的孙子媳妇儿。这一位,你自然是认得

的了。”封氏奶奶觑着眼睛将他们四人仔细一看，笑道：“老太太，怎么姑娘们就长得一个赛如一个的。这位林大姑娘和我们亲家太太的大姑娘，都是给了宝二爷的了。我听见这位宝二爷也就是个千中选一的个人儿，月下老儿真也再没有错配了的。不知道这位史大姑娘给了谁家了?”贾母道：“我正要告诉你们他的事情呢。他女婿也是个才貌双全的人儿，刚只娶了他半年，女婿就死了。才刚儿他林姐姐到庙里，为他这件事和林姑老爷商量。也是天缘凑巧，甄亲家老爷也来了。林姑老爷就将这件事和他商量，我们这位神仙亲家老爷就一力担承了。因为隐了姓名，难以找魂，亏了还有个行乐图儿，林姑老爷就教挂在二堂上，把冯渊、秦钟、崔文瑞、潘又安都教进，又教他们看了模样儿，到地府里去找魂。谁又知道，更巧极了，他们四个人看了都说，这个人不但知道，而且认得，是同崔守备的儿子在一块儿住过的。因为他隐瞒姓名，阎王那里无案可稽，没法儿收留他，只得把他算作游魂，只怕这会子还在关帝庙弄了几个学生教书呢。姑老爷听见这个话，就喜欢极了。一面告诉宝玉，教他明儿把史大姑爷的灵柩先搬到庙里去。一面差了秦钟、崔文瑞到地府去找了魂来。二位仙师一来，就有了指望了。”众人听了贾母之言，无不欢喜。封氏奶奶便与湘云道喜。湘云道：“这都是姑老爷、甄老伯的大德，我该给姑娘、太太、甄老伯磕头才是呢。”王夫人道：“我的儿，你不用忙，且等姑爷回了生，我把你带到各处里烧香磕头去。”众人也都替湘云道喜。

正在欢笑之际，薛姨妈故意的逗笑儿，向贾夫人、封氏奶奶笑道：“二位亲家太太，我们亲家老爷，一位是城隍，一位是神仙，竟有本事把死人会弄活了。你们两人到底也可怜可怜你亲家母么，怎么想个法儿，把我们宝丫头他爹，也替我找了回来呢。”招得众人哄堂大笑起来。急得宝钗红了脸，埋怨道：“这个妈妈，你老人家喝上两盅儿，把什么话都说出来了。”贾夫人笑道：“我的儿，你不用着急，你妈妈看见你们姊妹们，都是成双成对的了，他的老兴自然也要发作了。甄亲家太太，这件事，咱们姊妹俩倒要出点劲儿才是呢。"说得众人又都大笑起来。

只听刘姥姥笑道："姑太太，我也要请教一件事情，死了四十多年的人，也能够回生不能？"贾夫人笑道："这些事我们回去也还要求教于人的，自己那里能够知道呢。你且说说，这个死了四十多年的，到底是个谁呢？"刘姥姥笑道："哎哟，这个姑太太怎么追根究底的问起来了，除了我老头子，我还盼谁回生呢。"封氏奶奶道："姥姥，你也不必打听能不能，你只打听我们亲家太太的事办成了，你的事也就成了。"众人听了，又都笑起来。贾母道："姥姥你前儿说，你是个乡下人儿，轻容易不能进城，今儿又是那一阵风儿把你刮进城来了？"刘姥姥笑道："我原是不能进城的。因为你们周亲家奶奶，烦我进城到府上见见姑太太，说他们九月里就要娶巧姑娘过门呢。谁知道走到半路儿上，这里的姑太太，又差人拿车接我去了。"贾母听了，忙问王夫人道："巧姐今年十几岁了？"王夫人答道："今年十五岁了。论起岁数来，给人家作媳妇还小呢。"贾母道："我们既给了人家，就该由着人家才是呢。终久总是要教人家娶的，咱们能够留一辈子吗？十五岁也不算很小了，我当日就是十五岁上到咱们家来的。但不知针线活计、嫁妆都有了没有？"王夫人道："我们平儿真是个好的。自从巧姐给了周家以后，他就成日家闹针闹线的。如今样样儿都弄全了，其余的木器东西，只要有钱，也没有什么难办处。昨儿因为刘姥姥差人送了个信儿，所以今儿凤丫头和巧姐都没来呢。"刘姥姥听了忙道："既是老太太金口玉言的许了，想来姑老爷、姑太太也再没有什么说的了，我明儿也就不必再到府上去了，趁早儿赶回去，他们家还等回信儿呢。"贾母道："我们两位太太是没有什么说的了，只不知琏儿和凤丫头愿意不愿意？"邢夫人道："老太太既然应许了，他们还有什么说的呢。"贾母听了道："咱们家如今的事业，原不能像先前了，办起正经事来，总得在外头拉扯借贷。知道琏儿如今的把式打得开打不开呢？这一副嫁妆也不是一两个钱办得来的。”黛玉道：“老太太不用操这一番心，我和宝姐姐的木器、铜器、银器、锡器用也用不了的，每人拿出一半儿来，也很够了。”贾母道：“很好。既是这样，他们要娶，就教他们娶罢。不用驳人家的回儿了。我还有一件事要和你们商量，这个晴雯、金钏儿两个丫头在太虚幻境服侍了林丫头一场，如今既然也都跟着回了生，想来这也是一定的个道理，早些给宝玉放在房里，也就算完了他们的心事了。”王夫人道：“我们也久有此心。只是家里又有个紫鹃，他原是旧日服侍林姑娘的人，况且又是一个忠心实意的好丫头。宝丫头跟前，也有个莺儿。又不好厚一个薄一个的。若说把这些丫头都给了宝玉，又怕老爷说房里放的人太多了，于宝玉无益，所以有这点子难处。”贾母道：“这又怕什么呢，谁家没个三妻四妾的，难道都无益了么。只把这件事交给宝丫头、林丫头两个人，但要于宝玉无益了，惟他们两人是问就是了。”说得宝钗、黛玉不敢答言，相视而笑。贾母又道：“才刚儿宝玉不是同我们一块儿来的么，怎么这半天没见他呢？”薛姨妈忙问道：“外甥来了么，怎么我总没瞧见他呢？”贾夫人道：“只怕在书房里和他哥哥们在一块儿呢罢。”薛姨妈听了，忙命丫头们到书房里去看看。丫头们去不多时，回来禀道：“宝二爷、柳二爷、大爷、二爷都在书房里吃了饭，这会子四个人都到报恩寺张罗着抬史大姑爷的灵柩到庙里去了。”贾母听了道：“姨太太，时候不早了，我们吃饭罢，酒也够了。”封氏、刘姥姥、邢、王二夫人都道：“实在酒也吃得不少了，也都醉了。”薛姨妈听了，又每人敬了一大杯，这才端上饭来。大家吃毕，盥漱，散坐吃茶，又说了一会的闲话。贾母、贾夫人遂吩咐伺候起身，告辞。众人送至二门外，看着上轿而去。尤三姐、刘姥姥、邢、王二夫人领着李纨、尤氏及一干的姊妹人等，都与薛姨妈道谢，上车各自回家。

且说邢、王二夫人到家后，各自归房安寝。宝钗、黛玉回到怡红院，早有晴雯、金钏儿、紫鹃、莺儿四个人迎了出来。问了问宝玉，尚未回来。钗、黛二人脱了新衣，便将才刚儿贾母所说之言，告诉了他们四人一遍。他四人听了，都绷在心坎儿上来了，都不好意思喜欢出来，却都故意地脸上放的淡淡的，服侍钗、黛二人脱衣就寝。不过盹睡了片时，东方大亮起来。刚正梳洗，只见宝玉笑嘻嘻地走了进来，急问道："史大妹妹呢？"黛玉道："到秋爽斋睡觉去了。"宝玉道："你怎么又不给他作伴儿去呢？"黛玉道："他说他的病已经好了，不要我去了。"宝钗道："你们这么蝎蝎蛰蛰的，想是史大妹夫有了回生的信儿了么？"宝玉道："昨儿晚上，我和柳二哥、薛大哥、薛二哥一同吃了饭，出去就雇了几个闲汉，到报恩寺把灵柩抬到姑老爷庙里。我师父和甄老伯早已在那里等着呢，即命打开棺木。只见我师父披发仗剑，口诵真言，绕柩三匝，即取出金丹一粒，用甘露调化，纳入口中。不过顿饭之时，果见眉目流动，大有生机。事也凑巧极了，恰恰的秦钟、崔文瑞把他的真魂也找了回来了。刚把他的肉身从棺内抬了出来放在软榻上，他就'哎哟'出来了。所以我就飞马跑了回来，告诉了太太，快把史大妹妹拿车送回去罢。过会子抬了回来，也有人好照应了。"钗、黛二人听了，俱各大喜。忙忙的梳洗了，都一齐到秋爽斋来。

只见湘云早已梳洗完毕，靠着靠背，拿着一支长杆子烟袋，在那里呆呆的出神。宝钗叫道："云妹妹，我们给你道喜来了！你怎么出了神了呢？"湘云听了，立起身来，只见钗、黛、宝三人一齐进来，惟恐他们又来耍笑他，忙道："你们大清早起的，这又不是大伙儿来闹我来了吗？"宝玉听了，忙将昨晚抬棺到庙，僧、道作法的话，从头至尾的告诉了一遍。湘云这才喜动颜色，连忙换了衣服，带了翠缕，同钗、黛、宝三人一齐到王夫人上房。此时王夫人早已吩咐套了轿车子，又派了周瑞家的、吴新登家的两个有年纪懂事的妇人，送了湘云到家，就在那里照应。分派一定，一见湘云进来告辞，忙迎了出来与他道喜。大家送到荣禧堂外，看着他上了车。仍命宝玉骑马跟随，送了回去。

午后贾政退朝。王夫人便将史湘云的女婿回生，以及周家择日要娶巧姐，并老太太吩咐将晴雯、金钏儿、紫鹃、莺儿都给宝玉收到房里的话，告诉了一遍。贾政初听了湘云之婿回生之事，不胜之喜。及闻周家要娶巧姐，便觉踌躇。惟恐家内空虚，办理陪送不易。后来听到将晴雯、金钏儿、紫鹃、莺儿四个人都给宝玉放到房里，便皱眉道："小人儿家已经有了两个媳妇，且等过了四十岁之后，再立妾也还不迟。即或不然，再放一两个人，也就是了，怎么四个的放起人来，大非养身之道！"王夫人道："这是老太太当面吩咐的，老爷倒不要违背他老人家的话才是呢。"贾政听了，沉吟了一会道："既是老太太愿意，我们就遵着办就是了。我想，两个媳妇，都是读过书的人，你只告诉他们，把宝玉管着些儿就是了。"说得王夫人也笑了。

晚上宝玉回来，将湘云之婿回生之后，抬到家中，灌了些饮食，如今精神健旺，起来也能说话了，告知了贾政、王夫人。老夫妇不胜欢喜。到了次日上朝，贾政便将此事禀知了北静王。北静王听了，便于办公奏事之暇，面奏了圣上。圣心大悦，因降旨查其隐姓之由。北静王又奏，原系勋旧子弟，因其祖父在先帝时得罪，不敢直说姓名。圣心深为悯恻，因念林如海乏嗣，即降旨与林如海承嗣，赐姓林名成玉。俟调理壮健时，该部带领引见，量才擢用。圣旨一下，早轰动了满朝文武及军民士庶。凡属与荣宁两府并史侯家有瓜葛者，俱各纷纷贺喜，一连热闹了几日。

就有刘姥姥，一来为道喜，二来为巧姐之事，来见王夫人。言周家择定九月初二日，娶巧姐过门。贾政、王夫人便叫了贾琏来商议。贾琏也没有什么不肯的。也只踌躇嫁妆难办。王夫人又将钗、黛二人，情愿各将嫁妆拿出一半儿来的话说了。贾政、贾琏听了，不胜欢喜，这才应许下了。凤姐又留下刘姥姥多住些日子，以备平儿分娩。先打发旺儿媳妇，到周家通知了他们。王夫人又向贾政商量，给晴雯、金钏儿、紫鹃、莺儿上头圆房，也凑在巧姐出嫁这一日，以省靡费。贾政也依了。

光阴迅速，不知不觉已交了九月。贾政预于初一日五鼓到城隍庙拈香，请贾母、贾夫人来家。贾母便吩咐将旧日住的上房腾出来，把所有人世一切秽污之物，打扫干净，焚起香来。到了初一日晚上，贾夫人先差了几个丫环、仆妇前来伺备饮馔，然后同贾母带了鸳鸯、司棋、鲍二家的，一齐坐轿而来。这里邢、王二夫人，率领着众姊妹们，先迎到上房。吃了茶，歇息了片刻，便用竹椅子抬了贾母前行。贾、邢、王姑嫂三人，领人众姊妹们随后，众星捧月，都到大观园来。先从潇湘馆、怡红院、秋爽斋、暖香坞、紫菱洲、蘅芜院、稻香村挨着次儿逛了一遍，然后到凤姐这边来。刚一进月门，只听凤姐在屋里嚷道："二姨儿你到底也动一动儿吗，累死我了。这不是，白日里过嫁妆，我一时儿想不到，就忘下了好些的东西。这会子，那一个又觉撒了，要养孩子呢，动转不得了，把我一个人儿，累得蹄儿、爪儿乱动弹，和打十不全儿的似的。你倒在旁边没事人儿似的，噙着袋烟儿坐着起来了，你到底也帮我一帮吗，怎么就是见死儿不救呢。"又听尤二姐道："陪送姑娘的东西，都在你箱子里，我可知道都是些什么，可教我做那一条呢。做的是了不是了的，你又该叨叨得了。"又听凤姐道："你这里做不来，你去照应照应那个养孩子的人去呢。"尤二姐道："你这越发说得没了道理了。我又没养过孩子，我可懂得个什么儿呢？"又听凤姐道："哎哟，恨死我了。你去告诉他，说瓜熟蒂落，到了时候儿，自然要养的，不用哼哼唧唧的，看仔细人家笑话。难道这个话你也说不来吗？"贾母听了笑道："凤丫头你不用着急，我们都替你帮忙来了。"凤姐听了，忙迎了出来，笑道："我早就听见老祖宗来了。心里急得什么似的，一个总腾不开身子，教人有什么法儿呢。姑太太和二位太太、众位姊妹们都来了，你们看看，我们屋里弄得可有个下脚的地方儿吗！"

贾母领了众人一齐进来，望了一望，只见箱子、匣子搬了一地，翻得乱腾腾的。巧姐在炕上坐着，哭得抽抽噎噎的。刘姥姥在旁边坐着相劝。贾母便坐在炕沿儿上，拉了巧姐的手劝道："我的儿，你不必哭了，世上都是这样的。大凡作女孩儿的，原没有在娘家过一辈子的理。我的乖乖，你就记不得，咱们那年听那个八角鼓儿上唱的曲儿，说‘彩轿儿到门前，喜的那跳钻钻’，你怎么尽自哭起来了。”说得众人都笑起来。贾夫人才要说话，只见尤二姐从套间内走了出来，叫道：“姥姥快来罢！”刘姥姥听了，就往里跑。只听里面呱喇呱喇地小孩儿哭起来了。未知如何，且听下回分解。

第二十二回　推己及人咸成佳偶 以真为假错认檀郎

话说贾母、贾夫人正然劝慰巧姐，只见尤二姐从套间内走了出来，叫道："姥姥快来罢！"刘姥姥听了，就往里跑。又听里面小孩儿呱喇呱喇的啼哭，就知是平儿已经分娩了，忙向尤二姐道："姑娘，你进去瞧瞧，是大喜呀，是小喜？"尤二姐听了，连忙转身进去。不多一时，走了出来，笑道："老太太，大喜，是个小子儿。"贾母听了欢喜道："今儿真是三喜临门：姑娘出嫁，平儿养儿子，凤丫头又生日。再算上宝玉房里放人，这就是四喜了。"贾夫人笑道："今儿是凤姑娘的生日么？我也不知道，也没备了上寿的礼物来。"凤姐笑道："哎哟！姑太太，再别折受我了。这两天没忙成个浪鸭子，那里还记得什么生日呢。要不是老祖宗提起来，连我自己也忘了。"王夫人笑道："真真的老太太的好记性，我们那里记得这个没要紧儿的事情呢。"贾母笑道："我那里是什么记性好。我也是瞧见鲍二家的，才想起来的。"说得众人都笑了。

只见刘姥姥从套间内走了出来，笑道："老太太，姑太太们，大喜！大喜！养了个又白又胖的小哥儿。"贾母笑道："姥姥有劳你了，你难道不喜吗。产母上了炕了没有？"刘姥姥道："诸事俱停妥了。不瞒老太太说，我是干这一行儿的老把势。这会子老太太、姑太太们，只管进去看看去罢。"贾母道："既是这样，我和姑奶奶、两个太太进去瞧瞧去。他们姊妹们，过了三天再进去罢。”于是，贾母并三位夫人自到套间去看平儿不提。

这里凤姐向宝钗、黛玉道：“二位婶娘，你们也行点好儿罢。把我这满地的东西，也替我拾掇拾掇呢。也让我叫个人来，给月子里的人熬点粥儿吗！”宝钗道：“我们昨日送过来的箱子、匣子里头，这些东西都是有的。况且嫁妆已是过去了，你这会子好好儿的，可又翻腾什么呢？”黛玉又道：“你要不怕我们看了你的老包儿去，我们就替你帮个忙儿。”凤姐笑道：“哎哟！我还有什么老包儿呢。这要不是平儿霸揽得紧，这点子东西早被你琏二哥哥鼓荡净了。”李纨也笑道：“宝妹妹，林妹妹，咱们替他帮一帮罢！论起理来，我是个老嫂子人家，不该替你做事。但只是今儿又是狗长尾巴尖儿的日子，又累成个浪鸭子的样儿，我又瞧着怪心疼的。”说着，便同宝钗、黛玉一齐动手，替他拾掇完了。凤姐叫道：“小红，给奶奶们冲了好茶来，今儿可都累着了。”说未说完，只听门外鼓乐喧天，娶亲的到了。

贾母和三位夫人听见鼓乐之音，也都从套间内走了出来。只见贾琏走了进来禀道：“老太太和太太们都在这里呢么，新亲们都来了。太太上房里一个人儿也没有，亏了这个当儿上，姨妈带了他两个婶娘和三妹妹、史大妹妹都来了，我才教姨妈他们把新亲们都让到太太上房里去了。周家原是个乡下的人，也请不起什么高官显宦。娶亲的来了四个男客，都是些举人秀才。四个女客，都是乡间的闺秀模样儿，却都长得怪得人意儿的。”贾母冷笑道：“偏是你的眼睛儿尖，怎么可就偷着瞧见人家的模样儿了呢。”说得贾琏笑着伸了伸舌儿。贾母又道：“既是新亲们来了，我们的两个太太和珠儿媳妇、凤丫头，你们快过去照应新亲们去罢。四丫头、宝丫头，林丫头在这里照应着巧姐穿衣梳头。我想他们那里娶亲来的，既然没有什么官员，我们这里送亲去的，也不必请人家部院里的老爷们，就教姨太太家的蝌儿——他也是个监生，和我们宝玉、蓉哥儿、兰哥儿他们也都是有顶戴的。送亲的女眷,也就教我们三姑娘、史大姑娘、菱姑娘、邢大姑娘四个人去。我和姑奶奶、刘姥姥都在平儿屋里坐着躲会子就是了。你们说好不好?”邢、王二夫人听了,笑道:“老太太想得很周到,我们就照着老太太吩咐的办就是了。”说毕,便领了李纨、凤姐都过那边上房去了。这里贾母、贾夫人仍旧到套间和刘姥姥说闲话儿。

宝钗、黛玉、惜春三人,服侍巧姐穿好了衣服。大家坐在炕上,又陪着巧姐淌了会子眼泪。只见王夫人领了娶亲的四位女眷前行,后面跟着送亲的史湘云、香菱、邢岫烟、探春,一个个花枝招展地走了进来。惜春、宝钗、黛玉一齐迎了出来。大家相见,各道寒暄,彼此心中互相赞羡。王夫人便让娶亲来的四位女眷上坐,其余的姊妹各按次序列坐两边,自己主位相陪。钗、黛二人一旁侍坐。三道茶毕,娶亲的女眷中一人向王夫人笑道:“亲家太太,我们才在那边喜酒也吃过了,时候儿也不早了,我们早些儿给新人上头罢!”王夫人听了,即命人取了妆奁盒儿来,女眷们一齐动手与巧姐上头开脸。诸事已毕,便起身告辞。大家送了出来。凤姐、贾琏领了宝玉、兰哥儿进来,又将巧姐安慰开导了一番。遂命宝玉、兰哥儿用红毡抱到荣禧堂,蒙上盖头,安坐在彩轿内。但见灯笼火把,鼓乐喧天,娶亲、送亲的女眷坐轿,男客骑马,十分热闹。出了荣国府,差林之孝讨了锁钥出城而去。

此时已有丑末寅初时分。贾母、贾夫人仍旧回到自己的上房,嘱咐王夫人,将前边的屏风门封锁了,不许家中上下男妇人等白昼往来行走。俟宝玉送亲回来,即与晴雯、金钏儿、紫鹃、莺儿开脸上头。先就给你们磕头,等到黄昏人静之时,再开门来见。王夫人都一一的答应了。

不言贾母、贾夫人在上房白昼养神。且说邢、王二夫人出来亲自看着封好了屏风门,邢夫人向王夫人道:“咱们大家也散一散儿罢,整熬了一夜,到底也要躺一会子养养神儿。”王夫人道:“可不是

呢，我也撑不住了。大太太回去差人问问二姑娘，今儿能来不能来，我好拿车接他去。凤丫头回去告诉琏儿，把王大夫请来，也给平儿他们娘儿俩看一看，也吃个调养的药儿。宝丫头和你林妹妹回去躺一会子，起来就张罗着给他们四个人上头开了脸，也打扮起来，等宝玉送亲回来，老爷下了衙门，把大老爷、大太太、珍大老爷、珍大奶奶都请过来，给他们都磕了头。到了晚上，再见老太太，岂不又省点事儿么。”众人听了，一齐答应了。这才大家散去。

且说宝钗、黛玉二人，只因熬了夜，身体乏倦，一路缓步而行。宝钗向黛玉笑道：“妹妹，你看明儿把他们四个人都放在房里，咱们两人连一个伺候服侍的人儿也没有了。昨儿晚上那么热闹，我教跟一个儿过来，四个人一个儿也不肯。你说怄人不怄人？”黛玉笑道：“这也难怪，他们大明大白地知道今儿给他们上头，他们怎么好意思面光光地出来见人呢？再者，你知道大嫂子、凤姐姐的脾气，又爱和人嗷着玩儿，他们越发不敢来了。”宝钗笑道：“可不是呢。我想你的雪雁，已经是太太给了四姑娘，换回紫鹃来的，这会子也不好意思再和四妹妹要。秋纹、麝月两个人，桂哥儿那里又离不得，这却怎么好呢。”黛玉道：“那个雪雁，我也不甚待见他，索性教他伺候四妹妹去罢。我记得当日还有个柳五儿来着，怎么如今不见这个人了？”宝钗道：“说起来话长。自从你宝哥哥出家之后……”刚说到这里，黛玉笑着将宝钗的肩上捏了一把，道：“姐姐你信着嘴儿，把什么都说出来了。”宝钗也笑道：“这有什么呢，难道是你没叫过的吗？”黛玉笑道：“我偏要教你说宝兄弟。”宝钗笑道：“就是了。自从宝兄弟出家之后，老爷嫌家里人多了，就要打发他的。后来有赵姨娘的个什么亲戚，名字叫个钱槐，他老子在咱们银库上管过账，当日就给他儿子说柳五儿，柳嫂子执意不肯。后来钱槐打听出老爷要打发他，他就撺掇他老子，硬求了老爷，把五儿娶到他家去了。谁知道五儿到了他家，晚上总不脱衣裳，和钱槐闹死闹活的，闹得他们没了法儿，仍旧送到柳嫂子家来了。这会子再给婆家，人家听见这个信儿，都不敢来说，把这个丫头竟自耽搁了。”黛玉道：“这么说起来，这丫头竟是个有志气的人儿。等你宝兄弟回来，咱们商量仍旧把他要进来罢。”宝钗笑道：“你这个呢，我也偏要教你叫宝哥哥，我才依呢。”黛玉笑道：“你也太认真了，让妹妹这一句儿罢。”

二人说说笑笑，已到了怡红院的月门。早见晴雯、金钏儿、紫鹃、莺儿、秋纹、麝月、奶妈子抱着桂哥儿迎了出来。晴雯笑道：“二位奶奶，今儿可乏透了，我们预备了些儿莲子桂圆汤，喝了早些儿躺一会儿罢，天也不早了，鸡也叫了好一会了。”宝钗道：“桂哥儿怎么今儿醒得这么早呢？”奶妈子道：“才刚儿锣鼓喧天吵得那里能够睡呢。我才抱着满地走了会子。”宝钗道：“这会子安静了，你再哄着他睡会子去。秋纹、麝月，你们两人也歇歇去罢，你们也乏了。”奶妈子听了，便抱了桂哥儿回房而去。秋纹、麝月在后相随。

刚一转脸儿，只听秋纹骂道：“没脸的浪蹄子，你等到明儿再叫奶奶，我也不生气。”麝月道：“你也不用生气，过会子等我问他。记得那年，二爷给我篦了一篦头，他在那边玩钱，一掀帘子进来看见了，就说，‘还没开脸，就上起头来了！’这个话，说得气人不气人。等我过会子问问他，可看今儿是那个浪蹄子、小养汉精儿上头呢。”晴雯听了，气得脸儿刷白。向宝钗、黛玉道：“奶奶们听见了没有？”宝钗道：“你们不用理他，咱们都进来罢。”金钏儿道：“奶奶们还不知道，昨儿晚上，他们两人就是这样指桑说槐地骂了我们一夜。我们都不敢哼一声儿。后来莺儿姐姐气不过，问了他们两句，他们就说，你提防着，宝二爷今儿晚上把你怎长怎短，说的对不上牙儿。”黛玉笑道：“罢哟，你们不用理他们就是了，都进来睡觉罢。”金钏儿听了，便不敢再言语了。于是，大家回到房中，莺儿、紫鹃端了桂圆汤来，每人喝了半碗，这才服侍他二人安寝。之后，四人也就各去睡了。

约有一个更次，黛玉一觉睡醒，早见红日东升，满窗弄影。瞧

了瞧宝钗，尚在熟睡，忙推道："姐姐快醒醒儿罢，日头都出来了。"宝钗惊醒，在窗上望了一望，笑道："你莫要惊怪，昨儿是寅正才睡的，这会子只怕合家的人还都没睡醒呢。昨儿一天一夜，闹得人腰酸腿疼的，且躺着舒服一会儿再起来也不迟。"黛玉道："可不是呢，到底睡了这一会子，又觉着好些儿。才刚儿咱们商量，要把柳五儿仍旧叫了进来，也还只是他一个人儿，咱们两人也不够用的。我前儿听见他们说，芳官、藕官他们，现在馒头庵出家，我想把他们这几个也叫了回来，就只怕老爷、太太未必肯依。"宝钗道："你想的这些个，全不合我的意思。当日五儿在家时，咱们那个小爷，因为你去世之后，总没梦见你，定要在外间等你的魂。晚上服侍的就是五儿，我在里间听着他们就有点子鬼鬼祟祟的。这如今若要把他仍旧叫进来，只怕服侍不成咱们，倒又给小爷弄下挂心的了。至于芳官他们，虽说是伶俐，好到底是唱过戏的女孩子，那里能够像紫鹃、莺儿服侍咱们贴心呢。我想，四妹妹那里，还有入画、翠墨两个丫头呢，雪雁虽说不好意思和他要，我们若和他开个口，他也断然没有不肯给的理。我的意思，莫若明儿依旧把雪雁要了过来服侍你，我明儿把我妈妈的丫头，要一个过来服侍我也就是了。至于他们四个人，不过说是跟上咱们，还像个丫头似的，似乎不通理些；咱们回到房里，他们该服侍咱们的地方儿，也还要照旧服侍才是，难道收在房里，就算升了天了吗！"黛玉听了，笑道："我的意思却不在芳官他们身上，我想柳五儿他和钱家闹死闹活的不肯失身，到底是为谁呢？万一这丫头一辈子说不出婆家来，我心里觉得怪不忍的。"宝钗听了，沉吟了半晌，道："你想得也很是。原该推己及人，存心忠厚，才是你我的为人，也不枉咱们读书一场。只是如今切不可告诉宝玉。目下将他们四个人收在房里，老爷就不喜欢得什么似的。不过是不敢驳老太太的话儿，那里还敢再提柳五儿的话呢。且等收了他们四个人之后，宝玉如果很好，不致教老爷、太太操心生气，那时再想法儿办就是了。"

黛玉听了笑道："姐姐说得很是，就这么做罢。今儿给他们四个人上了头，晚上圆房可把他们都安置在那里好呢？"宝钗笑道："我的意思，把这西边的两个小套间打通，把他们四个人都安置在一处，你说好不好？"黛玉笑道："哎哟哟，咱们两人在一块儿，晚上遇见宝玉涎起脸来，我就觉着脸上怪不好的。若把他们四个人放在一起儿，越发没个意思了。"宝钗听了，把身子向黛玉跟前凑了一凑，笑道："你那里知道这里头的道理呢。我且问你，你我二人自从与宝玉成婚以来，也都一个人儿和他单住过的。你如今仔细想去，咱们一个人和他住着，他是怎么一个涎脸的样儿？如今咱们两人同在一块儿，他又是怎么一个涎脸的样儿？彼此比较起来，那个与他有益，那个与他无益，你可就知道了。"黛玉听了，捂着嘴笑道："可是呢，我瞧着自从咱们搬在一块儿，他虽然也是照旧的涎脸，可就比咱们一个人儿的时候安静多了。"宝钗笑道："何如？你想，如今若把他们四个人放在四处，不但宝玉恣情纵欲，无所不至地闹起来，他们四个人，势必也要各出所长，讨宝玉的喜欢。将来闹得亏损了身子，咱们两人可拿什么脸儿见老太太、太太呢。不说是他们闹的来，倒像是咱们两人，也不知好歹似的。"黛玉听了笑道："姐姐你说得很是。妹妹的愚见，不过说他们四个人在一块儿，面光光的没个意思。"宝钗笑道："这有什么呢。譬如咱们姊妹俩，从小儿一块儿长大的，情同骨肉，如今又同嫁了一个人，男女居室，人之大伦，普天率土，莫不皆然，有什么没意思的呢。我们如此，他们自然是一样的了。若说不论尊卑贵贱，我们也和他们都搅在一块儿，这个自然是没意思，还用你说么。"黛玉听了，不觉欢喜道："这件事，真是姐姐明见万里，独出心裁。妹妹佩服之至。如此办理，不但与宝玉的身子有益，抑且与他们也好。凡宝玉之一举一动，皆四人所共见共闻，免得吃醋拈酸，鸡嗔鹅斗的。"宝钗听了笑道："颦儿你真是透极了的个人儿，告诸往而知来者。"二人俱各大笑起来。

正然说笑，忽听外面有人叩得月门上的铜环儿啪啪地乱响。

二人听了，连忙起来穿好了衣服，跳下炕来。只听莺儿在院子里问道："谁叫门呢？"只听门外答道："是我回来了，怎么这早晚儿还不起来么。"莺儿听了听，像是宝玉的声音。因为眼看着就要上头，自己不好意思出来开门，忙走进来向晴雯道："姐姐，二爷回来了，你快开门去罢。"晴雯笑道："你们都听听，这个人疯了不是？你们的手教猪咬了，怎么巴巴儿的从院子里进来，教我出去开门呢。"莺儿红了脸道："到底你和二爷比我们又熟些儿。"晴雯笑道："自己姊妹们里头，又撇的是什么清呢。若论和二爷熟，金钏儿是在太虚幻境陪着二爷睡过的。"金钏儿听了发气道："你不用混嚼舌根了，我那天晚上问过二爷来。二爷说，你那年夏天撕扇子的时候儿，已经和二爷那个话儿了，这会子又充正经人儿来了。"晴雯听了红了脸道："小蹄子，你等我开了门，回来再撕你的嘴就是了。"说着便走了出去，"哗啷"一声，把门开了。

宝玉在外站了良久，正要发火，忽又转念想道：记得那年叫门开迟了，误踢了袭人一脚，至今后悔。正在思想，忽听"哗啷"的开了门，抬头一看，见是晴雯，不觉喜形于色，亏了不曾造次，忙拉了他的手，笑道："今儿晚上，我可再放不过你去了。"晴雯忙打了个手势儿，不许他乱说，怕人听见的意思。宝玉笑着拉了晴雯便往里走，问道："二位奶奶起来了没有？"晴雯道："我们也是才起来，梳完了头，还没上去呢，也不知奶奶们起来了没有。"宝玉笑道："好一对儿懒人，等我进去揭他们的被窝就是了。"于是，蹑手蹑脚地走进内室来。只见宝钗、黛玉二人对面儿在炕上坐着梳头，紫鹃在地下取脸盆并肥皂盒儿。一见宝玉进来，宝钗忙问道："回来得好快啊，新亲家也没留你们吃酒么？"宝玉道："酒也吃了。新亲家的酒，无非是个意思儿，那里有久坐的理呢。"黛玉道："史大妹妹、三妹妹他们也都回来了么？"宝玉道："他们坐的是轿子，那里赶得上马呢。我是大颠着马回来的，连薛老二、蓉哥儿、兰哥儿还都在后头呢。"宝钗笑道："你这又是牵挂着给他们上头，所以飞马跑回来了，也不怕

侄儿们笑话。"宝玉笑道:"他们都不会骑马,蓉哥儿还好些,薛老二、兰哥儿那里能跑马呢?所以他们才落了后了。"黛玉听了笑道:"这么说起来总没有你的不是。别人是非敢后也,马不进也;你竟是非敢前也,马大颠也。"说得众人都笑了。宝玉道:"罢哟,你们不用一递一句儿打趣我了,权当我就是为这件事跑了回来了,也没有什么怕人笑话的。"宝钗笑道:"咱们说正经话罢,太太这会子起来了没有?"宝玉道:"我到家时,上头还关着门呢,是我把太太才请起来了,只怕这会子才梳头呢。"宝钗、黛玉二人此时已梳完了头,听见宝玉说王夫人也起来了,连忙跳下地来。紫鹃、莺儿端了脸水来,忙忙地洗了脸,他二人本是天生的丽质,敷粉施朱,无非点缀而已。

梳洗完毕,正要同过王夫人这边来请安,忽见王夫人差了玉钏儿来说:"太太说,奶奶们梳洗完了,先不用过去着呢,就赶着给他们四个人上头罢,怕老爷下衙门回来得早,恐怕迟了。"宝钗听了笑道:"你来得很巧,我正等个人儿呢。你去把你妈和柳嫂子叫来,教他们帮一帮儿。"玉钏儿答应。去不多时,只见白老婆子、柳家的都来了,手里端着个棒盒儿。打开乃是几碗鸡皮鸽蛋汤,柳家的先端了三碗,放在宝玉、宝钗、黛玉的面前,笑道:"二爷和奶奶们都熬了眼了,这是我的一心儿穷心。"宝玉道:"你可有什么多余的钱呢,以后再不必了。"柳家的又将其余的分散晴雯等四人并秋纹、麝月、奶妈子们吃了。这才取过妆奁匣儿来,柳家的便与晴雯开脸,白老婆子便与金钏儿上头,宝钗便与莺儿束发,黛玉便与紫鹃扫眉。宝玉在四处往来,指点弄粉调脂,奶妈子抱着桂哥儿哄他玩笑,秋纹、麝月在一旁撅着嘴生一会子的气,又打撩撩嘴地奚落一会子。

不多一时,妆饰已毕。钗、黛二人便将他四人都带到王夫人上房来。王夫人仔细打量了一番,一个个青蛾皓齿,较从前尤觉丰韵,心中不胜欢喜。约有巳末午初时分,贾政下了衙门,遂请了贾赦、邢夫人、贾珍、尤氏及合族人等过来。按着长幼的次序儿,命他四人磕过了头。贾政便让男客们都到书房,王夫人便让女眷们都在上房,大排筵宴。此时,探春、湘云也都回来了。王夫人又差人接了迎春来。宝玉又留下薛蝌,整热闹了一天。

到了黄昏人静之时,邢、王二夫人同薛姨妈以及众姊妹,领了晴雯等四人,开了屏风门,都到贾母上房来。早见上房点的灯烛辉煌,贾母同贾夫人在正中榻上对坐吃茶,一见众人进来,忙站起来笑道:“我们等了你们好一会了。”众人见了,忙走了进去一齐道喜。王夫人便吩咐地下铺了红毡,命晴雯等与贾母、贾夫人磕头。贾夫人忙将他四人叫到跟前,一个一个的仔细端详了一遍,心中甚是欢喜。便向黛玉道:“姑娘,我也没有什么东西可给他们的,你可把你的尺头检上好的颜色、时兴的花样的,每人给他们一匹。时兴新样的簪花,每人给他们一对,就算我的拜钱罢。”黛玉听了,正欲答应,只听史湘云笑道:“姑太太不用教我姐姐取东西了。昨儿听见万岁爷有旨意,教我们给姑老爷、姑太太承嗣呢,名字都钦赐下来了。只为身子尚弱,不能下地行走,所以还没到姑老爷庙里磕头去呢。这一点儿赏赐他们的东西,我替姑太太拿出来就是了。”贾夫人听了,忙拉了湘云的手笑道:“我的儿,你不用多这个心,你们的这件事,我才刚儿也和老太太商量来,等明儿你女婿身子将养得壮朗了,带领引见之后,看万岁爷赏个什么差事。那时,把你们的旧房子拆变了,就在老太太那边房子的前头,另盖一院新房居住。我们也没什么产业可给你们的,就是万岁爷赏的几顷祭田,交给你们掌管。除了春秋祭祀之外,下余的帮你女婿当差就是了。至于这一点儿赏赐,你姐姐的东西也多着呢,你的东西,你自己留着用罢。我的儿,你也是没娘、没老子的人,估量着你叔叔、婶娘还能够照应得了你们许多么?”湘云听了,这才不言语了。黛玉笑道:“我这如今,可是你的大姑子了,你可要时时刻刻地敬我才是。再要像从前在我跟前那样的放肆,我可就要叫我兄弟狠狠地管教你呢。”说得众人都笑了。

于是，贾母让薛姨妈同贾夫人炕上坐，邢、王二夫人在炕沿儿上坐，湘云、探春姊妹等在东边椅子上坐，尤氏、李纨妯娌等在西边椅子上坐，晴雯等四人侍立一旁，自己盘膝坐在一张罗汉椅上。丫环献上茶来，茶罢，王夫人欠身向贾母道："请老太太的示，我们再伺备点喜酒儿吃吃罢。"贾母道："可以罢了。你们同姨太太白日里都是吃过酒的了，我和姑奶奶也是才吃了饭了，倒是大家坐着说会子话儿，早些儿散了，送云丫头回去，他女婿没人照应。再者宝玉房里收了人，也该趁着好日子，让他们成缘才是呢。"薛姨妈听了，笑道："这个老太太，不拘什么事儿，再没有那么想的周到了。"贾母又道："怎么宝玉也不进来给他姨妈、姑奶磕头呢？"王夫人道："外头的酒席也是才散的，只怕送了客也就来了。"

正说时，果见宝玉笑嘻嘻地走了进来。见地下铺着红毡，不知所以，便向宝钗丢了个眼色，宝钗故意地努了个嘴儿，宝玉信以为实，忙站在红毡中间，点手儿招呼晴雯，急得晴雯红了脸笑着只是摇头儿。招得满屋子的人，一齐都笑起来。贾母笑道："没见识的，谁家房里收人，也双双的拜堂么。你只给你姑妈、姨妈磕头就是了，难为他们替你养了两个贤惠媳妇，准你四个四个的收妾，这还不该磕头么。"宝玉听了，果真与贾夫人、薛姨妈磕了头。起来又听贾母的吩示，贾母道："收妾原没有男家与尊长磕头之说，我们俱各不用罢。你只给你两个媳妇，每人作一个揖就是了。"宝玉听了，笑着果向宝钗、黛玉深深地作了两个揖。招得众人都笑了。

宝玉行礼已毕，便亲自搬了一张椅子坐在贾母的身旁，笑道："我有一件心事要求老太太呢。"贾母笑道："又有什么心事呢？难道房里收了四个人还不够么！"宝玉笑道："不是为我的事。我想我们如今，仰邀上天的眷佑，托赖老太太的洪福，生生死死的闹了一场，现在是娇妻美妾逐队成行，天恩祖德无可以为报，立了一个推己及人的愿心，愿天下有情的都成了眷属。如今，环儿岁数也大了，兰哥儿的年纪也不小了，都该是成家的时候了。还有我大嫂子的妹妹绮姑娘，虽说给了甄宝玉，如今尚未过门，我也要替他们成全成全这件事呢。”贾母道：“这三件事，你该对你老爷说才是，怎么求我来了。”宝玉道：“这三件事，我才刚儿已经回过我老爷了。老爷恐怕环儿不成器，未必有人肯把女孩儿给他。我说环儿自从服了孔圣枕中丹，较前好了许多。我想赵堂官的女孩儿被鬼所缠，是姑老爷替他治好了的；如今差了媒人去说合，只怕赵堂官也不好驳回儿。范学士素日最爱兰哥儿，他现有个女孩儿，年纪与兰哥儿相仿，遣媒去说，断无不允之理。惟有甄宝玉，现在随着他父亲到边疆外住读书去了，求老太太差人和甄太太说，教他差人到边疆接了甄宝玉回来。这三件事也就妥当了。还有三件事，也要禀知老太太，人生的情缘，都有个分定。当日梨香院有个伶官，他和蔷儿有情缘之分。我凤姐姐的丫头小红，和芸儿有情缘之分。东府大嫂子的丫头名字叫个万儿，和焙茗有情缘之分。这三件事求老太太和大嫂子、凤姐姐说一说，把他们两个丫头放出来。再和馒头庵的老居姑子说说，把伶官也放出来，叫他们各遂所愿，这就把我推己及人的愿心还了。”

尤氏听了，笑道：“宝兄弟，我不信你这个话。我们丫头们的事情，你怎么都知道了呢？”宝玉笑道：“大嫂子，你们万儿和焙茗，是那年大哥哥新春唱戏，我在小书房里亲眼儿捉住的。”尤氏道：“你那会子怎么不告诉我们呢。”宝玉道：“这是什么好事，何苦告诉你们又闹饥荒，所以我就忍在肚子里了。”凤姐道：“宝兄弟，我们小红可又是多早晚儿和芸儿有缘故？我那里知道个气息儿呢？”宝玉笑道：“这是宝姐姐告诉过我，他也不知是在那里听见来着。”贾母听了，向薛姨妈道：“姨太太，你们都听听，我素日最恶的是这些男女不安本分的事，谁知道这会子全都出在我们家了。这些事，怎么教宝丫头都知道了呢？”宝钗听了，便将那年在滴翠亭扑蝴蝶，赶到蜂腰桥，听见小红在槅子里说捡了贾芸的手帕子的话，说了一遍。宝玉又将那年在梨香院瞧见伶官在地下画“蔷”字，并贾蔷给他买雀儿戏台的话，也说了一遍。贾母听了，向邢、王二夫人道："你们听听，这些勾当真是咱们梦想所不到的。罢了，秦钟、智能儿、司棋、潘又安在地府里，姑老爷尚且成全他们的好事，何况这些人现在人世呢。既是宝玉有这一番好意，珍哥儿媳妇，凤丫头，就把你们的两个丫头放出来罢，等宝玉将来由翰林补了什么官儿，教他每人赔你们一个丫头就是了。"尤氏、凤姐二人俱各满口应许了。当下大家又坐着说了会子闲话，贾母便催着大家散去，即命套车将湘云送了回去。宝玉是夜即与晴雯等成缘，毋庸琐述了。

到次日，贾政果然差了媒人到赵堂官、范学士家提亲。范学士原是个读书人，又素日最爱贾兰，一说便应许了。赵堂官虽与贾府不睦，他女儿为鬼所迷，又是林公救的，又且贾政虽系工部侍郎与刑部无涉，究属上司，是以也就无不乐从。贾政深为喜悦，回明了贾母。先下聘礼，只等甄宝玉到来，然后迎娶。贾母又差了林之孝家的，到甄府上将接回甄宝玉来与李绮完婚的话，告知了甄夫人。甄夫人也十分欢喜，便求贾政写书一函，择日差家人包勇前赴边疆而去。诸事俱妥，贾母、贾夫人仍旧回庙不提。

且说包勇本是忠义健仆，领了主母之命，晓行夜宿，饥餐渴饮，不过月余，到了边疆。见了应嘉甄公，投了书启。甄公看了来书，也觉欢喜，择日打发甄宝玉起身回京。甄宝玉叩辞了他父亲，自己坐了驮轿，带领包勇并贴身的小厮四名，俱各骑了大走骡起身回京。一路披星戴月，沐雨栉风，又走了有月余光景，时当残腊。这一日走得离京师只剩二十余里，忽觉天气骤寒，大雪缤纷，甄宝玉忽觉身体不快，思避风寒，望见前面有一座村堡，十分雅趣，便命包勇前去借间房儿，暂且歇息歇息，避避风雪。包勇听了，颠着骡子上前。去不多时，回来禀道："堡内有一家姓蒋，房屋十分幽雅，主人不在家，我已向他家老苍头借下了。"甄宝玉听了，满心欢喜，催动了骡轿进了村堡门，但见上写"紫檀堡"三字。又走了一里多路，果然一家房舍，盖得精致，只见老苍头开了门，让甄宝玉在客堂上坐定，火盆内添了些炭，奉上一杯热茶来，个自去了。包勇与四个小厮，也自去照应行李、马匹，躲避风雪去了。这里甄宝玉独自一人，手擎茶杯往四边墙上观看那些名人的字画。冷不防忽见一个少年的美妇人，从屏风后转了出来，一把拉住他的手，大哭道："我的狠心的小爷，你往那里去来，害我得好苦啊！"未知此妇人是谁，且听下回分解。

第二十三回　真后悔黑夜暗投环
念前情黄泉求艳魄

话说甄宝玉在路行程，偶因身子不快，进了紫檀堡，暂借蒋姓客堂歇息片刻。正然手擎茶杯，往四边墙上观玩字画，忽听屏风后转出个妇人来，拉住他哭道："我的小爷，你往那里去来，害得我好苦啊！"列公，你道这妇人是谁？原来就是袭人。自从嫁了蒋玉函，虽说是夫妻和美，你恩我爱，到底较之在宝玉跟前，富贵悬殊，气象迥别。每于花前月下，对景伤情。今值蒋玉函进城演戏，他自己独坐上房，忽见老苍头来说："有一行路的少年相公，暂借客堂少坐，避避风雪。"袭人听了，点头应允。正在寂闷无聊之际，披了斗篷，竟独自走了出来，在屏风后窥客，憋见甄宝玉形容举止与贾宝玉无二，心中一恸，也就不假思索，竟从屏后转出，拉住甄宝玉的手，大哭起来。吓得甄宝玉连忙甩开了手，倒退了几步，道："在下乃行路之人，偶因身子乏倦，暂借贵居少憩，以避风雪，与娘子并不认识。"袭人哭道："我的爷，你好狠心。自从你跟随僧、道出家之后，老爷、太太就要打发我出来，可怜咱们又没在老爷、太太跟前过个明路，你教我嘴里怎么说得出替你守节的话来哟，活活的逼着我嫁了人。你这会子，是从那里回来了？好狠心的爷，你怎么还说出咱们并不认识的话来，我不过是见了你明一明我的心，我还有什么脸儿活着想跟了你回去吗！"甄宝玉听了，益发不解，只是往后倒退。仔细将他一看，但见：丰姿秀曼，举止风流。心中一动，不觉进退两难。

忽见包勇走了进来，问道："大爷，什么人哭呢？"甄宝玉道"包勇你快瞧来！"包勇听了，连忙走了进来，将袭人仔细一看，不觉吃了一惊，忙向甄宝玉道："大爷，据我看这位姑娘十分面善，好像在那里见过的。哦！是了，去年老爷遭了事，把小的荐到荣府，我记得有一夜失了盗，小的还打死了一个为首的。到了次日，政老爷和太太从铁槛寺回来，查问情由，我在稠人广众之中，倒像是见过这位姑娘似的。"甄宝玉听了，又将袭人仔细一看，猛然想起一事，忙问道："你莫不是宝哥哥房里的袭人姐姐么？"袭人听了，哭着也将甄宝玉又重新仔细一看道："你不是我们宝二爷，你到底是个谁？你又怎么知道我叫个袭人呢。"甄宝玉笑道："你们宝玉姓贾，我姓甄，虽同名宝玉，而有甄贾之别，所以把姐姐竟给混住了。"袭人听了，方知是认错了人。不觉羞惭满面，往后退了几步，擦泪道："原来是甄公子，我在家时，久已听见人说，公子的模样儿，长得和我们宝二爷是一模厮样的。我们从未见过，果然话不虚传。但不知公子此时往那里去，如何走到这里来？"甄宝玉听了，遂将自己随父亲到边疆外住，今因贾宝玉、林黛玉回生，特地接他回京与李绮成婚的话，从头至尾说了一遍。袭人听了，又哭起来道："我前日也恍恍惚惚地听见人说，荣国府回生了多少人。那天在铁槛寺僧、道作法，轰动了城里城外，看热闹的人纷纷言讲。可怜我是个年轻的妇女，不但不能眼见，一总不能耳闻，可教我在谁跟前打听去呢。如今，我要求公子，替我带个信儿，我又不会写字，我有件东西求公子带了去，见了宝二爷，私下交给他就是了。"说毕，便回身哭着回去了。

包勇道："大爷你怎么知道他的名字叫个袭人？"甄宝玉道："我在家时，听见太太说，自从贾府的宝玉出家之后，他房里有个贴身的丫头叫个袭人，因为没过明路，所以打发他嫁了人了。但不知这个姓蒋的，到底是何等样的人。瞧他这所住房子。盖得倒有些儿讲究。”包勇道：“小的方才也问过他们老苍头来，他说他主人叫个什么‘人人爱’，我就听着诧异起来，他才说是戏班里的一个有名儿的小旦。”甄宝玉听了，笑道：“怪道说姓蒋呢，原来就是琪官。”

正然说到这里，只见从屏后转出个老婆子来，手里拿着个纸包儿，袭人在后相随。老婆子将纸包儿递了过去，袭人道：“求公子将这件东西带到荣府时，面交宝二爷就是了。我家的主人不在，我也不敢留公子酒饭。”说毕，仍旧带了老婆子回后去了。

甄宝玉接了纸包儿来打开一看，见是一条半新不旧的、葱绿色洋绉的汗巾子。翻覆观玩了会子，心下也觉伤感，仍旧包好揣在怀内。向包勇道：“我这会子觉得好些儿了，雪也下得慢了，咱们赶进城去罢。”包勇听了，忙去备上了牲口，搭了行李，赏了老苍头茶资，请甄宝玉出来，坐了驮轿起身而去。

不言甄宝玉进城回府，且说袭人回到自己的房内，前思后想，愧恨万端。想起从前和宝玉是怎样的恩爱来，如今偏又嫁了人。虽说蒋玉函模样儿风流，性格儿柔媚，床第之间，虽有无限的温存，到底终觉下贱。况且他原是跟着人睡的人，如今，我又跟着他睡。这就保不住他高兴了，把我枕席间的光景告诉了他的相好知道，这还有个什么趣儿了呢。罢了，宝二爷若不回来，只算我命该如此，我也就死心塌地的了。偏偏的他又回来了，林姑娘和晴雯他们也都回了生了，我这会子心里就像热锅上的蚂蚁一般，到底不知怎么做才好。唉，老天爷，我仔细想来，如今宝二爷晚上睡下，左边是宝姑娘，右边是林姑娘，头直里是晴雯、金钏儿、脚底下是紫鹃、莺儿，他那里还想得起他当日的那个袭人姐姐来呢！即或二爷明儿见了汗巾，想起我来，我如今已是嫁了人的人，他如何肯把我重新赎了回去呢。权当二爷肯了，老爷、太太也断然不肯的。权当老爷、太太都肯了，把我赎了回去，别人还罢了，晴雯这个蹄子，嘴就和刀子一般，我这不一辈子死到他的舌根底下了吗。众人一齐作践起来，就是我那个心坎儿上的爷，也就未必能像从前那样的疼我了。权当我那个爷，想念前情，仍旧把我姐姐长、姐姐短的叫一个杠口儿甜，没主意、没造化的蹄子，你跟着蒋玉函睡了将近一年了，还有什么脸儿答应人家呢。想到这里，不觉五内崩然，泪如雨下，情绪恹恹，如痴如醉的也无心茶饭。

将及黄昏掌灯之时，老婆子进来说道："奶奶，爷回来了。"只见蒋玉函自外走了进来，脱了毡衫，怀内掏出个包儿来，笑嘻嘻地递与了袭人道："姐姐，你带着试一试，看好不好？这个东西正配你那个雪白的膀子。"袭人接来，打开一看，只见一副镶金碧霞玺的手镯。看了一看，仍旧放下，不觉泪流满面。蒋玉函见了，不胜诧异，忙搂在怀内，问道："你又怎么了？想是家下的服侍你不周到，得罪了你了么？"袭人把脸一扭，道："我几时和他们这样难缠过来？"蒋玉函笑道："不然，可又是为什么呢？"袭人不答，只是流泪。蒋玉函不悦道："你自从进了我家的门，我那一样儿待你不好。真是心坎儿上温存，手掌儿上奇擎，眼皮儿上供养，那一天晚上又不是脸儿相偎，腿儿相压，手儿相持呢。我想就是宝二爷当日也未必把你如此的看待。你说宝二爷当日总是把你姐姐长、姐姐短地称呼，我这如今，也是成日家把你姐姐不离嘴儿地叫，你总是不舒服，难道教我把你叫妈妈不成？"袭人道："你不用怄人了。我有件事要问你，我可不许哄我，若肯据实的告诉了我，我才信你疼我是真心实意呢。"蒋玉函笑道："我的姐姐，我到底那一件事儿哄过你呢？"袭人道："我想你成日家在城里演戏，这件事你必然是知道的。我听见说，如今宝二爷回了家了。前儿七月十五，在铁槛寺僧、道作法，回生了好些人，这可是真事么？"蒋玉函听了，呆了半晌，忽然笑道："这是你在那里听来的谣言？难为你也是极聪明的个人儿，你也想想，世上也有个人已经死了，又会活了的道理？"袭人道："外头人人都是这样说。还说宫里的娘娘也回了生了。林姑老爷也做了城隍了，怎么你还哄我呢。"蒋玉函道："罢哟，我劝你喝口凉水，把这种妄心打退了罢。你原是我明媒正娶之妻，并不是我抢夺来的。权当宝二爷认真的回了家,他还能够赎你回去么?况且他如今现有娇妻美妾,逐队成行,也断然不肯要你这个破货的了。权当他想念前情,还肯要你,你也该打打细算盘才是。我想你若依旧到他跟前,不过一个月里头轮着你陪伴他一遭儿。还算是你的造化,那里如跟着我,夜夜不脱空儿的舒服呢。书上说得好,大丈夫'宁为鸡口,勿为牛后'。难道你连这两句话也不懂得么?"袭人道:"我也不懂得什么书上的话,据我想来,你才真是个'牛后'呢。"蒋玉函听了,笑道:"到底你没读过书,竟将这两句话的意思讲颠倒了。"袭人道:"我可懂得什么书呢!你只自己回过手去,摸摸你那个'后',只怕也和牛的差不多儿了罢。"说得蒋玉函红云满面。正待发作,瞧了瞧袭人,又怪舍不得的。只见老婆子进来,问道"爷还吃饭不吃了?"蒋玉函道:"我已经在城里吃过饭了。你奶奶吃了饭没有?"老婆子道:"奶奶今儿也不知是怎么了,只吃了半碗儿饭呢。"蒋玉函道:"既是这样,你去烫壶热酒来,再拿几碟干果子,我和你奶奶消消夜、打打寒气。"老婆子听了,忙去取了酒果来,摆上炕桌儿,夫妻对饮。袭人那里还有心肠饮酒,无如蒋玉函柔情媚语,放出他小旦的身份来,弄得个袭人没了法儿,只得以酒浇愁。约有一个时辰,竟至陶然大醉。蒋玉函将他抱入鸳衾,双双安寝。这话暂且不提。

再说甄宝玉进了城,先到家中见了甄夫人,母子两个叙过了别后的事情,又说了会子甄公在外的光景。到了下午,便坐了轿车子,带了包勇,来拜见贾政。适值贾政工部有事,尚未回府。宝玉听见,连忙迎出。彼此一见,欢若平生,握手各道契阔,让进书房,分宾主坐定。焙茗献上茶来,茶罢,贾宝玉知道甄宝玉的脾气,是爱道学的,便先开口道:"自去岁秋闱一别,寒暄再易,今幸再瞻雅范,知吾兄道德文章与时偕进,士别三日,当刮目相待,信不诬也。"甄宝玉也知贾宝玉的脾气,爱的是风流,乃笑答道:"岂敢,岂敢。自去岁吾兄遁迹天台,众皆惶惑。小弟固知吾兄必另有一番作用,今竟果如所料,真可谓亘古未有之奇。今又推己及人,所谓仁之端而智之术者，胥在是举。小弟今而后始知风流才子与道学先生，一而二，二而一者也。”二人彼此大笑。贾宝玉道：“前者老伯母差包勇去后，家母即和家嫂商量迎娶一事，通知了李亲家太太，他那里说，时届残冬，年近岁逼，诸事办不齐备，择定明春二月十二日，天恩上吉，不知吾兄不以为晚乎？”甄宝玉听了，笑道：“承吾兄不弃，推念同类，适才家母亦言及于此，即明春二月，转瞬即到，何晚之有。小弟倒有一事奉渎。小弟今早在路行程，偶遇风雪交加，路经紫檀堡，在一蒋姓人家借地少憩。忽从屏后走出一少妇来，误将小弟认作吾兄，恸哭不已。小弟惊询其故，始知为吾兄之旧人。托小弟转致一物送上台端。”说着，便从怀里取出一个纸包儿来，递与了贾宝玉。贾宝玉接来打开一看，认得是当日和蒋玉函对换的松花洋绉的汗巾儿，乃是袭人的旧物。不觉一阵伤心，眼泪早流下来，又怕甄宝玉看见笑话，连忙又忍住了。甄宝玉分明看见了，故意的只作不见。口内吟道：

去岁分鸾镜，今朝寄缟巾。

还将旧来意，怜取眼前人。

贾宝玉听了，不觉长叹了一声，遂也口占了一绝，道：

总因求美玉，反致失名花。

便许终完璧，何能掩旧瑕。

甄宝玉听了，才要说话，只见焙茗进来禀道：“老爷回来了。”两个宝玉，一齐迎了出去。一见贾政进来，甄宝玉见了，忙上前跪下请安。贾政连忙搀了起来，携手重入书房，仍分宾主坐定。贾宝玉亲自捧过了茶，乃在一旁侍坐。贾政遂向甄宝玉问了会子他父亲在边疆的近况，又问了会子他近日的学业文章，甄宝玉这才告辞回府而去。

这里贾宝玉送客去后，便随了他父亲到上房来，又和王夫人大家说了会子闲话，这才回到自己怡红院来。只见宝钗、黛玉正在外间炕上，引逗桂哥儿玩笑，他便溜到里间来，从怀内取出汗巾儿，翻来复去地看了会子,想起袭人当日待他的那一番好处来,不由得泪流满面。自己哭了会子,想着:他如今已经嫁了琪官了,如何又能把他弄了回来呢。即或和琪官说得肯了,老爷、太太又如何肯呢。权当老爷、太太也肯了,又想了想道:纵然把他弄回家来,到底又算个什么名色儿呢。想到这里,忽然把桌子“啪”的拍了一下,随手蘸起笔来,将方才口占的四句诗,写在汗巾之上。

再说林黛玉正和桂哥儿玩笑,忽听里间拍得桌子一响,乃悄向宝钗笑道:“姐姐你听里间屋里,不知把什么拍的山响,再别是才刚儿他进来,见咱们没人理他,自己觉着没了趣儿,胡使性子呢罢。”宝钗听了,忙抱了桂哥儿便往里走。黛玉笑着忙摇了摇手儿,自己蹑手蹑脚地走到里间。先探了个头儿,只见宝玉面朝里,在帐子里躺着,桌子上放着一条汗巾儿。黛玉见了,便轻轻地走了进去,将汗巾拿了起来,仍旧轻轻地退了出来,悄向宝钗笑道:“姐姐,你把小哥儿递给奶妈子,快瞧这个儿来。”宝钗听了,忙将桂哥儿递给奶妈子,命他抱了哄着睡去。黛玉便将灯台挪了过去,同宝钗在灯下打开汗巾观看。黛玉低声道:“姐姐你看,他这个毛病总不能改,这又不知道是谁给他的。”宝钗道:“这个东西,我瞧着很眼熟,倒像见过的似的。”黛玉道:“哎哟哟,这上头还写的有字。”忙念道:“总因求美玉,反致失名花。便许终完璧,何能掩旧瑕。”宝钗听了,恍然大悟道:“哦,是了。这是袭人的东西,我当日在他箱子里见过的。”黛玉道:“我也总没问你,这个袭人,他到底嫁到那里了?”宝钗笑道:“我听见说,是个什么戏班里唱旦的。”黛玉听了,笑道:“这是怎么说呢,嫁了这么一个高人。但只是这个东西,又怎么得到他手里来呢?你瞧瞧这个字的笔迹,是他自己写的。这首诗,也是他自己作的。”宝钗笑道:“可不是呢。据我想来,这必是袭人听见你们都回了生,不知托什么人将这汗巾子寄了来,也是要想回家的意思。这竟是一件不通理的事儿,如何行得呢。你只细玩他这后两句诗,就知道了。”黛玉叹了口气,道:“姐姐,你当日也很不该教他出去来,这会子倒教人瞧着心里怪难过的。”宝钗道:“老爷、太太拿定了主意要教他出去。他又是没过明路的人,我可怎么说也教他守节呢。”黛玉听了,笑道:“亏了我们回生得早,若再迟些日子,只怕连宝丫头也都嫁了人了。”宝钗听了,笑着便顺手儿将黛玉揿倒,要膈肢他,急得黛玉央道:“姐姐,我再不敢胡说了,咱们商量正经事罢。这件事可到底怎么处呢?”宝钗道:“这件事你且莫忙,且把这个汗巾藏过,咱们也都睡觉罢,且看他是个什么光景儿,咱们再商量就是了。”黛玉听了,便将汗巾藏在书橱子抽屉里。宝钗便叫出晴雯等四人来安排卧具,请宝玉来安寝。只见宝玉闷恹恹无精打采地脱衣就枕,并不似往常间有说有笑的。钗、黛二人见他这般光景,也不去招揽他,也都大家各自就寝。

睡到四更时分,忽听宝玉在梦中惊醒,大哭道:“袭人姐姐,你等我一等儿,我和你一块儿去。”钗、黛二人都吃了一惊,连忙披衣坐起,点起灯来。只见宝玉从被中爬起,眼睛瞪得直勾勾的。宝钗问道:“你又怎么了?”宝玉呆了半晌,哭道:“袭人姐姐死了,这都是我害了他了。”黛玉道:“必定是你魇住了,做了什么怪梦,撒呓怔呢。”宝玉道:“昨儿甄宝玉回京,带了一条汗巾来,他说路过紫檀堡,因避风雪误到他家,遇见了袭人的。我见了汗巾,正在这里作难,想不出个什么法儿,谁知道才刚儿明明白白地梦见袭人姐姐来了,他告诉我说,老爷、太太生生的把他逼着嫁了人,这会子他知道我回来了,前思后想,覆水难收,万无回来之理。他哄着蒋玉函睡着了,悄悄地自缢死了。他的魂灵儿到了城隍庙,姑老爷查看了册子,命他先到太虚幻境结了案,再到地府讨托生去罢。诉了好一会的委屈才走了。仔细想来,他并没有辜负我的恩情,倒是我断送了他的性命。”说着,又大哭起来。宝钗道:“怪道昨儿晚上呆呆的,原来是为这件事。常言‘梦是心头想’,你心里惦着那件事,所以才有这样的怪梦缠绕来了。”宝玉道:“我从来做梦总是恍恍惚惚的,再没像这一遭梦得真切了。”黛玉笑道:“前儿我听见宝姐姐说,你那会子虚心虔意的等我的魂来入梦，你怎么又没梦见我，又梦见柳五儿了呢?”宝玉听了，扭头道:“人家心里烦得什么似的，你又拿这个话怄人家来了。”宝钗笑道:“我劝你好好儿的睡觉罢，半夜三更的，看仔细闹得老爷、太太知道了。且等到明儿早起，打发焙茗到紫檀堡打听打听，果真他死了，你再哭也不迟。倘或他没有死，你这不是白闹吗。”宝玉听了，无可奈何，只得仍旧睡下。钗、黛二人也就陪着吹灯而睡。

不过朦胧了会子，不觉东方大亮。宝玉正然要出去打发焙茗前去打听，只听焙茗在院子里问道:“二爷起来了没有?奴才有话要回二爷呢。”宝玉听了，也顾不得登靴子，便撒拉着鞋就往外跑。宝钗见了，忙向晴雯、紫鹃二人努了个嘴儿，二人也就连忙跟了出来。只见焙茗向宝玉禀道:“今儿一个黑五更儿，花自芳就来寻奴才，要奴才禀知二爷，说昨儿有三更以后，蒋玉函亲到他家告诉说，他妹子三更天上了吊了。花自芳就到他家看了一回，见他妹子已经死得挺挺儿的了，就骂蒋玉函说把他妹子折磨死了。蒋玉函说，他因为听见宝二爷回了家，他自己寻了死的。花自芳不依，在他家闹了个烟雾沉天，还要到县里去告呢。教奴才替他求求二爷，给他做个主儿才好。花自芳刚去了，蒋玉函就来了，也求奴才禀知二爷，说他听见二爷回来了，早就想来请二爷安求见的。只是因为那年二爷和他相好，挨了老爷的打，所以他不敢来请安，恐怕老爷知道了，又连累二爷受气。他说袭人原是为二爷回了家，他自己愧悔的寻了死了。他还说自从把袭人娶到他家，他原不知道是二爷的人。成亲之后，瞧见他赠二爷的茜香罗才知道的。成日家恨不能把袭人顶在头上才好，那里还肯折磨呢。如今花自芳要和他打官司，他也要求二爷替他做主儿。”

刚然说到这里，只见宝玉身子晃了几晃，往后一仰，咕咚栽倒在院子里。晴雯、紫鹃二人，在台阶儿上站着看得明白，连忙跑到跟前，搁的搁、搀的搀。宝钗、黛玉、莺儿、金钏儿在房内玻璃窗中早都瞧见了，一个个吓得惊慌失色，一齐走了出来，莺儿、金钏儿二人也就跑上前去，帮着晴雯、紫鹃将宝玉抬了进来。吓得焙茗，面目焦黄，浑身打战。一见黛、钗二人出来，连忙跪倒，蹦头哀告道："二位奶奶，千万没要告诉太太，说奴才把话说冒失了，把二爷唬晕了。太太一知道，奴才就不得活了。"黛玉见了，便向老婆子道："你告诉他，不要教他害怕，教他也别在外头声张，也别走远了，只在就近听候呼唤就是了。"老婆子忙去告诉了。焙茗自去，在外听候不提。

再说宝钗、黛玉二人进来，见晴雯等四人已将宝玉抬了放在床帐之内，仔细瞧了瞧，就和死人一般，又像从前自铁槛寺抬回来的样子。宝钗着忙向黛玉道："你看看这个样儿，可又教人怎么处呢。依我说，早些儿告诉太太，请王太医来看一看才好。"黛玉听了，沉吟了会子道："据我看来，这又是失了魂的样子，必是他的魂跟了袭人的魂去了。昨儿夜里他还说，袭人的魂还要到太虚幻境去结案。依我说，咱们且把警幻前儿给的那个小册页儿取出来瞧瞧。只怕那上头有什么解救的法儿也不可知，咱们且看了再告诉太太也不迟。"宝钗听了，忙命紫鹃取了匣儿来递与黛玉。黛玉接来打开匣盖，取出那副册页来展开观看，不觉喜形于色，道："姐姐你快瞧来。"宝钗听了，忙凑在跟前，仔细看了一遍，笑道："既是这样，咱们何不就照样儿行呢。"黛玉听了，点点头儿，合上了册页，仍旧收好，向宝钗道："姐姐，你快教老婆子告诉焙茗，教他到姨妈家和香菱姐姐讨两支寻梦香来，我想就差晴雯去也罢了。"宝钗道："焙茗只怕说不明白，等我给香菱写个字儿去。我想再教焙茗告诉花自芳，教他不用和蒋玉函打官司了，就教他把他妹子的尸首领到他家去，将来回了生，也免得蒋玉函退有后言。"黛玉道："姐姐想得很是。你快教老婆子告诉焙茗，早些儿去罢。"宝钗听了，便提起笔来给香菱写了一封书启，命老婆子转递与焙茗。

此时，焙茗正在荣禧堂背后一间小房子里独坐，听候呼唤，心里担着好大的惊恐。听见老婆子将上项事说明，递给与香菱的书启,他这才放了心。便骑了匹马,飞行到花自芳家告知了前情。花自芳自是欢喜乐从。又飞马到薛姨妈家投了香菱的书子。香菱看了,忙取了两支寻梦香,包封严密发付。焙茗依旧飞马而回。

此时宝钗、黛玉二人亲自来至上房,将前项事体悄悄地都告诉了王夫人。王夫人听了,吃这一惊不小。忙到怡红院来看视。只见他直挺挺睡着,叫之不应,推之不动。王夫人流泪道:“这都是我的业障,怎么就养了这么一个不懂事的冤家。我这一条老命,终久总要教他追了去呢。”宝钗劝道:“太太不必着急,才刚儿我们见警幻仙姑给的册页上写得明白,原没什么妨碍的。”王夫人听了,叹了口气道:“前儿房里收他们四个人,你老爷就很不喜欢。这会子又闹起袭人来了,这可将来教人又是怎么一个办法儿呢。已经嫁出去的人了,重新又收回来,谁家有这个规矩呢。”宝钗笑道:“这件事只要太太肯施恩,瞒着老爷也就容易办了。”王夫人道:“你们只管说出你们的办法儿来我听听。我这会子,只我的儿子好,可还有什么不施恩的呢。”黛玉听了,也笑道:“既是太太肯施恩,我们就好说了。前儿晴雯他们四个人,已经是回过老爷收在房里的人了,我们也再没有还把他们当成丫头使唤的道理。这会子,我们俩人连个跟随的丫头也没有了。将来袭人还魂之后,只说给我们俩人买丫头,索性求太太施个全恩,连柳五儿一齐都叫了进来。只瞒着老爷一个人儿,不但我们俩人有了使唤的丫头,我们也可就保得住他从此以后再不害什么病了。”王夫人听了,长出了一口气道:“唉,老天爷,怎么又闹出柳五儿来了?这可教我真也没了法儿了。你们俩人都是我的外甥女儿,我只把宝玉交给你们就是了,随你们怎么样就怎么样罢。”说着,只见老婆子送进寻梦香来,王夫人接来瞧了一瞧,仍旧递与黛玉道:“任凭你们怎么闹去罢,我也不管了。”说毕,坐着吃了杯茶,径自去了。

这里钗、黛二人便叫过晴雯来,和他商量。晴雯本是好动不好静的人,听见命他到太虚幻境追赶袭人的魂魄,心中大喜,连忙更换了新衣。黛玉命他睡在宝玉的旁边。点起寻梦香来,插于枕畔。晴雯便觉耳内风响,栩然睡去,他的那一灵真性早已出壳。这里宝钗、黛玉二人将帐帘放下,吩咐金钏儿、紫鹃、莺儿等不许偷看。黛玉又写了一张禀启,命老婆子转交焙茗,即刻驰赴城隍庙焚化。一切办理妥当,他二人便在窗下对奕不提。

且说晴雯的一灵真性,出了大观园,耳内只听呼呼的风响,觉得自己的身子飘飘然虚如无物。约有顿饭之时,忽觉眼界光明,只见两座牌坊,高插云汉。仔细瞧了瞧,果然就是太虚幻境。不由得满心欢喜,暗想道:我们离了这个地方将及半年,时常作梦,怎么总梦不见呢。这个寻梦香,果真奇妙。你看:那不是元妃娘娘住的赤霞宫,这不是林姑娘的绛珠宫,那不是警幻仙姑的宫殿,还是当日的旧样儿。我如今先到警幻那里,见了他可就知道二爷和袭人的下落了。想罢,他便顺着牌坊的大路缓缓而行。刚走到薄命司的门前,只见门儿半开半掩,听了听,似乎有人在内唧唧哝哝地说话,仿佛宝玉的声音。晴雯听了,心中一动,他便蹑手潜踪地走了进去。偷眼一望,只见里面橱柜旁边,放着一张罗汉榻。榻上偎傍着两个人,仔细看去,正是宝玉和袭人。晴雯见了,忙向黑处一闪,轻轻的绕到罗汉榻的背后,蹲在地下,侧耳细听。只听袭人哭道:"我的狠心的小爷!你就是为林姑娘出家,你也该告诉我们一声儿。老爷、太太但要知道你后来还要回来,也断不肯打发我出去的。我这会子已经活得没了趣儿了,你又赶来做什么呢?"宝玉道:"姐姐,你也不必伤心了。一饮一啄,莫非前定。你才没看那册子上的诗。'堪羡优伶有福,谁知公子无缘',这也是个定数。你既然舍不得我,咱们同去求一求警幻仙姑,教他救你回生,我再和宝姐姐、林妹妹商量一个法儿,把你仍旧弄回家来也就是了。"袭人道:"我的爷,我这如今已是失了节的人,还有什么脸儿回去见人呢。"宝玉道:"你原是老爷、太太逼着教你嫁人的,并不是你自己不长进,这又怕什么呢?况且你这如今拼得一死,也就可以功过相抵了。"袭人道:

"老爷、太太是恩同天地,想来也没有什么说的。就是二位奶奶,也都是大家子的千金小姐,自然也是宽宏大量的。就只是晴雯这个小蹄子,嘴和刀子一般,我这一回去,在他舌根底下再也翻不起身来的了。"

晴雯在榻后蹲着,听到这里,一轱辘站起来,指着袭人道:"哎哟哟,蒋奶奶,你怎么说了一大堆儿,归根儿寻到我身上来了?"二人吃了一惊,只见晴雯指着袭人的脸道:"难道为你脸上不好过,把我的嘴拿针线缝起来不成?再不然,除非是我这会子也嫁了人,也和你一样了,你可就没的说了咱的了。蒋奶奶,你嘴里但肯积点阴功儿,你也断不至于跟着小旦睡觉了。"未知袭人如何回答,且听下回分解。

第二十四回　蒋玉函璧返茜香罗
冯紫英芹献鲛绡帐

话说宝玉、袭人二人的魂魄，正在薄命司叙说旧情，忽被晴雯的魂魄当头一喝，二人俱各吃一大惊。袭人一抬头，见是晴雯，羞得无地自容，便欲走避，宝玉忙一把拉住，又一拉，拉住了晴雯，笑道：“你又做什么来了？”

晴雯笑道：“我是奉二位奶奶之命，特特的捉拿逃犯来了。”宝玉道：“你是多早晚儿到的，我们怎么总没瞧见你呢？”晴雯道：“就是蒋奶奶给你撒娇儿的那个时候，我就到了的。你的两只眼睛单照应蒋奶奶还照应不过来，那里还有工夫瞧见我呢。”宝玉笑道：“罢哟，你再别这样说了。你们姊妹俩，当日也就很相好来着，况且一二年都没见面儿，见了很该亲热才是，又说上这些没要紧儿的话做什么呢？”晴雯道：“你可问你们那个蒋奶奶吗，你为什么不说我们那个晴雯妹子，我有一二年没见他，我心里怪想他的。这也是一句有人心的话罢。为什么一张口就说我的嘴和刀子一样，是我在背后地里杀过谁吗？太太当日骂我，说我如妖精狐狸似的，恐怕把二爷引诱坏了。这不是，咱们三人都在这里呢，你只教他当着薄命司的菩萨给去起个誓，看是那个没脸的蹄子，开天辟地把二爷引诱坏了的。把他就正经的哟，成日家狐媚魔道的，把太太诡弄转了，情愿把自己的月钱，分出二两银子来给他，好个吃二两银子的人儿。俗语儿说得好,‘若要人不知,除非己莫为’。既怕我的嘴和刀子一样,当日就不该嫁人。那怕老爷、太太不依呢,一头撞死在太湖石上,同我们一块儿到这里来,到底也落个干净的名儿。这会子回了生,除了二位奶奶,谁还敢抢你的先儿呢。那会子可怕死,这会子听见二爷回来了,可又浪得上了吊了。我问你,你这一死,就算总没跟着琪官睡过的了!咦,蒋奶奶,你到底也说句话儿呀,怎么只是拿手帕子捂着脸,难道你这会子还装新媳妇儿害羞不成么?”宝玉听了着了急,忙将晴雯揽在怀内,央告道:“好姐姐,你再别说了,你给我留点脸儿罢,怎么尽自只是叫蒋奶奶呢。”晴雯见宝玉着了急,又故意地笑说:“他家现姓蒋,可教我称呼他个什么儿呢。要说教我称呼他宝二奶奶,这可又太够不着的呢。连我也不敢做如此的妄想,何况他呢?”说着,又望着袭人嘻嘻地笑,闹得宝玉没了法儿,只得又将袭人揽在怀内,笑道:“好姐姐,你再不用哭了。你们俩人素日原是相好,彼此玩惯了的。这是他和你嗽着玩儿呢,你怎么就认起真来了?”袭人听了,越发捂着脸大哭起来。

晴雯见了,便挤了过来,挨着袭人坐下,把他的头揽在怀内,将脸上捂的手帕子拉了下来,笑道:“哎哟,怪道二爷见了舍不得呢,原来模样儿越发比先出息得俊了。你瞧瞧,脸儿越发白了,眉毛儿越发弯了,眼睛儿越发水灵灵儿的了,嘴儿越发小了。唉,我的姐姐,咱们两人一二年没见的了,也该亲热亲热。”说着,便将自己的脸偎在袭人的脸上,嘴也偎在袭人的嘴上,怄的袭人哭也不是,笑也不是,只得骂道:“涎脸的小蹄子,我知道我今儿要死到你手里呢。”晴雯又故意地笑着用手帕子擦嘴,道:“哎哟哟,了不得了。我只顾和姐姐亲热,竟忘了姐姐的嘴,是和蒋家姐夫亲热过的,二爷你可别计较我冒失了。”急得宝玉跺脚道:“人家哭成这个样儿,怎么你越说越来了呢。”袭人发恨道:“我的小娘,我的小祖太太,我真可怕了你了。背后地里没外人的时候,任凭你怎么糟蹋我,我都情愿受你的。只要你当着人给我留点分儿,我就沾了你个大恩了。”

晴雯笑道："这也很容易。罢了，你只叉开腿，让我摸一摸，要还是当日的原样儿，我就当着人再不说你什么了。"袭人听了，"呸"的啐了他一口，招得宝玉哈哈大笑起来。

正然说笑时，忽见外面进来了一个人，问道："什么人在这里混笑？仙姑命我拿你们来了。"众人吃了一惊。仔细一看，不是别人。正是妙玉。宝玉等见了，连忙站了起来，一齐问好。妙姑答礼毕，笑道："宝二爷，你本是读书明礼的人，此乃天仙福地，你们如今乃是下界的凡人，并不先来通知，擅自私行出入，这也不成个道理。"宝玉未及回答，晴雯先笑道："我们也是看了仙姑的册页来的，并非私行出入。可见你这如今不是我们家的人了，怎么说出这样生分话来了呢。"妙姑道："并不是我说话生分，你们既然来找仙姑，怎么不先到仙姑处求见，为何私来此地偷翻册子。倘被日游神查出，奏闻了上帝，取罪不小。你那里知道厉害，你们还不快跟了我来呢。"

宝玉等三人听了，一齐都随了妙姑来至警幻的前殿。早见警幻春风满面地走了出来，笑道："宝公，你又做什么来了？"宝玉道："弟子凡愚，又有一段情缘，求仙姑慈悲成就。"警幻笑道："我竟成了你的一个总撮合山了，你该怎么谢我才是？"宝玉笑道："高厚难酬，惟有朝夕焚香，虔诚叩拜而已。"晴雯、袭人二人也过来拜见了警幻，分宾主坐定。袭人向警幻流泪道："弟子下界凡愚，愿求仙姑收留门下，跟随妙师父焚修，忏解终身的夙孽。"警幻笑道："贤妹，你莫要灰心。大凡妇女生于世间，贞淫邪正，都有个一定之数，非人力所能勉强。你难道方才没看见，你那副册页上写得还不明白么？"袭人又向宝玉流泪道："二爷，你舍了我罢，实在我也没脸儿回家见人了。你让我跟着妙师父作个徒弟罢！"宝玉未及回答，晴雯笑道："罢哟！姐姐，你不用撇清了，我劝你老着脸儿回去罢。家里二位奶奶已经和太太商量妥当了，你哥哥这会子为你正和琪官打官司呢。早上奶奶们打发焙茗去告诉你哥哥，教把你的尸首领回家去，两下里递了和息。将来就说给奶奶们买丫头。只瞒着老爷一个人儿，拿轿子把你原旧抬回家去，就完了一天的大事了。"妙姑听了，笑道："袭姑娘，你也不要太胶柱鼓瑟了。你听晴姑娘说得这样直截痛快，你竟依了他罢，你们都是些有福的人，所以上天才有这些栽培。像我这样没福的人，只好在这里苦志修行罢了！"说得袭人低下头去，这才不言语了。

宝玉向妙姑笑道："妙师父，你是自己不爱享福罢了。你如果愿意享福，咱们立刻就享起福来，何难之有。"妙姑听了，不觉红了脸，秋水盈盈，怒目而视。吓得宝玉伸出舌来，半晌收不回去。警幻笑道："你们不用饶舌了。徒弟们，取仙酒、仙丹来，每人奉敬你们一杯，趁早儿打发你们回去才是，免得你们家里悬心。若由宝玉公的性儿，巴不得连我也下凡去享福，才是他心里的事呢。"说得众人都笑了。

只见仙女送上仙丹、仙酒来，警幻每人手奉了一杯，各将丹药送下。警幻、妙玉又问了会子黛玉、迎春、凤姐、香菱诸人回生后的光景，便催他们起身回去。宝玉等尚恋恋不舍，只得洒泪而别。警幻、妙姑都送至牌坊那边，嘱咐道："你们此后想来逛逛时，只管在我给鞶卿的那副册页上查看，自有妙用。"宝玉等听了，尚欲请问，只听警幻口中念念有词，喝声"起去！"他三人便觉足不沾地，随风而飘。

刚出了太虚境外，但见天光惨淡。忽见前面来了两个人，仔细看时，却是秦钟和智能儿。宝玉见了，忙问道："你们俩人从那里来的？"秦钟道："早上林姑娘差焙茗到庙里焚化了禀启，姑老爷差我们俩人，先到地府去投文，又怕二叔和两位姐姐又到地府去，所以又教我们投了文从太虚路上迎了来了。"宝玉听了，不胜大喜。忙道："你们夫妇两个来得很好，就烦你们二位将袭人姐姐的魂，送到他哥哥花自芳家去。"袭人听了，便和宝玉洒泪分手，跟了秦钟、智能儿分路而去。这里宝玉拉了晴雯的手，缓缓而归。暂且不表。

再说宝钗、黛玉二人正在窗前对弈，忽见玉钏儿走来，告诉道：

"太太请二位奶奶说话。"钗、黛二人听了，只得要去，忙唤出金钏儿、紫鹃、莺儿来嘱咐道："你们三人就在这里小心看着，不许胡吵乱闹，不许闲杂人进来。大约不过再两个时辰，也就该还得魂了。"说毕，双双地随了玉钏儿去了。这里莺儿、紫鹃二人坐在窗下下起棋来。

金钏儿瞅了个空儿，悄悄地揭开帐帘一看，只见宝玉、晴雯二人烂睡沉鼾，推之不动，就和死人一般。忽然心生一计，忙走到莺儿、紫鹃跟前，笑道："姐姐们，你们瞧，前儿晚上，二爷到咱们屋里的时候，晴雯这个蹄子，把咱们三人摆布了一个倒地儿，我想咱们今儿也报他个仇儿，解解恨也是好的。"莺儿笑道："你有什么报仇的法儿，你且说说。"金钏儿笑道："我想趁着奶奶们不在这里，咱们把二爷和晴雯的衣裳，都替他们脱得干干净净，盖上一床被窝，枕上一个枕头，再把他们的衣裳都藏过。过会子他们还了魂，摸不着衣裳，干急不能起来，咱们大家瞧着笑一阵子，这不报了仇了么？"紫鹃听了，忙道："快别胡闹，倘或二爷还了魂不依了呢？"金钏儿笑道："哎哟！二爷还有什么不依的呢，只怕怪乐罢了。"紫鹃又道："二位奶奶要不依了呢？"金钏儿道："我想二位奶奶也没有什么不依的。就算他们不依了，不过是骂两句子，还怕骂掉了谁的翎毛儿么？"紫鹃道："怪冷的天气，二爷受了凉，可不是玩的。"金钏儿道："罢哟，姐姐，你也太小心了。你就记不得那一天晚上，那么样冷的天气，二爷精光的闹了半夜，怎么也没有凉着呢。他这如今是在大荒山得了道的身子，你还当是从前的二爷么！"

此时，莺儿早已心活了，便不由紫鹃做主，乃和金钏儿二人轻轻地揭起帐帘，先打开了被窝，安好了枕头，然后嘻嘻的笑着，将他二人一个一个的抱了起来，将上下的衣服，一件一件的脱剥干净，重新放倒，枕上一个枕头，盖上一床锦被，脸对着脸儿，安置停妥，仍旧放下帐帘。紫鹃在旁看得也笑了。又怕天气严寒，火盆里多多的添起炭来。

刚然收拾完毕，只见宝钗、黛玉从外边走了进来。三人见了，一齐迎了出去。宝钗问道："你们也听了听，帐子里也有个什么动静儿没有？"金钏儿忙答道："我们听了，里头并没有什么动静儿。"说着，又像忍不住的要笑，忙用手帕捂着嘴，溜着跑了。钗、黛二人不解其意，宝钗道："怎么这个金钏儿总是这样孩子气呢。黛玉道："他在太虚幻境，成日家就是这个样儿。"

说着，二人走到里间一看，只见一大盆炭火，红焰腾腾。黛玉道："房屋又不大，笼下这一大盆火，也不怕烟气熏着了人。我们只刚走了，你们的新样儿就上来了。"莺儿、紫鹃不敢答言，只是抿着嘴儿笑。宝钗道："等我瞧瞧他们，只怕这会子也该有了动静儿了。"莺儿听了，早笑得不得活了。黛玉道："莺儿，你怎么也跟着金钏儿学得傻笑起来了？"

言还未尽，只见宝钗手揭着帐帘，笑道："哎哟哟，这是怎么了？颦儿你快瞧来。"黛玉听了，忙也走来一看，便笑得岔了气，捂着胸口道："怪道金钏儿和莺儿鬼鬼祟祟的只是笑，这必是他们两人悄悄儿的干下的勾当。"回头看时，只见金钏儿、莺儿早笑得动弹不得了。

钗、黛二人正要数落他们，只听宝玉打了个哈欠。急忙看时，又见晴雯一伸懒腰，手足并伸，把锦被儿全蹬开了，露出那上下雪白的肌肤来，招得钗、黛二人大笑起来。晴雯醒了过来，吃这一惊不小。急忙拥被坐起，满床上乱抓衣裳，那里有衣裳的个影儿！着了急，向宝钗、黛玉笑道："好个二位奶奶，怎么和我这样的玩儿起来了。我明儿在二位奶奶跟前，也没大没小地贱起脸来，二位奶奶可就不用恼。"钗、黛二人听了，正欲告诉他原委，只见宝玉也揉了揉眼睛醒了过来。瞧见这般光景，早已心下明白，就知是谁和晴雯玩呢。又见众人都在面前嘻嘻的笑，便顺手儿仍旧把晴雯搬倒，便欲翻上身来，急得晴雯乱推乱搡。宝钗见了，一面笑着，一面命莺儿、紫鹃快取他二人的衣裳来。

正说时，只见金钏儿笑嘻嘻地从外间抱进一抱子衣裳来，放在帐子里。宝钗仍将帐帘替他们放下来，道：“你们快穿罢，只怕过会子太太要来的。”遂又申饬紫鹃、莺儿、金钏儿道：“我们只一会儿不在这里，你们就生出故典儿来了。虽说是和晴雯嗽着玩儿，怪冷的天气，难道也不怕他们两个冻着了么？”莺儿、紫鹃听了，不敢言语。金钏儿笑道：“我们原是要请二位奶奶笑一笑的意思，至于才刚儿的那个样儿，我们那一遭儿又没见过呢。”

正说时，只见晴雯穿得齐齐备备的从帐子内走了出来，要撕打金钏儿。黛玉忙拦住道：“晴雯姐姐，你这会子且不用和他闹，咱们只说咱们的正经事罢，等明儿天气和暖了，你们照样儿还他个礼也就是了。你且说你到了太虚幻境，是怎么样的来？”晴雯听了，便将玩笑之事丢开。遂将到了太虚，先在薄命司找着了宝玉、袭人，然后同去见了警幻的一切情事，并秦钟、智能儿送袭人的魂到花自芳家去的话，从头至尾的细述了一遍。钗、黛二人听了，不胜欢喜。

正欲差人禀知王夫人，只见宝玉也穿了衣裳，从帐子里走了出来，便嚷肚子里好饿。宝钗埋怨道：“你这个脾性儿，总不能改。就是为袭人这件事，也该好好的商量，为什么吓人道怪的？教太太又受了一番惊恐，这可是怎么说呢？”宝玉道：“像这件事，你们既知无碍，也就不该告诉太太知道才是呢。”黛玉道：“家里这些人口，缝得住谁的嘴呢。要不是我们两人亲自过去，把这原原委委细细的告诉了太太，只怕这会子连老爷也知道了。依我说，你就快吃饭罢。吃了饭，亲自过太太那边去见个面儿，也免得老人家悬着心。”宝玉听了，便命莺儿催了饭来。吃毕，换了衣帽，便到王夫人上房来。

谁知贾政此时已经下了衙门，用过了早饭，尚同王夫人对坐闲谈。一见宝玉进来，便道：“你这如今怎么越发起得迟了。蒙万岁爷的天恩，赏了你翰林侍讲的职衔，就告上半年的假，眼看假也满了，就要出去当差，很该每日早些儿起来，将旧日读过的经史，逐一地温习起来，万一召见问起什么来，奏对可不致错谬。这些要紧的节目，全不留心，成日家只以见不得人的些事儿为务，岂不辜负了上天栽培造就之恩么？即如今儿早起，万岁爷的天恩，引见你史大妹夫，考问经史，应对如流，天颜大悦。也赏了翰林候撰的职衔，赐名林成玉。我看那个孩子很有出息，比你强多了。就是巧姐的女婿，那个孩子也比你强。前儿我略略试探了试探，他肚里竟比你博。”宝玉听了，不敢分辩，不住地只是答应是。王夫人起初见贾政回来，惟恐问及宝玉不好回答。正在怀着鬼胎，忽见宝玉从门外进来，这一喜非同小可，就知是他已经还了魂，因当着贾政不敢问他什么别的话。今见贾政教训他，又怕宝玉答应错了话，贾政生气，忙向宝玉道：“你史大妹夫赏了职衔，你也该去给你云妹妹道道喜，他们是奉旨给你姑老爷承嗣的人，你晚上也到庙里给你姑爷爷、姑太太道喜，请请老太太的安，看老太太有什么吩咐的没有。你就去罢，人家有喜庆事，我们去迟了怪不像的。”宝玉听了，连忙答应了一个是。贾政道：“坐了车去，不许满街上乱跑马，带老成妥当人跟着。”宝玉听了，就像放了赦的一般，连忙又答应了几个是，恭恭敬敬地退了出来，更换了衣服，自去坐车到史湘云家道喜不提。

且说王夫人见宝玉去了，便教玉钏儿去请奶奶们来，商量办几样现成的礼物，与史湘云送去贺喜。贾政见请媳妇们来，便自向书房去了。不多一时，李纨、钗、黛等都来了。王夫人先问明了宝玉还魂的原委，又知袭人也还了魂，现在花自芳家，心中自是欢喜。又大家商量着打点凑了些现成的礼物，差人给湘云送了去。湘云便留宝玉吃了晚饭，同他女婿林成玉，到了黄昏时候，一同坐车到城隍庙叩见林公夫妇。林公、贾夫人不胜欢喜。贾母也十分喜悦。便商量建盖房舍，择日迁居。宝玉又将袭人之事，禀知了贾母。盘桓半夜，始各归家。

到了次日，宝玉当着贾政告诉王夫人，诡称贾母之命，说紫鹃、晴雯业已收房，钗、黛房中，每人再买婢一个，跟随使令才好。王夫人便道：“目下家中那有余项。既是老太太吩咐的，你就教你两个媳妇,自己拿出几两银子来罢。”贾政笑道:“老太太疼他们也太疼得过余了。有他们四个人通融使唤也就罢了。既是要另买丫头,你这个说得也很公道,想来两个媳妇自己也还买得起,只是别为这件事当当就是了。”宝玉连忙又答应了几个是。

于是瞒着贾政,只说买丫头,择了个好日子,和花自芳、柳家的言明,两家俱皆乐从,将袭人、柳五儿仍旧送了进来,谓之近房丫头,名位又在晴、钏、鹃、莺之下。于是宝玉心满意足。因新春过年,自己作了一副对联,写了贴在小套间的门上。道:

黛展雯开争看柳明花媚;钗横钏褪莫教莺妒鹃啼。

新正上元,拜年贺节的这些节目,不须多赘。光阴迅速,不知不觉已到二月。贾政、王夫人便先与范学士、赵堂官两家,送过了插戴的礼物。宝玉叫了贾芸、贾蔷来,每人给了几两银子,令其收拾房屋,迎娶小红、伶官为妻。二人俱各喜出望外,感谢不已。又和尤氏将万儿要了过来,配了焙茗。到了二月十二日这一日,又是林黛玉的生日,又与贾环、贾兰娶亲,荣禧堂悬灯结彩,好不热闹。先一日晚上,便接了贾母、贾夫人来家,依旧住在贾母的上房。又接了薛姨妈、香菱、岫烟、宝琴、史湘云、迎春、探春、巧姐等,都先到大观园各处里游玩了一回。人有善念,天必从之,谁知那年怡红院已萎复开的那株海棠,后来不知为不祥,王夫人于贾母没后,即命人芟去。谁知今春经了雨露,又复重荣。数日之间,竟高有五尺,都发了枝叶,长出花咕嘟来。众人见了,无不欢喜,以为祥瑞之征。是夜寅时吉期,将范、赵两家的小姐娶过门来。其间执凫、奠雁、合卺、交杯的这些礼节,毋庸琐叙。因贾、甄两府同日喜事,到了次日,贾府上请的是女眷会亲。甄府上请的是男客赴席。俱是彩觞。

到了晚上席散,煞了戏文,甄宝玉欲教蒋玉函见见贾宝玉,所以又留下冯紫英和薛蟠,于客散后在内书房小饮。贾宝玉与蒋玉函相见,蒋玉函才跪了下去,贾宝玉便双手搀了起来。各道契阔,欢若平生。然而各有隐曲,四目相视,太难为情。又散坐着吃了会

子茶。

茶罢，此时正值皓月当空，天气和暖。甄宝玉乃命人将一张团圆桌子放在天井内，桌上摆了一个攒盒儿，宾主五人团圆列坐。蒋玉函提壶每人面前斟了一杯，然后谢了坐，坐在下首。酒过了三巡，蒋玉函又站起来，向贾宝玉笑道："二爷，小的闻台驾回府，久欲造府叩见，总因上年老大人盛怒，二爷为小的受了委屈，所以不敢轻举妄动。今幸在此处再仰丰仪，小的无以为贺，愿手奉一杯，以伸积悃。"宝玉听了，忙将自己的杯儿端了起来，一口饮干，递了过来。甄宝玉忙道："你既要敬宝二爷酒，就该弹起琵琶来，唱个小曲儿才是，那里有单敬酒的理呢。"蒋玉函听了，才要去取琵琶，只听薛蟠道："又闹什么曲儿，哼哼唧唧的。不如教他敬宝兄弟一个皮杯儿，岂不剪绝些儿呢。"冯紫英哈哈地笑道："薛老大，你真是个大草包。宝兄弟是你的表弟，又是你的妹夫，你怎么说出这个话来了。你说该罚不该罚？薛蟠听了，自己打嘴道："该打，该打。拿琵琶来，我替他弹，教他学档子上的孩子们，在地下扭捏着唱个《马头调儿》，我们也看他个手眼身法儿，何如？"众人听了，都说使得。蒋玉函听了，只得拿了个手帕，先走了个身式，向宝玉飞了个眼儿，唱道：

冤家冤家你真胆大，跟随了僧、道竟去出家！大荒山，亏了仙师亲点化。太虚境，留下了一段风流话。

只蓦地归来，臊坏了我们的那个他。暗投环，三更半夜在床头挂。恨起来，恨不能一口凉水把你囫囵吞下。

众人听了，一齐大笑道："唱得好，恰当切题。宝兄弟这可该喝一盅了。"宝玉听了，忙将杯子递了过去。蒋玉函满斟了一杯，宝玉接来，一气饮干。虽然同众欢笑，细听曲中言语，终觉感慨，心中一动，不觉酒上心来，连忙将筷子担在酒杯上，道："暂且告便。"说罢，出席竟到后院去了。蒋玉函见了，便也随了出去。薛蟠愣愣怔怔站起来，也要跟了去，早被冯紫英一把按住。

且说宝玉正在后院小解，忽听身后有人走的脚步响。回头一看，见是蒋玉函。忙掖起衣裳，笑道：“你也小解么？”蒋玉函低声道：“适才席上不便细陈隐曲。自从二爷去后，小的无意中娶亲，实不知是二爷房里的旧人，后悔不及。前日闻得二爷回府，他就愧悔莫当，半夜投环自缢。小的不但无颜见二爷的金面，抑且落了个人财两空。”说着，就流下泪来。宝玉道：“你不必伤心，这个人我已经把他救活了。但他原是我的旧人，未便仍归于你，我另替你娶一房妻子也就是了。我想，你也常在我们家唱戏，我们女班子里有个芳官、藕官，你也是见过的，就把他两个都给你，何如？”蒋玉函听了，连忙打了个千儿道：“谢谢二爷。”忙将腰间所系的茜香罗汗巾，解了下来，递与宝玉道：“这原是小的当日孝敬二爷的东西，前日忽又陪嫁过来，今仍完璧归赵，惟求二爷赏脸。”宝玉笑着接来，忙将自己系的一条玉色洋皱旧汗巾解了下来，两相兑换。宝玉笑道：“咱们过去罢，仔细薛大哥又来胡闹。”说毕，二人依旧走了过来。众人一见，都站起来让座。冯紫英向宝玉笑道：“宝兄弟，我方才听见令表兄告诉我说，你如今房里大小是八位了，实在可敬可贺。”甄宝玉笑道：“我说句话，宝二哥可别计较，这正应了俗语说的‘狗揽八堆屎’是也。”说得众人都笑了。冯紫英道：“论起来大小八位，却也不足为奇。我还听见说，两位阃君同在一个房里，六位如君又是同在一个房里，这实在是件独得之奇。我有件东西正配你使用，等我教人取来你先瞧瞧。小厮呢？过来！你快回去和奶奶说，把那副鲛绡帐连匣儿拿来。”小厮答应，自去不提。

这里甄宝玉便命人：“斟热酒来！”道：“宝二哥，我想咱们行个什么酒令儿才好。”宝玉道：“酒已多了，不如喝会子茶，早些儿散罢。老弟台新婚，应该早些儿安歇才是。我们在此，只是打扰，殊觉不安。”甄宝玉笑道：“此时不过才有定更时分，早得很呢。小弟不过只当一个人的差使，还不致贻误。二哥你当着八个人的差使，自然觉得时光有限了。”说得众人又都笑了。冯紫英道：“宝兄弟，我的意思，咱们仍旧行那年在我家行的那个令儿，好不好？那年说的是女儿，如今改做佳人。那年说的是悲喜愁乐，如今改做生死去来。你道何如？”宝玉听了，笑道：“既是大哥你高兴，小弟遵命就是了。”甄宝玉听了，便追问那年的女儿令怎样说法。蒋玉函便代为述说了一遍。甄宝玉听了大喜，忙将五人的筷子各取一支，掼在桌上，以定先后次序。乃是贾宝玉第一，甄宝玉第二，冯紫英第三，蒋玉函第四，薛蟠第五。薛蟠听了，皱眉道：“又闹酒令儿来了，不用算我。我的丑那年还没丢够？你们只是这样刁难我，我明儿再也不和你们在一块儿喝酒了。”冯紫英笑道：“你那年说的就很好。这个说酒令儿，也无非是说说笑笑散酒的意思。难道定要七篇文章八篇论吗？况且琪官他也要说呢，难道他肚里也有五车书么？”甄宝玉道：“我们别管薛大哥他说得上来说不上来。如果说不上来，罚他一大坛酒就完了。”薛蟠听了无奈，只得道：“是了，小爷，我实在怕了你们了。”甄宝玉笑道：“既然如此，宝二哥你就先说罢。”宝玉笑道：“咱们先说过，酒是各消门面，说不上来的，另罚三大海子。”说毕，便将自己的酒端了起来，一气饮干，乃说道：“佳人死，香消玉灭魂飘矣！佳人生，花又重开月又明；佳人去，芳魂一点归何处？佳人来，却喜珠从合浦回。”众人听了，齐声赞好。薛蟠道：“他说的都是些什么？”甄宝玉道：“这都是眼前的实事。”冯紫英道：“我这个令儿，原是要说实事的，说着才有趣儿呢。甄兄弟，该你了，说迟了是要罚的。”甄宝玉听了，也将门杯吃干了，道：“佳人死，仙郎寂寞空闺里。佳人生，依旧花前缔旧盟。佳人去，断送杨花无气力。佳人来，一朵芙蓉并蒂开。”众人听了，也都赞好。薛蟠也跟着点点头儿。甄宝玉道：“冯大哥，该你了。”冯紫英也端起酒来，一气饮干，说道：“佳人死，穷通夭寿原如此。佳人生，积善之家福自增。佳人去，天涯海角难寻觅。佳人来，乍见云环金凤钗。”众人道：“这也好极了。”薛蟠翻着白眼道：“是了，我这才明白了，琪官快说罢。”蒋玉函便也端起酒来告了干，说道：“佳人死，活活坑了多情子。佳人生，天涯咫尺不相逢。佳人去，悲欢离合真如戏。佳人来，只剩了一钩罗袜一弓鞋。”众人听了，也都一齐赞好。薛蟠道：“他说的怎么又不和你们的一样呢。”冯紫英道：“他说的，是他个人的实事。”薛蟠道：“这个使得吗？”甄宝玉道：“怎么使不得呢。”薛蟠道：“既然使得，我也就说我的实事了。”众人道：“这个使得，你快说罢。”薛蟠便先咳嗽了一声，打扫净了嗓子，说道：“佳人死，房中丢下个小孩子。”众人听了，笑道：“这也很是的，就这样说罢。”薛蟠又道：“佳人生，依旧嫌我是个愣头青。”众人又笑道：“这也不错。”薛蟠又道：“佳人去，丈母娘来找女婿。”冯紫英笑道：“这可是句什么话呢？”薛蟠笑道：“你那里知道，我问我们表弟！”宝玉听了，便将甄士隐送封氏来京的话，告诉了众人。甄宝玉道：“这也与‘去’字无相干涉！”薛蟠道：“你们才说，只要押韵就是了，怎么又混挑眼儿来了呢。”冯紫英笑道：“就是了，你说底下的罢。”薛蟠道：“佳人来……”说了半晌，自己也笑道：“这两个月的经水又没见他来。”众人听了，大笑道：“这是句什么话呢？我们真不懂了。”薛蟠扬着脸笑道：“我实告诉你们罢，又有了孕了，又要给你们养个小侄儿呢。”众人听了，又都大笑起来。

正然欢笑，只见冯紫英的小厮，手里拿着个拜匣儿走了进来。薛蟠笑道：“怎么？冯大哥明儿就还席么，请帖儿可就来了。”冯紫英道：“这是我才说送宝兄弟的鲛绡帐，你怎么认成请帖儿了呢，好没见世面。”薛蟠道：“这副帐子到底多大儿，怎么就装在拜匣儿里了？”冯紫英道：“大多着呢。非离了令表弟家大观园的房子，别处还没这么大的地方儿挂他呢！”薛蟠听了，就要打开看，冯紫英道：“揭开匣盖儿看看罢，打开了，就叠不成这个原样儿了。”薛蟠听了，果然揭开匣盖。

众人一齐看时，只见颜色妖嫩，轻软无比，真乃稀世之宝。看毕，仍旧盖好。冯紫英双手递与宝玉道：“这件东西，是哥哥摊了大价儿得的，去年尊翁老大人也见过的，是个穷嫌富不爱的货儿，放了好几年，总卖不上价儿，也找不出主顾来。这时候哥哥也不等这宗钱使唤了，我听见老弟台大小八位，正配挂这个帐子，不如送了你罢。”宝玉听了，连忙逊谢道：“大哥，这样无价之宝，小弟何敢居然白受？”冯紫英笑道：“弟兄们相好，那里在这上头计算呢。你明儿高升了，做了大官的时候，把哥哥提拔提拔就有了。”宝玉听了，不好再辞，便深深地作了个揖谢过了。接过来，连匣儿揣在怀内。

此时已有二更天气，冯紫英道：“咱们令也完了，酒也够了，早些儿散散，也让甄大兄弟和新娘子多说说话儿罢！”众人听了，俱各起身告辞。甄宝玉又每人敬了一大海子酒，这才送出来。宝玉将蒋玉函拉在一边附耳低言，又咕哝了会子，这才坐车的坐车，骑马的骑马，各自回家而去。未知宝玉到家，又有何事，且听下回分解。

第二十五回　恣闺谑戏和石头诗　逞才华再建海棠社

话说贾宝玉自甄宝玉家赴席回家，在荣禧堂下了马，先到王夫人上房来，刚上了台阶，只见周姨娘迎了出来，掀着帘子低声告道："老爷今儿乏了，已经睡下了。太太还在老太太上房里，还没下来呢。"宝玉听了，忙折回身去，又往贾母上房来。刚走至门口，只见宝钗向他摇手儿，道："环兄弟媳妇、兰哥儿媳妇都在这里呢，你就不用进来了。"宝玉听了，答道："好，两下里都碰了钉子。"只听贾母在内问道："宝玉回来了吗？"宝玉在院子里答道："回来了。"只听贾母又道："这里有你兄弟媳妇、侄儿媳妇呢，你就回去睡觉去罢，也不用等着见你太太了。"宝玉在院子里忙答应了一个是，便又回身走出，往大观园来。

到了怡红院的月门，只见门儿半掩，轻轻地推开走了进去。只见屋里点着灯烛，晴雯、金钏儿二人和衣儿在炕上睡着，紫鹃、莺儿在桌子两边对坐着，摆弄纸笔墨砚。宝玉见了笑道："你们俩人又不会写字，可摆弄这个做什么呢。"紫鹃道："这是奶奶们吩咐教预备下的，不知过会子回来还要写什么呢？"宝玉道："二更天了，回来不睡觉，还要写字，他们也太高兴了。"莺儿道："谁都像你呢，成日家受老爷的气，总怕念书写字。"宝玉笑道："你懂得什么，也来混说来了，给我叠衣裳罢。"说着便摘去金冠，脱衣解带。只听"哗啦"一声，从怀里掉下一个拜匣儿来。紫鹃忙拾了起来，问道："这是什么？"宝玉吃了一惊，忙接来看了一看，幸喜并无伤损，放在桌上。拉了靴子，莺儿叠了新衣，将靸鞋送来。

宝玉打开匣儿和紫鹃、莺儿一齐观看。紫鹃道："这是什么东西？颜色娇得这样好看。"宝玉道："这是外国出的一种鲛绡，比软烟罗还强百倍，是冯紫英送的。明儿到了夏天，给你们做小衣穿好不好？"莺儿笑道："我才不穿他，亮晃晃的。"只听晴雯在炕上一轱辘翻了起来，道："什么东西？你们大家围着看，也不叫我一声儿。"说着走到跟前，劈手连匣儿夺了过去。取出鲛绡帐来一抖，哗啦的抖了一地。宝玉着忙，忙用手搂了起来，放在炕上。晴雯道："这是什么东西，这样一大堆？"宝玉道："是一副帐子。"晴雯道："我当是什么呢，才是一副帐子。那么着可就要给莺儿作裤子穿呢。早知道是这个，白耽搁了我的瞌睡了。"宝玉道："这件东西抖开就不好叠了。你们把金钏儿叫起来，你们瞧，炕上现成的架子，咱们就把他挂起来罢。"晴雯听了，便将金钏儿打了一下，打了起来。于是，四个人拉住四边的帐角儿比齐了。宝玉便替他们搬了四张椅子放在四犄角，四个人踹着椅子，登时将一副鲛绡帐挂了起来。不大不小，刚刚合适。宝玉站在地下仔细端详了会子，不胜大喜，忙用帐钩将帐帘钩起。便命在东边铺了他三人的被褥，西边放了一张小炕桌儿，摆了文房四宝，点了一支蜡烛，自己靠着枕头坐了，随便取了一本书阅看。

晴雯在旁笑道："二爷今儿有了新帐子，不知今儿晚上该和那位奶奶试新呢。"宝玉听了，忙放下书，答道："你们又眼热了。趁这会子奶奶们没来呢，你们谁愿意试新的，早些儿说罢了。"晴雯笑道："今儿该莺儿的班儿了。"莺儿听了，着急道："我不！奶奶们来了，可是个什么意思呢。"晴雯听了，忙向金钏儿丢了个眼色儿，金钏儿会了意。二人一拥上前，将莺儿抱到炕上揿倒，不容分说，就替他脱衣解带，急得莺儿乱嚷起来。晴雯道："小蹄子，你前儿那样的摆布我就使得吗？”莺儿又哀告道：“好姐姐，你饶了我罢。前儿那都是金钏儿的勾当，与我无干。”晴雯那里肯依。宝玉在旁看着，嘻嘻地笑。

正在难解难分之际，忽听院子里柳五儿叫道：“姐姐妹妹们，快点出个灯亮儿来，灯笼被风吹灭了，奶奶们回来了。”晴雯、金钏儿听了，忙放起莺儿来，笑道：“便宜你这个小东西儿！”早见紫鹃点了一支蜡烛往外院就走，他二人便也随着迎了出去。莺儿跳下炕来，连忙跑到套间里整理衣裳去了。宝玉仍旧拿起书来，靠着枕头阅看。

紫鹃等三人刚到院子里，只见台阶儿上放着个被风吹灭的小明角灯儿，晴雯忙拾起来，在紫鹃拿的蜡烛上点着。正欲往前走去，早见袭人搀着宝钗，柳五儿搀着黛玉，从月门内走了进来。晴雯、紫鹃见了，忙用灯笼前导。宝钗笑道：“走的已经差不多儿到了，风又把灯笼吹灭了，到底摸了一阵子瞎儿。”黛玉道：“亏了月亮还没甚下去。要不是他们两人搀着，只怕咱们俩都要栽跤呢。”说着走进房中，早望见宝玉在枕头上靠着灯下看书。黛玉笑道：“好勤学的人啊！”宝钗冷笑道：“今儿又喝多了酒了。才刚儿到老太太那里，我见他脸儿绯红，脚底下趔里趔趄的。我生怕太太瞧出来，我才拦着说兄弟媳妇、侄儿媳妇都在里头，你不用进来罢。万一教人家瞧出喝成这个醉样儿来，到底像个什么大伯子叔公呢。”宝玉听了，故意的只装没听见，索性摇头晃脑地高声朗诵起来：“仿佛兮，若轻云之蔽月。飘摇兮，若流风之回雪。”宝钗笑道：“我当看什么经史呢，原来是曹子建的《洛神赋》。若再把那个头摇一摇，连‘洛神’只怕也要摇出来呢。”

宝玉听了不答言，诵读如故。忽听黛玉惊讶道：“姐姐你瞧，挂的这是那里来的这一副好体面帐子？难为咱们进来只顾说话，竟没瞧见呢。”宝玉听了，这才放下书，笑道：“咱们三人里头，今儿也不知谁喝多了酒了，连这么大个的东西全没瞧见，不是醉麻了眼睛是什么呢？”宝钗听了，忙用手将帐帘子捏了一捏，命紫鹃拿过蜡烛来，二人借着灯光，仔细看了会子。宝钗道：“这件东西是我见过的。我记得那年琏二哥哥拿进来教老太太看过的，还有一颗大母珠子，非离了一万银子是不卖的。这样的贵东西，你是从那里得来的呢？”宝玉笑道：“罢了，就是咱们这么个小脸儿，人家一万银子不卖的东西，这如今情愿白送了我了！”黛玉听了，冷笑道：“这样说起来，这个人也就算是个冤桶了。”宝玉道：“人家朋友们的一番好心，倒在你们嘴里把人家糟蹋坏了。”宝钗道：“你说这个人到底是谁？”宝玉笑道：“就是你哥哥的好朋友冯紫英。”宝钗道：“怪道呢，估量着我哥哥还有什么正经朋友和他相好呢。”黛玉听了冷笑道：“姐姐，咱们换换衣裳罢，也不用尽自说他了。东西是已经收下的了，说也无益了。”

紫鹃、莺儿听了，忙去取换的衣裳。宝钗忙拦住道：“今儿晚上，天气有点子燥热。我们脱了大衣裳，也就不用另穿什么了，过会子也就睡得觉了。”于是鹃、莺二人，服侍着钗、黛脱了身上的大衣裳，内里只穿着小短袄儿。宝钗穿的是玉色小袄儿，大红洋绉的裤子。黛玉穿的是桃红色绣花小袄儿，葱绿色的裤子。二人对面坐在椅子上喝茶，并不招揽宝玉。

宝玉在炕上靠着枕头注目而视，不觉情不自禁，乃搭讪道：“宝姐姐，林妹妹，方才紫鹃他们替你们收拾文房四宝，你们这会子可有什么写的呢？”宝钗笑道：“等我们喝完了茶再告诉你。”宝玉听了，忙将靠的枕头推开，自己挪着坐在小炕桌的横头，将两边的桌面留出来，笑道：“你们俩人上炕来坐罢，地下坐着到底怪凉的。”钗、黛二人听了，放下茶杯，向晴雯等六人道：“你们也歇歇去罢，这里也没有什么做的了。”晴雯等听了，各自散去。

这里钗、黛二人上了炕，便将帐帘儿放了下来。见宝玉让出桌面来，也并不谦让，便对面坐下。宝玉便挽了挽袖子，替他们研墨。黛玉笑道：“你到底知道我们要写什么，就忙着研起墨来了？”宝玉道："这何用问呢，怕你们写出来我不认得么！"宝钗听了，笑道："我告诉你罢，我们又要起诗社了。昨儿史大妹妹瞧见咱们院子里的海棠花树已芟复活，如今都发出枝叶骨朵来了。他说这都是你们回生的祥瑞。妹夫又得了翰林，又给姑老爷承了嗣，层层的喜事。他原要请我们到他家去。他家是新盖的房子，诸事不便，所以他给了大嫂子二十两银子，烦他明儿办个东道。白日里请咱们众人作海棠诗开社，晚上请老太太、姑太太和太太们夜宴。我们预备下笔砚，原要先拟出题目来，大家斟酌斟酌的意思。"宝玉听了，大喜过望，忙道："我早就有这个意思，只是总没遇个机会，又不好单为这件事彰明较著地请人。如今趁着会作诗的几个姊妹们都现在这里，正好起社。我们院子里的海棠发得有趣儿，史大妹妹这个人更有趣儿。但只是我自从出家之后，可怜只作过一首诗。只怕也太荒疏了，明儿只怕又要出丑。"宝钗道："你作过一首什么诗，我们怎么没见过呢。"黛玉道："前儿袭人的汗巾子上写的不是吗。"宝玉笑道："要算上这一首，可就是两首了。"黛玉道："你那一首到底是什么？"宝玉道："我一到大荒山，山上最高的一峰名曰青埂峰。峰前有一块石头，约高五六尺，其形状就和我那块通灵玉是一模厮样的，我师父说那就是我的前身。又说林妹妹是什么绛珠仙草。我那日上了峰顶，见了那块石头，心中不胜感慨，做了七律一首，就写在石头上了。"宝钗道："难为你回了生，怎么总没说呢。"黛玉道："他在太虚幻境也没说过，连我也不知道，你且念念我们听。"宝玉听了，遂念道：

文自玲珑质自坚，几经雕琢色莹然。

钗、黛二人听了，点点头儿。宝玉又念道：

幸无精卫衔填海，赖有娲皇炼补天。

宝钗道："这才是呢，要知道自己全仰赖的是天恩祖德，这两句好。"宝玉又念道：

一块徒留形磊落，三生空结意缠绵。

黛玉道："这两句也好，虽有感慨，也还说得浑含。"宝玉又念道：

归来青埂谁知己，屹立峰头待米颠。

黛玉笑道："结句虽好，只是太高自位置了。"宝钗道："他这首诗，我觉得倒比先在家作的那些风花雪月的诗，似乎好些儿。诗之为道，穷而后工。到底要在外头受几天的罪，才有出息呢。"宝玉听了笑道："既是愿意我在外头受罪，怎么我听见说我走了之后，你又成日家想得只是哭呢？"宝钗听了，啐道："又说轻话来了。"黛玉道："姐姐，你既说他这首诗作得好，咱们何不也和他一首呢？"宝玉听了大喜，忙取了一张花笺来，铺在桌上，又替他们研起墨来。

宝钗道："时候儿不早了，咱们两人联一首罢，你就先起一句。"黛玉听了，笑着提起笔来写了一句，忙递过来。宝钗接来看了一看，也笑着提起笔来写了一句，又递了过去。黛玉接来看了，提笔又续。宝玉在旁，不错眼珠地往来窥视。忽觉腰间发痒，伸手去抓。忽然摸着蒋玉函赠的茜香罗汗巾儿，心下猛然一惊。暗想道：这个汗巾，若被他们两人瞧见，虽说无甚妨碍，到底盘根究底地问起来，又是一番唠叨。莫若解了下来藏过，等到明儿只悄悄交给袭人，岂不省多少啰唆呢。想罢，趁着钗、黛联诗的空儿，背过身去悄悄地解了下来，掖在自己褥边底下。幸喜钗、黛只顾联诗，并未瞧见。

宝玉穿的乃是一条玉色洒花夹裤，将腰提了一提掖住，仍旧掉过脸来，笑道："诗完了么？"黛玉笑道："完是完了，还没落款呢。"宝玉笑道："咱们自己又闹什么款呢，拿来我瞧罢。"黛玉听了，便将花笺递与宝玉。宝玉接来，仔细观看。只见黛玉的起句是：

磨不磷兮不曰坚，

宝钗接的两句是：

聆音未必韵铿然。

初平叱处成羊日，

黛玉又联了两句是：

嬴政鞭来沥血天。

顽到点头心可化，

宝钗又续两句是：

砺当漱齿力犹绵。

倘教精卫衔填海，

黛玉收一句是：

好伴鱼龙逐浪颠。

宝玉看毕，大笑道：“好，你们竟骂起我来了，又叫我变羊，又叫我挨鞭子。这也罢了，怎么临了儿还说教我去伴鱼龙，这不是要教我变个什么儿去呢，这还了得。”说着便顺手儿将宝钗揿倒，两只手在他胁下乱膈肢，膈肢得宝钗笑得喘不过气儿来，忙哀告道：“好兄弟，我再不敢了。”宝玉笑道：“今儿偏要教你把我叫了哥哥，我才饶你呢。”宝钗着了急，笑道：“那不是把你叫哥哥的人吗！”一句话提醒了宝玉，放了宝钗，就扑黛玉。黛玉性灵，听见宝钗一说，他早防备下了。见宝玉扑来，忙将身子一转，早跳下炕来。宝玉扑空，连忙跪了起来，往前一赶，不承望裤腰原是里面绸子的，又滑又没系着汗巾，那条玉色洒花裤儿竟顺着腿掉了下来。穿的又是短袄儿，招得宝钗、黛玉哈哈大笑起来。

宝玉着了急，忙提起要系，又怕他二人追问汗巾的缘故，人急智生，乃故意地恨道：“你掉下来，我就索性把你脱了去。难道这会子还有我躲避的人吗？”说着便使性子脱了下来，撂在一边。宝钗忙道：“怪冷的天气，这是怎么说呢，也不怕就凉着了。”宝玉道：“我那里像你们那样娇嫩的身子，动不动儿就凉着了。”说着索性跳了起来，嬉笑不止。黛玉在地下道：“你看你，可有一点人样儿么？这么冷的，还不快盖上被窝去呢。宝姐姐，咱们也收拾了罢，天也不早了，明儿海棠社的题目，且到明儿和云儿现拟也不迟。你看，越闹越闹上样儿来了。”宝钗道：“不用理他。你来，咱们把这些东西都收了罢。”黛玉听了，便仍旧上了炕，同宝钗套笔、盖砚、叠纸、包墨。宝玉见了,便嬉皮笑脸地偎在黛玉的身旁,笑道:"妹妹,咱们俩人生生死死地闹了一场,好容易熬的作了夫妻,如今已经半年多了。今日我身上像喝了些酒,痒得很,你总不肯在人前与我抓抓,今日求你这会子赏他个脸呢。"黛玉听了,忙啐道:"快走开罢,我总不!这是个什么样子呢。"宝玉笑道:"妹妹,难为你也读过会子书,你就没看过张敞画眉的故事,他对着皇帝尚且说,闺房之内,更有甚于画眉者。你也想想,更有甚于画眉的,到底都是些什么事呢。"黛玉道:"任凭你说得天花乱坠,我只有一个字的断语——不!"

宝玉没了法儿,只得扶着黛玉的肩头跪了起来,道:"好妹妹,我与你跪下了,你赏他个脸儿罢。"黛玉使性子道:"那不是宝姐姐,你怎么只是缠磨我呢。"宝钗正在收拾纸笔墨砚,听见黛玉来攀他,他便随意儿伸过手来,在宝玉腿上边抓了一把,向黛玉嘴上一抹,笑道:"给颦卿吃了罢。"黛玉见了发了急,忙用手也在宝玉腿上边抓了一把,就往宝钗嘴上去抹,只见宝钗用手帕子把嘴捂上个结实。乐得宝玉直跳起来,向宝钗作揖道:"宝姐姐,你就是我万代的恩人,我再也忘不了你的恩了。"黛玉笑着赶了去,在宝玉肩上打了一手掌,道:"是了,算你占了便宜了,好好儿的睡觉去罢,看仔细凉着了。"宝玉笑道:"你别管我,我还有事要求宝姐姐呢。"宝钗听了笑道:"我这就替你成全了莫大的脸面,你还不好生睡去,又有什么事可求的呢。"宝玉笑道:"自从咱们三人搬在一块儿,我留心记着,不拘什么事儿,总是姐姐作俑于前,妹妹效尤于后。我所以胆大求姐姐施个全恩。你瞧瞧咱们窗户上,'月白风清,如此良夜何?'也别辜负了这样体面帐子。"说着便嬉皮笑脸地将宝钗抱住。宝钗红了脸,忙推道:"你这个人竟是给不得脸。你瞧瞧,明灯蜡烛的点着,底下人人都还没睡,你这是个什么意思呢。"宝玉哀告道:"好姐姐,你今儿开了端,底下他们谁敢不跟着姐姐学呢。"说着便伸过手来替他解汗巾。宝钗着了忙,忙用手来遮护,向黛玉笑道:"你怎么瞧着也不哼一声儿,由着他的性儿闹吗?"黛玉笑道:"你不启发了他，他怎么肯歇心呢？”一句话提醒了宝钗，忙叫道：“莺儿！”只听莺儿在那边问道：“奶奶叫我做什么？”黛玉忙也叫道：“你们六个人都来！”只听那边答应了一声，七手八脚地乱响了一阵子，只见晴雯和莺儿先走了进来。一见宝玉在炕上光着下半截子，偎着宝钗，晴雯笑道：“哎哟，怎么脱成这个样儿了，也不怕个冷吗？”宝钗道：“你们可问他吗！快把他给我拍到你们屋里去。”说着只见紫鹃、金钏儿、柳五儿、袭人一齐走了进来，问道：“二位奶奶怎么这早晚儿还不睡觉？”黛玉笑道：“你们难道没看见炕上的那个精人儿么？在那里缠磨宝姐姐呢。你们大家把他抬到你们屋里，让他尽兴儿闹去罢！”只听晴雯笑道：“奶奶们倒会脱清静儿，可怜我们就都是该死的了。罢了，二爷下来走罢。奶奶们不要你了，你还在那里待着做什么呢？”

宝玉听了，故意的扬着脸问道：“你们都做什么来了？”莺儿笑道：“二爷，这不是明知故问来了么！奶奶们叫了我们来，请二爷送过那边去呢。”宝玉笑道：“哦，奶奶吩咐你们，你们就都不敢违背，一个儿也不敢短少，就都齐齐全全地来了。我要吩咐你们一件事呢？”晴雯道：“二爷吩咐我们什么事，我们也是不敢违背的。爷和奶奶原是一样的，那里有遵奶奶的话，不遵爷的话的道理呢？”宝玉笑道：“既是如此，你们都听我吩咐：你们六个人分做两班儿，三个人服侍一个，把你们这两位奶奶揿倒在炕上，把他们总不肯脱的那一件衣裳，给我剥了下来。”

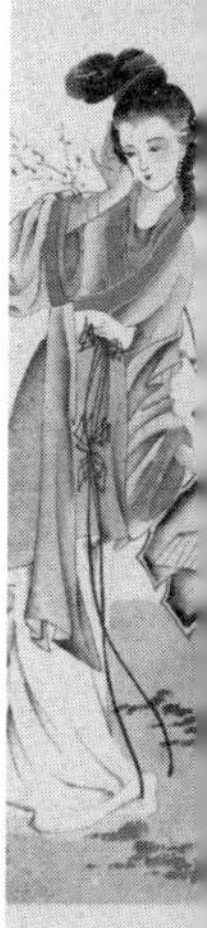

六人听了，齐声笑道：“这件事我们可真不敢。”宝玉道：“何如？可见你们总是怕奶奶，并不怕爷。”紫鹃听了笑道：“奶奶说得有理，我们就遵奶奶的话。爷说得有理，我们就遵爷的话。才说的一点道理也没有，可教我们怎么遵呢。”宝玉道：“我才说的就是没有理的话？奶奶把爷叉出去，这就是很有道理吗？”金钏儿道：“这是奶奶们疼爷的意思。要是奶奶们总不许爷过那边去，爷又该着了急，埋怨奶奶们不体面了。”黛玉听了笑道：“罢哟，依我说你好好地跟了他们去罢。你看，宝姐姐在那里生气呢。莫要惹得他吩咐教取出棒槌来,你说要讨没趣儿呢?”说得宝钗和众人都笑了。

宝玉并不答言,向柳五儿、袭人道:“奶奶们教我过你们那边去,你们到底愿意不愿意?”柳五儿笑道:“我们作奴才的,原是听主子的吩咐,那里敢说自己愿意不愿意呢。”宝玉道:“既是如此,可要听我吩咐:晴雯和五儿,你们俩人身量儿相仿,替我拿手搭个花轿儿,等我坐上,莺儿、金钏儿摆一副对子,紫鹃打顶马,袭人在后面,替我拿着衣裳。我好到你们那边上任去。”晴雯笑道:“说得倒好听,只是我们不会搭什么花轿儿。”宝玉道:“你们俩人过来,等我教给你们。你们自己的右手,抓住自己的左腕,然后二人合起来,你的左手抓住他的右腕,他的左手抓住你的右腕,就成了。”二人听了,如法搭了起来,笑道:“这可怎么坐呢?”宝玉笑道:“我自有坐法,你们先把对子、顶马伺备妥当。”鹃、莺、钏三人听了,也便如法站好。宝玉这才回过身去,将自己的洒花夹裤取来,悄悄地将褥边底下藏的茜香罗汗巾取出,掖在兜兜内。然后叫袭人仍将裤子穿好了,走了起来,将两只腿儿圈着,勾了晴、柳二人脖子,坐在他二人手膀子上,叫紫鹃、金钏儿、莺儿三人摆对子、顶马,前行引路,后面袭人跟着,竟往那边而去。抬得钗、黛二人都大笑起来。宝玉回过头来,向钗、黛笑道:“我们那边过会子热闹起来,你们俩人可不要冷静后悔!”

不言宝玉被他们六人撮去,再说钗、黛二人又坐着说了会子,这才卸了残妆,吹灯而寝。到了次日,红日当窗,这才一觉睡醒,连忙穿衣起来。估量着宝玉、晴雯等尚在未起,谁知开门看时,早见宝玉同他六人都在院子里海棠树下打掐旁枝乱叶,又有几个老婆子打扫院子。宝玉一见钗、黛二人出来,忙笑道:“好睡啊。怪不得昨儿把我起发出来,原来为的是今儿早起的这一饱睡。我才吩咐莺儿他们,总不许叫你们,让你们俩人对头儿睡到晌午,教太太知道了,狠狠地给你们一个没脸面,才解我心里的恨呢。”黛玉听了笑道:“哎哟哟,我们俩人把你怎么了,就把你恨成这个样儿了。”宝钗笑道:“你教他见了咱们可臊的说个什么儿呢?这也是我们修下的一点清福儿,就是早起多睡了会子,太太知道了,也没什么大了不得的事。不用理他,咱们梳头去罢。”

袭人、柳五儿听了,忙去舀洗脸水服侍。他二人梳洗已毕,穿了衣裳,都到王夫人上房来。走到院子里,只见宝玉还在海棠树下,安排这个布置那个。宝钗笑道:“我劝你不用无事忙了。你看咱们这个地方,成日家弄得乱头羊儿似的。屋里堆的东西也不少,又有小孩子唧吗喊叫的,那里还开得诗社呢。莫若派人把潇湘馆打扫干净,铺设起来,又眼宽又雅趣。过会子大家会齐了,就在太太上房里吃了早饭,先请他们到这里看看海棠,喝会子茶,也先打算打算能作诗的共有几个人,用几张桌子,几副笔砚,然后同到潇湘馆做诗。就在那里坐午席,还要早些儿散了,大家歇一会子。到了晚上,还要到老太太上房会席,都要腾挪出空儿来,这才不受张罗呢。”宝玉听了,不胜大喜,忙出去吩咐焙茗教派人打扫潇湘馆,安排桌椅,铺设毡褥,不在话下。

且说钗、黛二人来至王夫人上房,只见王夫人也才梳洗完毕。一见他二人进来,便问:“宝玉昨晚在甄府赴席喝多了酒了没有?”钗、黛二人听了,忙替遮掩道:“没有喝多了酒。”王夫人道:“他这会子起来了没有?”宝钗道:“起来了。在潇湘馆看着教人打扫、铺设呢。”王夫人道:“这会子又打扫潇湘馆做什么?”黛玉道:“昨儿史大妹妹给了我大嫂子二十两银子,教替他办几桌酒。白日里请我们姊妹们开社作诗,晚上请太太们陪老太太和我妈妈坐着说说话儿呢。”王夫人听了笑道:“你史大妹妹真是高兴,他可那里有多余的钱呢。”宝钗道:“我们昨儿那么拦他,他是必不肯依,只得今儿暂且办了。过了后儿,我们大家凑出来还他就是了。”

正然说到这里,只见周姨娘领了环儿媳妇赵氏,李纨领了兰哥儿媳妇范氏,都来问安。王夫人向李纨笑道:“我听见你史大妹妹今儿烦你替他办东道,你一共办了几桌?”李纨笑道:“我那里会办什么酒席呢。昨儿史大妹妹再三不依，我不得已儿接了他的银子。昨儿晚上，我差人送给凤丫头去了。”

正说时，只听窗外有人笑道：“又在太太跟前作弄我什么呢，凤丫头凤丫头的。”众人就知是凤姐来了。果见凤姐拉了巧姐的手，母子二人走了进来。王夫人拉了巧姐的手，笑道：“我的儿，今儿你婶娘们要开社作诗，你会作诗不会？”巧姐笑道：“我如今也是才学呢，只怕作得不好。”凤姐笑道：“真是老鹳窝出凤凰，比我强多了。前儿我听见亲家母说，他还教他女婿呢。可怜我当日也上了会子学，就连一个瞎字儿也没认下。如今不拘遇个什么事儿，两眼煤黑子。”李纨笑道：“你可又有你的能处。我昨儿给你送过银子去，你怎么办了？”凤姐笑道：“罢哟，这不是当着太太说，你也太藏奸了，人家托你的事情，你又转来托我，这会子我还有什么贴赔的么？只好尽着这二十两银子办了四席，刚够晚上用。白日里又要开诗社，讲不起我赔上点子，替你们办上三桌攒盒，一大缸惠泉酒，三盒冷热荤素点心，将就着压压饥儿，等到晚上打趸儿坐席罢。不但我少赔几个钱儿，而且于你们也有益，免得左一顿右一顿地吃多了，第二日不舒服。”说得众人都笑了。

只见薛姨妈领着湘云、香菱、岫烟、宝琴、迎春、探春、惜春说说笑笑地来了。王夫人见了，忙让薛姨妈到炕上坐，众姊妹们都在两边椅子上坐。王夫人笑道：“昨儿晚上我忙得也没工夫张罗你们，也不知道你们都在那里住来。”薛姨妈笑道：“亏了你们的房子也多，我们住下的人也不少。我和琴儿在蘅芜院住来。我们大媳妇和他云妹妹、探妹妹在秋爽斋住来。二媳妇和他二姐姐在紫菱洲住来。只有四姑娘不肯合群儿，他姐姐们那么样地留他，他到底带着两个丫头往栊翠庵去了。”王夫人叹道：“我们四姑娘修道的心真也至诚极了，想来，往后来也必有一个效验的。”说毕，又向湘云笑道：“大姑娘你既要开社作诗，这也是一件极雅的事，你就告诉我们一声儿，难道就教厨房里多替你们办出一席来，又算什么要紧，怎么你拿出银子来了呢。”湘云笑道：“我也不是专为开社。婶娘想，这如今托赖着上天保佑，你女婿又回了生，又赏在翰林院行走，又给姑老爷、姑太太承了嗣，又得了多少香火地。我原要虔心虔意地都请到家里去热闹一天，一来房子新盖的，里头潮湿，二来伺候的丫头，老婆子也不够用，所以我求我大嫂子替我办一办，不过稍尽我的一点儿敬心，并没有多花什么钱的。”凤姐听了笑道：“你原求的是大嫂子，这如今有人硬派了二嫂子了。”湘云笑道：“我也不管是那个嫂子，我只领情就是了。”

大家说笑了会子，早见丫头们上来摆了桌子，放下杯箸，大家就都在王夫人上房吃了早饭。盥漱吃茶毕，薛姨妈向钗、黛二人笑道：“姑娘们，你们开社作诗的都是些谁？早些打算完了，你们自去干你们的，其余不会做诗的，都留在这里，我们好和你太太斗牌。”黛玉笑道：“我们才就算定了，共是十二个人。”薛姨妈笑道：“老天爷，都是谁哟，这么多的诗人。”黛玉道：“亲戚里头是菱姐姐、琴妹妹、云妹妹、邢大妹妹四个人。本家的是二姐姐、三妹妹、四妹妹、巧姑娘也是四个人。还有我大嫂子和我们姊妹俩。算来算去，只剩下凤姐姐和新娶的兄弟媳妇、侄儿媳妇，连太太和姨妈正好五个人斗牌”。

薛姨妈听了，掐着指头算了一算，笑道：“姑娘，你们只有十一个人，你怎么说十二个人呢。”黛玉听了，用手帕子捂着嘴笑道：“这个姨妈的话……我们屋里还有一个人呢。”薛姨妈笑道：“哦，这就是了。我这如今也觉得颠三倒四的了。”王夫人道：“尤二姑娘今儿怎么没上来？”凤姐道：“平儿早上梳头，他替平儿哄孩子呢。”王夫人道：“玉钏儿过去瞧瞧，要是尤二姑娘、平姑娘都吃了饭，你就说，太太等着你们斗牌呢。两个新媳妇在这里坐会子，也教他们回去歇歇，小人儿家斗什么牌呢。”玉钏儿答应而去。凤姐笑道：“太太总是有算计的，巴不能我们屋里三个人一齐输了，才是太太心上的事呢。”薛姨妈笑道：“你放心，今儿我和你太太输，让你们三个人都满赢了去好不好?”凤姐笑道:“论起理来,二位太太都是输得起的主儿。我们作小人儿的沾点儿光,也很使得罢了。”说得众人都笑了。王夫人又向湘云道:“姑娘们,你们都请过去罢,别耽搁了你们的正事。”

于是,湘云众姊妹一齐告辞,都到怡红院来,先在海棠树下站着观看了一回。香菱道:“这株海棠真也奇怪极了,怎么已经芟除了的又会活起来?”湘云道:“你们人死了还会回生,何况草木呢。这都是你们的祥瑞之征,所以今儿我原是替你们作贺的。”

只见宝玉在屋里忙乱着,命人安置座位,又命晴雯等冲上好的龙井茶。李纨道:“宝兄弟你不用乱张罗了,咱们与其在这里耽搁工夫的,莫若早些儿都到潇湘馆去,那里难道没有预备的好茶么。”众姊妹听了,齐声道好。钗、黛二人挽留不住,一齐都到潇湘馆来。

但见几净窗明,收拾得十分幽雅。正中地下放着三张方桌,桌儿上摆着三个攒盒儿,都是些干鲜果品以及腌糟的南菜。四围放着六张罗汉榻,每榻上放着一张小炕桌,每桌上一副文具。两边坐褥引枕、脚踏痰盒俱全。湘云、宝琴坐了第一榻,香菱、岫烟坐了第二榻,迎春、探春坐了第三榻,惜春、巧姐坐了第四榻,李纨、宝钗坐了第五榻,黛玉、宝玉坐了第六榻。丫头们挨次儿递过了茶。只听湘云道:“宝姐姐你们昨晚拟的题目呢?”宝钗听了,不好说昨晚被宝玉闹得没得拟,乃笑道:“题目原该大家共拟才是。我们预先拟定了,似乎有弊似的。”迎春道:“我和四妹妹、巧姑娘原不大会作诗,因为海棠重荣,乃是一件喜事,我们必得随着诌几句子儿应应典儿。你们若把题目拟得太难了,韵再限得太窄了,我们三人可就不作了。”李纨道:“依我说题目就是‘咏重荣海棠’,也不必限韵,各作七律一首,随便用韵,你们说好不好?”

众人听了,齐声道好。宝玉道:“大嫂子,咱们都有别号,只有菱姐姐、琴妹妹、邢大妹妹、巧姑娘四个人并无别号,你何不也送他们个别号,过会子作完了诗也好落款。”李纨听了,想了一想笑道:

"我想菱妹妹可称映莲仙客，琴妹妹可称松下清僚，邢大妹妹可称秀岭逸民，巧姑娘可称明河小友。你们说好不好？"香菱笑道："别号原没什么要紧，任凭你们怎么叫就是了。"宝玉笑道："诸事都说定了，我是笨雀儿先飞，我就先打稿儿了。"说毕，铺开了花笺，提笔就写。只听巧姐笑道："二叔，你和我二婶娘坐在一处，我可不大放心，只怕你们私行传递。"众人听了都笑起来。湘云忙道："巧姑娘，你和你二叔换个过儿。"宝玉听了，忙笑着走来和惜春坐在一处，巧姐过来和黛玉坐在一处。大家一齐研墨铺纸，支颐构思。宝玉又命丫头们每人面前斟了一杯热酒，以助诗兴。

不多一时，先后俱各交卷，都送到李纨的桌上。李纨看了大加称赏道："今儿的诗比往常作得更有趣儿，不但咏海棠重荣，兼有他们回生的意思。情景双关，妙极了。可见作诗再不必限韵，往往的把好句为韵所缚了。依我的愚见，请四妹妹另录出来，也不必论宾主次序，也不必论词意之工拙，宝兄弟、林妹妹、菱妹妹、迎妹妹他们四个人是身历其境的人，说得亲切些儿，把他们这四首列在前头。我们八个人无非是称贺的意思，我们的八首按交卷的先后次序儿列在后头。一总录出一张来，大家再细加评论。诸位以为何如？"众人又齐声道好。惜春忙取出一大张花笺来，将这十二首诗重新录了出来，递与湘云。湘云接来，高声朗诵道：

怡红公子

嫣然还是旧开时，回首当年系我思。
不是返魂香一炷，谁联续命缕千丝。
他生可卜人难料，转败为祥物有知。
趁此春深酣睡好，莫教花事负佳期。

潇湘仙子

多情若个似东风，剪玉涂脂发旧丛。
香谢返魂薰烂漫，人如春睡醒朦胧。
重圆镜傅飘零粉，继晷灯摇浅淡红。

莫道再生容易得，栽培何以答天公。

映莲仙客

断魂缥缈未多时，又被春风吹上枝。
红瘦绿肥前恨释，聘梅栖凤结欢迟。
重邀名友深闺伴，弗怨东皇薄命司。
暮落朝荣休比例，神仙不老旧丰姿。

菱洲居士

花本无知为底来，一年憔悴一年开。
刘公俗见长留恨，黎举非时竟欲媒。
剪到垂丝风力软，匀将粉脸夜台回。
登巢盛事空千古，那及名园历劫栽。

蘅芜君

花如月缺又重圆，始信长眠是短眠。
噩梦唤回春有力，玉颜依旧见犹怜。
风姨省却飘零叹，天女能参粉黛禅。
纵入红尘消俗态，昙葩祇树比芳妍。

蕉下客

娇蕊偏叨雨露深，劫灰烧尽更成林。
酒如千日醒犹醉，梦历三生去又今。
号锡神仙应不死，巢成香国许重寻。
花枝折向谁边好，两世云鬟碧玉簪。

枕霞旧友

海外移来委逝波，留仙无计奈愁何。
谁知春到敷新蕊，犹是霜侵既改柯。
地老天荒情不死，休征瑞应理非讹。
只愁旧社重新起，缠绕诗魔更酒魔。

稻香老农

琉璃易碎彩云飞，又向春堤缓缓归。

倩女魂真离复合，汉宫人讶是耶非。
丝能续命肠休断，花正含葩绿尚希。
莫道舜华摇落易，不随蒲柳入嘲讥。

秀岭逸民

招得伤春一缕魂，故园风日又晴暄。
新妆未改当时样，晕颊全非旧粉痕。
暖入轻绡红映肉，娇藏绣幄寂无言。
怪他蜂蝶曾相识，未诉离情绕树喧。

藕榭主人

落荣难期最怆情，敲诗分句忆前盟。
梅花为伴同而异，银烛高烧灭复明。
梦醒邯郸春更好，声催谢豹蝶休惊。
漫言草木无知识，也向东皇感再生。

松下清僚

玉露红浮两颊潮，软风无力透轻绡。
有丝不学垂杨线，夺锦谁争蜀郡标。
卜得重荣肠已断，可知逸我梦非妖。
而今春睡何时醒，谢豹声声入绮寮。

明河小友

为恨东风狼藉狂，残妆原许试新妆。
红云点绛朝酣酒，白云烘春暖欲香。
乍萎物原随气化，呈祥花亦为人忙。
绿窗名友须珍赏，岂羡芳菲绮阁旁。

湘云念毕，又递与众人挨次儿看了一遍，俱皆称赏不已。正欲大家评论，忽见门外进来了一个人，笑道："我们的牌早斗完了，怎么你们的诗还没作完吗？"未知此人是谁，且听下回分解。

第二十六回　逢国庆贾氏增爵禄
沐皇恩元妃再省亲

话说史湘云将十二首海棠诗念完，递与了众人。大家又挨次儿看了一遍，俱各称赏不已。正欲细加评论，忽见凤姐自外走来，笑道："你们的诗怎么还没做完？"湘云道："早已完了。到这会子一总誊出一大张来了，你看，这不是么？"凤姐伸手接了过来，看了一看，笑道："字儿黑压压，他认得我来我认不得他。"黛玉笑道："你到底看这个字写得明不明？"凤姐笑道："敢自是。上好的徽墨，研的又浓，写出字来又有什么不明的呢。"宝琴听了笑道："凤姐姐，你上了他的当了，林姐姐骂你的话，说你是'狗看星星一片明'，你怎么就答应'明'起来了。"凤姐听了，笑着便欲将黛玉揿在榻上膈肢他，只见宝钗忙与他递了个眼色，凤姐连忙松了手，笑道："哦，是了。我知道了，必定是有了喜了。亏了我还没有冒失，万一有点儿闪错，宝兄弟可就要恨我一辈子呢。"黛玉听了红了脸啐道："你再不是个好人，又信着嘴儿混说来了。"众人听了，都瞅着黛玉笑笑的。黛玉脸上不好意思起来，忙道："我们的诗也作完了，也该大家吃酒罢。"说毕，便命丫头们斟酒。凤姐最是留心的人，见众人都瞅着黛玉发笑，惟有探春、湘云、香菱、宝琴四人只微笑了一笑，凤姐心下早已明白了。于是，大家一同入席。丫头们斟上酒来，湘云算是主人，便按着次序儿递过了酒。众人又回敬了湘云，然后依序就座。

饮酒中间，只见黛玉夹了一枚蜜溅杨梅，自己先吃了，又夹了一枚送与探春，道："三妹妹，你尝这个味儿很好。"探春接来便也吃了。凤姐见了，"扑哧"地一笑。此时湘云夹了一块山楂糕，刚然要吃，见凤姐一笑，赶着连忙放了下来，笑道："怨不得林姐姐说你，你果然不是个好人。"李纨笑着："你们也就罢了，他笑他的，你们只管吃你们的，这又有什么意思呢。"宝玉听了笑道："你们这半日鬼鬼祟祟的到底说的都是些什么，我怎么总不懂呢？"宝钗听了，忙拦道："不拘什么话，你都要打听打听，你管他们说什么呢！"宝玉听了，便不言语了。

凤姐笑道："我告诉你罢，才刚儿我说林妹妹有了喜，这会子看起他们吃东西来，竟不独单是林妹妹一个人儿，还有好几位呢。"宝玉听了笑道："我当是什么听不得的话呢，原来是这件事。世界上有夫妻，即有生育，乃是天地间的大道理，有什么怕人知道的呢。就像菱姐姐有了喜，薛大哥早已告诉了人了。"香菱听了红了脸道："这是多早晚儿的话，你又来诌慌来了。"宝玉笑道："前儿我们在甄府赴席行酒令儿，薛大哥亲自儿说出来的。"探春听了笑道："你们到底说什么酒令儿来，提到这上头了呢。"宝玉笑道："我也学不上他那个话来。"说着，便附在宝钗的耳边，告诉了宝钗。宝钗听了笑道："怎么这样一个没人样的东西呢。说不上酒令儿来也就罢了，为什么信着嘴儿混嘬呢。"香菱听了益发红了脸，呆了半晌，只得向宝玉笑道："你那个薛大哥哥，真也教人没了法儿了。"凤姐笑道："怎么吃了孔圣枕中丹，也没出息一点儿么？"香菱道："自从吃了丹药之后，也不过十分之中好了有三四分儿。"凤姐笑道："原说教吃了药要捂着被窝出汗，他这想是揭腾得早了，汗没出透的过失。你们看环儿，如今就比先强多了。就是我们那一个，也倒像知道一点好歹了。"

宝玉听了，正欲答言，只见尤二姐、平儿二人带了奶妈子，抱着藻哥儿，一齐走了进来，笑道："我们也赶嘴儿来了。"众人见了，一齐站了起来，忙命丫头们又搬过两张椅子来，让他二人坐下。丫头们斟上两杯酒来，平儿便抓了把瓜子嗑着。

李纨见了笑道："凤丫头今儿可又不吃亏了。虽说办席贴赔了几个钱儿，你们都瞧瞧，他们屋里连小孩儿共是四口子，不但捞回本儿去，还要拐弯儿呢。"说得众人都笑了。平儿听了，指着藻哥儿道："你说，大娘咋的了，侄儿能够多大儿，就会吃吗？"宝玉听了，忙将藻哥儿接来抱到怀里，用筷子蘸了些儿酒抹在他嘴里，藻哥儿咂着，嬉笑跳跃起来。宝玉笑道："你们都瞧瞧，这么大儿的小孩子，吃酒竟不害辣，将来长大了，必会喝一盅儿。真是琏二哥哥的儿子，弓冶相承的了。"平儿听了，又指着藻哥儿笑道："你说，咋的了，二叔搬着不心疼的芽儿，拿酒呛我来了。你们桂哥儿，你怎么舍不得拿酒呛他呢？"宝玉听了，便一叠连声地命人抱桂哥儿去。丫头们答应而去。

不多时，只见奶妈子果然把桂哥儿也抱着来了。宝玉见了，便将藻哥儿送到湘云的怀里，又将桂哥儿接来，送到宝琴的怀里，笑道："咱们今儿起的是海棠社，只有他们小弟兄两个在这里闹。若到明年海棠再开了，起社作诗的时候，那可就成了孩子社了。"说得众人都笑了。

正说时，只见老婆子慌慌忙忙地进来禀道："方才玉钏儿姑娘来说，老爷请二爷说话呢。"宝玉听了，吃了一惊，连忙起身向外而去。钗、黛二人不知何事，未免替他捏着一把汗儿，忙向老婆子道："你到上头打听打听，老爷叫二爷有什么事情，你就飞行告诉来。"老婆子答应而去。

不多一时，老婆子进来禀道："老爷和太太都在上房，请琏二爷和宝二爷商量明儿到宫里请安的事，并没有什么别的事情。"钗、黛二人听了，这才放了心。凤姐笑道："够了，连我的心都跳起来了。我想宝兄弟和老爷、太太说长了话了，来还早呢，天也有了时候了，我们端点心来吃罢。吃了大家散一散儿，到了晚上再坐席。把点心留下一盒子给宝兄弟送到怡红院去，连晴雯、紫鹃他们吃的也都有了。”宝钗听了笑道：“这么说起来我们屋里倒占了便宜了。我们的两个奶妈子吗？把两个哥儿都抱过来罢，看仔细尿到姑奶奶们身上。”奶妈子们听了，忙将两个哥儿从湘云、宝琴怀里接了过来，连忙各自抱去哄着睡觉去了。这里丫头们端上点心来，大家吃了些儿。又喝了两杯热酒，这才吩咐撤去残席，嗽口吃茶，又坐着说了会子闲话，这才大家散了。

到了黄昏时候，湘云便差人去请邢夫人、尤氏、秦氏、胡氏。胡氏因新产了小孩儿，才过了满月，不好来得，只有邢夫人、尤氏带了秦可卿过来，先到王夫上房等候，众姊妹都会齐了，同到贾母上房而来。只见贾母、贾夫人笑容可掬地迎了出来。贾母道：“都进来坐罢，怎么今儿云丫头又破起钞来了。”湘云笑道：“没有花什么钱，不过请老太太、姑太太和太太们坐着说说话儿。”贾母道：“很好。这会子他们的媳妇也娶了，大事都完了，今儿再扰了你的饭，咱们也就都回去罢。尽自没事住着，大家都不方便。”薛姨妈笑道：“老太太说得很是，我们明儿也要回去呢，谁家都有个事事情情的呢？也没个婆婆媳妇合家子都在亲戚家住着的道理。”说着，大家走了进来，彼此问讯毕，都在两边炕上挨着次序儿坐下，丫环献茶。茶罢，凤姐便张罗着摆桌子。贾母、贾夫人一席，仍是自备的。邢、王二夫人和尤氏陪薛姨妈一席，其余的姊妹共又坐了三席。

饮酒中间，王夫人禀知贾母道：“才刚儿老爷下了衙门，说今儿早起在朝房遇见夏太监，告诉说昨儿元妃娘娘身上欠安，传了太医院进去诊脉。太医院诊了脉，奏知说脉上现出喜兆。系属孕娠，不过服几剂调理的药，可就安愈了。所以叫了宝玉来，教他明儿一黑早同他琏二哥哥到二宫门投职名请安。再请请示，看要什么东西不要。”贾母听了，甚至欢喜。凤姐嘴快，又告诉了黛玉、湘云、探春、宝琴、香菱诸人也有了喜了。喜得贾母眉开眼笑，向薛姨妈笑道：“姨太太，咱们该乐不该乐？明年咱们再到了一块儿，你只看看孩子们热闹罢!"薛姨妈笑道:"这都是老太太的积德所感,才有这样重重叠叠的喜事。连我们也托带着受了福了。"

贾夫人道:"我那里有一本书,是你妹夫在太上老君处得来的。上头保产育婴的心法,讲得极有道理,药方儿也极有效验。姑娘们都是认得字的,我明儿给他们送来,大家看看到底有益多了。"邢、王二夫人听了,亦甚欢喜,当下宾主酬酢,直吃到交了三更,方才席散。

王夫人尚欲挽留贾母、贾夫人多住几日。贾母道:"我们回到庙里,诸事便当些儿。"贾夫人道:"我也要早些儿回去,还要替你妹夫料理料理行装,要赶三月三的蟠桃会与西王母庆寿去呢,也不过只有半月的工夫了。"王夫人听了,不肯强留,只得吩咐外头伺候轿子。贾母、贾夫人告辞起身,邢、王二夫人、薛姨妈等都送到荣禧堂,看着上轿而去。邢夫人和尤氏、秦氏,也都各自回家。薛姨妈领着湘云等姊妹都到蘅芜院等处歇息去了。王夫人领着纨、凤、钗、黛四人仍到贾母上房,照应着丫头、老婆子们收拾了器皿,吹熄了灯火,这才各自散去。

不言王夫人、纨、凤各自回房安歇,且说宝钗、黛玉二人回到怡红院,但见皓月当空,毋庸灯烛。进房看时,只有莺儿一人在炕上打盹。桌上一盏残灯,半明不灭。黛玉将灯剔了一剔,用手指在莺儿额上弹了一下。莺儿惊醒,连忙跳下炕来,笑道:"奶奶们回来了么。"宝钗问道:"二爷呢?"莺儿道:"二爷早就到那边房里睡去了。说明儿还要起五更到宫里请安去呢,所以派了我在这边等着服侍奶奶们睡觉呢。"宝钗道:"三更天了,你把我们的旧衣裳拿来,把新衣裳叠了放在柜子里,茶水都不用了,你也就睡去罢。"莺儿听了,忙服侍他二人换了衣裳,将新衣放好,替他们掩了槅子门,自己也就回房去了。

这里钗、黛二人卸了残妆,收了钗钏,将欲就寝。只听黛玉道:"可惜把莺儿放走了。咱们今儿的饮食吃重复了,我觉着肚里不大舒服,要往后去走动走动才好,只是这会子又不好敲门打户的叫他们。”宝钗道:“你倒说呢,我也觉着大不受用。你既要去走走,我同你一块儿去,省得又叫他们。”说着便袖了草纸,每人点了半支藏香,轻轻地开了后院门,往中厕而来。

原来怡红院因住下宝钗,便在后院太湖石假山背后,盖了两间小小中厕,以备早晚便当。钗、黛二人进内走动毕,但见皓月当空,碧天如水,甚觉可爱。二人不觉站在太湖石旁,徘徊瞻望,大有流连之意。正玩月时,忽听西边套间内有宝玉嬉笑之声。黛玉向宝钗笑道:“姐姐你听听,三更多了还不睡觉,明儿怎么能够起早呢。”宝钗笑道:“又不知是闹什么故典呢,咱们何不到他们窗下听他一听。”

黛玉听了,笑着拉了宝钗的手踱到西套间的窗下,侧耳细听。只听里面金钏儿叫道:“五儿姐姐,你快瞧来。你看紫鹃姐姐装了一辈子的正经人,今儿教二爷摆布得也会浪起来了。”只听紫鹃啐了他一口,宝玉嘻嘻地笑起来。又听柳五儿道:“我不看他,怪臊嗒嗒的。”又听莺儿笑道:“罢哟,你来罢,你就是今儿总不看他,明儿轮着了你,众人也是不肯饶你的,你何苦装傻子呢。”又听金钏儿叫道:“袭人姐姐,你到底也看个热闹儿来吗?怎么就瞌睡到这步田地了。”又听袭人道:“你们也太厌气了,什么没见过的稀罕儿呢,我这会子瞌睡得什么似的。”又听晴雯向金钏儿发气道:“你也爱叫他,他比咱们本来见的世面多了。又是二爷,又是蒋琪官,什么样的勾当他又没见过呢,让他挺尸去就是了。”又听宝玉、紫鹃二人在炕上大有不可听之状。黛玉在窗外悄向宝钗笑道:“这都是你来要教他们住在一块儿。你听听,闹得还有一点人样儿了么?”宝钗笑道:“不用听了,咱们走罢!”

刚要转身,只听晴雯问道:“二爷,昨儿晚上奶奶们到底为什么不要你了,倒让莺儿妹妹兴儿了。”又听宝玉笑道:“你还不知道他们的脾气吗?点着灯谁也不肯当着谁脱了小衣,就是为这个缘故,还为什么呢。”又听莺儿道:“你既知道他们的脾气,就不该点着灯当着林姑娘解我们姑娘的汗巾。你果然能耐着性儿等着吹了灯,大家都睡下,你再慢慢地寻了他去,我们姑娘也就乐得而为之罢了。还有什么不依的呢?”黛玉在窗外听了,向宝钗笑道:“你听听,到底莺儿是你从小儿贴身服侍的人,所以你的脾气,唯他独知道的亲切。”宝钗听了,悄悄的啐了他一口,笑道:“走罢,不用听了,小蹄子们一个好的也没有。”黛玉拉了宝钗的手笑道:“刚听到好处了,你怎么又要走呢?”忽听晴雯道:“紫鹃妹妹,你怎么也不把林姑娘的什么脾性儿告诉告诉二爷,免得明儿再碰钉子。”黛玉听了,忙拉了宝钗的手笑道:“姐姐,咱们走罢,不用听了。”宝钗笑道:“我也刚听到好处了,你怎么又要走呢?”黛玉强拉了宝钗,一面走着笑道:“罢哟,尽他们瞎编派着说去罢,何苦听着怪生气的。亏了咱们晚上诸事留心,原也怕他们在背地里谈论。不然咱们姊妹俩里头就是放荡一点儿,当真又怕什么呢。”宝钗笑道:“你只知其一,不知其二。既然把他们都放在房里,也就怕不了许多了。任凭咱们怎样的严密,他们断没有不知道的理。就是他们不敢偷着看,不敢偷着听,你就量咱们那一个魔王还有个不告诉他们的吗?只要他们知道好歹,不在外人跟前嚼说也就是了。自己窝子里头,也没什么意思罢了。”二人说话,不知不觉回到房中,洗手,关了后门,这才吹灯脱衣就寝。一宿晚景不提。

到了次日,黎明起来,只打量宝玉进宫必然要误。及至开门问时,宝玉早已去了多时了,二人这才放了心。晴雯等六人早已梳洗完了,都过来服侍他二人。梳洗已毕,便先到王夫人上房来请安。随后李纨、凤姐并新娶的赵氏、范氏陆续也来了。

大家正然说笑,只见贾琏、宝玉二人俱穿着公服,笑嘻嘻地自外走了进来。王夫人见了忙迎到房门口,问道:“你们到宫门投了职名了么,娘娘的身子可大安了,有什么吩咐的没有?”贾琏禀道:“侄儿们到了宫门,投进职名去。太监传出娘娘的口旨来,说教老爷、太太只管放心，没有什么大病，如今大安了。”王夫人又问：“可要什么东西来没有？”宝玉道：“别的一概不要，只教把宝姐姐吃的冷香丸送进十丸子去呢。”王夫人听了笑道：“真也奇怪，偏是这个药难配，偏就要这个呢。”宝钗听了忙道：“我如今也不大吃这个药了，还有半玻璃瓶儿呢，明儿连瓶儿送进去就是了。”王夫人听了，不胜欢喜。贾琏、宝玉见赵氏、范氏都在房内，不便进去，就便说毕了话，各自归房换衣裳去了。

不多一时，薛姨妈领了湘云等众姊妹也都来了，意欲吃了早饭便都各自回家。王夫人不肯，又留着过了午去。于是，大家又热闹了一天。宝玉就着势儿告诉王夫人，要将芳官、藕官都要回来，赏与蒋玉函为妻。王夫人便说：“这两个孩子，已经是放出去的人了。我也不管这个闲事，你只和他们两个商量去。只要他们愿意，老尼姑子肯放他们出来，也就是了。”

宝玉讨了王夫人的口气，过了两日，便叫了贾芸来，托他去办这件事。贾芸自从得了小红为妻，两人如鱼得水，似胶如漆，感激宝玉之恩，正在无门可报，今见托了他办事，便极力应承。到了馒头庵，先将宝玉的一番美意告知了芳官、藕官。此时芳官、藕官年已及笄，情窦已开，正在枯鱼望水之际，况且素知蒋玉函美貌，早已喜得受不得了。贾芸于是和老尼姑商议。老尼姑起初不允，无如贾芸花言巧语，既挟之以势，又动之以利，老尼姑不得不入其壳中，也就应允了。遂命芳、藕二人养起头发来。贾芸复命之后，宝玉便差焙茗告知了蒋玉函。蒋玉函大喜，感谢不已，便择日婚娶，这都不在话下。

当下荣宁两府，数月以来，并无事故可记。光阴迅速，不觉到了七月十五日，计去岁回生之日恰好一年。元妃在宫中诞生了皇子。林黛玉亦于是日产生一女，取名蕙妞儿。合家欢庆，亲友致贺。这些节目，毋庸琐述。守了十二日，贾夫人命史湘云办了摇车、礼物送了来。这一日，荣府大排筵宴，会集亲友。

正在热闹间，忽有圣旨降临。贾赦、贾政即时跪接，供于香案。行礼毕，打开宣读，乃是：因贾贵妃诞生皇子，逢国大庆，加封外戚覃恩一道。内开：贾政系工部侍郎，即升授本部尚书。贾赦年老，着照世职，原品休致，仍赏给将军全俸，以养余年。贾珍仍带世职，补授京营副统制。贾琏系捐同知职衔，遇有相当同知缺出，即行补用。贾宝玉系赏翰林侍讲职衔，着即实授侍讲。贾蓉系捐龙禁尉职衔，着即实授龙禁尉。贾兰系举人，着赏国子监祭酒职衔。以示加惠外戚之意。贾政读罢，感激涕零，即日上表申谢。

到了次日，贾赦、贾政率领子侄俱在午门外谢恩。宝玉实授了翰林侍讲，便不敢再告病假，只得每日在翰林院去当差。

话休繁琐，到了八月初一日，贾政上朝，忽奉皇太后敕旨，着宫中贵妃以下诸人，照上年省亲之例，俱准其于八月十五日归宁，以示骨肉团圆之意，定于十五日戌时起銮，十六日寅时回宫。贾政得了这个信息，虽有无限的欢喜，心中却老大的着急，只得半月工夫，一切唯恐赶办不及。朝散之后，忙忙地回到家中，告知了王夫人，即请过贾赦、贾珍来商议。众人都说限期太近，即差人星夜驰赴江南，亦恐赶办不及。

正在踌躇间，忽报夏太监来了。贾赦、贾政连忙迎接进来。夏太监袖出元妃的手书密旨一道，贾政接来敬谨拆读。内中大率言：省亲之举，出自主上高厚天恩，外臣等理宜仰体圣怀，一切悉宜俭朴，无须踵事增华，以糜无益之费。至大观园旧有姊妹居住不必行移，届期预接祖母、太夫人及姑夫人来家一晤。是嘱。贾政看毕，心下稍安。遂留夏太监吃了便饭，令其复旨而去。

贾政向贾赦道："既是贵妃有旨在前，我们也只好遵旨而行，只可将大观园各处的门窗墙壁略为粉饰油画，添植些花卉树木，至于一切铺陈、灯彩、匾联、字画、图书、古玩等项，只尽家中所有的办着瞧。如果不够用，再向亲友处借几样来用用亦未为不可。如此通融，较之上次就省多了。家中女戏班子早已散了，抑且贵妃最厌锣鼓钲聒。闻北静王府养着一班儿八个女档子，临期借来一用也可以将就去得了。”贾珍道：“依侄儿的愚见，娘娘既不爱繁华，索性办一个雅趣。所有一切门窗墙壁灯彩铺设帘毯裀褥，俱不用大红大绿，也不要金碧辉煌，都用一色儿雅淡。即古玩盆景之类，每处不过两三样，花卉树木亦不必太繁，点缀出一片神仙的景况，绝无一点富贵繁华气象，倒合娘娘的夙意。所费不过两三千银子，尚不及上次十分之一。二位老爷以为何如？”赦、政二公听了，俱皆称善，即将此事交与贾珍、贾琏二人料理。

贾珍、贾琏领命，便请了门下的清客单聘仁、胡期来、詹光诸公，到处里指点，忙乱了数日。除怡红院、稻香村两处有人居住不加粉饰外，其余各处俱相度形势，另外增损了一番，便觉耳目一新。除省亲正殿仍施金碧，其余轩馆亭榭俱皆青石白粉，一色儿雅淡。奇花异卉，仙鸟珍禽，点缀出一番仙境来。宝玉等诸人看去，竟仿佛太虚幻境一般。贾赦、贾政见了，俱不胜欢喜。

到了十四日夜间，先到城隍庙接了贾母、贾夫人来家。仿照上年仍将酒席摆在凸碧堂，依旧安设了围屏。外边是贾母、贾赦、贾政、贾琏、宝玉、贾环、贾兰坐了两席。里边是贾夫人、邢夫人、王夫人、李纨、凤姐、平儿、尤二姐、宝钗、黛玉、赵氏、范氏坐了两席。预为赏月。并将伺候的丫头、老婆子们，都命在山坡底下席地而坐，也分赏了西瓜、月饼、酒果之类。大家饮至二更即散。然后将竹椅子抬了贾母，众人在后相随，都到大观园各处，先游玩了一回，仍请贾母、贾夫人在贾母旧日的上房居住。到了十五日，王夫人差人先接了迎春、探春来家，又接了薛姨妈、香菱、岫烟、宝琴、湘云来，也都先到大观园看了一回。吃毕了午饭，便都更换了礼服，伺候贵妃的驾到。

天刚酉正，只见夏太监领了四名小太监、四位昭容抬了衣箱来伺候更衣。贾政、王夫人先派出懂事的家人媳妇来，先让入别室款待。夏太监依旧乘马而回。

一交了戌初时分，贾赦、贾政、贾珍、贾琏、宝玉，贾环、贾蓉、贾兰都穿了公服，在大门外等候迎接。邢、王二夫人领了尤氏及纨、凤、钗、黛诸人在荣禧堂等候迎接。贾母、贾夫人、薛姨妈以及湘云姊妹，都在大观园的正门外等候迎接。

不多一时，只见夏太监又飞马而来，报道："娘娘起銮来了！"贾政忙吩咐，街上撒开了帐幕，校尉们打散了闲人。须臾，对对提灯前导，过了四对摆马，随后就是四对檀香金炉，一柄黄伞，后有四名小太监，捧着香炉、宫扇、漱盂、麈尾，后面一顶绣帷子八轿，幽幽雅雅而来。

贾赦、贾政率领子侄等都在大门外跪接，随侍的昭容传谕曰："免。"进了大门仪门，又见邢、王二夫人率领尤氏及纨、凤、钗、黛等都在荣禧堂院子里跪接，昭容又谕曰："免。"过了荣禧堂，一直向大观园的正门而来。只见又有许多人在那里跪接，元妃在轿内忙问是谁？昭容回奏，元妃便命住轿。贾母等忙上来请安，元妃连忙下轿相搀，贾母等逊谢不敢当，仍请娘娘升轿。元妃道："大家一同走走，也好观玩景致。"贾母不肯道："娘娘才过了满月，身体尚弱，步行未免太劳。"元妃不得已，只得仍旧上了轿，一直抬至省亲的正殿。到了丹墀，方才落轿。

先来的四位昭容，早在两旁伺候，搀了元妃下轿，进了正殿居中坐下。只见贾赦、贾政自月台下走了上来，才要行国礼，昭容忙谕曰："免。"贾赦、贾政二人退下随后就是贾珍、贾琏、宝玉、贾环、贾蓉、贾兰上来，行过了礼退下。便是贾母、贾夫人、薛姨妈、邢、王二夫人走了上来，昭容忙又谕曰："免。"元妃忙站起身来，让贾母诸人进了正殿，列坐两旁。随后乃是尤氏领了纨、凤、钗、黛、迎、探、菱、湘诸姊妹上来，行了国礼，俱各侍立两旁。须臾，鼓乐齐鸣，笙箫并奏。

献过了三道茶，元妃便起身入内室，脱去了宫衣，换了常服，命昭容出来吩咐预备竹椅显轿五顶。自己坐了一顶，遂命贾母、贾夫

人、薛姨妈、邢、王二夫人都坐了竹轿。其余尤氏以下诸人,俱皆随行,先到贾母上房,进内,欲行家礼,贾母及众位夫人俱各跪止之,然后就座。贾母以下诸人,俱挨次儿坐下。

元妃先向贾母、贾夫人道:“我们自从在太虚幻境一别,倏然一年有余了。幸喜林姑老爷补授京都的城隍,不然我们娘儿们也就不能再见面儿了。”贾夫人道:“这都是主上的圣德如天,才有这样亘古未闻的奇事。我们也是托赖着娘娘的洪福,才能享受人间的香火呢。”元妃又向薛姨妈道:“姨妈怎么也露了老了,想是家务过于操劳的缘故?”薛姨妈道:“外臣托赖娘娘的福,家里还有碗饭吃。只是儿子不知好歹,未免家事琐碎,不得不自己操一番心。”元妃听了,又向邢、王二夫人道:“二位太太的脸面儿,也不像我上次来的那个样儿了,也总是为我们姊妹们生生死死受了许多熬煎之故。”王夫人听了,满眼流泪,早已哽噎得说不出话来了。元妃也擦泪道:“太太从此也要把心放宽些。这如今我们托赖着上天的保佑都回了生,主子的天恩看待得很重,太太也很该放心的了。至于宝玉,蒙主子的天恩赏了翰林,虽说是看椒房的分上,到底也是他的学问到得去,才有这样的恩典呢。太太也就不必再操心他了。兰哥儿也是很有出息的孩子,更不用太太操心。至于别的家务,全交给他们妯娌们办去就是了。”王夫人拭泪道:“娘娘只管放心,唯愿娘娘福履安康,我们就托赖着受了福了。”

正说时,只见昭容进来禀道:“外臣贾赦、贾政率领子侄请安叩见,在外候旨。”元妃道,“我来省亲,原该我去见才是。你们仍旧预备下竹轿,我和二位太太一同到上房里去。凤丫头呢?”凤姐听了,连忙走了过来。元妃问道:“过会子你们在那里摆酒席呢?”凤姐答道:“酒席都摆在凸碧堂伺候着呢。那里地势高,看月亮瞧得真切些。”元妃道:“很好。如今的酒席不可照上年之例,不论国礼,不演戏文。只在凸碧堂居中放一张大团圆桌子,我和老太太、姑太太、姨太太、二位太太坐。我还没得和你们姊妹们说说话儿呢,两旁再摆几张桌子,你们姊妹们也都坐下,不必站着伺候。再者你们有了小孩子儿的人,都把孩子抱来我看看。你就照着我吩咐的办去罢。办妥了,先把老太太、姑太太们让过去坐。我到太太上房和老爷们并他们弟兄们也说说话去。到了时候,你差人来请就是了。"元妃吩咐已毕,便同邢、王二夫人坐了竹轿,到前边上房去了。

这里贾母、贾夫人、薛姨妈仍旧坐了竹轿,众姊妹在后相随,一齐先到了凸碧堂来。只见前面搭一架翠歌台,十分华丽。台上伺候着八个女档子,都是十三四岁的女孩儿,丰姿韶秀,态度嫣然。中间桌上摆着乐器。凤姐回去了贾母,便遵着元妃的口旨,中间放了大团圆桌子,两边又摆了四桌,其余的看席俱摆在两廊庑下,以备贵妃赏赐克食。又派林之孝家的、周瑞家的在议事厅款待众昭容。林之孝、赖大在荣禧堂的外书房款待众太监。诸事料理停妥,纨、凤、钗、黛四人,亲自到王夫人上房门口来请,昭容禀了进去。

不多一时,只见元妃同邢、王二夫人仍旧坐了竹轿出来。贾赦、贾政率领珍、琏、宝、环等都送了出来。元妃在前,邢、王在后,都向大观园而来。纨、凤、钗、黛见了,便随在元妃的两旁帮着轿行走。元妃见了,先向李纨道:"珠兄弟跟林姑老爷到任,你们夫妇俩也见了一见没有?"李纨道:"托娘娘的洪福,虽说能够常见,到底阴阳殊途,虽见犹不见也。"元妃听了,叹息道:"我们回生的人也不少,偏他又不在这个数内,这也是有一个定数的,非人力所能强也。"又向凤姐道:"人家回了生,都恭了喜,生了孩子,你到底也有喜信儿没有?"凤姐笑道:"儿女都有个分定,我那里有娘娘和林妹妹的福气大呢。"李纨笑道:"我听见平儿说,你也有点因儿了。你就老老实实地说罢了,怎么在娘娘面前又混撇起清来了。"凤姐笑啐道:"可知道是不是呢,你们就混声张起来了。"招得元妃笑道:"你们妯娌们倒很热闹,可怜我在宫里成日家规规矩矩的,实在拘束得受不得了,可和谁去说个趣话儿呢。"说毕,又向钗、黛二人笑道:"林妹妹,我才刚儿和宝玉说来,咱们这一回生,虽说是上天垂悯，到底仰赖茫茫大士、渺渺真人的鼎力。木本水源，必该思所以报。我已奏明了圣上，在我应得的分例项下，动支帑银二千两，就在城隍庙旁边另建一庙，塑像供奉，即以甄士隐配享，名曰‘三贤祠’。庙成之后，再求主上赐封号。倘这二十千两帑项不够，你们受了恩的人，也再大家布施些儿，你们俩人说好不好？”钗、黛二人听了，齐声道：“娘娘想得很周到，情真理当，我们也把这件事疏忽了。”

一路说说笑笑早到了凸碧堂的跟前。邢、王二夫人早从岔道绕来，随着贾母等早都一字儿排班等候。元妃下了轿，钗、黛二人搀着上了凸碧堂，向贾母道：“老太太和姑太太，咱们娘儿们这如今是两世的团圆了。我如今奉旨省亲，原是为尽家庭之乐，况且老太太、姑太太已是神人了，就是朝廷家也要尊敬神灵的。老太太再要讲行国礼，这就不像骨肉团圆的欢庆了。”贾母笑道：“我已经遵娘娘的口旨，把酒席都摆定在这里，以后再不敢行国礼了。”元妃听了，乃命凤姐将正中的罗汉椅挪开，留下居中一隙，两边围上六张方椅。元妃坐了东边的首座，贾母坐了西边的首座。东边二座是贾夫人，三座是邢夫人。西边二座是薛姨妈，三座是王夫人。中间也留一隙，好听女档子唱曲。

台上奏起细乐来。尤氏领了纨、凤、钗、黛亲自执壶把盏，递酒放箸毕，这才同着菱、湘、迎、探众姊妹们一齐上来行礼，谢过了坐，各按宾主长幼的次序儿，分坐了两旁的四席。女档子上来磕了头，一齐弹唱起来。

元妃向贾母笑道：“我看这园中景色，收拾得十分幽雅。趁着月色，真是一片琉璃，大有太虚幻境的光景，比上次辉金涂碧强多了。瞧着教人心旷神怡。”贾母道：“这都是仰体娘娘体恤之意，不敢靡费的缘故。”元妃道：“如今家里原比不得先了，这才是呢。”又向湘云道：“史大妹妹，我上次省亲，你怎么没有来呢？”湘云忙站起来答道：“那年娘娘省亲，我的岁数还小，婶娘怕我不懂规矩，不敢教我来。”元妃笑道：“自己姊妹们里头，这也太多心了。”又向香菱道：“菱姑娘，你的小孩儿可好吗？”香菱也站起来答道：“托赖娘娘的洪福，很乖。花儿也出了。”元妃又道：“尤三姑娘今儿听见我来了，他怎么也不来见一见呢？”香菱道：“他也是上月生了孩子了，还没满月呢。”元妃又向巧姐道：“我们巧姑娘也出了嫁了，你女婿念的书怎么样？”巧姐站起来答道：“托娘娘的福，他倒也爱念书，能够下小场了。”元妃点点头儿。又向探春道：“三姑娘，三姑爷如今做什么呢？”探春站起来笑道：“不能念书，将来不过考武罢了。”元妃笑道：“朝廷家文武并用，也是好的。”又向迎春道：“才刚儿我听见大娘说，二姑爷被大士、真人洗了肠肚，如今通好了，这也是一件奇事。”迎春红了脸，站起来笑道：“这也是托的娘娘的洪福，如今果然通好了。”元妃道：“他如今是个什么官儿？”迎春道：“世袭指挥使。”元妃道：“这个官儿不大，每月的俸廉够过吗？”迎春道：“原先胡化滥用，原是不够过的。自从洗了肠肚，如今也很知道过日子的艰难了。”元妃笑道：“这也奇怪极了。怎么不见四姑娘呢？”尤氏忙站起来答道：“四姑娘悟道的心诚，不肯改换装束，不好在这里见娘娘。过会子娘娘到栊翠庵拈香时，他在那里伺候叩见呢。”元妃听了，叹道：“这是怎么说呢，罢了，这也是他个人的志气，由着他去罢了。大侄儿媳妇回了生，也没个什么喜信儿吗？”秦氏听了，无言以对，只得站起来抿着嘴儿笑。尤氏道：“他原先就有个月水不调的病儿，如今回了生，谁知道还是照旧呢。续娶的媳妇倒养了孩子了。”元妃道：“这样说起来，你也是有了孙子的人了。”尤氏笑道：“都是托赖着娘娘的福。”元妃又向宝琴、岫烟道：“你们姊妹俩我今儿是头一遭才见，我听见说你们俩人作的诗很好。今儿是中秋节，又是我回来省亲，也不可无诗以纪其事。过会子我先作一首，你们会作诗的也都作一首，我也领教领教。”宝琴、岫烟一齐站起来，笑道：“愿求娘娘赐教。”贾母听了笑道：“既是娘娘高兴要作诗，把宝玉也叫进来，教他游廊底下也作一首。”元妃笑道：“我也正要试试他的学业比先何如。”贾母听了，便命人去叫宝玉。

须臾，女档子唱毕，元妃命赏制钱八十千文。八个女档子磕头谢过了赏，元妃便命人取了文房四宝来，昭容研墨，铺了花笺，元妃提起笔来，无多思索，即一挥而就，命昭容送到两边席上来。钗、黛、菱、湘等众姊妹一齐凑来，接到手中，只见上写道：

久罢深宫闹扫妆，珠冠霞帔又焜煌。
新膏乍沐身何幸，旧地重来意转伤。
一脉情偏怜姊妹，再生恩欲报爹娘。
愿将今夜团圆酒，代奉椿萱寿北堂。

众人看毕，一齐上来称贺道：“娘娘天纵之才，非臣妹等所能仰企于万一。”元妃笑道：“我这首诗，也算不得好，不过自云其所云而已。众姊妹不必过谦，请洒潘江，各倾陆海。”此时宝玉也到了，忙忙地也看了一遍，即命人去取笔砚。元妃笑道：“你们也不必拘泥定要和韵，各抒所见，随便用韵也使得的。”众人听了，一齐应命。未知众人能作诗与否，且听下回分解。

第二十七回　酬仙惠建庙祀三贤
报亲恩称觞祝二老

话说李纨、宝钗、黛玉、迎春、探春、巧姐、湘云、香菱、岫烟、宝琴等看了元妃的诗，一齐上来称贺。元妃逊让，仍命各归本席。宝玉便在廊下摆杯箸的一张桌子旁边坐下。各命伺候的人取过笔砚来。大家研墨展笺，提笔构思。

不多一时，只见史湘云笑嘻嘻地手持一笺走到元妃面前，躬身呈递。元妃忙命昭容接了过来，仔细观看。只见上写道：

绣幰遥临宫扇开，鸣銮佩玉启蓬莱。
一轮皓月无纤晕，十里香尘绝点埃。
去岁遐升仙驭去，今宵又见翠华来。
小臣忝列葭莩末，愿颂三多进寿杯。

元妃看毕笑道："我倒不知云妹妹有如此诗才，可敬可贺。"湘云听了，才要逊谢，又见探春走来交卷。元妃又忙命昭容接来，看道：

芳名曾赐大观园，今值中秋昔上元。
品竹弹丝缀锦阁，敲金戛玉蓼风轩。
花迎隔世人含笑，人对重荣花赠言。
携得一觞千岁酒，归来还寿北堂萱。

元妃看了，正在点头赞赏，又见黛玉上来投诗，元妃忙命昭容去接。笑向湘云、探春、黛玉三人道："三位贤妹都请坐去罢，这倒累你们上来下去的，我心里倒不安稳了。以后众姊妹再有完卷的，一总都交与宝玉，教他总录一张上来，免得大家劳动，起起坐坐。”湘云、探春、黛玉听了，连忙退了下来，各归原座。元妃这才接过黛玉的诗来，又看道：

五云天际降瑶池，共向金门拜御仪。
入省先迎鸾凤辇，开筵再颂葛覃诗。
惜因往事悲今日，句本新联续旧词。
高厚恩纶惭莫报，樽前双献紫霞卮。

元妃看罢，不由得喜笑盈腮，向昭容道：“到底是他这首诗！词婉而意新。”说毕，又拿起湘云、探春的两首诗来，翻复玩索道：“这两首也好，各有所长。”正说时，只见宝玉走了上来，手持着一大张花笺。元妃忙命昭容接来，宝玉即时退下，元妃接来，从头至尾细细地观看。只见上写道：

李　纨

光生合浦喜珠还，此夜欣瞻旧玉颜。
名向广寒通桂籍，秩从瑶阙领仙班。
开奁喜拂重圆镜，探树疑逢隔世环。
试问古今谁得似，漫言天上胜人间。

薛宝琴

绛节传来玉漏遥，桂花风里翠华飘。
彩鸾昔驾归三岛，丹凤今乘下九霄。
圣世帝隆新旷典，中秋天假好良宵。
省亲例本希前古，彝鼎宜铭记圣朝。

甄香菱

紫袖昭容出紫宸，名园景物一时新。
重圆镜对重圆月，再世花迎再世人。
云气浑随仙仗拥，山灵如待凤凰宾。
自渐学浅无知识，何敢当前更效颦。

邢岫烟

冉冉宫车出禁闱，君恩复许省亲帏。
呈祥花鸟迎风媚，入画园林映月辉。
凤辇再临人共羡，鸾軿重返世应希。
小臣何幸邀恩宠，但祝年年步月归。

贾迎春

月盈月缺数亏圆，人去人归两度天。
园近紫宸秋更肃，诗逢佳节句应联。
銮舆再幸昔年地，画阁重开此日筵。
今夜一觞欢庆酒，家家团拜月中仙。

薛宝钗

团圆三五月升迟，正值銮舆归省时。
乍到园林新气象，重来人面旧丰姿。
神仙不老原应尔，珠玉终还信有之。
留得祥征昭世瑞，千秋佳话定传斯。

贾宝玉

高秋景物最芳妍，又向园林列绮筵。
辇是曾来经过地，情犹不尽再生缘。
馨瓜荐果今何日，题客观灯定几年。
堪羡人生如月魂，分明亏去又重圆。

巧　姐

何幸神仙下九天，不知今夕是何年。
家因国庆家才庆，月以人圆月倍圆。
凤辇再临诚旷典，玉颜重觐是前缘。
归宁泽及诸亲眷，共沐恩波御坐前。

元妃看了，不胜欢喜道："我倒不知众姊妹们里头，有如许诗翁之多，实在可喜可敬。连我们巧姑娘，也做得怪好的。"说毕，便将湘云、探春、黛玉的三首诗拿起来，一并卷在一处，递与昭容，命带至宫中细加评阅，以便发回镌石以记其事。昭容接了，自去收藏不提。

元妃向贾母笑道："酒也够了，我到栊翠庵看看四姑娘去。老太太、太太们不必陪往，带了众姊妹都到省亲正殿上等着我罢，只教我们同在太虚幻境的几个姊妹随了我去就是了。"贾母听了，便命老婆子们伺候竹轿。迎春、黛玉、凤姐、香菱、秦可卿五人，早已出席，在轿旁伺候。元妃起席告辞，上了竹轿，凤姐等五人在两旁步随。从凹晶馆绕到蜂腰桥，过了桥，由蓼汀花溆一带缓缓而行。元妃一路又和黛玉等五人说了会子太虚幻境的旧事。

忽闻一阵桂花的清香扑鼻，又闻钟磬之音，早望见栊翠庵的庙门。只见入画、雪雁两个丫头搀了惜春，由门内出来，在道旁跪接。元妃见了，忙命住轿。下了轿，紧行了几步，搀起了惜春。只见他浑身道装打扮，不由得心中惨然，忙携了他的手，步入庙门。先到大雄宝殿，拈过了香，便到惜春的静室来。但见灯烛辉煌，窗明几净，瓶插丹桂，炉降沉檀，素罗帷帐，藤床竹枕，收拾得十分清雅。元妃叹道："怪不得四妹妹必欲弃舍红尘，坚心修道。果然到了此地，令人心境豁然。"惜春道："臣妹命小福薄，若必欲强恋红尘，定有不测之虞。"

正说时，只见入画捧上茶来。惜春接来，亲自奉与元妃。元妃接来一饮，但觉香味清醇，乃问："何茶？如此芳馥。"惜春道："此茶乃妙姑当日所遗，臣妹亦不知何名，就是这水，也是他当日收下十年前的雪水。"元妃听了点点头，又见案上放着棋枰，元妃便与惜春二人对弈。迎春本是爱下棋的，香菱虽不甚会而最爱他，二人便坐在两旁观敌。凤姐、秦氏二人，本不会下棋，林黛玉虽能下而不甚嗜好。他三人吃了茶，都到院子里掐桂花，映着月光，你替我插，我替你戴。约有顿饭之时，二人弈罢，算了算元妃输了一子，乃笑道："唐诗有云：'因过竹院逢僧话，又得浮生半日闲'，正今日之谓也。"

正说时，只见昭容禀道："天不早了，请娘娘过去放了赏，也就是回宫的时候了。”元妃听了，又吃了一杯茶，这才起身出庙，仍坐竹轿而回。惜春送至门外，各自回庙。迎春、黛玉等五人，仍旧相随。

回至省亲正殿，贾母等早已在月台上排班伺候。元妃见了忙下了竹轿，让贾母、贾夫人，邢、王二夫人、薛姨妈进内同坐，其余的众姊妹依旧侍立两旁。只见太监们抬上一只大箱子来，放在月台。元妃命昭容打开，内有一单，取出照单给放。贾母、贾夫人不用人世之物，每人金佛一尊，金炉一个，藏香一匣，檀香一斤。贾赦、贾政每人如意一柄，麈尾一柄，蟒衣一袭，玉带一条。贾珍起至贾兰止，每人宫纱二端，金荷包一对，玉搬指一个，玉带钩一副。邢、王二夫人每人宫纱二端，宫扇一匣，沉香拐杖一根，赤金痰盒一对，尤氏、李纨起至贾兰之妻止，每人宫纱二端，宫镜一圆，宫扇一匣，香珠一串。迎、探、巧、菱、湘、琴、烟每人金银锞四对，金钗一股，宫镜一圆，宫花一匣。周姨娘起至晴、钏、鹃、莺止，每人银锞一对，汗巾一条，金戒指一对，玉耳环一对。其余童仆婢媪共赏制钱一百缗。

放赏已毕，又坐着和贾母、王夫人说了会子家常话，这才起身更衣。看了看时辰表，恰有丑末寅初，连忙告辞起身，仍坐了大桥出大观园而去。贾母率领众夫人及众姊妹都在荣禧堂跪送。贾赦、贾政率领子侄都在大门外跪送。看着仪仗去远，这才进来。又看着家人仆妇收拾家伙，吹熄灯火，这才大家安歇。过了几日，元妃将诗发了下来，乃命镌石以纪其盛。于是，荣府又忙了数日。

忽一日，宝玉正在翰林院该班，奉旨发下帑银二千两，建修三贤祠，命宝玉到户部去领。宝玉即坐了车到户部具了结，领回到家，禀知了贾政、王夫人，乃与凤姐、黛玉等商量，所有回生之人，俱当量力捐资，共襄其事，以报大士、真人之德。于是，知会了众人。凤姐、黛玉每人捐银八十两。尤二姐、尤三姐每人捐银四十两。迎春、秦可卿每人捐银五十两。惟有香菱因有他父亲在配享之列，意欲多捐几两，乃与薛姨妈、薛蟠商议。谁知薛蟠另有一番意思，乃向薛姨妈道："如今我们京城里，咱们江南同乡的客商最多，向来有个会馆，不但地小狭窄，抑且坍塌得不堪了。客商们意欲另找地方，但是京师地方人烟众多，找寻不易。莫若趁着盖庙的机会，多占些地方，即将庙内的寝殿作为会馆，两边隙地都盖了房子安寓客商，和他们凑起布施来，虽万金唾手可得。只用妈妈和贾府说一声儿，若能奏知了娘娘更又好了。将来凑的银子够用了，仍将娘娘发来的帑项，仍旧缴了上去，岂不好呢。"薛姨妈听了，想了一想，也自欢喜。于是，到贾府告知了王夫人，王夫人转告贾政，贾政又商之于夏太监。夏太监奏知了元妃，元妃但云："只要盖得华丽壮观，其余凭他们去就是了。"

薛蟠讨了这个口气，忙去告知了伙计张德辉，教他通知合城的同乡客商。不上几日的工夫，便凑了万金有余，禀知了贾政。贾政于公暇，亲来相度形势，就在城隍庙西边，挨着史湘云家的住房，勘定了基址，依照城隍庙的款式盖造，不过局面略小些。大殿塑了三贤像，寝殿内不必塑像，前槅后窗，以便坐客。两边游廊，前边盖了乐楼，除演神戏之外，客商们有事亦可摆酒、演戏。东边的游廊紧靠着史湘云家的西厢房。湘云此时已经生了孩儿，便和他女婿商议，将庙内游廊不必另砌山墙，即借厢房的山墙用，上面安上一溜倒槅子，嵌了玻璃，那边戏楼上演戏，这边炕上放了槅子，即可从玻璃窗中看戏。商议妥当，即日构匠兴工。

不过三个月的工夫，即落成告竣，奏知了元妃。元妃请旨，封茫茫大士为佐化真人，渺渺真人为佐治真人，甄士隐为佐政真人。一体塑像，同享祭祀，永垂不朽。落成之后，择日开光献戏。元妃命宝玉代自己主祭。贾琏、贾蓉、薛蟠、柳湘莲、林成玉诸人，也都是受过恩的，俱准其陪祭。

这一日打醮演戏，宝玉等诸人俱于五鼓齐集祭祀。行礼已毕，开场演戏，就是蒋玉函领的班子。上庙逛会的男男女女，络绎不绝。史湘云便接了纨、凤、钗、黛、迎、探、菱、烟、琴、绮众姊妹来家，在东廊内玻璃窗中看戏。白日里又热闹了一天。到了晚上,薛蟠又备了酒席,请贾琏、宝玉、湘莲等诸人看夜戏。便命人封了山门,不许外人出入。薛蟠此时已入醉乡,并不知史湘云又留下众姊妹看夜戏,他便肆无忌惮地叫了蒋玉函来,点了几出风月戏文,无非《买胭脂》、《送枕》等类。唱到惊心动魄之时,不禁狂呼大叫喝起彩来。

正在欢笑,忽听西廊下也有人喝彩嬉笑之声。薛蟠也不看是谁,便骂小厮说:"为什么又放进外人来了?"众人仔细看时,不是别人,乃是贾珠、冯渊、秦钟、崔文瑞、潘又安五个人,隐隐绰绰的在那里看戏。贾琏、宝玉等见了,忙起身相见,让了过来一同坐着看戏。贾珠遂命潘又安去另抬了一桌酒席来,大家分坐畅叙快谈。

且说东廊那边,史湘云与纨、凤、钗、黛等白日里看戏,已经用过了酒饭,因又唱夜戏,湘云遂又留下众人散坐吃茶。候唱完了夜戏,都同到贾母、贾夫人处请安,说说话儿再各自回家。于是,大家都安心乐意地坐着看戏。及至看到唱出些风月戏文来,探春向宝琴道:"这是他们谁点的,怎么唱出这些没人样的戏来了,难道他们不知道我们都在这里看戏吗?"宝琴笑道:"你估量可再有谁呢,不过是我们那个大哥哥罢了。"凤姐笑道:"罢哟,你们这会子也都是有了孩子的人了,况且又不是在明处看戏,可怕什么呢。你估量他们爷们家到了一块儿,那里还肯点什么好戏呢。"探春笑道:"戏文内科白打诨原是取笑儿,若闹得太没人样了,也有伤雅道。难为这一个唱小旦的怎么学来,难道就连一点臊儿也不害么?"凤姐笑道:"你看你说的这个话,他若知道害臊,他可又仗着什么哄人家的钱呢。"

正然说时,忽见那边席上乱乱哄哄地起身让座。凤姐眼尖,忙向李纨笑道:"大嫂子,你看那不是大哥哥也来看戏来了。"李纨听了,仔细瞧了瞧笑道:"人也看戏,鬼也看戏,这倒有趣的。这一个年轻的是小蓉大奶奶的兄弟。那几个又是谁呢?"凤姐道:"那个穿马褂子的是潘又安，就是司棋的男人。那两个必定是：一个冯书办，一个是张家女孩子的女婿。这两人我都没见过，可就分不出谁是谁来了。”只听香菱笑道：“那一个圆脸儿，一笑嘴上有两个窝儿的，那大约必是冯书办。我记得当日买我的时候，我见过他一面的。”凤姐听了，把手一拍笑道：“可惜，可惜，到底是你没造化。你当日若教他把你买了去，岂不比薛大傻子强呢。”香菱听了，“呸”的啐了他一口，笑道：“你看你越说上样儿来了。”

正说时，忽见蒋玉函捧了戏目走到贾珠的面前点戏。只听贾珠笑道：“不用点罢，你只捡你素日得心应手的唱一两出来我听。总要加点佐料儿，不要淡而无味的。”说着又问他道：“你叫个什么官儿？”又听蒋玉函笑道：“小的姓蒋名叫琪官。”

凤姐在这边听得明白，忙向宝钗笑道：“这个小旦，果然就是蒋玉函。袭人呢？今儿是他和五儿跟了你们来了吗？怎么，躲到那里去了。叫他过来，也看看这个轻浪样儿。”黛玉听了笑道：“罢哟，你何苦来，行点好儿不！自才刚儿我看见他那个光景儿，就有点子脸上讪讪的，挨挨蹭蹭地躲着走了，我就猜着几分儿，必是这个缘故。我就没好意思说，你这会子可又叫他做什么呢。”凤姐笑道：“你别管他，我自然有个道理。柳五儿呢？去把你袭人姐姐叫了来。”

柳五儿听了，答应了一声，才一转身，早见翠缕、侍书二人，把袭人从小套间里推推拥拥地搀架了出来。袭人红了脸笑道：“咋的了，奶奶们闹什么？我早知道，我不跟了奶奶们来也罢了，史大姑奶奶又说是想我了。”凤姐笑道：“你在家里成年家也不能舒舒服服地看个戏，我倒好意思叫你出来风光风光，你怎么又装模作样的起来了。”湘云接口笑道：“袭人姐姐，你不用这么小家子气，只管大大方方地坐下看，这个戏也是你看厌烦了的，想来那会子那一天晚上又不给你单唱两出子呢。”说得众人都笑了。于是，凤姐命人搬了个小马杌子来，命袭人坐在自己的旁边。凡属台上蒋玉函唱到动人心魄处，那边席上哄堂地大笑起来，这边凤姐等必要将袭人怄一阵子。弄得个袭人无地自容，坐也不是，走也不是，哭也不是，笑也不是。

正在为难之际，又看蒋玉函捧了戏目走到冯渊的面前点戏。只听冯渊笑道："不用点了，你们只唱个《张古董借老婆》罢。"薛蟠听了，心中不悦，借着酒兴把眼睛往上一翻道："老冯，你也别欺人太甚了。谁又不知道咱们两人的勾当呢，你怎么偏要点这一出子戏，你这不是有心臊我呢吗。蒋琪官，你敢听他的话，我也点你一出子，唱一出《水浒传》上的《鲁提辖拳打镇关西》。"又听冯渊笑道："琪官，你问问你们薛大爷，鲁智深是个和尚，又没妻又没妾，打死了人，可拿什么替人家偿命呢。况且那个镇关西郑屠，又没有躺在苇塘里喝臭水，也还算是一条好汉。"说得众人都笑了。

一句话把薛蟠说急了，大吼一声，撤出席来，就要揪冯渊的领子。此时冯渊已是鬼魂，那里怕他，忙向旁边一闪，薛蟠早已扑空。只听冯渊唱一声："张三何在？"猛然一阵阴风起处，从墙角下跑出一个人来，像是酒肆中走堂的打扮，满头满脸血迹模糊。薛蟠一见，往后便倒，说时迟，那时快，只见那人抢了席上的一个酒碗，照着薛蟠的天灵盖砸了下来。只听"啪"的一声，薛蟠早已栽倒在地，磁片乱飞，流血不止，登时晕了过去。那边席上吓得贾琏、宝玉、湘莲诸人，一齐手忙脚乱没了主意。这边香菱、宝钗、宝琴及众姊妹，都吓得魂不附体。

正在忙乱之时，忽听半空中戛然一声，一只仙鹤从容落了下来。宝玉见了欢喜道："好了，师兄来了，薛大哥有了救星了。"众人俱各惊喜。只见那只仙鹤就地一滚，早已化为童子，喜得个凤姐拍手笑道："哎哟，你们都瞧，一只大仙鹤变成人了，真比要戏法儿的玩得奇妙"宝钗道："人家心里唬的什么似的，你还有心肠看变戏法儿，可见不关你的什么事。"李纨道："你们还不快悄没声儿的罢，仔细那边听见。你们才没听见宝兄弟说是他师兄，必定是个仙人，薛

大兄弟也就不妨事了。”

凤姐、宝钗二人听了，便不言语，不转眼地瞅着那边。只见众人一齐出席，与松鹤童子见礼已毕，分宾主坐定。只听松鹤童子道：“家师蒙圣上洪慈，敕封了真人。又蒙娘娘布施建庙，永垂不朽，感激靡涯。山野之民，不敢亲来面圣，特差小童前来献仙丹仙酒，以祝万寿无疆。”说毕，便取出仙酒二瓶、仙丹二匣来放在桌上道：“这是进上的，恳烦尊大人代奏谢恩。”又取仙酒一瓶、仙丹一匣来递与宝玉道：“这是仙师奉敬尊翁大人、尊堂夫人的。”又取出一个小葫芦儿来道：“这是仙师新制的，送来与侄儿们常服的，吃了益智定慧，读书过目不忘。诸公大家分些，实与子弟大有裨益。”宝玉与众人听了，一一的谢过收讫，乃向松鹤道：“适才家表兄与冯兄彼此相戏，为鬼所伤，尚望师兄慈悲拯救。”松鹤听了笑道：“无妨，无妨。你们听听，那边城隍庙正在审断此案呢。”

众人听了，俱各诧异。回头看时，那边席上的贾珠、冯渊等早都不见了。仔细听时，那边庙内果有皂隶叱喝之声，众皆惊悚。忙命煞了戏文，撤了酒席，将薛蟠抬在榻上。松鹤便从直袋内取出药末来，撒在他头上，擦去血迹，只教众人放心，少刻便见分晓。这边宝钗、香菱等也都放下心来。宝玉等仍命摆了茶果，款待松鹤。

不多一时，果见贾珠、冯渊、秦钟等笑嘻嘻地自外走了进来道：“众位恭喜，案已结了。要不亏姑老爷从中解处，薛大傻子今儿要吃大亏呢。明儿教他另唱一本戏，单请我们才是呢。”众人见了，一齐起身远迎，正要追问端的，忽见薛蟠从榻上跳了下来，见了冯渊忙作揖谢道：“老弟台，适才多承照应，愚兄今儿才知道你是个正经朋友了。”冯渊连忙答礼，笑道：“老长兄，奉劝你再不要纵性胡为了。才刚儿要不要有关甄老伯的金面，只怕连你们香菱嫂子也要教人家请了去呢。”

这边玻璃窗内凤姐听得明白，忙向香菱笑道：“哎哟，你听见了没有，再别是把你断给张三了罢。”香菱听了，“呸”地啐了他一口，芳心由不得突突地乱跳起来,不错眼珠地瞅着那边。只见薛蟠又给冯渊作了个揖,只听冯渊笑道:"你家香菱嫂子本应是我的人,这如今原也挽回不来了,你只教他亲手儿作一对荷包来谢谢我就是了。"凤姐听了又向香菱笑道:"你听见了没有,人家和你要荷包呢。你好好的用心用意的替人家做一对罢。"香菱听了啐道:"人家心里烦得什么似的,你总是信着嘴里怄人。"

正说时,又见贾珠等与松鹤彼此见礼。松鹤又命人舀了脸水来,叫薛蟠洗去伤痕上的血迹,皮肉照旧还是好好的,不过微觉疼痛而已。薛蟠又拜谢了松鹤,从此洗心涤虑,再不敢行凶了。

再说纨、凤、钗、黛诸人,见薛蟠伤痕已好,大家这才放了心,遂起身都往贾母那边去请安说闲话儿。贾夫人便将昨日张三来告状,适才林公审断结案,押令张三前去托生的话,告诉了众人一遍。众人也将方才所见的光景,也告诉了贾夫人。贾夫人道:"这全都是冯渊的作用,要与薛蟠解冤的意思。"香菱听了,心下十分感激。又说了一回闲话,这才告辞各自回家。

这里贾珠、贾琏、宝玉、湘莲诸人,又陪着松鹤童子吃了会子茶果,讲了会子仙家的乐趣。松鹤嘱咐宝玉将仙丹仙酒收好,便起身告辞。众人苦留不住,只得出席相送。只见松鹤就地一滚,戛然一声,腾空而去。众人叹息了半晌,这才大家分了手,各自回家。

宝玉到家正是五鼓时候,贾政业已起来梳洗穿衣,伺候上朝。宝玉便携了仙丹仙酒径到上房。见了贾政,便将二位仙师差松鹤童子来谢恩,敬献仙丹二匣、仙酒二瓶以祝万寿无疆的话,说了一遍。贾政大喜,便携了仙丹仙酒亲到朝房,见了北静郡王求为代奏。圣心大悦,收了丹酒,复赐御笔匾额,褒扬贾政。退朝后,宝玉又送上仙丹一匣,仙酒一瓶,小葫芦一个,备述了仙师之意。贾政与王夫人也都欢喜感激不尽。宝玉趁着贾政欢喜,便道:"明儿是老爷的寿诞,正好借仙酒称觞,也请了亲友来家庆贺庆贺。"

原来贾政平日最厌的是做生日,一闻此言便皱眉道:"我从来最厌人家做这件事，可以不必。”王夫人忙劝道：“老爷今年是六旬的整寿，比不得当年的散生日，况且往年原因有老太太在堂。今年再不做做，也教亲友家瞧着老爷太古板了。我想这也花不多的钱儿，不过是孩子们尽他们一点儿孝心。”贾政听了，虽未慨允，也就不言语了。宝玉借着势儿，遂又怂恿了几句。贾珍、贾琏他二人，又极力撮成，不由贾政不依。

元妃又差人送了多少礼物，当下众国戚王众侯伯都差人送礼，亲友家是更不用说的了。账房里一一的都登记了号簿。只得打扫出荣禧堂来，预备筵宴。王公侯伯以及部属官僚书房里筵宴。亲友家的男客，大观园省亲的正殿上款待王妃诰命夫人，贾母上房款待。亲戚家的女眷，俱是彩觞。

到了这一日清晨，贾珍、贾琏、宝玉、贾环、贾蓉、贾兰都穿了公服，外有族中贾芹、贾芸、贾蔷、贾菱也都穿了吉服，都在王夫人上房，摆了仙酒果品。贾政刚一退朝，便挨次儿递酒上寿，一齐跪下。行礼毕，又与王夫人斟酒庆贺。

刚然完毕，就有孙二姑爷、周三姑爷、周小姑爷、薛蟠、薛蝌、林成玉、柳湘莲、甄宝玉、冯紫英等都进来行过了礼，都让到书房款待。随后就是尤氏领了纨、凤、钗、黛、赵、范、秦、胡行过了礼。又有迎、探、惜、巧、菱、琴、湘、岫诸人行礼已毕。其余公侯勋戚以及诰命夫人，俱谦谢不敢当，惟请午间坐席而已。叩见已毕，贾政才要更衣，又见家人男妇都在院子里磕了头。又见有许多奶妈子抱了许多的哥儿姐儿上来，乃是桂哥儿、藻哥儿、蕙姐儿、胡氏的孩儿。又有香菱、探春、湘云、岫烟、宝琴、尤三姐的孩儿，一个个穿红挂绿，金装玉裹地抱了进来。贾政见了，不胜欢喜，逐一地抱着看了一看，忙教王夫人找了些首饰珍玩耍物之类，一一的分给讫，又将葫芦内的仙丹每人分给了七粒。到了晚上亲到城隍庙去接贾母。就有林公、贾夫人领了贾珠、鸳鸯都来家庆寿，又整热闹了一夜。

此次贾政过生日，实从来荣府未有之热闹，笔墨之间，不能尽述。贾政过了生日之后，即届国家开科取士之时。是年乡试，巧姐的女婿并探春的女婿、甄宝玉、柳湘莲四人，都中了两文两武举人。到了会试之期，贾兰点了探花。彼此往来致贺，不须多赘。

桂哥儿此时已经三岁，蕙姐儿才交两岁，自从服了仙丹之后，桂哥儿颖悟非常，后来亦成进士。蕙姐儿长成才貌绝伦，元妃甚爱，奏明了皇上，选为皇子妃，此皆后来之事不提。

且说宝玉已蒙圣上恩赏了翰林侍讲，业经供职。这一日，下衙门回来见过贾政、王夫人，回到怡红院，只见宝钗、黛玉二人抱着桂哥儿、蕙姐儿在海棠花树下，指着半天云里教小孩儿们看，不知是谁家放起一个大蝴蝶风筝来，在云端里飘飘荡荡。宝玉见了不觉触动了心思，向宝钗、黛玉二人笑道："宝姐姐，林妹妹，我又想起了一件事情来了。"未知宝玉想起何事，且听下回分解。

第二十八回　传大道妙玉离太虚
证仙缘惜春成正果

话说贾宝玉自翰林院回来，见过了贾政、王夫人，一直回到怡红院来。刚进了月门，只见宝钗抱着蕙妞儿，黛玉抱着桂哥儿，在院子里指着云端里不知谁家放的一个大蝴蝶风筝，教小孩子们看。宝玉一见，触起心思，忙道："宝姐姐，林妹妹，咱们去年开海棠社作诗的时候，我记得凤姐姐嗽着你们玩儿，后来果真的好几位都生了孩子了。去年我原说过，今年要立个孩子社的。你们瞧瞧这如今海棠花也开了，眼看着清明节也到了，我想明日告诉了太太，接他们众姊妹来家作个孩子社，你们说好不好？"宝钗听了笑道："我说你是个'无事忙'，这又不是没事寻事呢么？况且去年咱们社里的人，这如今又有好几位有了喜，坐不得车，来不得的，如何能够凑得齐全呢。"宝玉道："你说的这才真是'锯倒树儿捉老鹳'的话了。我原说立的是孩子社，并不是什么诗社，何必定要当日的原人呢。但凡有小孩子的都接来也就是了。"黛玉听了笑道："你们俩人且不用分竞，等我算一算，看有孩子的都是些谁，一共有几个孩子，成得起一个社成不起。"宝玉不等黛玉说完，忙又道："我昨儿还听见太太说，兰哥儿媳妇也有了喜了，再过几个月咱们就都是做爷爷、奶奶的人了，你们说该乐不该乐呢。"宝钗笑道："你还糊涂着呢，咱们如今早已有人叫爷爷、奶奶的了，那里还等再过几个月呢。"宝玉听了失惊道："谁把咱们叫爷爷、奶奶呢？"宝钗道："东府里珍大嫂子的孙子，他不把咱们叫爷爷、奶奶可该叫什么呢。"宝玉笑道："可是呢，我也把这个孩子忘了。但只是隔了层次，到底比兰哥儿的儿子又远些儿了。"黛玉笑道："这不过是论个辈数罢了。若必定要论什么远近，除非桂哥儿养了儿子，你才算得个真爷爷呢。"

宝钗笑道："罢哟，你们越说越说得远了，咱们算算孩子们罢。咱们屋里现在就是两个，平儿姐姐一个，东府里一个，共是四个。我们家他们妯娌俩的三个，这就是七个了。外头只有二姐姐、三妹妹、雪妹妹、琴妹妹、尤三姐姐他们五个人的五个，一共才只有了十二个孩子，成得起个什么社呢。"宝宝笑道："咱们的诗社也才不过十二个人。何况孩子社，不过是个热闹而已，可要多少呢。你算算咱们诗社里的人，除了大嫂子、四妹子来不得的也只有一个巧姑娘，难道还成不起个社么？"黛玉道："十二个孩子固然不少，然而小孩子们到了一块儿，无非唧吗喊叫的闹人，可到底有个什么趣儿呢。"宝玉道："你放心，我自然有个道理。后日就是清明节了，你看人家放的这个风筝好看，我们到了那一天也都扎起风筝来，一个孩子一个风筝。人物虫鸟务要扎得精巧新奇，都到稻香村西边空地上教丫头们跑着放了起来。再搭一个秋千架，有会打的打起秋千来，岂不有趣儿呢。这里头就是有高兴爱作诗文、填词曲的，随意儿作一首、填一两阕也都使得，你们说好不好？"钗、黛二人听了，也都点头道："好。"

当下商议停妥，便将哥儿、姐儿仍旧递与奶妈子，各自抱去玩耍。这里大家一齐进房，早见晴、钏、鹃、莺、花、柳六个人迎接出来，在什锦槅子旁边垂手侍立。黛玉见了向宝玉笑道："你瞧瞧，你这会子高兴要立个孩子社玩耍儿。再过两年儿，不用请一个外人，只咱们屋里可就够一个社了。那会子只怕你又要闹得害头疼呢。"说得众人都笑了。宝钗又将立社的话告诉了他六个人一遍，就派他们六个人每人扎一个新奇精巧的风筝，以备临时应用。

当下夫妇三人同桌吃了早饭，重新又都到王夫人上房来。只见王夫人正和李纨、凤姐二人坐着说闲话儿。纨、凤二人一见宝玉等进来，忙站了起来让座。王夫人说："你们来得正好，都坐下。我才告诉了你两位嫂子，这两日听见丫头们说，四姑娘有好些日子总只是痴痴呆呆地坐着，白日里也不大吃饮食，夜里也不大肯睡觉。我听了心里很放心不下，你们姊妹们过会子大家都到栊翠庵去瞧瞧他，把他着实的劝解劝解。要是身上他觉着有些不大爽快，早些儿请了王大夫来给他看一看。可怜他没娘、没老子的，他哥哥、嫂子又不大肯照管他。虽说不是我的女孩儿，是我从小儿看着长大的。偏又不听人说，拿定主意要出家。你们想想，一个人白日里不吃饭，夜里不睡觉，这还了得呢。"说着，便流下泪来。

宝玉听了，心里早已明白了八九，就知是惜春的道行修得将有所得了，乃笑道："太太只管放心，我想四妹妹坚心修道，成日家在一间小房儿里坐静，想是坐得着了魔了。我正有一件事要回太太呢，去年我们开海棠社作诗的时候，我原说下今年要立个孩子社。我想后日乃是清明佳节，接了众姊妹来家，都带了孩子们来作个社。把四妹妹也接了出来大家玩耍，笑笑热闹两天，他心里一开豁，病也就好了。"王夫人听了笑道："怨不得你老子说，你会千奇百怪地想着法儿闹，怎么忽然又想到孩子社的上头来了呢。"凤姐听了笑道："去年是我多嘴，来和他们众姊妹们嗽着玩儿，如今果然都有了孩子，所以招起宝兄弟的高兴来了。"王夫人听了，也向宝玉等笑道："既是这样，你们何不再等几天儿，索性等你凤姐姐也养了孩子，岂不又多一个儿呢。"凤姐听了笑道："太太也和我玩儿来了。"宝钗笑道："眼看巧姑娘恭了喜，你就是抱外孙子的人了，自己腆着脸还养孩子，怎么怨得太太和你玩呢。"凤姐听了笑道："这可是由得人的事吗？你们明儿可就都不用养老生子儿。"说得众人都笑了。

大家说笑了会子，吃了茶，便都告辞起身，一齐到栊翠庵来。

原来凤姐的身孕已经八九个月了，走路觉得累累赘赘的，出了王夫人的上房，尚未走到大观园的门口，早已喘得受不得了。李纨见了笑道："二婶娘，我劝你回去罢，不用到四姑娘那里去了，从这里到栊翠庵好远的呢。蜂腰桥那里又高高低低的，你可看仔细，当着宝兄弟把孩子养到半道儿上，那可像个什么意思了呢。"说得众人又都笑了。凤姐啐道："你收了你那个嘴罢，你也是眼看抱孙子的人了，我不过是当着宝兄弟不好意思给你上好话儿罢了，你也别太得人意了。"宝钗、黛玉二人也劝道："凤姐姐，你不用和大嫂子斗口齿了，他说的虽是些玩话，却是正经道理。你看你这会子已经发起喘来了，那里还走得了那些高高低低的路呢。"凤姐听了，也自觉走着费力，无可奈何只得笑道："罢了，恭敬不如从命，你们到那里替我问候四姑娘就是了。"说毕，个自带着丰儿回家去了。

这里李纨、宝玉、宝钗、黛玉四个人缓步行来，不知不觉来到栊翠庵。一进庙门，只见入画、雪雁二人在院子里扫地。一见众人进来，才要开口，李纨忙向他摇了摇手儿，不教声张。两个丫头会了意，向静室内努了个嘴儿。李纨等轻轻地走了进来。看时，但见惜春在床上一个大蒲团上合目瞑坐，鼻中但有微息，就和木雕泥塑一般。瞧了瞧脸上的颜色，却仍旧红是红白是白的。宝玉见了，不禁狂喜道："仙乎！仙乎！"惜春徐徐睁眼，将众人看了一看道："善哉！善哉！"这才慢慢地起身下了蒲团，向李纨笑道："你们多早晚儿来的，怎么也不教丫头们通知一声儿。"李纨笑道："我们从来没有见过坐功的人，所以我要偷着看一看，果然坐的有趣儿。"惜春听了笑道："什么坐功，无非胡闹而已。"说毕，便让李纨等坐下，即叫雪雁去烹茶。

黛玉道："太太听见说，你如今坐功，寝食俱废，心里着实的放心不下，教我们来瞧一瞧，替你散散心儿呢。"惜春听了笑道："这又不知是那个不知好歹的丫头在太太跟前混说的。我的身子原是好好的，那里有什么病呢。"宝玉道："太太原怕你一个人儿在庵里，闷

闷地坐出病来，所以才教我们大家来瞧瞧你，替你散散心儿的意思。后儿是清明节，我已经回过太太，接了众姊妹们来家做一个孩子社，大家放风筝玩儿，你说好不好？”惜春笑道：“你也太高兴了，又闹什么孩子社，名色儿听着就新鲜。”宝钗笑道：“我们刚才已经派了晴雯、袭人他们扎风筝。等他们扎完了，还要送到这里来求四妹妹替他们画一画添添颜色呢。”惜春道：“很好。扎完了就拿来，我替他们画画。我明儿也扎一个风筝，随着你们也放一放，好教太太放心。”李纨道：“太太说你白日里不肯好生吃饭，如今到底你的饭食如何？”惜春道：“这都是那里的话呢。你们若不放心，过会子你们就在我这里吃午饭。你们亲眼儿见了我的饮食，也好回复太太的话，只是委屈你们今儿吃一顿素饭罢了。”

宝玉听了欢喜道：“好极了，我这两日正想吃个素饭儿呢，只教雪雁到怡红院搬一坛绍兴酒来。”惜春道：“既是吃素，又要什么酒呢。”宝玉笑道：“四妹妹，你就记不得苏东坡的诗‘酒能养性，仙家饮之’，我们大家恭贺你一杯酒，流畅流畅血脉，发舒发舒精神，岂不更好呢。”惜春听了，便不言语了。李纨遂教雪雁去告诉柳家的多办几样素菜，顺便到怡红院搬一坛酒来。于是，大家都在栊翠庵坐着说了半日的闲话，陪着惜春同吃晚饭。但见惜春饮酒啖饭，无异平时，众皆诧异。当下吃完了饭，宝玉又命雪雁取罋下的雪水烹茶。又吃了会子茶，然后告辞，仍都到上房来回复了王夫人的话。王夫人这才放了心。

到了清明这一日，王夫人清晨起来，梳洗已毕，便命人套了车陆续接了众姊妹来家，都先在王夫人上房吃了早饭。宝钗便命各家的奶妈子，先都把哥儿、姐儿们抱到怡红院去会齐了。晴雯等预备下好茶，然后请迎、探、菱、湘、琴、岫、纨、凤、尤、平等都到怡红院来吃茶。

当下众姊妹告辞了王夫人，都花攒锦簇的向怡红院而来。刚一进月门，只见宝玉将众奶妈子抱的哥儿姐儿们早一字儿排在院子里，每人面前放着一个大风筝，人物虫鸟扎得极其精巧。从头儿数去，果然是十二个小孩子，一个个金装玉裹，粉团花儿似的。原来迎春、探春、湘云、香菱、岫烟、宝钗、尤三姐、平儿、胡氏都生的是哥儿，惟有黛玉、宝琴生的是妞儿。湘云见了笑道："难为宝哥哥怎么想来，果然这些孩子聚在一块儿倒真有个趣儿。"宝玉笑道："只可惜男孩儿太多，女孩儿太少了。"迎春听了笑道："你这是个什么话呢。人生在世，自然要儿子多女孩儿少，这才是正理。你怎么反倒要女孩儿多起来了呢。"凤姐笑道："你们都不知道宝兄弟的意思，我就猜着了。不过是要六个男孩儿、六个女孩儿，将来好做亲家的意思，是不是呢？"宝玉听了笑道："你猜的也不是我的意思，是要女孩儿多些，将来长大了他们小姊妹们，也就可以另立一个小社，我们老姊妹们就可称为老社了。"说得众人都笑了。

宝钗笑道："我看你一辈子再也总不用干个别的正经事儿，总在我们群儿里混混。难道明儿留下大胡子，甚至后来胡子白了，姊妹们群儿里总该有你吗？你们听听，说的教人可笑不可笑呢。"宝玉笑道："你说的这是个什么话呢。你瞧瞧，咱们社里的人，可有我该避讳的人么。大嫂子、凤姐姐、二姐姐、三妹妹这是我的至亲骨肉。菱姐姐、邢大妹妹是咱们的内亲。云妹妹是和我从小在一块长大的，他们又给林姑老爷承了嗣，更是亲上加亲。尤三姐姐是珍大哥哥、琏二哥哥的小姨，已经就是亲戚。我和柳二哥又是患难的弟兄。琴妹妹是更不用说的了。俗话说得好，'姐夫小姨，九分九厘'，就是明儿有了胡子，胡子白了，又怕什么呢。"说着，只见宝琴过来，"呸"地啐了他一口，招得众人又笑了。

只听黛玉道："都请到屋里坐罢，怎么尽自站在风地里说起话来了呢。"众人听了，这才都到房中坐下，晴雯等献上茶来。茶罢，凤姐正要追问香菱，那日薛蟠从三贤祠回来以后的光景，又问给冯渊做的荷包做了没有。香菱正欲回答，只见麝月进来禀道："四姑娘来了！"众人听了，一齐诧异道："我们正要到庙里会他去呢，怎么他倒高兴先来了。”钗、黛二人连忙迎了出来。只见雪雁搀着惜春从月门进来，浑身道装打扮，十分雅淡，体态轻盈，不在妙姑之下。宝钗道：“四妹妹今儿高兴啊，怎么竟成了不速之客了。”惜春笑道：“你们昨儿说太太为我很不放心，所以我今儿早些儿过来热闹热闹。我也扎了一个风筝，同你们大家放放，也教太太放心。”

宝玉在院子里正和众小孩们引逗着玩耍，听见惜春来了，忙过来相见。一眼早望见入画在惜春身后，手里拿着一个大青鸾，翅如车轮，浑身尽是翠羽装成，就和活的一般。宝玉见了，不禁狂喜道：“四妹妹，你这个风筝扎得也就巧极了，竟和活鸾一般，那里像个风筝呢。我看这个圆身子，只怕未必放得起去罢。”惜春笑道：“你别管他，且等放的时候，我自然会教他起去。”

正说时，只见众姊妹都迎了出来。惜春接着逐一的相见问好毕，一齐进房挨次儿坐下。惜春便命奶妈子们将哥儿、姐儿们都抱进来，逐一的抱着玩了会子，又在每个头上摩挲了会子。湘云见了笑道：“今儿我们这些孩子们，就都算拜在四妹妹门下了。你们看看，一个一个的都摩顶受了戒了。”探春笑道：“可也是呢，常听见说，人家的孩子恐怕养不起，往往的无论僧尼都认在他庙里。我们这些孩子们，现放着他四姨姨，为什么都不认在他庙里。我们这些孩子们，现放着他四姨姨，为什么都不认在他门下作徒弟呢？”惜春笑道：“三姐姐，你们可就不用胡闹，我是清净惯了的，禁不得这些孩子们吵闹。况且这些孩子们不是我的外甥，就是我的侄儿，那一个不是我该心疼的，何用认徒弟呢？”凤姐听了笑道：“四妹妹，你不用推辞，我替你想来，俗语说得好，‘和尚无儿孝子多’。你瞧他们姊妹们受了千辛万苦，一个人一辈子能养几个儿子呢。你看，你如今一点难儿不费，就是现成的十个孝子、两个孝女，一共就是十二个了，你还有什么不便宜的呢！”

惜春听了，正要啐他，只听湘云笑道：“凤姐姐，你少算了一个，一共是十三个呢！”凤姐笑道：“明明只有十二个，那里还有一个呢?”湘云听了笑道:“你瞧咱们这里头,现在还有一个大肚累赘的一个人,难道算不得一个么。”众人听了,一齐都笑起来。只听凤姐笑道:“罢哟,云妹妹,我也是看着你长大的。一个老姐姐,你还抽冷子和我玩这么一句儿,难道我的脸皮儿比你的脸皮儿还薄不成。罢了。四妹妹,你不用认他们的孩子们了,索性等我明儿分娩了,不论男孩儿女孩儿,认给你作徒弟就是了。”说得众人又都笑了。

忽听宝玉在院子里嚷道:“凤姐姐,不用闹嘴了,咱们早些儿过去看他们放风筝罢。趁这会儿风色正好,过会子风息了就难放了。我已经吩咐把酒席摆在滴翠亭了。”钗、黛二人听了,便让众姊妹们都到滴翠亭去了。命奶妈子们抱了哥儿、姐儿们在前先行,众人随后。

出了怡红院,缓步而行,从蜂腰桥斜岔到滴翠亭来。但见亭子上的窗槅洞开,周围摆着二十盆兰花,清香扑鼻。南边一带空地,十分宽敞。两颗松树中间,设着一个秋千架子。亭子中间,摆着四桌酒席。众人才上了亭子,宝玉便催着钗、黛二人安坐定席。湘云道:“我们不用你张罗,各人随便儿坐就是了。”于是,湘云、宝琴坐了第一席。尤三姐、惜春坐了第二席。香菱、岫烟坐了第三席。迎春、探春坐了第四席。李纨、凤姐陪第一席。平儿、胡氏陪第二席。宝钗、黛玉陪第三席。宝玉独自陪第四席。钗、黛送过了酒,大家一齐就坐。酒行数巡,宝玉便吩咐丫头们放起风筝来,引着这些小孩子们观看。

一语未了,只见晴雯、金钏儿、紫鹃、莺儿、柳五儿五个走了过来,每人手里拿着个风筝。宝玉见了,心中不悦,忙拦道:“教丫头们放就是了,你们又都胡闹什么呢。何苦跑得浑身灰尘白土的,万一跑掉了鞋,可是个什么样儿呢。难为你们也不怕人笑话。”晴雯笑道:“这有什么怕人笑话的,那里就跑掉了鞋了呢。成日家把人霸在屋里,连各处里走走逛逛都不能。今儿好容易碰见爽神的事儿,你又管教起来了。”宝玉道:“不是管教,你们都来了把屋子交给谁看着呢?”只听莺儿道:“有袭人姐姐看家呢。”宝玉听了笑道:“好,亏了还有这么一个知道好歹的人儿。”只听金钏儿笑道:“罢哟,他知道什么好歹呢。他要不是怕姑奶奶们揭挑蒋琪官的话,他早已也来了。”众人听了都笑起来。湘云笑向宝玉道:“罢哟,宝哥哥,你让他们姊妹们今儿也风光风光罢。当真的,成日家也黜的受不得了。我们翠缕呢?怎么眼错不见的就没影儿了。”黛玉笑道:“你看,那边山坡底下拿着风筝的那不是他吗!”湘云望了望,笑道:“这小蹄子,多早晚儿可就去了。”探春笑道:“我们今儿索性教他们一总风光风光去罢。侍书、绣橘、雪雁、入画、碧莲、丰儿、麝月、秋纹你们一总都放风筝去罢。一个桌子上放下一把酒壶,我们这里不用你们伺候了。”

当下侍书、绣橘等听了探春的吩咐,早都下了亭子,到那边空地上七手八脚地拿起风筝来乱放起来。只见晴雯先放起一条大长蜈蚣风筝来,随后翠缕也放起一个刘海戏蟾的风筝来。于是,莺儿、紫鹃、侍书、绣橘等陆续也都放了起来。但见满空中都是风筝,飘飘荡荡,悠悠飏飏的。

众奶妈子抱了哥儿、姐儿们,都在风地里站着仰首观看,招得小孩儿们嬉笑吵叫之声不绝,喜得宝玉拍手笑道:“云妹妹,琴妹妹,你们都瞧瞧,我这个孩子社热闹不热闹呢。”宝琴笑道:“有你这个孩子头儿领着闹,可有什么不热闹的呢。”宝玉听了笑道:“云妹妹,你听,琴妹妹说我是个孩子头儿,他这不是骂我的话吗?”宝琴笑道:“你不用胡挑眼儿,难道社里头就不该有个社长么。”宝玉笑道:“依你说来,我是这些男孩儿们的社长,你可就是他们两个女孩儿的社长了。”说得众人都笑了。

正然说笑,忽见雪雁、入画在那边高声叫道:“四姑娘,咱们这个大青鸾风筝总放不起去呢。”宝玉听了笑道:“我早就说这个风筝扎成圆身子,是放不起去的。四妹妹还不肯相信,果然应了我的话了。”惜春听了笑道:“两个夯蹄子,连个风筝也不会放!人家的风筝怎么就放起去了呢?”雪雁道:“咱们这个风筝,连晴雯姐姐都不能放的。”惜春道:“既是这样,你们走开,等我亲自去放。”说着便站了起来,挽了挽袖子,径自下亭去了。众人见了,俱各诧异,一齐起身都跟了下来,看他到底是怎样一个放法。

只见惜春下了亭子,行走大异往昔,矫健异常。走到山坡之下,拿着那个大青鸾风筝来毫不费力。用手帕包了手,提着绳儿往上一抖,只见那只青鸾就像自己往上飞的一般。渐松渐起,渐起渐高,霎时将绳儿放尽,直入云霄,比别的风筝还高好些。但见青鸾的两翅扇摇,身子纹丝儿不动。

众人见了,都大加惊异。唯有宝玉、湘云二人心下明白,惜春修的道行将有所得了。此时,宝钗、黛玉二人也猜着了几分儿。黛玉向惜春笑道:“四妹妹,你这个风筝做得就奇妙,放得更奇妙。你看这只青鸾放在空中,就和活的一般。可惜青鸾背上少扎了一个骑鸾的仙人,似觉缺典。”惜春笑道:“我这只青鸾,原是放了上去要接个仙人下来的,你们只瞧看就是了。”

众人听了,愈加惊异。大家都不错眼珠儿的瞅着那风筝,眼都瞅花了。不知怎么眼光一瞬,果都瞧见青鸾背上隐隐绰绰的像有个人骑着的似的。只听翠缕叫道:“青鸾背上有了人了,姑奶奶们顺着我的手瞧,那不是的么。”又听凤姐叫道:“果然是真的,我也看见了。”又听探春道:“像个道姑打扮,手里还拿着蝇拂子呢。”又听黛玉道:“三妹妹,你看他那个神情儿,好像妙师父的样儿。”又听尤三姐道:“可不是妙师父是谁呢?四妹妹你快收绳子罢。”

众人俱各惊喜非常,但见惜春并不答言,只将绳子慢慢地收了拢来。渐收渐近,渐近渐真,将至落地时,那青鸾背上的仙人早已跳下地来,果然就是妙玉。又见惜春将手一撒,那青鸾风筝仍旧飞了上去,将绳儿递与入画,这才向妙姑打了个稽首,并不交言,四目相视而笑,似有默契的光景。众人见了妙姑,不胜惊喜,一齐拉住问讯,妙姑也一一的相见。寒温毕,众人拉了妙姑的手,便往亭子上让。宝玉又命丫头们在四席的中间另摆一席素果，让惜春、妙姑二人坐。

大家饮酒间，黛玉、凤姐、迎春等人又向妙姑问了会子太虚幻境警幻的起居光景。彼此谈得热闹中间，只见晴雯、金钏儿二人，也都收了风筝，来与妙姑问好。妙姑又和晴、钏二人叙了会子旧事。忽听那边入画高声叫道：“四姑娘，这只青鸾风筝收不下来了，我们好些人使劲儿拢绳子，竟纹丝不动。”惜春听了笑道：“既是收不动，就尽他去罢，只把绳头儿拴在松树上就是了。”凤姐诸人听了，又都要下亭子去看青鸾风筝，惜春忙拦道：“咱们早些儿吃了饭，散一散，也让我和妙师父干我们的正经事去。”宝玉听了忙拦道：“四妹妹你忙什么呢，妙师父既然下凡来了，你们干正经事的日子多着呢。已经立了秋千架子了，咱们索性看着丫头们打了秋千再吃饭也还不迟。”惜春未及回答，只听妙姑笑道：“宝二爷，我今儿下凡，原为的是四姑娘的大事，你让我们办完了正事，我还要到上房请太太的安去呢。”探春听了笑道：“妙师父你也别太忙了，你且坐坐，教我们的奶妈子们把小孩儿们都抱来，你也瞧瞧，每人给他们一个记名符儿，强如到别处庙里瞎胡闹去呢。再者还怕我们太太知道你下凡来了，也要先来看看你的。到了晚上，你和四妹妹回到栊翠庵去，有多少正经事办不了的呢。”

李纨听了，忙命人将奶妈子们叫来，不多一时，奶妈子们将哥儿、姐儿们都抱到亭子上来。妙玉出席，逐一的抱着瞧了一瞧，笑道：“可喜可贺，皆大器也。等咱回到庵里，每人给他们画一张记名符儿，保佑他们无灾无病，长命百岁的。”宝玉听了，更加欢喜，便催着众人去看打秋千。众人被缠不过，只得又一齐下了亭子，到松树底下站着观看。

早见一个丫头在秋千架上踹着踏板，左也打不起来，右也打不起来，招得众人都笑起来。仔细看时，不是别人，乃是傻大姐儿。宝玉笑着吆喝道：“快下来罢，看仔细跌死了。傻头傻脑的他也闹打秋千儿。”说着，早见晴雯搂着衣裳，就要去打。黛玉笑道：“罢哟，你又要惹的教说呢。难道这些丫头们那里少你去打秋千呢。”说得晴雯无言可对，笑着把宝玉看了一看，连忙跑了。又见翠缕搂衣上前，黛玉又拦道：“我劝你也不用逞强罢。”湘云笑道：“林姐姐，你不用拦他的高兴，不相干的，他在家里常干这个把戏儿。今儿索性教他疯一天罢。”黛玉听了，便不言语了。只见翠缕搂了搂衣裳跳上踏板，身子一纵，脚儿早已蹬了起来。但见他腰肢袅娜，衣袂飘扬，打出许多名色来。有什么套花环、盘龙舞、凤朝阳，又有什么双仙渡海、一鹗凌空、雁字一帆风的这些名色，看得众人眼花缭乱，齐声喝彩。翠缕打毕跳下来，面不改色，口不发喘。众丫头们见了，尽皆惊服，不敢上前献丑，一个个面面相觑，你推我，我推你，俱不肯上前。宝玉不悦道：“你们这些蠢才，难道只会吃饭么？”迎春笑道：“罢哟，不用骂他们了。你的如夫人一个个都在那里技痒，你又舍不得教他们冒险，这会子又骂别人来了。”说得众人都笑了。

忽见惜春走来，笑道：“宝哥哥，你不用发急，你等我亲自去打着玩玩儿，保管比翠缕打得好看就是了。”宝玉听了忙拦道：“好妹妹，你不用替我惹乱子了，打秋千原是个悬虚事儿，晴雯他们我尚不敢教他们冒险，何况你呢。万一教太太知道了，我当不起这个不是。”惜春那里肯听，竟自搂衣前往。众姊妹见了，一齐阻拦，听只妙姑笑道：“不相干的，有我在这里，你们只管放心，倒不要拦阻他的高兴。”众人听了，只得让他前去。

只见惜春上了踏板，悠悠飏飏地打了起去，飘飘然有凌云之势，也将各样的名色儿打出来，比翠缕打得更有奇妙，更又好看。喜的个宝玉拍手大笑道：“四妹妹，你真是成了仙了。”一语未了，只见惜春打了一个鹗凌空的式子，忽听“咯嘣”的一响，绳儿裂断，将惜春从半天云里跌了下来，唬得众人魂不附体。未知惜春性命如何，且听下回分解。

第二十九回　享祭祀魂返大观园　庆团圆神游太虚境

话说惜春自从栊翠庵出家以来，一尘不染，诚心悟道，如今已经修成了半仙之体，只等明人指点，便要立证菩提。他的那一灵真性，于每夜坐禅时，必与妙姑相会，妙姑在暗中指授妙诀。今当功行圆满，不欲肉体飞升，恐骇物听，思欲脱却皮囊，以成正果。所以预先约下妙姑，今日下凡来度脱。他因宝玉放风筝之便，略施小术，将妙姑接了下来。又因宝玉高兴要看打秋千，他自己故又借打秋千之便，脱却凡胎，暗中将绳儿扭断，将他的凡胎从半空中跌了下来。他的那一灵真性，依旧聚而成形，早飞在空中，骑在青鸾风筝的背上，众人那里能知道这些缘故。只见他悬空的从秋千架上跌了下来，一个个都吓得魂不附体，一齐跑上前来，只见他直挺挺地躺在地下。湘云着了忙，连忙坐在地下，将他抱了起来，揽在怀内。众人看时，已连一点气儿也没了。迎春、探春等见了，早已都哭起来。纨、凤、钗、黛等一齐都埋怨宝玉。宝玉此时，早已没有了主意了，也只好大哭而已。此时伺候的丫头们，早已唬得四下里乱报去了。

众人正在忙乱哭闹之际，只见玉钏儿搀着王夫人，贾蓉搀着尤氏，都从蜂腰桥踉跄而来。众人见了，越发没了主意，索性都大哭起来。奶妈子们抱的小孩儿正在嬉笑，忽听众人都大哭起来，唬得小孩儿们不知所以，一齐乱哭。急得妙姑高声劝道："姑奶奶们不必乱哭，四姑娘升了仙了。"此时哭声震耳，众人那里听得见。

妙姑正在无法，一见王夫人、尤氏踉跄而来，连忙迎了上去，打了个稽首。王夫人含泪道："妙师父，你既然下凡来了，怎么把四姑娘在秋千架上跌坏了呢？"妙姑笑道："太太不必惊惶，四姑娘如今他的功行圆满，脱却了凡胎，成了正果了。太太不信，只看那青鸾风筝背上骑的不是他么？"王夫人听了连忙扬起头来在天上一望，但见青鸾背上隐隐绰绰的像是骑着个人儿，却看不真切是谁。尤氏到底年轻，仔细望去，果然就是惜春，在青鸾背上摇着蝇拂子，指着地下叫道："二姐姐、三姐姐、宝哥哥你们不用乱哭，看仔细吓着了太太，我在这里呢。"尤氏听了，忙向王夫人道："太太，风筝上骑的果然是四姑娘，他还说话呢。"王夫人听了，不胜惊异，忙向妙姑道："妙师父，你快把风筝收了下来罢，看仔细他又去了。"

妙姑听了，先命尤氏去劝众人不必乱哭，众人这才知道惜春是脱了凡胎了。于是，大家止了泪，都瞅着妙姑收风筝的绳儿。只见妙姑手拿着绳儿，并不费力，渐渐地收了下来。青鸾落地，惜春这才跳了下来，见了王夫人，连忙下拜道："侄女蒙婶娘恩养，不啻生身的父母，今日大道修成，理宜拜谢劬劳之德。"王夫人听了，忙拉了他的手哭道："我的儿，唬死我也。"刚只说得这一句，就见迎春、探春、湘云等一齐前来，拉了他的手问道："四妹妹，你既是修成了正果，要脱凡胎，为什么不明明白白地告诉我们？我们险些儿被你活吓死了。"惜春笑道："我若明告诉你们，你们又如何肯依呢。你们这会子也不必害怕了，咱们把太太请到亭子上坐下好说话儿，别把老人家唬着了。"探春道："四妹妹，你如今脱了凡胎，你这个肉身却怎么样呢？"王夫人听了，忙在秋千架下看了一看，只见惜春的肉身依旧在那里直挺挺地躺着，不由得又伤心落泪。

宝玉忙道："太太不必伤心，等我去告诉珍大哥哥，教他叫了塑像的匠人来，就将四妹妹的肉身塑在咱们栊翠庵大雄宝殿的东边，永远享受香烟，岂非千秋佳话。”贾蓉听了，也不等王夫人开口，连忙如飞地去告诉他父亲去了。惜春忙拦道：“宝哥哥，我一辈子为人孤高狷介，如今脱了胎，怎肯教些匠役们来摆弄我的躯壳。况且倡扬出来，也招摇是非。你们先把太太请到亭子上去，等我和妙师父把他用三昧真火化了去就是了。”众人听了，那里肯依，也有要塑像的，也有要殡葬的，纷纷不一。惜春一概不听，拉了妙姑的手，走到自己的躯壳跟前，口里念出四句偈来道：

是我全非我，疑君不是君；凭他三昧火，化作岭头云。

念毕，只见妙姑向他的肉身喷了一口仙气，忽地遍身衣履着起火来，就像烧灯草纸张似的，须臾化为灰烬。不但并无一点气息，连一点骨殖渣儿也没有了。王夫人与众人见了，都不胜悲感。惜春忙拉了王夫人的手，慰道：“侄女一生的大志已遂，太太该喜欢才是，如何反倒伤起心来了。”王夫人落泪道：“我的儿，你如今修得脱了凡胎，如何还肯住在家里，自然是要跟了妙师父去的，叫我如何舍得你去。”说着，又哭起来，招得众人一齐伤感。惜春安慰道：“太太不必过伤，我虽脱了凡胎，尚有未了之事，还要留妙师父在栊翠庵住两日呢。就是将来我们去了，娘儿们要见面也还容易的。天不早了，咱们都到上房说话儿去罢。”王夫人听了，这才擦了眼泪，一手拉了惜春，一手拉了妙姑，便往上房而来。

尤氏、纨、凤等忙命丫头们撤去酒席，收了风筝，率领奶妈子们抱了小孩儿们一齐往王夫人上房来。刚进了房门，尚未及坐谈，只见王善保家的搀着邢夫人踉踉跄跄而来。一到院子里邢夫人便问道：“怎么把四姑娘从秋千架上掉下来跌坏了，这还不得！”尤氏听了，忙迎了出来，将惜春脱了凡胎、妙姑下来接引的话，告诉了邢夫人一遍。邢夫人这才放了心，道：“我一听见信儿，唬的我连路都走不上来了，大奶奶，你倒来得快当呀！”尤氏道：“我听见丫头们说了一声，我的魂就像在头顶儿上冒了，也没顾得换衣裳鞋脚，亏了蓉儿在家里，我就教他搀着我飞跑来了。你侄儿也没在家，这会子还不知他知道不知道。”

正说到这里，只听王夫人出来道：“大奶奶，你怎么不让大太太进来，尽自在院子里说起话来了。”尤氏才要答言，又见惜春也迎出来，向邢夫人笑道：“为侄女的事，倒教婶娘、嫂子们受惊，我倒心里不安了。”邢夫人听了，细将惜春一看。但见他仙风道骨，丰致飘然，竟与肉形无异，不觉惊喜异常，忙拉了他的手道：“我的儿，难为你苦志修行，到底熬到成仙的份儿上，将来连我们也还都要托赖你的福分呢。”一面说，一面拉着惜春和王夫人、尤氏同进了上房。

纨、凤、钗、黛诸人，早已都在房门口迎候。彼此问好毕，刚然坐下，又听丫头们在院子里禀道：“老爷们、爷们都来了。”宝玉听了，忙迎了出去。

只见贾赦、贾政、贾珍、贾琏、贾蓉、贾兰祖孙六个一齐进来。只听贾赦先道：“我们家真是天恩祖德，意外异样的喜事，层见叠出。我们正在南安王府吃祭肉，蓉儿去告诉，初听见从秋千架上跌了下来，吓得了不得。后来才听见说脱了凡胎，竟有这样的奇异。四姑娘在那里呢？我们来看他来了。”邢、王二夫人听了，王夫人忙领了纨、凤、钗、黛众姊妹都到里间回避，邢夫人便拉着惜春在房门口迎候。赦、政二公便拉了他的手一同进来。

惜春进房，忙拜了下去。赦、政二公连忙拉起道：“我的儿，难为你志苦心坚，修成了正果。常言道，一子成佛，九族飞升。将来我们也都有好处，且待明日奏知元妃，替你讨一个封号，也不枉你修炼一场。我的儿，且随你婶娘到里间坐着去罢。”惜春听了，便同邢夫人到里间里去了。

此时已有黄昏时候，丫头们点上灯来。贾赦、贾政和他们小弟兄们都在王夫人上房，挨次儿坐下吃茶。大家商议惜春之事，到底是面奏好，还是奏知了元妃传奏的好。议论纷纷，贾政一时也不能酌定。正在踌躇，忽见焙茗自外跑了进来，禀道：“老太太差大爷回来，告诉老爷们话来了。”众人听了，才要问时，早见贾珠慌慌忙忙地自外走了进来。

贾琏、宝玉、贾蓉、贾兰一齐迎了出来，贾珠一一的接见毕，进了上房，便与赦、政二公及贾珍请安。邢、王二夫人听见贾珠来了，都出来相见，贾珠一一的请安毕，邢、王二夫人坐在里间的门口的两张杌子上听贾珠说话。赦、政二公即命贾珠坐于贾珍之下，众皆依序坐下。贾政向贾珠道："老太太这时候差你回来，必定有什么要紧的事情。"贾珠躬身道："今儿早起姑老爷接到上帝的敕旨，授了天曹的阁部，着即赴新任。咱们上界的老太爷，也有书子来接老太太归位完聚。老太太所以差儿子来家告诉老爷、太太，于明日晚上预备出洁净房屋一所，要宽大些，老太太和姑爹、姑妈定于明晚率领眷属来家一会，就此起身回上界去呢。"赦、政二公及邢、王二夫人听了，俱各大惊失色，由不得都伤心落泪。

此时众姊妹们在里间都听见了。别人犹可，惟有林黛玉、史湘云、李纨三个人，早已哭作一团儿。贾政叹气道："完聚未久，忽又分离，天命虽不可违，人心岂能无感，快吩咐套车，我们大家即刻都到庙里去见见老太太，先讨讨教训，明晚再预备祭祀。"丫头们听了，连忙出外吩咐。

此时王夫人也哭得抽抽噎噎的向贾珠道："老太太和你姑爹、姑妈是留不住的，你可求求姑老爷，你和鸳鸯再住几年，把我们看着送了终，娘儿们一同去罢。"贾珠也流泪道："凡事都有个定数，老太太既去，儿等岂能复留。"王夫人听了，越发大哭起来。贾政含泪问道："我的儿，你这如今还是跟了老太太到上界去会祖先，还是跟了你姑老爷到新任去呢？"贾珠流泪道："方才老太太也说来，若是跟了老太太去，也没有什么益处。莫若仍旧跟了姑老爷到天曹去讨个差事走走，不过一二年，就可以补放一个县城隍了。"贾政听了，点头道："这也很是。"贾赦听了，向邢夫人道："你把二太太劝一劝，才没听见大侄儿说，将来他也可以巴到城隍的地位，这也是人生难得的事了。催催他们套车，咱们也早些儿到庙里去罢。"邢夫人听了,忙将王夫人劝住。

这里宝玉、贾兰忙站起来要到外边去催套车,王夫人道:“你们出去吩咐,咱们两府里只套五辆车就够了。二位老爷每人坐一辆,大太太和你史大妹妹坐一辆,我和你林妹妹坐一辆,你珍大嫂子和你大嫂子坐一辆,其余他们姊妹们都不必去,等着明儿在家里见罢。你们弟兄叔侄们都骑马,这就省多少事了。”宝玉、贾兰答应而去。不多一时进来禀道:“车马都齐备了,请老爷、太太们走罢。”王夫人听了,便又进里间来嘱咐宝钗,教晚上照应着安置妙姑、惜春及众姊妹,并着人给薛姨妈送个信儿。于是,领了湘云、黛玉、尤氏、李纨同邢夫人在前坐车先行,宝玉、贾兰骑马相随,贾赦、贾政随后也坐了车,珍、琏、珠、蓉四位骑马相随,出了荣府的大门,径往城隍庙而来。一路灯火辉煌,好不热闹。

不多一时,来至庙中,都在丹墀下车。早听见里面击点开门,林公迎了出来,湘云的女婿林成玉在后相随。赦、政二公见了,连忙抢行上前,彼此慰问。珍、琏、宝玉等也都上来请安。又见里面出来了许多妇女,伺候太太、奶奶们下车。邢、王二夫人、尤氏、李纨、湘云、黛玉一齐下了车,都与林公相见问好。

黛玉此时早已哭得说不出话来了。丫头们搀着过了大堂,早又望见贾夫人在二堂迎候。众人见了贾夫人,彼此益觉悲感。过了二堂,便向西转,乃是贾母的住处。刚到院子里,就听见贾母在内说道:“我原打发珠儿回去告诉你们,明儿晚上在家里见面,这早晚儿半夜三更又都成群搭伙的做什么来了?”邢、王二夫人等听了,连忙紧行了几步,进了上房问安已毕,都拉着贾母痛哭起来。随后便是赦、政二公率领子侄们都一齐进来请安,伏地悲痛。贾母见了,高声说道:“你们不用乱哭,都起来坐下,听我告诉你们,自来骨肉聚散,原有个一定之数。我如今托着姑老爷的福气,已死的鬼魂,又在人世混了三年,骨肉再得完聚,这也就很够了。你们也想想,世上那一个作父母的能够死后还能与儿孙们相见,世上那有个作儿女的又能够与他死后的父母相见呢？咱们实在托赖着天恩祖德，这就是千古未有的事了。你们都快起来罢，不必哭了。”林公与贾夫人也都过来相劝，众人这才止了泪。黛玉仍是抽抽噎噎的。

贾母忙道：“姑奶奶，这里也坐不下这些人，你把他们小姊妹们带到里间去坐，你们娘儿们也说说话去。鸳鸯呢？你把你奶奶也领到你们房里去，珠儿也去，你们夫妻们也说说话。我们的两位太太上炕来坐。我们的两位老爷就在那边床上坐，姑老爷陪着。他们小弟兄们都在地下椅子上坐，史大姑爷陪着。”众人听了，俱各遵照所说的次序儿坐定。贾夫人领了尤氏、湘云、黛玉到里间去说话，鸳鸯领了李纨也到贾珠的房里去了。

这里贾赦向林公道：“姑老爷莅任未满三年，怎么忽然又有荣升的信儿？”林公道：“小弟也不知其所以然，想来也必定有人保奏的。但只是人生聚散无常，二位老长兄也不可过悲。况且老太太升天与老太爷完聚，也替我们做儿女的完全了一件大事，这也是人生求之不得的。”贾政听了擦泪道：“父母百年完聚，虽说是遂了儿女期望之心，然而目睹音容，不能无恸。”贾母听了笑道：“你们怎么还不明白，我和姑老爷他们再履人世，原为有一段因果。我当日在生时，原将宝玉他们的姻缘弄错，后悔无及。后来在地府幸而遇着姑老爷，好容易千奇百怪生生死死的了结了一件心事，我心里实在舒服了。这会子你老太爷接我去完聚，乃是正理，你们反倒悲伤起来。你们想想，你们就留我在人世再住一百年，也总不过是这个味儿。又吃不得人世的饮食，又穿不得人世的衣服，到底算个什么儿呢。我当日不肯到家里去住，原为怕你们到临别时不忍分离，这会子你们仍是如此。依我看你们哭会子也留不下我，何苦？娘儿们多说会子话儿，岂不比哭强呢。”贾政等政听了，都一齐站了起来道：“老太太既要归天，儿孙们也不敢强留。只求老太太将家中的一切后事开导指示一番，儿孙们将来也得所遵循。”贾母笑道：“你们都是些读书明理为作宦官的人，我没读过书，也不知道什么别的，想来人生在世，富贵穷通虽说有个定数，总是行好必有个好报，行恶必有个恶报，你们只记着这两句话就是了。”众人听了，一齐答应了个是。

邢、王二夫人又将妙姑下凡，惜春成了正果脱了凡胎的话告诉了贾母一遍。贾母听了欢喜道：“这也奇了。可见人行好事，天必从之。四丫头这就是替咱们家增了光了。可怜他老子闹了一辈子的炼丹，也没修成，他倒弄成了。”众人听了，一齐都说：“这总是托赖老太太的福气所致。”贾母笑道：“到底是四丫头悟道的心诚，可托赖我的什么福呢。你们听我说，大家吃了茶，坐会子都早些儿回去罢。我们的行李已经打发冯渊、秦钟、崔文瑞带着他们的家眷头里去了，这里只留下司棋家两口子和鲍二家的、焦大伺候我们。明儿不过一点灯的时候就到家里，你们把大观园省亲的正殿打扫出来，多摆上几十桌酒席，把亲戚家的男客、女客都请了来，大家都见一见。坐的时候，无论宾主，都要夫妇同坐一席，挨着次儿排了下去。虽名为饯行的别离酒，却做一个伉俪团圆会。只许欢笑，不许悲哀。姑老爷你听我说得是不是？”林公答道：“老太太想得很是，很该作个团圆会，才合我们这一段因果。二位兄嫂就遵着老人家的话办罢。明日我们的酒席，仍是我们这里抬了去就是了。”

正说时，只见贾夫人从里间走了出来，向邢、王二夫人道：“二位舅太太，你们不用伤心，我才和你外甥女儿说来，老太太归天与老太爷完聚，乃是正理。就是你妹夫升了天曹的官儿，这也是一件难得的事。就是将来你们要见见我们，也没什么难处。你外甥女儿他们，现有什么返魂香、寻梦香，那都是仙家之物，只用点起香来，彼此也就可以相见了。我才说教他们明儿点起香来，送我们到天上去，他们这才都喜欢了。”邢、王二夫人听了，站起身来才要说话，只听贾母笑道：“很好，就是这样罢。你们可也放了心了，大家都回去罢，天不早了，也让我们歇息会子，明儿还要上路呢。”众人听了，不敢违拗，只得起身告辞。史湘云因牵挂着惜春不肯回家，仍同尤氏、纨、黛跟着邢、王二夫人坐车而回。林公、贾夫人送至大堂，看着他们坐车的坐车，骑马的骑马，出了庙门，这才回后而去。

且说荣府的众人，车马耀耀，灯火照耀，一直回到府中。赦、政二公率领子侄先到书房去，教人传了林之孝、赖大等一班儿能事的家人来，吩咐明日派人先将大观园省亲的正殿打扫洁净，悬灯结彩，摆设铺陈，多备酒席，演三出神戏，所有的亲戚家的男客、女客，俱下请帖，愿来不来，听从其便。分派已定，这才散去，各自回家。

再说王夫人下了车，送了邢夫人、尤氏各自回家，领着湘云、李纨、黛玉进了上房。只见宝钗迎了出来，笑道："太太回来了，今儿又是双喜临门。凤姐姐自从太太去后，回到他房里，不过半个时辰就分娩了，养了个怪好的小小子儿。我们这里正替他忙乱张罗，周亲家奶奶家也差人来说，巧姑娘也养了小孩儿了。可巧儿的舅舅外甥一天儿，这也是件有趣儿的事情。"王夫人听了，笑道："很好。娘儿俩一天儿养孩子，倒也有趣儿。只是事情都挤在一块儿，可教人怎么个办法儿呢。妙师父和四姑娘安置妥当了吗？"宝钗道："都依旧到栊翠庵去了。我怕入画、雪雁两个丫头不够使唤，又把秋纹也派了去了。太太到了庙里，老太太吩咐了些什么话？"王夫人也将贾母吩咐的话述了一遍。宝钗听了，不胜悲感。王夫人道："夜深了，你们都各自回房歇歇去罢，只怕你老爷进来也要睡呢。明儿大家都早些儿起来。想着先差人到巧姑娘家送粥米道喜去。宝丫头，你们照应着把你史大妹妹送到秋爽斋去。"湘云笑道："不相干的，这个路也走熟了。"于是，湘、纨、钗、黛四人辞出上房，都往大观园来。

先将湘云送到秋爽斋与探春同住，李纨自回了稻香村，钗、黛二人才向怡红院来。刚到月门，只见宝玉从潇湘馆那边，手里提着个小明角灯儿缓缓而来。宝钗笑道："这么亮的月色，还打个灯笼，也太小心过余了。"宝玉笑道："你们怎么倒走过去了呢？"黛玉道："我们送史大妹妹去来。"宝玉走到跟前将灯笼递与黛玉，拉了他二人的手，一同进了月门。早见晴雯等迎了出来，接了灯笼笑道："好，爷和奶奶们一块儿都回来了。免得我们等了这个又等那个的。"

宝玉笑道："今儿你们五个人，可也风光够了。"晴雯笑道："趯也趯够了，风光风光也该。"宝玉笑道："当着那些人，又放风筝，又要打秋千，一点臊儿也不害。到底袭人比你们强，老干多了。"金钏儿笑道："罢哟，我们只有一个汉子，那里跟得上他老干呢。"招得钗、黛二人一齐笑道："这个小蹄子的嘴越发要不得了，什么老婆汉子的都说上来了。快取我们的衣裳去罢，我们换了衣裳，听我们说正经话罢。"金钏儿、紫鹃、柳五儿听了，忙将他三人的旧衣取来，一齐换上。晴雯、莺儿、袭人送上茶来。钗、黛、宝三人坐在炕上，晴、钏、鹃、莺、花、柳六人都坐在椅子上。黛玉便将适才在庙里对贾夫人说要点了寻梦香送林公夫妇到任的话，告诉了钗、宝二人一遍。二人听了，俱各大喜。宝钗道："你这个话说得倒投了机了。才刚儿我问四妹妹，他如今脱了凡胎，到底将来作何归结。妙师父说，必须要先到太虚幻境，求警幻仙姑奏知了上帝，讨了封号，就有了归结了。妙师父还说，送了老太太去后，他就同四妹妹到太虚幻境去呢。我和二姐姐、三妹妹商量，求妙姑把我们姊妹们携带到太虚幻境去逛逛，他已经应许下了。你才这一说，正说到一家子了。明儿咱们一块儿都送姑太太去，送下姑太太再到太虚幻境看四妹妹去。你们说好不好？"宝玉听了笑道："宝姐姐，你到底不知路径的远近，太虚在上界之下，明儿既是大家要去，索性请老太太、姑妈都先到太虚幻境，送下四姑娘，就求姑老爷面奏上帝讨个封号，岂不更顺便呢。"黛玉听了道："既是如此，咱们先把要送去的人算一算，看那匣内的寻梦香够用不够用。"宝钗道："不用算。知道定得谁，临期谁去谁不去呢？我才也问香菱姐姐来，他说寻梦香不过剩了有二十多支，想来也够用了。倒是警幻给你的那个小匣儿，妙姑说教你明儿带了去，交还了他罢，留着也无用了。"黛玉听了笑道："可也是呢，何不把那个拿出来瞧瞧，看那上头有什么法儿没有？”紫鹃听了，忙去将匣儿取了来。三人在灯下打开匣儿，取出册页，打开细看。

黛玉一面看，一面指向宝钗道：“宝姐姐，亏你提起他来。你看这一段儿，正是明儿用得着的。有了这个，可以不必再用寻梦香了。”宝玉、宝钗看了，俱各大喜道：“妙极了。咱们何不照这个样儿来画起来。就画上一百张尽够用了。”黛玉听了，忙命紫鹃、莺儿取了黄表、朱砂、新笔、净水来，三人在灯下约有半个时辰，画了一百张神符。宝钗嘱咐道：“此事且莫声张，到了临期，我三人酌定，应该去的给他符一张，令其于临睡时焚化。不该去的，慎勿滥与。咱们也只带了晴雯、金钏儿去，留下他们四人看守屋子。”商量已定，收拾安寝。一宿晚景不提。

到了次日黎明，起来梳洗已毕，宝玉便先到省亲的正殿上看着教人打扫铺设。宝钗、黛玉二人，便都到王夫人上房去，先张罗着教人办了粥米礼物来。王夫人命贾琏亲自骑马去看。接着就是周小姑爷来磕头，王夫人便留下，命宝玉陪着吃了早饭。去时，便告诉说，尚须到别的亲戚家去磕头，隔着城，晚上不能来送老太太的话。打发小姑爷去后，这才请众姊妹来一同吃早饭。

刚然吃毕，就有丫头们来报说：“姨太太来了。”众人听了，一齐迎了出来。只听薛姨妈在院子里道：“怎么姑老爷升得这样快，老太太也要归天去，住的热辣辣的，又要分离！我昨儿晚上听见，一夜也没睡得着觉。今儿一早我就要来的，周小姑爷又来磕头来了，说巧姑娘恭了喜了，我才又办了粥米打发蟠儿到周家道喜去了，所以我吃了早饭才来的。才刚儿一下车，又听说凤丫头也恭了喜了。好，娘儿俩一天儿养孩子！”说得众人都笑了。王夫人才要往房里让时，又听薛姨妈道：“你们都瞧过凤丫头了没有？”王夫人笑道：“昨儿晚上人家刚分娩了，他们众姊妹们就都去了。只有我和他大嫂子、林妹妹、史大妹妹昨儿都到庙里去看老太太，今儿又忙了一早上，还没去看他呢。”薛姨妈道：“既是如此，咱们就到他房里去罢。你们去过的姊妹们，就在这里等着我们罢，他那房里也容不下这许多人。”

于是，薛姨妈、王夫人、李纨、黛玉、湘云五个人，都到凤姐房里来。一进房门，就瞧见平儿在地下扇炉子煎药，尤二姐在炕上包裹孩子，凤姐拥着被窝靠着引枕打盹。平儿、尤二姐见了薛姨妈，连忙站起来问好。凤姐惊醒笑道：“姨太太、太太都来了，恕我的罪罢，我也站不起来了。”薛姨妈笑道：“姑娘，你可大喜！得了儿子，又得了外孙子，真是双喜临门！”凤姐皱眉道：“什么喜呢，早不养迟不养，偏偏儿的老太太要升天这会子坐在屋里了。你老人家说，教人着急不着急呢。”薛姨妈道：“事情碰在一块儿，可有什么法儿。养孩子可是由得人的事吗！”湘云听了接口道：“要不是昨儿放风筝疯闹，只怕还等两天儿。”黛玉笑道：“这个云妹妹说的越发招人笑了。他如今已经过了月了，那里是疯闹的缘故呢。”凤姐叹气道：“可怜老太太疼了我一辈子，明儿升天，我也不能瞧着送一送，实在恨死人了。这个孩子自从昨儿落了草儿，一夜不住声儿的呱喇呱喇地哭，气得我恨不得把他两脚踢死了。”王夫人笑道：“你这都是胡使性子呢，拿着孩子撒起气来了。”李纨笑道：“二婶娘，不是我当着姨太太、太太说，这也是你老嘴老脸不尊重的缘故。前儿在人面前撇清，告诉我们说自从回生以后，他二叔总是在他尤二姨、平姨房里，你个自一个人儿修真养性的，这会子又养了孩子。这不是自己把自己的谎掰出来了吗！”说得众人都笑起来。凤姐笑道：“你可说吗，这都是宝兄弟的那个混账师父，好好儿的又给了些什么孔圣枕中丹。自从吃了那个药，忽喇巴儿的不爱到他们两人房里去了，死里活里的只是缠磨我，教我可有什么法儿呢。”说得众人越发都大笑起来。薛姨妈捂着嘴笑道：“哎哟哟，你们听，这个凤丫头越发倚老卖老的了，亏他说着也不害个羞。”凤姐笑道：“我的好姨太太，我这如今已是有了外孙子的人了，比不得他们这些三六一十八的小媳妇子家，早已就一车骨头半车肉了，还害什么羞呢。”众人听了，又都大笑起来。李纨还要怄他，只见平儿煎好了药，端来服侍凤姐吃了。薛姨妈道：“我们让他吃了药，躺着养养神儿罢。”于是，大家又到上房会了众姊妹，都到栊翠庵去看妙玉、惜春。

话休烦絮。午后，贾政下了衙门，便差人去邀请亲友。除有官差不能来的不算外，早有孙二姑爷、周三姑爷、史大姑爷、薛蟠、薛蝌与薛二姑爷、甄宝玉、柳湘莲诸人都到了。贾政在书房款待男客，王夫人在贾母上房款待女眷。吃毕了午饭，约有掌灯时分，大家列坐闲谈。忽见焙茗进来禀道：“老太太、姑老爷、姑太太、大爷都来了。”众人听了，连忙起身迎了出去，都在荣禧堂丹墀下，宾东主西拱立以待。果见林公鸣锣响道而来，轿至丹墀落下。贾珠已在仪门外下马，步行进来。

林公下了轿，见了众人，先宾后主逐一的寒温毕。赦、政二公便将林公与众亲友，仍先让到书房里坐。随后便是贾母、贾夫人的两乘大轿，鸳鸯的一乘小轿。司棋、鲍二家的都在仪门外下车步随，一直进了荣禧堂的宅门落轿。只见薛姨妈领着众姊妹，邢、王二夫人领着众妯娌，都在宅门口，也是宾东主西排班迎立。贾母、贾夫人下了轿，大家彼此问好毕，便拉了薛姨妈一同到上房来。邢、王二夫人，便让贾母、贾夫人、薛姨妈都到炕上坐，众姊妹们都在椅子上坐，自已和他们众妯娌们在主位相陪。丫头们献茶毕，薛姨妈凄然向贾母、贾夫人道：“好容易盼的老太太、姑太太的驾再临人世，如今住的热剌忽喇的，又要分离。我昨儿一听见信儿，心里就很难过得受不得了。”说着早流下泪来。贾母道：“姨太太，你快别这样，这也是个定数。我昨儿已经和他们都说过了的，今儿我们大家团聚，作一个伉俪合欢会，无论宾主都要欢喜，不许悲伤的。至于我和我们姑奶奶原是鬼魂，虽居人世，又不能享人世之福，不过是一股气儿，聚而成形，来如水月，去似镜花，又不怕路途远近，又不怕山川阻隔，来去总是一样的。难道我们去了，咱们从此就不能相见了么？要见面也还容易的。姨太太你这一伤心，又要招起他们来呢。”

正然说到这里，只见众人都站起来道：“妙师父和四姑娘来了。”贾母笑道：“神仙来了。”果见妙姑、惜春走了进来，才要施礼，贾母、贾夫人连忙下炕拉了起来，就拉他二人也坐在炕上。贾母向惜春道：“我的儿，难为你志苦心坚，到底修成了大道，替我们脸上增光。我昨儿也向你姑老爷说来，他说将来见了玉帝，必替你面奏讨封的。你如今已经脱了凡胎，家里也难以久住，自然是跟了妙师父到太虚幻境去的了。”惜春道：“警幻仙姑早已知道老太太、姑妈要升天，所以算着日子打发妙师父度脱我来的。我们俩人这也就跟着老太太一块儿去罢了。”贾母听了欢喜道：“很好。你姑妈还说教你宝哥哥、林姐姐都送我们去呢，咱们一块儿倒也热闹些儿。”宝钗听了忙道：“昨儿妙师父也许下把我们众姊妹们带了太虚幻境去逛逛，我们昨儿把符都画下了。”贾夫人道：“姑娘，你们不是有什么寻梦香，怎么又闹画起什么符来了？”宝钗未及回答，只听妙姑笑道：“你们画的必是警幻的送魂符。他这个符能夺阴阳造化之功，人若睡下将此符焚化，立刻真魂出壳，任其所之，又比寻梦香强了。”贾夫人听了，向宝钗道：“你们既有这个符，多去几个人儿更好了，不知你们姊妹们都谁要去呢？”宝钗道：“我大嫂子、二姐姐、三妹妹、菱姐姐、云妹妹、邢大妹妹、琴妹妹、尤家二姨儿、三姨儿、小大奶奶，我和林妹妹带着晴雯、金钏儿连你老人家的女婿，共是十五个人。”王夫人听了忙道：“你们既有神符，也给我们两张。昨儿晚上，你老爷伤心了半夜，说老太太归天，我们作儿子、媳妇的竟不能亲身去送。你们既有神符，我们也该去送老太太才是呢。”宝钗听了，不敢答言，只瞅着贾母。贾母道：“你们老夫妇，乃是一家之主，如何去得呢？况且这一开端，大老爷、大太太、珍哥儿、珍哥儿媳妇都要去，可教我拦住谁呢？”薛姨妈道：“这也都是该当的，不但他们，连我也该送去才是呢。”贾母道：“姨太太，你这一说就有了，我连你姐姐也不教他去，何况你呢。”又向王夫道：“这样罢，既是你老爷不放心，要去就教他去罢了。把我送到地头儿，见你老太爷，回来告诉你们，你们大家也就都放了心了。”

正说时，只见宝玉进来禀道：“大观园的酒席都齐备了，请老太太、姑妈都过去罢。”贾母道：“你来得正好。我告诉你，你老爷也要送我们去呢，你就替他预备下一张神符。我们临去时，就教你老爷同你姑娘老爷、大哥哥先到任去，你和他们众姊妹们都跟着我们到太虚幻境去就是了。”宝玉听了，忙答应了几个是。于是，贾母站了起来，向薛姨妈道：“姨太太，你同我们两位太太带了他们众姊妹们，先到大观园去，我和姑奶奶到凤丫头房里瞧瞧他去，不过一会儿的工夫就来了。”说毕，便都下了炕。

贾母、贾夫人、鸳鸯都往后边而去，平儿、尤二姐也就忙随了去。薛姨妈、邢、王二夫人领了其余的姊妹们，都到了大观园来到了省亲的正殿，但见两边都搭着彩棚，对面搭着戏台，结彩悬灯，十分华丽。进了正殿，只见正中摆着一席，两边分列着二十余席，俱靠着殿内的山墙，就如大万字炕一般，说不尽的山珍海错，水陆干鲜。

众人正在瞻玩，只见宝玉进来向邢、王二夫人禀道：“方才老爷们说，昨儿晚上老太太吩咐说，教今儿做个伉俪合欢团圆会，必要教夫妇同席。才刚儿大家算了一算，若夫妇同席，不但本家子大伯子、小婶儿无所回避，就譬如亲戚们柳二哥、尤三姐姐旁边就是史大妹夫、史大妹妹，这也不雅像。违背了老太太的命，这也不是。如今老爷们商量的是男东女西，两边分坐，夫妇同在一堂，这也就是伉俪合欢了。请太太们把这个话，过会子回回老太太就是了。”邢、王二夫人听了，都点头道：“这个话说得很是。”

正还要往下说，只见平儿、尤二姐、鸳鸯从小道岔来禀道：“老太太、姑太太都来了。”宝玉听了，忙往外跑。只听戏台上奏起乐来。男客们都从彩棚内走出，在丹墀下迎接。邢、王二夫人、薛姨妈领了众姊妹,都在丹墀上迎接。果见贾母、贾夫人都坐着竹椅轿子,老婆子们抬着来了。到了丹墀落轿,一齐下来。贾母向薛姨妈道:"教姨太太久等了。为的凤丫头只是哭,我才细细的开导了他一番,他才不哭了。"说着,便拉了薛姨进了殿门。王夫人上前忙将夫妇同席有许多妨碍,如今改为男东女西的话,告诉了贾母一遍。贾母道:"我的意思,不过要取个吉利,也倒忘了这些妨碍,就是男东女西也罢了,就请老爷们、爷们都进来罢。"丫头听了,忙去传请。

于是,林公领了众人,宾前主后从东边门内进来。贾母道:"我们也就坐罢。姨太太,今儿这叫个伉俪合欢会,咱们两人是没有老伴儿的,就坐这中间的一席。妙师父和四丫头,他们两人是神仙,就陪我们两个。东边首席是林姑老爷,西边就是姑奶奶。二席是柳二爷,西边就是尤三姑娘。三席是小甄大爷,西边就是李二姑娘。四席是史大姑爷,西边就是史大姑娘。五席、六席是薛大爷,薛二爷,西边就是菱姑娘,邢大姑娘。七席、八席是孙二姑爷、周三姑爷,西边就是二姑娘、三姑娘。其余就都是主人家了。东边从我们大老爷、二老爷、珍哥儿、珠儿挨着次儿排到兰哥止,西边也就是我们大太太、二太太一直排到兰哥儿媳妇止。东边席上叫宝玉送酒,西边席上叫黛玉送酒。这都是为他们俩人的事情,也该谢一谢。姨太太,你听我分派得好不好,说得是不是?"薛姨妈听了,笑道:"实在老太太分派的我们连个谦逊的话儿也不能多说。妙师父、四姑娘过来,咱们就陪着老太太坐罢。"

于是,大家都不好再谦,都照依着贾母分派的次序儿就座。宝、黛二人,两边送过了酒,也各归其位。丫头们送上戏目来,请老太太点戏。贾母道:"不用点,听我吩咐:头一出,唱《满床笏》。第二出,唱《儿孙福》。第三出,唱《蟠桃宴》。就演这三出罢了。"丫头们听了,传下话去。登时锣鼓齐鸣,箫笙并作,唱起戏来。两边宾主,觥筹交错,十分热闹。

约有两个时辰,三出戏唱完,婆子们抬上钱桌子下放赏。贾母向贾政道："戏唱完了，你们要送我去的人，也都回房安歇去罢，天不早了。"贾政、宝玉听了，知道时光有限，不敢强留，只得起身告辞，由东边门内下去，各自回房去了。钗、黛等姊妹也由殿后去了。这里贾赦、贾珍、邢、王二夫人一齐上前流泪挽留道："天还尚早，求老太太宽坐片时，儿孙们还求教训。"贾母见了忙道："你们不用着忙，我们还不走呢。暂且把酒席撤去，我们洗洗手，还要到宗祠拈香去呢。"贾赦等听了，一面命人撤席舀水，一面命贾蓉、贾兰到宗祠去预备香烛。

不多一时，撤完了酒席。大家盥漱、吃茶毕，贾母站起身来，向薛姨妈道："姨太太，我们到宗祠去拈香，你同亲戚家的爷们、奶奶们在这里这坐着，略等一等我，我们就来了。"薛姨妈听了，连忙答应，只得同亲戚们都仍在殿上坐候。于是，鲍二家的搀了贾母，司棋搀了贾夫人在前，鸳鸯在后，邢、王二夫人领了尤氏、赵氏、范氏、平儿等俱由西边门内出去。林公、贾珠在前，贾赦领着贾珍、贾琏、贾环在后，俱由东边门内出去。前面提灯引路，大家都往宗祠而来。

原来宗祠就在大观园的东边，开了东角门转弯便是。众人说话同行，并不觉远。到了宗祠，只见里面点的灯烬辉煌，香烟缭绕。贾蓉、贾兰在门外侍立。贾母向贾赦、邢、王二夫人道："里面地方窄，容不下多人，你们都在外面等着罢，只我们几个进去拈香就是了。"说着便同林公、贾夫人、贾珠、司棋、鲍二家的一齐进了祠堂。这里贾赦向邢夫人道："祠堂内虽说容不下多少人，咱们两人陪进去才是。"邢夫人听了，才要举步，只见林之孝慌慌张张地跑了进来道："方才焦大、潘又安出去吩咐伺候轿马、执事，奴才们亲眼瞧着，都排在荣禧堂下，又没见老太太、姑老爷出来，忽然刮了阵旋风，全不见了。"贾赦、邢、王二夫听了，吃了一大惊，连忙一齐跑进祠堂看时，连一个人影儿也不见了。

众人正在惊疑，忽听空中有音乐之声。一齐出来看时，恍恍惚惚,听见像是贾母的声音,说道;“你们都过去照应着亲戚们,都回去罢,我们走了。”众人听了,不禁伤感,望空哭拜。忽见丫头们打着灯笼,搀着薛姨妈也来了。薛姨妈向邢、王二夫人道:“姨太太们,不用伤心了,这也是老太太怕咱们哭,所以才哄着咱们脱身去了。我们才在殿上坐着,男女一堂到底不大方便,我才叫蟠儿、蝌儿先打发了戏子们,把姑爷们都让到书房里坐去了。我正和姑娘们说闲话儿,妙师父和四姑娘说,‘老太太已经去了,我们也就去罢’,只见他俩人身子一晃,连影儿都不见了。又听了听,你们这边哭呢,唬的我忙教丫头们把姑娘们送到里头去了,我才过来瞧你们来了。”众人听见惜春也去了,愈加伤感,又哭了会子,这才劝住了。

贾赦领了子侄们都到书房照应着送众男客回家。邢、王二夫人同薛姨妈、尤氏等仍到省亲的正殿照料着收了器具,熄了灯火。邢夫人、尤氏各自回家。王夫人安置了薛姨妈并内眷们的住处,又惦着贾政、宝玉、钗、黛、菱、湘等烧了神符,真魂去送贾母,所以领了玉钏儿先到秋爽斋来。未知如何,下回分解。

第三十回　警幻女增修补恨天
悼红轩总结红楼梦

话说王夫人于众宾客散后，送了邢夫人、尤氏各自回家，将薛姨妈、李纨等安置在蘅芜院住宿，心里惦着贾政、宝玉、钗、黛并众姊妹焚化了神符，真魂离壳去送贾母。因此，命玉钏儿打着灯笼先到秋爽斋来。一进房门，只见侍书、绣橘、翠缕、碧莲四个人，在灯下用骨牌打天九。一见王夫人都站起来。王夫人问道："姑娘们都睡好了么？"绣橘答道："都在里间，早已烧了神符睡下了。"

王夫人推了推里间的房门，却插得紧紧的，乃问道："里头都是那几位姑娘？"侍书道："二姑娘、三姑娘、菱姑娘、邢大姑娘、史大姑娘、薛二姑娘、尤三姑娘，一共七位。"王夫人道："我听见宝姑娘说，连宝二爷一共是十五个人。怎么只有七位呢？"翠缕道："还有一位珠大奶奶、两位宝二奶奶，尤二姨奶奶、小蓉大奶奶、晴雯、金钏儿各自都回家睡去了。"王夫人听了，便嘱咐："你们小心灯火，留心听着些儿。"说毕，又到稻香村问了问李纨。又到怡红院，进了月门，在院子里叫出鹃、莺、花、柳四人来，问了问宝玉、宝钗、黛玉的情形，又嘱咐了一番，这才回到自己的上房来。又差玉钏儿到后边去问尤二姐。只见周姨从里间迎了出来，禀道："老爷烧化了神符，已经沉沉睡去，嘱咐不许人惊动。"王夫人听了，忙走进里间瞧了瞧，贾政鼾然熟睡，便悄悄地嘱咐周姨妈，小心伺候着。自己仍到外间，候玉钏儿复了命，这才收拾安寝不提。

再说宝玉、宝钗、黛玉、晴雯、金钏儿五个人回房安睡。因焚化了神符，他们的那一灵真性，早都离了本壳。起初但觉耳畔风响，身子飘飘然不知所之。少顷，风定。只听金钏儿嚷道："这个神符好灵应啊！晴雯姐姐，我的身上到底到了那里了？好像架上云了似的。"宝玉听了，忙喝道："少说话，你们一个拉着一个的衣裳襟儿。"一语未了，忽觉眼界光明，只听前面有人叫道："宝哥哥，你带了他们跟了我来，我在这里等你们呢。"

宝玉抬头看时，只见惜春手执拂尘，在一块大青石上盘膝而坐。回头看时，只见宝钗、黛玉、晴雯、金钏儿一个拉着一个的衣襟，在后相随，不由得心中大喜，忙叫道："四妹妹，你也来了么，老太太他们过去了没有？"惜春道："过去了好一会了，老爷也才赶过去了。"宝玉道："焙茗跟着呢没有？"惜春道："焙茗跟着老爷呢。才刚儿大哥哥在这里拉着两三匹马等着。老爷到了，他们都骑着马去了。这里有给咱们预备的轿子。"宝钗道："四妹妹，这是什么地方？"惜春道："这就是太虚幻境的交界。你们都是来过的，怎么倒都不认得了？"黛玉道："四妹妹，你来了，你见二姐姐、三妹妹他们来没有？"惜春用手指道："那前头走的一伙人，不是他们吗！都来全了，就少你们五个人，所以妙师父先带着他们头里走了，他们要看景致，都不肯坐轿子。我远远地望见像是你们来了，我所以坐着等一等儿。你们坐轿子不坐？"宝钗道："我们走着身子就像架上云的一般，又不觉乏，还是走着看看景致儿的好。"惜春道："既是这样，咱们也就走罢，这会子只怕老太太也到了。"于是，众人说说笑笑，迤逦行来。

但见青苔白石，一片明光。远远望见一座牌坊，高插云汉。宝玉见了，欢喜道："林妹妹，你看看，望见牌坊，这就是咱们的熟路了。"宝钗道："我也来过一次，只是记得恍恍惚惚的。"晴雯、金钏儿便指着告诉道："东边那不是赤霞宫，西边那不是绛珠宫，中间那不是警幻仙姑的寝殿？你们瞧瞧，倒像又添了好些房子的似的。”惜春笑道：“妙师父教我等着你们，怕你们走错了，谁知道你们倒比我都熟，我倒是头一遭儿。”

众人随说随走，早到了牌坊的跟前。抬头一看，只见上面横书着斗大的四个金字，道：“太虚仙境”。宝玉见了，惊喜道：“林妹妹，你瞧瞧，竟将‘幻’字改成‘仙’字了。改得有理，有理！”又看两边对联写道：

情深不必分真假，兴到何须问有无。

黛玉笑道：“怎么连对联也改了。这比从前的什么‘无为有处有还无’另是一番意思了。咱们再到前边宫门上瞧瞧那副对联是什么。”众人听了，又往前走。不多一时，来至宫门。抬头看时，只见匾上大书着“补恨天”三个大字。宝玉见了喜得拍手笑道：“林妹妹你看，‘离恨天’竟改成‘补恨天’了。”又看对联，只见上写道：

色即是空天地何生男女；情出于性圣贤只辨贞淫。

宝玉见了，又笑道：“林妹妹，我记得当日的原联是什么‘厚地高天堪叹古今情不尽，下联是什么来着？”黛玉笑道：“我记得是什么‘痴男怨女可怜风月债难酬’。怎么也改了！”宝玉笑道：“这改得很好，这才合了我的心了。这南边的匾对都改了，只怕北边的匾对也要改的，咱们且去看来。”

说毕，便领了众人紧走了一程，来到北边牌坊之下，抬头看时，只见匾上仍旧是“福善祸淫”的四个金字。再看对联，却不是原旧的了。只见上写道：

开辟鸿濛本是将无作有，权衡造化何妨弄假成真。

宝玉见了，哈哈大笑道：“林妹妹，这副对联改得更妙。原对是什么来着？”黛玉笑道：“我也记不清楚了。只记得有什么‘真胜假，有非无’把上头的字竟忘了。”宝玉道：“这两句又是一个意思了，比原日的也强。咱们再看这边宫门上是什么匾对。”说着，又走到宫门。看时，只见上面匾上横书着四个金字道：“洞天福地”。黛玉笑道：

“这也是改了的。当日原是‘孽海情天’四个字来。”宝玉笑道：“当日原是个孽海情天，今日还不该算个洞天福地么，改得很是。”又看对联道：

愿天下才子佳人，世世生生，永做有情之物，度世间痴男怨女，夫夫妇妇，同登不散之场。

宝玉见了，直乐得手舞足蹈起来，向钗、黛二人道：“宝姐姐，林妹妹，你们瞧，这副对联作得恰当不恰当，直说到咱们心坎儿上来了，这大约都是警幻仙姑改的。”钗、黛二人听了，才要答言，只听惜春催道：“宝哥哥，咱们走罢，不用到处里挨磨工夫了。看仔细老太太等得心慌了，又要着急了呢。”众人听了，这才扑了正中警幻的寝宫来。

约有一箭多远，早望见警幻领了几个仙女走出宫来，在门外迎候。宝玉等见了，连忙紧行了几步，一齐与警幻施礼。警幻连忙答礼毕，一把先拉了惜春，笑道：“贤妹苦志焚修，终成正果，可钦可敬，不日就可代愚姐之任矣！”惜春稽首道：“蒙仙姑不弃，愿拜门墙。”警幻道：“岂敢，岂敢。”又拉了钗、黛二人的手，笑道：“二位贤妹，别来无恙？”钗、黛二人答道：“自违仙范，久切怀思，今幸再观仙姿，稍慰积悃。”警幻道：“颦卿，愚姐替你们完成了一段宿缘，也算一件千秋佳话。我已经将‘太虚幻境’改为‘太虚仙境’，‘离恨天’改为‘补恨天’。一切匾联都换了新的，你们瞧见了没有？”宝、黛二人听了，连忙致谢道：“方才都领教过了。仙姑大德，终身何以仰报！”警幻道：“些须小劳，何蒙齿及。都请进宫坐罢，老太太候久了。”于是，宾前主后齐进宫门。

早见贾母、贾夫人在正中榻上对坐，迎、探、菱、湘众姊妹列坐两旁，一见宝玉等进来，都站起来让座。贾母道：“你们怎么这会子才来，倒反累了你四妹妹了。”宝钗答道：“两个小孩子要吃奶，所以闹耽搁了。”李纨笑道：“惹得老太太埋怨你们呢，说你们藕断丝不断的。”黛玉笑道：“你们不过比我们来的略早一会儿，就编排出这些话来了，我先不信。”贾夫人笑道：“你大嫂子和你三妹妹、史大妹妹他们，都是头一遭儿到这里的，都要到绛珠宫逛逛，看看仙草去呢。老太太又怕耽误了工夫，所以见你们总不来，他们都心里是着急的了。”警幻听了，笑道：“既是这样，请老太太吃了茶，咱们大家都到那里去。我就将预备下的接风酒，就摆在绛珠宫，也是一样罢了。”贾母笑道：“上一次我们在这里打扰仙姑，已觉不安，怎好这一回又讨扰呢。”警幻笑道：“老太太说那里话，一杯薄酒，不成敬意。”正说时，只见仙女捧上茶来。大家列坐吃茶毕，贾母便起身要到绛珠宫去。

于是，大家一同出来，缓步徐行，观玩仙景。但见两边配殿，一律鲜整，俱是新修的。所有原日的“怨粉”、“愁香”、“朝云”、“暮雨”等司门上的匾额，也都换作“惜玉”、“怜香”、“恩爱”、“绸缪”等字。宝玉见了，愈加欢喜。走到“薄命司”门前，抬头一望，只见匾上横书“钟情司”三个大字。宝玉向黛玉笑道：“偏偏的凤姐姐没来，他要瞧见这个匾，自然也是喜欢的了。”黛玉未及回答，只听香菱向秦氏道：“小大奶奶，你瞧瞧，咱们如今都不薄命了。”秦氏抿着嘴微笑不答。黛玉笑道：“菱姐姐，你们的命，自然是不薄的了。但不知你们的情到底钟不钟呢？”香菱听了，笑着啐了他一口。

大家说说笑笑早到了绛珠宫的门首。只见晴雯、金钏儿从里面笑着迎了出来。贾母笑道：“你们这两个蹄子，多早晚儿可就跑来了？”晴雯笑道：“我们并没到仙姑宫里去，抄近儿就到这里来了。”说着，自己便搀了贾母，金钏儿搀了贾夫人，一齐进了宫门。

越过前殿，进了垂花门内，但见院中白石栏内的绛珠仙草，葱茏茂盛，一缕幽香，沁人心髓。众姊妹见了，无不喜爱。探春道：“林姐姐，咱们何不把你这株仙草带回些儿去，种在咱们院子里呢。”警幻听了，笑道：“这原不是你们人间的东西，带不了去的。若能带时，他们上次早已带去了。”湘云道：“怎么香得这样有趣儿，闻着叫人骨头都是舒服的。等我先掐个叶儿，戴在头上闻香儿。”黛玉听了，才要拦阻，湘云的手快，早已掐了个叶儿插在鬓上了，招得众姊妹都笑起来。贾母道："你们不用混闹了，咱们早些儿逛逛，领了仙姑的美意，还要到上界去呢。"

众人听了，只得跟随贾母进了寝宫。但见里面屏开翡翠，褥绣芙蓉，铺设得十分华丽。岫烟见了，向宝琴笑道："二妹妹，你看林姐姐到底是个有福的人儿，死后还有这样一个好地方儿。"宝琴笑道："想来当日林姐姐他自己也未必预先就知道有这一段福气。他如果知道时，也断不肯说出'宝玉你好'的四个字来，给后人留下个话靶儿了。"黛玉听了，笑着啐了他一口，道："今儿很不该教你来才是呢。"湘云拉了黛玉的手，笑道："你让琴妹妹说去罢，这会子可还臊什么呢。咱们到你住的房里瞧瞧去。"贾母听了，笑着将众人便都领到东边套间里去了。

这里警幻，妙姑二人便命众仙女们调桌抹椅，摆设酒筵。上面一字摆了五席，旁边摆了一席。肴馔果品，盘碟杯箸，皆非人世所有。摆席已毕，只见贾母又领众人到西套间里面去看。这里警幻又吩咐中间地下铺了氍毹，将演乐的十二个仙女唤来伺候。诸般停妥，妙姑亲到西套间内请了贾母众人出来。

贾母向众人道："既承仙姑费心，咱们也不用再谦，大家就挨着次儿坐下就是了。"于是，贾母、贾夫人坐了正中的首席。史湘云、薛宝琴、尤三姐、李纨坐了东边第二席。香菱、岫烟、迎春、探春坐了西边第三席。宝钗、黛玉、宝玉坐了东边第四席。秦可卿、惜春、妙玉、警幻坐了西边第五席。晴雯、金钏儿、司棋、鲍二家的坐了旁边的一席。警幻、妙玉向各席递过了酒，然后各自就座。宾主酬酢，十分欢畅。

饮酒中间，警幻向宝玉笑道："宝二爷，你可记得你幼年初次到此，我有十二个乐女，演了十二支红楼梦的新曲，当时请你听过一回，你如今还记得么?"宝玉听了，笑答道："弟子当日初次来时，年尚幼稚，虽说领教过妙音，如今竟记得恍恍惚惚的了。"警幻道："我连曲稿的本儿都教你看过，怎么都忘了呢？”宝玉道：“历年久远，实在记得恍惚了。”警幻道：“我如今将旧谱翻新，又续演出十二支曲子来了。今日幸喜老太太及众姊妹光临，樽前无以为敬，且教他们演来，大家听听何如？”

宝玉听了，喜出望外，连忙出席称谢。只见那十二个仙女，打扮得袅袅婷婷，先到贾母的席前面上打了稽首，然后袖中取出曲本，放在宝玉面前，都到氍毹之上列坐。两旁吹起笙箫笛管，打起鼓板云锣，漫启歌喉，和着声儿唱起曲来。宝玉打开了曲本，同宝钗、黛玉一面看着曲稿，一面听他唱道：

红楼梦引子

【皂罗袍】何事闲操，湘管为氤氲。簿上错注姻缘，鸳鸯梦兆绛云轩，凄凉魂断潇湘馆。佳人缘浅，才郎运悭。太虚有境，大荒有山，试凭空，续把红楼演。

拟改《终身误》

【北新水令】只因结下死生缘，喜蓝田珠还璧返。前盟今已践，旧恨两相捐，缺月重圆，才遂了平生愿。

拟改《枉凝眉》

【玉交枝】婚姻遂愿，喜同登氤氲洞天。孟光接了梁鸿案，从今后，珠泪不轻弹。风姨月姊两相怜，鹃莺花柳长为伴。再休提，缘悭命悭，但请看，人圆月圆。

拟改《恨无常》

【沉醉东风】秋飒飒，鸾骈才驾；荡悠悠，鹤驭升遐。赤霞宫姊妹逢，太虚境神仙话。任逍遥，雪月风花。历尽劫灰返钿车，依旧是，龙楼凤厦。

拟改《分骨肉》

【黄莺儿】远嫁惨离情，拜椿萱，辞弟兄，暂时相别，休悲哽。到边关未停，即荣迁进京，归来巧合重圆镜。想人生，浮云聚散，不必叹飘零。

拟改《乐中悲》

【太平令】叹当日，拆鸳鸯，中道相抛，受尽了无限嗷嘈。幸喜得，素性侠豪，从未改当时笑貌。到而今，凤友鸾胶，任意儿逍遥。好夫妇，定同偕到老。

拟改《世难容》

【甘州歌】萧庵深锁，正蒲团高卧，静念弥陀。强梁入室，宿世冤家难躲。孤身那能敌众盗，全节惟宜丧涧阿。高人少，俗子多，嚣嚣众口恐传讹。太虚境，安乐窝，请从月下看嫦娥。

拟改《喜冤家》

【折桂令】恨当初，误嫁豺狼，受尽折磨，捱尽凄凉。遽尔夭亡，半年，瘞玉七月还阳。锁狂徒，鼎铛并列；捉荡子，刀斧齐张；换了肝肠，改了行藏。喜而今齐眉举案，倒有个地久天长。

拟改《虚花悟》

【懒画眉】只道俺，藏娇身在绮罗丛；却不道，骨具仙胎众莫同，南华一卷悟真空。慢道神仙无我分，请试看，背跨青鸾上蕊宫。

拟改《聪明累》

【解三醒】羡风流才调无双，更谐诙莺语如簧。聪明反被聪明障，跳不出利名场自从地狱见醯缸，把昔日酸风都吹飏。归来后，看夫荣妻贵，子女成行。

拟改《留余庆》

【沽美酒】只道俺，堕奸谋骨肉抛，飞来祸没处逃。暗里神明相护保，配郎君才貌，看金屋贮阿娇。

拟改《晚韶华》

【北耍孩儿】蕙兰姿拟，共姜雪霜，操比柏舟。孀居独把孤儿守，受尽了，青灯黄卷十年苦。画荻丸熊五夜愁。到头来，增福寿，传得个玉堂金马，强似他燕侣莺俦。

拟改《好事终》

【北一半儿】琐窗一病染黄沙，接引鸳鸯魂到家。三尺白绫玉手拿。慢疑他，一半儿真情，一半儿假。太虚幻境梦中身，雨云巫山唤可人。此语荒唐莫认真。玷闺箴，一半儿明言，一半儿隐。

拟改《飞鸟各投林》

【亭宴带歇拍煞】从今后，痴情幽怨各相捐，人间天上皆如愿，完结了三生公案。死去的又还魂；在生的享富贵；有情的成姻眷；把夙债尽皆偿。看天道何曾远，方始信报应昭然。请看他，黄泉路巧相逢，青埂峰奇遇合，太虚境庆团圆。螽斯欣蛰蛰，瓜瓞庆绵绵。我将那旧谱新翻，编一套续红楼，任他人笑掉了颔。

贾母、贾夫人及众姊妹听了，俱各击节称赏。宝玉、宝钗、黛玉三人一面听曲，一面翻阅曲本。新曲唱完，只见后面还有几页，翻过篇来看时，原来是当日的旧曲，三人又从头至尾地看了一遍。

宝玉笑道："我当日听曲时，到底年幼，竟不知其中的底细。今日这一看，心里才明白了。"黛玉笑道："这旧曲上说得也太过了，我何曾把恨泪'秋流到冬，春流到夏'来呢。"宝钗笑道："到底也有点影儿，只不以辞害义就是了。这十二支曲子里头，怎么又没有我呢？"宝玉笑道："你生来就是个福人儿，这上头如何该有你呢。"宝钗笑道："既是这样，怎么你又说《金陵十二钗》的册子上又有我呢？"宝玉听了，想了一想，忙向警幻道："仙姑的新曲，制得深合愚意，但不知《金陵十二钗》的正副册子，如今还有没有？乞再赐一观。"警幻笑道："你们的因果，已经结案。所有的册子，都缴上天庭去了。"宝玉听了，便不敢强索，仍拿起曲本来细看。

只听湘云叫道："宝哥哥，你们三人还没看够？也让我们大家看看呢。"宝钗听了，忙向宝玉的手中夺了过来，探着身子递与湘云道："你们大家轮流着看去，上头都有你们的故典儿。就是我一个人干净，没教人家嚼说。”湘云接来看了一遍，笑着点了点头儿，便挨着次儿传了下去。大家看毕，也有欢喜讲说的，也有默然无语脸上发讪的。宝玉便向警幻讨取笔砚，抄写曲稿。

警幻才要命人去取笔砚，忽见一个仙女慌慌张张地进来禀道：“上帝的敕旨到了，快请仙姑们接旨。”众人听了，都吃了一惊。警幻、妙玉等连忙更衣，出宫接旨。贾母、贾夫人同众姊妹，都到里间去回避。这里众仙女们七手八脚地撤了酒席，收了乐器，另排起香案来伺候。

不多一时，只见警幻两手捧着敕旨，妙姑在后蹈随，一同进来，将敕旨供在香案。望阙叩头毕，打开宣读：敕曰：

朕今晨召见原任都城隍林如海。据奏，贾宝玉、林黛玉因果一事，业经结案；贾惜春诚心修道，现已脱却凡胎。朕心深为嘉悦。除将茫茫大士、渺渺真人加恩晋爵外，查警幻职司太虚，经理其事，始终罔懈，劳绩可嘉，着升补瑶宫仙史，即赴新任。所遗太虚一缺，封妙玉为悟真仙姑，专司经理。赤霞、绛珠二宫，现在乏人管理，贾惜春即着授为珠霞仙子，赞襄庶务。伊二人系处子升仙，心地纯粹，务使普天下才子佳人永偕伉俪，荡子悍妇世做冤家。勿任月老冰人颟顸舞弊，使天地之大，人犹有所憾也。钦此。

警幻、妙姑读毕，俱各大喜。贾母等早已都听明白了，一齐出来与警幻、妙姑道喜，又与惜春道喜。宝玉和迎、探、钗、黛等与惜春道喜，又不禁凄然泪下，道：“四妹妹，白日升仙，受了封号，实属家门之幸。但姊妹骨肉，一旦分离，于心何安。也只好替你建祠塑像，朝夕焚香，以尽骨肉之情而已。”惜春听了，劝道：“哥哥、姐姐们都不必悲伤，听我告诉你们：栊翠庵书橱内有我自画下的一副真容，取出来即可作为画像，不必觅匠人捏塑，失了本来的面目，反为不美。你们若想念我时，每到朔望之期，都齐集栊翠庵焚香静待，愚妹必来相会。”贾母听了，也向宝玉及众姊妹道：“我的儿，你们不用伤心。不但你四妹妹可以回家与你们常常相见，就是我逢时遇节，也要到家瞧瞧你们去的。天不早了，我们也就拜辞了仙姑走罢。你姑老爷已经朝见了上帝，这会子只怕也回了衙门了。你老爷也是官身子，如何能够尽自等着咱们呢。”

宝玉及众姊妹听了，只得收泪与惜春拜别。黛玉从怀内取出个小匣儿来，缴还了警幻，这才大家一齐拜谢道：“仙姑之德，实同山海崇深，弟子等终身莫报。”警幻答礼道：“一切不周尚望海涵。众姊妹们去送老太太，愚姐也不敢强留，替你们预备的有轿子，大家坐了去罢。”众人听了，又复拜谢。贾母向警幻笑道：“仙姑高升了，不知几时到任去呢？”警幻笑道：“我们还有个新旧交代，候清楚了才能走呢。”妙姑笑道：“他如何能够脱身？我们俩人还要盘查他的亏空呢！”说得众人都笑了。于是，大家宾前主后走出绛珠宫来。只见许多轿子，都在牌坊外边伺候着呢。贾母道：“仙姑请回，不必送罢，我们也就不到你宫里再谢去了。”警幻道：“说那里话，这个路是我们走熟了的，并不觉远。”贾母听了，知不可拦阻，只得大家缓步同行。指点那白云红树，说说笑笑，不觉到了牌坊外边。警幻、妙玉、惜春三人，瞧着他们一个一个的都上了轿，这才各自回宫。

且说贾母等众人上了轿子，轿夫抬起，行走如飞，就如星驰电掣一般。众人只觉眼花乱滚，也不知前面是何地方，也瞧不出什么山川树木，耳内只听呼呼的风响。约有顿饭之顷，忽见前面城阙巍峨，状类帝都。进了城看时，果见金阙瑶宫，琼楼玉宇，迥非人世所有。转弯抹角走了又不知几许，只见秦钟在一街门马台石上站着，高声叫道：“轿子抬到这里来，这就是林姑老爷的衙门了。”宝玉听了，连忙住轿，跳了下来，与秦钟抱腰问好毕，便扶了贾母的轿杆，一直进了衙门，在二堂落轿。只见林如海、贾政、贾珠三人，都在二堂迎候。贾母、贾夫人及众姊妹下了轿，大家相见，十分欢喜。贾夫人便让贾母及众姊妹在前，自己居后，一齐进了宅门。

到了上房，但见规模宏敞，铺陈华丽，与城隍庙气象又自不同。

贾夫人领了众姊妹，都到里间去坐，贾母同林如海、贾政、贾珠，都在外间各按次序就座，司棋等端上茶来。茶罢，林公便将早晨朝见玉帝面奏了宝、黛的因果并惜春升仙之事，蒙玉帝即时降旨，差黄巾力士赍赴太虚境去的话，告诉了贾母一遍。贾母也将到了太虚境送下惜春，接过了敕旨的话，告诉了贾政、林公一遍。彼此俱各欢喜。

贾母向林公笑道："姑老爷，如今大事已完，了结了你我的一件心事。从此以后，咱们也再没有什么牵挂的了。你二哥哥他是个官身子，不可在此久留。我想我们就到你丈人那边去罢，大家见见面儿，也好打发他们都早些儿回去才是呢。"林公答道："才刚儿焦大来告诉说，老太爷们都在麒麟阁住，离这里只隔一条胡同，我们大家吃了饭，小婿同你女儿一同陪了过去，也还不迟。"贾母道："既是这样，咱们就早些儿吃饭也使得。"林公听了，便命司棋进去告诉贾夫人。贾夫人忙命鲍二家的，到厨下去催饭。

不多一时，摆上饭来。贾夫人仍同众姊妹在里间坐了三席。贾母同贾政、林公、贾珠、宝玉仍在外间坐了一席。上界的肴馔酒果，自与人世不同，也难以枚举。大家用毕，盥漱，吃过了茶，贾母便催着伺候轿马。于是，林公、贾夫人也都换了冠带，领了众姊妹，坐轿的坐轿，骑马的骑马，都到麒麟阁而来。

走不多时，只见两阁高耸，上出重霄。一边大书"凌烟阁"，一边大书"麒麟阁"的三字。林公在马上指着向贾政道："古往今来，凡属临阵捐躯及殉国难的忠臣，都在凌烟阁上居住。凡有忠君爱民任贤用能，有功于社稷生民的大臣，都在麒麟阁居住。"贾政听了，在马上点头叹息。

不知不觉早到了荣国公的大门。林公、贾政、贾珠、宝玉下了马。林公同贾政先入，贾珠、宝玉扶了贾母的轿杆，直至中庭落轿。荣国公贾代善站立中庭，林如海、贾政二人，伏地悲恸，荣公连忙用手拉起。贾母、贾夫人及众姊妹都下了轿，老夫妻、父女相见，悲喜

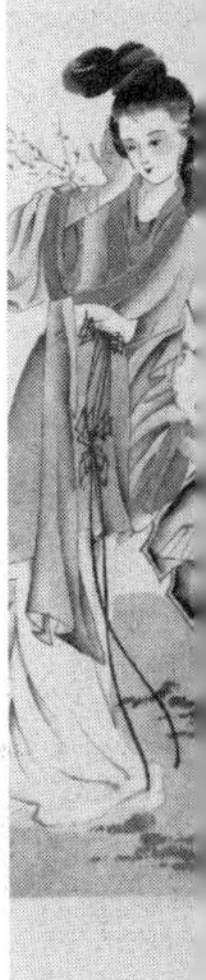

交集。贾夫人又领着众姊妹都与荣公请过了安，一齐都到了上房。荣公又逐一的将众姊妹看过，问问姓名年岁。贾母便一一的指着，告诉了荣公一遍。荣公听了，不胜欢喜。自己便同贾母正坐在上面榻上，命林公、贾政、贾珠、宝玉都在东边椅子上坐，命贾夫人和众姊妹都在西边椅子上坐，丫头们献上茶来。茶罢，荣公向贾政道：“我听见你做官公正无私，上头的圣眷也好，外边的声名也好，我心甚喜。更宜竭心尽力仰答高厚，不可稍有私心自招天谴。宝玉的因果已完，也宜力图上进，不可任意嬉戏，颓堕家声。”贾政、宝玉忙站起来，答应了几个是。荣公又道：“你们如今已将我们老夫妇都送到此间，也完了你们作儿孙的一件大事了。你们都有职守在身，此间不可久留，都带着孩子们早些回去罢。”贾政流泪道：“儿孙不肖，家中一切后事，尚望老太爷、老太太教训。”贾母道：“前儿凤丫头告诉我说，将来要劝你们置义田、立家塾、广茔地，这些事也都可作罢了。”贾政忙又答应了个是。荣公叹道：“此皆人谋也。依我说，你常读方孝孺的那一篇《深虑论》，他那些议论，原为有天下国家者而发。然而，我们也是世宦人家，大夫之有家，亦犹君之有国也。也必要随时随事积至诚、存大德，以结天心，后世子孙方能永保富贵。不然专靠着人谋，必致虑切于此而祸深于彼矣。”贾政听了，又答应了几个是。荣公道：“时候不早了，你们都回去罢。”贾政听了，犹依依不舍。荣公又催了一遍，贾政仍不肯起身，尚欲有所请问。忽见荣公大怒，用手将桌子极力一拍，就像劈头打了个焦雷，震得地裂房崩，众人只觉身子就像从半虚空里掉了下来的一般。只听贾政大叫一声，在梦中惊醒。正是：

满眼莺花富贵春，繁华已过便成尘。
一声霹雳当头响，惊醒红楼梦里人。

此时，天色不过黎明。王夫人起来，尚未梳洗。听见里间贾政一声大叫，唬得王夫人连忙跑进里间，看时，只见贾政在被中坐起，周姨娘替他披衣。王夫人忙问道：“老爷醒来了，把老太太送到了没有?”贾政叹了口气,擦泪道:“奇怪奇怪!从来鬼神荒诞之事,我再不肯深信。昨儿晚上,宝玉替我化符时,说教焙茗跟了伺候去。果然化了符之后,我便睡着了。只觉得身子忽忽悠悠地起在半天,果见焙茗在后跟随,珠儿牵着马在一块大青石旁边,和他四妹妹说话,一见我们来了,他便让我们骑上马,就和架上云的一般。后来进了城,便到了姑老爷衙门。等了好半日,老太太、姑太太和宝玉、姑娘们才都到了。他们告诉我说,把四姑娘送到太虚幻境,又接了上帝的敕旨,把四姑娘封为珠霞仙子了。吃了饭之后,大家才都到了麒麟阁,见了老太爷,教训了许多的好话,只是吩咐催着教我们回去,我依恋着父母,再三不肯动身。老太爷生了气,把桌子一拍,就和地裂山崩一般,竟把我唬醒了。但不知宝玉和姑娘们醒了不曾?”王夫人听了,忙命玉钏儿到秋爽斋、稻香村、怡红院各处去打听。玉钏儿答应而去。忽听窗外老婆子禀道:“焙茗在二门上打听老爷醒了没有?说司官们差人来请,今儿衙门里有事,请老爷早些儿去呢,车都套下了。”贾政听了,连忙梳洗穿衣,也等不得玉钏儿的回信,便先到工部去了。

这里王夫人才洗梳,刚然完毕,只见玉钏儿进来禀道:“大奶奶和姑奶奶们都醒了,两位二奶奶和我姐姐、晴雯姐姐也都醒了,只有宝二爷仍是昏昏沉沉的睡着,两位奶奶任凭怎样推叫总不能醒。”王夫人听了,吃了一大惊,连忙跳下炕来,仍旧带了玉钏儿慌慌张张地到怡红院来瞧。

刚然过了潇湘馆,只见秋爽斋住的迎、探、菱、湘姊妹七个,都从蜂腰桥那边冉冉而来,李纨也从稻香村来了,一见王夫人都道:“我们姊妹们都是送老太太到了麒麟阁,被老太爷一拍桌子唬醒了的。怎么单是宝兄弟一个人儿没醒呢?”王夫人道:“我也才刚听见玉钏儿来说的,把我吓了一大跳,所以我忙忙的瞧来。这可不知又是个什么缘故了?”

正说时,只见薛姨妈同李绮也从潇湘馆来了。于是,大家都到了怡红院。宝钗、黛玉二人忙迎了出来。王夫人便问道："宝玉醒不来，莫不又是掉了魂了么?"钗、黛二人答道："太太放心，不相干的。我们细瞧他那个光景，倒像还是作梦呢，不像是掉了魂的样子。让他多睡会子，料也无妨。"王夫人听了，走到里面掀开帐子瞧了瞧，只见宝玉盖着被窝，鼾睡如泥，瞧了瞧脸上的气色照常，这才放了心，依旧出来。

大家都坐在炕上，鹃、莺、花、柳送上茶来。钗、黛二人便将昨晚睡下，焚了神符，先到太虚幻境送下惜春、妙玉，后又送下林公夫妇，这才大家同到麒麟阁送了贾母。因贾政再三不肯回家，荣公大怒，一拍桌子，大家一齐吓醒了这些节目，细细地从头至尾告诉了薛姨妈、王夫人一遍。老姊妹两个又是欢喜，又是伤心。

探春忙差侍书到栊翠庵书橱中，取了惜春亲自画下的真容来，挂在墙上。大家看时，形容态度，就真和惜春在那里坐着的一般，只少一口气儿。招得王夫人、薛姨妈和众姊妹，又淌了多少的眼泪。王夫人擦泪道："罢了，卷起来罢。等老爷回来，商量替他盖个祠堂，没的挂着教我看着心里难过。"侍书听了，仍然卷起放在书槅子上。王夫人便吩咐钗、黛道："你们俩人在这里好生看着宝玉，我和你姨妈、姐姐、妹妹们都到上房里去坐。也摆得早饭了!"钗、黛二人连忙答应。于是，薛姨妈、众姊妹同王夫人都到上房去了。

这里钗、黛二人送了众人去后，依旧同到里间来看宝玉。刚一跨门槛儿，忽听宝玉在帐子里哈哈地大笑起来。二人听了，惊喜异常，连忙进去掀起帐帘看时，只见宝玉从被中坐起，披着衣服，正在揉眼。宝钗问道："我们早都醒了，你怎么这会子才醒了呢?"黛玉笑道："必定又梦见什么好事儿了，不然怎么乐得笑起来了呢。"宝玉道："你们俩人且坐下，听我慢慢地告诉你们。奇怪，奇怪，方才咱们都在麒麟阁，老太爷把桌子一拍，我的身子就像凭空掉下来的一般，后来只觉轻轻的落了地。睁眼看时，只见一条长河阻路，岸上有一牌坊，上写'急流津觉迷渡'六个字。旁边有一草庵，只听里面有人说道:‘来了! 来了!’我推开庵门看时,原来就是和老爷联过宗的那个贾雨村,和一个什么空空道人。他两个见我推门进来,俱各大喜道:‘你来得正好。你当日的那部《石头记》,原是我两人烦曹雪芹先生编次校定的。至于你们后来的这一段因果,又有一个朋友托曹雪芹替你编了一部《后红楼》。你且坐下瞧瞧,合你的意思不合?’于是,让我坐下,从案上取出一部书递与我看。我接了过来,从头至尾阅了一遍。那里是曹雪芹的手笔? 语言口吻全然不像,甚不合我的意思。”宝钗听了笑道:“编的都是些什么? 你且说说我们听。”宝玉道:“节目太多,也记不得了。只恍惚记得是从南方来了林妹妹的一个哥哥。”黛玉失惊道:“我那里有什么哥哥呢!”宝玉道:“还不止单是你哥哥,还带着一个朋友来了,叫个什么姜景星。一到家里,听见你的才貌,他就大动了心。后来他一心儿要聘你,你哥哥也愿意给他,你自己也愿意嫁他。”说到这里,只听宝钗道:“哎哟,依这样说来,不是后来把林妹妹编的嫁了那个人了吗?”黛玉听了,忙啐了一口道:“你不该嫁了那个人!”宝玉道:“你莫着急,这不过是编书上头的一个小波澜儿,自然终究还是咱们俩个成缘,那里有认真嫁了那个人的理呢。”黛玉红了脸道:“依你这样说来,咱们后来的这一段因果,竟要由他说坏,是不能更改的了么?”宝玉道:“你莫着急,听我告诉你。方才我也将这一段话,对那空空道人和贾雨村说来,他两个低头踌躇了会子道:‘也罢,既是你不肯甘心,我们将你带到悼红轩,问问老曹,看他有个什么法儿,替你另续何如?’我听了也很喜欢,就跟上他两个出了草庵。不知转了几个弯子,果然有个悼红轩,内有一白须老者,伏几看书。一见我们进来,连忙起身让座。我就将这段因果,细细地对他说了一遍,求他另续。那老者笑道:‘岂不闻孟子云,是为冯妇乎? 吾老矣,不能用也! 足下只好另找别人去罢。’我见他不允,就再三的央告。那老者不得已道:‘既如此,你把你近来这段因果抄下,留在这里,我恳烦这位空空老师替你找一个人续续,保管合你的心思就是了。’我见他执意不肯，也不好再强，只得把咱们后来的因果抄了给他留下。也不知他是认真找人代笔，或是自己另续。我又叮咛了他一番，就同贾雨村、空空道人告辞而出，仍旧到急流津觉迷渡。他们叫了只小船，将我渡过河来。才一上岸，就猛然惊醒了。”

黛玉道：“既是如此，你方才醒来嘻嘻哈哈的可笑什么呢？”宝玉道：“我醒了，忽然想起那《后红楼梦》书上编的，咱们两人联姻之后，你总不肯和我同床共枕，闹了有好几个月，太太也着了急，熬煎起来了。众姊妹想了一个法儿，请你赏花，把你拿酒灌了个烂醉如泥，人事不省，将你抬到帐子里，又将你浑身上下的衣服，剥了个寸丝不挂，然后请我进房。我就关好了门，掀开帐子一看，真和出浴的太真一般。乐了我一个手舞足蹈，跳上床去，捉了一个死狗，你说我该乐不该乐，该笑不该笑呢。”黛玉听了，红了脸啐了一口，正要说话，只听晴雯进来说道：“太太打发玉钏儿来打听二爷醒了没有？上头姑奶奶们都等着二位奶奶一同吃饭呢。”宝玉听了，连忙穿衣梳洗，同钗、黛二人都到上房来。见了王夫人，不好说出又梦见贾雨村的话，只说魂从天上掉了下来，迷了路径，亏了一个道人送了回来的，哄得王夫人又念了好一会的佛。于是，大家都在上房同吃了早饭。

众姊妹才要散时，只听有人在院内报道：“老爷回来了！”宝玉忙迎了出去，只见贾政进来，面带喜色。宝玉请了安，便又将失迷路径醒迟了的话，回了一遍。贾政点点头儿，进了上房，向王夫人道：“咱们家真是天恩祖德。今早上朝，蒙圣上在文华殿召见。说昨晚梦见林姑老爷谢恩辞行，又代奏了惜春升仙之事，因降旨垂询其详。我便免冠叩首，据实陈奏。天颜大悦，即时降旨，封惜春为慧觉仙姑，赏银千两，令本家自行建祠奉祀。林姑老爷晋封荣禄大夫，姑奶奶晋封夫人，将城隍所有的祭田，赏嗣子林成玉永远为业。老太爷晋封光禄大夫，老太太晋封一品夫人，赐银祭祀。真亘古未有之恩遇也。”王夫人、宝玉及众姊妹听了，都不胜欢喜。

贾政又将宝玉着实地勉励了一番,便命请过贾赦、邢夫人并贾珍、贾琏、贾环、贾蓉、贾兰来,商议择日祭祀祖先,构匠兴工,与惜春建祠,悬挂真容,就在书房摆酒家宴。王夫人、邢夫人、薛姨妈同众姊妹上房欢宴,整热闹了一天。至晚,薛姨妈同菱、岫、湘、琴、迎、探、绮众姊妹,大家告辞,各自回家。

从此,宝玉洗心涤虑,力图上进,又有钗、黛二人内里赞襄,卒成大器。后来官登极品,子孙繁衍,世代簪缨不绝云:

满纸荒唐信不差,难从野史考年华。
三千大界知何地,十二金钗是那家?
海外神仙终诡诞,空中楼阁总虚花!
补天剩有通灵石,此事谁能问女娲?

《续红楼梦》点校说明

《续红楼梦》三十回，秦子忱作。据书前的序文、题词知，作者字子忱，号雪坞，陇西人，曾任山东兖州都司（正四品武官）。

现存世最早刊本为嘉庆四年（1799年）抱瓮轩初刊本，内封题“嘉庆已未新刊，《续红楼梦》，抱瓮轩”。书前有“秀水弟郑师靖药园拜题”的序，谭潆的题词，六则凡例，“嘉庆三年（1798年）九月中浣雪坞子忱氏于兖郡营署之百甓轩”的“弁言”及题词、目录。正文半页九行，每行二十字，今藏浙江图书馆。还有光绪八年（1882年）抱瓮轩刊本，同年经训堂刊本，光绪十四年（1888年）善成堂刊本，民国十年（1921年）上海大成书局石印本，增加了回目图八页，附续红楼梦全图一幅。民国二十九年（1940年）上海新文化书社铅印本等。本次校点以洛阳白河书斋晁会元先生藏光绪十四年善成堂刊本为底本，校以嘉庆抱瓮轩本而成。

是书从黛玉归天续起，描写贾府诸人在阴曹地府与警幻仙境的生活，而贾宝玉则到警幻仙境找黛玉，柳湘莲也到警幻仙姑处寻找尤二姐，完成前世姻缘。然后是贾府中的各种矛盾在天上都得到圆满解决。又受天帝之命，各贾府幽魂等回到京城长安，重新过起世俗生活，第三代也诗礼传家，贾府重兴。书中的主要人物大都是《红楼梦》原书中的，几乎无一个新面孔，但大多以还魂的面目出现。而书中的奸邪恶毒之人死后都在地狱中找到了自己的归宿。表达了以作者为代表的众多读者的共同愿望。中国人历来有因果报应的思想传统，人若生前行善，死后的灵魂便可免遭苦难；若生前行恶，死后的灵魂必定被打入十八层地狱，饱受苦难。作者在续写中宣扬因果报应，让鲍二家的因淫行被变为畜牲，夏金桂死后仍要作娼妓，但令读过《红楼梦》原书的人们痛快地吐出了胸中的郁闷之气。人物的语言比较符合各自的身份。

敖 堃

2015年12月于南开大学

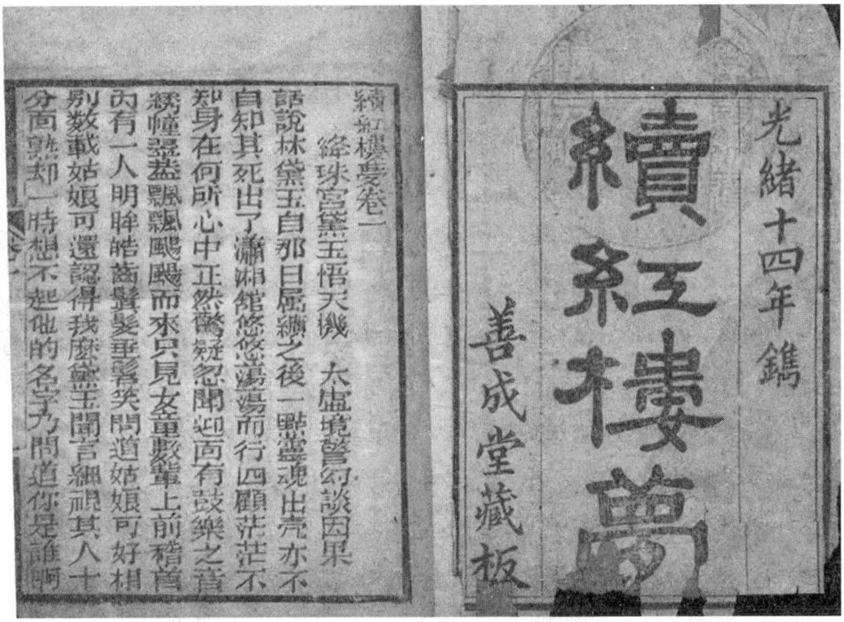

光緒十四年鐫

續紅樓夢

善成堂藏板

續紅樓夢卷一

絳珠宮黛玉悟天機　太虛境警幻談因果

話說林黛玉自那日屈死之後一點靈魂出殼亦不自知其死出了瀟湘館悠悠蕩蕩而行四顧茫茫不知身在何所心中正然驚疑忽聞迎面有鼓樂之音綉幢寶蓋飄飄颻颻而來只見女童數輩上前稽首內有一人明眸皓齒鬒髮垂髫笑問道姑娘可好相別數載姑娘可還認得我麼黛玉聞言細視其人十分面熟却一時想不起他的名字乃問道你是誰啊